Muschel

Das Buch

Vor gut 450 Jahren schickte Busbeck, Gesandter Ferdinands I. in Konstantinopel, ein paar unscheinbare Samen nach Europa. Eine Seuche ganz eigener Art nahm daraufhin von Holland ihren Ausgang und breitete sich über ganz Europa aus: die Tulpenleidenschaft. Wie später bei der Entdeckung des Goldes in Amerika brach ein Rausch nach Tulpenzwiebeln aus. Für nur eine Tulpenzwiebel sollen Mitte des 17. Jahrhunderts bis zu 13.000 holländische Gulden bezahlt worden sein, und eine einzige dieser Zwiebeln scheint auch für den Torfknecht Adrian genug, um sich ganz Holland erhandeln zu können. Sein märchenhafter Aufstieg zum Tulpenkönig beginnt. – Mit hintersinnigem Humor und glänzender Phantasie führt Otto Rombach in dieses besonders eigenwillige Kapitel europäischer Kulturgeschichte ein und berichtet von der ersten Spekulationsblase auf europäischem Boden.

Der Autor

Otto Rombach, 1904 bis 1984, war nach dem Pädagogikstudium erst Magistratsbeamter, später Mitarbeiter der »Frankfurter Zeitung«. Sein Roman »Adrian, der Tulpendieb« erschien erstmals 1936. Neben Romanen schrieb Rombach Reiseberichte und Dramen, von denen »Der Münstersprung« über den Schneider von Ulm besonders erfolgreich wurde. 1974 erschien seine Autobiographie »Vorwärts, rückwärts, meine Spur«.

Kleine Weltbibliothek der großen Erzähler
Band 4

Otto Rombach

Adrian,
der Tulpendieb

Muschel

In dieser Reihe bereits erschienen:
Band 1: Ödön von Horváth: 36 Stunden
Band 2: Carlo Stasni: Der Maler, der Mörder und der Narziss
Band 3: C.W. Ceram: Die Sieben Städte von Cibola

1. Auflage 2010
Lizenzausgabe mit freundlicher Genehmigung
der Deutschen Schillergesellschaft in Marbach am Neckar

Umschlag: Mathias Lück
Druck: Steinmeier GmbH, Deiningen
Printed in Germany

ISBN 978-3-936819-39-7

www.muschelverlag.de

ERSTES KAPITEL

Von Stambul nach Haarlem
Das umstrittene Verdienst des Gesandten Busbeck
Ein unentbehrliches Vorwort

Der flandrische Gesandte Busbeck hat sicher nicht geahnt, welch abenteuerliche Folgen jene Knollen und Samenkerne nach sich ziehen sollten, die er von einer seiner Reisen in die Niederlande brachte.

Noch hundert Jahre nach ihm haben die ehrenwerten Bürger seiner Heimat ihn oft verwünscht, obwohl sie wußten, daß er schuldlos war. Die andern, die zwar gleichfalls Bürger, aber nicht besonders ehrenwert gewesen, hätten Busbeck hoch gepriesen; aber ihnen war er unbekannt. Das waren jene, die von den Früchten lebten, die er pflanzte. Sie lebten gut und üppig. Sie verdienten und wurden reich in einer Weise, wie es andere Zeiten nur höchst selten möglich machten.

Denn der Gesandte Busbeck, von Ferdinand I. ans Goldene Horn geschickt und nach historischen Belegen Augerius Ghislenius Busbequius genannt, hat nicht nur seinen Kaiser gut vertreten. Er war bemüht, wie es Gesandten stets obliegen sollte, die Seltsamkeiten seines Wirkungsfeldes dem eigenen Land vertraut zu machen und ihm zu vermitteln, was in seinen Augen nützlich war.

In dieser Absicht hat er die Samen und Zwiebelknollen einer Blume, die man »Dulbend« nannte und die auf hohem, schlankem Stengel mit großen Kelchen herrlich blühte, im wahrsten Sinne des Wortes eingeführt.

Aus dieser Dulbend wurde unsere Tulpe.

Sie war im Abendland noch unbekannt gewesen, obwohl im Wiener Hofmuseum ein Bild zu sehen ist, das tulpenhafte Blumen zeigt und das der Italiener Carpaccio allerdings zu einer Zeit gemalt hat, als der Gesandte Busbeck noch ein Kind war.

In Wien und Augsburg, wo die Fugger einen fürstenhaften Aufwand trieben, sind die ersten Tulpen des Herrn Busbeck aufgegangen, Blumen des Orients, in ihrer edlen Zartheit eine Augenweide, ein Geschenk der Anmut und der schlichten Schönheit. Der Wildling aus der Tatarei, in weiten Tälern seinen schwachen Wohlgeruch veratmend, wurde teures Angebinde, Schmuck der königlichen Frauen und Stolz der Gärtner, die ihn hegen durften.

Und trotzdem schreckte sie die Kostbarkeit nicht ab, in Frankfurt eine Tulpenzwiebel zu zerschneiden, sie wie eine Orchisknolle in Zucker einzumachen und sie mit Wohlbehagen zu verspeisen! –

Ein Opfer seiner Reisen, ist der Gesandte Busbeck in Rouen gestorben, halb totgeschlagen von Wegelagerern, die seine nie verweilende Kalesche überfallen hatten. Vielleicht sah er, mit Schmerzen in die Ewigkeit hinübergehend, im Geiste noch die Tulpenfelder wogen, die man in den Niederlanden arbeitsam und liebevoll geschaffen hatte; denn wenn auch nichts von seiner Diplomatenlaufbahn wichtig werden durfte, wichtig wurden jene Zwiebeln, die er im Reisesack durch den Balkan ins Abendland geleitet hatte! Wichtig wurden sie in einem Maße, wie nur Diamanten einmal sprunghaft wichtig werden konnten, als sie im ausgebrannten Sand Südafrikas gefunden wurden, oder wie das Gold in Kalifornien die Welt erregen konnte. –

Es ist in diesem Abriß auch noch von einem Doktor Clusius zu sprechen, der zwar der Tulpenforschung manchen guten Dienst getan hat; dennoch muß dem ständig mittellosen Pflanzendoktor nachgeredet werden, daß er ein ganz gerissener Geschäftemacher war, der mit Verstand und Liebe an die Aufzucht der begehrten Blume ging. Mit gleichem Eifer, wie er die ungezählten Arten der neuen Blume rubrizierte, war er darauf bedacht, sie reichlich zu vermehren und – sie teuer zu verkaufen!

In Leyden hatte er die Tulpengärten angelegt, die seine Geld=

not lindern sollten; aber als es sich herumsprach, welche Preise er sich zahlen ließ, war es mit seinem Gärtnerfrieden über Nacht vorbei. Er wurde jämmerlich bestohlen und mußte es erleben, wie ringsum in sämtlichen Provinzen Hollands ein Blumenteppich aus dem Boden quoll, den er nicht ernten und nicht als Eigentum in Anspruch nehmen konnte, obwohl die Muttertulpen aus seiner Pflanzung stammten!

Dieser Massendiebstahl hat die Tulpe unters Volk gebracht. In jedem Gärtlein leuchteten die farbensatten Kelche, und weil die minderen Arten am häufigsten gezogen wurden (sie galten nur als minder, weil sie nicht selten waren!), begann ein Wettbewerb der Tulpenzüchter, der eigentlich ein Wettlauf um das Geld war.

In langen Wagenzügen ging die zarte Fracht ins Ausland und in die großen Städte. Mit einer Unersättlichkeit, wie sie nur neue Moden erzeugen können, fraßen die Händler von Haarlem, von Antwerpen, Amsterdam, von Brüssel und Paris die Blumenfelder Hollands leer. Von den Bizarden mit ihrem gelben Boden, von den Flamandes mit weißem Grunde bis zu den violetten Bybloemen und den Roses war Bedarf für alles, was einer Tulpe ähnlich sah, wenngleich natürlich eine Gouda, eine Viseroy und letzten Endes eine *Semper augustus* ganze Wagenzüge aufwog.

Was wußten die Pariser Frauen von dem Umsturz, den sie durch ihre Tulpengier entfesselten? Sie hatten das begreifliche Bedürfnis, sich zu schmücken und sich schönzumachen, wie es die Damen der Höfe taten. Sie verdrehten dadurch den biederen Niederländern dermaßen den Verstand, daß eine Seuche ausbrach, die in ihren Folgen schlimmer als die Pest war.

Bis ins kleinste Dorf war bald die Sucht gedrungen, m. Tulpen, Tulpenzwiebeln oder -samen nach Profit zu jagen. In jeder Kneipe tat sich ein Komparitium auf, ein Händlertisch, der einer Wechselstube glich, fast einem Wettbüro vergleichbar, einer zügellosen Börse, wo sich die Spekulanten trafen. Nach ausgeklügelten Systemen, mit kleinen Täfelchen und wunderlichen Rechenkünsten ging der Handel vor sich, der mit Fressereien und Kneipereien beschlossen wurde, bis ein neuer Händler auftrat und das Spiel von vorn begann.

In diesen Hexensabbat war das ganze Volk hineingesprungen. Marktweiber, Handwerksleute, Ackerknechte, Bürger, Gärtner, Gutsvolk und zugewandertes Gesindel – wer einer Tulpenzwiebel oder eines Samenkornes habhaft werden konnte, der ging in diese Komparitien, um sich den argen Träumen hinzugeben, nun unvermutet reich zu werden.

Es konnte sein, daß einer mit vier Pferden vor einer solchen Räuberhöhle vorfuhr, der eine Stunde später glückstrahlend wieder auf die Straße trat und sein Gespann zurückließ, weil er eine Tulpenzwiebel eingehandelt hatte, einen köstlichen Besitz, mit dem er hoffte, ein ganzes Bauerngrundstück zu erstehen. Und wie's der Zufall wollte: er fand auch einen, der ihm seinen Acker abtrat.

Fortuna residierte. Flora goß ihr Füllhorn über die siebzehn Staaten der Niederlande aus. Die Preise stiegen!

Es war nicht abzusehen, wie hoch die Preise noch getrieben werden konnten. Das Fieber der Tulpisten sprengte jede Ordnung. Alle Werte, ob Häuser oder Wagen oder Hausvieh, waren dem Wert der Tulpen unterworfen. Wer Gulden hatte, der legte sie in Tulpen an, und sei es nur auf dem Papier. So hat die Blume des Orients mit ihrem schwachen Duft ein ganzes Volk betäubt und aus ganz Holland eine Riesenbörse der Abenteurer und des kleinen Mannes werden lassen, der in seiner Leidenschaft, das Geld zu scheffeln, oft selbst zum Abenteurer wurde.

Von einem solchen Manne sprechen alte Zeitberichte.

Zwischen ihren Zeilen sieht man das Lächeln des Chronisten, der sich der Ewigkeit verpflichtet weiß und der den Unsinn der Komödie wissentlich durchschaut, der aber nicht umhin kann, die Seltsamkeit getreulich zu vermerken, weil er sich selbst darüber belustigt haben mag.

ZWEITES KAPITEL

Vom Leben und Streben des Torfknechts Adrian, der ein Abenteurer wird

Nach solchem Vorwort greifen wir zur Anekdote des Tulpisten Adrian, der jedenfalls in allem, was er tat und wie er lebte, ein Kind der Niederlande und seiner Zeit gewesen ist.

Er hätte nie den krausen Schneckengang des Schicksals gehen müssen, der hier berichtet wird, wenn er auf seinem Kahn geblieben wäre, auf dem er über Flüßlein und sauber ausgerichtete Kanäle fuhr, Torf in die Städte bringend, eine dunkelbraune, fast schwarze Fracht mit schwerem Moderduft.

Vielleicht ist ihm der dumpfe Ruch des Torfs, nach vorweltlichen Kräutern und verwesten Wäldern duftend, ins Gehirn geschlagen; vielleicht hat ihn die Unrast plötzlich überfallen, die trotz der biedermännischen Behäbigkeit in jedem Niederländer steckt, die nicht zuletzt zur Gründung großer Kolonien führte.

Adrian, auf seinem Torf im Kahne liegend und die Kühe an den Uferrändern genauso stier betrachtend wie sie ihn, glich in den Dingen seines Lebens einem dieser Kähne, die er für den Kaufmann und Schiffsbesitzer Hendrik van der Maaßen fuhr. Ähnlich plump und ähnlich wendig war das Wesen Adrians und nicht zuletzt sein Denken.

Er fühlte sich, wenn er mit seinem Boot am Hause van der Maaßens anfuhr und im letzten Augenblick das Segel fallen ließ, zu einem Männertum verpflichtet, wie es nur ritterliche Kavaliere und Verliebte zur Schau zu tragen pflegen. Natürlich war es eine Frau, die ihn bewog, sein Halstuch oder seinen Sonntagskragen mit besonderer Sorgfalt anzulegen, und freilich sprach er mehr darüber mit sich selber als mit Christintje, die es anging, die im Hause des Reeders van der Maaßen die Wirtschaft führte.

Christintje wartete auf Josias, den Kapitän der »Zuiderland«, die man verlorengab, weil sie seit Wochen, von Portugal zurückerwartet, überfällig war. Christintje hatte Adrian mit keinem Fingerzeig, mit keinem Blick, mit nichts berechtigt, an sie zu glauben oder gar auf sie zu hoffen, obgleich sie ihm die besten Dinge aus der Küche auf den Teller legte. Mit dem Verstand von Männern, die mit dem Magen denken, zog Adrian die Folgerung daraus, daß ihm Christintje zum mindesten gewogen war. Das war nicht falsch gedacht und dennoch fehlgeschossen; denn Christintje stand bei jedem Schiff, das in den Hafen einlief, mit roten Wangen am Uferdamm, um nach der »Zuiderland« zu fragen.

Dann war es Adrian, der mit der Haltung eines seebefahrenen Mannes alle Möglichkeiten überlegte, die als Gründe der Verspätung gelten durften.

»Vielleicht«, war seine Rede, »hat sie den Weg um Schottland nehmen müssen, weil der Kanal im Nebel steckte.« Aber mit der inneren Not, die selbst im Zweifel einen Trost sucht und die aus Ungewißheit neue Hoffnung schöpft, warf ihm Christintje die qualerfüllte Antwort hin: »Dann hätte er noch früher wiederkommen müssen.« Adrian erhob den Zeigefinger und bemerkte: »Vielleicht hat ihn im Norden Schottlands der Gegenwind gefaßt und wieder abgetrieben. Wer weiß? Vielleicht liegt er vor Anker, weil überhaupt kein Wind geht?«

Aber in den letzten Wochen hob Adrian den Zeigefinger nicht mehr. Er ließ die beiden Schultern hängen und schaute noch viel grübelnder ins Weite als gewöhnlich, weil er wußte, daß Herr van der Maaßen selbst alle Hoffnung aufgegeben hatte. Der Hausherr lief verstört herum, weil ihm mit dem Verlust der »Zuiderland« der schlimmste Schicksalsschlag bevorstand. Nicht minder augenfällig war die Veränderung im Wesen seiner Tochter. Nur Christintje schien mit künstlicher Gefaßtheit ihrer Hoffnung nachzuhängen. Eher lauter als gedämpfter waren ihre Worte, ihr Gebaren, ihr Gelächter.

Adrian durchschaute sie.

Er hatte Zeit, im Sog der ruhig fließenden Kanäle nachzudenken. Er sah voraus, wie sich die rosa überhauchten Wolken des Abendhimmels bis zur Verflüchtigung veränderten. Er wußte auch, daß auf das übermütige Geschwatze der Grillen allmählich Dämmerung und schließlich Tau herunterrieselte, der sie verstummen ließ, selbst wenn die Mitternacht verstreichen sollte.

Er wußte, daß es eine Stunde gab, die ohne Hoffnung war, daß allen Träumen und aller Täuschung ein Erwachen folgen mußte. Das war seine Stunde. Und jetzt war sie gekommen.

Wenn Frühjahrswasser in die Kanäle einbricht und die Wiesen überschwemmt, wird auch der stärkste Uferpfosten in seinem Fundament gelockert. Dann gilt es, ihn herauszureißen und mit neuen Eisenkragen anzuschmieden.

Das war gedacht, wie nur ein Mann in seiner Lage denken kann, der einen wehen Zahn mit seinen eigenen Fingern ausreißen möchte und der sich zwar bewußt ist, daß ihm der Zahn beim Kauen fehlen wird, der aber einem kurzen Schmerz den Vorzug gibt, anstatt sich einer langen Qual zu überlassen.

Christintje quälte sich.

Was aber nun, wenn er vom Kahn herunter auf sie zutrat, wenn aller Zuspruch, den er bisher mit ehrlicher Bekümmerung geleistet hatte, plötzlich in der Forderung münden sollte: Dein Josias kommt nicht mehr. Nimm doch an seiner Stelle mich?...

Wird sie begreifen, daß er Josias nicht den Tod wünscht?...

Stürme sind gewesen, die manches Schiff zerschlagen haben. Jedes Kind im Hafen weiß es.

Nur Christintje scheint es nicht zu wissen. Sie verschließt sich, überhört es, klammert sich an einen Wahnwunsch und hat keinen anderen Anhalt als die eigenen Worte, die allmählich fast mit einem irren Beiklang von den Lippen fallen: »Und die ›Zuiderland‹ kommt doch zurück.«

Verbissen trotzt sie aller Hoffnungslosigkeit und lächelt noch. Und singt bisweilen trällernd durch das Haus. Und klappert mit Geschirr. Und zieht am Werktag neue Kleider an, weil sie behauptet: »Ich kann doch nicht im Küchenzeug zum Hafen laufen, wenn die ›Zuiderland‹ zurückkommt.«

Ja, so ist Christintje, und deshalb wird es schwer, ihr alles darzulegen. –

Josias, der Kapitän, hat klein begonnen. Nur im Laufe vieler Fahrten ist er Kapitän geworden.

Auch *das* hat Adrian durchdacht und überdeutlich die ungeheure Kluft erkannt, die zwischen ihm und Josias bestehen mußte. Aber dieser Abstand war, wenn es gelang, in weniger als einer Woche aufzufüllen. Was galt dann Josias, ein toter Kapitän?

Was galt Herr Hendrik van der Maaßen, wenn seine »Zuiderland« vom Sturm gefressen wurde? – Ein Unglück war es und mit tiefstem Mitleid zu bedauern. Aber hindert es den Starken, mit anderen Schiffen auf den Ozean zu gehen und sich wiederum Orkanen auszusetzen? – Wo der eine Schiffbruch leidet, sammeln andere Strandgut.

Darum geht es nicht. Es geht nur darum: die Unbarmherzigkeit des Lebens zu erkennen; sie zutiefst erkennen heißt die eigene Menschlichkeit mit Weisheit überstrahlen. Sie ist Kraft.

Herr Hendrik van der Maaßen wird sich retten und erholen. Er hat Geld, ein großes Haus und einen Torfstich, kleine Segler, eine Tochter. Hendrik van der Maaßen hat nicht nötig, des Herrgotts Unbill nachzugrübeln. Denn wer Geld besitzt, der ist gewöhnlich besser im Gehirn begnadet als im Herzen. Nichts gegen ihn! Er ist gewiß in seiner steifen Vornehmheit ein wenig zugeknöpft und über allen Dingen stehend. Er lächelt kaum. Er will auch jetzt nicht merken lassen, wie sehr ihn der Verlust der »Zuiderland« betrifft, und dennoch sieht er aus, wenn er die Straße überschreitet, als sei der Leichenbitter durch die Stadt gegangen.

Zerbrochen ist das Schiff, nun wird das Haus zerbrechen.

Um die Schulden abzuwälzen, wird Hendrik van der Maßen seine Küstensegler verkaufen müssen. Vielleicht den Torfstich. Dann ist es aus mit ihm. Im Hauptkontor des Seeamts wird man die Totenglocke läuten und den Namen »Zuiderland« aus den Registern streichen. Und was dann? – –

An diesen Wendepunkt des Überlegens war Adrian gelangt, als er die Giebel seiner Stadt schon aus den Wiesen ragen sah. Auf einer Brücke standen Bauern, die wohl betrunken waren. »Wo sind die Zwiebeln?« riefen sie. »Bei so viel Blumenerde? Was?« – Als Adrian die Brücke unterfuhr, ließ einer von den Bauern laut lachend einen Strahl aus seinem Weinschlauch auf ihn herunterspritzen und schrie dazu: »Mach doch das Maul auf, du!« Dann lachten sie gemeinsam, auch Adrian, obgleich ihm nicht zum Lachen war, obgleich er die Erregung in sich steigen fühlte, die ihn zu wichtigen Entschlüssen trieb.

Bestimmt sind diese Bauern, dachte er, nun auf dem Heimweg von einer Tulpenauktion. Sie haben ihre Säckel und die Mägen voll. Fast jeder hat sich einen Weinschlauch um den Bauch gehängt wie einen Dudelsack. Wie üppig leben sie! – Wenn aber einer nicht dem Wahn verfällt, nun jeden Gulden durch den Schlund zu jagen? – Wenn er haushält und wie ein Hendrik van der Maaßen rechnet? Wenn er spart? Wenn er ein Schaf verhandelt um ein Kälblein, und ein Kalb in Tausch gibt für ein Fohlen, und ein Fohlen endlich für ein Pferd? Wenn er das Pferd für ein Gespann verhandelt, das Gespann für einen Acker, und den Acker für ein Haus? Das Haus für eine Mühle?

Ach, ganz Holland kann man in einem halben Jahr verhandeln, wenn man Tulpen hat!

Nur Tulpen brauchte man.

Um Tulpen zu erlangen, muß man Geld besitzen oder Pfänder geben. Wer aber nichts als einen alten Anzug hat und eine kahle Kammer, der ist mit allen Plänen einsam auf der Welt.

Und dennoch war sich Adrian bewußt, wie er den Plan beginnen mußte, der wie das Zerrbild eines argen Traumes in ihm aufstieg und der sich in ihm festfraß, obgleich es Raub und Diebstahl war.

Das Fräulein van der Maaßen hatte noch vor Monaten, als eine Tulpenzwiebel zwanzig Kreuzer kostete, drei Tulpenzwiebeln im Garten ausgesetzt. Sie schlummerten im Humus. Ihre Schwänze hatten das Tageslicht noch nicht erreicht. Sie sind ein Wert geworden! Das Fräulein hat sie nur zur Zierde eingesetzt, aus Spielerei. Kann aber jemand Dinge zur Spielerei mißbrauchen, wenn andere davon leben? – Und wird übrigens das Fräulein dieses Dreigestirn vermissen, da der Garten vom Frühling bis zum Herbst in immer anderen Blumenfarben prangt? Wird Truus es merken? –

Und wird sie, wenn die grünen Keime nie erscheinen, auf den Gedanken kommen, daß er, daß Adrian sie ausgehoben hat? Er, der dann groß und reich sein wird und angesehen?

Zwiebeln können faulen. Der Boden kann nicht günstig sein;

wenn Wärme oder Wasser mangelt, ist ihr Gedeihen zweifelhaft. Dann schrumpeln sie zusammen.

Aber Diebstahl ist es! –

Ach, der Wind ist viel zu heftig und das Boot zu schnell.

Am Gartenzaun hängt Wäsche. Auf den Pfählen sind Einmachtöpfe umgestülpt. Herr van der Maaßen hat seinen Bienen gute Nacht gesagt und schreitet nun dem Haus zu. Wenn er durch das Erdreich blicken könnte, müßte er die Tulpenzwiebeln sehen, die gerade dort, wo er nun geht, im Blumenbeet vergraben sind.

Er nickte nur, als er Adrian, breitbeinig auf dem Torfkahn stehend, zur Lände fahren sieht. Der hat nun keine Zeit, lang hin zu grüßen, weil er das Segel einholt und mit einem sicheren Satz hinaufspringt auf die Uferplanken, wo der Bug des Schiffes fast an die Bohlen schrammt. Er hält es spielend wie ein starkes, zahmes Pferd, das weiterwill und doch gehorsam nachgibt. Nun liegt es still und fest. Als Adrian hinüberschaut, ist Hendrik van der Maaßen schon ins Haus getreten.

Das ist gut so. –

Adrian hat in Gedanken alles schon geordnet. Er grüßt Christintje in der Küche und ruft ihr zu: »Der Torf ist da. Was gibt's zu essen?« Und sie hebt den Kopf kaum, weil sie gerade Einbrenn macht. So ist es nicht zu unterscheiden, ob sie geweint hat oder ob der heiße Dampf ihr Tränen in die Augen trieb.

Dann, während er, die Hände in den Taschen, scheinbar arbeitsam herumgeht, meint er: »Wie mir scheint, sind fremde Tauben zugeflogen. Ich muß einmal zum Taubenschlag hinauf.«

Das ist ein Vorwand, auf den Speicher zu gelangen. Eine Lüge. Sein Herz wird laut. Es schlägt ihm auf der dunklen Stiege, die zum Taubenschlag hinaufführt, bis an den Hals. Er zittert. Er spürt das mahnende Gewissen doppelt stark, als er aus einer Stube die Stimme van der Maaßens hört, und ist versucht, hineinzustürzen und zu stammeln: Ich bin ein Hund, ein Dieb, ein liederlicher Schuft! Und dennoch überredet er sich selbst, beschwichtigt sich und kommt zu dem Entschluß: Es ist auch Zeit, es später zu bekennen. Vorläufig ist noch nichts geschehen! – Aber bald war es geschehen. – –

Adrian hat auf dem Speicher, wo der Zwiebelvorrat aufgeschüttet lag, nicht nach den Tauben sehen wollen: Er wühlte in dem Haufen nach angefaulten Zwiebeln und fand auch ein paar Knollen, die ihrer Größe nach mit Tulpenzwiebeln verwechselt werden konnten. Sie waren braun und matschig und kaum noch zu erkennen. Es wäre eigentlich schon lange Zeit gewesen, den Vorrat einmal durchzusehen und die faulen auf den Mist zu werfen.

Nun steckte Adrian sie in die Tasche, tappte leise durch das abendliche Haus und schlich im Garten an die Stelle, wo Truus die Tulpenzwiebeln eingebettet hatte. Er wühlte sie heraus.

Schon lag die tiefe Dämmerung mit weichen Schatten überm Land. Er lauschte zwischendurch. Auch in die Küche hatte er geblickt. Christintje war nicht da. Er hätte jubeln mögen.

Aber atemlos und mit verbissenem Gesicht stieß er die Hände in den Boden, wühlte, fingerte und war erst jetzt von aller Angst besessen, die ihn bisher nur unterdrückt gepeinigt hatte. Ein Tropfen kalter Schweiß, der in den Nacken fiel, war wie die Spitze eines Schwertes, das ihn durchbohren wollte. Da spürte er die erste der drei Tulpenzwiebeln, die ihre dünnen Wurzeln schon getrieben hatte und ein wenig fest saß. Er riß und drehte sie. Es war so leicht, sie locker aus dem mürben Boden zu befreien. Aber die Besorgnis, nun vor dem Ziel entdeckt zu werden, machte sie zu einem Klumpen irgendeiner Masse, die wie mit Ketten an das Erdreich angeschmiedet, wie mit ihm verwachsen war. Das war sie auch. Sie hatte auch bereits den lichtgrün zarten Keim entlassen, der sich zur Sonne heben wollte.

Jetzt hatte Adrian sie nebst den beiden anderen Zwiebeln fieberhaft herausgebuddelt und an ihrer Stelle die verfaulten, matschigen schwarzbraunen Knollen ganz gemeiner Zwiebeln eingesetzt, die niemals Stengel oder Blüten treiben konnten! –

Der erste Streich, mit vieler Überlegung ausgeheckt, war ihm gelungen! Und keuchend jagte er mit seiner Beute in eine jener Kneipen, in denen die Tulpisten tagten, um ein reicher Mann zu werden, nicht ahnend, was noch alles folgen und daraus entstehen sollte. –

DRITTES KAPITEL

Die Herzogstulpen der Tante

»Ein neuer Gauner kommt!« rief ihm der Mühlknecht zu, als er den ersten Schritt in die Spelunke machte, die voller Rauch und Lärm und Menschenstimmen war. Bestürzt sah Adrian sich schon ertappt, um langsam an dem Grinsen und an den Reden der anderen zu erkennen, daß dies der Ton bei den Blumisten war, die ihn sogleich in ihre Fänge nahmen.

Man drückte ihm ein Schreibbrett in die Hand, ein Täfelchen und einen Griffel, und ehe er verschnaufen konnte, war er an den Tisch geschoben, wo eine Reihe der übelsten Gestalten, die es in der Stadt gab, wie Richter auf den Stühlen saßen. Er bemerkte, daß jeder, der im Wirtshaus war, ein Schreibzeug hatte, und hörte ruhig an, was ihm ins Ohr geschrien oder zugeflüstert wurde.

»Oh«, sagte Adrian, »was wollt ihr denn? Ich bin ja nur gekommen, um ein Bier zu trinken.«

Soviel war ihm bekannt, daß er nicht gleich am Anfang in die Tasche greifen und seine Ware zeigen durfte. Sie hatten oft im Torfstich von den Komparitien gesprochen, und oft genug war seine Nase fast platt geblieben, weil er sie allzu heftig an der Fensterscheibe rieb, um jeden Vorgang beim Handeln der Floristen zu verfolgen.

Nun ließ er zwar die Tafel neben seinem Bierkrug liegen, tat aber so, als ginge ihn das alles gar nichts an. Er rauchte seine Pfeife und blickte ihrem Rauch nach. Das war die Art der großen Männer, die bis zuletzt fast unbeteiligt waren, um schließlich ihr Gebot zu nennen oder selber ihre Tulpen anzubieten.

Wie Feuer brannten ihn die Zwiebeln in der Tasche, und wenn die Türe ging, erschrak er.

Einer von den Händlern, der sich als Schuster zu erkennen gab, versuchte, sein Vertrauen zu gewinnen. Als Adrian ihn keiner Antwort würdigte, ging er hinüber zu den anderen und flüsterte: »Der hat bestimmt ganz große Sachen.« Mißtrauisch blickten sie herüber.

Der Torfknecht Adrian, gewachsen wie ein Landsknecht, aber doch behäbig wie ein Ratsherr, war Mittelpunkt im Komparitium geworden. Nur der Anzug fehlte ihm, um das zu sein, was aus ihm werden konnte. *Er* war der rätselhafte Mann, auf den man immer wartete, der auch die blaue Tulpe aus der Erde stampfen konnte, obwohl sich die Gelehrten noch darüber stritten, ob es eine gab.

Adrian, mit Torf und Dreck an seinen Schuhen und mit Händen, denen man die Arbeit mit der Erde ansah, konnte ein Vermögen aus der Versammlung schröpfen, wenn er es klug begann.

Und er begann es klug.

Wer an Fortuna glaubt, an Lotterien, an das Füllhorn eines Glücks, das von den Göttern gütig ausgeteilt und unverdient gespendet wird, der ist nicht weit entfernt vom Aberglauben. Der rechnet mit dem Glück und sieht den Feldstein, auf den Weg verirrt, als Gold an, das man nur zu heben braucht. Der sieht im Bettler einen Fürsten nahen und im Torfknecht einen Tulpenzüchter, der mit den edelsten der Tulpen nur so um sich wirft.

So wandelt sich die herrlichste Vernunft zum Unsinn.

Adrian, der wohl die Stille spürte, die allmählich eintrat, und der wohl begriff, daß alles Wispern und Geflüster sich auf ihn bezog, sah seine große Stunde kommen.

Deshalb legte er die letzten Kreuzer, die er hatte, für seinen Bierkrug auf den Tisch, sah einen nach dem anderen am Ratstisch an und wollte gehen.

Das war der Augenblick, der es entscheiden mußte. Denn nun auf einmal war der Schuster bei ihm, und der dickste Mann vom Ratstisch wälzte sich mit etlichen Kumpanen auf ihn zu, laut schreiend: »Will Er denn ein anderes Komparitium suchen? Ja? Er hat doch Zwiebeln, nicht?«

»Ei freilich«, nickte Adrian zurück. »Mir scheint jedoch, ihr alle habt zusammen nicht das Geld, was ich für eine einzige von meinen Tulpen leider nehmen muß. Laßt mich nur fort.«

»Hierbleiben«, drängten sie ihn von der Türe fort, und Adrian, dem innerlich das Herz zu hüpfen anfing, ließ sich schwerfällig in die Mitte des ganzen Rats befördern, der auf einmal durcheinanderschrie, als sei die größte Schlacht im Gange.

»Hinsetzen«, forderte der Dickste und beugte sich gleich vor, um rasch als erster dazusein: »Was hat Er? Was verlangt Er?«

»Viel, viel Geld.«

»Als ob wir hier mit Muscheln zahlten«, höhnte ihn der Dicke, der ihm auf die Schulter hieb und sagte: »Alter Zwiebelkopf. Nun 'raus mit deiner Ware!«

Adrian nahm sich Zeit. Umständlich hockte er sich hin, die Arme auf den Tischbord legend und jeden, der im Saal war, genau betrachtend, als schätze er, was er bezahlen könne. Dann kratzte er sich lang im Nacken, unschlüssig an der Unterlippe nagend und ein wenig lächelnd.

»Gewissermaßen«, fing er zögernd an zu sprechen, »bin ich ja hier bei euch ganz fehl am Platze . . .« Nun verhielten sie den Atem. »Weil«, fuhr er fort, »ihr euch erdreistet, mich einen Zwiebelkopf zu heißen und ihr selber die schlimmsten halbverfaulten Zwiebelköpfe seid.«

Sie lachten. Sie hätten ihn genausogut mit Fäusten aus der Wirtschaft boxen, Bierkrüge über seinen Schädel schmettern oder ihn auf andere Weise attackieren können. So aber grinsten sie sich gegenseitig an. Sie waren fast gespannt darauf, noch mehr beschimpft zu werden. Oh, es kam noch besser.

»Mistbrüder seid ihr«, griff Adrian die Rede auf, als das Gelächter in der Ecke versickert war, »ja, Mistbeetbrüder, die nur auf Dumme warten, um sie abzulausen, weil ihr selber nicht mehr wißt, wie eigentlich ein Gulden aussieht.«

Ein kleines fettes Männlein, das er kaum beachtet hatte, das unterm Tisch hindurchgekrochen und auf ihn losgefahren war, stand plötzlich neben ihm. Es hob den Finger wie überlegend an den Nasenflügel und fragte mit einer knabenhaften Stimme: »Will Er mir wohl sagen, wen Er mit seinen Schimpfereien meint?«

»Gewiß«, sah Adrian auf ihn hinunter, »ich meine alle Bauernfänger, die so tun, als säßen sie auf Guldensäcken, und die doch nur gierig darauf warten, bis einer ihre Zeche zahlt.«

An dem Protest, der nun aus allen Kanten kam, war zu erkennen, daß die Gelegenheit, profitlich abzuschneiden, immer näher rückte. Keiner dieser Wegelagerer, wie Adrian sie noch bezeichnet hatte, wollte den Makel auf sich sitzenlassen, kein Geld zu haben. Am meisten machte sich der kleine Mann heraus, der eine Brille trug und böse funkelte. *»Mich«*, rief der Kleine aus, »hat hier noch keiner überboten! Ich habe immerhin zwölf Lasten Torf im Schuppen, die ich bieten kann!«

Da fiel ihm Adrian ins Wort: »Und ich, mein Lieber, weiß große Plätze Brachland, wo so viel Torf liegt, daß man den ganzen Hafen damit trockenlegen könnte.«

»Zwei Pferde setze ich für eine Ware, die es wert ist!« gab das Männlein aufgeregt zurück.

»Und ich drei Ochsen«, mischte sich der Dicke ein.

Nun gaben auch die kleinen Bieter ihre Angebote ab, laut durcheinander schreiend. Es wurden Schafe, Schweine, Enten und andere Tiere zum Handel angetragen, Bettstellen, Bettzeug, Kleider, dann wieder Bier, Schnaps, Neckarwein, der dazumal zu Schiff nach Holland kam und viel getrunken wurde.

Adrian lachte nur und wehrte ab: »Heiraten will ich freilich einmal, aber heute nicht. Ihr wollt mit eurem Hausrat windige Geschäfte machen. Was habe ich gesagt: Geld habt ihr alle keines!«

Ereifert hängte sich der Kleine an ihn, und wenn auch Adrian so tat, als wolle er sich trotz der Angebote aus dem Staube machen und als sei ihm dieser aufgeregte Kerl genauso Luft wie alle anderen, ließ er ihn doch reden. *Der* und kein anderer war der Käufer, wenn er ihm die Zwiebeln nicht in das Gesicht schmiß. Denn wer hatte ihm bestätigt, welche Sorte seine Tulpen waren? Was konnte er von ihnen sagen? Wie hießen sie? Wie standen sie im Kurs? Was wußte er von seiner Ware?

Das Fräulein Truus wird nicht die schlechtesten erstanden haben.

Der Webermeister – von den anderen wurde das kleine Männlein als solcher angesprochen – hatte Adrian an einen Tisch gezogen.

Nun drängten die Gestalten an ihren Platz heran.

Das war das tolle Pack aus allen Ständen, eine Spukgesellschaft, die in Gehirn und Herz von allen Leidenschaften durchgeschüttelt wurde, die es gibt, von Neid und von Gewinnsucht, von Raffgier, Eitelkeit, Genußsucht, und von der Sehnsucht, die alle armen Leute haben: auf einmal reich zu werden.

»Ach«, seufzte Adrian und dachte angestrengt an die Erzählung, die er diesen Kerlen auftischen wollte und deren Anfang er bereits gefunden hatte.

»Meine Tulpen«, fing er an und blickte wie traurig vor sich nieder, »haben eine seltene Geschichte. Nämlich: eigentlich sind es nicht meine eigenen Tulpen.« (Denn gut erzählt, war halb verhandelt, und gut gelogen, war doppelter Verdienst.) Mit weiten Augen hörten sie ihm zu. Vor Neugier wagte keiner mehr, nach seinem Krug zu langen und einen Schluck zu nehmen. Adrian schlug immer noch die Augen nieder.

»Weit vor der Stadt«, spann er den Faden seiner Lug- und Truggeschichte weiter, »hat man eines Tages einen reichen Mann beinahe umgebracht. Ihr wißt es noch. Er kam aus Rotterdam, vier Pferde vor dem Wagen, die wundervolle Renner waren. Ja?« Sie nickten, und Adrian ergänzte: »Man sagte damals, es sei ein Fürst gewesen, vielleicht sogar ein Herzog, ein hoher Mann, der mit dem Kaiser irgendwie verwandt war. In *unserer* Gemarkung mußte es geschehen, daß eine Bande von sieben Räubern den Wagen aufhielt und in einem Kampf – den niemand schildern kann, der nicht dabei war – den Herzog mit dem Dolch dermaßen schwer verwundete, daß er wie tot am Wege liegen blieb. Wer weiß es noch?«

Sie alle wußten es, obgleich es keiner sicher wußte. Aber möglich war es, und weil es möglich war und weil sich einige der Tulpenhändler so gebärdeten, als wüßten sie davon, war auch die andere Hälfte davon überzeugt. Wie Kinder waren sie, die sich bedeutungsvolle Augen machen: Ja, so war es, und die darauf gespannt sind, das, was sie wissen, noch einmal zu hören. »Weiter«, drängelte der Webermeister, der ungeduldig an den Lippen nagte.

»Weiter, ja«, warf Adrian ihm dankbar einen Blick zu, »weiter ist natürlich nichts bekannt geworden. Der Herzog, oder was er war, vielleicht der Kämmerer des Kaisers oder sonst ein näherer Verwandter, hat sich mit seinen letzten Kräften aufgerafft und ist zu einem Haus gekrochen, wo er geborgen war. Dort hat ihn eine alte Frau gepflegt, ihm seine Wunden ausgewaschen, ihn verbunden, ihn gespeist, umsorgt, ja, eine alte Frau, die nicht von seinem Bett wich, das ihr eigenes war, die nächtelang für ihn gebetet hat! ... Und – seht ihr – diese alte gute Frau ist meine Tante.«

»Ich müßte lügen«, warf der Dicke ein, der mit den Händen fuchtelte, »wenn ich von dieser Räuberbande je etwas vernommen hätte. – Ich bin doch beim Gericht gewesen«, versuchte er den Zwischenrufern aufzudrängen; aber die anderen winkten ab.

»Der Herzog reiste weiter.«

Als blicke er dem Wagen nach, sah Adrian mit offenem Munde auf.

»Weit weiter reiste er, von Reiterei umringt, vielleicht nach Brüssel, nach Paris, Madrid. Weit, weiter ... Meine Tante dachte nicht mehr an den halb Erschlagenen, weil sie getan hat, was Menschenpflicht verlangt. Es ist doch so? – Sie hat auf keinen Dank gehofft. Sie hat so selbstlos, daß *auch ich* es kaum begreife, obwohl ich selbstlos bin, dem Fremden alles, was sie hatte, geopfert, hingegeben, am eigenen Munde abgespart. Ja, eine arme, alte, gute Frau – und das ist meine Tante. Ich bin stolz auf sie.«

Ein Glanz von Freude war über sein Gesicht geflogen. Nun wagte keiner mehr, die aufgeblasene und mit viel Rührung vorgetragene Geschichte zu bezweifeln, die Adrian so tief erfüllte, daß er echte Seufzer zwischen seine Rede streute.

»Meine Tante«, hub er wieder an, »hat ihre dürre Ziege wie jeden Tag am Wegrand grasen lassen, hat ihren Hirsebrei gestampft und ganz vergessen, daß das Schicksal eines großen Mannes durch ihre Hand gegangen war. Der Herzog aber hat daran gedacht! Denn eines Morgens – denkt euch –, als meine Tante die Ziege aus dem Stall holt, hört sie Peitschenknallen auf der Straße, und eine Stimme sagt: ›Hier ist das Haus. Hier wohnt die gute Frau.‹ Und wie in einem Märchen stand eine wunderbare, verzierte Kutsche da, gezogen von vier Schimmeln. Windspiele und Bediente in goldbortierten roten Fräcken sprangen um die Kutsche. Vor freudigem Erschrecken ließ meine Tante den Strick der Ziege fahren, die mit Gemecker durch das Feld sprang und die Hunde, die ihr folgten, mit den Hörnern anging . . .«

Er hätte noch viel mehr von dieser Ziege sprechen können, etwa davon, wie sie mit den Hunden spielte, sie mit ihren Sprüngen narrte und sie endlich in die Flucht schlug. Denn er hatte einmal einen solchen Ziegenkampf gesehen, freilich nicht bei seiner Tante. Er mußte aber, und die Erzählung war ihm fast zu lang geraten, von seinen Tulpenzwiebeln sprechen. Das Geheimnis, das er eben um ihre Herkunft ausgebreitet hatte, war jetzt schon seinen Preis wert.

»Stellt euch vor«, ging Adrian zum Ende seiner Flunkereien über, »als die Bedienten nach den Hunden jagen, ihnen pfeifen, rufen und sie fangen, tritt eine feine junge Dame, wie sie nur auf Kirchenbildern ähnlich schön gemalt sind, auf meine Tante zu und sagt: ›Sie sind die gute Fee, die meinen Vater vom Tode errettet hat.‹ – Mit diesen Worten überreicht sie ihr drei Zwiebeln, lächelt noch und kann vor Rührung kaum weitersprechen. ›Ich und mein Vater‹, flüstert sie, ›sind Ihnen ewig dankbar.‹ Dann wendet sie sich hastig ab, weil ihr die Tränen in den Augen stehen; die Kutscher und Bedienten springen auf den Wagen, und als meine Tante innewird, was vorging, ist der ganze Aufzug schon im Staub der Räder und der Rossehufe ihrem Blick entschwunden. – Diese Tulpen sind es«, nun hat Adrian die Zwiebeln des Fräuleins van der Maaßen auf den Tisch gelegt, die Hand darüber deckend, »diese Herzogstulpen hat meine Tante mir heute unter heiligsten Versprechungen gegeben, und keinen Kreuzer weiche ich von ihrem Preis zurück. Wer bietet was?« – –

Der Bienenschwarm war aufgescheucht. Wenn aber einer nach den drei Tulpenzwiebeln greifen wollte, deren Keime aus den dunklen Häuten leuchteten, fuhr Adrian dazwischen: »Liegenlassen! Jeder kann sie sehen! In ein paar Wochen werden meine Herzogstulpen ihre Kelche heben und jede andere Tulpe an edlem Wuchs, an Farbe und an Schönheit übertreffen! Seht sie nur an. Nur soll sich keiner unterstehen, sie mit seinen Pfoten anzufassen.« –

»Herzogstulpe« war ein guter Name, das wußte er. Wenn eine Zwiebel gehen sollte, mußte sie getauft sein, auf einen

General, auf einen Edelmann, auf einen großen Züchter. Blumen ohne Namen haben keinen Preis.

»Ich wäre doch«, rief Adrian in das Getuschel, das um seine Herzogstulpen immer lauter wurde, »ein ungetreuer Neffe, ein Dieb, ein Schelm, ein häßlicher Betrüger, wenn ich meiner Tante die größte Freude ihres Lebens, ihren größten Schatz verschachern wollte! Stimmt es?«

Ja, es stimmte. Er konnte die Geschichte seiner Tante unbesorgt erzählen, obgleich die Frau, die er im Auge hatte, nicht seine Tante, sondern eine Muhme oder eine andere weitläufige Verwandte war. Denn überdies war diese Tante taub.

Und wenn auch seine Zwiebeln, denen er den Namen »Herzogstulpen« mitgab, nicht zu den besten Sorten zählten, so wog die Sache mit dem Herzog den Mangel dreifach auf! Die Angebote rieben sich, und als sie immer höher wurden, war der Wirt ins Komparitium gesprungen, das in der Wirtschaft »Zum grünen Frosch« beisammensaß, wo bessere Käufer waren. Im Eilschritt und mit Wagen kamen neue Tulpenhändler an, die Adrian bestürmten und denen er die traurige und doch erhebende Geschichte seiner Herzogstulpen erneut erzählen mußte. Adrian verging bei dem Gedanken, daß ein Bekannter kommen und seine Schwindeleien entlarven könnte, er nahm sich vor, zu seiner Tante oder Muhme hinauszufahren, ihr etwas zu schenken, ihr schönzutun und sie, soweit es ihm bei ihrer Taubheit möglich war, in seine Sache einzuweihen.

Unterdessen galt es, hier den Vorteil wahrzunehmen! Er sah, wie sich der Webermeister mit Unmutsfalten auf der Stirn zurückzog, weil ihm der Handel nun entwunden wurde. Er hetzte seine Freunde gegen Adrian, die sich berieten, ob sie ihre Angebote zusammenlegen und gemeinsam die Herzogstulpen kaufen oder ob sie Adrian aus ihrer Börse jagen sollten. Er machte ihren Ruf und ihr Geschäft zunichte! Er ziehe böse Konkurrenz heran, die in die schweren Beutel greife und ohne Wimperzucken zahle. Wo bleibe da der kleine Händler? Der davon leben müsse? Der keinen Reichtum sammle? Der aber seine Kreuzer treu und redlich dem gleichen Wirt aufs Zahlbrett lege?

Mit Schmunzeln stand der Wirt an seinem Schanktisch. Wenn *dieser* Kaufvertrag geschlossen wurde, gab es eine

Zeche, die eine ganze Woche seiner Winkelhändler aufwog. Die großen Männer, die in Hoorn und Haarlem jeden Preis bezahlen, hatten sein Lokal beehrt. Hier gab es keine Rücksicht, auf den Dicken nicht, der immerwährend sagte: »Ich führe hier den Vorsitz«, und auf den Webermeister nicht, der Adrian fast drohend ins Gewissen redete: »Ihr seid uns schuldig, uns an den Kauf zu lassen. *Ich* habe Euch die erste Bietung vorgeschlagen. Ich erhöhe meinen Satz. Für eine Zwiebel – ich *muß* eine dieser Herzogstulpen haben – biete ich zwölf Ballen bestes Leinen! Das reicht für eine Braut.«

»Abwarten«, riet ihm Adrian. Er war benommen, weil ihm Gulden und anderes Geld, Grundstücke, Korn und Hausvieh angeboten wurden. Er mußte wissen, was er wollte, sonst hatten jene, die er übers Ohr zog, ihn gleichfalls übers Ohr gezogen. Er rechnete und tupfte sich den Schweiß ab.

Einen Wagen hatte einer ausgesetzt, dort einer bares Geld; der Dicke bot ein Rudel Schweine an. Jetzt hatte ihn das Fieber auch ergriffen. Ach, welch ein Unheil, dachte er, fällt in die Ruhe, wenn das Geld zum Rollen kommt. Wie flüchte ich aus diesem Hexenkessel heil hinaus und finde doch mein Ziel?

Mit aller Überlegung, die ihm zu Gebote stand, entwirrte er die Fülle, die ihn zu übermannen drohte, und als er auch den Anstandstrunk beglichen hatte, war er ein neuer und nach seiner Meinung für den Anfang leidlich reicher Mann geworden. –

Der Herzogstulpen, deren rührende Geschichte nun durch ganz Holland gehen würde und die eigentlich im Garten Hendrik van der Maaßens mit aller Angst geräubert worden waren, hatten sich bezahlt gemacht. –

Auf einem Wagen mit zwei Pferden war der Torfknecht Adrian zum Haus des Webermeisters abgefahren, wo er zwölf Packen besten Leinentuches auflud und in einen neuen Anzug stieg, der ihm vortrefflich saß, zumal noch ein paar hundert Gulden in den Taschen staken.

Dann lenkte Adrian zum Hause Hendrik van der Maaßens, stolz wie ein Kaufmann und kaum noch von der Übeltat verfolgt, die in der Seele mahnte, die er aber nun zu überwinden wußte, weil er ja reich geworden war. –

Von einer gespenstischen Nachtfahrt, von dem reichen Mann im Ofenloch und von der Schaukel auf dem Fensterbrett

Kurz vor dem Hause, als er schon das Licht aus dem Kontor erkannte, warf er seinen Vorsatz um und schwenkte in eine andere Richtung ab. Ihm spukte die Geschichte durch den Kopf, die er den Tulpenmännern aufgebunden hatte und die ihn nun bewog, an jenen Ort hinauszufahren, der in seinem Lügenmärchen vorkam.

Es war ein weiter Weg, von hohen Pappeln, Erlen und verwachsenen Weidenstotzen beiderseits besäumt. Der Mond, der zart umrandet am hellen Abendhimmel stand, warf ihre Schatten seltsam auf die Straße, und weil der Wagen schockerte, erschienen sie ihm wie Gestalten, die sich bewegten.

Dieser Eindruck war es, der ihn ängstlich machte, weil er nun selber an das halbe Dutzend Räuber glaubte, die er erfunden hatte. Er wagte kaum, sich umzuwenden, weil in seiner Phantasie die Räuber schon am Wagen hingen und die Leinenballen stahlen, weil sie vor ihm tanzten, von den Hufen seiner Pferde zerhackt, zertrampelt wurden und doch von hinten auf den Wagen sprangen. Die Schatten auf der Straße narrten ihn; an jeder Biegung tauchten andere Gestalten auf, und als ein später Ackersmann mit einer Sense auf dem Deichweg näher schritt, sah er den Tod sich nahen. – Lief er ihm nach, der Tod? Schrie nicht ein Kauz? Kiwit, komm – mit? Trug nicht der Nachtwind eine Melodie ins Rasseln seines Karrens, in das Gestampf der Rosse?

Ach, das war der Lärm der Schenke, der noch nachklang, und der Aufruhr, der sich aus der Seele ringen mußte. Anhalten, dachte er, anhalten sollte man, die Pferde saufen, sich ver=

schnaufen lassen. Umkehren müßte man und alle Lügen Lügen strafen. Denn immer braucht man einen Menschen, um zu beichten, das Gute und das Schlechte.

Er hatte sich zurechtgelegt, wie er mit seinem Reichtum vor Christintje treten und ihr das Leinenzeug als Brautausstattung übergeben wollte. Es sollte nicht nur Lohn und Dank für manchen Happen sein, den sie ihm zugeschoben hatte; es war in einem guten Herzen ausgedacht als Abschluß jener Traurigkeit um Josias, die ihr Gemüt noch jetzt umdüsterte, zugleich als Angebinde für ein neues Leben.

Aber nahm sie ihn? – Wer wußte es, wie tief der Schmerz in ihrem Herzen saß und welcher Überredung es bedurfte, die Verhärtung ihrer Trauer zu erweichen, um wieder lachend mit versonnten Augen durch das Haus zu schalten? Und wiederum: Wie nahm sie seinen Aufzug, seinen Reichtum auf? Die Pferde, diesen Bauernwagen mit dem Bocksitz und das Leinenzeug? Den neuen Anzug, der ein Seidenfutter hatte und zu dem man eine Kette tragen mußte?

Er sagte sich: Wenn Frauen lieben, so lieben sie das Herz, und alles andere bleibt sich gleich; wenn sie das Herz nicht lieben, ist alle Liebe falsch. Wie wird Christintje sein? Wie wird sie sich entschließen?

An diesem Punkte war sein Zweifel wach geworden, und deshalb hatte er den Pferden die Peitsche hingefitzt und war davongesprengt. Gab es kein Ende dieser Überlegung, keinen Halt, kein Ja, kein Nein?

Die tausendmal erwogene Frage, die sich zu seiner Furcht gesellte, nun in der Tat den Räubern zu begegnen, trieb ihm den Angstschweiß auf die Stirne.

War es nicht unheimlich, wie ein ruheloser Nachtgeist auf einem fremden Fuhrwerk durch die Welt zu karren, sinnlos aus der Stadt hinaus, und nichts als Ziel zu wissen, als ein altes Weib im Schlaf zu schrecken, fremden Pferden, die Hand und Ruf nicht kennen und wie besessen an den Gurten zerren, ausgeliefert? War das Segen oder Reichtum? –

Doch die Gäule klappern weiter; straff und naß sind ihre Hälse. Wenn sie schnauben, fliegt der Schaum. Ein Spuk ist es!

Was unkt, sind Frösche, redet er in sich hinein. Und was das Blut herumtreibt, daß es singt und zittert und wie taub macht, ist die Lüge! Ja, die Lüge! Das Gewissen! – Wenn der Wagen schwankt – er holpert – sind es Steine. Immer liegen sie im Weg. Er neigt sich. Adrian, der Teufel fingert aus den Büschen, aus den Bäumen, aus dem Schlagloch in der Straße!

Ist das eine andere Stimme? Aus der Luft, der Nacht, aus dem Kanal? Man muß sie niederschreien!

Immer meldet sie sich wieder: Pferde gibt es, Wagen gibt es, die den eigenen Fuhrmann töten. Ohne Beichte aus der Seele frißt ein Wiesenbach das Leben, und den Leib verschluckt der Schlamm.

Ruft denn jemand? Ist es Gott, der nun herabrauscht? Kommt das Meer hereingebrochen? Oder lächelt Fräulein Truus? Poltert nun Christintje wieder: Wo er bleibt, der liederliche Faulpelz? – Ach, er fährt ins Land hinein, und die tiefgebeugten Äste rauschen über seinen Haaren, die so naß sind wie bei Hunden, wenn sie aus dem Wasser kommen.

Drüben wacht der Müller noch, mahlt noch, läßt sein rotes Lichtlein leuchten. Wenn die Flügel langsam kreisen, wischen sie das Sternlein aus. Aber immer wieder lacht es.

Und dann kommt das Haus in Sicht. Niedrig hockt es tief im Garten, hingebuckelt zwischen Hecken und im Wald von Bohnenstangen. Halt, ihr Pferde, haltet an! –

Einer Räuberhöhle gleicht es.

Als die Pferde plötzlich hielten, haben Hunde Laut gegeben. Adrian blieb auf dem Bocksitz. Jetzt fühlte er erst den Nachtwind, hörte er sein eigenes Keuchen, spürte er, daß ihm der Rock naßgeschwitzt am Rücken klebte. Wie ein Mann, der viel zu denken und noch mehr zu beichten hat, ging er zu den Pferden hin, strich sie, kraulte, tätschelte sie. Oder wichen sie ihm aus? Rochen sie den Übeltäter und den neuen fremden Rock? Adrian riß ihnen Gras ab, stand dann brütend auf der Straße, sah zum Mond auf, wollte pfeifen, nickte, war sich wieder einig, weil er klar die weiten Wiesen schattenlos im Mondlicht sah.

Ja, hier konnte jener Herzog freilich überfallen werden, und kein Mensch erfuhr davon. Das war die Landschaft seiner Lüge! Sie gefiel ihm bald so gut in ihrer mondscheinhellen Friedlichkeit, daß er ruhig und beinahe freudig wurde. Jetzt war die Gewissensnot vergessen, die ihn auf dem Weg geängstigt hatte. Adrian war wieder Adrian.

So trat er langsam in den Garten ein, bewehrt mit seiner Peitsche und jeden Augenblick gewärtig, sie einem Hofhund übers Maul zu hauen. Nichts regte sich. Er sah den Ziegenstall und horchte dort. Wahrscheinlich schlief die Ziege. Auch die Tante schlief.

Die ganze Welt samt Bach und Bäumen schien im tiefen Traum zu liegen.

»Heda«, rief er und war erschrocken über seine eigene Stimme. Als ihm einfiel, daß die Tante oder Muhme doch auf beiden Ohren taub war, lachte er aus vollem Halse. Sollte er ans Fenster klopfen, an die Läden, an die Türe, oder sie erbrechen? Sollte diese Nachtfahrt denn umsonst gewesen sein? Er gähnte.

Es war Zeit, zu schlafen. Vom Wasser kam es kühl her. In allen Gliedern spürte er den Schlaf, und als er nun entschlußlos auf dem Hof stand, in den Schuppen starrte und im Aschenloch des Ofenhauses die rote Glut verglimmen sah, kam sein Entschluß von selbst: Dort konnte man die Nacht verbringen.

Er ging zu seinen Rössern, schirrte ab und führte sie zur Scheuer, wo er Stroh herabriß, Wasser holte, Heu fand. Wie ein Fuhrmann war er, der im fremden Ausspann übernachtet, der zuerst für seine Tiere sorgt und dann erst für sich selbst. Die Leinenballen schleppte er ins Stroh. Dann suchte er sein Lager auf, das Backhaus, wo es warm war, weil die Tante anscheinend heute Brot gebacken hatte. Es war ein niedriges, verzwergtes Lehmgebäude, das aus einem Aschenloch und einem Ofenraum besteht, wie es noch heutzutage in Dörfern anzutreffen ist.

Als er in jene Höhle tastete, die jetzt noch voller Hitze steckte, und endlich drinnen lag, drang ihm die Wärme aus den Steinen dermaßen in den Körper, daß er mitunter fast zu braten glaubte.

Er schlief trotzdem. In seiner Phantasie ging aber das Erlebnis dieses Tages weiter, den Traum mit Wirklichkeit vermischend und den Schlaf, der ihn gefangenhielt, durch einen quälendheißen Halbschlaf unterbrechend.

So erlebte er, daß ihm die Ofentüre vor der Nase zugeworfen wurde, daß er Stimmen hörte, Schritte, Pferdehufe, Wiehern, Ziegenmeckern. Hatte ihn die Tante eingeschlossen? War es Morgen? War es Tag geworden? –

An den Waden und am Hosenboden stieg die Hitze unerträglich. Stöhnend drehte er sich um, versuchte aufzustehen und schlug sich in dem niedrigen Gefängnis den Schädel wund. War *das* die Strafe, daß die eigene Tante, die er beschworen hatte, ihn verbrannte? Daß die Pferde höhnisch wieherten, die Ziege ihr Gemecker hintendrein gab? War das die blutige Vergeltung für drei Zwiebeln? –

Es nützte nicht, zu schreien oder mit den Fäusten an die Wand zu trommeln, weil die Tante taub war! Die schreckliche Erkenntnis lähmte ihn. Und dennoch raffte er sich auf, schlaftrunken auf die Knie gehend, kroch wie ein Wurm, wie eine Raupe und mit dem Buckel die Steine des Gewölbes streifend, durch den Ofen. Wie ein Rammbock hockte er zum Sprung gekauert in der Finsternis. Er tastete die Wand ab und setzte an der Stelle, wo sich das Ofenloch befinden mußte, gleich einem Ziegenbock den Kopf an, drückte, stieß und stieß ihn unaufhörlich, von Wut und Schmerz erfüllt, wie einen Keil an jene Pforte, die nicht nachgab. Er spürte Beulen in den Haaren wachsen. Aber das Ofentürle ging und ging nicht auf! –

Er kroch zurück, mutlos, zerschunden und wahrscheinlich überall zerfetzt, verdreckt und häßlich. Da spürte er, wie es um seine Füße plötzlich kühler wurde, wie sie, beim Rückwärtskriechen, ihren Halt verloren! Wer griff dort zu? Wer zerrte ihn und war doch nicht zu spüren?! –

Ermattet sank er auf den Fliesen hin, lag auf dem Bauch, von Schmerz und Scham erfüllt und seinen Traum verfluchend, der ihn erneut betrogen hatte! – Denn nun erkannte er, daß er im Schlaf die Richtungen verändert hatte, daß er mit seinem Kopf ans Ende der Ofenhöhle geraten war und daß die Füße dafür ins Freie ragten. Als er durchs Ofenloch hinausah, war der Mond verschwunden, was viel erklärte.

Schwer atmend schlief er endlich mit offenem Munde ein. – Als er jedoch am Kopf gezogen wurde, als wolle ihm ein Nachtgeist die Haare aus der Kopfhaut reißen, erwachte er und sah sich seiner Tante gegenüber, die ihn aus dem Ofen zog. Geblendet von der vollen Morgensonne, rieb er sich die Augen. Er mußte niesen. Dann erst gewahrte er die Tante, die keifend auf ihn losfuhr und mit dem Broteinschießer, einem schaufelhaften Brett an langer Stange, auf ihn eindrang. Überrumpelt und um dieser fürchterlichen Waffe zu entgehen, raffte er sich auf und lief davon.

Die Tante folgte ihm durch Busch und Beete dicht auf den Fersen und schlug auf ihn ein! Er stolperte und stürzte und taumelte zuletzt in einen Wassergraben, der hinterm Garten floß – und jetzt war es von Nutzen, daß die Tante den Bäckerspeer wie einen Rettungshaken bei sich hatte ... Sie half ihm aus dem Wasser.

Ihr Zorn war nun verraucht. In ihren kleinen Augen, die von den Lidern, wie bei einer Eule, fast überzogen wurden, trat das Mitleid auf, und von den Zornesworten ging sie auf einmal in ein barmherziges Bedauern über, das ihm wohltat. Jetzt war die Tante, wie er sie geschildert hatte, seine Herzogstante, eine gute, alte, liebe Frau, auf die er stolz war. Jetzt konnte man verhandeln.

Die eigentliche Absicht, die ihn hergetrieben hatte, mußte nun verwirklicht werden. Er mußte ihr begreiflich machen, daß er die Tulpen *ihr* verdankte, falls andere Blumisten beutegierig zu ihr kämen und sie fragen sollten. Er tropfte noch, als er mit schweren Schuhen, aus denen Wasser quatschte, dem Haus entgegenschritt. Er fingerte in seinen Taschen nach den Gulden, die er gestern eingenommmen hatte, und fand sie noch. Ein paar der Münzen nahm er in die Hand und legte sie, als ob auch sie nun trocknen müßten, auf das Fensterbrett, genau in einer Reihe ausgerichtet.

Vor dieser blitzenden Parade machte seine Tante große Augen. Er schürte ihre flimmernde Begehrlichkeit, indem er einen Gulden nach dem andern, als ob es Knöpfe wären, blank polierte.

Unterdessen hatte sie ein Waschseil aufgezogen und gesagt: »Ich will den Kittel trocknen.« Sie gab ihm zu verstehen, daß er auch die Hose ausziehen und dazu ins Zimmer treten solle. Er tat es, reichte ihr die Schuhe und die Hose durch das

Fenster und sah nun zu, wie seine Tante sich um seine Sachen mühte.

Dann holte er ein Nudelbrett heran, das er in schräger Lage an den Sims des Fensters lehnte (er war nur noch mit einem Hemd bekleidet), und legte sich auf dieses Bett, beschaulich in den Hof und auf die Felder guckend, die in schönster Morgensonne vor ihm lagen.

Im Hofe wimmelte die Tante, die den Pferden Heu und Wasser brachte. Keinen Blick warf sie herauf. Weil Adrian hin=gegen ein Gespräch mit ihr beginnen wollte, suchte er nach einem Mittel, sie aufmerksam zu machen.

So erblickte er ein Säcklein mit gedörrten Zwetschgen, und weil er Hunger spürte, fing er an, die zähen Häute mit den Zähnen von den Steinen abzulösen; die Steine selber spuckte er hinaus, bei jedem Kern auf seine Tante zielend in der Hoff=nung, er möge treffen. Aber es gelang nicht.

Beim dritten Dutzend kam ihm das Bedenken, daß die dür=ren Zwetschgen, wenn sie eingeweicht in seinem Magen lagen, aufquellen und die Magenwände sprengen konnten; deshalb fing er an, die harten Zwetschgen, wie sie waren, seiner Tante an den Kopf zu schmeißen. Und da traf er endlich!

Sie drohte zornig und verzweifelt. Aber Adrian, mit breitem Grinsen das Kinn aufstützend, zwinkte nur mit einem Augen=deckel und zählte dann, bei jedem Gulden ein wenig nickend, die Silberstücke auf der Fensterbank. Damit zu Ende, sah er seine Tante an, und das begriff sie. Ihr Mund stand offen. Er konnte ihre letzten Schneidezähne und das Gaumenzäpfchen sehen.

»Ja«, griente er und zeigte mit dem Finger auf die Gulden, nahm das Häufchen in die Hand und tat dann so, als wolle er das Geld ihr hoch im Bogen in die Hände werfen.

Nun war die Tante ihrer Sinne wieder mächtig. Sie verstand, daß Adrian mit seinem Reichtum nicht nur protzen, sondern sie damit beschenken wollte. Diese Großmut begriff sie wieder nicht. Und darum schrie sie: »Adrian, du bist ein Dieb! Ein Nichtsnutz! Ja, ein Räuber! Ein Betrüger!«

Er war entsetzt. Die Tante wußte sicher nichts vom Tulpen=handel, von Tulpisten und Blumisten. Wie konnte er ihr sagen, woher die Gulden kamen? »Ein Lump«, schrie sie. »Ein Tauge=

nichts! Ein Tagedieb! Ein Tropf!« und was ihr sonst noch auf die Zunge kam.

Er hielt sich beide Ohren zu. Und weil er ihre Taubheit nicht zerschreien konnte, fing er zu lachen an und schüttelte den Kopf.

Sie kam mit bösen Fäusten näher. *Er* zeigte ihr die Zunge. *Sie* tat dasselbe, aber angewidert und verächtlich, während *er* noch immer lachte. *Sie* versuchte, mit ihren dürren Armen nach ihm heraufzuschlagen, und *er* luchste nur darauf, daß er sie unter beiden Armen fassen konnte, um sie heraufzuheben. So ging der Kampf vom Hof zum Fenster hin und her.

Indessen hatte Adrian das Nudelbrett schräg übers Fensterbrett geschoben. Die Tante wollte danach greifen; *er* aber praktizierte es dermaßen listig gerade zwischen ihre Beine, als sie mit breiten Schritten auf ihn zukam, daß er sich nur aufs andere Ende des Nudelbretts zu setzen brauchte, um die Tante wie auf einer Schaukel in die Luft zu wippen. Es gelang ihm, und weil das Fenster nicht sehr hoch war, blieb es ungefährlich, obgleich die Tante schrie, als stecke sie am Spieß.

So hockten sie sich gegenüber, beide atemlos, die Tante zwischen Hof und Himmel ihre Röcke bergend und fast verzweifelt, bis Adrian die sonderbare Schaukel zur Ruhe kommen ließ.

Dann fing er an, der Tante vorzuhalten, daß sie ihn falsch verdächtigt habe. Mit Gebärden gegen seine Stirne (das sollte heißen: du bist dumm) und mit gekrallter Hand auf seinem Herzen (als Beteuerung, daß er ein guter Mensch sei sei) begann er seine große Rede, der sie genau mit ihren kleinen Augen folgte.

Sie war gezwungen, sich an der Schaukel festzuhalten, um nicht herabzufallen, und nickte, als er drohte, sie hinabzuwerfen, wenn sie seinen Worten keinen Glauben schenke.

Auf seine Gulden, die Pferde und den Wagen zeigend, gab er zu verstehen, daß er gewiß ein reicher Mann geworden sei. Mit anderen Gesten ließ er sie begreifen, daß er sie, die gute Tante, aber keinesfalls vergessen habe und nun gekommen sei, ihr ein paar Gulden abzulassen. Denn schließlich habe sie den gleichen Kopf wie er, das gleiche Herz; man sei sich doch gewogen und gehöre auch zusammen. Das verstand sie alles, und was ein Gulden wert war, wußte sie. Beim fünften Gulden, den er in ihren Schoß warf, begann sie, ihre Tränen abzuwischen. Dann ließ er sie mit aller Vorsicht von dem Nudelbrett rücklings hinunterrutschen, weil er seine Hose haben wollte, die nun getrocknet war. –

Mit immer neuen Künsten und Gebärden verfolgte er sein Ziel. Er log der Tante vor, daß er durch seiner Hände Arbeit und mit viel Verstand (das war leicht darzustellen) sich mühevoll heraufgerungen habe, daß nun zwar andere schuften könnten, daß er selber allerdings gewitzt sei.

Unter solchen Reden, die seltsam anzuhören waren, ging er in das Gärtlein, wo Blumen standen, wo Salate in sauberen Reihen ausgerichtet waren und wo er endlich ein Beet mit Zwiebeln sah. Dort blieb er stehen. Die Zwiebeln hatten schon getrieben, weshalb er in das Beet hineinging und den Lauch zertrampelte. Er tat es mit dem Anschein, sich nützlich zu erweisen, und hörte wohl, wie seine Tante sagte: »Nicht doch, Adrian. Ich will doch Samen ziehen!« Da riß er eine, zwei, drei Knollen aus dem Boden, und schließlich eine vierte, die er der Tante vor die Nase hielt.

»Du weißt doch«, meinte er und rieb sich mit der flachen Hand den Bauch, »daß ich ein großer Freund von Zwiebeln bin!« Er schmatzte, und die Tante, noch an ihre Gulden denkend, lief nach Salz und Pfeffer.

Die Zwiebel, die er nun mit weinerlichen Augen auffraß, brannte ihm den Hals, als hätte er ein Feuer in der Kehle. »Durst«, japste er und zwang sich, lachend auszusehen; es gab auch Schnaps, ein dickes, schweres Zeug, das ihn nicht weniger im Rachen brannte. Doch weil er immerhin ein wenig milder schmeckte, blieb er beim Schnaps und säckelte die Zwiebeln ein. Er wolle sie daheim verspeisen, figurierte er.

Nun war erreicht, was er bezwecken wollte: Wenn jemand nach den Herzogstulpen forschte, und das war so sicher wie das Draufgeld im Komparitium, so gab die Tante Auskunft. Bestimmt erschienen heute schon die wilden Tulpenhändler, um der neuen Gattung nachzuforschen. »Denn wo dreie sind«, die Tulpenmänner rechnen so, »da können andere sein, und wo tatsächlich keine sind, verbirgt sich, wenn man Glück hat, eine Nebenzwiebel, die im nächsten Jahr schon vollen Wert hat.« –

Die Tulpenmänner sind gehängte Hunde und schlau wie tausend Advokaten.

Eine herrliche Voraussicht hatte ihm den Einfall eingegeben, die Tante in sein Märchen einzuwiegen. Sie hatte ihm drei Zwiebeln überlassen. *Darauf* kam es an. Sie war verschwiegen, nicht nur weil sie taub war.

Er hatte vorgebeugt. Für alle Fälle.

Einer dieser Fälle trat schon ein, als er mit seinem Fuhrwerk auf die Straße lenkte. Der Webermeister stand am Zaun. –

FÜNFTES KAPITEL

Haben Tulpenzwiebeln einen Wurm?

»Ach«, sagte Adrian, »Er will wohl meiner guten, alten Tante die letzten Zähne ziehen? Ja? – Laß Er sich sagen, daß meine Tante kein Gebiß mehr hat.«

Der Weber, der mit seinem Knotenstock die weite Strecke übers Feld gewandert war und der sich nun ertappt sah, schien auf diese Rede nicht zu achten. Aber Adrian ließ ihm die Peitschenschnur gerade vor der Nasenspitze baumeln und fragte voller Spott: »Er schläft wohl, Mynheer? Hat Er nicht gelernt, daß man sich ›Guten Morgen‹ wünscht, wenn man sich kennt? Mir scheint doch, daß wir beide gestern abend noch beisammenhockten?«

»Laß Er das.«

Verärgert schlug der Webermeister nach der Peitschenschnur und trat dann kurz entschlossen in den Hof ein, als wäre Adrian für seine Augen nicht vorhanden.

Adrian stieg ab und machte sich am Zügelzeug zu schaffen, weil er gespannt war, wie es weiterging. Ihm wurde heiß. Vielleicht tat auch der Schnaps nun seine Wirkung. Er schrie die Pferde an und zerrte an den Strängen. Die Pferde stampften, weil ein Volk von Mücken aus dem Düngerhaufen aufgeflogen war.

Er war so aufgeregt wie seine Pferde und hätte sich am liebsten auf den Bock geschwungen, um in irgendeine Richtung davonzujagen.

Er sah den Webermeister, wie er der ahnungslosen Tante, die immer wieder zu Adrian herüberblickte, begreiflich machen wollte, was er suchte. Und weil nun Adrian zu nicken anfing, stimmte sie in dieses Nicken ein, verbarg das Geld, das ihr der Webermeister in die Hände drängte, in ihrem Rockschlitz und machte einen Bückling nach dem andern.

War das ein sonderbarer Tag: Da kamen plötzlich Leute aus der Stadt und brachten Geld. Was wollten sie von ihr, der alten, tauben Frau, die sich von Geißenmilch und von der Ernte ihres Gartens durch den Rest des Lebens schlug? . . .

Nun holte Adrian die Zwiebeln aus der Tasche und gab ihr zu verstehen, der Webermeister wolle solche Zwiebeln haben. Er riß den grünen Lauch ab und zeigte nur die Knollen. Sie verstand ihn, rannte auf ihr Zwiebelbeet, das hinterm Schuppen lag, und kam dann strahlenden Gesichtes mit ein paar ordinären Zwiebeln wieder, die sie dem verdutzten Webermeister dankbar in die Hände drückte.

»Das sind doch keine Tulpen?!« schrie der Weber.

»Hat sie auch nicht behauptet«, lachte Adrian.

»Betrug ist das!«

Nun mischte Adrian sich in den Streit, ging auf den Weber zu und faßte ihn am Kragen.

»Mein Geld will ich zurück!«

»Anzeigen will ich Euch!« schrie Adrian dagegen.

So flogen Drohungen und Schimpfereien hin und her, und weil die Tante ratlos und verschreckt dabeistand, schickte Adrian sie in den Ziegenstall. Dann riß er unvermutet dem Webermeister seinen Knüppel aus der Hand und trieb ihn auf die Straße.

»Eine taube Frau betrügen«, gab er seinem Abscheu Ausdruck. »Pfui, schämen soll Er sich. Ich bring' Ihn an den Pranger!«

»Aber Bester, denkt an meine Kinder!«

»Ach, an meine Tante habe ich zu denken!«

»Ich gab ihr sieben Gulden, mein letztes Geld.«

»*Mir* gab sie ihre einzigen drei Herzogstulpen. Ich wäre doch ein Windhund, wenn ich sie betrügen ließe!«

Adrian gab saftig Antwort und ließ doch einen Ausweg offen, sich den Weber nicht zum Feind zu machen. Er scheuchte ihn vor seinen Rossen her und brauchte nur zu drohen, daß er den Vorfall in der Stadt erzählen werde, dann lief der Weber, als wäre ihm der Teufel auf den Fersen.

Als Adrian des Treibens müde wurde, rief er ihm zu: »Sitz auf!« und sagte dann: »Ich sehe, daß du eine arme Haut bist. Eine arme Haut soll nie versuchen, sich an einer andern armen Haut gesund zu machen. Das hast du versucht. Du bist bestraft genug. Nun laß nur meiner Tante deine sieben Gulden. Wenn du zu mir hältst, will ich versuchen, dir anderen Vorteil zuzuschanzen.«

Das gefiel dem Weber, und weil er auf Vertrauen rechnen durfte, gab er zu, daß er zwar keine Kinder, aber noch ein Säcklein Gulden und außerdem die Hoffnung habe, mit seiner Herzogstulpe mächtig zu verdienen.

Nach dieser Offenbarung dachte Adrian: Für einen Spitzbub ist er zu vertrauensselig. Aber solche Leute muß man als Biedermann verwenden. Der Weber war ein Mann von jener Sorte, wie sie rottenweise zu den Tulpenauktionen kommen, kleine Sparer, die rebellisch wurden und die nun alles, was sie haben, der Tulpenseuche opfern. Deshalb gab er ihm den Rat: »Du bist ein Abenteurer, weil du etwas zu verlieren hast. Man kann mit nichts in jedes Abenteuer gehen, aber nicht mit vollem Beutel. Rette erst den Einsatz; dann kannst du weitermachen.«

Sie waren vor der Stadt in eine Wirtschaft eingetreten. Der Weber ließ es sich gefallen, daß Adrian ihn duzte, und sagte noch: »Ich heiße Kaspar.« – »Und das bist du auch«, gab Adrian zur Antwort. »Nun also, Kaspar, wollen wir nur einen Blick in diese Schenke werfen.«

Schon nach wenigen Minuten hatte Adrian die schönsten Tulpenzwiebeln vor sich liegen. Man drängte ihn geradezu, weil die Geschichte von gestern abend schon herumgekommen war, sein Angebot zu machen. Es waren gute Zwiebeln, prall, gesund und sicher aus recht guter Zucht, die schönsten Tulpenzwiebeln, die er je gesehen hatte, viel schöner als die Herzogstulpen seiner Tante. Auch ihre Namen waren gut. Er brannte innerlich darauf, dem Kerl die Beute abzuluchsen.

»Ich bin jetzt nicht in Laune«, seufzte er und tat gelangweilt, obwohl die Angebote günstig waren. Kaspar trat ihm auf die Füße. Ihn juckte es, und seine Augen glühten; aber Adrian hob seinen Krug ans Maul und sagte: »Zahlen.« Als er gehen wollte – es war das gleiche Spiel wie gestern –, schob er dem

Tulpenisten seine Ware wieder hin und meinte leise: »Guter Mann! Das Zeug hat ja den Wurm.« – »Was, Wurm?! . . .«

Ähnlich wie Lots Weib erstarrte, als sie hinter sich die Stadt verbrennen sah, erstarrte der Tulpist. Nie hatte man gehört, daß Tulpenzwiebeln von einem Wurm befallen werden könnten. Nie war auch nur die Rede aufgekommen, daß ihnen Krankheit drohe, daß es einen Schädling gebe, etwa eine Fliege, die Eier lege, oder Maden, oder irgendeine Fäule. Es war das erstemal, daß einer davon anfing und gleich so sicher, wie der beste Kenner diesen fürchterlichen Wurm erkannte.

Adrian rieb sich das Stoppelkinn, um sein Geschmunzel zu verbergen. Er hatte diesen Tulpenwurm erfunden, genauso, wie er die Geschichte mit seinen Herzogstulpen erstunken und erlogen hatte.

Aber der Tulpist war so erschrocken, daß er nicht zu fragen dachte, wo der Wurm sich denn befinde und woran er ihn erkenne. Die Eröffnung Adrians war ihm genug. Er schwankte, raffte seine Knollen in die Tasche, lief ihm nach und bat ihn keuchend, ihm um Gottes willen doch zu helfen, ihm zu sagen, was er meine, was es zu bedeuten habe, wie er sich verhalten solle und was sonst an Fragen aus ihm sprudelte.

»Er ist aus Leyden?« fragte Adrian.

»Gewiß, Mynheer.«

»Dann tut er gut, nach Leyden heimzukehren und seine schlechten Bollen dort an den Mann zu bringen.«

»Es gibt hier bessere Preise«, jammerte der Händler.

»Aber nicht für dieses Wurmgewächs. Wenn Er versuchen sollte, seinen Dreck hier abzusetzen . . .«

Beschwörend fiel der Mann aus Leyden ein: »Mynheer, das sind die besten General van Redern . . .«

»Und *ich* sage Ihm: Ich lasse Ihn wie einen fremden Hund durch die Tulpisten unserer Stadt verjagen, wenn Er sein verdorbenes Gemüse hier verschachern will!«

Mit einer Strenge, die eines Richters würdig war, gab Adrian dem Tulpenhändler maßgerechte Antwort, bis der Verzweifelte erbittert ausrief: »Ich kann doch nicht mit nichts nach Leyden kommen!«

Das gab Adrian zu denken.

»Natürlich«, überlegte er und stimmte zu: »Er hat sich nun

den weiten Weg gemacht. Das ist so. Da gebe ich Ihm nur den guten Rat, in Leyden nichts von seinem Wurm zu sagen.«

»Aber wenn sie wissen, daß man mir die Zwiebeln hier nicht abgenommen hat?«

Noch packte Adrian nicht zu, obgleich der Mann bereit war, seinen Reichtum für ein Spottgeld abzulassen. Nach geschickten Pausen und nach schwerem Denken hatte Adrian gesagt, daß er schon lange nach Mitteln suche, den Tulpenwurm und damit eine Seuche, die ihnen allen drohe, zu vernichten. Wenn er ihm die Unglückszwiebeln geben wolle, solle es ihm recht sein. Er biete ihm zwei Leinenballen für fünf der General van Redern; das war ein Tausch, der von dem Leydener Tulpisten überschwenglich mit Handschlag und mit Rührung in den Augen besiegelt wurde. Dann fuhr Adrian der Stadt zu. –

»Warum hast *du* ihm keine General van Redern abgenommen?« knuffte er dem Weber in die Seite. Kaspar, der in eigene Gedanken tief versunken war, fuhr auf und zuckte nur die Schultern, um nach einer Weile zu erklären: »Weil ich nichts davon verstehe, wie man diesen Tulpenwurm kaputtmacht.« –

Adrian besann sich, und weil er zu der Überzeugung kam, daß Kaspar nicht in seine Karten gucken durfte, sagte er: »So ist die Welt. Da reißt sich alles um die Tulpenzwiebeln, und kein Mensch versteht etwas davon. Nun scheint sich dieser Tulpenwurm, so hat man mir berichtet, allmählich in ganz Holland einzunisten. Und niemand ahnt etwas. Es ist entsetzlich. Eine Seuche soll es geben. Wie in Ägypten die Millionen Grashüpfer alles ritzekahl zerfraßen, wird diese Larve die schönsten Zwiebeln wie morsches Holz zerstören.« – Und weil er wußte, daß Kaspar ein Bund Rotterdamer Tulpen daheim verwahrte, setzte er hinzu: »Besonders in der Rotterdamer Gegend soll der Wurm entsetzlich wüten.«

Er merkte, wie in seinem Weggenossen der Tulpenwurm zu einem Untier wurde. Sicher sah er die von Adrian entdeckte Larve gleich einem grauenvollen Lindwurm in die Stadt einfallen. Deshalb hielt ihn Adrian zurück. »Ich werde deine Tulpen untersuchen«, sprach er ihm zu. »Brauchst keine Angst zu haben. Und vor allem: niemand etwas sagen. Keiner Seele.«

Kaspar fügte sich und nahm mit Augen, in denen Angst und Schrecken saßen, Abschied. Was lag näher, als daß er nun den ganzen Vorrat seiner Zwiebeln auf den Markt warf und versteigerte, bevor der Tulpenwurm aus ihnen schlüpfte? Bevor die Schreckensnachricht ihre Runde machte und die Pest der Würmer in allen Zwiebeln ausbrach? –

Das alles dachte und bedachte Adrian, weshalb er an der Wirtschaft vorfuhr, wo er gestern zum erstenmal dem Glück begegnet war.

Er sagte: »Meine Herren, um die Mittagsstunde komme ich mit einer Auswahl, wie sie in ganz Holland noch nicht feilgeboten wurde. Wartet, falls ihr große Käufe planen solltet, auf mein Angebot.«

Nun war der Riegel vorgeschoben. Niemand würde kaufen, und wenn der Weberkaspar eine Gouda bringen würde. Aber Adrian ging weiter: Er nahm sich einen Fischer vor, der eine Störung am rechten Augendeckel hatte und manchmal zwinkerte. Durch dieses Zwinkern hatte alles, was er sagte, eine doppelsinnige Bedeutung. Man wußte nicht, ob er durch sein Gezwinker Winke geben wollte oder ob das Augenlid von selber zwinkerte. Ihm gab er nun den Auftrag, alles aufzukaufen, was der Weberkaspar bringen werde, freilich ohne seinen Namen zu erwähnen und natürlich zum geringsten Preis. »Er soll nur häufig zwinkern«, meinte Adrian und reichte ihm ein Handgeld, daß ihm das Augenlid vor Überraschung stehenblieb. –

SECHSTES KAPITEL

Der rasende Verliebte

Er ahnte nicht, als er die Wirtschaft »Zum grünen Frosch« verließ, was in der nächsten Stunde dort geschehen sollte. Endlich stand er wieder in seiner Gasse und vor dem Hause Hendrik van der Maaßens, an seinem Stadtkanal, in dem die Spiegelbilder der Häusergiebel schwammen.

Jetzt kam er heim, ein Mann mit Wagen und mit Pferden, und wenn Christintje in den Vorderzimmern war, so mußte sie ihn schon gesehen haben. Dann ist sie sicher durch das Haus geeilt und hat gerufen: »Adrian ist da! Gott sei gelobt!«

Und dennoch traute er sich nicht, hineinzutreten in das Haus mit seinen hohen Fenstern, das niemals seine Heimat war. Im Gartenflügel, wo die Speicherräume lagen, war seine Kammer, ein schmaler Raum mit kahlen Wänden, mit dem Ausblick auf den Garten zwar, auf seinen Torfkahn, auf die Felder und ins Meer der Wolkenwelt hinein; im Vorderhaus, wo Fräulein Truus ihr Zimmer und Herr Hendrik van der Maaßen sein Direktorium hatte, war für Adrian kein Aufenthalt gewesen. Diese Räume sah er nur, wenn man ihn rief, wenn etwas Schweres fortzutragen war, wozu man seine Kräfte brauchte, oder wenn Christintje Torf verlangte, um zu heizen.

Dieses Vorderhaus zur Straße hin, die Giebelfront mit ihren prunkend reichen Stuben, mit dem Zinngeschirr, den Kacheln, mit den Bildern an den Wänden und den sonderbaren Beutestücken weltbefahrener Kapitäne, das war das Wunschbild, das ihn stets umgaukelt hatte und dem er sich jetzt nähern konnte, ohne es zu können. Er sah die Reihen aller Fenster wie die Blicke vieler Menschen auf sich gerichtet und wünschte fast, daß Pferd und Wagen samt dem Leinenstoff versinken möch= ten und daß er selbst in seinem alten, abgeschürften Anzug mit seinen Klapperschuhen um die Ecke und in seine Kammer treten könnte. Er rang sich trotzdem den Entschluß ab, vor Hendrik van der Maaßen hinzutreten und ihm seine Dienste aufzusagen.

Da trat Herr Hendrik van der Maaßen aus dem Haus, bei= nahe scheu, in einem dunklen Rock gekleidet und ein langes, eingerolltes Schriftstück unterm Arm. Er blickte auf den Boden. Das war die Last der Sorgen, die Angst um seinen Segler »Zuiderland«. Es war ein schlechter Augenblick, ihm eine neue bittere Enttäuschung anzutun. Und dennoch kämpfte Adrian sich durch.

Er wußte von Christintje, daß Hendrik van der Maaßen sich einmal geäußert hatte, das Tulpenfieber sei ein größeres Un= glück für die Niederlande, als es die Pest gewesen war. So dachten die Begüterten, die ihre Guldenbeutel zusammen= schnurren sahen. Sie wünschten, daß die Preise fallen sollten, weil das Geld mit einer nie erlebten Hurtigkeit von Hand zu Hand ging, weil alles Volk in Holland eine Kirmes feierte, die nicht zu überbieten war! Und weil die Herren mit den feinen Wämsen an diesem Faß nicht zapfen, aus diesem Füllhorn nichts erlangen konnten! Es ging nicht an, sich in den Trubel des gemeinen Volks hineinzuwagen, das plötzlich nicht mehr arm und wohl in seiner Art ein wenig klotzig war, grobschläch= tig und begabt, den Reichtum, der ihm zufiel, mit allen Leiden= schaften zu genießen. War es ein Wunder? Dieses Volk hat in der Pestzeit alle Nöte des Untergangs der Welt mit Grausen überstanden, und noch jetzt sind manche Städte voll von Bett= lern, Krüppeln und Vernarbten. Diesem ausgelaugten und ver= brauchten Volk ist eine Hoffnung in den Tulpen aufgegangen! Jetzt war der Tag! Die Träume aller Armen wurden wahr, auch seine eigenen.

Das alles dachte Adrian, als er am Ufer des Kanals im Schat= ten hockte und nicht entschlossen war, ins Haus hineinzugehen. Dann zog er seinen Hosenbund zurecht und schlich zur Ecke, wo man durch ein Türlein in den Garten, zur Küche und zu seiner Kammer und zu Christintje kommen konnte, die kum= mervolle Augen hatte.

Er mußte dreimal rufen, bevor sie langsam näher kam und traurig sagte: »So, da bist du wieder. Ja. – Nun iß.«

Sie fragte nicht, wo er gewesen war, und schob ihm, ohne aufzublicken, den Teller hin. Er aß. Christintje brachte einen Happen nach dem andern, Gemüse, Fleisch und Brot. Er war versucht, nach ihrer Hand zu haschen, ihr übers Haar zu streichen und sie zu fragen, was es gebe; aber weil er überzeugt war, daß es sich nur um Josias, den Kapitän, und also um die alte Trauer handeln könne, schwieg er. Sie hatte trotzdem gut gekocht.

Ihr Anblick könnte einen, dachte Adrian, zu Tränen rühren, wenn man nicht tausendmal davon gesprochen hätte.

Absichtlich legte er den Löffel lauter hin als sonst und knurrte widerwillig:

»Nein, Christintje, nein. Man sollte nicht mehr davon sprechen, nicht mehr daran denken und nicht daran erinnert werden. Es sind andere Zeiten.«

Christintje blieb an ihrem Herd und rührte.

»Josias«, nahm Adrian die Rede auf, »ist stets ein braver Mann gewesen. Ich sage keine Silbe gegen ihn. Ich sage aber: Jeder hat sein Schicksal.«

Noch kam von Christintje nicht die geringste Antwort. Mit dem Gesicht zur dunklen Herdwand stand sie ruhig vor ihren Töpfen und rührte um.

»Hast du mir nichts zu bieten als deine Hinterseite?« fuhr er weiter, gutmütig scherzend und bemüht, nun alles ganz allmählich abzutun und auf sein Ziel zu steuern.

Er war hinter sie getreten, so nahe, daß er jedes Härchen unterm Zopf vor seinem Atem zittern sah.

»Schau *mich* an« – mit gedämpfter Stimme sprach er flüsternd auf sie ein, »Christintje, schau doch *mich* an. Hast du gar nichts für mich übrig?«

Sie ging zum Tellerbord, als sei kein Wort gesprochen worden, nahm eine Fingerspreize Salz und warf es in das kochende Gemüse.

»*Mich*, meine ich!«

Nun blickte sie ihn groß mit ihren dunklen Augen an, in denen noch der matte Schimmer von verwischten Tränen war. Schmerz lag in diesem Blick, ein stiller, großer Schmerz, dem alles untertan und nebensächlich werden mußte. Was war ihr Adrian? – Er wollte sie zu einem Lächeln zwingen, indem er seine Hände auf ihre Schultern legte und plötzlich wie ein Junge wurde, der verwirrt ist, der seine Worte nicht geradeaus und folgerichtig sagen kann, der stammeln muß und der nur darauf wartet, daß ihm eine Hand verstehend und mit mütterlicher Güte über das Gesicht streicht.

»Schau doch«, meinte er, und immer wieder: »Schau doch ...«

Sie schaute nicht. Sie sah nicht seinen neuen Anzug, der bereits verschmutzt war, weil er im Backhaus und im Bach gelegen hatte. Ganz tonlos sprach sie in das Sonnenlicht hinein, das durch die Türe in die Küche flutete:

»Herr van der Maaßen will die ›Zuiderland‹ im Schiffsregister streichen lassen.«

Das war der Schmerz gewesen, den Adrian gesehen hatte, als er ihm begegnete. Die »Zuiderland« – er hat sie aufgegeben, ein stolzes Schiff. Er streicht es aus, wie irgendein Orkan die Segel ausstrich, wie das Meer es hinnahm. Auch seine Menschen werden ausgestrichen. In dreißig Häusern, über denen schon seit Monaten der Todesschatten lag, wird nun das gleiche Schluchzen aus den Herzen stürzen, wie es Christintje überkam.

Als bete er ein Vaterunser, hatte Adrian den Blick gesenkt.

Die »Zuiderland« – das war das Beben im Hause van der Maaßens, das er vorausgesehen hatte. Ob es vorüberging? – Die Lager waren leer, die Küstenschiffe lagen träge angepflockt, weil keine Fracht kam, und das Schiffsvolk hockte in den Kneipen, kaufte und verkaufte Tulpen.

»Du sollst nicht traurig sein, Christintje«, versuchte Adrian zu trösten und spürte ihren Kopf an seiner Schulter. »Faß dich«, sagte er und fühlte, wie ihm selber Tränen kamen. »Ja, Josias. Ich weiß, daß er dir leid tut. Ja. Du mußt vergessen. Er war so gut zu dir, ich weiß. Gib seiner Seele doch das ›Amen‹. Und weine nicht. Ich hätte mit ihm ringen können, ja, zerreißen, ihn zerfleischen, ja. Weil ich genauso an dir hänge, Christintje. Er ist mir nur zuvorgekommen. Das ist alles. Schau mich an. *Mich,* meine ich. Ich fahre nicht zur See. Ich bleibe immer bei dir. Immer. Wenn du Vertrauen hast. Ich gehe, wenn du einverstanden bist, schon morgen zum Pastor. Nicht weinen.

Ich bin nichts gewesen gegen Josias. Alle Mädchen haben ihn geliebt.«

»Du darfst nichts Schlechtes von ihm sagen!«

»Nein. Er konnte nichts dafür. Ich war ein Torfknecht, gut genug, den Kahn zu stocken. Ich wäre niemals Kapitän geworden oder doch, wenn ich's beizeiten angefangen hätte. Schau, so ist das Leben.«

Christintje blickte auf.

»Ja«, nickte Adrian und strich nun über ihren Scheitel, »beizeiten hätte ich beginnen müssen; aber nie ist es zu spät. Ich bin schon jetzt ein anderer, Christintje, über Nacht schon.«

Er hatte sie zum Fenster hingeführt, wo blühende Geranien den Ausblick in den Garten fast versperrten. Dort saß Fräulein Truus im hellen Kleid und in die Sonne lachend, als gäbe es nichts anderes als den Duft der Blumen, das Gesumme aus Gras und Busch und das Geplauder ihres Malers, der sie porträtierte, der eine Staffelei mit einem Schirm errichtet hatte und vor Beseligung vergaß, sich seiner Arbeit hinzugeben.

»Schau«, sagte Adrian, »sie denken beide nicht an Josias und an die ›Zuiderland‹. Sie sind wie du und ich, wenn du nur wolltest. Sie denken nur an sich, und er, der Willem, hat die Hoffnung, daß er einmal wie die anderen Malerfürsten in Antwerpen ein großes Haus beziehen kann. Nur mir soll es versagt sein, von meinem Torfkahn in die Welt zu gehen? Es ist mir nicht versagt!« –

Ganz leise hatte er gesprochen, und immer staunender und tränenloser hatte ihn Christintje angesehen. Unglaube schwebte über ihren Zügen. Ach, sie liebte ihn. Er fühlte es. Das gab ihm die Bestätigung, daß er nun unbeschadet von seinen Dingen sprechen konnte.

Er legte ihr in klug gewählten Worten alles klar, bis er beschloß: »Und siehst du nun, Christintje, wenn ich das Hab und Gut zusammen habe, das wir brauchen – und ich schaffe es! –, dann komme ich, dich abzuholen für Zeit und Ewigkeit. Dann wirst du meine Frau.«

Wahrscheinlich hatte sie die Trauer um Josias wieder übermannt. Sie nickte zwar, als sollte es bedeuten: Ja, Adrian, ich bin halt einverstanden, oder: Ach, du bist ein guter Mensch, du meinst es gut.

Es kann auch sein, daß dieses Nicken die Ergebung in das Schicksal war.

Sie sagte aber nichts und wandte sich aus seinen Armen, um an ihren Herd zu gehen. Mit Rührung in der Kehle blieb Adrian an seinem Platz und sah ihr zu, wie sie mit Deckeln, Löffeln und am Feuerloch hantierte. Ihr Nicken wurde ihm zum glückverheißenden Versprechen, das ihn tief erregte. In dieser Küche, wo er tausendmal gesessen, war ihm die Lockung seiner Zukunft aufgetaucht, mit ihr die Mahnung, sich zu rühren, sich hinaufzuringen über Moor und Torf.

Es war soweit!

Er sprach von seinen Leinenballen auf dem Wagen und bemerkte, wie sich wiederum ein kleines Leuchten in ihr Weinen stahl, ein Freudenfunken, den er schürte, wenn sie auch die Hände aufhob und leise sagte: »Du solltest nicht mit Tulpen handeln, Adrian.«

Er lachte unterdrückt und wehrte ab: »Warum nicht?«

Seltsam forschend blickte sie in seine Augen, obgleich ihr Blick auch jetzt noch von den Spuren ihrer Tränen verschleiert war. Wie eine Mutter schaute sie ihn an, die Angst hat, die ahnt, daß ihr etwas verheimlicht wird. Bei dieser Musterung, vor der es kein Verstecken gab, schoß ihm die Röte ins Gesicht.

»Wo hast du deine Leinenballen her? Woher den Wagen und die Pferde? Und den neuen Anzug?«

»Ich habe Glück gehabt.«

Er bog die Fragen ab, indem er seine Hände an ihre Wangen legte, begütigend und mit dem ruhigsten Gesicht, das er zu machen fähig war.

»Christintje«, sagte er, »ich habe niemand außer dir. Versprichst du mir, daß wir zum Pfarrer gehen?«

Es würgte sie, mit einer knappen Antwort, wie er sie erwartete, sein Drängen zu beenden.

»Ja oder nein?«

Jetzt war das Fieber seiner Werbung durchgebrochen. Er umschlang sie. Er sagte Worte, wie er sie nie gefunden hatte, betörend und voll inneren Feuers, wie sie allen jungen Männern von den Lippen stürzen, wenn sie zum erstenmal erkennen, welcher Glut sie fähig sind, wenn sie es sagen dürfen.

Er war der rasende Verliebte, dem die eigene Plumpheit zuwider war und der in Worten die Erlösung fand, anstatt sich ruhig zu bedenken, wie es Christintje tat.

Sie fühlte seinen Arm, den heißen Atem, sein Keuchen und den inneren Aufruhr, dem er sich begeistert hingab; aber trotzdem sah sie nur die »Zuiderland«, mit schwarzen Segeln, die wie Wolken waren, und mit Lichtern im Gestänge, die wie Johannisfeuer glühten. An ihrer Seele fuhr ein Totenschiff vorbei, von dem ihr Josias herunterrief, die Hände vor dem Mund zum Trichter formend und wie ehemals, als sie mit prallen Segeln ausfuhr, laut rufend: »Gode Wind, Christintje, gode Wind!«

Ein guter Wind hat ihn ins Grab geweht. Vielleicht auch nicht. Herr Hendrik van der Maaßen hat sie aufgegeben, die »Zuiderland«, und nur Christintje nicht!

»Ja oder nein?«

Wie leblos war Christintje, steinern, wie in einer Ohnmacht, die sie selber nicht merkte.

Nur einen Seufzer holte sie aus ihrer Brust: »Ach, Adrian«, und schob sich eine Strähne von der Stirne. Dann fuhr sie weiter und schien doch jedes Wort, bevor es ausgesprochen, zu bereuen:

»Wenn Josias nicht wiederkommt und wenn ich's überstehe – dann vielleicht. Dann kann man drüber sprechen.«

»Also ja!«

»Nicht nein, nicht ja.«

Man muß ganz ruhig denken, dachte Adrian, beinahe rechnen muß man. Sie hat recht. Sie überstürzt sich nicht. Sie ist so ruhig, wie meine Hausfrau sein muß. Er kommt nicht wieder. Die »Zuiderland« muß kommen, betet man in dreißig Häusern, wo die Väter, Brüder und die Söhne nun erwartet werden.

»Gut, Christintje, und wie lange willst du warten?«

Sie hörte nicht mehr her, stand vor den Kesseln, rührte. Immer war sie so beschäftigt. Gut. Man muß noch warten.

Adrian trat aus der Küche. Im Garten hockte noch der Maler auf seinem kleinen Stuhl und pinselte und warf ein Scherzwort nach dem anderen hin und sah bisweilen mit zurückgelegtem Kopf sein Bild an, kritisch prüfend, ob es der schönen Wirklichkeit entsprach.

Sie hatten beide nicht bemerkt, daß Hendrik van der Maaßen, der am Hoftor stand, sie mit verdunkeltem Gesicht betrachtet hatte, bis er das liebliche Idyll durch sein Dazwischentreten störte.

»Ist das Gemälde noch nicht fertig?« fragte er, und wenn auch seine Worte ruhig klangen, sie waren doch von einem größeren Unmut eingegeben, als der mürbe Klang in seiner Stimme zugab.

»Jedes Bild«, mit aller Höflichkeit war Willem aufgestanden und hatte sich verneigt, den Blick auch jetzt auf sein Porträt geheftet, »jedes Bild braucht seine Zeit, Mynheer. Weil jeder Strich und jedes Färblein überlegt sein wollen. Weil der Maler Muße haben muß und Stimmung, sich in das darzustellende Gemälde einzuleben.«

Das klang spielerisch und war auch so gemeint, mit einer Zierlichkeit der Sprache und Betonung, wie sie in Malerateliers gebräuchlich war.

»Wenn Maler Frauen malen«, warf Hendrik van der Maaßen hin und gab sich keine Mühe, seinen Ärger zu verbergen, »und wenn sie mehr hofieren als porträtieren, werden sie ihr Leben lang nicht fertig. Die Sitzung dürfte nun beendet sein.« Und weil sie beide widersprechen wollten, herrschte er dazwischen: »Ich dulde diese Schäkerei nicht!«

Mit einer Zärtlichkeit, mit der nur junge Mädchen ihre Väter blenden und erweichen können, war Truus dem Vater an die Brust gesunken, aber es verfing nicht.

Herr van der Maaßen war niemals hart gewesen, wenn es um seine Tochter ging. Er liebte sie mit aller jener Inbrunst, die betagte Männer in sich tragen, die in ihren Töchtern die Ebenbilder ihrer Frauen, der Geliebten ihrer Glückszeit, wiedersehen. Frau van der Maaßen, deren Bild den schönsten Raum im Hause einnahm, hatte sich mit einem Hüsteln, das ganz flüchtig auftrat und rasch zu Fiebern führte, aus dieser Welt davongemacht. Die Tochter glich ihr. Truus war in ihrer Schönheit und in ihrem Wesen ihrer toten Mutter ähnlich. Deshalb hatte Hendrik van der Maaßen nie die Strenge aufgebracht, die ihre Taumelei durchs Leben gezügelt hätte. Ihr Widerspruch war Freimut; sie widersprach mit Schmollen und mit Lachen, mit Zärtlichkeit und mit gemachter Trauer. Aber

Hendrik van der Maaßen sah nur den Maler vor sich, der Palette und Pinsel noch in der Hand behielt, anscheinend des Erfolgs gewärtig, seine Arbeit fortzusetzen. Er irrte sich und mußte es erleben, daß Hendrik van der Maaßen aufgebracht nach seiner Staffelei griff und sie umzuwerfen drohte. Denn hier ging es nicht allein darum, den Maler Willem aus dem Feld zu schlagen. Das war leicht. Hier trat ein Vater mit dem Bewußtsein eines Kaufmanns ein Feuer aus, das er gefährlich flackern sah, das ihm und seinen Plänen, seinen Hoffnungen gefährlich werden konnte.

»Wäre Er Jurist geblieben!« hatte Hendrik van der Maaßen dem Maler vorgehalten. »Wäre Er Notarius geworden!«

Ja, es stimmte: Willem war auf einer Universität gewesen, um die Rechte zu studieren, und war dann eines Sommers heimgekommen mit der Weisheit, die er jedem anvertraute: »Recht und das Rechte fühlt man in der Brust. Gesetze hat man auf Papier geschrieben. Ich frage nun: Was ist natürlicher? Das Herz im Recht, das Herz für die Gesetze?«

Er entschied sich für die Kunst, weil er von einer Freiheit schwärmte, die in der Kunst zu liegen scheint und die er selbst nicht kannte. In diese Freiheit griff Herr van der Maaßen ein, ein Pfeffersack, o Gott, man kannte das, und würgte mit der Plumpheit seines Standes den schönsten Feuerstrom der Kunstbegeisterung ab.

Er ging. Der Maler hatte seine Staffelei gebündelt und schritt erhobenen Hauptes aus dem Garten, im Augenblick geschlagen, aber nicht für immer.

Verstört sah Truus ihm nach, den Vater kaum beachtend, der bereit war, sie zu beschwichtigen. Es war vergeblich, ihn stürmisch anzuflehen, ihn mit samtweichen Augen zu bedrängen, an seiner Krause und an seinen Knöpfen wie ein Kind herumzunesteln. Viel zu düster war er plötzlich. Da lief sie in das Haus, verletzt, beschämt und trotzig. Keinen Blick warf ihr der Vater nach. Die Tür knallte.

Und gleichsam aufgeschreckt durch diesen Laut hob Hendrik van der Maaßen nun den Kopf und ging zum Uferzaun. Dort ragte noch der Mast des Torfkahns, wie Adrian ihn gestern abend verlassen hatte, mit dem schräg am Klüver festgebundenen Segel. Nun mußte kommen, was Adrian erwartete.

Denn Hendrik van der Maaßen wird unverständig auf den Kahn hinunterblicken und dann sein Fenster suchen und seinen Namen rufen: Adrian! Du Schlingel! Du liegst wohl wieder auf der faulen Haut? – Und Adrian wird langsam aus der Küche treten, seinen Bückling machen, er wird ein wenig lächeln und in der Art der feinen Männer sprechen: Mynheer, es tut mir leid, Euch heute zu betrüben, da Ihr sowieso Betrübnis in Überfülle habt. Mein Beileid, Mynheer! – Dann wird Herr van der Maaßen danken, wie reiche Männer danken, die nichts von ihrem Unglück merken lassen wollen. Adrian wird weiterfahren: Wenn mir auch bewußt ist, Mynheer, daß ich in Eurem großen Hause nur eines von den kleineren Rädern bin, so bin ich gleichwohl sehr betrübt, daß selbst ich kleiner Torfknecht ausersehen bin, Euch, Mynheer, eine Unerfreulichkeit zu bieten.

So ähnlich sind die Sätze formuliert, die von den Schreibern der Regierung aufs Papier geschunden und öffentlich verlesen werden. Auch Kaufmannsbriefe lauten so, und deshalb hatte Adrian bedacht, daß er am besten seine Kündigung in diese Tonart kleiden könne.

Traun, wollte er noch sagen, Mynheer, nicht wahr, da ich selbst nun in die Höhe strebe und dahin gelange, wo Mynheer sich befinden, halte ich mich sehr empfohlen. Und wenn Herr Hendrik van der Maaßen lachen sollte, wird er drauf versetzen: Und wenn Ihr, Mynheer, diesen Maler auch hinausgeworfen habt, den armen Wicht, so wird es niemand hindern, daß er ein Gemälde *von mir* verfertigt! Habt Ihr mich verstanden? –

Aber Hendrik van der Maaßen hatte Adrian entdeckt und war gedankenvoll herangekommen. Adrian war nicht vergönnt, die große Szene weiter auszuschmücken, die ihn seit Wochen schon beschäftigt hatte.

»Ist denn heute Sonntag?« sprach ihn Hendrik van der Maaßen an, beinahe seinen trüben Ernst verlierend.

»Ein gutes Wams macht keinen Sonntag, Mynheer«, meinte Adrian und grüßte.

»Gut, daß du da bist, Adrian.«

Herr van der Maaßen war nicht ungehalten. Ein Reeder – kann man denken –, der ein Schiff samt seiner Mannschaft ausstreicht, zählt doppelt dankbar seine Leute, die ihm nach dem

Schiffbruch übrigblieben. Er wollte aber einen Auftrag geben. »Im Gasthof ›Zu den Hechten‹«, sagte er, »wohnt eine Dame aus Paris, die mit der ›Zuiderland‹ nach Kopenhagen fahren wollte. Du kennst sie wohl?«

»Ich kenne sie.«

»Die ›Zuiderland‹« – nun machte van der Maaßen eine Pause –, »die ›Zuiderland‹, das weißt du, kommt wahrscheinlich nicht mehr heim.«

»Das weiß ich, ja.«

»Und weil die Dame aus Paris mit einem anderen Schiff nach Kopenhagen will, weil ihre Mittel durch das Warten knapp geworden sind, und weil ich es ihr angeboten habe, wird sie bei uns wohnen.«

»Ja ...«

Hatte Hendrik van der Maaßen einen Grund, ihm alle die Zusammenhänge zu erzählen? Was war im Spiel? Was wollte er?

»Nun sollst du ihre Sachen holen.«

»Ja.«

Größer als der Trumpf, den Adrian jetzt werfen konnte, war die Wirkung seiner Kündigung nicht auszudenken. Er trat vom einen Fuß zum anderen und hechelte ein wenig, als sei ihm ein bescheidenes Gelächter weggeblieben.

»Ja, Mynheer, ja, das täte ich von Herzen gerne.« Und doch vermied er, Hendrik van der Maaßen anzusehen. »Aber nun zu einer anderen Sache, Mynheer. Nicht wahr: Jeder muß doch sehen, wo er bleibt. Das Wams da nämlich, dieses Wams da sieht wohl aus nach Sonntag, und das ist es freilich auch für mich geworden.« Jetzt fiel ihm einer jener Sätze ein, die er sich vorgesprochen hatte, und er sagte ihn: »Mynheer, ich bin nun gleichwohl sehr betrübt, daß selbst ich kleiner Torfknecht ausersehen bin, Euch, Mynheer, eine Unerfreulichkeit zu bieten. Nämlich, weil ich Euch den Dienst aufsagen muß – ich danke Euch für alles Gute, Mynheer, und wünsche Euch bescheidentlich das Beste – deshalb, Mynheer, kann ich die Sachen der Dame aus Paris nun leider nicht mehr holen.«

»In die Tulpenbuden willst du laufen?«

Das Erstaunen und die Überraschung blieben aus.

Herr van der Maaßen tat so nebensächlich, daß Adrian mit

einer patzigen Erwiderung seinem Ärger Luft verschaffen wollte. Von oben her klang dieser Satz, verächtlich und verletzend. »Ich weiß«, hob Hendrik van der Maaßen die Wirkung dieses bösen Satzes auf, »du hattest gestern Glück. Man sagte mir, daß du den Wagen draußen eingehandelt hast.«

Ganz herrlich schlug der Wind um. Also deshalb war der Herr nicht überrascht gewesen? Gut so. Nun muß jedes Schmunzeln unterbleiben. Jeder Honig im Gesicht.

»Gewiß, Mynheer. Von meiner Tante hatte ich drei gute Zwiebeln, die ich gestern ausgehandelt habe.«

»Und mit Glück.«

»Gewiß, so gut es ging.«

»Ich habe leider keine Tulpen . . .«

Geht der Fuchs auf diese Spur? Bis jetzt Verachtung und Verächtlichkeit? Und nun auf einmal dieses Zugeständnis? Er luchst wohl auch nach Wagen und nach Pferden? – Ah, nun setzt er Segel: Er zieht den Torfknecht tiefer in den Garten, flüstert, hat die Worte noch im falschen Hals und räuspert sich. Er weiß nicht recht, wie er beginnen soll, und fängt von neuem an: »Hör, Adrian.«

»Ich höre, Mynheer . . .«

»Weißt du, Adrian: Auf dich wird niemand mit dem Finger deuten in der Tulpanei . . .«

»Man soll nur deuten, auf mich, auf meine Zwiebeln und was ich damit schaffe. Oh, man soll nur deuten . . .«

»Es ist ein Unterschied.«

Das ist gewiß, und Adrian weiß ganz genau, daß Hendrik van der Maaßen nicht zu Versteigerungen kommen kann. Er glaubt ihm aber nicht, daß ihn ein Freund in England gebeten haben soll, ihm Tulpenzwiebeln zu verschaffen. Das ist nur Vorwand, selber zu verdienen.

»Nur die besten Sorten«, hatte Hendrik van der Maaßen noch betont, »die allerbesten«, und sein Blick war weit hinausgewandert . . .

Adrian begriff. Er fragte sachlich, wieviel er ihm an baren Summen zur Verfügung stelle und was er sonst an Gegenwerten böte. Es genügte. Es reichte, um als großer Käufer das größte Maul zu haben, ein Vorrecht, das sich Adrian nicht zweimal bieten ließ. Und als Herr van der Maaßen sagte: »Nun werde ich mir einen neuen Torfknecht suchen müssen«, gab ihm Adrian die Hand und meinte: »Das müßt Ihr wohl, Mynheer. Ich werde aber trotzdem noch die Sachen der Dame aus Paris vom Gasthof ›Zu den Hechten‹ holen.« –

Dann schreckte er die Pferde auf und fuhr am Gasthaus »Zu den Hechten« vor, dem besten Gasthof, den es in der Stadt gab, und wo man tief bedauerte, daß sich Madame Louisette du Fresne nun doch zu einer Übersiedlung entschlossen hatte. –

Sie wurde nicht Myfrouw genannt. Man nannte sie Madame. Das war viel mehr. Sie hatte sicher schon die Vierzig um ein paar Jährchen hinter sich gelassen; aber sie verstand es, sich bedeutend jünger auszugeben. Die wohlgepflegte Witwe Louisette du Fresne, die eigentlich nach Kopenhagen wollte, hatte etwas von dem Atem ihrer Heimat mitgebracht, von dem Paris der Frauen, und wenn es nur ihr Schwatzen und Gelächter war. Oh, dachte Adrian, als er den neuen Wohngast sprechen hörte, die wird mit ihrem Zwitschern die kleine Truus bald aus dem Häuschen bringen. Aber Gott befohlen. Und so überschlug er, was alles aufgeladen wurde, Schachteln, nichts als Schachteln, wahrscheinlich voller Hüte, Bänder, Kleider. Schwere Kisten, als hätte sie den halben Hausrat eingepackt. Dann kam sie selbst, ihr bauschig weites, seidig rauschendes Gewand mit Fingerspitzen tragend und eine Straußenfeder auf dem schief gesetzten Hut, die übers rechte Auge hing und sich bei jedem Schritt bewegte.

Nie hatte Adrian solch eine Frau gesehen. So mußten Königinnen sein, Hofdamen, Kaiserinnen. In der ganzen Stadt war keine Frau zu finden, die so herrlich war und sich so königlich zu geben wußte. Oder war es einem der eigenen Bürgerweiber jemals vergönnt, so leicht zu trippeln und mit der Anmut eines Kindes vor einer Pfütze ängstlich aufzuschreien? Nein, sie latschten durch! Sie schlurrten mit den Holzpantinen ihrer Jugendjahre ewig hölzern durch die Welt, selbst wenn sie Schnallenschuhe trugen!

Ach, es war den Leuten von den Hechten nachzufühlen, wie ungern sie von diesem wunderschönen Bildnis Abschied nahmen, das Madame bot.

Nun drängten Knechte, Mägde und der Wirt wie ein ergeben schnatterndes Gefolge auf die Straße, und wäre die

Madame nicht gar so unwahrscheinlich schön gewesen, so hätte Adrian bestimmt gefunden, daß sie eine aufgeblasene Pute sei. Da aber riß er seine Augen und den Mund auf und dachte sich: Zum Dunnerschlag, was mag das geben. Da kriegt man ja die Burschen nicht vom Zaun weg, wenn die im Garten auf und nieder geht.

Nun aber kam das Tollste: Als sie den Wagen sah und ihr Gepäck, rief sie auf einmal mit komischem Entsetzen aus: »*Mon Dieu*, ich habe ja das Teuerste vergessen! Wo ist meine Blume?«

Da drückte sich ein kleiner Neger aus dem knicksenden Gefolge, der wie ein Krönungspage einen Blumentopf mit einer herrlich großen roten Tulpenblüte trug. Todernst und tief durchdrungen von seinem Kavalierdienst, präsentierte er die Wunderblume vor der Dame, seine Augen so schmerzerfüllt zu ihr erhebend, daß Adrian ihn fast beneidete, als sie ihn zärtlich ansah.

Dieser Negerknabe war mit einem Segelschiff aus Spanien gekommen und wurde, wenn sich hohe Gäste im Gasthof einquartierten, in buntbestickte Jacken eingekleidet und vermietet. Er war auch jetzt der Diener von Madame, und als sie ihm bedeutete: »So sitz doch auf«, erklomm er rasch den Wagen. Nun thronte er inmitten aller Schachteln, zeigte freudig seine blitzend weißen Zähne und hielt den Tulpenstock mit beiden Händen auf den Knien.

Dann ließ Madame sich, während sie sich neckisch zierte, von Adrian mit einem Scherzwort auf den Wagen helfen. Es war ein Kunststück, weil der weite Reifrock sich verheddern wollte und weil der Wagen keine Kutsche war. Herr van der Maaßen hatte nur gewünscht, die Sachen abzuholen; aber Adrian gefiel es, daß sie den Wagen auch zu ihrer eigenen Beförderung ausersah. Er durfte ihre Hand erfassen und durfte sehen, wie sich ihr Fuß aus ihrem faltenreichen Kleid, das sie mit schüchternem Erröten hochhob, schlank und schön herausschob.

Oh, bestimmt hat dieser Wagen niemals eine solche Fracht getragen; bestimmt hat niemals eine adelige Dame, denn das war sie in den Augen Adrians, auf seinem Kutschbock Platz genommen.

Adrian schwang sich gewandt zu ihr hinauf. Sie rückte lächelnd auf die Seite und hielt seinen Arm umklammert, weil sie schwankte, als der Wagen rollte. Sie flötete: »Das darf ich doch?« und schlug betörend ihre Augenlider auf, um sie genau so rasch zu schließen.

»Na, gewiß doch«, sagte Adrian, um gleich daranzufügen: »Übrigens, Madame, ich heiße Adrian van Snaar. Ihr dachtet zwar, ich sei der Kutscher. Ich fahre aber diese Fuhre nur zur Gefälligkeit für Hendrik van der Maaßen.«

Er ließ sogar das »Herr« weg, als er seinen Herrn erwähnte, der es seit heute nicht mehr war. So führte er die Unterhaltung in einem Grade der Vertraulichkeit, auf den sie ohne Zögern einging. Als er beim Rückwärtsblicken den Mohrenknaben in den Schachteln sitzen sah, verstand er, ein behäbiges Gelächter anzuschlagen, das mehr ein Schmunzeln war. »Wir sind doch«, meinte er, »ein seltenes Gespann, Madame, nicht wahr? Der Mohr und seine Schachteln, Ihr und ich? Das sieht man hier nicht alle Tage.«

Und weil er sich den Einfall nicht verkneifen konnte, das Erstaunen seiner Kumpanei herauszufordern, fuhr er am »Grünen Frosch« vor.

»Was ist hier?« fragte schließlich seine Dame.

»Oh, weiter nichts«, gab Adrian zur Antwort. »Das sind die Pferde so gewohnt von ihrem früheren Besitzer, der hier immer in den Ausspann ging. Man soll den Pferden ihren Willen lassen. Sie laufen nachher um so besser.«

Was er bezwecken wollte, trat wie abgeredet ein: Es war im Komparitium zugegangen wie in einem Bienenstock, in dem geschwärmt wird. (Gründe und Zusammenhänge spielten mit, von denen es sich noch zu sprechen lohnt!) Jetzt aber war der Lärm wie weggeblasen. Denn die tobenden Parteien rangen plötzlich nur darum, den besten Platz am Fenster zu ergattern. Mit Gesichtern, in denen sich die Überraschung in allen Arten widerspiegelte, mit offenen Mäulern, aus denen sie die Zungen hängten, mit stieren Augen, mit verrenkten Hälsen glotzten sie heraus.

Den großen Händler Adrian zu sehen, der die Herzogstulpen auf den Markt geworfen hatte, wenn auch nur drei Stück – das lohnte einen Blick! Dazu die Dame, die Arm in Arm mit ihm auf seinem Kutschbock saß – ach, das war viel auf einmal! Das war die Herzogin! Dazu der Mohr, der eine Tulpe trug und eine Last von unbekannten Schachteln mit unbekanntem Inhalt!

Es war zuviel, weil es der Einfalt der Tulpenhändler nicht bedurfte, um sich vor solchem Anblick die Augen auszureiben, und das taten sie. Wo Menschen aus den Gärten oder Häusern blickten, sprach Überraschung und Erstaunen aus den Mienen. Es war ein Siegeszug für Adrian; die Rast beim »Grünen Frosch« bedeutete die Krönung.

Da schob sich wie ein Keil der Weberkaspar durch den Knäuel, und hilfesuchend kreischte seine Stimme: »Adrian, nur Ihr könnt mich erretten! Adrian! Nur Ihr!«

Rasch hielt ihm aber einer der Tulpisten die Hand vors Maul, und als Madame die Frage stellte: »Was gucken diese Männer so?« versetzte Adrian: »Sie wollen Euch, Madame, und Eure Tulpe sehen. Es sind Tulpisten. Mir scheint jedoch, wir fahren weiter.« Und er kitzelte die Pferde, ohne das Gebrüll des Weberkaspars zu beachten. Ihm, Adrian, war mehr daran gelegen, der Dame angenehme Dinge zu erzählen, und so gab er Auskunft, als sie nach dem Schreihals fragte: »Wißt, Madame, man muß nicht nur als Tulpenhändler jeden Vorteil nützen. Die Welt ist so und will es so. Der da geschrien hat, ist nur ein dummer Spekulant.«

»Ihr seid ein Philosoph«, gab sie zurück.

»Man wird's mit den bescheidensten Gedanken, wenn man sich bemüht, zu denken. Aber niemand denkt von selber, wenn sich nicht innen etwas regt, sei es der Magen oder sei's die Seele.«

Sie sah ihn lange an. Er schaute aber scheinbar nur den Schwänzen seiner Pferde zu. Und weil er sich bewußt war, daß die nutzenreiche Schaufahrt nicht mehr länger dauern durfte, spornte er die Pferde zu einer rascheren Gangart an, bis er sie laut am Hause van der Maaßens zum Stehen brachte.

Er half noch seiner Dame vom Bock herunter und sah, wie Hendrik van der Maaßen mit offenen Armen ankam, wie Fräulein Truus an ihrem Fenster hastig den Vorhang zuzog und wie Christintje den Mohrenknaben wie ein Wundertier betrachtete.

Dann sagte er: »Verzeiht, Herr van der Maaßen, wenn ich Euch nun die Sorge überlasse, für Madame bemüht zu sein. Mir ist es jedoch so, als ob ich anderweitig mehr vonnöten wäre.«

Damit rannte er die Gracht entlang, besann sich aber plötzlich und schritt ganz langsam auf die Wirtschaft »Zum grünen Frosch« zu, denn er hatte auf einmal wieder zu denken angefangen.

SIEBTES KAPITEL

Der Tulpenwurm bricht trotzdem aus

Kurz nachdem der Weberkaspar von der Landpartie mit Adrian zurückgekommen war, erschien er schon im »Grünen Frosch«, in einem Säcklein zwölf der schönsten Tulpenzwiebeln, die sein Vermögen waren, sein eiserner Bestand, sein letzter Pfennig. Aber niemand konnte sich entschließen, einen Gulden dafür anzulegen. Einmütig schien das Komparitium an Adrian zu denken, der am Nachmittag mit allerbester Ware kommen wollte. Kaspar trat der Angstschweiß auf die Stirne, und seine Augen flackerten. Er glaubte, schon entlarvt zu sein, und fragte zitternd: »Habt ihr euch verschworen, mich zum toten Mann zu machen?« Da lachten sie und rückten doch áuf ihren Plätzen hin und her, weil sie erkannten, daß ein Gewinn zu machen war, den jeder billig schnappen konnte. Sie befühlten seine Zwiebel und wiegten ihre Köpfe ernst dazu. Sie rochen auch daran und legten sie bedauernd wieder auf den Tisch zurück. Sie wollten warten.

Da wurde es dem Weberkaspar zur unumstößlichen Gewißheit, daß die Vermutung Adrians bereits bekannt war und daß in seinen Zwiebeln der unheilvolle Wurm saß! Bis in die Tiefen seiner letzten Ehrlichkeit erschüttert, stand er da, sein halbes Dutzend Knollen in das Säcklein schubsend und vor Verzweiflung fast zusammenbrechend. *Warum* gestand denn keiner, was hier wirklich vorging, was man wußte, was man bezweifelte?

»Ins Wasser schmeiße ich den Bettel!« keuchte er zuletzt und sank an einem Tisch hin, während ihn ein Schluchzen überwältigte. Da griff der Präsident ein, der bis jetzt die Hände vor dem Bauch gefaltet hatte und der zum erstenmal den Mund auftat, um unter brummendem Gelächter zu verordnen: »Klage=weibern ist der Zutritt in die Tulpanei verboten. Schafft ihn 'raus. Wer nichts verkauft und nichts verzehrt, ist für den Wirt kein Aufsehn wert. – Und auch für uns nicht«, setzte er dem Sprüchlein noch hinzu und faltete die Hände wieder.

Nun war der Augenblick des Zwinkerers gekommen.

Wie tröstend setzte er sich zu dem Weberkaspar hin, schlug ihm ganz leise und begütigend aufs Knie und sah dann wieder vor sich nieder, als sei nichts geschehen, als sei er nur aus Menschenfreundlichkeit zu ihm herangerückt. Nicht lange aber, und er fing zu flüstern an: »Herr Nachbar, wenn Ihr nicht zu teuer seid, wird's mich gelüsten, etwas einzuhandeln.« – »He, da will wohl einer steigern?« flog aus der Ecke eine Frage her. Der Fischer zwinkerte. Da war er still. Und als der Weber=kaspar endlich auf= und seinen Nachbarn zwinkern sah, war es soweit, daß er nur »Ja« zu sagen brauchte, um sein Dutzend Zwiebeln gegen einen Wagen mit zwei Pferden loszuwerden. Das sei alles, was er habe, zwinkerte der Zwinkerer. Der Weberkaspar sagte »Ja–«.

Da hatte man am Nebentisch den Handel wahrgenommen. Geschrei des Unmuts und der Überraschung wurde laut. Der Fischer wollte flüchten, weil man mit Fäusten auf ihn losging, aber Kaspar hielt ihn fest. Denn nicht der Weber, der sich glücklich schätzte, seine Wurmstichzwiebeln abgesetzt zu haben, sondern die übrigen Tulpisten sahen sich betrogen! Sie waren hier zu kurz gekommen. Der schieche Zwinkerer hatte ihnen den fetten Brocken vor den Mäulern weggeschnappt. Jetzt, als sie ihn verprügeln und aus der Wirtschaft werfen wollten, jammerte der Weberkaspar:

»Er hat doch meine Zwiebeln! Laßt ihn los! Er muß mir mei=nen Wagen geben!«

Auch der Präsident vermochte nicht, den Aufruhr zu ver=bieten. Sie brüllten und versetzten sich in eine Raserei, die sicher mit dem Totschlag einiger Tulpisten geendet hätte, wäre nicht in diesem Augenblick der Wagen Adrians mit seiner Dame und dem Mohrenknaben vorgefahren.

Alles war vergessen. Beim Anblick dieses komödiantenhaften Aufzugs trat eine große Stille ein. Die Münder blieben ihnen offenstehen, als sie betreten wieder zu ihren Stühlen gingen, und der Weberkaspar vergaß sogar, den Zwinkerer zu mahnen, ihm endlich seinen Wagen auszuliefern. Keiner sah den anderen an, und wenn es wirklich einer tat, so zuckte er zugleich die Schultern, um zu bedeuten: »Ach ja, was hat man schon, wenn man nicht hat, was andere haben können, wenn sie nur den kleinen Finger krümmen, und wenn man selbst nichts hat als diese Sehnsucht, es einmal ähnlich einzurichten?«

So hatte sich der Präsident verlauten lassen, und die Tulpisten stimmten müde zu. Nun waren sie auf einmal wieder glücklich, daß einer da war, der eine Zeche machen mußte, und der Zwinkerer, den man vor wenigen Minuten auf die Straße stemmen wollte, griff gerne in den Beutel, um sie freizuhalten.

Zu dieser Zecherei kam Adrian, als er Madame bei van der Maaßen abgeladen hatte, gerade noch zurecht.

Er rührte keinen Schluck an, sondern zog zuerst den Weberkaspar auf die Seite, dem er schon ansah, was sich zugetragen hatte. »Macht nur weiter!« drängte er die anderen fort, die lange Hälse hatten. Dem Weber sagte er mit allen Zeichen der Erschütterung: »Denk dir, Kaspar, du bist doch der größte Ochse, der herumläuft.« – »Jetzt fangt *Ihr auch* an?« – »Nein. Die Leydener Tulpen – ach, wie eine Eule, die bei Tag fliegt, bist du an deinem Glück vorbeigegangen. – Diese Tulpenzwiebeln von dem Mann aus Leyden sind unbezahlbar schön!« – »Was heißt das? Und der Wurm?« – »Kein Wurm! Ich habe mich in sehr gelehrten Büchern, die von den alten Türken stammen, überzeugt: Es existiert kein Tulpenwurm!« –

»Dann haben also auch meine Zwiebeln keinen Wurm?« –

Ein Donnerschlag, ein Blitzstrahl hätte nicht verheerender auf den erneut erblaßten Weber niederschmettern können. Kalkweiß, mit weit hervorgequollenen Augen stand er da, griff wie ertrinkend in die Luft und stöhnte qualvoll auf: »Ihr habt mir doch gesagt ...« – »Was habe ich gesagt?« – »Ihr habt gemeint ...« – »Gemeint ist nicht gesagt.« – »Ihr habt doch aber von dem Tulpenwurm gesprochen!«

Er schrie! Er stampfte, krallte seine Fingernägel in den Tisch und krümmte sich, als würden ihm die Därme und Gelenke von einem Krampf zerrissen. Als er zur Besinnung kam, ver=

langte er mit ausgestreckten Armen: »Ich will meine Tulpen wiederhaben!«

Da lachten sie ihn aus, weil jeder diese Art von Reue kannte, weil jeder einmal begossen dagestanden ist, wenn ein Gewitzter ihn bemogelt hatte. Ach, das war nicht anders. Ein Handel in der Tulpanei ist eine Medizin, an der man sich gesundmacht oder draufgeht. So dachten sie und übergrölten sein Lamento mit Gelächter.

Adrian, der schon zum Mitleid neigte und doch den Weberkaspar klar durchschaute, meinte ruhig: »Schlecht gehandelt, Kaspar, ist immer besser als bestohlen. Spitzbuben gibt's genug, die in die Häuser steigen und Zwiebeln kaufen, wo keine Tulpanei ist. Tröste dich!«

Er ließ sich alles auseinandersetzen, als wüßte er von nichts.

»Oh«, schreckte er zurück und hob die Stimme, »du wolltest also einen armen alten Mann beschwindeln? Ihm deine wurmigen, verdorbenen Zwiebeln für teures Gut verhandeln?«

Das gab erneut Krakeel. Und hätte Adrian die aufgebrachte Horde nicht beschwichtigt, so wären sie anstatt dem Fischer jetzt dem Weber an den Hals gegangen. Aber kühl und nüchtern verlangte er, daß nun der Wagen mit den Pferden ausgefolgert werde. Der Fischer zwinkerte und stotterte und flüsterte. Er hatte Adrian anscheinend viel zu sagen. Dann kam die Lösung, dirigiert von Adrian: »Ein Handel ist ein Handel und muß bestehenbleiben. Mir hat der Fischer eben anvertraut, daß seine Pferde noch daheim im Stalle stehen.«

Man meckerte und lachte. Adrian dagegen fuhr dazwischen, indem er laut verkündete: »Für diesen alten, ehrenwerten Mann, der hier betrogen werden sollte, bürge ich mit meinem eigenen Gespann!«

Nun toste Beifall. Und als er fortfuhr: »Ich verlange, der Vorsitz möge dem Weberkaspar eine Buße auferlegen«, wurde dieser Vorschlag nicht nur angenommen, sie schrien »Hoch« und »Bravo« und wollten Adrian begeistert auf die Schultern nehmen. Er lehnte aber lachend ab und wies auf seine Taschen: »Halt, liebe Burschen, ihr zerdrückt mir meine schönsten Zwiebeln. Oder wollt ihr euren Handel künftighin mit Zwiebelbrei betreiben?«

Ach, dieser Morgen wurde zum ereignisreichen Tag! Gab es

noch eine Überraschung, die Adrian mit seiner rätselvollen, wunderschönen Dame übertrumpfen konnte? Er schwieg von ihr. Bestimmt war sie in ein Geheimnis eingehüllt, und *er*, der Schlüsselhalter, betreute es. – Wer war sie und wo wohnte sie? Wo kam sie her? Er schwieg.

Jetzt saß er mitten unter ihnen, ein königlicher Kutscher, ein Menschenfreund, der noch vor einer Stunde diese blitzende Prinzessin geleitet hatte und kurz darauf für einen armen Fischer einsprang! Wie groß war er! Wie weit war dieses Herz! Wie schön die Kameradschaft, als er zum Weberkaspar, dem Betrüger, sagte: »Du bist gebrandmarkt, Kaspar, wenn du dich nicht ehrlich machst. Nun mußt du etwas wagen, einen klaren Handel. – Der Alte tritt mir deine Tulpen ab. Ich lege meine General=van=Redern noch dazu. Sie bringen Glück. Wer bietet?«

Jeder bot.

Hier lagen siebzehn Tulpenzwiebeln, deren Wert der Weber=kaspar selbst am besten kannte, weshalb er jedes Angebot durch eigene Gebote weitertrieb. Jetzt machte sich die Zeche schon bezahlt.

Der Weberkaspar kämpfte wie ein ritterlicher Fechter um seine Ehrlichkeit und Ehre. Seine Waffe war die Stimme, die gellend jedes Angebot zerschnitt. »Ich biete mehr! Ich biete einen Schrank dazu – und eine kostbare Kommode aus schön=stem Kirschbaumholz mit eingelegten Bildern!« – Er war atem=los und keuchte.

Schäumend frisches Bier kam, dem durstig zugesprochen wurde, weil die Erregung und die Hitzigkeit im Bieten mit jedem neuen Zuschlag stieg. Mit glühendroten Köpfen reichten die Tulpisten einander ihre Tafeln zu. Der Weberkaspar gab das Schreibbrett Adrians nicht mehr zurück. Er sah kaum auf und schrieb und schrieb.

Was da geschrieben stand, das war sein ganzer Hausrat. Und als ein Metzger, der bis jetzt nur zusah, mit einem Faustschlag Ruhe forderte, war ihre Spannung auf den Siedepunkt ge=langt; denn dieser Metzger war der gefürchtetste Tulpist. Mit gleicher Tödlichkeit, wie er im Schlachthaus eine Sau stach, legte er den stärksten Spekulanten um. Dieser Bulle – so wurde er genannt – stand nun gewichtig vor dem Weberkaspar und vor Adrian und sagte hämisch: »Jetzt biete *ich!* – Für diese siebzehn Tulpenzwiebeln, zwölf Rotterdamer und fünf General-van-Redern, gebe ich als erstes Angebot mein Wohnhaus in der Keizersgracht. Wer bietet mehr?«

Der Weberkaspar schluckte. Die Augen starr auf ihn gerichtet, sah der Schlächter unbeweglich in sein Gesicht, in dem es zuckte. Die Schreiber schrieben.

»Ob du nicht weiterbietest?« fragte nun der Metzger, dem es offensichtlich darauf ankam, ein für allemal ein Beispiel aufzustellen.

»Ich biete . . .«

Nein. Der Weberkaspar stotterte. Es war ein Wahnsinn, jetzt noch draufzuschlagen. Aber in eben diesen Wahnsinn hatten sie ihn ohne Gnade hineingehetzt.

Wenn er zurücktrat und den Schlächter mit seinem Wohnhaus an den Tulpen hängen ließ – was war gewonnen? Kann man sich ehrlich kaufen?

Er kam mit seinem Denken nicht so weit. Die Faust des Schlächtermeisters lag vor ihm auf dem Tisch, und in den Ohren, die vor Erregung summten, klang seine fette Stimme nach. Hier gab es keinen Widerspruch. Er mußte bieten. Und er bot! –

Nach einem inneren Ringen, das ihn mit Schweiß und Frost durchjagte, und fast ersterbend vor Zerbrochenheit und Schmerz, gab er den nächsten Zuschlag. »Ich bin ein Bettler«, stöhnte er, »wenn ich das Letzte biete, was ich habe. Ich will kein Schwindler sein, wie viele unter euch. Ich biete ebenfalls mein Haus!«

»Mit allem Hausrat«, stellte der Schlächter unerbittlich fest.

»Mit allem Hausrat. Ja.«

»Wer kennt das Haus?«

Der inquisitorhafte Schlächter fragte in der Reihe und ergänzte selber: »Ich kenne dieses Haus. Es müßte neu gestrichen werden, wenn es den Vergleich mit meinem Wohnhaus tragen sollte. Dieses Angebot ist minder als das meinige.«

Damit war ausgesprochen, daß er noch mehr aus ihm erpressen wollte. Es gelang ihm.

Adrian schwieg immer noch, obwohl der Weberkaspar in seiner Seelenpein ihm leid tat. Aber jetzt war nichts zu retten.

Und als es sich ergab, daß auch der Wagen mit den Pferden noch dazugeschlagen würde, war kein Grund vorhanden, das Ergebnis anzufechten.

Aber wenn der Weberkaspar jetzt hinausgelaufen wäre, um sich im nächsten Wasser zu ertränken, es hätte niemand sehr gewundert.

Er tat es nicht.

Er bot, als ihm die siebzehn Tulpenzwiebeln zugeschoben wurden, keinen guten Anblick. Arme Sünder, die in der nächsten Stunde schon am Galgen hängen, mögen ähnlich vor sich niederstarren. Da war Adrian der erste, der ihm auf die Schulter klopfte und tröstend sagte: »Du bist kein Bettler, Kaspar. Denn du hast die schönsten Zwiebeln, zwar ein wenig teuer, aber morgen sind sie teurer. – Ich werde wohl an deiner Stelle Hausbesitzer sein; ich will es aber gut versehen, dein schönes Haus, und bald schon streichen lassen. Das versprech ich dir.«

Der Schlächter war zufrieden, und dem Zwinkerer blieb bei diesem Vorgang das eine Lid, das immer niederklappte, starr. Er fing erst wieder an, als er die dritte Kanne Bier getrunken hatte.

Auch der Weberkaspar wachte mit einem tiefen Seufzer aus seinem Grübeln auf, und als zu guter Letzt noch Wandermusikanten kamen, hatte sich sogar der Weberkaspar mit dem Schlächtermeister und mit dem Schicksal ausgesöhnt. Mit feierlicher Geste übergab er Adrian den Schlüssel seines Hauses, ein Anlaß, der mit Gesundheitswünschen und Trompetenschall gefeiert wurde. –

Nur Adrian, der nun als reicher Mann im siebten Himmel hätte schweben können, traute dem lauten Frieden dieser Freude nicht. –

ACHTES KAPITEL

Der Teufel scheint in der Gegend zu sein
Ein Admiral steht auf dem Brunnen
Die Mondscheinfahrt zu dritt

Als Mädchen in der Tulpanei erschienen, ein liebenswürdiges Gesindel, das immer häufiger zu den Gelagen kam und sich zu jeder Art des Feierns gern bereit fand, als der Tabaksqualm, der Lärm der Stimmen und der Instrumente den Saal zu einem Narrenhaus verwandelten, schlich Adrian davon. Er sagte noch dem Weberkaspar, der wirre Reden führte: »Bring deine Zucht in Sicherheit; sonst wird dir noch der letzte Tulpenknopf ge= klaut.« Und als die Mahnung nichts zu fruchten schien, ergriff er ihn an Kopf und Hinterteil und schubste ihn hinaus.

Der Mond stand voll am Himmel wie gestern nacht, noch stärker und doch kälter leuchtend. Die Luft tat wohl. Sie brachte auch den Weberkaspar zur Besinnung. Jetzt erst, als er neben Adrian dahinschritt, schien ihm bewußt zu werden, was sich für ihn verändert hatte.

So, wie er dastand, in seiner leichten Joppe, eine Mütze auf dem Kopf und in der Hand den kleinen Sack mit siebzehn Tulpenzwiebeln, war er alles, was er war und hatte.

Er hätte in die Welt entlaufen können, ein Bettler, dem Bier und Wein im Magen gärten und der mit jedem Seufzer fürch= ten mußte, seine Übelkeit noch deutlicher zu zeigen, als seine schlotternde Gestalt es schon bewies. Er weinte nicht, obgleich ihm Tränen in den Augen zitterten. Er fragte nur: »Wo soll ich armer Sünder schlafen heute nacht?« Und als ihm Adrian großmütig anbot, in seinem guten alten Bett zu schlafen, weil er sich nicht in ungemachte Betten lege, drückte ihm der Weber= kaspar dankerfüllt die Hände.

»Glaubt mir«, setzte er nach einer Weile an, »ich habe Euch

mitunter für einen bösen Geist gehalten, für einen Wolf im Schafspelz, für einen Luchs und Fuchs, ja, für den Bösen selber, der in biedermännischer Verkleidung durch die Gassen streicht. Es gibt so viele unter den Tulpisten, von denen man nicht weiß, woher sie kommen, ob sie von einer Menschenmutter stammen oder ob der Teufel ihnen Urlaub gab, damit sie unter den Blumisten Beute machen.«

»Dich hat bei Gott der Branntwein eingenebelt«, sagte Adrian mit Unbehagen.

»Nein, nein«, ereiferte sich Kaspar, der Arm in Arm mit Adrian dahinging, auf ihre Schatten zeigend, die der Mondschein auf das Pflaster warf. »Nein, nein. Ich habe jeweils nächtliche Gesichte, und denke ich daran, daß manche Leute unseren Tulpenhandel für ein Laster und für ungesetzlich halten, dann quält mich eine stete Angst. Das ist vom Teufel, denke ich, als Menschenangel ausgelegt. Leimruten streut er in die Welt. Und seine heimlichen Apostel sitzen neben mir am Tisch und locken mit dem Mammon, der uns blind macht, der uns Ehre, Geld und Gut vergessen läßt, Weib, Kinder, alles. Und wie schnell ist man verfallen und geblendet!«

»Nicht schneller, als ein Säufer sich betrunken machen läßt«, warf Adrian mit einem mühevollen Lachen hin.

»Nein, nein«, beharrte sein Begleiter auf der Überlegung, die er nur schwer in Worte fassen konnte. »Denn der Teufel nämlich hat in der Pestzeit vor sechs Jahren kein Geschäft gemacht, weil jeder, der die ersten Blattern merkte, nach einem Pfarrer rief. Das lohnte sich dem Höllenfürsten nicht, sich anzustrengen. Jetzt aber lohnt es sich. Zu allen Zeiten, in denen sich die Menschen von Gott entfernen, haben seine Werber gute Zeit, ein Fähnlein nach dem anderen in die Unterwelt hinabzuführen. Aber *ich* will nicht dabeisein!«

»Und ich auch nicht«, schloß Adrian die Unterhaltung ab, die ihm zu denken gab, mehr, als er sich im Augenblick gestehen wollte.

Sie waren vor dem Hause Hendrik van der Maaßens am Wasser angelangt, in dem der Widerschein des Mondes wie Phosphor zitterte. Der Weberkaspar fror.

»Ja«, meinte Adrian und sah zum Mond hinauf, »es wird allmählich kalt. Wenn du nicht morgen schon die Rotterdamer und die General=van=Redern verkaufen willst, wird sich's emp=fehlen, sie bald in Torf zu betten, damit sie nicht der erste Frost erschnappt.«

Das war ein guter Rat, obwohl noch lange Zeit war, bis es Winter wurde. Unschlüssig blickte Kaspar zu ihm auf und fragte endlich: »Wer seid Ihr eigentlich? Ich wollte Euch schon lange fragen. Ihr wißt so viel von Tulpenzucht.« Nun mochte Adrian die Bosheit jucken; denn er sagte: »Meine Wissenschaft beziehe ich direkt vom Teufel«, und fügte rasch hinzu: »Du brauchst nicht zu erschrecken.« Er sah, daß seine Pferde an einen Baum gebunden waren, und führte sie zum Wagen, um sie anzuschirren. »Oder glaubst du«, ging er seinerseits zu Fragen über, »daß diese Rösser aus des Teufels Schmiede stam=men? Daß der Beelzebub die Türkenbücher der ersten Tulpen=gärtner lesen kann? Und daß der Mensch, wenn er Verstand hat, einen Teufel braucht, um seine Geistesgaben zu verwer=ten?«

Kaspar war noch nicht befriedigt. Die Welt war ihm zer=brochen, die bis jetzt ein festgefügtes, ordnungsvolles Haus gewesen war, nicht nur das Haus, das er bis jetzt bewohnt und nun verloren hatte. Er preßte, als er auf dem Kutschbock saß, das Zwiebelsäcklein an sich und blickte unentschlossen und zerschmettert vor sich nieder. Die Antwort, die ihm Adrian ge=geben hatte, wühlte alle Angst erneut auf. Es war unheimlich und ungeheuerlich, mit diesem Mann zu fahren, der aus dem Nichts gekommen war und an sich riß, was er nur wollte. »Wo fahren wir denn hin?« kam seine neue Frage.

»Auf strackstem Weg zu Luzifer hinunter!« – Damit fuhr er los, und weil die Pferde sich taub gestanden hatten, griffen sie befeuert aus. Der Wagen tanzte in den Straßenlöchern.

Kaspar zeterte: »So fahrt doch nicht so schnell.« – »Die Teu=fel fahren immer wie die Windsbraut!« lachte Adrian, der nun erkannte, daß er den Weber niederhalten konnte, solange er mit seiner Teufelsfurcht im finstern tappte. Wenn Kaspar schwankte, wie der Wagen schwankte, war es gut. Und daß er schwankte, dafür sorgte Adrian.

Es war so still in allen Gassen, daß das Wagenrumpeln und der Hufschlag wie ein Donnertosen von den Mauern wider=prallten. Die Stadt war eingeschlafen, von leichten Nebeln, wie sie immer in Hafenorten aus den Wasserläufen steigen, kühl umschleiert. Kein Licht als das des Mondes strahlte, und wenn der Mond in ihrem Rücken stand, warf er die Schattenbilder des Fuhrwerks wie einen Spuk vor ihnen auf den Weg.

Er hatte Kaspar an sein Haus gefahren und ihm eröffnet: »Ich will nur meine Pferde in deiner Stallung unterbringen und dir gern erlauben, dich in deinem Bett noch einmal auszuschlafen. Aber wundere dich nicht, wenn morgen früh die Pferde fort sind. Das haben Höllenpferde in sich. Wundere dich auch nicht, wenn heute nacht nicht alles ist wie sonst ...«

Vieldeutig und der Wirkung wohl bewußt, die seine Worte machten, nahm Adrian von Kaspar Abschied, der kleinlaut und verängstigt fragte: »Und wo werdet *Ihr* denn schlafen?«

»Frag nicht, Kaspar«, sagte Adrian. »Das weiß ich nämlich selber nicht.«

Mit diesen Worten gab er ihm schnell die Hand und ließ ihn stehen, verdattert und verdutzt. Dann rannte er zur nächsten Straßenecke, bog in einen Winkel ein, lief in der Enge zweier Häuser weiter, hastete durch andere Gänge und kam auf einen Platz, umkreiste ihn und merkte, als er einmal um den Platz gefegt war, daß er sich verlaufen hatte.

Er konnte nicht mehr unterscheiden, aus welcher Gasse und aus welcher Richtung er gekommen war. Da hörte er bereits in allernächster Nähe die Stimme Kaspars: »Adrian! Wo lauft Ihr hin?«

Ja, hätte er nur selbst gewußt, wohin er flüchten sollte. Nun kam der Weberkaspar immer näher, ein geplagter Geist, den seine Höllenbilder quälten und der die Welt auf einmal voller Teufel und Gespenster sah.

Wenn Adrian noch weiterlief, so hörte Kaspar seine Schritte. Wer weiß, ob er nicht schneller war als Adrian, ob er ihn nicht erreicht und auf den Knien flehend angebettelt hätte: Sagt mir um Jesu willen, ob Ihr nicht des Teufels seid? –

Im letzten Augenblick erkannte Adrian, wie er dem immer näher schwankenden Verfolger entrinnen konnte.

Im Schatten breitgewachsener Bäume war ein Brunnen, auf dessen Sockel eine große Steinfigur die Hand ausstreckte. Jetzt entsann sich Adrian, daß dieser Brunnen für einen Admiral errichtet worden war, der eine Kaperflotte von Piraten ver=

nichtet hatte und dadurch die Stadt befreite. Wie ein Feldherr stand er da, in seiner Hand den Admiralstab, den ihm der Kaiser nach diesem Sieg verliehen hatte, ein Denkmal, das kein Mensch beachtete und das auch Kaspar sicher nicht genauer kannte. Wer wußte, ob auf diesem Brunnensockel *ein* Mann oder deren zweie standen? Zwei Admirale oder einer? –

Rasch entschlossen schwang er sich hinauf zum Admiral! Es war noch Platz, und wer im Licht des Mondes die beiden starren Männer auf dem Postament sah, der konnte in der Tat vermeinen, der Kaiser stände bei dem Admiral. Er hatte die Gestalt, die eines Hauptes Länge kürzer war, umarmt und deutete hinunter auf den Platz, als stelle er dem Volk mit majestätischer Gebärde seinen Helden und Befreier vor.

In dieser Haltung verharrte er, als Kaspar aus der Gasse stürzte und erschüttert stehenblieb, weil Adrian ihm nun entkommen war.

»Ach«, barmte er, »ich armer Tor, ich Tölpel. Nun ist er fort. Wenn's einer mit dem Teufel hat, kann er sogar durch einen Pflasterstein verschwinden. Oh, ich Narr!«

Dann trat er an den Brunnen und hängte seine Hände bis zu den Gelenken in den Wassertrog, um sich ein wenig Kühlung zu verschaffen. Er netzte auch die Stirne und duckte schließlich seinen Kopf ins Brunnenwasser, gurgelte und schnaubte.

Hätte Adrian den Fuß gerührt, er hätte seinen Kopf damit ins Wasser treten können, und sicher wäre Kaspar der Herzschlag ausgeblieben. Aber selbst beim Gurgeln, als er wie ein Huhn den Kopf weit in den Nacken bog, sah Kaspar den Brunnenadmiral und auch den falschen Kaiser nicht, den Adrian verkörperte. Erfrischt und doch nicht klarer verließ er endlich den vom Mondschein friedlich überglänzten Platz und klagte vor sich hin: »Ich Narr. Ich Narr.« –

Dann stieg auch Adrian vom Postament herunter, klopfte seinem Admiral noch einmal leutselig auf die Schultern und schlug den Weg zum Hause van der Maaßens ein, das tief im Dunkeln lag und dessen Fensterscheiben im Mondschein sauber blinkten. Oh, Christintje setzte ihren Stolz darein, daß alles blitzte.

Sie schlief jedoch um diese Zeit schon längst. –

Auch in der Stube, in der sich Hendrik van der Maaßen oft bis zur Mitternacht bei seinen Büchern aufhielt, war das Licht erloschen. Nur der Hofhund kroch am Zaun entlang, als Adrian sich von der Gartenseite her dem Hause näherte. Dort war leicht einzudringen. Aber nun ergab sich, daß alle Türen abgeschlossen waren, auch die Türe zu der Stiege, die in seine Kammer führte. Oder schlief bereits ein anderer dort, ein neuer Torfknecht, der nicht an Tulpen dachte, der aber, wenn es ihm behagte, sein Auge, wie er selber, auf Christintje warf? Der täglich um sie war und dem sie nun die fetten Brocken aus Topf und Pfanne auf den Teller schob und einen Wein dazu? Ein Bier? Den wunderbaren Branntwein Hendrik van der Maaßens? . . .

Es war vielleicht die Wehmut, nun den Garten, seine Kammer und Christintje mit ihrem Küchenreichtum zu verlassen. Es war das Heimweh, das er schon jetzt spürte, obgleich er noch an jenem Ort stand, dem sein Heimweh galt.

Hier war die Stelle, wo er die drei Tulpenzwiebeln ausgegraben hatte. Aus diesem Garten hatte ihn Fortuna in die Welt geleitet. War er leer geworden? War nicht zur Mittagszeit ein Wesen in dieses Haus getreten, das jeglichen Bewunderer schöner Frauen zum Schwärmer machen mußte? Und verblich nicht fast Christintje mit ihren derben Küchengaben vor dem Genuß, den diese Dame schon durch ihren Blick, durch ihre Grazie bot?

Es war zu spät, daran zu denken. Er fühlte, wie die Müdigkeit von seinen Beinen her bis in den Kopf stieg und ihm die Augenlider niederdrückte.

Adrian, obwohl nun Hausbesitzer, fügte sich mit einem Lächeln in sein Schicksal, ausgesperrt zu sein. Was ihm noch gestern selbstverständlich war: sich abends im Vorderteil des Torfkahns zum Schlafen auszustrecken, das kostete nach diesem Tag der Wandlung und Verwandlung bereits ein bittersüßes Lächeln.

Er holte alte Säcke aus dem Bienenstand; es brummte in den Körben, und er horchte. Diese Zuckersäcke brauchte man in kalten Nächten, um die Bienenkörbe wärmend zu behängen. Nun wurden sie zu seinem Lager, wobei er nicht bedachte, um später desto schrecklicher daran gemahnt zu werden, daß sich verirrte Bienen in diese Tücher und Säcke verkrochen haben könnten. Er wickelte sich leise schaudernd in diese Decken ein, um tief zu schlafen.

Klacksend schlug die leichte Strömung an die Planken, und der Torfkahn schaukelte wie eine Wiege. Das tat wohl. Und dennoch brachte dieses Schaukeln eine Fülle bunter Träume vor sein Auge.

Er lag im Halbschlaf und war der festen Meinung, als er Schritte und leise Stimmen hörte, daß auch diese Dinge in seinen Traum gehörten.

»Ich bin so glücklich, Liebster, daß du da bist«, sagte eine Frauenstimme.

Galt das ihm? War das die Fürstin mit dem Negerknaben, die erregend in seinen Phantasien rauschte und deren Nähe er noch jetzt wie eine selige Verzauberung wahrnahm? War das Madame? –

Er ahnte nicht, wie tief sein Herz in dieser Stunde noch erschüttert werden sollte. Und hätte er nicht plötzlich zwei Gestalten am Uferrand gewahrt – hell wach war er auf einmal –, hätte er nicht ganz genau die beiden Menschen, die flüsternd und beratend vor seinem Torfkahn standen, mit sicherem Ohr und Blick erkannt, er wäre aufgesprungen, um laut loszuschreien!

Denn plötzlich spürte er am ganzen Leib ein sanftes Bitzeln, ein Tasten und Gekribbel, eine Kälte, die ihn langsam überrieselte, und wie ein Todesschreck durchfuhr es ihn: die Bienen!

Ein Volk von Bienen kroch über seinen Leib, wie Mückenwolken über Mist, Kadaver oder andere Fäulnis ziehen! Sie zwieselten am Bauch, am Rippenbogen; sie kitzelten wie haarfeindünne Tausendfüßler in den Lenden und schienen sich auch an den Waden aufzuhalten. Am ganzen Körper, wohin er plötzlich dachte, tauchten giftbewehrte und stechbereite Bienen auf, die sich von seinem kalten Schweiß, der ihm aus allen Poren brach, nicht stören ließen! Im Rücken, ja im Nacken, in den Händen glaubte er die ahnungslosen, heimtückischen Insekten mit ihren Stacheln zu verspüren. Wann stachen sie? Wann brach das Volk mit tausend Giftpinzetten auf ihn los, um ihn entsetzlicher als alle Höllenflammen zu zerfleischen, während er nicht schreien und sich nicht rühren durfte?

Gelähmt lag er in seinen Bienentüchern und wagte nicht, sein Keuchen, das sich aus der Seele rang, laut auszustoßen. Todesängste trieben seinen Herzschlag. In beiden Ohren hörte er das Brummen seiner Peiniger wie dunklen Trommellärm. Er wollte beten und preßte seine Zähne knirschend und zerknirscht zusammen. Erlösung! schrie es irgendwo in seinem Innern. Reißt mir die Tücher ab! Werft mich ins Wasser! ... Da durchfuhr ein Stoß den Torfkahn.

Der Maler Willem war ins Boot gesprungen und half nun Truus herüber, die zuerst nicht wollte und die er dennoch mit betörend süßen Worten überredet hatte.

So also stand es zwischen Truus und Willem? – Nachts, wenn alles schlief, entschlüpfte sie dem Zimmer, um auf seinem Torfkahn durch die Nacht zu schwärmen? –

Zerstob der Bienenschwarm? War dieser Ruck des Bootes, das ein wenig bebte, die Erlösung? – Er spürte plötzlich nur noch die Tropfen kalten Schweißes, die auf seiner Haut hinunterliefen, als wollten sie in seinem Rücken eine tiefe Kerbe hinterlassen. Weil er aber wie gelähmt auf Truus und Willem starrte, vergaß er seine Bienenangst und sagte sich zuletzt: Mir sind wohl die Gebeine vor mir selbst eingeschlafen und taub und starr geworden.

So muß es auch gewesen sein. Das Blut, das sich durch seine unbequeme Lage staute, erzeugte jenes Bitzeln und Gekribbel und das schaudervolle Wahnbild, einen Schwarm von Bienen an sich zu haben. Aber mit der Neugier, das Geflüster des Liebespaares zu belauschen, und mit der Angst, entdeckt zu werden, vergaß er es.

Fast lautlos trieb das Boot dahin, und wenn auch kaum gesprochen wurde, so bewiesen doch die Koseworte und das Geschmatze das tiefe Einvernehmen, das zwischen Truus und ihrem Maler herrschte.

Schluchzend hatte Truus gesagt: »Er wird es nie erlauben«, um trotzig fortzufahren: »Er selber aber holt sich diese aufgeblasene Französin, die nichts hat als ihren Putz, ins Haus. Er stelzt um sie herum wie 'n Gockelhahn, und wenn sie ihn mit ihren falschen Augen ansieht, wird er rot. Ach Gott, wo führt das hin?«

Dann flossen ihre Tränen.

Willem, der das Steuer halten mußte, starrte mutlos in die Ferne.

»Ja, wo führt es hin?« –

Er wiederholte tonlos ihre Frage und schreckte auf, als sie ganz leise, aber tief entschlossen sagte: »Lieber gehe ich ins Wasser.« –

»Nein, nein, nein!« Er riß sie an sich und flüsterte: »Du darfst mir nicht verzweifeln, Truus.« –

»Er wird uns trennen«, kam bitter ihre Antwort, »und wenn er mich ins Zimmer einschließt, wenn er mich bewachen läßt...«

Sie schwiegen. –

Weit hinter ihnen lagen schon die Häuser. Das Gewässer, das tief eingebettet zwischen hohen Böschungen dahinfloß, war dunkel und dennoch von dem kalten Licht des Mondscheins angefüllt.

»Ich möchte mit dir fliehen«, fing Willem nach langem Überlegen wieder an. »Mit dir, mit diesem Schiff weit fort in andere Länder fahren, dem Rhein zu, und den Fluß hinauf vielleicht nach Köln...«

»Sprich weiter«, hauchte sie.

»Wir könnten«, meinte er versonnen und hatte einen Ton des Schwärmens in der Stimme, »auch zur Schelde segeln. Wir könnten in Antwerpen landen, wo die großen Maler in fürstlichen Gemächern ihre Kunst betreiben. Wo Könige und Edeldamen in atlasschweren Roben sich vor der Kunst verneigen, die ihre Schönheit ewig macht. Ja, fliehen«, brach er ab. »Dich deinem Vater wie einem Götzen aus den Armen reißen, das müßte man!...«

»Ja, fliehen«, klagte sie. »Er wird mich suchen und durch die Straßen zerren lassen. Ich kann nicht fliehen, Willem.«

»Du liebst mich nicht.«

Sie wandte ihm den Kopf zu und fragte schmerzvoll-zärtlich:

»Wohin, hast du gesagt?« ...

»Nach Köln.«

»Ich möchte nicht nach Köln.«

»Dann nach Antwerpen.«

»Nein. – Du weißt doch, Willem, daß diese eklige Französin meine Mutter werden wird, wenn ich nicht da bin.«

»Und ich weiß genauso«, stöhnte Willem, »daß du mit dem

ekelhaften Reeder Budenhop verkuppelt werden wirst, wenn wir nicht fliehen.«

»Ja, das mag wohl sein. – Ach, Schicksal, schaudervolles Schicksal.«

Truus weinte wieder.

Regungslos lag Adrian am Bug des Kahnes, mit nassen Lippen, wenn er die langen Küsse enden hörte, und mit nassen Augen, wenn er das Unglück überdachte, das beiden drohte.

Er hatte Truus, als sie noch kleiner war, fast täglich mitgenommen, ein wildes, bubenhaftes Mädchen mit einem Trotz, der schon die Jungfrau ahnen ließ, die nun aus ihr geworden war. Sie sprang nicht mehr mit klappernd lauten Schuhen durch den Garten, wenn er fortfuhr, um zu winken: »Ich will mit!« – Sie war sehr still geworden, mit jedem Tage ihren mädchenhaften Liebreiz wie eine zarte Blüte keusch enthüllend, obwohl sie ihn verbergen wollte; sie war nur noch trotzig, wo man sie zwang. Hier zwang man sie.

Er hätte mit ihr weinen mögen und durfte sich nicht rühren, weil der Kahn jetzt unter Büsche einbog, die weit überhingen und fast eine Laube bildeten. Dort hatte Willem endlich alle Möglichkeiten, das Segel und das Steuer loszulassen und sich der kleinen Truus in einem Maße anzunehmen, daß Adrian den Wunsch verspürte, nicht mehr da zu sein.

Wie stieg in Willems Armen nun der Jubel hell aus ihrer Kehle! Wie jauchzte sie! Wie selig waren ihre kleinen Seufzer, die glücklich tief aus ihrem Herzen kamen ...

Adrian, der wie ertappt in seinen Tüchern lag und fühlte, daß ihm alles Blut zu Kopf schoß, verging vor Unbehagen, Neid und innerem Aufruhr. Er wünschte, durch die Planken seines Kahnes hinabzusinken auf den Grund des Wassers und in der Dunkelheit des Schlammes zu vergehen. Er hätte rufen und sich räuspern mögen, um diabolisch die Überraschung auszukosten, die sein Erscheinen dem verliebten Paar bereitete. Und dennoch ging ein Rühren durch sein Herz, ein zitterndes Begreifen. Dann stieg ihm wieder Zorn auf, wenn er daran dachte, was Truus von der Madame behauptet hatte. War es Eifersucht? –

War es jedoch nicht sehr wahrscheinlich, daß Hendrik van der Maaßen ähnlich fühlte wie Adrian? Daß Truus mit allem

Mißbehagen, das Töchter gegen fremde Frauen ihrer Väter hegen, sie nur verleumdete, weil sie als Frau die andere Frau erkennt und weil ihr diese späte Liebeswerbung ihres Vaters widerstrebt? –

Traf aber ihr Verdacht zu, wie stand es dann um seine eigene Sache? –

Ach, lächerlich, die flüchtige Begegnung mit Madame war nie und nimmer eine Sache! Blumenduft weht so vorüber wie alle Wohlgerüche gepflegter Frauen lockend in die Sinne fallen. Christintje war doch da und wartete.

Die Sehnsucht von Christintje galt aber Josias! –

So überzwerch war alles, so verflochten und undurchschaubar wie die unglücksreiche Lage, in der sich Willem mit seiner kleinen Truus befand.

Die Sorgen waren wieder über sie gekommen.

»Geld will mein Vater sehen«, hatte Truus verzagt gesagt, als Willem nach geraumer Zeit des Schweigens den Kahn aus dem Versteck hinausgeleitet hatte. »Nur Geld, und man versteht es, weil ihm die ›Zuiderland‹ verlorenging.«

»Ja, man versteht es!« höhnte Willem und lachte laut und bitter auf. Mit gleichem Hohn ergänzte er: »Will mich dein Vater den Tulpisten in die Arme treiben? Soll ich mit Zwiebeln spekulieren wie euer Adrian?« –

Als Adrian aus diesem Munde seinen Namen hörte, fuhr er auf und sank doch wieder, weil er sich nicht verraten durfte, behutsam in den Bug zurück. Er hätte aber kurz darauf schon wieder aus den Säcken springen können; denn Truus, die zwar vom Tulpenhandel abriet, sagte: »Wenn du meinst, daß du es trotzdem tun sollst, will ich dir drei Tulpenzwiebeln geben. Ich habe sie vor gar nicht langer Zeit im Garten eingesetzt.«

Das war die Schlinge, die Adrian den Atem fast benahm! – Wenn Willem zugriff, war alles aufgedeckt. Dann kam zutage, was ihn immer wieder trotz aller Vorsicht, die er angewendet hatte, wie ein Alpdruck überwältigte!

Es war so rührend, wie Truus dem zweifelnden Geliebten ihre Tulpen anbot, und es war zugleich für Adrian vernichtend, weil seine Welt zusammenbrach, wenn man den Diebstahl heute schon entdeckte.

Aber hatte er nicht draußen seine Tante? Die taub war und

nichts plaudern konnte? Hatte er nicht nachgewiesen, woher die Herzogstulpen stammten? Und waren nicht die Zwiebeln von Fräulein Truus verfault, weil man sie falsch behandelt hatte?

Ach, die Hoffnung, eine junge Liebe mit drei verfaulten Tulpenzwiebeln aufzurichten, war zerflattert, ehe sie begann.

Ich werde, dachte Adrian, den Willem bitten, mich zu porträtieren, und ich will ihn gut bezahlen. Ich will es schon aus Trotz tun gegen Hendrik van der Maaßen und weil man seinen Wohlstand und seine Lebensart nicht besser deutlich machen kann, als sich im besten Sinne für die Kunst zu interessieren. – Ich werde, spann er den Gedanken aus, auch andere reiche Freunde, die sich nun ergeben, zu Willem in die Werkstatt bringen, und wenn er seinen Ruf hat, kommt das Geld von selbst.

So dachte er, weil ihn die Hoffnungslosigkeit des Liebespaares tief erbarmte, und weil er einen Ausweg suchte, seine Angst zu bannen.

Er war befreit und doch bestürzt, als Willem weitersprach: »Nie werde ich das Lumpenpack der Tulpenbrüder auch nur im Geist beehren, und wenn ich hungern sollte! Denn dort ist keine Rettung. Aber zeichnen will ich sie! Ich weiß: Ein Mann in Utrecht druckt solche Blätter, um diese Glücksphantasten lächerlich zu machen! *Damit* kann ich Geld verdienen.«

Er kam in Eifer, und wenn sich Adrian bis jetzt damit beschäftigt hatte, wie er helfen könnte, so hätte sein Erbarmen nun in Haß umschlagen können; denn wer mit jenen Geistern, die den Tulpenhandel unterdrücken wollten, gemeinsam in den Kampf ging, der verdiente kein Erbarmen!

So waren sie: Wer etwas auf sich hielt, der riet vom Tulpenhandel ab und war bemüht, die armen Seelen auf den gesunden Weg der Armut zurückzuführen. Die Pfarrer tobten von den Kanzeln, und die reichen Leute setzten ihre Mieter, wenn sie Tulpisten waren, aus den Zinsgebäuden auf die Straße. Aber konnten sie verhindern, daß diese Abgefallenen, Abtrünnigen und Sünder bald selber Häuser hatten und Hauszins nahmen?

Man kämpfte gegen die Tulpisten, und fromme Gläubige, die schließlich mit Gebeten überzeugen sollten, warfen in den

Tulpaneien die Fensterscheiben ein. Flugblätter wurden unters Volk gebracht, bemalte Stiche, die in krasser Buntheit die scheußlichsten Gestalten zeigten. Oh, man hatte große Maler für diesen Kampf gewonnen, weil man sagte, daß es um die Niederlande ginge, um die Gesundheit, um die Ordnung, um das Vertrauen unterm Volk. Was tat es an der Sache, daß nun auch Willem in jenes Lager lief und dort sein Fähnlein flattern lassen wollte? Daß *auch er* sich vornahm, mit Stift und Farbe die herrliche Bewegung zu verhöhnen, die endlich einmal allen Mammon, den es in Holland gab, in seinen Truhen durcheinanderrüttelte? Ein Malerjüngling gegen die Tulpenisten? Ein Pinselschwinger gegen eine Legion von Männern, die über alles, was keinen Geldwert hat und nicht in Tulpenzwiebeln umgerechnet werden kann, erhaben mit den Köpfen schütteln? Auf welcher Seite stand nun der Phantast? –

Solange sich kein Geld in Luft verflüchtigt, ist alles Geld für eine Schmähschrift in die Luft geworfen.

Das dachte Adrian und ließ den Maler Willem reden, ohne sich zu räuspern. Und nichts beirrte ihn in seinem Vorsatz, Willem eines Tages doch zu bitten, ihn zu porträtieren, weil ein Gemälde sein Inbegriff des großen Wohlstands war.

Er sah sich, als das Liebespaar am Hause Hendrick van der Maaßens aus dem Torfkahn stieg, bereits in einem schweren Rahmen hängen, gewichtig, in gedämpften, schönen Farben, mit einem rüschenreichen weißen Kragen und einer schweren Kette um den Hals. Mit diesem Bild vor Augen schlief er ein, bis an das Kinn von seinen Bienensäcken zugedeckt und immer noch von der geheimen Angst gestört, es könne eine Biene aus den Falten kriechen und ihn stechen.

Aber keine Biene regte sich, und als der Vollmond hinterm Giebel unterging, war mit ihm selber vor lauter Müdigkeit auch sein Gewissen eingeschlafen. Deshalb schlief er gut. –

NEUNTES KAPITEL

Die Bienen schwärmen, und auch sonst ist alles aufgeregt

Anscheinend wollte es das Schicksal, daß Adrian schon beim Erwachen von den leibhaftigen Gestalten seiner Träume überrascht und ihnen wieder ausgeliefert wurde. Es war ihm nicht vergönnt, mit ruhiger Entspannung und wohlig zu erwachen.

Schrecklich und bedrohend fing der neue Tag an, und wiederum hing es zusammen mit den Säcken, die er aus dem Bienenstand genommen hatte. –

In feuchten Sommern, wenn die Lindenblüte und der Klee verregnen, wenn Feld= und Rosenhecken von schwerer nasser Luft verhängt sind, wenn keine Blüte voller Duft und Leuchten an die Sonne blühen kann, beginnen der Hunger und das Sterben in den Bienenvölkern.

In dieser Not errettet sie der Bienenvater, der ihnen Zucker spendet, der Gewinn von ihnen haben möchte und jahraus, jahrein in ängstlicher Maskierung ihre Honigbeute an sich reißt. Der aber in den Hungerzeiten als gütiger Verwalter das große Sterben bannt.

Mit teurem Zucker hat Hendrik van der Maaßen seine Bienenvölker oft gerettet. Und diese Zuckersäcke waren es, die Adrian ergriffen hatte, um sich in sie hineinzubetten. Was aber gestern eine Sinnestäuschung war, als ihn das stockig angestaute Blut mit seinem Bitzeln narrte, das wurde heute zur entsetzlichen Gewißheit!

Die frühe Sonne hatte Gras und Blüten vom zarten Tau befreit, und wolkenhaft stieg von den Ausfluglöchern ein Schwarm von Bienen nach dem andern auf. Ein Tag schien anzufangen, der, wie immer, wenn der Herbst sich wenden will, noch einmal alles Glühen der Natur zu letztem Strahlen bringt. So war die Luft vom Honigseim der Gärten und der Felder und von der winzigen Geschäftigkeit der ungezählten, unsichtbaren, summenden und brummenden Insekten angefüllt. Und dieses Summen war es, das Adrian ganz nahe vor den Ohren dröhnte und das ihn überrascht erwachen ließ.

Weil in den Fasern der groben Rupfensäcke noch Zuckerbrösel hingen, als sei das maschige Gespinst von einem Rauhreif überzogen, war ein Bienenschwarm in diese Oase eingefallen. Nun wimmelte die ganze Decke, die Adrian bis an den Hals ging, von giftig gelben Bienenleibern. Und dieses Mal war es kein Wahngebilde! Das lebte, summte, quirlte durcheinander und schien nicht aufzuhören. Immer neue kamen in geballtem Flug herangebraust, wie Wolken. Gelbe, fette und geschliffene Bienen mit harten, singend scharfen Flügeln, gierig ausgerollten Rüsseln und versteckten Stacheln. Es war fürchterlicher als in einem Bienenstand.

Fast glich ihr Aufruhr einem Kampf; fast hatte es den Anschein, als zögen sich Abteilungen zurück, als holten sie Verstärkung, um den ganzen Torfkahn mit seinem späten Schläfer aus= und aufzufressen.

Adrian erstarrte. Er dachte nicht daran, daß es der Zucker war, der die gefräßigen Legionen in ihren Taumel wilder Emsigkeit versetzte. Er mußte immer wieder an Ägypten denken, an die sieben Plagen, an die verwüsteten und kahlen Felder, an sich selbst und an den schauderhaften Gifttod, der ihm drohte. Zwölf Hummeln, dachte er, sind fähig, einen Gaul zu töten. Wieviel Bienenstiche reichen dann für mich? –

Er war bereit, die größten Leiden auszuhalten. Nur nicht sterben, jetzt nicht sterben, dachte er und brachte nicht den Mut auf, die Säcke abzuschütteln. Pech, keimte seine Hoffnung auf, Pech müßte man entzünden, Pech und Schwefel. Rauch sollte sie vertreiben. Der Torfkahn müßte untergehen wie ein Stein. Es war umsonst gehofft, umsonst gewünscht.

Er war verdammt dazu, den gelben Brei der Bienenvölker ohne die Möglichkeit, sich seiner zu erwehren, rings um sich her zu wissen. Wenn sie wollten, krochen sie, wohin sie mochten, in den Nacken, in die Ärmel, in den Schuh und in den Hosenröhren aufwärts. Wenn es ihnen einfiel, waren Stirne,

Augen, Mund und Nase nicht mehr sicher. Schon der Stich von einer einzigen genügte, alle anderen aufzureizen, wie ein Schlachtruf ihre Scharen zu behexen. Dann war alles hin und aus.

In dieser Drangsal schwebte Adrian, als auf dem Deichweg die Gestalt des Malers Willem sichtbar wurde, der seinen Farbkasten, Keilrahmen, Stühlchen und Palette und seine Staffelei gebündelt auf dem Rücken hängen hatte. Anstatt jedoch die Landschaft zu betrachten, wo er dem Anschein nach ein Bild zu malen hoffte, spähte er den Garten und die Fenster des Hauses van der Maaßen ab. Es mochte die Erinnerung an die vergangene Nacht sein, daß er zwischendurch den Torfkahn beinahe zärtlich eines Blickes würdigte. Dabei entdeckte er den starr dahingestreckten Adrian, der mit verkrampftem Ausdruck dalag und den Atem anhielt, um die Bienen nicht zu reizen oder aufzustören.

Willem sah die Bienen nicht sogleich, nur die entstellten Mienen Adrians, rot aufgedunsen, wie im Fieber, und vor Angst fast blau.

»Ihr tüftelt wohl an euren Tulpenpreisen?« scherzte er und wehrte eine Biene ab, die dicht an ihm vorüberschnurrte. Mit schiefgestellten Augen blickte Adrian zu ihm hinauf. Er ließ die Augendeckel niederklappen und hob sie wieder, um anzudeuten, daß er sich nicht rühren könne. Aber Willem hatte sich zum Gartenzaun gewendet. »Ich will nicht stören!« war sein letztes Wort gewesen.

Nun erschien Christintje. Adrian sah nur ihr Kopftuch; aber dieses Kopftuch war bereits ein Trost. Es war die Rettung; denn wenn irgend jemand ihn befreien konnte, ihn erlösen wollte – und sei es mit dem Opfer ungezählter Bienenstiche –, so war es doch von allen Menschen nur Christintje.

Bestimmt trug sie dem Maler Willem eine Nachricht zu, nur ein paar Flüsterworte, in die lauten Reden übers Wetter und andere Dinge eingebettet. Jetzt kam sie näher, einen Kohlstrunk in den Händen, den sie absichtsvoll beim Anblick Willems ausgerissen hatte, und rief herunter: »Adrian, du hast doch heute Wichtiges zu tun?«

Bei Gott, das hatte er. Ausziehen mußte er, sein Haus, die Wohnung übernehmen ...

»Aber«, ihre Stimme schlug auf einmal um, »was ist dir denn? Die Bienen fressen dich ja auf!«

Er hatte sicher Tränen in den Augen, und das Weinen stand ihm um den Mund. Christintje, ach, Christintje sah mit dem ersten Blick das gelbe Volk, das – wie aus einem umgestülpten Bienenkorb geschüttelt – auf ihm kroch und krabbelte.

Sie fuhr auf Willem los »So laßt Ihr ihn daliegen?« und griff beherzt nach einem Eimer, während sie auch Willem ein Wasserschaff befehlend in die Hände drängte. Dann lenkte sie den Bug des Torfkahns ganz nahe an das Ufer, trat in das Vorderschiff, dicht hinter Adrian, und leerte ihm in vollem Schwung den vollen Wassereimer über Kopf und Leib. Auch Willem schüttete.

Im gleichen Augenblick erkannte Adrian, daß er die Säcke von sich werfen mußte, und er tat es. Ungeachtet der Gefahr, auch jetzt noch in Sekundenschnelle von den Bienen jämmerlich gespießt zu werden, hatte er die Säcke fortgeschleudert. »Stehenbleiben!« rief Christintje. Er gehorchte. Und wenn es ihn auch schauderte, er nahm die Wassergüsse ruhig hin, die aus Christintjes Eimer über ihn herunterstürzten.

Schlotternd wankte er zum Gartenzaun, aus Rock und Hose tropfend und mit den Zähnen klappernd. Dermaßen kläglich war sein Aufzug, daß Christintje voller Rührung sagte: »Nun erhole dich von deinem Schrecken.«

Da ließ sich Adrian am Deichweg nieder, hemdsärmelig, den Rock zum Trocknen ins Gras gebreitet und das Wasser aus den Hosen wringend. Willem, der sein Skizzenbuch entfaltet hatte und schon die ersten Striche machte, piekte ihn auch jetzt mit seinem Spott.

»So also sieht ein Tulpenkönig aus?« warf er die erste stichelnde Bemerkung hin und zeichnete.

»Ei freilich«, raffte Adrian sich klug zusammen, »begossen wie ein Pudel. Aber« – und er blickte Willem scharf ins Auge – »gestern sah ich einen Maler, der *geprügelt* wie ein Pudel aus dem Garten Hendrik van der Maaßens schlich. Ist das ein großer Unterschied?

Das war genau gezielt und gut getroffen. Willem schoß die Röte ins Gesicht.

»Ihr könnt mich ruhig zeichnen«, fuhr Adrian gelassen fort,

obwohl er jetzt gerade spürte, daß eine sehr verirrte Biene ihn gestochen haben mußte. Das war an einer Stelle, wo der Stich sich groß entwickeln und wo man sich in einer schicklichen Umgebung unmöglich kratzen konnte. Er überwand den bösen Juckreiz und versetzte: »Zahlen werde ich für diese Skizze freilich nichts. Ich denke aber, daß die Druckerei in Utrecht Euch dafür entschädigt . . .«

Mißtrauisch sah ihn Willem von der Seite an und fragte: »Ich weiß nicht, was Ihr meint?«

»Oh«, druckste Adrian bedeutungsvoll, nun wieder Herr der Lage, »die Nachtluft trägt sehr weit, und wenn man sich auch noch so leise unterhält.«

»Was soll das heißen?«

Jetzt hatte Willem aufgehört zu zeichnen. In glühender Erregung war er aufgesprungen und wollte Adrian zu einer Antwort bringen. Der aber untersuchte seinen Rock und meinte, kopfschüttelnd auf die Knöpfe zeigend: »Seht Euch einmal diese Arbeit an, das ist ein neuer Rock, und dennoch hängen seine Knöpfe so wackelig am Faden wie Gehenkte!«

»Was Ihr damit sagen wollt?« frug Willem unbeherrscht, weil er die Absicht Adrians durchschaute, ihn hinzuziehen.

Adrian hob den Kopf und sagte: »Je nun, damit meine ich, daß mancher unter Bienen schläft und weiß es nicht.«

»Was habt Ihr heute nacht gehört?«

Die Stimme Willems hatte ihre Festigkeit verloren. Er versuchte nun, ihm gütlich ein Geständnis zu entlocken. Auch kam in diesem Augenblick Christintje, eine Morgensuppe bringend. »Nie wirst du ein feiner Mann«, war ihre Rede, »wie ein Enterich mußt du kopfüber in jeden Froschteich fahren und dich dreckig machen.« – »Ja, das muß wohl sein«, gab Adrian zurück und schmatzte, »dafür habe ich dann dich, Christintje, daß du mich herausziehst und wieder sauberfegst!«

Sie hörte das nicht ungern. Sie tat nur so, als schlüge sie die Schmeicheleien in den Wind. »Du bist und bleibst ein Nichtsnutz«, lachte sie und schüttelte den Kopf.

Ohnmächtig mit den Zähnen knirschend, stand Willem aufgeregt herum und wartete, bis Adrian gefrühstückt hatte. Das merkte der, weshalb er absichtsvoll ganz langsam löffelte und mit Christintje flunkerte und Possen trieb, um schließlich, mit dem leeren Teller in der Hand, zu sagen: »Christintje, weißt du auch, daß du an allem schuld bist?« Sie guckte nur. Da wandte Adrian sich Willem zu, um ihm so harmlos, wie es nur geschehen konnte, die Erklärung zu versetzen, nach der er fieberte.

»Seht«, fing er zu erzählen an, »da hat mich also unser prächtiges Christintje gestern abend ausgeschlossen und den Schlüssel abgezogen. Ich, obwohl ich nun ein eigenes Haus besitze ...« – »Was, ein Haus?« fiel ihm Christintje in den Satz. – »... jawohl, ein Haus besitze«, fuhr er fort, »bin ich also nun gezwungen, irgendwo zu nächtigen. Und was bleibt mir übrig: Ich bette mich in meinen guten alten Torfkahn.«

»Ich begreife«, stöhnte Willem.

»Nicht wahr: Ihr begreift?«

»Du Ärmster!« warf Christintje ein. »War das nicht fürchterlich?«

»Im Gegenteil«, gab Adrian zur Antwort, »es war so unterhaltend, wie es nie auf meinem Kahn gewesen ist.«

Nun wollte Willem das Gespräch zu einer anderen Wendung bringen. »Ihr übertreibt«, begann er und bewog Christintje, den Schauplatz zu verlassen, indem er plötzlich sagte: »Mir war doch so, als ob man Euch gerufen hätte!« Und Christintje, die den flehentlichen Warnungsblick nicht sah, den Adrian mit Absicht nicht beachtet hatte, trippelte zurück zum Haus. »Es war bestimmt ein Unfug, wie man ihn von dir gewohnt ist«, meinte sie erheitert, und Willem, der ihr auf die Schulter klopfte, als sie ging, bestärkte sie in ihrer Meinung: »Ganz bestimmt war es ein Unfug.«

Er konnte seinen inneren Aufruhr nicht verbergen.

»Ist das wahr«, begann er mit finsteren Augenbrauen. »Ihr habt im Boot geschlafen, Adrian?«

»Es blieb mir doch nichts anderes übrig.«

Das klang nebensächlich.

»Habt Ihr fest geschlafen?« fragte Willem dringlicher.

Da gab ihm Adrian zur Antwort und machte kein Hehl aus seiner Überlegenheit: »Wenn es in Eurem Sinne liegt, dann bin ich sogar tot gewesen. Tot wie ein stummer Fisch.«

»Es wäre allerdings«, griff Willem dieses Wort auf, »in meinem Sinne, wenn Ihr Euch stumm verhalten wolltet.«

»Das begreife ich.«

»Was habt Ihr vor?«

»Nichts.«

»Nichts?«

Das glaubte Willen nicht. Er witterte, daß Adrian sein Wissen schon irgendwann verwerten würde, und versuchte deshalb, ihn zum Schweigen zu verpflichten. Er hatte nichts zu bieten, was ihn verlocken konnte. »Seht«, sagte er, »ich will mich gern erkenntlich zeigen. Wir lieben uns.« Das war der Weg, auf dem sich eine Bresche schlagen ließ. Er sprach von Truus, wie sehr sie leide, was er ja vernommen haben müsse. »Sicher«, stimmte Adrian ihm bei und dachte: Ich will mein Maul nicht auftun; aber immer muß man, wenn man die Menschen übertrumpfen will, sie bis in ihre Schattenwinkel kennen. Und *einmal* muß man ihnen sagen, daß man es weiß. Dann winseln sie und sind so spielend zu beherrschen, daß man ein Narr ist, wenn man es nicht tut.

»Ich kann ihr gar nichts bieten als meine Kunst«, fuhr Willem fort. »Mir haben große Maler, bei denen ich in Amsterdam und Groningen studierte, großen Ruf vorausgesagt. Ich kann Euch nicht bestechen, Adrian.«

»Jetzt«, lachte Adrian, »seid Ihr bereit, mir Köder anzupreisen, die Ihr gebrauchen wolltet. Jetzt redet Ihr von Menschlichkeit, weil ich durch Zufall hinter Eure Schliche leuchte . . .«

»Vergeßt es doch!«

»Nein, nein; denn *mich* habt Ihr verspotten wollen. Was habe *ich* Euch denn getan?«

»Ihr möchtet also Truus und mich in Schwätzereien bringen?«

»Aber nicht doch!« verwies ihn Adrian. »Mich zwickt nur das Bedürfnis, Euch einen Nasenstüber zu erteilen, damit Ihr künftig keine Spottfiguren von Menschen zeichnet, die Euch nichts zuleide tun und die Ihr schließlich einmal braucht.«

»Wie soll ich das verstehen?«

»Das soll heißen . . .« Nun hatte Adrian sein Wams an und knöpfte es behäbig zu. »Das soll bedeuten, daß ich zum Beispiel ein Porträt bei Euch bestelle und – selbstverständlich gegen bares Geld.«

Wenn Willem nicht von allen Ängsten seiner Liebesheimlichkeit geplagt gewesen wäre, er hätte aufgelacht, als Adrian gespreizt und eitel und mit der Miene eines großen Gönners diesen Wunsch vorbrachte. Er war dermaßen überrascht, daß er nur stammeln konnte: »Ich bin entzückt, Mynheer. Es wird bestimmt ein treffliches Gemälde.«

»Nicht wahr«, ergänzte Adrian vor Freude und reichte ihm die Hand. Er sagte noch: »Ich werde Truus zuliebe nichts verraten.« Dann trat er in den Garten ein, und Willem wanderte erleichtert auf dem Deichweg in die Landschaft.

Adrian jedoch bedachte, daß Willem nicht nur in die Kunst des Malens, sondern auch in die Gesetze eingedrungen war. Es konnte sein, daß er gelegentlich den Beistand eines rechtsgelehrten Mannes brauchte. Schon jetzt erkannte er, nachdem er kaum die ersten Früchte seines Reichtums übersah, wie nahe doch die Möglichkeiten des Verdienens oft am Abgrund waren. Auf diesen Schlängelwegen zwischen Recht und Unrecht konnte Willem, wenn er wollte, nützlich werden. Es war ein guter Zufall, ja, ein Glücksfall, daß man ihn so billig zähmen konnte! Wenn er kam, um das Gemälde auszuführen, sollte sich das andere schon finden ...

Dahlien und Astern blühten an den Gartenwegen. Adrian brach einen Strauß, den er mit beiden Händen tragen mußte. Wie ein kundiger, vertrauter Freund des Hauses betrat er nun das Zimmer, in dem sich Hendrik van der Maaßen und Madame du Fresne befanden.

»Ah«, grüßte er und reichte seinen Strauß hin, »früh am Morgen läßt es sich am schönsten plaudern. Habt Ihr gut geschlafen?« Und zu Hendrik van der Maaßen, dem er wie ein alter Freund die Hand gab, sagte er: »Die gestrigen Geschäfte haben mich gewaltig aufgehalten. Nicht zu meinem Nachteil, freilich, und ich hoffe, daß ich heute auch für Euch ein wenig tätig sein kann. Ich beneide Euch um Euren schönen Gast.« Er wandte sich nach diesen Worten wieder der Madame zu, die in ihren Blumen fast vergraben war, ein wundervoller Anblick, der Adrian die feinsten Schmeicheleien auf die Lippen lockte.

Hendrik van der Maaßen war verdutzt. Er saß, von dunkler Röte übergossen, da und konnte doch die Kühnheit Adrians nicht unterbinden oder ungeschehen machen. Eine Frechheit war es! An der Gurgel müßte man den Torfknecht packen und ihm die Türe weisen. Aber Adrian verstand es, ihn geschickt mit witzigen Bemerkungen aus seinem Brüten aufzuschrecken. Madame war angeregt und stellte Fragen, lachte, kokettierte. Auch mit ihm.

So mag die Hölle unterirdisch brodeln. Feuerberge werfen aus den Spalten ihrer Rinde kleine Flöckchen Rauch aus. Nur Hendrik van der Maaßen war dazu verurteilt, untätig und mit freundlichem Gesicht die Würdelosigkeit zu dulden, daß sein eigener Torfknecht in sein schönstes Zimmer eindrang und mit seinen Gästen Witze machte. Gab es keine Notwehr? Keine Gegenwehr?

Hier saß der Kerl gleich einem Klotz, der nicht zum Weichen, nicht zum Schweigen, nicht zum Verschwinden zu bewegen war. Was wollte er? Mit welchem Anspruch trampte dieser Stoffel hier herein? Mit welcher Absicht nahm er sich das Recht heraus, Madame du Fresne mit seinem quallig breiten Lachen zu behelligen?

Nun trat Christintje ein und schaute groß erstaunt. Sie sandte, während sie hantierte, Adrian und Hendrik van der Maaßen Blicke des Befremdens und der Verwunderung zu. Bald kam auch Truus, mit einem leichten Morgenrock bekleidet und von einer zarten Röte überflogen.

»Was tut denn *Ihr* hier?« fragte sie.

»Ach«, dehnte Adrian die Antwort hin und drehte seine Daumen, »ich erzählte eben, wie ich heute nacht gezwungen war, in einem offenen Boot zu schlafen. Und zwar in unserem Torfkahn.«

Klirrend hatte Truus die Tasse fallen lassen.

»Was hast du denn?« fuhr Hendrik van der Maaßen auf, und Truus, die angstvoll weiten Augen auf Adrian gerichtet, vermochte nur mit letzter Kraft zu hauchen: »Sie war so heiß.« Dann tupfte sie ihr Taschentüchlein hastig ins Gesicht.

»Na, aber«, sprang ihr Adrian zu Hilfe, »wer wird denn, Fräulein Truus, gleich seine Tasse fallen lassen. So aufgeregt?«

»Die Tasse ist nicht heiß!«

Das war die Stimme van der Maaßens.

»Für unsere Männerfinger freilich nicht«, fing Adrian den Unmut auf, den Hendrik van der Maaßen auf der Zunge hatte.

Eine Stimmung der Gereiztheit stand im Zimmer, die zur Entladung drängte. Van der Maaßen trommelte am Fenster.

Truus hatte Tränen in den Augen. Madame du Fresne versuchte mit ihrem Lächeln, das sie nicht mehr lange halten konnte, und mit ihren Blumen, die ihr aus den Armen rutschten, über alles mit einer starren Freundlichkeit hinwegzukommen. Christintje flog und kam nach wenigen Sekunden wieder. Ein Mann sei draußen, sagte sie, der eingelassen werden wolle. Er weiche nicht. Er habe mit Herrn van der Maaßen dringend etwas zu besprechen. Da stand der Mann schon auf der Schwelle. Es war der Weberkaspar.

Jetzt verlor auch Adrian die Ruhe.

Der Weberkaspar, dessen Haare strähnig auf dem Schädel lagen und der aus übernächtig grauen Augen wie ein Gespenst des Wahnsinns in die Stube glotzte, hatte einen Knüppel in der Hand. Er stand so unbeweglich und stieren Blicks am Türpfahl, daß Madame du Fresne mit einem Schreckenschrei die Augen schloß und »Hilfe, Hilfe!« stöhnte.

Hendrik van der Maaßen ließ ihn ruhig glotzen. Er ging mit schweren Schritten langsam auf ihn zu. Ihn ruhig messend, blieb er vor ihm stehen, um ihn plötzlich mit barscher, lauter Stimme anzufahren: »Was will Er hier?!«

Der Weberkaspar zuckte kaum. Er sah an Hendrik van der Maaßen starr vorbei. Sein Blick traf Adrian, der sich aus einer schweren Dose, die auf dem Tisch stand, langwierig eine Pfeife stopfte und schmauchend zu ihm hintrat.

Von Wut verzerrt, sah ihn der Weberkaspar kommen. Da schob ihm Adrian die Pfeife in den Mund und sagte: »Kaspar – guter Tabak. So guten Knaster wirst du auch mal wieder schmauchen. Nicht?«

Der Weberkaspar schmiß die Pfeife auf den Boden und brüllte nun mit seiner rauhen, zerbrochenen Stimme wie ein Irrer los: »Mein Haus will ich! Und keinen Tabak! Ich will mein Haus!« Er schwenkte seinen Knüppel, um ihn Adrian mit beiden Händen um den Kopf zu schlagen. Da hatte ihn ein Stoß von Hendrik van der Maaßen aus dem Gleichgewicht gebracht.

Es war ein echter Seemannsgriff gewesen, der Kaspar taumeln ließ, und als er wieder zu sich kam, saß Adrian, der seinen Kopf hielt, neben ihm im Garten auf der Treppe.

»Siehst du«, sagte Adrian, »nun brummt dir auch der Schädel

noch auf diese Weise, du dummer Sack. Du wolltest mit dem Knüppel ein Malefizkerl sein und hast dir selber das Gehirn dabei zerschunden. Laß sehen. Wenn deine Beule nicht so groß ist wie ein Kropf, hast du es mir zu danken. Weißt du, was Herr van der Maaßen dir noch an den Kopf warf? Keine Kanne, keinen Knüppel! Aber eine sehr bezeichnende Bemerkung: Für solche Lümmel ist in meinem Haus kein Platz! – Komm, Kaspar. Laß uns ruhig miteinander sprechen. Sonst bindet er die Hunde los. Dann kann auch ich dich nicht mehr schützen.«

Er hakte Kaspar unter und ging mit ihm zum Deichweg. Als der Hund ihm nachlief, machte er den Vorschlag: »Ich will dir einmal zeigen, wie gut der Hund den Stock zurückbringt, wenn man ihn ins Wasser schleudert.« Das war nicht wahr. Denn Isabella, die nach der Kaiserin von Spanien hieß, war wasserscheu. Als Adrian den Knüppel in weitem Bogen in den Kanal geschleudert hatte, jaulte Isabella zwar am Ufer hin und her, ins Wasser ging sie aber nicht.

»Du Biest!« rief Adrian, und Kaspar sagte standhaft: »Ich muß den Knüppel wiederhaben! Er ist von meinem Vater!«

»So«, meinte Adrian. »Es wäre aber sicher nicht im Sinne deines Vaters, wenn sein Sohn durch seinen Knüppel zum Mörder würde, und in meinem Sinne auch nicht, weil ich der Tote wäre. Laß ihn schwimmen. Wahrscheinlich ist das Wasser heute kalt.«

Der Weberkaspar versuchte immer wieder, sich aus dem Arme Adrians zu lösen, der wie ein guter Freund mit ihm dahinging und ihn nicht losließ, auch mit seinen Reden nicht.

»Schau«, überzeugte Adrian den Weber, »es ist wahrhaftig deine größte Dummheit, mit einem Knüppel nach einem Recht zu laufen, das nicht mehr da ist. Für solche Fälle habe ich im übrigen den Beistand eines sehr studierten Mannes, der weder fragt, wo du nun schlafen, noch was du essen wirst. Ich bin nicht herzlos.«

»Wißt Ihr auch«, gelang dem Weberkaspar eine Zwischenfrage, »was man mir gesagt hat, wer Ihr seid? Torfknecht seid Ihr gewesen, bis gestern: Torfknecht bei Hendrik van der Maaßen!«

»Wohl, so redet man«, gab Adrian zurück. »Und als ich vorhin Fräulein van der Maaßen sagte, daß ich heute im Torfkahn

– was ich öfters tue – übernachtet habe, ließ sie vor Schrecken ihre Tasse fallen. Du kannst sie fragen. Allerdings, ich liebe Torf. Ich liebe den Geruch der Erde, diesen Brodem, Nebel und Verwesung. Ja, das liebe ich. Zum Unterschied vom Fisch=gestank, vom Wasser, von dieser Lauge, die aus Heringsfässern genauso stinkt wie aus dem Hafen und aus den Kanälen. Torf=knecht ist ein herrlicher Beruf. Hast du vielleicht die Absicht, Torf zu schiffen? Ja? – Wir sprechen später noch darüber.«

Anscheinend war die Spannung überwunden. Mit gesenktem Kopf schritt Kaspar tief gebeugt dahin. Er klagte mürbe: »Ach, ich war verblendet. Mein Haus zu geben für meine eigenen Zwiebeln?! Ich habe fast kein Auge zugetan.«

»Ich auch nicht . . .«, sagte Adrian mit einem inneren Lachen. »Und übrigens warst du der Meinung, es sei da eine Teufelei im Spiel.«

»Ich hatte diese Überzeugung, ja.«

Sie waren um die Stadt herumgegangen. Der irre Glanz in Kaspars Augen wich. Sein Blick war matt und müde; aber als ihn Adrian auf eine Fahne hinwies, die vor einer Tulpanei ent=faltet wurde, schien sein inneres Feuer plötzlich wieder auf=zuflackern. Mit einem frühen Händler machte Kaspar seinen ersten Handel. Er tauschte eine seiner Rotterdamer Zwiebeln gegen drei aus einer anderen Gegend ein. Der Tausch gefiel ihm, und weil der Mann erpicht auf seine Rotterdamer war, ging dieser Handel noch ein zweites und ein drittes Mal von=statten.

Dieser Handel brachte einen Umschwung mit sich.

»Nämlich«, meinte Kaspar, »mir ging es durch den Kopf: ich habe Zwiebeln und Ihr habt mein Haus. Sind meine Zwie=beln Euer Haus wert, das eigentlich das meine ist, was sind dann meine Zwiebeln wert? Mein Haus? Nun gut. In Holland kriegt man also, wenn man Zwiebeln hat, ein Haus. Ich kriege aber, wenn ich einem Türken meine Zwiebeln bringe, höch=stens einen Fußtritt, weil man dort für Zwiebeln keine Häuser handelt, weil die Zwiebeln wild gedeihen und weil man Häuser *bauen* muß. Bringt mir ein Türke aber Zwiebeln, so kann er dafür sogar mein Haus verlangen. Wo liegt hier, frage ich, ein Sinn?«

»Bin ich«, erwog sich Adrian, »bin ich ein Türke?« –

Sie steuerten zum »Grünen Frosch«, wo sich die ganze Kumpanei bereits vollzählig wieder eingefunden hatte, und wer nicht da war, dem schickte man den Hausnecht. Die Nachricht »Adrian ist da!« verfing. Es ging am frühen Morgen schon ein Handeln los, als sei der letzte Tag gekommen, als hätte jeder beim Eintritt in den Himmel eine Tulpenzwiebel mitzubringen.

Kaspar blühte auf, und Adrian gewann. Er sagte aber: »Kaspar, sei auf deiner Hut. Du kannst die ganze Stadt gewinnen. Du kannst genauso Rock und Hemd verspielen.«

Und so kam es.

ZEHNTES KAPITEL

Adrian hat andere Sorgen
Der Tulpenhändler Crispin van den Valckert soll überrumpelt werden, zieht es aber vor, zu schlafen. Adrian schläft nicht

Eines Tages, nachdem sich Adrian mit Absicht nicht mehr viel um ihn gekümmert hatte, stand Kaspar zähneklappernd mit einer kleinen Zwiebel da. Das war der jämmerliche Rest aus kühnen Spekulationen, die ihn zu einem Krösus machen sollten. Mit *einem Schlage*, wie ein Windstoß die schönsten Wolkenbilder auseinandertreibt, war diese Aussicht anscheinend ein für allemal zerstoben. Eine mickerige, kleine eingeschnurrte Zwiebel, die trotz der Runzeln mit letzter Kraft zu treiben schien, blieb seine letzte Hoffnung.

Er jammerte: »Ich habe einen Hof gesteigert mit fünfzig Kühen. Ich hätte mich nun mästen und mich pflegen können. Da will's der Teufel anders. Was soll ich nur beginnen? Ihr müßt mir helfen, und Ihr könnt es, Adrian!«

Es waren nämlich plötzlich Männer aufgetaucht, die Bücher bei sich führten, schmale, dünne Hefte und dicke Folianten. Sie brachten außerdem, was man noch nie gesehen hatte, Vergrößerungsgläser mit, einäugige und brillenhafte Instrumente, mit denen sie die Tulpenzwiebeln untersuchten, bevor sie ihre Angebote auf die Tafeln schrieben. Niemand wußte, woher die Männer und in wessen Auftrag sie in die Tulpaneien kamen. Jetzt galt der Preis, den sie aus ihren Büchern und von ihren Zetteln lasen, die sie geheimnisvoll vor jedem Wißbegierigen verbargen.

Es kam hinzu, daß diese Fremden allesamt im gleichen Gasthof wohnten, in den »Hechten«. Dort liefen täglich Boten aus und ein. Bestaubte Reiter kamen, saßen ab und stürmten wieder los. Dort fuhren Wagen vor, ganz leicht gefederte Kaleschen mit raschen Pferden. Extraposten! Sie stoben abends aus der Stadt, um in der Morgenfrühe wieder da zu sein. Sie brachten Zwiebeln fort und neue Preise mit. Das war das Rätsel, worüber sich die Weber und die Schlächter und was sie sonst einmal gewesen waren, den Verstand zerbrachen.

Der erste der Tulpisten, der seinen Kümmel in den »Hechten« trinken ging, war Adrian.

Er hatte schon am ersten Tag gemerkt, um was es ging. Es war vorbei mit ihrem wilden Handel. Diese Männer wollten ihre Tulpaneien nicht verderben. Sie kauften aber nur, was man in anderen Städten unterbringen konnte. Und darauf kam es an. Man mußte wissen, ob die Sorten, die ausgeboten wurden, etwa in Mecheln, in Utrecht, Alkmar oder anderswo auf Gegenliebe stießen. Man mußte wissen, ob die Sorte rein war, und man mußte wissen, wieviel sie galt.

Deshalb wandte Adrian sich an den dicksten von den Männern, der sich Crispin van den Valckert nannte und der gerade einen prächtigen Kapaun zerlegte: »Ihr delektiert Euch, Herr Gevatter, am schönsten Truthahn, der bei uns herumlief, und uns Bürgern läuft der Speichel unnütz auf der Zunge. Aber freilich, bei den Tulpen geht es uns genauso.« – Der Dicke sah nicht auf. Er wischte auch das Fett nicht ab, das von den Wangen tropfte. Adrian sprach weiter: »Hört einmal: ich komme, euch zu warnen. Die Tulpisten unserer Stadt sind unzufrieden. Sie haben schon beschlossen, euch hinauszuprügeln.«

Nun hielt der Dicke ein und ließ den Schlegel auf den Teller sinken. »Ach«, grunzte er und schwabbelte vor Lachen, »das kommt nur daher, daß wir nicht dieselben Schwindelbrüder sind wie ihr. Wir zahlen, was die Zwiebeln wert sind, aber mehr nicht!«

Und schon drehte er den Schlegel wieder mundgerecht vor seinen Zähnen und riß fletschend einen Happen nach dem anderen ab.

»Ihr mißversteht mich«, wandte Adrian versöhnlich ein und spielte mit den Händen auf der Krücke des Spazierstocks, den er eigens zu diesem Ausgang mitgenommen hatte. – Man war unzufrieden, das traf zu, weil viele kleine Leute ihren Handel schwinden sahen. Man traute sich nicht mehr, sein Eigentum aufs Spiel zu setzen, weil von nun an Crispin van den Valckert mit unerbittlicher Genauigkeit die Preise machte. Wo blieb das Fieber, wenn einer, so er bieten wollte, zuvor ins Buch sah oder eine Lupe holte? Diese Lähmung, die schon das Erscheinen der fremden Herren mit sich brachte, wirkte sich für alle aus.

»Ich will euch sagen«, meinte Crispin endlich, »eure Art war für die Dummen sehr gescheit, weil eure Zwiebeln hier von Hand zu Hand gegangen sind. Ist aber einmal eine Zwiebel über eure Stadt hinausgekommen? Nein! So dumm seid ihr! Die ganze Welt ist wie verrückt nach Tulpenzwiebeln. Da schwindelt ihr euch gegenseitig Haus und Vieh und alles ab, anstatt die Leute in Paris, jawohl, die Leute in Paris und Brüssel dafür einzuspannen! Dort soll man eure Preise zahlen!«

»Demnach«, schlängelte sich Adrian geschickt in den Gedankengang, »habt ihr bei uns doch einen fetten Brocken vorgefunden? ...«

Er sah auf einmal die große Welt vor Augen. Die Lilien im Banner Frankreichs wurden ihm zu Tulpen. Er sah vor seinem eigenen Hause die Kaleschen halten und Tulpenwagen durch die Landschaft schwanken. Läufer rannten. Stafettenposten keuchten um die Wette. Er brauchte Lupen, Brillen und Bestimmungsbücher. Nachrichten von den großen Märkten. Ja, das war es.

Er brauchte Spitzel und Spione, Vertrauensmänner, Tulpenkenner, Sachverständige. Zahllose Köpfe, an allen Orten denkend, rechnend, handelnd, das war der Vorteil dieses Crispin van den Valckert und seiner Spießgesellen.

Sie pirschten auf die großen Namen, auf die edelsten und führendsten der Tulpen, auf die Switzer, Coornhert, Testament Clusii. Was machten sie sich aus Baguetten? Sie nahmen sie in Kauf, und während sie Bizarden haufenweise kauften, spähten sie nach einer Gouda, der königlichen Tulpe, nach einer Sol mit vollem Blütenblätterstand, nach einer Liefkens, nach der Viseroy und – wenn's der Himmel wollte – nach der unerschwinglichen *Semper augustus*, der wundervoll geflammten, gepunkteten und nie bestrittenen herrlichsten der Tulpen!

Wenn eines dieser angebeteten Gewächse auf dem Tisch lag, so konnten sieben Bauern gemeinsam ihre Höfe dafür bieten, um sie gemeinsam zu besitzen. Crispin van den Valckert bot mehr! Er schien das Geld aus unerschöpflichen Gewölben herauszuholen. Wenn er sagte: »Morgen kommt das Geld«, so klapperten noch in derselben Stunde die Kuriere aus der Stadt, in jede Richtung einer, und am nächsten Morgen kamen Geldkaleschen, wiederum aus jeder Richtung eine. Das Geld war da, und seine Zwiebel oder Blüte ging in irgendeine ferne Stadt. Das war sein Rätsel, sein Erfolg, sein Glück.

War ihm nicht beizukommen? War ihm nicht gleichzukommen?

»Oh«, taute Adrian mit einer großen Lüge auf, »Ihr glaubt, Mynheer, wir wüßten nicht, was in der Welt gespielt wird. Es ist richtig: Harmlos, wie die Kinder beim Tanz der Alten ihren eigenen Reigen drehen, haben unsere Bürger das Tulpenfieber mitgemacht. Was tut's, wenn einer seine Hütte dem anderen überschreibt? Wegtragen kann sie keiner. So denkt der Magistrat. Sie bleibt in unserer Stadt. Ich will nun nicht behaupten, daß Ihr, Mynheer, die Hütten unserer Stadt davontragt; aber unseren Frieden habt Ihr uns genommen. Und deshalb gärt das Volk. Deswegen trägt man sich beim Magistrat mit dem Gedanken, gleichfalls einen Eildienst einzurichten. Wißt Ihr, was das heißt?«

Mit dieser Frage hatte Adrian das Übel dort getroffen, wo man es packen mußte, wo Crispin van den Valckert verwundbar war.

»Wenn nämlich«, nützte Adrian die Überraschung aus, die sich in allen Mienen seines Gegenübers spiegelte, »wenn nämlich *ich* und meine Freunde ebenfalls Kuriere mieten, brauchen wir den Wettlauf im Komparitium nicht mehr. Dann werden unsere Tulpenpreise von der Schnelligkeit der Pferdehufe ausgerechnet.«

Trotzdem blieb der Fremde zugeknöpft bis obenhin.

»Tut, was ihr wollt«, war schließlich seine Antwort. »Ich glaube, meine Pferde rechnen besser. Außerdem bin ich gewohnt, nach jeder Mahlzeit eine Stunde auszuruhen.«

Damit stand er auf.

»Halt«, schnitt ihm Adrian den Weg ab und sah ihm zwingend in die Augen. »Es liegt in meiner Macht, noch heute zu bewirken, daß kein Mensch mehr auch nur einen Schnittlauchstock an Euch verkauft!«

»Mein Geld ist besser«, stellte Crispin ruhig fest. »Wer sich ein Haus erhandelt hat, der sieht auf Geld. Und wer auf Geld sieht, kümmert sich den Teufel um Versprechen.«

Crispin van den Valckert stapfte aus dem Zimmer, behäbig und bedächtig, aber festen Schrittes wie ein Mann, der seiner Sache sicher ist.

Das war das Ende. So behandeln Feldhauptleute die verängstigten Bewohner eingenommener Städte. Fing das Glück bereits zu stürzen an? Begann der Abstieg?

Adrian sah ihm mit leeren Augen nach. Und trotzdem zwang er sich zu lächeln, weil von anderen Tischen zu ihm hergesehen wurde. War dieser Mann der Kaiser? Wer gab ihm das Recht, ihn, Adrian, und dadurch seine ganze Freundschaft wie einen Pferdejungen zu verhöhnen? Die ganze Stadt zu schmähen? –

Der Fehlschlag dieses Unternehmens brachte Adrian zum Wanken. Er hatte diesen Vorstoß mit bester Überlegung durchgedacht. Wie Weberschifflein durch den Webstuhl flitzen – das war ein Satz von Kaspar –, wollte er den Klingenwechsel seiner Unterhaltung führen. Hatte er versagt? – Herr Crispin van den Valckert zog es vor, zu schlafen, anstatt auf seine Angebote einzugehen!

Welch ein Hohn!

Und draußen auf dem Hafenplatz saß Kaspar, wie ein Geistesschwacher seine letzte Tulpenzwiebel in den Händen drehend. Genauso hoffnungslos wie ihm lag es den anderen Tulpenfreunden im Gemüte. Sie alle waren von der neuen Wandlung überrumpelt. Jetzt hockten sie betrübt in ihren Stuben, als sei ein Habicht in den Hühnerhof gestoßen. In den Tulpaneien hätte man Choräle üben können. So traurig, leer und trostlos waren die Lokale.

Wo trieb man hin, wenn Crispin nicht vertrieben werden konnte? Wovon ernährten sich die aber hundert Bürger, wenn Crispin ihre Tulpenzwiebeln wie einen Haufen Mist behandelte?

»Die Welt wird unausstehlich«, sagte Adrian zu Kaspar, »sobald sogar die dicksten Menschen ungemütlich werden.«

Nun schauten sie zu zweit ins Wasser, jeder sinnend, jeder irgendwie an einem Ende und an einem Anfang. Auf dem brackig trüben Wasser, in dem sich kaum die buntesten der

Segelschiffe spiegeln konnten, schwamm ein toter Fisch, den weißen Bauch nach oben.

»Der ist hin«, sprach Kaspar, »und ich selbst bin auch hin.« Er wollte seine Zwiebel ins Wasser werfen; aber Adrian entwand sie ihm. Denn immer stärker formte sich vor seinen Augen das Bild, das Crispin van den Valckert ihm vorgezaubert hatte: die große Welt mit Türmen und mit Kuppeln, mit belebten Straßen, mit Tulpenmärkten, wo man mit *seinen* Tulpen handelte!

War diese Stadt so klein, daß ein gewitzter Handelsmann mit seiner Bande sie plündern konnte wie ein Fuchs den Gänsestall? Sind nicht aus diesem Hafen schwer bemannte Segelschiffe in alle Welt gefahren, wo große Geister ihre Handelshöfe gründeten, Forts, Farmen, Faktoreien? In Brasilien! In Batavia! War dieser Geist nicht mehr vorhanden?

»Ich muß zu Hendrik van der Maaßen«, sagte Adrian auf einmal.

Das war die Lösung.

»Er hat die »Zuiderland« verloren. Jetzt muß er gewinnen.

Hendrik van der Maaßen ist ein Kaufmann mit dem Blick des Reeders, der bei jeder Hoffnung mit Sturm und Wetter rechnet, mit Verlust von Schiff und Mann, mit Kaperflotten, mit der Pest an Bord. Mit allem rechnet er. Ihm werden alle Türen im Rathaus aufgemacht. Sein Wort wiegt Schiffe auf, gefüllte Speicher, Wagenzüge; wer weiß es außer Adrian, daß ihm das Wasser bis am Halse steht? – Man braucht ihm nicht zu drohen, nicht zu winken, wie man Kaspar oder Willem oder Truus zu winken hat, die immer noch den Mann im Torfkahn sehen und die nicht ahnen, daß er das Schicksal der ganzen Stadt auf seine Schultern nehmen will. Es ist ein Handel, der ein ehrliches Bekenntnis fordert. Ja oder nein. Es ist ein Handel, den man heimlich machen kann: Hier hast du Geld. Nun miete einen Reiter. Ich weiß von nichts. – Ist es ein Makel, durch Tulpenzwiebeln reich zu werden? – Ach, es kann nicht wahr sein, daß Hendrik van der Maaßen in den Vorstand jener Bürgergruppe eingetreten ist, die alle Komparitien schließen lassen will. Er hat ein Ohr für Geld. –

Die Frage ist ihm vorzulegen: Wie wollt Ihr nun zu Tulpen kommen, wenn Crispin van den Valckert den Handel ruiniert?

Herr Hendrik van der Maaßen muß die angebotene Hand ergreifen. Er muß die Gelder für den Kurierdienst locker machen!

»Er wird uns allen helfen«, sagte Adrian, als sie die halbe Stadt durchwandert hatten.

»Allen ist nicht nötig«, meinte Kaspar, dessen Augenlider vor Sorgen rot geworden waren und den der Hunger fast zu Boden zog. »Ich weiß nicht, was Ihr vorhabt«, fuhr er fort und faltete die Hände, indem er stehenblieb. »Ich, Adrian van Snaar, *ich* habe nichts mehr vor. Ich möchte unterkriechen, eine Kammer haben, mein täglich Brot und einen guten Herrn. Schaut, Adrian, Ihr streitet freilich ab, daß Ihr als Torfknecht für Hendrik van der Maaßen gefahren seid. Schaut nun, wie dem auch sei, ich wäre glücklich, wenn ich als Torfknecht für ihn fahren dürfte. Und deshalb bitt' ich Euch: Versucht es, ob er mich nicht brauchen kann, und legt ein gutes Wort ein.«

Diesen Umschwung in der Seele Kaspars fand Adrian bedenklicher als jedes andere Zeichen. Wenn des Volkes Stimme die Stimme Gottes war, so mußte Kaspar für einen Wald voll Göttern sprechen.

»Dich hat der tote Fisch vergiftet«, sagte Adrian. »Ich hätte auch zu klagen: mir hängt ein Haus am Buckel. Zwei Pferdemäuler wollen fressen, und wenn ich nicht ganz schleunigst ein paar Zwiebeln quetsche, schnappt mir die Steuer deinen Hausrat weg.« Nun aber kam ihm eine Überlegung. »Gut«, griff er seinen Vorschlag auf, »ich will mich gern bei Hendrik van der Maaßen für dich verwenden. Was fängst du aber dann mit deiner Tulpenzwiebel an?«

Er stellte Kaspar vor, wie unheilvoll sich der Besitz der Zwiebel für ihn gestalten könne, weil sich bei ihrem Anblick die Versuchung immer wieder rege. Er müsse, wenn es ihm mit seinem Vorsatz unwiderruflich ernst sei, seine Hände vom Tulpenhandel lassen!

Schließlich sei es in der Tat das Höchste, was ein Bettler – und das sei er doch geworden – auf der Welt erreichen könne, wenn er bei Hendrik van der Maaßen Torfknecht spielen dürfe. Ob er nun vermute, daß er ihm für nichts und wieder nichts das Pförtlein in das Paradies aufstoße? Aus purer Menschlichkeit, flocht Adrian mit trauernder Betonung ein, sei auf dem weiten

Erdenrund noch nie etwas geschehen. Und wenn er auch bereit sei, sein letztes Hemde zu verschenken, so fürchte er bei jeder guten Tat den Spott der anderen und nicht zuletzt das Hohngelächter des Beschenkten! –

Zum guten Schluß verstand er noch, dem Weberkaspar klarzumachen, daß es um sein Haus ging. Er sei gezwungen, legte er ihm dar, der Steuerschulden wegen ein paar Möbel zu verkaufen. Er, Kaspar, wisse selbst, von wem die schweren Schränke stammten: von seinen eigenen Eltern! – »Kannst du es gestatten«, fragte Adrian, »daß ich den Hausrat deiner Väter, obwohl er mir gehört, verschleudere?« –

Kaspar schluckte an der Rührung, die ihm schon lange um den Gaumen floß. Er hatte kaum bemerkt, daß ihm sein Haus nicht mehr gehörte, weil er unverändert täglich aus und ein ging. Zwar schlief Arian in seinem Bett und wohnte in der großen Stube. Kaspar hatte sich in einer Nebenkammer eingerichtet. Aber sonst war nichts geändert. Schränke, Betten, Truhen, Bilder, alles hatte seinen alten Platz behalten. Kaspar war ein Gast im eigenen Hause, der Adrian als Gast betrachtete. Das sollte nun vorbei sein?

»Ich kann es nicht gestatten«, entschloß sich Kaspar und blickte aufgewühlt zur Seite, weil ihm das Wasser aus den Augen stürzte. Dann drückte er mit einem Seufzer Adrian die letzte Zwiebel in die Hand. Der Weberkaspar hatte aufgehört, Tulpist zu sein! –

ELFTES KAPITEL

Die Frauen haben Grund zu weinen; auch Kaspar und die anderen Tulpisten hätten ihn. Deshalb entschließt sich Adrian zu einer Reise, die eine große Wendung bringt

Im Hause Hendrik van der Maaßens hatten sich indessen Dinge abgespielt, die zur Entscheidung drängten. Adrian erfuhr sie, als er von der Gartenseite her ins Haus trat und Kaspar draußen warten ließ.

Verweint und fahrig war ihm Truus begegnet, wie er weit im Bogen um die Bienenstöcke ging und, unvermittelt aus den Bohnenstangen tretend, auf den Rasenplatz gelangte, wo eine Bank stand. Dort hatte Truus gesessen, eine Handarbeit im Schoß und weinend. Als sie erschrocken aufsah und Adrian gewahrte, erhob sie sich. Er grüßte höflich. Sie verhielt den Schritt und tupfte sich die Augen. Sie machte den Versuch, etwas zu sagen. Vielleicht durchfuhr sie der Gedanke an die Mondscheinfahrt. Wer weiß es! Junge Mädchen, die verliebt sind, haben tausendfältige Gedanken, die alle wichtig sind, und dennoch ist es keiner. Dann eilte sie davon, grußlos und wortlos und mit einem Gang, den Adrian noch nie an ihr bewundert hatte. So schön war sie geworden, so gelöst und anmutsvoll. Sind seine Augen blind gewesen? Ist Truus wie eine Blume über Nacht erblüht?

Er hatte keine Zeit, drüber nachzudenken, zumal sich in der Küche der gleiche Anblick bot, nur daß es dort Christintje war, die auf dem Hocker vor dem Herd saß und in ihre Hände schluchzte.

Vor Weibertränen hatte Adrian denselben Abscheu, den alle starken Männer haben, die in Wirklichkeit die eigene Schwäche fürchten. Hier gab es aber kein Erbarmen. Er mußte Klarheit haben. Deshalb trat er auf Christintje zu, die Hand mit Nach=

druck auf ihre Schulter legend, und sagte obenhin: »Na, na, was einen Zopf hat, scheint in diesem Haus zu flennen. Was piekt euch denn?«

Statt einer Antwort entzog sie ihm die Schulter und weinte weiter. Da fiel ihm, während er sich ratlos in der Küche umsah, Kaspar ein, der hungrig vor der Gartenmauer wartete. Ein Happen Rauchfleisch lag angeschnitten auf dem Tisch, ein Stück, wie eine Faust so groß. Das kam zupaß.

Er brauchte keine Antwort, als er das Rauchfleisch nahm und sagte: »Ich habe draußen einen Freund, der nichts gegessen hat. Es wird nicht fehlen, wenn ich etwas nehme.« Damit packte er noch einen Kanten Brot dazu und ging hinaus zu Kaspar, der ergriffen dankte: »Ihr seid ein guter Mensch, ein guter, guter Mensch!« und ausgehungert dreinbiß. –

Christintje hatte Zeit genug gehabt, den Tränenbach zu stillen. Sie warnte Adrian, den Herrn in dieser Stunde aufzusuchen, weil Unmut, Zorn und Streit das Haus durchzittert hatten. Truus sollte fort! Das war die Folge der heimlichen Begegnungen. Heiraten sollte sie!

Schon war der Bote, ein in Leder eingepackter Reiter, im Haus gewesen. Nur ein Brief war zu bestellen, den Hendrik van der Maaßen jetzt noch formulierte, ein Brief an den Geschäftsfreund, der darauf drängte, sich endlich als beglückter Bräutigam im Hause van der Maaßens einzufinden. Es war soweit! Jetzt war es Zeit für Truus und Willem, Ernst zu machen mit der Flucht, von der sie nachts in wehmutsvollem Schmerz gesprochen hatten. Sonst war es Zeit für Truus, sich für den schwersten, schönsten Gang als Braut zu schmücken. –

»Nein«, fuhr Adrian aus seinem Brüten auf und schüttelte die Faust: »Das darf er Truus nicht antun«, und drang, obwohl Christintje ihn beschwor, ins Haus ein. Schon stand er vor der Türe ins Kontor, ein Streiter seiner Überzeugung, der nun die Gründe kannte, mit denen er die eigene Sache zur Sache der Gemeinsamkeit erheben durfte. Da hörte er die Stimme Hendrik van der Maaßens, wie er sie vernommen hatte, in höchstem Maße laut, erregt und heftig: »Madame du Fresne hat *dich* nicht zu bekümmern! Denn sie bleibt!«

Oh, dachte Adrian, auch hier ein Wespennest, und hielt den Atem an.

Dem Anschein nach war Truus mit dieser Antwort nicht zufrieden.

Hendrik van der Maaßen lief zornig auf und ab. Aus seinen lauten Sätzen waren nur abgehackte Worte zu verstehen. Auch was Truus erwiderte, blieb unklar, obgleich sich Adrian mit angelegtem Ohr bemühte, soviel wie möglich durch die Türe zu erlauschen.

Nun sprachen sie von Willem, von der »Zuiderland«. Als er von seinem Schiff zu reden anfing, wurde seine Stimme leiser. Die große Trauer, die ihn seit Wochen überschattet hatte, brach in seinem Tonfall durch. Truus widersprach ihm trotzdem. Wie kühn sie war! Mit Ekel und Empörung nannte sie den Namen der Madame du Fresne. Mit Abscheu und Verachtung und mit dem Schmerz der höchsten Not bat sie den Vater um Verzeihung, daß sie zu solchen Worten greife und es doch nicht anders könne!

Sie war das Opfer für Madame du Fresne, die nicht mehr aus dem Haus wich, die Hendrik van der Maaßen bedenkenlos umschmeichelte und seinen letzten Gulden mit Koseworten aus seiner Kasse zog, um ihn an ihren Putz zu hängen! Hendrik van der Maaßen brauchte Geld! Nicht für die »Zuiderland«! Nicht für sein Haus und nicht für Truus! Er brauchte es für Louisette du Fresne, die mit dem Zwitschern ihres Leichtsinns sein still gewordenes Herz noch einmal spät entflammte! – Ihr war die Tochter des vernarrten Mannes nur ein Hindernis im Weg. *Sie* war der eigentliche Antrieb jenes Briefes, den Hendrik van der Maaßen heute angefangen hatte, den Truus ergriff, den sie zerriß und dessen Fetzen auf den Boden flirrten!

Schlug Hendrik van der Maaßen seine Tochter? Oder kam ihm die Erkenntnis des ungeheuerlichen Unrechts, das seine Tochter zu der Drohung trieb, in den Kanal zu springen, bevor sie in die Heirat willige? –

Es blieb ganz still. Zwei Menschen hatten wie mit schauerlichen Fackeln in die letzten Gründe ihrer Seelen tief hineingeleuchtet. Wie eine Ewigkeit schwang diese Stille, und mürbe klang es, als Hendrik van der Maaßen sagte: »So wie du war deine Mutter.« Er sammelte sich wieder, weil ihm das Eingeständnis schwergeworden war, vielleicht auch, weil er es bereute, und vielleicht auch, weil er doch das Ziel erreichen wollte oder mußte, das vor ihm stand. »Wir sprechen morgen weiter«, schloß er ab. »Ich habe manches nicht gehört, was du gesagt hast, und ich will es nicht mehr hören.«

So entließ er sie.

An Adrian vorbei, der auf der Treppe ein paar Stufen hinabgegangen war und nun so tat, als käme er herauf, ging sie gesenkten Kopfes und beherrscht vorüber auf ihr Zimmer. Von oben nahte in diesem Augenblick Madame du Fresne, das Kinn noch einmal mit der Puderquaste tupfend und einen Wohlgeruch verbreitend, der Truus zu husten zwang. Truus wich ihr aus, und Adrian, die offene Türe rasch gewahrend, klopfte hastig und trat eilig ein, als käme er ganz atemlos gelaufen.

»Grüß Gott, Mynheer«, stieß er hervor und warf den Hut auf eine Truhe. »Nichts für ungut, Hendrik van der Maaßen, wenn ich so abgehetzt in Euer Zimmer stürze; aber heute oder niemals ist für Euch und mich der größte Tag!«

Das war ein wohlbedachter Anfang, ein Windstoß, der die Stimmung sprengen mußte. Er setzte gleich hinzu, daß er die Dinge, die er zu sagen habe, nur mit dem Vorbehalt des heiligsten Vertrauens und ewiger Verschwiegenheit berichten könne, von Mann zu Mann, sonst aber nicht. Es ward ihm zugesichert.

Als Madame die Türe öffnete, bat Hendrik van der Maaßen sie mit allen Zeichen des Bedeutungsvollen, ihn allein zu lassen. Und wenn er auch nur schwer zurückfand zu den Dingen, die Adrian entrollen wollte – allmählich steigerte sich seine Anteilnahme.

Hätte Adrian berichtet, die »Zuiderland« sei wieder aufgetaucht, er hätte keine größere Spannung wecken können. Er sagte Hendrik van der Maaßen auf den Kopf zu, daß er genau im Bilde sei, wie sehr er Geld benötige. Er unterfing sich nicht zuletzt, ihm auch die Gründe jener Hochzeit darzulegen, die er betreiben wollte. Hendrik van der Maaßen schwieg noch immer.

Ein Faustschlag wäre früher sein Bescheid gewesen, ein Fußtritt, ein Hinauswurf. Heute saß er mit geklemmten Lippen vor dem Tisch, nur hörend, hoffend, nur der Erzählung hingegeben, die Adrian mit allen Mitteln des Verschweigens und mit halben Blicken zum dramatischen Ereignis machte. – *Sein* Ziel war der Kurierdienst, den Hendrik van der Maaßen, wenn nicht unterhalten, so doch bezahlen sollte. Das war die Mög=

lichkeit, die kleine eigene Stadt an jene Ströme des Tulpenhandels anzuschließen, die von der Zuidersee bis an die Rhone und bis an die Themse reichten. Mit eigenen Kurieren war Crispin van den Valckert überwunden, war eine Tat getan, die nicht nur alle Tulpenhändler von einem Alp befreite, sondern ihnen beiden, ihm, Hendrik van der Maaßen, und ihm, Adrian, den stärksten Einfluß in die Hand gab, Macht über ihre Stadt, Macht über Tausende von Tulpenzwiebeln, über Leben, Sterben, Untergang und Wohl der heimischen Tulpisten!

»Ja, Hendrik van der Maaßen!« sprang Adrian begeistert auf, »mit diesem Plan gehört Euch unsere Stadt! Schlagt ein und zögert nicht! Was kann für Euch das Geld für eine Kavalkade von Kurieren sein? Erlösung, Rettung, neuer Aufstieg, Blüte, Reichtum, Ehre! Gebt mir die Hand! . . .«

Er gab sie nicht und schlug nicht ein. Als sähe er das schillernde Gebäude dieser schönen Hoffnung nicht, schloß er zuletzt: »Macht es, mit wem Ihr wollt. Mit mir nicht. Ich bin Kaufmann und kein Phantast.«

Die Unterredung war vorbei.

Als hätte sich die Erde vor ihm aufgetan, blieb Adrian betroffen auf seinem Sitz.

»Ihr wollt doch selber Tulpen kaufen?« fragte er mit einem letzten Anlauf.

»Für einen Freund«, kam kühl die Antwort, »und nur gute Ware, wie sie dieser Crispin kauft.«

Das Gespräch war wiederum beendet.

Adrian stand auf. Nahm seinen Hut. Und ging.

Ganz langsam tappte er die Treppe abwärts.

Und sah Madame du Fresne nicht, die im Garten auf der gleichen Bank saß, wo Truus gesessen hatte.

Er sah Christintje nicht.

Er machte auch den Umweg nicht am Bienenstand.

Er hätte fast vergessen, daß Kaspar vor dem Baum lag, Kaspar, der Tulpist, der Torfknecht werden wollte und den er nun enttäuschen mußte, weil er ihn vergessen hatte.

Ach, die Trauer kam aus reinem Herzen, als er sagte: »Hendrik van der Maaßen braucht keinen Torfknecht mehr.«

»Und meine Zwiebel, die ich dir gegeben?« fragte Kaspar.

»Oh, die Zwiebel –« Adrian griff in die Tasche und spürte

sie. Es war ein Trost, sie in der Hand zu wissen, obwohl sie ausgemergelt war, ein greisenhaftes Setzkorn; und dennoch kann aus ihrer Dürre noch eine flammend schöne Blüte treiben. »Die Zwiebel«, gab ihm Adrian zur Antwort, »hast du mir geschenkt, weil ich ein gutes Wort für dich verwenden sollte. Daß es nutzlos war, stand nicht in meiner Macht; es hat mit dieser Zwiebel nichts zu tun.«

Da wollte Kaspar schreien: Ihr seid ein Räuber! Und er schrie es auch. Doch Adrian hielt ihm den Mund zu und fuhr ihn an: »Und du – du bist der größte Dummkopf, der herumläuft.« –

Das glaubte Kaspar. Er jammerte nicht mehr. Er stapfte neben Adrian dahin, der von dem Rauchfleisch redete und von dem Brot, das er ihm vorher noch gespendet hatte. Ja, Adrian, der nur des Widerstands bedurfte, um zu spüren, wie stark er war, erkannte ganz allmählich, daß dieser Niederbruch nichts anderes bedeuten konnte als einen neuen Aufstieg.

Ein Bach, der über einen Staudamm fällt, wird immer unterm Wehr mit wildem Wallen toben, bis die Wirbel sich geglättet haben und die Wasser ruhig im neuen Sog von dannen eilen. So ging es ihm. Der Wirbelwind, wie eine Wolkenhose drohend über ihn gekommen, hatte nur das Dach gelüftet. Er war vorbei, und durch das abgedeckte Dach war leichter in die Welt zu blicken.

Er dachte: Hendrik van der Maaßen ist der Kaufmann, der in die Ferne denkt, der von der Küste aus den Ozean erblickt und weiß, daß hinter ihm die Wälder mit den Sandelhölzern rauschen, daß dort das Farbholz in großen Lichtungen geschlagen, daß Zuckerrohr mit säbelhaften Messern von braunen Männern dort für ihn geerntet wird. In seinen Augen ist Adrian ein Torfknecht aus dem Moor, der nie mit seinem Kahn in eine Brandung steuert, der auf dem klebrig dicken Wasser der Kanäle langsam vorwärts stakt, so langsam, wie die Bauern mit ihren Holzpantinen durch die Landschaft gehen, den Waagebalken im Genick, an dem sie ihre Eimer tragen. Das ist sein Bereich. Es war ganz richtig, diese Dinge zu beachten.

Mit dieser Überlegung und mit neuen Plänen ringend, ging Adrian zur Stadt zurück, zu Kaspar sagend: »Laß mich denken.« Andächtig teilte Kaspar seine Schweigsamkeit.

Sie wurden unterwegs von Männern angerufen, die nach

ihrem Wohlsein, nach den Tulpen, ihren Preisen und nach Crispin van den Valckert fragten. Sie traten auch im »Grünen Frosch« ein, wo einer von den Fremden in den Zwiebeln wühlte, die ein paar Tulpisten feilgeboten hatten, weil sie Geld benötigten. Es war nicht viel, was sie bekamen. Adrian sah ruhig zu.

Er wußte, daß die anderen darauf warteten, bis er das Maul auftat und gegen diese Preise aufbegehrte. Er schwieg. Er stellte Kaspar nur die Frage, als sie wieder auf die Straße traten: »Kannst du reiten?«

»Auf einem Steckenpferd«, stieß Kaspar seufzend aus.

»Dann muß ich dich in anderer Weise zum Kurier bestellen.« –

Was nun besprochen wurde, erregte wohl zunächst den Zweifel Kaspars; eine Stunde später schlich er um den Gasthof »Zu den Hechten«, jedem Reiter, der vom Gaul stieg, eilfertig in den Zügel fallend und nach allen Seiten luchsend, ob er nicht ein Wort erschnappen könne, half im Stall und in der Küche, steckte Trinkgeld ein, bekam zu essen. Wer die Eifersucht der Gasthofsknechte kennt, wenn sich ein Fremder in ihre Rechte einschleicht, der weiß die Sorgfalt zu ermessen, deren Kaspar sich bediente, und die Unterweisungen, die Adrian ihm mitgegeben hatte.

Der Zweck der Auskundschaftung wurde aber erst nach einem weiteren Ereignis sichtbar.

Adrian verreiste. –

Schon nach einer halben Tagfahrt, als sein Wagen auf die breite Straße einbog, die als Heer- und Kaufmannsweg die Niederlande wie die Gräte eines Fisches teilte, sah Adrian die ersten Tulpenwagen durch die Landschaft rollen. Unter schwer bewaffneter Bedeckung klirrten sie in rascher Fahrt dahin, von Reitern rings umgeben, die mächtige Pistolen, Flinten und Stechwerkzeuge bei sich führten, eingehüllt von Staub.

Schon fegten erste rauhe Winde durch die Bäume, und die Felder lagen herbstlich kahl. Es war bedrückend und erhebend, sich vorzustellen, daß die endlos weiten Äcker von aber tausend Kelchen wundervoller Blüten leuchteten, daß aus dem grauen Erdreich Millionenwerte sproßten, ein Reichtum, wie ihn keine andere Ernte bringen konnte! Holland war ein Märchenland geworden, und das Leben war ein Märchen, wenn man wußte, es zu leben.

Wächter streiften wie bei einer Treibjagd durch die Felder; denn obschon kein Halm mehr grünte, konnte eine Zwiebel vergessen worden sein. Es konnte sein, daß Diebe danach suchten. Sie sollten lieber dem Frost zum Opfer fallen als geraubt werden, und wenn Armeen von Polizisten, die nachts Laternen trugen, durch die Fluren gehen mußten.

So sah das Märchen auf der anderen Seite aus.

Das war die Welt der großen Adriane, der Tulpenfürsten, der neuen Handelsherren und der Rechenkünstler. Diese »Reeder« zählten ihre Wagendeichseln anstatt der Masten ihrer Segelschiffe, ihre schweren Reiter anstatt der Leichtmatrosen, und ihre Tulpenstiele anstatt der Pfeffernüsse. Haarlem, die Heimat der Blumisten, war der unermeßlich bunte Treffpunkt, wo man geheizte Häuser aus Glas errichtet hatte, um selbst im Winter die begehrten Blumen frisch zur Hand zu haben! –

Hier auf dem Marktplatz war die Wagenburg der Tulpenhändler aller sieben Staaten und des Auslandes aufgefahren! Hier türmten sich die Körbe voller Tulpen, häuften sich die Blumenberge auf den Ständen, als hätte man die Tulpenfelder auf Brettern in die Stadt gezogen und unter Regenplanen ausgebreitet. Hier schalteten die alchimistenhaften Schätzer, die mit Kennerblicken jede Zwiebel genau verwogen und eine mindere Sorte wie einen faulen Fisch beiseite warfen. Das war das königliche Auditorium, begnadet mit der Wissenschaft von allen Züchterkünsten und noch entschiedener darin bewandert, ihr Wissen in genauen Zahlen auszumünzen.

Als seien die Schwadronen irgendeines Kriegsvolks auf dem Marktplatz abgesessen, waren an den Häusern die Pferde der Kuriere angebunden, mit Hafersäcken und mit Krippen vor den Mäulern, bereit, in jedem Augenblick hinauszujagen in die fernen Städte und dort die dummen Tulpenzüchter auszunehmen. Dazwischen wogten Händler, Züchter, Gärtner, Spekulanten, Diebsvolk und Spione, Tagediebe, Mitläufer, Mönche, Prediger; dazwischen hatten Gaukler ihre Bretter aufgerichtet, Steinschneider, Komödianten, Wahrsager, Leute mit dressierten Tieren, ob es Affen, Hunde, Gänse oder Tauben waren.

Wo sich kleine Gruppen von Blumisten gebildet hatten, hoffte das gemeine Volk, mit seiner oft sehr zweifelhaften und oft sehr seltenen teuren Ware einen Vorteil zu erlangen. Namen wurden aufgerufen, Zahlen: »Eine Admiral van Hoorn zu fünfzehn Assen – hundert Gulden.« Und dann schrie die Stimme des Aktuarius: »Niemand bietet, niemand nichts, einmal nichts, zweimal nichts ...«

»Hundert!« bellte einer.

»Also hundert! Wer gibt mehr? — Niemand bietet, einmal nichts, zweimal nichts, bevor ich weitergehe ... Deinen Strich hab' ich gemacht!«

Der Aktuarius schrieb seine hundert auf die Borde, fast den Griffel brechend. »Hundertfünfundzwanzig!« – »Weiter!« – Eine Admiral van Hoorn zu fünfzehn Assen – hundertfünfundzwanzig«, gab der Aktuar erneut bekannt. »Wer bietet mehr? – Niemand bietet, einmal nichts, zweimal nichts ...« – »Und fünfzig!« Ah, das war der dicke, kleine Geldsack, der bis jetzt in seinem Beutel einen Gulden nach dem andern durchgefingert hatte.

Adrian, auf seinem Fuhrwerk hockend, eingekeilt in die erregte Händlermenge, hörte wie verzückt die Preisangebote.

»Hundertfünfundsiebzig – fünfzehn Asse – Admiral van Hoorn – das ist sie wert!«

»Viel mehr!« schrie ihr Verkäufer.

»Fünfundzwanzig mehr«, gab einer drein. »Also zweihundert«, hielt der Aktuar das Angebot auf seiner Borde fest. Die Gruppe, die zum Tribunal geworden war, erhielt von allen Seiten Zulauf. Wie ein Strudel war es, wie ein Schwall, ein Wirbel, der den Verkäufer schließlich zu Adrian auf seinen Kutschbock fliehen ließ. Er zitterte. Er war ein abgeschaffter kleiner Bauer, vielleicht vom Geestland, aus dem Moorbruch, aus der Heide, ein Mann, der höchstwahrscheinlich in einer jener Hütten wohnte, die unter ihrem Strohdach, das nie geflickt wird und von Moos bedeckt ist, fast zusammenbrechen.

»Da seht doch«, keuchte er und hatte ein verglastes Licht mit allen Schimmern der Seligkeit in seinen Augen, »seht doch, guter Herr, da ist die Blume nun auf einmal zweihundert Gulden wert. Und einen Namen hat sie: Admiral van Hoorn! Ist auf dem Mist gewachsen, plötzlich war sie da ...« – »Dreihun=

dert«, hielt der Aktuar die nun erreichte Summe fest. »Wer bietet mehr? Ich frage: Niemand nicht?« . . .

Der Bauer auf dem Kutschbock war vor Freude dem Weinen nahe. Immer höher stiegen die Gebote. Zuletzt saß er verkrampft mit eingezogenen Füßen neben Adrian, unfähig, sich zu rühren, sich zu freuen, nur mit einem Zucken im Gesicht, das er nicht bannen konnte, das wie ein Grauen, wie der Wahnsinn, wie die Angst war, nun vor Freude tot vom Bock zu fallen.

»Achthundert!« schrie der Aktuar. »Für eine Admiral van Hoorn zu fünfzehn Assen – achthundert Gulden! Wer bietet mehr?«

»Aufhören soll er!« röchelte der Bauer. »Das ist Gotteslästerung. Achthundert Gulden für eine Tulpe, das darf kein Mensch verlangen, keine Kreatur. Ich will nicht mehr!« Er betete.

»Dir blitzt es wohl im Hirn?« schrie Adrian ihm in die Ohren, nun selber von der Raserei ergriffen, die um seinen Wagen brandete. So müssen die Besessenen der Bibel, deren böse Geister in die Säue fuhren, einmal gewesen sein. Hier waren keine Säue, und hier war kein See, in den sie stürzen konnten. Es war ein Handel, wie er tausendmal geschah! Er sagte das dem Bauern und wurde hastig mit ihm einig, daß die Hälfte des Preises über den achthundert Gulden ihm gehören solle, ihm, Adrian! Der Bauer nickte nur. Da schwang sich Adrian zu voller Größe auf seinem Kutschbock auf, griff nach der Peitsche, knallte, brüllte »Ruhe!« . . . und sagte dann: »Eintausend Gulden und nicht weniger, hat mir mein Freund gesagt, ist seine Tulpe nach den Registern wert!« Das war ein Wort. »Eintausend!« griff schon einer zu und gleich darauf rief einer, der sie ihm nicht gönnte: »Und fünfzig mehr!« Der Aktuarius war kaum imstande, mit seinem Griffel die Gebote hinzukratzen. Zwanzig wurden zögernd zugelegt, zehn, fünfzehn kam noch eine Stimme, bis endlich keiner mehr zu bieten wagte und Adrian mit schweißbedeckter Stimme seinem Bauern sagen konnte: »Zwölfhundert hat sie nun gebracht, die gute Admiral van Hoorn. Nun zahle deinen Stüber.«

Am ganzen Leibe zitternd, nahm der Bauer seine Gulden an sich, irr, verwirrt und immer wieder zählend. Das Glück war ihm erschienen, das er nicht glauben und nicht fasssen konnte; Geld war ihm zugefallen, ein ganzer Säckel voll, ein Reichtum, wie der Pächter im Dorf zu Hause keinen hatte.

»So ist es«, meinte Adrian ein übers andere Mal und zählte die zweihundert Gulden ab, die ihm gehörten. »Ja, so ist es.« Und der Bauer nickte und weinte mit dem Mund und mit den Augen, ohne es zu merken.

»Deinen Stüber sollst du zahlen!« erinnerte der Aktuar. Der Bauer gab ihm Geld: »Da, eßt und trinkt und laßt's Euch wohl sein. Helf mir Gott!«

Er blieb bei Adrian und machte seinen Schnappsack auf, um eine trockene Rinde Brot zu essen. Jetzt war sein Schnappsack voller Münzen, beinahe tausend Gulden ihrem Wert nach. »Für *eine* Tulpe«, sagte er. »Sie müssen mich daheim für einen Dieb, für einen Schelm, für einen Räuber halten. Man glaubt mir nicht. Wir wohnen weit im Ödland. Ich habe es probieren wollen, ob es wahr ist. Ist es wahr? Und wenn es wahr ist, was ist dann erreicht? Dann ist das Geld wie Drachensaat ins Volk gekommen. Dann rennen sie nach Haarlem, Mann und Bursch und Weib. – Ich will dem Kloster meine Gulden schenken. Was soll ich Besseres tun?«

»Schaut«, sagte Adrian, der längst mit ihm in eine Seitengasse eingebogen war und dort vor einem Wirtshaus eine Vesper kommen ließ, »schaut, guter Mann, das ist die wahre Wahrheit: ja, was ist erreicht?«

Er schilderte die Gier, die durch das Geld geweckt wird, und die Laster, die mit seiner Hilfe aus den Seelen brechen. Er beschrieb die Angst, die jeden überfalle, der ein wenig Geld besitze. Das verstand der Bauer, der voller Dankbarkeit die Hände Adrians erfaßte. Denn abscheulicher und grauenvoller hätte keiner von den Büßermönchen die schlimmen Folgen des Zwiebelhandels malen können, als Adrian es tat, der an die Sorgen und an die Abenteuer dachte, die ihn bis jetzt geschunden hatten.

Er sagte schließlich: »Es ist Christenpflicht, die Armen und Bedrückten aufzurichten«, und es war ihm ernst dabei. Was hätte es den Hirten, den Ödlandbauern und den Weidenflechtern auch geholfen, nun plötzlich reich zu sein? Sie wären alle in ihrer Einsamkeit verzweifelt, weil sie der Goldrausch über=

wältigt hätte. Oder sollten sie aus ihren Hütten mit Sack und Pack nach Haarlem kommen und auf den Straßen liegen? Sollten sie verzagen, jammern, barmen, wie dieser Bauer da, der es nicht fassen konnte? Der für sein Leben und für seine Seele fürchtete? Was war gewonnen? Nichts. Das Ödland wurde öder, und hundert Menschenkinder, denn sie waren Kinder, wurden glücklos aufgefressen von der Welt.

Es war ein gutes Werk, das zu verhindern.

Adrian sprach seinem Bauern ins Gewissen.

»Du bist grau geworden und gesund geblieben. Brot ist sauer zu verdienen; darum schmeckt es. Deinen Nachbarn darf man keine Zuckerware geben.«

»Ja, so ist es«, sprach der Bauer, während er die trockene Rinde stippte.

Adrian fuhr fort: »Und deshalb darfst du nicht mit einem schlechten Beispiel kommen, sonst drehen sie den Hals und werden wirr im Kopf.«

»So ist es«, sprach der Bauer.

Er war beglückt, weil Adrian sich seiner annahm und ihm aus seinen Seelennöten half. Ja, als ihm Adrian die Tulpe vor die Nase hielt, die er von Kaspar hatte, und ihm sagte: »Zeige sie daheim und klage, du hättest sie nicht losbekommen«, dankte ihm der Bauer überschwenglich für den guten Rat.

Auf diese Weise erlöste Adrian für die verschrumpelte und runzelvolle Zwiebel jene Summe, die der Bauer für seine Admiral van Hoorn bekommen hatte. Zugleich erlöste er den Bauern aus aller Seelenpein. Er prellte einen Dummen; aber lag der Trost nicht darin, daß der Bauer nicht gescheiter werden wollte und daß es andere täten, wenn *er* nicht eingesprungen wäre? *Er* war der Seelenretter dieses sonderbaren Landmanns, der das Zuviel des Reichtums nicht ertragen konnte, weil er sein Lebtag lang mit Kreuzergeld gerechnet hatte. Solche Armut gleicht der Unschuld am ersten Schöpfungstage. Deshalb muß man die Natter der Versuchung vor ihrem Paradies erschlagen. Man muß die Äpfel der Erkenntnis von ihren Bäumen pflücken, ohne daß sie dessen innewerden!

Welch eine Aussicht tat sich auf, ein Plan, den alle Pfarrer und alle anderen Feinde der Tulpisten nur mit Segenswünschen willkommen heißen konnten!

»Ausrotten muß man diese Pest!« – Das war der Wahlspruch, den man auf die Märkte, in die Komparitien und sogar in die Kanzleien der Regierung trug. Die reichen Männer schrien so, die einen Bogen um jeden Tulpenhändler machten und dennoch scheel auf seine Gelder schauten, die er scheffelte. Auch Hendrik van der Maaßen war so einer, obgleich er es nicht zugab, obgleich er selber Tulpen kaufen wollte. »Für einen Freund.« Wer ist der Freund? Er ist der Strohmann von dem eigenen Ich.

Mit langer, tiefer Überlegung sah Adrian dem Bauern zu, der einer Kanne Wein mit allen Zeichen innerlichster Labung zusprach. Als seine Augen Glanz bekamen, wußte er, woran er war.

Er hatte Mühe, den Bauern auf den Wagen zu verladen, und band ihn fest, damit er nicht herunterfalle. Es war Nacht geworden. Der Bauer aber hatte die Richtung so genau beschrieben, daß er sich nicht verirren konnte.

Als die Wege gegen Morgen immer schlechter wurden, war es zu Pottebackers Mühle im Ödland nicht mehr weit. Dort in der Nähe mußte die Hütte liegen, wo der Bauer wohnte, der mit dem ersten Streifen der morgendlichen Helle aus dem Schlaf erwachte. Er war von der Erregung des vergangenen Tages, vom Lärm der Musikanten, vom Tanz, vom Wein und von der Holperfahrt der Nacht noch so benommen, daß er nur ganz langsam zu sich kam. Dann aber stieg ihm das Bewußtsein auf, daß er gebunden war, gefesselt, ja gefangen, daß man ihn verschleppte, daß der Mann da vorne auf dem Kutschbock vielleicht ein Räuber war, ein Henker, ein Scherge der Vergeltung. Er schrie! Er zerrte an den Stricken, weinte, stöhnte, wimmerte, versuchte sich herumzuwerfen, daß ihm die Seile in die Arme schnitten, und stemmte sich mit aller Kraft dagegen, um sie zu sprengen. Es half ihm nichts.

Denn Adrian, der alles merkte, was hinter seinem Rücken vorging, fitzte seine Pferde. Sie trabten rascher und rissen ihren Wagen auf dem schlechten Feldweg dermaßen schleudernd vorwärts, daß er bei jedem Ächzen umzustürzen drohte.

Auch der Bauer ächzte. Er rief den ganzen Himmel, seine Mutter und seinen Vater um Beistand und um Schutz an, um endlich wie ein totes Bündel sein Schicksal zu ertragen. Ohne sich zu mucksen, lag er da.

Das war der Augenblick, den Adrian erwartet hatte.

Er ließ die Pferde halten und stieg herunter. Gutmütig, aber äußerlich verdrossen, knuffte er den Bauern: »Du Saufaus, willst noch nicht erwachen?«

Im schmerzensechten Sinn des Wortes »wie gerädert« ließ der Bauer sich vom Wagen fallen. Sich den Rücken reibend, wankte er zum Wegrand, wo Adrian bereits zu futtern angefangen hatte. Er lud den Bauern wortkarg ein und mampfte; er hatte Unmutsfalten im Gesicht und meinte endlich, als er das Messer wieder in die Tasche steckte: »Weißt du, Bauer, du hast am eigenen Leib erfahren, wie schandbar die Begehrlichkeit sich auszahlt. Wie ein Vieh bist du gewesen; man hätte dich mit einem Fußtritt in das nächste Wasser stoßen können, und du hättest nichts gemerkt.« Ja, andere hätten es bestimmt getan. Er könne Gott auf beiden Knien danken, daß er ihn gefunden habe.

Betroffen sah der Bauer an sich nieder. »So ist es«, gab er zu. Er wagte nicht zu widersprechen, als Adrian ihm seine Sünden vorhielt. Er pflichtete mit Selbstanklagen bei, als Adrian die Nutzanwendung zog, man müsse seinen Nachbarn eine Lektion erteilen, die sie warne und verhindere, es ihm gleichzutun. Er war mit allem einverstanden, und als sie wieder auf den Wagen stiegen, feixte er in sich hinein.

Weit vor den Hütten seines regellos zerstreuten Dorfes begann schon die Komödie.

Mit denselben Stricken, mit denen Adrian ihn gestern festgebunden hatte, ließ er sich wieder an den Wagen binden und sich sogar die Hände auf den Rücken fesseln. Er spottete im Vorgenuß der Überraschung, die dieser Aufzug in der Nachbarschaft erregen mußte. Er war stolz darauf, für eine große Rolle auserwählt zu sein! –

Der Müller Pottebacker war der erste, der bestürzt heranlief, den Bauern rüttelte und schreckensbleich die Frage stellte: »Was ist denn unserem Landsmann zugestoßen?« – »Er wird's Euch selber sagen«, versetzte Adrian und trieb die Pferde weiter. Ein Mahlknecht und die Frau des Müllers gesellten sich ihm bei. Dann kamen Leute, die beim Weidenschneiden waren, übers Feld gerannt und liefen aufgeregt und diskutierend hinterm Wagen drein, in jede Hütte schreiend: »Kommt mit, Gevatter, ein Unglück ist geschehen!«

So wurde aus der Wagenfahrt durchs Ödland allmählich eine Prozession, die sich im Eilschritt fortbewegte, keuchend, rufend und von allen Ängsten hin und her gerissen. Wie sie aus den Ställen kamen, mit Forken, Hacken, Weidenmessern und mit Stricken in den Händen, folgten sie dem unheilvollen Wagen, den Adrian in guter Fahrt hielt. Der Haufen wurde immer mächtiger, die Unterhaltung lauter, weil ihnen in der Hast des Laufens der Atem fast verging.

Wenn aber einer, überlegte Adrian, den Schabernack durchschaute, so konnte es ein kurzes Ende werden. Es waren bärtige und finstere Gesichter, gerechtes, gottgetreues Volk, gezeichnet von der Härte und von der Armut seines Lebens. Es hat die Einfachheit des Denkens und Empfindens; es ist im Bösen genauso fürchterlich, wie es im Guten unsagbar menschlich handeln kann. Genauso war der Bauer, der im braven Glauben, ein schönes Werk zu tun, die traurigsten Grimassen schnitt.

Es war für Adrian zum Lachen und zum Weinen, weil ihm seine Lage immer unbehaglicher erschien, je mehr die Rotte der Verfolger sich vergrößerte.

Da tauchte endlich hinter Ginsterbäumen der Dorfkrug auf. Dort war sein Ziel, der Mittelpunkt der weit zerstreuten Häuser und Gehöfte.

Dort stieg der Bauer lahm und krumm vom Wagen, wankend und nach einer Stütze suchend. Der Müller Pottebacker sprang ihm hilfreich bei, entsetzt und teilnahmsvoll nach seinem Schicksal fragend. Da öffnete der Bauer zum erstenmal den Mund.

»Ach«, jaulte er und dehnte ächzend seine Glieder, »was habt ihr mit mir angestellt. In welches Abenteuer habt ihr mich gejagt!«

Wie einen Sündenspiegel hielt er ihnen jeden Zuspruch vor, dazu die täglichen Beratungen im Krug und schließlich das von ihrer Geldgier eingegebene Drängen, der Sache mit den Tulpen einmal auf den Grund zu gehen. In den tiefsten Abgrund des Schuldturms hätte man ihn fast geworfen!

Er sei ein Märtyrer, griff Adrian in den Bericht ein, ein Märtyrer für sie, die sie im weiten Ödland von Wahnbegriffen lebten und nicht wüßten, was in der Welt geschähe. Ihr Lands=mann sei im besten Glauben, sagte er, zur Stadt gewandert, um, wie Josua und Kaleb, das Gelobte Land zu suchen. Sie selber hätten ihn zu diesem Gang bewogen! Anstatt mit schwe=ren Trauben käme er, man schaue ihn nur an, mit Beulen und gefesselt heim, wie ein Verbrecher! Ob sie denn nicht wüßten, was es mit den Tulpen auf sich habe? –

Nein, sie wußten alle nichts.

»Man müßte diese unheilvolle Knolle«, rief Adrian ankla=gend und erschüttert aus, »Gewächs des Teufels heißen, Blume der Verführung, Blume der Verblendung! Schon der Name«, gab er sich gelehrt, »der Name Tulpe kommt von den tulpen=haften Hüten, die von den Islamiten auf dem Kopf getragen werden. Glaubt ihr nun, daß eine solche Blume, von den Kin=dern des Propheten hochgehalten, einem Christengläubigen zum Glück verhelfen kann?« –

Er stellte diese Frage mit allem Abscheu eines frommen Men=schen. Und weil er sich auch sonst beschlagen in der Bibel zeigte, gewann er das Vertrauen, das er brauchte. Sie hingen an den Lippen Adrians, als sei ein Wunderprediger ins Land gekommen.

Er hatte nur gewettert, aber nicht erklärt, worin das Unheil mit den Tulpen sich beweise und weshalb der Bauer so jämmer=lich zurückgekommen war. Der Bauer schwieg sich aus.

Als sie den Krug betraten und die Bauern vor dem kleinen Schankraum bleiben mußten, ohne etwas zu erfahren, nahm der Müller Pottebacker einen Anlauf. Ihm gelang es, Adrian zu Äußerungen zu bewegen, die wie Blitze in seiner Seele zün=deten.

Ihm sagte Adrian, was er sich ausgeklügelt und was er mit dem Bauern unterwegs vereinbart hatte: daß die Tulpe als schlimmstes Unkraut anzusehen sei. Daß ihre Zwiebel im dür=ren, wasserarmen Land den letzten Tropfen Wasser aus dem Boden sauge, wodurch das Land noch mehr verarme und ver=dorre! Daß aus ihrem Kelch geheimnisvolle Düfte steigen, die man nicht riechen könne, die aber Siechtum und nicht zuletzt den Tod aus unbekannten Gründen nach sich zögen! Ja, man habe festgestellt, daß ganze Bienenvölker wie vom Hauch der Pest betroffen hingesunken seien, weil sie den Nektar dieser Todesblüten rüsseln wollten. – Schließlich seien aber doch die Bienen gerade hier im Ödland der heiligste Besitz des Bauern!

»Das sei schon wahr«, bekräftigte der Müller, der tief betroffen den Bericht vernommen hatte und plötzlich vorgab, rasch einmal hinaus zu müssen. Er war schon aufgestanden, als ihm Adrian noch flüsternd zu verstehen gab, das Tollste käme erst. Er möge sich gedulden. Man wäre nämlich noch ganz anderen Dingen auf die Spur gekommen, und was die Regierung tue, könne man sich denken. Der Müller war im Geiste schon bei seinen Bauern draußen, denen er die Neuigkeiten mit dem Schauer des Entsetzens brühwarm berichten mußte.

Er nickte nur und hastete hinaus, angeblich, um das Wasser abzuschlagen, das ihn fast versprengte, aber in der Tat von seiner Nachricht bis zum Platzen angefüllt.

»Verwirrt mir nur die Leute nicht!« rief Adrian ihm nach und trank dem Bauern zu, dem er den Rat gab, mit Käse eine gute Unterlage einzurichten; denn er fürchtete, die Schnäpse könnten ihm die Zunge lockern.

Pottebacker hatte Adrians Erzählung breitgetreten. Rufe der Bestürzung wurden laut, und wenn sich wirklich einer durchrang und seine Zweifel äußerte, schrie ihn der Haufe nieder. Aufgelöst kam Pottebacker wieder. Ein paar Männer wollten folgen; aber Adrian wies sie zurück, indem er sie zugleich ermahnte, nichts zu überstürzen. Er sei gekommen, ihnen beizustehen, und Pottebacker werde ihnen sagen, was zu machen sei.

Der Müller Pottebacker war der einflußreichste Mann im ganzen Umkreis. Es tat ihm wohl, daß auch der fremde Herr dies anerkannte, und er sagte väterlich, obgleich gerade ihm die Angst im Nacken saß: »So geht nur unbesorgt und wartet draußen, ich werde alles mit dem Herrn in Ordnung bringen.« Dann sank er auf die Bank, erschlagen von der Macht der Dinge, die über ihn hereinbrach, und nach Fassung ringend. Er trank dem Bauern verzweifelt seinen Schnaps weg. Der Bauer merkte nichts. Er war schon vor Ermüdung wieder eingeschlafen und hing halb unterm Tisch.

»Herr, ist denn wirklich nichts zu retten?« fragte Pottebacker heiser.

»Nichts«, sagte Adrian mit unerbittlich harter Stimme, weil er wußte, daß Pottebacker selber Tulpenzüchter war, daß *er* den Bauern angestiftet hatte, sich nach Haarlem aufzumachen, und weil der Bauer ihm an erster Stelle den Schrecken einzujagen wünschte. Aus diesem Schrecken gab es keinen Ausweg. Wer von der Schauernachricht überrumpelt wurde – und Pottebacker war es, mit ihm die ganze Sippschaft, die vor der Schenke lärmte –, der konnte seine Tulpenhoffnung fahrenlassen.

»Nichts ist zu retten«, nahm Adrian sein Wort auf, »nichts, armer Pottebacker; aber seht: wir alle glaubten, daß man Tulpen kaufe, um sie in Paris, in Brüssel oder anderswo den reichen Damen zum Präsent zu machen. Irrtum war es! In den Tulpen liegt ein Gift, das wie das Traumgift der Chinesen alle bösen Triebe, die im Menschen stecken, aufweckt, das alle die Gelüste der Verworfenheit, des Leibes und des Denkens in ein Fieber treibt, das sich verderblich für den Nebenmenschen und für den Tulpisten selber auswirkt!« ...

Nur nebenbei ließ Adrian die wohlerwogene Bemerkung fallen, daß alles, was er sage, freilich *wie ein Gleichnis zu betrachten sei.*

Das überhörte Pottebacker.

Denn Adrian fuhr weiter, daß seiner Meinung nach der Aufruhr um die Tulpen nicht mehr lange dauern dürfe. Man werde die Provinzen säubern! Ja, die Regierung werde durch den Beirat hoher Männer immer mehr darin bestärkt, das Tulpenfieber auszutilgen und die Tulpen auszurotten, wie der Bauer Hederich und Disteln ausreißt und verbrennt. Wer dann bestraft wird, der habe es sich selber zuzuschreiben. »Die Tulpen sind der Untergang der Niederlande!« schloß Adrian und überließ es Pottebacker, den Doppelsinn zu spüren und erneut nach einem Rettungsweg zu fragen. –

Alles, was bisher gesprochen wurde, war für Adrian die sorgsam ausgedachte Vorbereitung eines großen Schlags gewesen. Der aufgeblasene Pottebacker, der ein großer Mann war, mit dem man hielt und den man dafür hielt, wofür er selbst sich hielt, war nun zur jammervollsten Angstgestalt geworden, die Adrian um Rat anging und seufzend eingestand, ein gutes Geld in Tulpen angelegt zu haben.

»So reißt sie aus«, gab Adrian Bescheid. »Ihr habt als Vorbild Eurer Leute zuerst zu tun, was die Regierung will. Ihr seid so etwas wie ein Präfekt in diesem Land. Man richtet sich nach Euch. Man weiß in Amsterdam, wer Pottebacker ist. Ihr müßt als erster Eure Zwiebeln aus den Töpfen oder Beeten reißen und sie aus der Gegend schaffen. Wenn Ihr es nicht selber tun wollt, was ich begreife, so schmeißt sie doch auf meinen Wagen. Ich werde dafür sorgen, daß das unheilvolle Teufelskraut weit weg von Eurer Mühle im Kanal verfault. Bedenkt Euch aber rasch. Ich will Euch helfen, Euch verschonen helfen, Pottebacker! Denn wenn die Regierung eingreift, wird vielleicht das Ödland dermaßen gründlich ausgerodet, daß kein Hüttenpfosten von dem roten Hahn verschont bleibt. – Ihr wißt nun ganz genau, was auf dem Spiel steht.«

»Ich weiß es. Ja.«

Ein schwaches Leuchten war über sein Gesicht geglitten, als Adrian erwähnte, daß Pottebacker in Amsterdam geschätzt sei. Es hatte einer schmerzlichen Zerknirschung Platz gemacht. Die Angst zog ihm den Schlund zusammen. Beinahe war er dem Erbrechen nahe. Da raffte er sich mannhaft auf. »Verloren ist gewonnen«, sagte er und sah mit stierem Blick an Adrian vorbei, nun fest entschlossen, sich als Vorbild zu betätigen. So trat er aus dem Wirtshaus, ein Mann, der allen Zwiespalt überwunden hat und seiner Pflicht und Sache untrüglich sicher ist.

Es dauerte nicht lange, bis das Volk sich vor dem Haus verlief und bald darauf mit seinen Tulpen wiederkam. Es schleppte seine Teufelsblüten in Töpfen und am Stiel herbei. Ja, man begann, die Tulpenknollen wütend an die Wand zu werfen, was Adrian jedoch verhinderte. Er duldete hingegen, daß sie die Töpfe mit Wutgeheul zerschmetterten und sagte nichts, wenn einer eine Blüte mit gutgezieltem Prügelschlag vom Stengel hieb, weil ihm die Zwiebel sicher war.

Maßlos, wie die Enttäuschung, war nun das Wüten. Einem wahren Blumenfreunde hätte vor Erbitterung das Herz vergehen können. Es war für alle ein sonderbares Schauspiel, und am erregendsten für Adrian, der immer wieder sagte: »Recht so.

Zum Teufel mit dem Dreckzeug. Putzt sie aus, die Drachen=saat.«

Im Geiste überschlug er freilich, was diese »Ernte« bringen konnte; die Zahlenreihe war nicht auszudenken, und als zuletzt der Müller Pottebacker mit einem ganzen Korb voll herrlicher Gewächse ankam, traten ihm die Tränen in die Augen.

»Es jammert einen, diese Pracht zu sehen«, meinte er, »und doch zu wissen, daß durch ihre Schönheit das Verderben in die Welt kommt.«

Auch der Müller war ergriffen. Stumm wie Richter, die Zeu=gen der Vollstreckung ihres Urteils werden, stand das geprellte Volk um Adrian herum.

Wenn jetzt der Bauer aus seinem Schlaf erstanden wäre und die Wahrheit ausgeplaudert hätte, so wären sie wie wilde Hunde auf Adrian gestürzt. Denn Zorn, Beschämung, Geiz und dumpfe, grollende Bedrücktheit standen in ihren Mienen, verhaltene Wut und Rachgier; es fehlte nur der Feind, den sie erschlagen konnten. Sie lieferten die Tulpen ab, wie sie im Krieg, wenn Truppen durch das Ödland kamen, die auferleg=ten Kontributionen zähneknirschend und ohne Gegenleistung opfern mußten. Und dennoch wühlte die gespensterhafte Angst in ihren Hirnen, einem Unheil zu entgehen, von dem sie keine Ahnung hatten.

So wurde ihre Scheu vor Adrian zur schaudernden Bewunde=rung. Er hatte trotzdem das Bedürfnis, ihrem Staunen so rasch als möglich zu entgehen.

Zwar ließ er durch den Krugwirt noch ein Faß anstechen, weil er, wie er sagte, die Leute trösten wollte. Dann zog er eine Leinenplane über seine Tulpen, stieß mit Pottebacker an und trank den Becher in einem Zuge aus. Das war sein Ab=schied.

Er wußte, daß das Dutzend Bauern nun bis zum Abend zechen würde, und weil das Bier mit herrlich weißem Schaum in ihre Krüge sprang, sah keiner auf, als Adrian den Bock be=stieg, um loszufahren. Wäre jetzt noch einer mit der schönsten Tulpe angekommen, er hätte sich nicht umgeschaut. Auch die Gewißheit, daß die Ödlandsbauern sich am Bier ergötzten, dämpfte seine heimliche Besorgnis nicht. Es war vielleicht die Untat, die ihn narrte, die ihm zuvor als gute Tat erschienen war und die ihm nun den Wahngedanken eingab, schreiende Verfolger kämen hinter seinem Wagen her und in den nächsten Büschen lägen sie als Wegelagerer versteckt. Kein Mensch trat ihm entgegen. Die Abendsonne ließ die weite Landschaft in einem sanften Rot erstrahlen, das freilich alle Wasserläufe wie angefüllt mit Blut erscheinen ließ. Gesträuch und Buschwerk hatten menschenhafte Schattenformen; aber nichts geschah. –

ZWÖLFTES KAPITEL

Die bedeutungsvolle Heimkehr über Haarlem.
Adrian als Rächer und als Retter

Beim Abendläuten fuhr Adrian in Haarlem ein, darauf bedacht, für seine teure Ladung einen sicheren Unterschlupf zu finden. Er mied die Karawansereien der Tulpisten und ihre offenen Wagenburgen. In einem Hof, wo Holz gelagert war, sprach er um einen Standplatz vor, indem er sagte: »Ich möchte nicht in einem jener Häuser nächtigen, wo sich die Tulpenbrüder eingenistet haben. Ich werde Euch gewißlich keine Mühe machen, weil ich gewohnt bin, mich nach Soldatenart auf meinem Wagen auszustrecken.« Man gewährte seine Bitte.

Bis hierher hatte ihn die Furcht begleitet, die Bauern könnten seiner Überlistung innewerden und ihm folgen; nun stieg die Angst vor Dieben und anderem Nachtgelichter auf, das ihn berauben konnte. Wohl zog er sich die Leinenplane bis zum Hals, wohl spürte er die Nähe seiner Blumen, die Stille aber, die im ganzen Umkreis herrschte, schärfte seine Ohren. Sobald er einen ungewohnten Laut vernahm, erhob er sich und lauschte, und als er plötzlich den Schatten eines zottigen und riesenhaften Tieres sich dem Wagen nähern sah, kroch er im ersten Schrecken unter seine Plane.

Wohl sprach er sich in seinen Nöten zu: Das ist der Hund, der Wächter dieses Lagerplatzes und eigentlich ein Freund. Wenn aber Freunde sich nicht kennen und nicht wissen, daß sie Freunde sind, was dann?

Das Untier tappte näher. Es kreiste um den Wagen und schnupperte. Ganz nahe war sein Atem, sein Gesicht, sein Maul. Es legte seine Tatzen auf die Plane und sprang herauf. Es suchte nach dem Menschen, den es roch, und scharrte auf der

Decke! Mit leichten Pfoten, in denen trotzdem das Gewicht des Körpers spürbar wurde, lief es auf Adrian herum, der Stoßgebete sprach und schwitzte, der sich nicht traute, ein Glied zu rühren, dem zu allem Übermaß der Leiden der Geruch der frisch gebrochenen Tulpen in die Nase stieg und der auf einmal selbst begann, sein Lügenmärchen vom Giftgeruch der Tulpen als wahr zu nehmen.

Da setzte sich das Ungeheuer, weil es die Plane weder durch Gescharre noch mit den Zähnen von seinem Ort verrücken konnte, auf die Brust von Adrian und blieb dort liegen. Bisweilen stand es auf, um wieder langsam und behaglich hinzusinken, ein Wächter, der mit teuflischem Behagen das unterdrückte Röcheln des Besiegten kostet. Oder sollte es der Böse selber sein, als Strafe Gottes wie ein Vampir in die Tulpenstadt hineingeschickt? Ein Höllenhund, der wie ein Spuk war und dennoch nicht verging?

Mit tödlichster Beklemmung überdachte Adrian die Ängste, die ihn im Laufe dieses Tages überfallen hatten, zuerst die Angst, ob es gelänge, den Bauern ihre Tulpen abzuschwatzen, dann die Angst, der Bauer möge plaudern, darauf die Angst, sie könnten ihn verprügeln oder töten oder ihn verfolgen und das gleiche tun. Es kam die Angst, man könne seinen Wagen plündern, weshalb er darauf schlafen wollte. Aber wurde er nicht durch das Ungeheuer einer neuen Angst um seinen Schlaf gebracht? – Wo blieb nun der Gewinn, wenn der Gewinn von Angst zu Angst erfürchtet werden mußte? – Lohnten sich diese Ängste? War es nicht besser, die ganze Tulpenfracht, wie er dem Müller Pottebacker es versprochen hatte, in ein Sumpfgewässer zu versenken, aus dem sie nicht mehr hochkam? –

Ach, es war der Hofhund, der sich vereinsamt der Menschenkreatur genähert hatte, ihre Wärme, ihre Schmeicheleien suchend, es war ein zotteliger, langbehaarter Hund aus irgendeinem Nordland. Die Strähnen fielen ihm so dicht herunter, daß man seine Augen nicht gewahren konnte, daß sein Gesicht aus einem robbenhaften Barte zu bestehen schien. So väterlich, unschuldig und verwahrlost sah er aus, daß Adrian ihn gleich gekrault hätte. Weil er aber das Geschnupper mißverstanden hatte, wurde dieser nächtliche Besuch zum Alpdruck seiner Seele. »Blutschwitzend«, wie das Volk bezeichnend sagt, wenn es den höchsten Grad der Todesangst beschreiben will, lag Adrian in seinem eigenen Dunst gefangen, in dem Geruch des eigenen Atems und des Schweißes, der Tulpen und der Zwiebeln und der Wagenschmiere, die beizend durch die Bretter riechbar wurde.

In diesem Zustand eines hoffnungslosen Fiebers war Adrian bereit, den ganzen Reichtum, den er sich erschachert und erlistet hatte, für die Gewissensruhe seines Herzens hinzugeben. Er mußte an sein Leben auf dem Torfkahn denken, wie beschaulich es dahingeglitten war, und an Christintje, die er im Aufruhr seines Geldverdienens fast vergessen hatte. Er schlief nach vielen Stundenschlägen trotz des Ungeheuers ein, das seine Brust zur Lagerstätte ausersehen hatte, ja, im Traume schloß er Freundschaft mit diesem Teufelsboten, und als er schließlich aus dem Abgrund seines Schlafes wieder zu sich kam, war er nicht überrascht, den Zottelhund in seinem Arm zu finden. Gott sei gedankt! Nun war der Spuk zerronnen. Nun glänzte helles Morgenlicht auf allen Ziegeln, und der Hund sprang, täppisch wie ein Bär, mit Adrian zum Fleischer.

Wem Tiere ihre Freundschaft schenken, dachte Adrian gerührt, der kann kein schlechter Mensch sein. Das gab ihm neuen Mut. Er vesperte, am Wagen lehnend, mit dem Hund, ihm und sich selber abwechselnd einen Happen von der Hackwurst schneidend. Als er jedoch davonfuhr, lief der Hund nur bis zur Straße mit. Es half nichts, ihm den Zipfel Wurst zu zeigen oder ihn mit Rufen oder Pfeifen anzulocken. Ja, als Adrian nur einen Augenblick beiseite sah, war er verschwunden. Ein letztes Bellen schwang noch in der Luft und schien in seinen Ohren endlos nachzuklingen.

War der Hund vielleicht am Ende doch des Teufels? –

Ein Glück, daß nahebei der Lärm des Marktes schon vernehmbar wurde. Schon fragten Leute: »He, ich suche Roses. Habt Ihr welche? Ich biete dafür andere gute Farben.« Adrian, jetzt wieder überlegen, krähte Antwort: »Eure Marquetrines könnt Ihr gegen Gänseblumen tauschen! Gegen *meine* Ware gibt es keinen Tausch!« Das war ein großes Wort, und als sein Wagen nicht mehr weiterkonnte, hatte sich ein Schwanz von Leuten mitgeschoben, der laut verlangte, er müsse endlich seine Tulpen zeigen und zum Kauf anbieten.

Ganz gelassen deckte Adrian die Plane auf und zeigte ein paar Zwiebeln, hob einen Arm voll schönster Blüten weithin sichtbar in die Höhe und rief hinunter: »Wer Geld besitzt und Geld verdienen will, der mag sein Glück versuchen!« Er drängte allzu eifrige Betrachter auf die Seite, schrie, gab an und heulte, jubelte und johlte, als sei er seit Jahrzehnten in Haarlem eingebürgert. Die Versteigerung begann.

Und während Adrian geflissentlich sein Pfeifchen rauchte, kaum beachtend, wie der Aktuarius die Preise auftrieb, schwoll der Geldsack mit jeder Stunde dicker an. Er hätte, als der Wagen halb geleert war, mit dem Erlös das Dorf im Ödland kaufen können, Pottebackers Mühle und den Dorfkrug und das Dutzend schwarzer, fast vom Boden aufgesogener Hütten nebst ihren Kähnen, Schweinen, Schafen, Hunden.

So herrlich war die Welt noch nie gewesen wie an diesem Tag, im Traum so dunkel und verzweifelt, daß man glauben konnte, in den Vorhof der Verdammnis zu geraten, und nun so hell, als wären plötzlich zwei Sonnen anstatt der einen aufgegangen. Der Nachtschweiß seiner Ängste war noch nicht getrocknet, aber unaufhaltsam vollzog sich schon das neue, zum Weinen schöne Schicksal. Was war jetzt Crispin van den Valckert, wenn man erlebte, wie das Geld im Kasten klapperte? Ein eitler Gauch war er, der seine Dummen dort zu finden hoffte, wo die Dummheit doppelbödig war.

Sie war es nicht mehr! Nie und nimmermehr!

Der Mann des Tages, Adrian, der auf dem Markt von Haarlem eine Tulpenzwiebel nach der anderen zu horrenden Geboten losschlug, der umstritten war wie niemand und Geld einnahm wie niemand, wuchs mit seinem Reichtum. Er besaß am Abend eine Barschaft, die eine schwere Seemannskiste füllte, eine Truhe, die mit sinnreich konstruierten Schlössern und mit breiten Eisenbändern vor jedem Werkzeug sicher war. Den Schlüssel trug er um den Hals.

Er kaufte Tulpenbücher, Waagen, Lupen und andere Instrumente, wie sie Chrispin van den Valckert vorgewiesen hatte. Er traf mit einem reichen Tulpenhändler die Übereinkunft, ihm durch Boten täglich die erzielten Tulpenpreise mitzuteilen, und er mietete für seine Heimfahrt drei vom Magistrat bestellte Reiter, die während seiner Mahlzeit um die Kiste Wache stan=

den. Ja, er kaufte für sich selbst ein Pferd, und wenn er auch die größte Strecke auf dem Bock saß und sich in der letzten Stunde noch den Wolf ritt – er hielt durch!

Jetzt war die Rache an Crispins van den Valckert nahe, die Vergeltung, eine Auskehr, die wie ein Blitz den Brodem vor dem drohenden Gewitter spalten sollte! Dann mußte die Befreiung wie ein Sommerregen sein; dann brach im Herbst noch einmal neues Leben aus! Er, Adrian, der Retter, wird lachend triumphieren! Er wußte es!

So sprengen Rächerboten durch die schwarze Nacht: Beinahe auf den Hälsen ihrer Rosse reitend, gekrümmt, und immer wieder in die Weichen spornend, in die Ohren flüsternd: »Lauf, Pferdchen, lauf!« Die Wolken halten ihren Mond gefangen, und schon früh vor Tag quillt Frühlicht auf am Horizont, schon um die Mitternacht.

Es reiten andere Reiter wie Feuerreiter durch das Land. Die Tulpenreiter sind's. Sie saugen uns das Blut aus. Mir das Blut und dir den Hafer und den anderen den Verstand. »Lauf, Pferdchen, lauf!«

Die Wachen auf den Feldern konnten Adrian und seine Knechte nicht nach ihrem Wegziel fragen. Mochten sie die Lanzen schwenken, fragen, rufen. Starr wie Vogelscheuchen standen sie am Platz und mußten sehen, wie der Trupp vorüberbrauste. Fremde Wagen, fremde Reiter, ihnen ähnlich auf der Fahrt begriffen, wurden grußlos überholt. »Lauf, Pferdchen, lauf!« Das war der Schlachtruf Adrians. Und wenn die Pferde japsten, fing er zu singen an, mit Trotz und Hohn und ausgekeuchtem Atem, und die Knechte fielen ein: »Ja, Piet Hein, zyn naam is klein, zyn daat is groot, hy heevt gewonnen de zilvere vloot! . . .!«

Was alle Jugend sang, was die Matrosen grölten, was alte Väter zur Bauernorgel summten, das Lied vom großen Kaperkapitän Piet Hein, ein Trutzlied gegen Spanien, war das Reiterlied für Adrian, sein Haßgesang und Jubel. Er schrie es in die Nacht und in das Frühlicht! –

Aber schweigend ritt er am Kanal entlang, auf dem, wie jeden Morgen, die Kähne mit den hohen, schmalen Segeln ins Torfland fuhren. Nur sein eigener Kahn, der Torfkahn Hendriks van der Maaßen, fehlte.

Er war versucht, zu grüßen, ein Wort hinabzurufen. Aber niemand hätte je vermutet, einen von den Ihren wie einen Edelmann auf hohem Roß zu sehen. Auch ritt er vor dem grellen Licht der Morgensonne, die ihre Augen blendete. Er wußte, was sie täglich redeten und dachten, schufteten und aßen. Warum war *ihm* gelungen, was ihnen nicht gelang? War es so schwer, das Märchen von den Herzogstulpen zu erfinden und es wahr zu machen? –

Naß vom Schweiß der wilden Jagd zur Nachtzeit hing ihm das Haar herunter in die Stirne. Als er abstieg, sich zu waschen und sein Abbild im Kanal sah, schrak er auf: War er ein anderer geworden? War die Welt verwandelt? – Er war nur ausgekeucht. Die Pferde dampften, und die Knechte wußten nicht, ob sie vor Abgehetztheit lachen oder poltern sollten. Oh, man wird sie gut entlohnen. Freibier werden sie bekommen, daß die Mähren selbst nach Hause finden müssen, wenn der Reiter aus dem Sattel rutscht. Adrian van Snaar wird sie traktieren, weil sie sein Gefolge sind, mit dem er wie ein großer Herr durch seine alten Gassen trabt. Wie lange war es her? Zwei Tage – und schien dennoch eine Ewigkeit zu sein.

Jetzt rasselte sein Wagen durch die Stadt, und Kinderhorden, aus allen Winkeln stürzend, gaben ihm und seinen Reitern das Geleite.

Dort ging Hendrik van der Maaßen durch den Garten, stand bei seinen Bienen, eilte an die Gartenmauer und blickte offenen Mundes mit Telleraugen dem sonderbaren Aufzug nach. Lief nicht Christintje aus der Küche und wedelte mit ihrer Schürze? Stand nicht Truus am Fenster? Und unterbrach sich nicht Frau Louisette am Spiegel, um einen tief erstaunten Blick zu tun und freundlich herzulächeln?

Ach, nun war man wieder da, auf sicherem, vertrautem Boden. Wen man sah, den kannte man und wußte, was er sagen würde.

Der Einzug Adrians mit seinen Reitern war ein Vorgang, der die ganze Stadt zusammenlockte. Nicht die Seemannskiste war es, die den tiefsten Eindruck machte; viel gewichtiger als alles wirkten seine schwer bewaffneten Begleiter, die mit ihren Pferden paradierten, tänzelten und drängten und die Gassen mit dem Klappern ihres Hufschlags laut erfüllten. Überdies war auch der Wagen kaum geschmiert. Er ächzte knarrend. Und nicht zuletzt verstand es Adrian, die Folgen dieser kriegerischen Heimkehr und die kommenden Begebenheiten anzudeuten, die sich bald ereignen sollten.

»Seid nur zeitig in der Tulpanei!«

Vom Gaul herunter in die offenen Fenster rufend, brachte er die Stimmung in die Stadt, die er zu seiner Sache brauchte. –

DREIZEHNTES KAPITEL

Der Kampf der Könige

Es summte in den Tulpenbörsen bald wie in hundert Hummel=nestern vor dem Schwärmen. Die Stuben waren überfüllt. Gerüchte gingen um. Man machte aus den drei Berittenen derer dreißig und aus dem einen Wagen einen Heerwurm, der noch draußen vor der Stadt beim Eichenwäldchen raste. Kaspar tauchte auf. Er zuckte mit den Schultern, wenn einer mehr als tunlich von ihm wissen wollte. Er war der Wissende des auf=geregten Haufens und machte kein Hehl daraus, indem er gnädig ein paar Worte hinwarf oder mitten unterm Satz er=schrocken seine Hand vors Maul hielt. Er sprach von Crispin van den Valckert, ohne mehr zu sagen, als daß ihn Adrian ge=fordert hätte. So wurde das Gerücht verbreitet, es gäbe einen Zweikampf.

»Schwere Säbel, das versteht sich«, freute sich der Metzger und zeigte seinen Wetzstein. »Ich will ihm gern die Klinge schleifen, daß dem verdammten Crispin kein Gott und Heiliger mehr helfen kann.« – Mit Stöcken führten zwei Tulpisten vor, wie sie die Schläge in Crispins Fresse hauen würden. Wie eine Kriegsbegeisterung war ihre spannende Erwartung. Der »Grüne Frosch« war Hauptquartier geworden. Man beschloß, die kom=menden Verhandlungen auf offener Straße abzuhalten. Stadt=soldaten, die zur Ordnung mahnen wollten, bedrohte man mit Steinen und mit Knütteln. So siegessicher und in seiner Rauf=lust übermütig war das Volk, daß auch der Bürgermeister nichts erreichen konnte. Im Gegenteil: er wurde eingeladen, am Tisch des Vorstands Platz zu nehmen, und wenn er sich auch wehrte, er mußte doch ein Gerstenbier aufs Wohl der »fried=lichen Tulpisten« leeren.

Kaspar hatte dieses Wort geprägt. Er sagte: »Heute müßt Ihr Zeuge sein, wie die Gerechtigkeit bei uns gehandhabt wird. Wir wissen, daß Euch ständig unsere Widersacher in den Ohren liegen, die unseren Handel untergraben möchten. Nun überzeugt Euch selbst, damit Ihr diesem neidischen Gelichter sagen könnt, wie unser Hase läuft.«

»Hoch, Kaspar!« rief der Metzger, und die Menge stimmte ein. Der Metzger und der Weberkaspar feierten Versöhnung. Es gab Musik.

Noch lief der Hase nicht.

Da tauchte endlich Crispin van den Valckert auf, ein wenig überrascht, das Komparitium so aufgeregt und überfüllt zu finden. Aber trotzdem zwang er sich zu einem steifen Lächeln und ging unerschrocken seinem Platz zu. Da und dort hob einer seine Faust, rief einer eine Drohung, aber aller Lärm war plötzlich still geworden.

Als Chrispin van den Valckert seine Bücher vor sich niederlegte, seine Waage ordnete und seine Lupe aus dem Futteral nahm, brach ein höhnisches Gelächter los, weil irgendwo gerufen wurde: »Schneller als er auspackt, packt er wieder ein!«

Herr van den Valckert tat, als sei er taub und blind, zumal auf einem Tisch die wunderbarsten Zwiebeln ausgebreitet waren. Mißtrauisch forschte er jedoch mit schmalen Augen, was wohl los sei, und fragte einen Mann, der hinter seinem Stuhl stand: »Was ist denn in das Volk gefahren?« – »Nichts als die Vernunft!« gab ihm der Mann zur Antwort und wandte ihm den Rücken zu.

Da schmetterten Trompeten. Alle Hälse reckten sich. Hufschlag erscholl, und Pferdewiehern wurde laut. Das Volk schrie freudig auf, riß seine Kappen, Hüte, Mützen von den Köpfen, die Musik fiel ein, und selbst der Bürgermeister stieg auf seinen Sitz, um besser zu erkennen, was da vorging.

Adrian, gefolgt von anderen Reitern, trabte auf den »Grünen Frosch« zu. Er sprang vor Crispin van den Valckert aus dem Sattel, sagte: »Ach, noch keine Zwiebel eingeheimst?« und meinte dann, als habe dieser Aufzug nicht das geringste zu bedeuten: »So fangt doch an! Wir wollen heute fröhliche Geschäfte machen!« Er selber nahm die erste Zwiebel, die zunächst lag, und sagte den Tulpistenspruch herunter. Crispin machte sein Gebot. Und weil er selber nun ein Fuchs war, der Adrians Beginnen mehr ahnte, als er es durchschaute, ging er ohne Wimperzucken mit seinem Preis hinauf. »Acht Asse!« hielt der Aktuarius den Preis fest. »Acht Asse wiegt die Goltzius. Herr van den Valckert zahlt dafür achthundert Gulden!«

»Bravo!« schrien die Tulpisten. »Bravo! *Solche* Preise müs= sen wir bekommen! Bravo!«

Der Verkäufer, ein vermickerter, verdruckster Milchausträ= ger, der mit versorgten Mienen dagestanden hatte, umhalste Adrian vor Freude und küßte ihn. Es war ein eitler Taumel, den nur Adrian und Crispin in seiner Fadenscheinigkeit er= kannten. Denn Crispin van den Valckert zahlte hier zum ersten Male, was man auch in Haarlem zahlte! Wenn er die Zwiebel morgen in Haarlem losschlug, sprang kein Gewinn heraus! – *Hier* hatte sein Verdienst gelegen: im Unterschied der Preise zwischen Haarlem und der Tulpanei zum »Grünen Frosch«, wo *er* die Preise machte, wo *er* mit Lupen, Waagen und Bestim= mungsbüchern den Tulpenkönig spielte!

Nur an dieser Stelle war Crispin van den Valckert zu ver= letzen. Das war der Zweikampf, den Kaspar angekündigt hatte. Adrian, der heute Geld zum Bieten hatte, trieb ihn zu immer höheren Geboten. Er lauerte darauf, daß ihm der Atem aus= ging, daß er sich weigern würde: »Ich will nicht weiter bieten.« –

Aber Crispin van den Valckert schien zu wittern, was Adrian im Schilde führte, und zahlte blank, obgleich der Schweiß aus seiner Stirne brach. Er knirschte mit den Zähnen, zahlte aber. Seine Augenbrauen wölbten sich vor Zorn am Nasensattel. Aber er bezahlte. Er zitterte und zahlte. Er wurde blaß und zahlte. Er wollte schließlich einen Schuldschein geben, weil er kein bares Geld mehr hatte. Adrian verlangte Hartgeld und keine Schuldverschreibungen. Da mußte einer seiner Reiter in den Gasthof »Zu den Hechten«, um eine Geldkassette herzu= schaffen. Es ging weiter!

Die Tulpisten johlten!

Adrian nahm jede Zwiebel und wog sie auf der eigenen Waage nach. Er untersuchte sie mit seiner Lupe, schlug seine Bücher auf, verglich nach seinen Zetteln. Und Crispin van den

Valckert bot und zahlte. Er war fast heiser, seine Lippen beb=ten, seine Augen fieberten vor Wut und Haß. Nur Zwiebeln oder Geld vermochte er noch festzuhalten. Er konnte nicht zurück, weil er des Lebens nicht mehr sicher war, solange noch ein Gulden in seinem Kasten schepperte. Er mußte weiter=bieten! –

Das war die Quittung auf die Unterredung in den »Hechten«. Denn gegen Unerbittlichkeit gibt es nur Unerbittlichkeit! Ach, es war grausam, wie ein Henker auf diesem Platz zu stehen und zu geifern. Adrian litt mehr darunter als Crispin van den Valckert; aber gab es einen anderen Ausweg? »Er oder ich« – das war die Wahl. »Er oder wir!« – Mit diesem bitteren Be=wußtsein kämpfte Adrian das Mitleid in sich nieder. Er zwang den Crispin van den Valckert, sein Vermögen zu verschleudern, und gab es offen zu, als die Kassette ebenfalls geleert war. Das schien der Wendepunkt zu sein.

Herr van den Valckert tat auch jetzt noch so, als sei der Han=del, den ihm Adrian diktierte, ein ergiebiges Geschäft, obgleich er sich vor innerem Aufruhr kaum zu halten wußte. Mit einem qualvoll abgepreßten Lachen hob er schließlich seine Kiste hoch, um anzuzeigen, daß sie leer sei. Da fragte Adrian: »Wie steht es nun mit Schuldverschreibungen?«

»Ein Schröpfkopf seid Ihr!«

Seine Wut war Ohnmacht.

Adrian bot ihm gelassen an, jedweden Schuldschein über jede Summe anzunehmen, wenn man sich durch amtliche Papiere überzeugen könne, wer er sei.

Das weckte neuen Jubel.

»Denn seht, Mynheer«, ließ Adrian nicht locker, »unsere ganze Stadt ist hergekommen, Euch die schönsten Tulpen für schnödes Geld zu opfern. Morgen könnte es zu spät sein!«

Das war Hohn und wurde auch als Hohn verstanden, sowohl von den Tulpisten als von Crispin van den Valckert. Er zitterte vor Wut und Schwäche. Dieser steife, rundlich satte Herr und Kaufmann, der nach seinem Mittagessen den Verdauungsschlaf des Schlemmers nicht vermissen konnte, dieser Crispin van den Valckert, der eine ganze Stadt der Armen ausgeplündert hatte, starrte plötzlich mit verglasten Augen in die Luft und schwankte. Verzweiflung hatte sein Gesicht zerwühlt. Er stöhnte. Aber hundert Blicke hingen an ihm, aber hundert Menschen warteten auf seinen Zuschlag, auf sein Nicken, auf sein Geld, auf seine Schuldverschreibungen! Er brach zusammen. Er stürzte vor dem Bürgermeister auf die Knie, laut wimmernd: »Helft mir doch, man will mich ruinieren! Ich habe doch nichts mehr!«

»Das stimmt nicht!« unterbrach ihn Adrian mit ungerührter Stimme. »Das ist gelogen, Chrispin van den Valckert, wie Ihr je und stets gelogen habt!« –

Von diesem ekelhaften Auftritt angewidert, wandte sich der Bürgermeister ab. Er habe mit dem Blumenhandel nichts zu tun, war seine Antwort. Aber Adrian hielt ihn zurück. Er möge bleiben, bat er, denn er wolle diesem Tulpenkönig eine Rechnung legen, die seit langem fällig sei!

»Mit Euch, Herr Crispin van den Valckert«, rief er laut und krempelte die Ärmel bis zum Ellenbogen, »mache ich jetzt eine Kiste auf, die Euch für unsere Stadt zur Totenkiste werden kann! – Mynheer«, frohlockte er, nun völlig frei von jeder inneren Hemmung, »wollt Ihr wohl Euch erheben?«

Irgend jemand hatte Adrian auf einmal eine Narrenpeitsche in die Hand gedrückt. Er klapperte damit und schlug sich klatschend auf die Schenkel. Er zwang den abgesetzten Tulpenkönig, auf den Tisch zu steigen, damit ihn jeder sehen könne. Dann packte Adrian die Kiste aus. Das Hafenvolk verstand, was er damit verheißen wollte, und schrie ihm Beifall zu.

Als sei hier plötzlich ein Gericht versammelt, nahm Adrian den Tulpenkönig ins Verhör. Nun zeigte sich, was Kaspar ausgekundschaftet hatte: daß Crispin van den Valckert ein Lumpenhändler im Haag gewesen sei!

Man johlte!

Und daß er nun zwei Häuser in Rotterdam besitze!

Ein Schrei des Staunens gellte aus der Menge.

Daß er sich trotzdem weigere, nun einen Schuldschein auszuschreiben, wisse man! Und daß er wie ein Hanswurst um Erbarmen flehe, habe man erlebt!

»Das alles ist Komödie!« rief Adrian. »Herr Crispin van den Valckert hat uns alle mit seinen Tulpenbüchern, Waagen, Lupen und Kurieren wochenlang betrogen und Komödie vorgespielt!« – »Ah?!« schrie das Volk. – »Er hat uns ausgepreßt!« erhöhte Adrian die Wirkung seiner Worte und erklärte mit breiter Geste: »Ich selber war in Haarlem und habe festgestellt, wie sehr Herr van den Valckert uns beschummelt hat!« – –

Er machte eine Pause.

Dann kam sein Trumpf, den er mit allem Ekel seiner echten, glühenden Empörung in die erregte Menge schleuderte: »Herr Crispin van den Valckert, Lumpensammler aus Den Haag und ungekrönter Tulpenkönig, hat uns, seitdem er unsere ehrenwerte Stadt betrat, den vierten Teil und noch viel weniger für unsere Zwiebeln hingeworfen. Viermal soviel, als wir bekamen, hat er verdient! Fünfmal soviel! Ja, sechsmal, achtmal, zehnmal! Was geschieht mit solchem Mann?« –

Herr Crispin van den Valckert hätte gegen eine aufgewühlte Meeresbrandung schreien können, daß er Wagen, Reiter, Mittelsmänner und andere Leute zu bezahlen habe – seine Stimme wäre genauso ungehört verhallt, wie sie in dem Geheul der aber hundert Menschen ersticken mußte. Steine wurden gegen ihn geschleudert. Die Tulpisten drängten an den Tisch, um ihn herabzuzerren.

Ach, es war nicht nötig, noch darauf zurückzugreifen, wie mitleidlos und unerbittlich Crispin van den Valckert gegen manchen armen Schelm gewesen war. Man wußte es! *Hier* standen jene Leute, die eine Zwiebel in der Hand und Hoffnung unterm Herzen wie eine junge Frau dem nächsten Tag entgegenlächelten, um ärmer als vorher in ihre Hütte heimzukriechen, weil dieser Mann sie kurzerhand hinauswarf!

Jetzt war die Rache da, jetzt brach die Meute aus, und wäre Adrian nicht schützend neben ihn gesprungen, man hätte Crispin van den Valckert im Himmel und auf Erden nicht mehr finden können. Man hätte ihn vor Wut zertrampelt!

Aber Adrian erzwang sich Ruhe. Er hatte vorher schon nach einer Kutsche schicken lassen, die nun vorfuhr.

Totenblaß stieg Crispin van den Valckert ein.

»Vergeßt mir Eure Tulpenzwiebeln nicht«, riet Adrian. »Ihr habt sie ausnahmsweise regelrecht bezahlt.«

Da aber war die Menge schon über seine Kisten hergestürzt und schmiß besinnungslos die teuren Tulpenzwiebeln hinter seiner Kutsche drein, die sich mit scheuen, aufgebäumten Pferden durch das Meer der Menschen und der Stimmen kämpfen mußte. –

Adrian vermochte nicht mehr, diesem Aufruhr Einhalt zu gebieten. »Luft«, sagte er, »wir haben Luft. Ich habe Luft geschafft . . .« und schüttelte den Kopf, als sei er plötzlich traurig über diesen Sieg. Dann strebte er in eine Seitengasse, gefolgt vom Weberkaspar, der sich die Hände rieb und schwelgend immer wieder wiederholte: »Oh, wie herrlich habt Ihr diesen Tulpenkönig abgesetzt . . .«

Das überhörte Adrian, weil er an andere Dinge dachte und weil unterdessen die Tulpisten um jene Zwiebeln in eine Prügelei geraten waren, die sie der Kutsche nachgeschmissen hatten.

»Nun hör einmal den Trubel«, sagte Adrian, gewissermaßen eine Antwort gebend – – »und über solche Schelme soll man nun selber Tulpenkönig werden?« –

VIERZEHNTES KAPITEL

Die Milch läuft über

Er wurde Tulpenkönig. Der »Grüne Frosch«, bisher das jämmerlichste Komparitium der ganzen Stadt, nahm seinen Aufstieg. Die unscheinbare Schenke war zum Thronsaal Adrians geworden, dessen Reiter nun Tag für Tag nach Haarlem sprengten, um die Marktberichte zu erfragen und die Zwiebeln mitzunehmen, die er eingehandelt hatte. Er verstand es, das Vertrauen der Tulpisten von Anfang an zu finden und zu wahren; ihm glaubte man, daß er für seine Reiter, Mittelsmänner und Verkäufer in Haarlem einen Abstrich an seinen Preisen machen mußte. Adrian ging auf dem hohlen Eis, wie Crispin van den Valckert auf dem hohlen Eis gegangen war. Denn es gelang ihm gleichermaßen, den Preis von Tag zu Tag herabzudrücken, ohne daß man wagte, ihm zu widersprechen. Er diktierte.

Daß er andererseits mit Crispin van den Valckert heimliche Versöhnung feierte, ging niemand etwas an. Sie beide wußten, was das Geschäft verlangte, und wenn Crispin van den Valckert das Schaf in Haarlem scheren konnte, das Adrian ihm zutrieb, konnten ihn die Hämmel nur erfreuen, die Adrian daheim schor. Sie zogen an derselben Wolle. Das war ein Friedensschluß, der nötig war, um einen Feind zum Freund zu machen. War das nicht Menschenpflicht und Sicherung zugleich?

Man brachte Adrian auch dann noch blinden Glauben und Zuversicht entgegen, als der gesamte Tulpenhandel von einer Änderung betroffen wurde, die wie ein Erdstoß wirkte und doch langsam anschlich wie eine Sandbank, die vom Meer allmählich aufgetragen wird.

Er selber wurde durch den Wohlstand in seiner früher kaum

bemerkenswerten Leibesfülle ein wenig aufgeschwemmt. Das gab ihm äußerlich den Anschein großer Ruhe; wer aber, wie Christintje, seine Augen prüfte, dem wurde offenbar, wie ungemütlich er sich fühlen mußte. Nur selten sprach Christintje noch von Josias und von der »Zuiderland«. Mit ihrer mütterlichen Seele nahm sie Anteil am Schicksal Adrians, obgleich sie wenig mehr davon erfuhr, als Adrian aus freien Stücken davon preisgab. In gleicher Weise bangte sie für Hendrik van der Maaßen, bei dem es abwärtsging.

»Du mußt ihm helfen«, sagte sie zu Adrian, der mit der Miene sachlich kühler Männer zur Antwort gab: »Wann hat er *mir* geholfen? Und überdies treibt er kein offenes Spiel. Denn im geheimen will er Tulpen kaufen, und ich weiß, daß er durch Kaspar sieben Admiral van Hoorn gekauft hat. Auf der anderen Seite hetzt er gegen uns.«

An der Küchentüre stehend, nickte er hinauf zum Fenster, wo Madame du Fresne erschienen war und seinen Gruß erwiderte. Ob es nun Absicht war, ob nicht – sie hatte, als sie Adrian erblickte, ihren Tulpenstock aufs Fensterbrett gestellt und klagte jetzt herunter: »Ich weiß mir keinen Rat mehr. Meine Tulpe trauert.«

Die schöne rote Tulpe, die Madame in irgendeiner Kneipe des Abenteuers wegen eingehandelt hatte, hing verblüht den Kopf. Obwohl Christintje warnte: »Du sollst die Augen nicht nach diesem Weib verdrehen«, hatte Adrian hinaufgerufen: »Ohne sie zu sehen, kann ich nichts empfehlen.«

Da war Madame herabgekommen, ein wenig schüchtern, wie sie immer tat, und viele Worte um die arme Tulpe machend.

Mit den Fingern prüfte Adrian die Erde, indem er fast die Zwiebel aus dem Topf hob. Dabei entging ihm nicht, daß an der Mutterzwiebel dieser wunderbaren Croonen zwei Nebenzwiebeln saßen, die den Preis der Zwiebel auf das Dreifache erhöhten. Er mußte diese Tulpe haben!

Feindselig sah Christintje der Unterhaltung zu, anscheinend ahnungsvoll erkennend, um was es ging.

Ganz nebensächlich sagte Adrian: »Die Türken, die bekanntlich die besten Tulpenmeister waren, schreiben vor, man solle jede Tulpe nach drei Jahren aus dem Boden nehmen. Das ist hier nicht nötig. Genauso aber, wie man sie nicht wässern darf, solang der Schwanz noch in der Kehle steckt, das heißt: solang der Trieb nicht aus der Zwiebel sprießt, genauso wichtig ist es, sie später ganz gewissenhaft zu wässern. Ja, die Türken sagen, daß man eine Tulpe am besten wässert, wenn man über sie hinunterpinkelt. Und *das*, Madame, das wurde leider bei Eurem hübschen Zimmerschmuck versäumt.«

Er hatte diese gärtnerischen Dinge mit dem Ernst des Fachmanns belehrend vor sich hin gesprochen. Madame war rot geworden. Christintje gab durch Zeichen zu verstehen, er solle seine Finger von ihrer Tulpe lassen. *Sie* war nicht rot geworden. Sie kannte Adrian.

Unmutig stand sie da. Begriff er nicht, daß dieses Frauenzimmer sich wie ein Zeck an Hendrik van der Maaßen hängte? Und nicht mehr daran dachte, die Fahrt nach Kopenhagen fortzusetzen? Daß ein Dutzend Segelschiffe unterdessen Kurs nach Dänemark genommen und Madame bei jedem dieser Boote schmeichelhaft und doppeldeutig in jedem Sinn beschlossen hatte: »Ich will mit einem Schiff von Hendrik van der Maaßen fahren oder nie.«? Was war die tiefere Absicht? – Lag nicht in ihrer Hand das Glück von Truus? War diese Frau nicht jetzt schon, obgleich ihr nur das Gästezimmer zustand, wie die Frau des Hauses? –

Ach, was war in Adrian gefahren? Daß er plötzlich sagen mußte: »Alles kann umsonst sein, wenn die Tulpe nicht in rechte Hände kommt!«

Wenn er sie kaufte, und er nannte schon den Preis, der hoch war – wenn Madame du Fresne mit dieser Summe zu Hendrik van der Maaßen ging, um ihn mit ihrer Großmut zu bestricken, was war dann erreicht?

Zwölfhundert Gulden hatte Adrian genannt. Das glich die Kosten aus, die sie durch ihre Gastfreundschaft verursacht hatte, und gab ihr noch das Recht, ein halbes Jahr zu bleiben. Sie konnte Hendrik van der Maaßen helfen, ihm ohne Schuldschein diese Summe leihen, großtun, ohne sich zu schaden oder zu belasten. Sie konnte ihn verpflichten, und darum ging es ihr! –

Christintje hatte wohl gehört, wie sie mit Hendrik van der Maaßen durch den Garten ging und plauderte und rechnete: »Ich weiß, daß ich Euch sehr in Anspruch nehme, Hendrik van der Maaßen.« – »Es ist mir eine Freude«, hatte er gesagt, »und wenn Ihr uns verlassen wolltet, würde ich Euch sehr vermissen.«

Er war immer herb, verschlossen und ein wenig unbeholfen, wenn es um die Wahl der Worte ging, sobald es sich um innere Dinge handelte. Er war auch gegen Truus so. Aber dieser Frau war es gegeben, mit klug verteilten Worten in alle Dinge einzubrechen und sie zu bestimmen. »Ich werde danach trachten, Euch zu entschädigen«, war ihr Entscheid gewesen. – Christintje hatte nur den Blick, der diesen Satz begleitete, nicht sehen können und auch die Röte nicht, die Hendrik van der Maaßen ins Gesicht stieg. Sie ahnte nicht, wie fein und dauerhaft das Netz geflochten war. Auch jetzt verkannte sie die tieferen Gründe, die Adrian bei seinem Handel hatte.

»Man müßte alle Tulpen in die Jauchegrube werfen«, sagte sie mit widerstrebender Gebärde. Sie schwieg auch, als Madame du Fresne gegangen war und Adrian den Blumenstock wie einen Klumpen Gold vor ihre Augen hielt. Er mußte wissen, was er tat. Sie ging an ihren Herd zurück.

»Das mit den Jauchegruben war ein gutes Wort«, versuchte Adrian sie umzustimmen, der mit den Fingern wieder gärtnerte und auf dem Stuhl saß, auf dem er früher stets gesessen hatte. »Mir schien jedoch«, begann er das Gespräch zu wenden, weil Christintje keine Antwort gab, »als ob du eifersüchtig wärest?« Das schlug besser ein.

Christintje paßte auf die Milch, die auf dem Feuer stand.

»Die ganze Art«, spann er den Faden, ohne aufzusehen, fort, »der ganze Tonfall, wie du Madame du Fresne und mich behandelt hast ...«

Christintje unterbrach ihn heftig: »Nun höre aber endlich auf zu flunkern!«

Mit den Händen in den Hüften war sie vor ihn hingetreten, eine Röte im Gesicht, die ihre Kampflust und Empörung widerspiegelte. Wenn Adrian die ganze Stadt nicht fürchtete, hier war er klein. Hier stieg die alte Welt auf, in der er nicht der Tulpenkönig war. Hier galt der Torfknecht, oder besser: er galt nicht und nichts!

Christintje, die für ihn ein Ziel gewesen war und die er fast vergessen hatte, gab nichts auf dieses Großmannstum, das andere blendete. Für sie war nebensächlich, was Adrian bedeutete, und als er ihr wie zur Entschuldigung die Nebenzwiebeln zeigte, die bei seinem Handel mit Madame du Fresne herausgesprungen waren, schrie sie entsetzt: »Dann bist du ein Betrüger! Ein jämmerlicher Gauner!« Ach, sie weinte fast. Sie fing von Josias zu sprechen an, von ihrer Einsamkeit und Hoffnungslosigkeit, von dem Versprechen, das ihr Adrian gegeben hatte, und hielt bei diesen Worten, die wie eine Frage waren, inne.

Verlegen drehte Adrian die Daumen, die von der Blumenerde schmutzig waren. »Heiraten?« griff er den Gedanken auf ... »Gewiß, Christintje, ich habe oft daran gedacht, als ich nichts anderes zu denken hatte. Aber ganz genau gesehen, mangelt mir zur Zeit die Zeit. Das ist es, und nichts anderes. Die Zeit, die Zeit, die Zeit hat mich in ihren Krallen, ja.« Beinahe singend sprach er diese Worte, weil er bemüht war, den schweren Schicksalsfragen ihr Gewicht zu nehmen, und nicht zuletzt, weil ihm die Welt in einem Maße offenstand, wie sie es nie gewesen! ...

Hatte nicht Madame du Fresne mit sehr bewußter Absicht ihr Feuerwerk der Augen sprühen lassen? Hatte sie nicht freudig zugesagt, als er sie einlud, ihn in seinem Hause zu besuchen? – Sie wird kommen, und Hendrik van der Maaßen wird es nicht verhindern können, weil alles, was sie will, nach ihrem Kopf geht! Das hat Christintje jammervoll bestätigt. Es wird ein Fest sein. Es macht aufgeräumt, daran zu denken, und schon jetzt erfindet er die Worte, die er sagen wird. – Da steht Christintje nun mit ihren Apfelbäcklein und mit Zornestränen in den Augen und begreift nicht, was alles in ihm vorgeht, daß er pfeifen kann und summen, daß ihm das Herz bis hoch zum Halse pocht.

»Ich weiß, daß du ein Dieb bist«, fuhr Christintje fort, »ein Lügner und ein Windhund.«

»Aber trotzdem bist du doch bereit, Frau Adrian van Snaar zu werden?« schnitt er pfiffig ab. Da schwieg Christintje. Nur ihre kleinen Fäuste zitterten. Wie auf dem Herd die Milch zum Überlaufen drängte, so war in ihrer Seele das Maß der Duldsamkeit erfüllt.

»Und wenn du stinkst nach Geld«, stieß sie hervor, *»ich*

werde niemals wieder davon reden, was du mir versprochen hast. *Ich* nicht!«

»Paß auf die Milch auf!« sagte Adrian.

Die Sahnenhaut der Milch war drohend bis zum Topfrand aufgestiegen und plusterte sich auf im Dampf.

»Und wenn du auf den Knien betteln kommst!«

Wie nie in ihrem Leben war Christintje aufgebracht.

»Wenn ich verdorren muß, wenn ich zur alten Kruste werde, in die kein Mann mehr beißen will ...«

»Die Milch ...«, riet Adrian erneut und fühlte doch mit hitziger Erregung, wie tief die Eifersucht in ihrem Herzen brennen mußte, wie tief die Liebe war, wenn man es Liebe nennen konnte. »Ach, die Milch!« Er mußte immer auf den Milchtopf blicken, wo bereits ein weißer Schwall herunterzüngelte und auf der heißen Platte zischend brodelte.

»Von *dir* ist hier die Rede und nicht von der Milch! Ich schmeiße dir den ganzen Milchtopf an den Kopf!« –

Gab es denn kein Entrinnen? – Wenn sich Christintje so weit ereifern konnte, daß ihr zur Seite die aufgekochte Milch verging und sie die Hand nicht rührte, um dieses kleine Unglück zu verhindern, dann war es heiligste Entrüstung! Dann gab es keinen Spott mehr!

Auf allen Seiten schwallte nun die siedend heiße Milch herunter und floß in breiten Lachen, die sich bräunlich färbten, auf dem Herd dahin.

Deshalb schritt Adrian zu einer Tat, die tausend Worte sparte. Er ging zum Herd, ergriff die Lappen, dann die Henkel des brennend heißen Topfes und hob ihn von der Glut herunter.

»So, nun kannst du weitersprechen«, versetzte er mit aller Ruhe, die ihm verblieben war, und schnickte seine Finger in der Luft. Sie waren nicht verbrannt. Er tat nur so und schnitt Grimassen, als litte er unsagbar schwere Schmerzen.

Da lief Christintje erschrocken nach Öl und Mehl und zwang ihn, die verbrannten Finger damit einzuschmieren.

»Du Tolpatsch«, sagte sie, und ihre alte Herzlichkeit brach wieder durch, als sei die Sonne aufgegangen, »du Kindskopf, du. Wenn mich die Milch nicht reut, was geht es dich an? – Man soll doch keine Männer in die Küche lassen.«

Wie leicht war es, nun alles abzubiegen und, einen Hoffnungsschimmer gebend, zu gestehen, daß man dasselbe oft sich selber vorgehalten habe. Kaspar sei kein guter Koch, und wer die guten Braten aus Christintjes Küche kenne, der müsse schon um ihrer Küchenkünste willen ewiglich in sie verliebt sein. Das schmeichelt ihr. Das läßt die Apfelbäcklein wieder glänzen und die Augen leuchten. Ach, so sind die Frauen: hassend bis zum Mord und leicht versöhnt und engelsgut, sobald die kleinste Schmeichelei in ihren Ohren klingt.

Christintje schien versöhnt zu sein. Sie blies auf seine Finger, um den Schmerz zu lindern, und wiederholte immer wieder: »So ein Tolpatsch – so ein Tolpatsch . . .« Ihr Mitleid hatte ihren Zorn besiegt. Sie war die alte, stille, mütterliche Seele, die an Josias dachte und ihn mit Adrian verwechselte, die ihrem Herzen einen Stoß gab und doch nicht hindern konnte, daß ihr Herz schon lange nicht mehr irren wollte. Nur die Vernunft war es und dennoch mehr, ein glühend trauriges Gefühl, hinauszuleben aus der Enge alter Schmerzen und sich freudig in neue Hoffnung zu versenken. Ob Adrian erriet, was sie bewegte? Ob sie es selber wußte?

Die alte Liebe zu Christintje war sein sicherer Untergrund, so fest wie echte Freundschaft, echte Liebe unausgesprochen und nie bekräftigt zur inneren Stütze wird. War sie gefährdet? – Warum denn, Adrian? Wie eine Mutter ist sie, die ihren Buben aus tiefster Seele ausschimpft, weil sie in Todesnöten um seine Laster weiß und doch ihr Herz niemals versagen kann. So ist Christintje, und so wird sie immer sein.

Nicht wörtlich, wie es dasteht, aber ähnlich dachte Adrian und trug sein Säcklein mit der Croonentulpe und ihren beiden Jungen aufatmend heim, um unterwegs schon von anderen Alarmnachrichten eingeholt zu werden.

Es war nicht wichtig, daß er Hendrik van der Maaßen traf, der mit bekümmertem Gesicht die Gracht heraufkam und seufzend über Adrian hinweg ins Leere sprach: »Ach, Adrian, ich hätte Tulpenhändler werden sollen. Jetzt ist es zu spät dafür.«

Daß ihm ein zweiter Zufall den Maler Willem in die Quere führte, war schon erregender. Er fragte ihn, wann er das Ölporträt beginnen wolle; aber Willem gab ihm plump zur Antwort, für solche Kerle sei ihm die Leinwand zu schade.

Oh, brauste Adrian gemütlich auf, weil ihm der Ton nicht fremd war und weil er sich in guter Laune fühlte, es gäbe Maler mit weit besseren Namen, die sich glücklich schätzten, einen Mann wie ihn zu porträtieren. Aber junge Hunde, die man aus Barmherzigkeit nicht gleich ersäufe, soll man ganz ruhig wachsen lassen, bis sie merkten, wie hoch der Knochen hinge. – Und Tulpenkönige, gab Willem wiederum zurück, die sich verewigt sehen möchten, würden künftig auf Schützenscheiben für Jahrmarktsbuden porträtiert, damit das Volk etwas zu lachen habe. Das möchte *er* sich merken! –

Niederschlagen, dachte Adrian, soll man die frechen Mäuler, und trotzdem setzte er sein schönstes Grinsen auf.

»Hört«, sagte er bedächtig und rieb sich an der Nase, »man braucht für manchen keine Schützenscheibe, und trotzdem hat das Volk etwas zu lachen.«

Er wollte ihm nicht drohen; aber was er meinte, wußte Willem. Wie man mit einem Augenzwinkern unter guten Freunden redet, machte Adrian die derben Spötteleien mit. Er spielte auch auf Hendrik van der Maaßen an, der allem Anschein nach vor einer Krisis stände, die Willems Zielen und Truusleins Hoffnungen (er sagte: »Truusleins«, und seine Zärtlichkeit war ehrlich) sehr zustatten käme. Aber Willem meinte, er solle sich um seine Tulpenbrüder kümmern und nicht um Truus, um Hendrik van der Maaßen oder ihn. Was zu geschehen habe, werde schon geschehen. – Nur mit dem Unterschied, flocht Adrian erbittert und ein wenig irr geworden ein, daß Hendrik van der Maaßen nicht mehr »mit dem Daumen wackeln« könne, wenn man die Lage richtig sähe.

Es war ein Streit um nichts, weil Adrian nicht wußte, wo einzuhaken war. Nie hatte Willem mit solcher Sicherheit gesprochen; nun war er plötzlich auf der Seite Hendrik van der Maaßens? Was war vorgegangen?

Betreten blickte Adrian sich um. War dort nicht Kaspar unter einem Baum und winkte? Machte Zeichen? Trat von einem Fuß unruhig auf den andern, als sei der Boden glühend heiß, auf dem er stand?

War denn auf einmal alles närrisch und nicht mehr zu verstehen? Zuerst Christintje, dann Hendrik van der Maaßen mit seiner dunklen Klage: »Jetzt ist es zu spät dafür!« War dieses

Wort nicht doppelbödig, wenn man eine innere Verbindung zu Willem schuf? –

Ach, Unsinn. Weiße Mäuse, Sonnenscheingespenster sind es, überhitzte Denkereien, weil man plötzlich hinter allem etwas finden muß. Das bringt der Fluch des Geldes mit sich. Überall ist man bedroht, wird man beneidet, weil die andern den Glanz des Glückes als böses Auge sehen und dagegenzwinkern wollen.

Gefaßt schlug Adrian die Lider wieder auf und triumphierte Willem wie unverwundbar ins Gesicht: »Nicht wahr, mein Teuerster, wenn einer eine Schützenscheibe treffen will, dann muß er schießen können? – Ich rate Ihm, es rasch zu lernen, und darauf zu achten, daß Ihm das Pulver nicht um die eigene Nase pufft.«

Mit diesen Worten wandte er sich um und ließ den Maler Willem überraschend stehen. –

Schon kam Kaspar unter seinem Baum hervor.

»Was gibt's?«

»O Gott, Mynheer, jetzt haben sie den Hundezwinger aufgemacht.«

»Man will uns also hetzen?«

»Überall geht's los.«

»Ist *der* dort auch dabei?«

Gerade um die Straßenecke biegend, strebte Willem auf das Haus von Hendrik van der Maaßen zu. So eilig war er nie gegangen, dieser Pinselschwinger.

»*Der* dort ist der Schlimmste!«

Kaspar schnaufte aufgeregt. Er hatte einen Vetter, der Lampenputzer war, der heute in der Bürgermeisterei die Dochte für den nahen Winter eingezogen und dabei erfahren hatte, was beraten wurde. Der Name Crispin van den Valckert war gefallen, und der Maler Willem hatte darauf hingewiesen, daß derselbe Crispin, den Adrian mit Schimpf und Schande aus der Stadt geekelt hatte, für diesen selben Adrian in Haarlem als Vermittler tätig sei! ...

»Welch eine Lügnerbande«, seufzte Kaspar, und tief betroffen stimmte Adrian ihm bei: »Wahrhaftig, ja, welch eine Lügnerbande.«

Das war die Schützenscheibe. Mon Dieu, so sagt Madame

du Fresne, wenn sie entsetzt ist. Mon Dieu, nun streunt ein Bluthund durch das Gäu. Mon Dieu. – Der Maler Willem, der studiert hat, ist auf Spur gegangen. Gerechtigkeit hat er studiert. Was ist hier Unrecht?

Kaspar glaubt nicht an die Lüge mit Crispin van den Valckert. Eine Lüge ist es, muß man sagen. Auch im »Grünen Frosch« wird keiner glauben, was dieser malende Phantast mit seinen schmutzig eingemischten Farben grausig hinmalt. Adrian und Crispin van den Valckert? –

Lachen wird man und den Maler Willem ans Narrenhaus verweisen! – Aber wenn er die Beweise beibringt? Hat er nicht die Advokatenschliche auf der Universität gelernt? Wenn er durch Zeugen nachweist, was er weiß und niemand ahnt? – Dann ist es nicht nur *eine* Schützenscheibe. Dann sind es zwei: er, Adrian, und Crispin van den Valckert! Dreck wird man schmeißen. Man wird in seinem Hause hausen, wie die entmenschten Spanier nicht im Flämischen gewütet haben. Man muß sich wehren! Man muß das Haus zu einer Festung machen, Falltüren bauen, Gänge brechen, einen Auslaß bauen, der weit entfernt in einen Garten mündet. Brandherde muß man legen, Wasserschleusen schachten. Jetzt bricht der Himmel ein.

»Welch eine Lügnerbande«, wiederholte Adrian, dem in Sekundenschnelle tausend Bilder und Angstgesichte durch die Seele zogen. Er wußte, daß er rot geworden war bis zu den Ohren, die ihm dröhnten und die vor Hitze glühten. Aber mit gesenktem Kopf und knirschend alle Möglichkeiten überlegend, die ihm offenblieben, schritt er neben Kaspar seinem Haus zu.

Er brachte es sogar zu einem Lächeln und sagte vor sich hin: »So, so, auf solche Weise rächt sich also unsere Mondscheinfahrt zu dritt. So, so.« –

Mit diesen Worten konnte Kaspar nichts beginnen. Weil er selber grübelte und um Erklärungen bemüht war, versetzte er mit bitterem Behagen: »Das alles tut der Willem nur, weil Fräulein Truus ein Kind bekommt . . .«

Er wollte sagen: deshalb braucht er Geld. Er will sich nützlich machen. Ich erfuhr von einem Nachbarn, daß der Maler Willem sich um ein Amt bemüht, um einen Posten. Und Hendrik van der Maaßen will ihm helfen, weil er nichts mehr ändern kann. Weil sie auf einem Boot geflohen sind, auf eurem

Torfkahn, Adrian. Man hat sie eingeholt. Zurückgeholt. Sie haben es gestanden. Sie wollten fort. Wer weiß, wohin. Die Tochter Hendrik van der Maaßens als Vagabundin, ja, das wollte sie. So groß sei ihre Liebe, habe sie gesagt, daß sie entbehren wolle, mit ihm hungern, darben, wenn es sein muß. Und das sei gewissermaßen schön von Truus ...

Noch viele andere Gedanken hatte Kaspar, aber als er sah, wie grau der große, unerschütterliche Adrian auf einen Schlag geworden war, wie seine Mienen sich verzerrten und seine Augen leer und starr ins Weite blickten; als er inne wurde, wie versteinert Adrian und doch von einem Zittern überrieselt dastand, verschlug es ihm die Worte.

»Mynheer, ist das so schlimm?« frug Kaspar schüchtern. Und Adrian schien plötzlich wie aus einem Schlafe zu erwachen, sagte, es sei viel auf einmal, was er hören müsse, aber schlimm sei nichts. Nein, auch für böse Neuigkeiten, wenn man sie früh genug erfahre, solle man dem Schicksal dankbar sein. Das mit dem Kind sei keine böse Neuigkeit, auch das mit Crispin van den Valckert nicht, zumal das eine grobgewebte Lüge wäre. Wenn allerdings sein Vetter Lampenputzer noch berichten könne, was der Bürgermeister plane, so wäre das viel wichtiger als alle Rederei. Dann müsse man Entschlüsse fassen.

Kaspar hatte mit dem eigentlichen Unheil hinterm Berg gehalten: Sein Vetter Lampenputzer, mit den Ohren mehr am Schlüsselloch als mit dem Kopf bei seiner Arbeit, hat ihm haargenau Bericht erstattet ... »Der Vetter würde sicher nichts davon verplaudern, wenn man ein paar Gulden locker mache?«

Aber Adrian verneinte.

Das war die alte Ungebrochenheit, die Kaspar wieder unterwürfig machte. Es blieb bei dem Versuch, die Schweigsamkeit des Vetters gegen bare Gulden anzubieten; er war froh, die Neuigkeiten endlich an den rechten Mann zu bringen, und das war Adrian, dem Lichterpunkte vor den Augen tanzten, dem vor Wut und Bangen der Zungenspeichel ausblieb.

Nichts weniger war vorgesehen, als daß die ganze Bürgerschaft durch einen großen Umzug mit Reden und Trompeten gegen die Tulpisten aufmarschierte. Zwei Kapellen aus Paukisten, Feldtrompetern und Trommlerbuben sollten vor dem »Grünen Frosch« ein Ständchen geben, also einen Lärm voll=

führen, der wie die Posaunen von Jericho die Mauern zum Erzittern bringen mußte. Und nicht genug damit: es war beschlossen, die größten Tulpenhändler als ausgestopfte Spottfiguren wie Vogelscheuchen auf Wagen mitzuführen. Die Schützenscheiben, dachte Adrian und sah sich schon als Strohmann auf einem Karren stehen und einen Galgen über sich. Er spuckte aus und spürte, wie sein Magen sich bewegte. Ganz übel war es ihm. –

Wenn das Gerücht die Stadt durcheilt, daß irgendwo der Hammer des Auktionators fällt, so kann der Bürger, den es angeht, seine Sachen packen. Er ist kein Bürger mehr. Der Hammer seiner Zwangsversteigerung zerschlägt nicht nur sein Glück, auch seinen Ruf. Er ist ein namenloser Armer. Über Nacht. Er kann vergehen, untergehen, wandern, tot sein. Er ist ausgestrichen.

Was Willem plante – und wie Kaspar sagte, wollte man in anderen Städten ähnlich handeln –, war ein Verruf, war eine Ehrabschneidung, wie sie grauenhafter nicht ersonnen werden konnte!

»Nur keine Schwäche zeigen«, sprach sich Adrian erbittert zu und krallte seine Fingernägel in die Hände. Er sah voraus, daß heute nacht schon eine Rotte Unzufriedener vor seine Fenster ziehen und sie zerschmeißen konnte.

Noch benahm sich Kaspar, als sei er nicht zu Ende.

»Und was noch?«

Sie lehnten jetzt an einer Mauer und schauten beide auf das dunkle Wasser, in dem bereits die ersten braungefleckten Blätter schwammen. Bald mußten Stürme kommen, der tosend kalte Herbstwind, der die Ziegel klappern und die Bäume ächzen läßt. Die See, im Hafen still gefangen, wird plötzlich aufgewühlt und wirft die kleinen Boote auf das Land. Es wird am Tage grau und finster in der Nacht sein. – Ist das die Zukunft auch im Leben? –

Wenn man in Haarlem und in Groningen, in Amsterdam und Utrecht und überall im Niederländischen den gleichen Umzug macht, wo ist dann eine Rettung? Wenn man die Tulpenhändler aus der Stadt jagt, sie ehrlos macht, wie fremde Hunde aus den Gassen scheucht, was dann? Es war nicht auszudenken.

Wenn Truus ein Kind bekam, so wußte Hendrik van der Maaßen alles, und wenn er Willem helfen wollte, so war die Heirat nicht mehr fern. Schon wieder fiel ein dürres Blatt vom Baum. Warum hat ihm Christintje nichts gesagt? Sie wußte sicher alles. Denn ohne Grund ist dieser tiefe Zorn nicht in ihr aufgeflammt. Bestimmt hat Truus mit ihr gesprochen. Wo nahm sie sonst die Worte und Verdächtigungen her?

Ach, alles Denken geht im Kreis, und wo man sucht, ist Nebel.

»Und was noch?«

Der Weberkaspar hatte lang gedruckst und zögerte auch jetzt mit seiner Antwort. War denn das Maß nicht voll? Hat Willem nicht genug der Teufeleien ausgedacht?

»In Haarlem« – quetschend brachte Kaspar eine Silbe nach der andern vor –, »in Haarlem wollen sie den ganzen Umzug vor den Häusern brüllen lassen, in denen reiche Tulpenhändler wohnen. Und bei uns – will man – vor Eurem Haus, vor meinem Haus, dasselbe tun. Dann werde ich mit Euch in einen Sack gesteckt.«

»Wieso?«

»*Mein* Haus . . .«

»Mein Haus!« schlug Adrian den Satz ab.

»Aber doch mein Elternhaus!«

»Gewiß, dein Elternhaus. Macht das dem Haus wohl etwas aus?«

Mit offenem Mund sah Kaspar auf.

»Mein ehrenwertes Elternhaus . . .«, begann er wieder; aber Adrian ließ ihn nicht weiter jammern. Er sagte ihm, daß er der Hausherr sei, er, Adrian, und niemand sonst! Er werde dafür sorgen, und das sei keine Sorge, daß man sie beide nicht verwechsle! Und überdies: er wüßte nun genug der Neuigkeiten. Er hätte keine Angst, und wenn er, Kaspar, zu ihm Vertrauen habe, so könne er beruhigt sein. »Ja«, sagte Kaspar kleinlaut, Vertrauen habe er. Daß er so ängstlich sei, das könne er ja selbst ermessen. Sein Vetter Lampenputzer hätte schließlich nur berichtet, was man wissen müsse. Und man solle auch für böse Neuigkeiten, wenn man sie früh genug erfahre, dem Schicksal dankbar sein.

Das sei er, dankte Adrian und war befriedigt, weil Kaspar

seinen eigenen Satz fast wörtlich angewendet hatte. Ja, das sei er.

Nachdem er sah, daß Kaspar zuversichtlich war, stieg auch sein eigenes Selbstvertrauen wieder, obwohl er sein Gehirn zermarterte und nichts herausfand, was ihn hätte retten können. Eine schlimme Nacht stand ihm bevor, und schlimme Tage würden folgen. Das war gewiß. Und dennoch sagte er zu Kaspar: »Mag nun kommen, was da will: wir müssen heute abend eine schöne Tafel decken. Madame du Fresne wird deinem ehrenwerten Elternhaus die Ehre geben.«

Und wieder machte Kaspar Augen, als seien ihm die Schuppen davor abgefallen. –

Wie Adrian dem Sturm entgegensieht und mit Madame du Fresne vor leeren Schüsseln zu Abend speist. Noch legt er eine Schlinge; aber ob sie nützen wird, ist unbestimmt

Es galt zu überlegen, wie Madame du Fresne bewirtet werden mußte, wie man die Tafel deckt und wie man sie empfängt. Es müssen schwere Leuchter auf den Tisch mit Kerzen. Kaspar soll das Essen aus dem Gasthof »Zu den Hechten« holen. Den Wagen soll er nehmen. Geschirr soll man ihm leihen. Adrian van Snaar ist gut dafür. Er hat im Gasthof »Zu den Hechten« oft gegessen in der letzten Zeit und dort den Platz von Crispin van den Valckert eingenommen. »Aus dem Sinn mit ihm!« rief er sich zu. »Es dürfen keine Fratzen um den Tisch erscheinen.« Und Madame bekommt den Schuldschein unter ihrem Teller. Und wenn sie fragt, wird man ihr sagen: »Oh, mon Dieu, Madame, mein Name ist so sicher wie der Schein. Das bare Geld ist rar. Wir werden künftig überall nur Scheine handeln und keine Tulpen mehr. Das ist in vielen Städten so und geht sehr gut. Seht doch das Haus! Ist es nicht Pfand genug für dreie Eurer Tulpen?«

Von Selbstgesprächen übervoll, ging Adrian durchs Haus. Er hatte auf dem Boden nichts zu suchen, aber trotzdem stieg er durch die Luke, als prüfe er, ob man auf Nachbardächer flüchten könne.

Er kletterte hinunter in den Keller und klopfte an den Wänden. Zum ersten Male betrat er den festgestampften Boden, sah durch die Kellerlöcher auf die Straße, auf Holzpantinen, Weiberröcke, Menschenbeine. Hier war kein Ausweg. Wenn man aber die Kellertüre, die nahe an der Eingangspforte lag, heimtückisch offenließ, so wurde dieser Kellerraum zu einer Falle, in der sich jeder Fremde Kopf und Kragen brechen konnte. Im übrigen erstreckte sich der Keller bis zur Werkstatt, die an einen Wassergraben grenzte. Dort war ein Fluchtweg. Denn wenn man aus dem Werkstattfenster in den Graben sprang, war an Verfolgung nicht zu denken. Viel Wasser war im Graben.

Adrian entdeckte, daß der Ausguß wie bei einer Schleuse durch den Druck von außen abgeriegelt wurde. Hier stand ein großer Waschtrog, wo die Weber vermutlich ihre Stoffe aus=gewaschen hatten. Das Wasser, das sie brauchten, ließen sie aus dem Kanal durch eine Maueröffnung in die Wanne laufen, die im Nu gefüllt war. Man brauchte nur den Schieber aufzu=machen, um dem Wasser den Eintritt in die Kellerräume zu ermöglichen und sie zu überschwemmen. – Das ehrenwerte Elternhaus des Weberkaspars, ein Haus wie alle, war vor=trefflich eingerichtet! – Adrian beschloß, noch heute abend das Burgverlies des Kellers aufzumachen! Dann mochte das Gesindel kommen, dessen Toben er jeden Augenblick er=wartete.

Er hatte Geld im Haus. Die Seemannskiste, die aus Haarlem stammte, war bis obenhin gefüllt. Sie wog sehr schwer. Und wenn auch Decken, Säcke, alte Kleider auf ihr lagen, um sie den Blicken unerwünschter Gäste zu entziehen – wer da kam, um Geld zu suchen, der fand die Kiste.

Jetzt führte Adrian den Einfall aus, der ihn schon lange be=schäftigt hatte. Das Geld vergraben, sagte er, hat keinen Zweck. Wenn aber jemand meine Kiste will, bedroht er mich. Ich will mich mit der Kiste wehren.

Eine schlimmere Waffe als der Türkensäbel, den Adrian zum Greifen nahe an der Wand bei seinem Bett befestigt hatte, schlimmer als die Dolche, Messer und die Pulverpfannenbüchse, die er wie ein Arsenal des Totschlags in seinem Schlafraum an=geordnet hatte, sollte diese Seemannskiste werden. Die Erfin=dung war so einzigartig und so schaurig, daß Kaspar sich nicht mehr getraute, das Zimmer zu betreten. Sie war ganz einfach: Die Kiste schwebte, durch einen Flaschenzug gehalten, über jedem, der die Türe in den Schlafraum öffnete. Vergaß er frei=lich, vor seinem Eintritt einen unscheinbaren Hebel zu bedienen, so sausten an der Decke die Seile über ihre Rollen, und die volle Kiste wuchtete mit ihrem ganzen Schwergewicht herunter.

Wehe dem, der diesen Hebelgriff vergaß! Er war zermalmt, zerquetscht, ein Häuflein Dreck, erschlagen durch sich selbst! –

Es war satanisch, eine solche Waffe auszudenken; aber war es weniger satanisch, den Reichtum eines anderen zu begehren, den jener andere sich nur schaffen konnte, weil er klüger war? Von Dummen sind die reichen Länder übervölkert und die armen ohnedies. Zwar: wer gescheit ist, braucht zugleich nicht reich zu sein. Gescheitheit, Klugheit, Schönheitssinn sind Weltgeschenk genug, oft eine Last, ein Unglück; aber wer bewußt mit seiner Seemannskiste lebt, der schützt sie auch. Der muß sich selber schützen, weil er ohne Seemannskiste nichts mehr ist!

Deshalb hat Adrian sein Haus nach allen Schlichen untersucht, die zur Verteidigung und zum Entschlüpfen dienen konnten. Sein Haus war sicherer als eine Wache von Soldaten, die man mit Steinen in den Hafen treiben konnte. Eine Festung war es, gewiß nicht uneinnehmbar, aber mit den Eisenstäben vor den Fenstern und den Hinterhalten wohl dazu geeignet, die Belagerung hinzudehnen.

So dachte Adrian. Er war nicht ruhiger und dennoch für die nächste, höchste Not gewappnet. Er legte einen Gürtel an, in den er wie die Sarazenen sich kreuzende Pistolen und Messer steckte. Auch seinen Türkensäbel hing er an die Seite. Am Bodenfenster stellte er die Gabelstange seiner Flinte auf, goß Pulver in die Pfanne, legte auf die Spatzen an, die auf dem nächsten Dachfirst hockten, und schoß mit einem Knall, der ihn fast umwarf.

Dermaßen mächtig hatten ihn der Rückstoß des Gewehrs und seine laute Explosion beeindruckt, daß er glaubte, es hätte ihn zerrissen. Seine Schulter schmerzte, als sei sie nicht mehr da. Und außerdem roch alles nach dem Pulverdampf. Er kam erst wieder zu sich, als Kaspar polternd in die Bodenkammer stürzte und die Hände rang: »Mein Gott, was habt Ihr nur getan?« – »Das war zur Probe«, hauchte Adrian und wischte mit dem Ärmel sein Gesicht aus. Und hoch verschnaufend setzte er hinzu: »Ich hätte nie gedacht, daß diese Büchse spuckt wie ein Kanonenrohr.«

Als er jedoch die Leute sah, die ängstlich von der Straße aus auf seine Bodenluke blickten, schwenkte er ein großes Tuch und drängte Kaspar: »Du mußt schnell hinunter und den Nachbarn sagen, daß ich mich zum Spaß im Schießen übe. Und sage ihnen auch, wie fürchterlich die Büchse wirken kann.«

Gemeinsam trugen sie die Donnerflinte in den Hof, wo Kaspar jedem, der es wagen wollte, Feuerstein und Zunder anbot. Aber niemand traute sich, zumal er zu betonen wußte, daß Herr Adrian das Ding zwar wohl beherrsche, aber nach dem einen Schuß bereits halb krank in seinem Zimmer läge. »Und wenn der Schütze«, zog er seinen Schluß, »durch das Gewehr schon solchermaßen zugerichtet wird, wie mag es dann den Unglückseligen ergehen, auf die geschossen wird? Wenn Blei und Eisen aus dem Laufe krachen?«

Kaspar war gescheit genug, die Wirkung solcher Worte zu ermessen. Ach, nun mochten die Tulpisten kommen. Die Nachbarn würden schon berichten, welche fürchterlichen Mordwerkzeuge sich im Haus befanden. Für Augenblicke war seine Angst geschwunden.

Vielsagenden Gesichtes und mit ermahnend aufgehobenem Finger, der zum Bedenken riet, ging er ins Haus zurück, um alsbald eine weiße Schürze vorzubinden, was ihn Adrian geheißen hatte. Denn es konnte nicht mehr lange dauern, bis Madame du Fresne erschien.

Der Tisch war schon gedeckt, und während Adrian mit kriegerischer Würde die Leuchter stellte und sie entzündete, obwohl es lichter Tag war, rannte Kaspar zum Gasthof »Zu den Hechten«, um das Essen einzuholen.

Nun wollte es das Unglück, daß – kaum war Kaspar aus dem Haus gegangen – Madame du Fresne schon klingelte. Sie hat es nicht erwarten können, dachte Adrian und ließ sie zweimal an der Schelle ziehen, bevor er sich hinausbegab, um sie mit schmeichelhaften Worten zu empfangen. Er bemühte sich sogar, auf ihrem Handschuh einen Handkuß anzubringen. Sie zog den Handschuh aus.

Da küßte er mit einem lauten Schmatz ihr Handgelenk, das sie ihm lächelnd reichte.

»Es riecht hier«, sagte sie jedoch und sah sich um.

»Vielleicht nach Pulver?« wollte Adrian mit einem schnell gemachten Lächeln die Frage wenden.

Roch es wirklich? Was in der Welt vermochte ihre Nase zu beleidigen? Er hatte nie etwas gerochen.

»Ja, es riecht hier fürchterlich«, entschied sie widerstrebend noch einmal und schnupperte mit ihrem zarten Näschen. Frauen sind ein Greuel, durchfuhr es Adrian, den ihre Schnupperei fast heftiger betroffen machte als alle Dinge, die er in den letzten Stunden ertragen hatte müssen. Nun holte sie ein Fläschchen aus der Tasche und hielt es vor die Nase. War es so entsetzlich? Sie blickte ängstlich um sich. Was in drei Teufels Namen stank nur so, daß er es selbst nicht wahrnahm? – Hatte Kaspar nicht mit nassen Lappen und mit Scheuerbürsten im ganzen Haus gewütet? Verschlug es nicht den Appetit, wenn schlechte Dünste durch die Nase zogen?

»Wir lüften reichlich«, erklärte Adrian mit Schulterzucken und stieß die Türe in das Zimmer auf.

Mißtrauisch überschritt Madame du Fresne die Schwelle. Sie sah den festlich aufgebauten Tisch und übersah ihn, auch die Lichter. Nur die Suppenschüssel zog ihr Auge auf sich. Sie kräuselte die Augenbrauen und wiederholte: »Auch hier derselbe Moderduft . . .«

Schon fing in Adrian der Zorn zu schwellen an.

War sie gekommen, um ihn zu verletzen? Ist es nicht Pflicht des Gastes, eine Wohnung zu bewundern, und wenn sie einem Stall gleicht? Oder Bilder schön zu finden, selbst wenn sie schrecklich sind? Muß nicht ein Gast ans Fenster treten und neidvoll freundlich eingestehn: Ach, welch ein schöner Ausblick! Herrlich wohnt Ihr, lieber Freund!

Was tat Madame du Fresne?

Sie sagte: »Diese Silberschüssel kommt mir doch bekannt vor? Stammt sie nicht aus dem Gasthof ›Zu den Hechten‹?« Und was war Adrian gezwungen, lügnerisch zu sagen? »Ich weiß nicht, wo mein Koch die Dinge herholt.« War das der Lohn der Mühe und Verliebtheit?

Er war gewillt gewesen, den Besuch mit Heiterkeit und höflich zu empfangen, trotz der Sorgen, die ihn marterten. Nun legte er den Türkendolch beiseite und die Pistole auch. Dafür verschränkte er die Arme und nagte an der Unterlippe. Er wußte, daß er sich beherrschen mußte, und war bereit, jedwede Kränkung hinzunehmen. Wenn aber, was ja nahe lag, der

Maler Willem hinter ihren Worten steckte oder Hendrik van der Maaßen, dann konnte nur die Würde helfen, die ein Mann mit seinem Reichtum zu verbreiten hat.

Nur eine Schmähung noch, nahm er sich vor, dann werde ich sehr höflich sagen, daß ich das Haus zwar nicht erbaute, aber durch die Geistesgaben, die ich besitze, ehrenhaft erworben habe. Es ist alt; das ist bei Frauen und bei Häusern oft ein Nachteil. Und wenn sie dann verletzt ist, wird es leicht sein, mit dem Hinweis auf den Hafen, der nicht weit ist, einzulenken. Am Hafen riecht es immer. Auch alte Häuser haben ihren Schweiß. Und jeder Keller lebt von seinem Moder.

Er war gespannt, was sie nun sagen würde. — Ach, es war ja Wahnsinn, ein solches Wesen mit seinen tausend Launen ernst zu nehmen. Da rauscht es hin und knistert, zurechtgemacht und lächelnd, wie nur Puppen engelhaft verzaubern können. Anbeten muß man sie und ihre Hand erfassen und vor ihr auf den Knien seinen Schmerz herunterstammeln: Ach, Madame, ich liebe Euch, und wenn die Welt nach aber tausend Seifensiedereien stinkt! – Das wäre Wirklichkeit und Seligkeit zugleich! Und wenn sie dann noch lächeln sollte, könnten alle niederländischen Tulpisten mit faulen Zwiebeln werfen. Auf einem Brett vom Ozean umgeben, ist solcher Segen in der Brust gewaltiger als Tod und Untergang.

Er stürzte von Empfindung zu Empfindung, wie die Gedanken rasten, wie das Licht im Zimmer wechselte, weil rasche Wolken die Sonne von Zeit zu Zeit verfinsterten. Er, Adrian, und sie, Madame Louisette du Fresne, allein in diesem Haus – war eine schlimmere Prüfung denkbar? – Segelschiffe, die sich auf dem leeren, blanken Meer begegnen und mit aufgezogenen Segeln auf die nächste Brise warten, liegen sich nicht anders gegenüber. Sind es Freunde oder Feinde? Werden sie, wenn plötzlich Wind aufkommt, die Stückkanonen sprechen lassen oder mit dem Rammsporn in die Flanke kreuzen? Winken können sie! Und Flaggen kann man zeigen. Rufen kann man und gemeinsam fluchen, weil die Flaute ein verlorener Tag ist. Aber tatenlos und teilnahmlos den anderen raten lassen, ist halb Verrat.

Madame du Fresne war mit sich selbst beschäftigt. Einen Spiegel suchte sie und fand ihn nicht und sagte mit dem Aus=

druck eines Menschen, der etwas nicht verstehen kann, was er versteht: »Natürlich fehlt die Frau in dieser Höhle.«

Nun fiel alle Spannung. Es wäre zwar ein Sprung gewesen, bei dem man sich die Muskeln zerren konnte, aber möglich wäre es gewesen, jetzt zu jubeln: O Madame, ich warte nur darauf, bis eine wahre Dame in diesem Haus die Mägde dirigiert! Christintje fiel ihm ein.

Er wurde plötzlich nüchtern. »Höhle« hatte sie gesagt. Das war Humor, war Scherz. Er wollte fragen: Wie denkt Ihr Euch die Frau, die für mich paßt? und kam nicht mehr dazu, die Frage anzubringen, weil Louisette bemerkte: »Zum Essen bin ich aber nicht gekommen.«

Er mußte denken: Weil es riecht, verschmäht sie es, zu essen. Es würde ihr nicht munden. Und neue Röte zog ihm durch die Seele. War denn alles gegen ihn verschworen? Wo blieb Kaspar mit dem Essen? – Er war schon lange fort. Das Essen war bestellt, nur abzuholen. Er konnte längst zurück sein. War es möglich, Madame du Fresne mit leeren Worten hinzuhalten, wenn sowieso kein Wort das andere geben wollte? – Kaspar wird erscheinen, im letzten Augenblick wird er die glühend heißen Kessel, Schalen, Tiegel, Näpfe mit den acht Gängen bringen, die nirgendwo so herrlich zubereitet werden wie im Gasthof »Zu den Hechten«. Ach, wie träge ging die Zeit.

Er mußte endlich, wie der Anstand es verlangte, sie bedrängen, Platz zu nehmen. Er lasse sie nicht fort. *Für sie* sei aufgedeckt! *Für sie* sei dieser Silberleuchter auf den Tisch gestellt! Er habe sich gefreut. Gott sei gelobt, sie sprach nicht mehr vom Riechen! – Er habe beste Tafelfreuden ausgesucht. Und ja: Wenn man die Kasserollen öffne, werde auch der letzte ungewohnte Dufthauch dieses ehrenwerten Weberhauses vor den Wohlgerüchen der Gaumenfreuden weichen. –

Dabei lief ihm der Angstschweiß aus dem Nacken an der Wirbelsäule abwärts. Die Schüsseln waren leer! Noch immer leer! Wo blieb denn Kaspar? –

Auf die Türe lauschend und auf jeden Schritt, der vor dem Hause hörbar wurde, dabei von einer Scheibe Schwarzbrot brechend und sie verzehrend, sprach Adrian mit seinem besten Lächeln von den Leckerbissen, die ihrer würdig wären. Auch Madame du Fresne aß Schwarzbrot.

Er hatte sie genötigt, weil es immer gut sei, vor der Suppe oder mit der Suppe einen Happen Brot zu schlucken. Das kündige dem Magen eine kommende Belastung an.

Er meinte weiter und tunkte dabei in den leeren Teller, als schmatze er von seiner Rippe Brot die Soße ab, auch beim Fasan sei es bekömmlich, den ländlich derben Wohlgeschmack des Brotes zwischendurch zu legen. Das würze den Genuß des etwas trockenen Fleisches; es gäbe ihm die Phantasie der weiten Felder, in denen der Fasan im Korn verborgen lebe. Und wenn man noch die sämig starke Brühe oder Soße mit Brot vom Teller wische – und er tat es, obgleich natürlich keine Soße da war –, so werde der erregte Gaumen wie von einer zarten Bürste noch einmal gestreichelt. Ach, das sei die wahre Wonne, aufzugehen im Vorgeschmack, im Kauen und im Nachgechmack. Er leuchtete vor Wohlbehagen über das gelungene Mahl, und auch Madame du Fresne vermochte ihre Sättigung nicht zu verbergen, obwohl auch sie nur Brot gegessen hatte.

Ob sie im Banne seiner Schilderungen den Mangel der so köstlich dargestellten Speisen nicht bemerkte, ob sie bewußt davon geschwiegen hatte — sie tat, als sei das alles ganz in Ordnung. Sie klopfte schließlich die verstreuten Brösel von ihrem Kleid und führte auch das Mundtuch an die Lippen. »Zum Nachtisch: Brotauflauf«, ergänzte Adrian und hatte schon die weißen Flocken des Brotes in den Teller eingebrockt. Er löffelte, wie man den Nachtisch löffelt, genießerisch und alle Reize eines solchen Brotauflaufes schildernd. »Na, gehst du her«, sprach er die letzte Krume an, die sich dem Löffel widersetzte, und gab ein beinahe grunzendes Geräusch von sich, als er mit Schlemmermiene den letzten Rest geborgen hatte.

Freilich war der Brotkorb leer geworden; aber auch die Teller waren wie geleckt. Nun hob Madame den Deckel des Suppentopfes auf und sagte: »Leer.« – »Vollkommen leer«, gab Adrian ihr recht und schmunzelte, weil er der Überzeugung war, daß er der Dame ein Abendessen in den Bauch gelogen hatte.

Falls sie es aber doch nicht glauben sollte, setzte er hinzu: »Ihr wißt, die Köche sind bisweilen arge Schelme. Sie glauben, *uns* zu überlisten, wenn sie manche Dinge bringen, die wir nicht gewohnt sind. Aber wie verdutzt sind sie, wenn *wir* sie überlisten!«

»Ja«, lächelte Madame. Und dieses Lächeln war wiederum so süß und herzbetörend, daß er sich auf die Zehenspitzen stellte, um ihrem Mund so nah zu kommen, wie es die keusche Wirklichkeit erlaubte.

Dann räumte er die Teller ab. Der Schuldschein kam zum Vorschein. Sie blickte unverständig und meinte schließlich: »Man muß bei Euch viel Phantasie besitzen.« Nun stutzte er. Sprang wohl der Wind am Ende doch noch um? Sie schob den Schein beiseite.

»Ein Schuldschein ist für mich kein Geld.« –

Das hatte Adrian erwartet, weshalb er überlegend eine Pause machte und endlich, wie sich selbst bedenkend, äußerte: »Von Hendrik van der Maaßen wäre solch ein Schuldschein leider auch für mich kein Geld. Das muß man sagen, ja. Ich selber aber wäre glücklich, wenn *ich von mir selber* eine Anzahl solcher Scheine hätte. Denn sicherer als die Silbergulden unserer Staaten ist Adrian van Snaar. Das laßt Euch nur gesagt sein!«

Es klang verletzt und war so ausgedacht. Es tat ihm wohl, sich selbst in solchen Worten zu bestätigen. Adrian war wieder Adrian. Und wenn es auch ein Trugschluß werden sollte; es war gesagt; es stärkte; es verringerte die kommenden Gefahren; es täuschte ihn darüber hin. Er, Adrian der Große, stand vor Madame du Fresne mit allem Glorienschein des Reichtums, vor dem die kleinen Bürger seiner Stadt die Hüte zogen.

Sie nahm den Schein.

Wenn sie ihn weitergab, erfuhr man, daß Madame du Fresne mit Adrian van Snaar Geschäfte machte. Gab es ein besseres Mittel, jeden Vorwurf zu entkräften, der aus dem Hause Hendrik van der Maaßens kommen konnte? – Nun stieß er die Pistole und das Messer wieder in den Gürtel. Sie fragte: »Warum tragt Ihr diese Waffen?« worauf er unter feinem Spott erwiderte: »Weil schließlich manche Leute sich unterfangen könnten, mich mit Gewalt um einen solchen Schein zu bitten, den Ihr nicht haben wollt.«

Kopfschüttelnd ging Madame du Fresne, indem sie auf der Staffel vorsichtig ihren Rock ein wenig raffte, wodurch ihr spitzer Schuh zum Vorschein kam.

Es hat sich doch sehr viel verändert, dachte Adrian, der an das erste Mal erinnert wurde, als er diesen Schuh sah. Und wieviel wird sich noch verändern? hoffte er. Als aber sein Besuch, dem er mit träumerischen Augen nachsah, längst seinem Blick entschwunden war und Kaspar, gefolgt von ein paar Tulpenbrüdern, durch die Gasse kam, erschrak er doch. Was sprachen sie so laut?

Ein Joch im Nacken, wie sie auf den Meierhöfen zum Eimertragen im Gebrauch sind, tappte Kaspar näher. Links und rechts trug er, in weiße Tücher eingeschlagen, seine Schüsseln und Behälter, in denen er das Essen aus dem Gasthof »Zu den Hechten« brachte. Er hatte schwer geladen und schien nicht nur ob seiner Schlepperei, er schien auch mit den Kerlen, die ihn laut begleiteten, zu schimpfen.

Schon hatte Adrian die Hand am Gürtel, um, wenn es not tat, mit gezogener Pistole gegen die »Empörer« vorzugehen; aber hinter einem angelehnten Fenster lauschend, hörte er, wie Kaspar ihre Seitenhiebe gut parierte. »Schlund und Gurgel sind dasselbe«, rief er, »aber unser Unterschied liegt *darin,* daß *ihr* Schnaps hinunterjagt und *wir* es besser finden, etwas Gutes zu genießen. Euch sieht man's an der Nase an!« – »Und euch am Wanst!« gab einer lachend zu. Da zeigte sich Herr Adrian am Fenster, still und wie ein ausgeruhter Bürger, der nach dem Wetter schaut, auf niemand achtend, der die Straße kreuzt, weil er's nicht nötig hat. Die Tulpenbrüder schwiegen und zogen ihre Käpplein. Das war für Adrian viel wichtiger als ein Kurier mit neuen Preisen. Er nickte kurz und ging, um rasch die Türe für Kaspar aufzumachen, der sich zunächst die Stirn wischte und dann, als ritte ihn der Teufel, mit verstopfter Nase schnupperte und konstatierte: »Es riecht hier . . .«

»Was? Es riecht? Jetzt fängst du auch noch an?« – »Man wird doch riechen dürfen?« –

Was Kaspar roch, war etwas anderes; er roch die Wohlgerüche, die Madame du Fresne zurückgelassen hatte, und er stand nicht an, die Flaschenwasser, Puder und den anderen Salbenkram der Mode als üble Stinkereien zu bezeichnen.

Er sagte, als ihn Adrian befragte, warum er sich verspätet habe, im Gasthof »Zu den Hechten« hätte ein Fremder eine Tulpe ausgeboten, eine wirkliche, leibhaftige Semper augustus! Der Bauer Vinckboons hätte sie gekauft und Haus und Hof dafür gegeben.

»Für Haus und Hof ...? Der Bauer Vinckboons ...?«

Das war sie wert, die Königin der Tulpen! Das war sie in der Hölle und im Himmel wert, in Amsterdam und in Batavia! – Sie ist die Blume, der man Throne bauen müßte, unerreicht wie ein Sternbild; Regimenter von Soldaten müssen um sie Wache stehen; und nun hat sie Vinckboons in den Händen, Vinckboons von der Mühle, den das Tulpenfieber anscheinend wie der Schlag befallen hat. Er wird sie nicht behalten! Er darf sie nicht behalten!

»Warum hast du nicht *nach mir* geschickt?«

Er war zerknirscht, und Kaspar war es auch, obgleich er eine Ausflucht nach der andern fand. Er habe doch Madame du Fresne erwartet, er, Adrian. Er mache schließlich andere Geschäfte und hole sie dem Vinckboons aus den Zähnen, wenn er wolle. Das sei doch so. Geschmeichelt nickte Adrian. Gewiß, das könne er, wenn's ihm beliebe. Und es werde ihm gelingen. Denn er dachte plötzlich an Hendrik van der Maaßen, der sie unbesehen kaufen würde.

»Du bist ein Dummkopf«, sagte Adrian zu Kaspar und pochte ihm mit seinem Fingerknöchel an die Stirne. »Die Tulpe bringst du nicht, das Essen bringst du. Du hast Madame du Fresne und mich betrogen. Wozu taugst du eigentlich?«

Ach, meinte Kaspar, auch der Koch vom Gasthof »Zu den Hechten« habe wie gebannt dem Handel beigewohnt. Nur deshalb sei das Essen ihm nicht ausgefolgert worden. Aber wieder einmal habe er bemerkt, wie wenig er vom Leben habe und wie tief er doch gefallen sei, nachdem er auf die Königin der Tulpen nicht mehr bieten könne. Und wenn er die Augustus nicht ertrachten dürfe, was wäre dann Madame du Fresne? Was wäre dann die Welt? – Warum Madame im übrigen gegangen sei? frug er und deckte schon die erste Bratenschüssel auf.

»Weil es in deinem ehrenwerten Elternhause stinkt!« fuhr Adrian ihm wütend übers Maul.

»Wer sagt das? Und *wer* stinkt und was?« –

»Weiß ich's? Madame hat es gesagt.« –

Da lief ein Grinsen über Kaspars Mienen, und einen Stuhl ersteigend, holte er von einem Wandbrett einen breit zerflossenen Käse, den er zärtlich ansah.

»Seht«, sagte er mit einer Freude, die eines Tulpenzüchters

würdig war, »so sehr ist diese Dame der Natur entfremdet, daß sie einen edlen Käse nicht zu schätzen weiß. Auch Ihr, Mynheer. Er ist nun völlig gar, und wenn wir nicht genug zu futtern hätten, könnte dieser Käse mich schon glücklich machen.« –

Seufzend schob er ihn zurück, zumal die Überleitung zum Abendbrot gefunden war. Er deckte auf, bei jedem Tiegel Lobpreisungen erhebend und die verschiedenen Gerichte kennerisch versuchend. Wortlos blickte Adrian ihm zu. War dieser Kaspar, überlegte er, von Anfang an so schlau und frech gewesen oder war er so geworden? Und wenn er es geworden war, lag es dann nicht an seinem Vorbild, an ihm selbst? – Wer hat ihn etwa jetzt geheißen, jede Speise vorzukosten? Oder war es eine unbewußte Aufgeblasenheit? Ein Wichtigtun, das keine Folgen hatte?

Kaspar bat zu Tisch, zog einen Kratzfuß, sagte: »Wenn's genehm ist, Mynheer, so fressen wir nun auf, was uns Madame, die rasch Verduftete, gelassen hat.«

Es mochte dieser Ton sein, der Adrian nicht recht behagte, oder die Verärgerung um die Augustustulpe, es konnte auch die Angst sein, die wieder aufgekommen war, er nickte nur mit unheilkündender Gebärde und versetzte dumpf: »Vielleicht die Henkersmahlzeit, Kaspar.«

Blieb Kaspar nicht der Bissen in der Kehle stecken? – War er so verworfen oder abgebrüht und furchtlos, daß er ruhig weitermampfen konnte, um breit zu sagen: »Ach, Mynheer, ich war so schön im Schwelgen, da malt Ihr mir den Teufel an die Wand!«

»Nein! Nein!« beharrte Adrian auf seinen finsteren Gedanken. »Der Teufel wird heut nacht durch unsere Fenster hupfen und dir auf das vollgeschlagene Bäuchlein pochen.«

Adrian verkannte nicht die Leckerheit des Mahles, die augenreiche Suppe, in der das butterweiche Ochsenmark herumschwamm, den zarten Fisch, der weiß wie frischer Schnee aus seinen Gräten fiel, die gelbe Buttertunke, die Kaspar mit verzücktem Ausdruck auf den Fisch goß.

Da zeigte Kaspar den Fasan und wetzte schon das Messer am Tellerrand.

»Man soll das Trinken nicht vergessen«, unterbrach er sich

und machte eine zweite Flasche auf, Glanz im Gesicht und in den Augen und um den Mund mit Fett beschmiert. Es war ein Fest für ihn. Er knäuelte das weiße Tuch zusammen, das er um den Hals gebunden hatte, und langte zu, als sei das Mahl für ihn allein gerichtet, als sei Herr Adrian van Snaar nicht da.

Ach, dachte Adrian, und wenn der herbe Scherz nun Wahrheit werden sollte, so bleibt ihm schließlich die Erinnerung an eine gute Mahlzeit. Laßt ihn schlemmen. –

So sehr war Kaspar mit dem Fasan beschäftigt, an dem auch Adrian ein wenig zupfte, daß er die Schelle überhörte, die hart gezogen worden war. Bestürzt sprang Adrian von seinem Stuhl auf. »Hast du nicht gehört, daß es geläutet hat?«

»Nein«, meinte Kaspar nebensächlich. »Er soll nur nochmals läuten. Und wenn es ihm nicht paßt, zu warten, könnten wir die Klingelschnur zerschneiden, denn *uns* paßt es überhaupt nicht. Prost!«

Er hob das Glas und lachte, mit den Schultern zuckend, weiter, als er schon den zweiten Schlegel zwischen seinen Zähnen drehte. Es klingelte schon wieder.

Keiner von den beiden traute sich hinauszugehen, und mit Entsetzen bemerkte Adrian, daß Kaspar dem Wein zu hastig zugesprochen hatte. Er schwankte, als er sich erheben wollte, um ihn zur Türe zu begleiten, und plumpste auf den Stuhl zurück, vor Angst dem Weinen nahe und dennoch durch die schönen Sachen, die vor ihm ausgebreitet waren, wiederum getröstet. Er sei nicht zu gebrauchen, klagte er. Es sei wohl schändlich, daß er im Anblick der Gefahr versage, aber wenn es ein Erbarmen gäbe, so möge Adrian verstehen, daß er seine Henkersmahlzeit mit letztem Appetit hinunterwürgen wolle. Das müsse man verstehen. Ja, nun sei ihm alles gleich, sein Haus, das Leben und der Rausch, mit dem er schließlich vom Teufel freundlich aufgenommen würde. Adrian bezwang sich. Er hätte Kaspar vor Enttäuschung und bitterer Wut von seinem Stuhle stoßen können; aber weil die Schelle erneut und dringlicher gezogen wurde, tappte er mit bleiern schweren Füßen auf den Gang und fragte mit seinem Rest von Fassung: »Wer ist denn da?«

Der Mann, der draußen stand, war Hendrik van der Maaßen,

der den Schuldschein Adrians herauszog und bekümmert über solchen Unsinn meinte: »Was habt Ihr angerichtet, Adrian? Was denkt Ihr Euch denn überhaupt?« – Er sei, so sagte er, nur deshalb ungehalten, weil Adrian verstanden habe, Madame du Fresne die Tulpen abzuluchsen. Es sei ihm schrecklich, sagte er gequält und finster blickend, daß Madame du Fresne zu solchen Mitteln gegriffen habe. Sie fühle sich in seiner Schuld. Das könne man verstehen.

»Demnach«, überlegte Adrian und sah bereits den Winkelzug, der ihn vielleicht die ganze Schlacht gewinnen ließ, »demnach, Mynheer, seid Ihr noch immer in schwerer Not mit Eurem Unternehmen?«

Hendrik van der Maaßen lenkte ab. Wenn er den Preis nicht bar bezahlen könne oder wolle, möchte er die Tulpe wiederhaben. Freilich sei die Summe, die er geboten habe, geradezu verlockend.

Nun sah er durch die Türe, wo Kaspar an der Schwarte eines Wildschweinbratens metzelte.

Es ließe sich anscheinend von den Tulpen leben, fuhr er fort, und Adrian erwiderte: »Ich kann nicht klagen, Hendrik van der Maaßen«, und weil er glaubte, daß sein unschlüssiger Besuch noch manches auf dem Herzen habe, führte er ihn abseits in ein Zimmer.

Man konnte dort im Freien auf einer hölzernen Veranda sitzen, dicht über dem Kanal, in dem sich schon der frühe Mondschein spiegelte. Man sah die treppenhaften Giebel der stolzen Bürgerhäuser, deren Lauben an das Wasser grenzten, und aus einer Schenke hörte man Musik. – Mit Absicht hatte Adrian den Platz gewählt, weil er vom Frieden seiner Bürger sprechen wollte, von der Sorgenlosigkeit, mit der die Stadt jetzt in der Nacht verdämmerte, mit der nun ihre Menschen, einer nach dem andern, ihr Abendlicht verlöschten.

Er mußte an den Lampenputzer denken, und aller Groll stieß plötzlich wie eine dunkle Quelle, die aus dem Moor hervorbricht, wieder auf.

»In diesen Frieden«, sagte er verächtlich, »möchte nun ein Mann, der nichts vom Leben, von Geschäften und von den Menschen weiß, den Zwiespalt bringen, die Verhetzung! Aus Eigennutz!«

»Wer ist das?« fragte Hendrik van der Maaßen und sah betroffen auf.

Triumph erfüllte Adrian. Er sagte, daß der Name nichts zur Sache tue, und begann von jener Zeit zu sprechen, als er für Hendrik van der Maaßen noch den Torfkahn fuhr. Er denke gern zurück, bekannte er, und habe stets empfunden, wie wohl geborgen er in seinem Dienst gewesen sei.

Und wie es seinen Bienen gehe? fragte er.

Sie trauerten, kam angenehm berührt die Antwort.

Sie fühlten mit, erklärte Adrian und spürte, wie ihm eine große Freude durch die Seele zog.

Er sagte schöne Worte von seiner Dankbarkeit und streifte seinen Handel, meinte auch, daß er sich innerlich verpflichtet fühle, ihm, Hendrik van der Maaßen, nun in seinen schweren Zeiten beizustehen.

Er habe nicht vergessen, was er ehedem versprochen habe, und er habe immer schon gehofft, ihm eines Tages ein günstiges Gebot zu bringen. Immer aber hätten ihn die eigenen Geschäfte kaum zu Atem kommen lassen. Er könne ihm wahrscheinlich auch in nächster Zeit schon eine unbezahlbar schöne Augustustulpe bringen. Er rechne stark damit. Es sei fast sicher. Eine Tulpe, die bei richtiger Veräußerung ein kleines Dorf erbringen könne. Er wolle dieses Dorf nicht. Er wolle ihn, den neugewonnenen Geschäftsfreund Hendrik van der Maaßen, auch etwas verdienen lassen. Ja, so denke er an ihn. Er reiche nunmehr gerne seine Hand, zumal er merke, daß er die Neigung habe, selber in den Tulpenhandel einzusteigen.

»Ja, die habe er, gab Hendrik van der Maaßen zu, er *müsse* sie nun haben. Er sähe eine Rettung, einen Anker, einen Leuchtturm. Und er sei ihm herzlich dankbar!

So wolle er ihm auf der Stelle mit der Tat behilflich sein, schloß Adrian die Unterhaltung und gab ihm noch den Rat, sich gleich nach Haarlem auf den Weg zu machen. Er wolle ihm die Tulpe Madame du Fresnes zurückerstatten; denn er könne sie in Haarlem noch viel teurer unterbringen. In Haarlem wisse niemand, wer er sei. – Und wie es nun mit Truus und Willem stände?

»Sie haben mich bezwungen«, nickte Hendrik van der Maaßen mit einem dünnen Lächeln.

Das sei Schicksal, meinte Adrian. – Und was denn Willem nun beginnen wolle? – Sie gingen eben durch den dunklen Werkstattflur zurück. –

Das sei noch nicht heraus. Wahrscheinlich werde er sich als Notarius betätigen, erklärte Hendrik van der Maaßen. –

Das sei nicht schlecht, gab Adrian im Dunkeln Antwort, obwohl er sehr betroffen war. Denn wenn der Lampenputzer recht berichtet hatte und wenn sich Willem als ersten Fall ihn selber auserkor, dann war zu wetten, daß er sich mit allen Mitteln und mit aller Unerbittlichkeit darein verbiß.

Wie aber nun, wenn Hendrik van der Maaßen *auch* in der Schlinge steckte, sein eigener Schwiegervater? Würde dann Herr Hendrick van der Maaßen nicht ebenfalls als strohgestopfte Puppe paradieren müssen? Der Reeder neben seinem Torfknecht? Eine Schützenscheibe mehr!? –

Die Schlinge zog sich zu.

»Ich will den Topf in ein Papier tun«, erbot sich Adrian und bat den Kaufmann, sich noch ein wenig zu gedulden. Auch neue Erde wolle er der Zwiebel geben, damit sie sich erholen könne, denn der alte Humus sei völlig ausgelaugt und ausgesogen. –

Wie es Madame du Fresne gemundet habe? fragte er, indem er in der Düsterkeit des Vorratsraumes die zwei Nebenzwiebeln mitsamt der alten Blumenerde in einen Winkel tat und neue Erde in die Scherbe füllte. Dann pflanzte er die kinderlose Zwiebel wieder ein. –

Es habe der Madame sehr gut geschmeckt. –

»Das glaube ich.« –

Er reichte Hendrik van der Maaßen die umhüllte Tulpe und zerriß den Schuldschein. –

»Nun macht es gut«, ermunterte ihn Adrian und sagte: »Ich bin stets zu Euren Diensten. Ich will auch gern die Augen offenhalten, wenn große Tulpen irgendwo zu kaufen sind. Denn mit dem Dreckzeug von Baguetten ist Euch ja nicht gedient. Ihr könnt nur groß verdienen, und *dazu* will ich helfen.« –

Er trug ihm Grüße an Madame du Fresne, an Truus und an Christintje auf und ließ dem Maler Willem sagen, die Malerei sei weniger gefährlich als die Rechtsgelehrsamkeit. Und wenn er Vater werde, solle es an einem Patenlöffel von Adrian van Snaar nicht fehlen.

»Auch *das* wißt Ihr?« kam überrascht die Frage van der Maaßens. –

»Ich weiß viel mehr«, versetzte Adrian bedeutsam.

Hendrik van der Maaßen drückte Adrian die Hand.

Er war ein wenig müde, als seien einige Jahrzehnte in sein Gebein gerieselt. Wie er aber auf die Straße trat, nahm er den Kopf hoch und ging mit festen Schritten, den Blumentopf gleich einem kranken Kinde an sich pressend, seinem Hause zu. –

Adrian sah nicht nur ihm und seinem Schatten nach, als er gedankenvoll in jene Richtung blickte. Von dort her kam auch die Gefahr!

Er überlegte sich, ob Hendrik van der Maaßen der rechte Schutz und Schild für seine Sache war.

Fuhr er nach Haarlem?

Nahm der Maler und zukünftige Notarius Willem auf seinen Schwiegervater Rücksicht, wenn er die Wagen mit den Spottgeburten der Tulpisten angeschoben hatte? –

Der Maler Willem schreit seine Pläne nicht in alle Welt. Er plant sie still, um desto überraschender mit ihnen aufzutreten. Ob heute oder morgen, bleibt sich gleich. Wenn aber Kaspars Vetter, der Lampenputzer, in seiner Gasse ausgeplaudert hat, was er belauschte, dann kann schon jetzt die kochend aufgeregte Menge vor seine Fenster ziehen und ihn steinigen! Und welcher Lampenputzer plaudert nicht?

Es war so still in allen Höfen, daß der Verrat schon in der Luft zu liegen schien. Denn immer wird es still, wenn die Belagerer sich zum Vorstoß sammeln. Sie schweigen, um hernach mit ihrem Schreien den Feind in Angst und Schrecken zu versetzen. Oder ist der Feind es nicht bereits, wenn er die Stille fühlt, die ihm das Unheil kündet?

Adrian trat in das Haus zurück. Er war benommen und trotz der Hoffnungen, die ihn bewegten, erneut von Furcht gepeinigt. Er schob die Riegel und die Ketten vor und hob die Kellertüre auf, die sich mit einem Winkeleisen an der Wand verklammern ließ.

Wer nun das Haus erbrach, der mußte schon beim nächsten

Schritt ins Bodenlose stürzen. Dann wiederum bedurfte es nur eines kurzen Sprunges, um in der Werkstatt den Wasserschieber aufzumachen und den Keller mit Wasser anzufüllen. Es war grausam, sich seiner Feinde auf solche Weise zu erwehren, sie wie die jungen Hunde zu ersäufen. Aber konnte man auf Kaspar rechnen? War Gnade von den Tulpenbrüdern zu erwarten?

Kaspar lag im hohen Lehnstuhl, als Adrian ins Zimmer trat, und schlief mit einem Leuchten im Gesicht, das Adrian erbitterte. Die Schüsseln und die Teller waren leer. Der Glanz des Fettes auf seinen Lippen und um sie herum ergänzte seinen friedlich satten Ausdruck. Seine Hände waren wie in lässigem Gebet auf seinem Bauch gefaltet, die oberen Knöpfe seines Hosenbügels standen offen. So hatte er den Magen vollgeschlagen. Er schnarchte leise, nur bisweilen von einem Aufstoß unterbrochen, der ihm durch alle Glieder fuhr. »Aufstehen!« herrschte Adrian ihn an und rüttelte an seinem Arm. Doch Kaspar grunzte nur und wehrte eigensinnig ab. Da ließ ihn Adrian in seinem Lehnstuhl liegen, ein Bild des Friedens in dieser Nacht der Schrecken, die Adrian mit Grausen vor sich sah.

SECHZEHNTES KAPITEL

Die Nacht der Schrecken

Er legte sich zu Bett und sah im Schein der Kerze die Kiste wie ein Ungeheuer über seiner Schwelle hängen. Er wagte nicht, den Vorhang seines Bettes zuzuziehen, weil er die Kiste stets im Auge haben wollte. Die Pistolen lagen neben ihm. Der große Türkensäbel hing an der Wand. Am offenen Fenster hatte er die Büchse aufgelegt. Man brauchte nur das Pulver zu entzünden. Dann blaffte sie mit ihrer Donnerstimme durch die Nacht, die scheinbar ohne Schlaf vorübergehen sollte.

Er spielte mit den Quasten, die vom schweren Himmel seines Bettes herunterhingen, und er mußte daran denken, daß auf diesem Himmel die Spinnen kriechen konnten, die seine Phantasie vergifteten. Er glaubte, einen Holzwurm aus der Lade zu vernehmen, der wie Gevatter Tod ans Ende mahnte. Ja, nun fühlte er die gleiche Stickigkeit des Hauses, die Madame du Fresne mit feiner Nase sofort gerochen hatte, die Dumpfheit und Versportheit, den Staub der Generationen, denen diese Räume schon Welt und Heimat waren.

Nur mit Bitterkeit im Munde konnte er an die Augustustulpe denken, die wie ein vielfach wiederholtes Teppichmuster vor seinem Auge schwebte. Er verscheuchte sie, weil seine Sorgen stärker waren.

Er hörte von den fernen Türmen die späten Stundenschläge und das Gemurmel fremder Stimmen aus der Gasse. Zechkumpane oder Tulpenbrüder, die ihren Weg nach Hause mit Schwatzereien füllten, hielten vor dem Haus. Sie gingen, wie sie kamen.

Aber plötzlich wurde ein Geräusch wach, das aus dem Haus

zu dringen schien, ein Rascheln und ein Tappen. Hopsten jetzt die Mäuse aus ihren Löchern auf die Stiege? Gab es Ratten? – In der Werkstatt wird es sicher Ratten geben, dachte er und hockte sich im Bett auf. Eine Katze muß man halten. Einen Rattenbeißer. Aber diese tastenden Geräusche kamen nicht vom Ungeziefer. Ratten laufen wie das huschend dumpfe Scheppern einer Kegelkugel. Mäuse trippeln, als schnurrten sie in Eile von Loch zu Loch, als spielten sie mit einer Rolle Garn. Das war ein Mensch!

Nun klappte eine Türe!

Kaspar schlief, er konnte es nicht sein!

Wer also war im Haus, wenn es nicht Kaspar war? Wo war er eingestiegen? Wann? Was wollte er? Wohin ging jetzt sein Weg? Kam er herauf? –

Nun hätte Adrian nach seinem Säbel, nach der Pistole greifen müssen. Er tat es nicht. Als er in Schweiß gebadet und mit angsthaft weiten Augen inne wurde, wie er sich gewappnet hatte, hatte er das Laken seines Bettes in den verkrallten Fäusten. Er stöhnte auf und überlegte, ob es nicht besser wäre, unters Bett zu kriechen oder sich in seine Tücher einzuhüllen. Denn wenn der Fremde nicht heraufkam, wenn es ein Dieb und nicht der Haufe der Tulpisten war, was konnte er ihm nehmen, wenn er die Kiste und dieses Zimmer nicht entdeckte, in dem er seinen Schatz geborgen hatte? Soll er doch das Haus durchstöbern! –

Die Leute auf dem Lande, die in Hütten hausen, hängen auch ihr Brot an Schnüren auf, um es vor allem Ungeziefer zu bewahren. Wer kommt auf den Gedanken, seine Geldkassette an die Stubendecke hinaufzuwinden? Daran wird der Dieb nicht denken. Er tappt und sucht und klappt und trappt und scheuert an der Wand vorbei. Er wartet. Er lauscht wie Adrian.

Die Nacht schärft alle Sinne doppelt, wenn die Angst im Blut sitzt. Mit Zähneklappern hörte Adrian die Laute aus der Tiefe. Ein schweres Schnaufen schien sie zu begleiten. Ein unterdrücktes Hüsteln, Murren, ein Gemurmel, als spräche das Gespenst mit einem andern. Es schlurrte durch den Gang. Es brabbelte. Fand es die Treppe nicht? Die Türe, die es suchte? Oder war es gar kein Mensch? War es wirklich ein Gespenst, ein Hausgeist, den Kaspar ihm verheimlicht hatte? Spukte es?

Ging hier ein Ahne um, der Kaspar, den Verschleuderer seiner Erbschaft, suchte, ihn zur Rechenschaft zu ziehen? Fand er Kaspar nicht, den Schlemmer und Verschwender, und ahnte doch, daß er in nächster Nähe atmen mußte? –

Es war aber trotzdem Kaspar selbst, dem ganz allmählich ein Rumoren durch den Magen ging, das ihn aus seinem satten Schlaf erwachen ließ. Wie ein Stück Eisen lag es in den Därmen, schob sich fort, blieb querverlagert hängen, klemmte sich und sog und zog und drückte. Er wand sich unter diesen Qualen und versuchte, seine Schmerzen zu verbeißen. Aber immer drängender und wogender ging es in seinem Bauche zu, daß er des Glaubens wurde, die Fülle seines gärend aufgetriebenen Leibes möchte aus den Lenden, aus den Hüften quellen. Dann wieder trat ein Schmerz auf, der wie der Schnitt von einem scharfen Messer war und wie ein Gürtel wirkte, der den aufgeblähten Korpus in der straffen Haut zusammenzog, als ob sie plötzlich eingerunzelt wäre. Es war nicht so. Er hatte nur Empfindungen, die ähnlich waren.

Seine Därme und der Magen glichen einem Kollergang, in dem die Steine durcheinanderpurzeln und hin und her geschüttelt werden, ohne jemals über das Behältnis hinauszukommen. Denn sein Abdrang suchte wohl nach einem Ausweg. Es war ihm aber nicht beschieden, ihn zu finden. So mühte er sich ab, durch tiefes Atemholen und indem er sich vorbeugte, dem Übel abzuhelfen. Es ließ sich nicht vertreiben. Es saß dermaßen fest, als sei in seinem Innern ein festgestampfter Leinölkuchen, der mit widerlichem saurem Beigeschmack zum Brechen reizte und es dennoch nicht erlaubte.

Dieses Magengrimmen kam von dem vielen Essen, das er nicht gewohnt war. Wer konnte wissen, ob der Fisch nicht alt, das Fleisch verdorben, die Muscheln abgelagert waren? Vergiftet konnte er sich haben, und wenn es sich gehoben hätte, wäre er erlöst gewesen. Das Schicksal schien ihm aber in keiner Weise Befreiung zu ermöglichen. Er war dem blinden Ungestüm der Krämpfe, ihrem Zwicken, Kneipen und ihrem Grollen ausgeliefert. Es gab nur eine Rettung: »Hinaus!«

Todkrank und keuchend glitt er von dem Stuhl herunter und schleppte sich zur Türe. Wie jeder Mensch im Fieber gleich einem Träumenden dahingeht, tappte sich auch Kaspar aus der

Stube. – Er wußte nichts von jener Kellertüre, die Adrian geöffnet hatte. Er strebte einer anderen Türe zu. –

Weil aber immer neue Schwindel und neue Übelkeiten ihn zu übermannen drohten und weil es dunkel war, daß man die Hand nicht vor den Augen sehen konnte, weil ihm schließlich vor lauter Weh und Ach das Wasser in die Tränendrüsen stieg und weil er letzten Endes nicht mehr sicher war, wohin er steuern mußte, schlurfte er mit Stöhnen und mit Selbstgesprächen hin und her. Das war es, was ein Stockwerk höher von Adrian vernommen wurde und was er mit den Greuelbildern seiner Träume schmückte.

Schon immer hatte Adrian verwünscht, daß seine Phantasie so über alle Maßen wuchernd war, daß sie ihm tausend Gaukelbilder vor der Nase schweben ließ, wo *ein* genaues Bild der Wirklichkeit ihn zur Genüge unterrichtet hätte. Auch jetzt erhob sich aus der Unterwelt der Träume ein Reigen von Gespenstern und Gestalten, den er nicht bannen konnte, und er sprach sich zu: »Ein Mensch mit viel Gefühl hat viele Träume; aber viele Träume sind wach erschlossene Gesichte, und wer sie hat, lebt immer mit dem Alpdruck großer Angst.«

Er hätte handeln müssen, schreien, schießen, stechen, in die Tiefe stürmen – und er streckte, weil ihn die Vernunft auf einmal überkam, bereits den nackten Fuß vor –, da trat ein Ereignis ein, das ihm das Blut in allen Adern stocken ließ . . .

Ein markerschütterndes Geschrei drang plötzlich aus der Tiefe, das wie ein Notschrei eines Überfallenen war! Mit einem Aufschrei hatte es begonnen; nun klang es wie der höchste Jammer eines Menschen, der unter schlimmsten Folterqualen verzweifelt nach Erbarmen schreit! Es brach nicht ab! Es war, als drehe man dem Unglückseligen den Spieß im Leibe um, als werde er gesengt, gestochen und gerädert. Dann schlug es in Gewinsel um, in Weinen, heulte plötzlich wieder auf und eilte über alle Lagen seiner Stimme, vom fast ersterbenden Gewimmer bis zum geballten und mit aller Kraft herausgebrüllten Hilferuf. –

Verstört war Adrian aus seinem Bett gekrochen. Er wagte nicht, laut aufzutreten, und hüllte sich, als wäre es ein Schuppenpanzer, in sein Leinentuch. So schlich er bebend an die Türe, horchte, fühlte alle Schauer der kühlen Nacht und seiner Angst ihn laut durchjagen. Er hatte unter seinem Betttuch nur das Nachthemd und Pantoffeln an. Verstummte das Geschrei nicht? –

Er griff nach der Pistole und nahm den Sarazenendolch vom Nachttisch.

Kam denn keine Rettung?

Gab es keine Nachbarn, die zu Hilfe eilen mußten?

Niemand regte sich. Das Schreien währte fort!

Er war dazu verurteilt, dem Schrecken selbst die Stirn zu bieten, allein dem unbekannten Plünderer vors Gesicht zu treten, der vielleicht wie er Pistolen hatte und besser schoß. Ach, Elend – dazu hat man sich ein Haus erobert, um sein Leben gegen Nachtgesindel auf das Spiel zu setzen? Muß das sein? – Es muß! –

Ganz leise machte er die Türe auf und sicherte. –

Das Schreien kam vom Keller, und tief befriedigt stieg in Adrian die ihn erlösende Gewißheit auf, daß der Verbrecher durch den Schacht der Kellertüre hinabgepurzelt war. Es hatte sich gelohnt! Ja, mochte er da drunten röcheln und vergehen! Mochte er ersaufen!

Adrian sprang in die Werkstatt, die gellend heiseren Hilferufe des Gefangenen seines Kellers in den Ohren, und riß den Schieber auf! – Er hörte mit dem Ingrimm eines Feiglings, der durch List zu siegen weiß, die Wasser in den Keller rauschen und stellte sich befriedigt den Todesschrecken, die Bestürzung, Angst und nicht zuletzt den Wahnsinn des ihm rettungslos Verfallenen vor, der drunten in der Finsternis vergehen mochte.

Nun schrie er wieder lauter, vermutlich, weil die Wasserbächlein wie ein Heer von Schlangen gegen ihn geplätschert kamen, weil es seinen Hosenboden näßte, weil er, wenn er sich erhob, die Wasser stetig steigen fühlen mußte, weil es ihm die Schuhe füllte, die Hosen bald erreichte, die Waden kalt umspülte und weil die höhnische Musik des Wassersturzes, der in den Keller sprudelte, nicht enden wollte.

Das war Adrians Berechnung: ein grauenhafter, kalter Untergang, der nicht zum Tode führen mußte, weil er innerlich bereit war, den durchnäßten Sünder beim letzten Japsen der Erschöpfung aus der Flut zu ziehen. –

Jetzt vollzog sich jene Überschwemmung, die Adrian erklügelt hatte, wie zur Probe gegen die Tulpisten. Es mochte *einer* sein, es mochten *zwei* sein, die im Verlies dem nassen Tod entgegensahen. Keiner würde nochmals wagen, in Adrians Behausung einzudringen!

Schrie der Übeltäter noch? –

Dumpf gurgelte die Flut im modrigen Gewölbe. Mit einem Stecken maß Adrian die Tiefe. Das Wasser mußte einem Menschen seiner Größe bereits bis an die Schenkel gehen und das Gesäß erreichen.

Der Unbekannte rief immer noch um Hilfe, aber das Geplätscher der Fluten übertönte sein Geschrei. Es war ein höllisches Gegurgel des Wasser und der Stimmen, dem Adrian ergriffen lauschte.

Ihm ahnte nicht, an wessen Qual er sich ergötzte. Er wußte nur, daß jener Schächer in der dunklen, nassen Tiefe ihm rettungslos gehörte, daß er sich nicht wehren, ja, daß er ihn morden konnte!

Es lag in seiner Macht, den Keller anzufüllen, bis ihm beim Schreien das Wasser in die Kehle drang und bis er schwimmen mußte, wenn er sich retten wollte!

Er holte eine Lampe und leuchtete hinunter in die schwarze Flut, die zäh und häßlich wie ein Tümpel im Moorland war und glucksend immer höher stieg. Noch immer plätscherte der Wasserfall am Waschfaß. War der Mann verstummt?

Vorsichtig kniete Adrian am Rand der Kellertüre nieder, wo die Treppe aus Eichenbohlen in die Tiefe führte. Dort hatte der Gefangene sich angeklammert. Im Scheine einer Windlaterne sah Adrian ganz flüchtig einen Kopf, vom Lichtstrahl überhuscht, von Schatten wieder aufgesogen. Und doch genügte dieser kurze Anblick, das Sichtbarwerden eines Ohres und der Haare, um ihn wie ein Blitz zu fällen.

»Kaspar«, hauchte er in fürchterlicher Überraschung. *»Du* bist es, Kaspar?« Und spürte seine Knie erzittern. Seine Hände flatterten. Er stellte hastig die Lampe nieder und nahm sie doch im gleichen Augenblick schon wieder auf. Kam keine Antwort? War er tot? Erschöpft? Ertrunken?

Er wußte plötzlich, daß es Kaspar war. Er kannte ihn am Strich der Haare, die immer, wie nach allen Seiten springend, aus dem Wirbel strebten und sich weder mit Pomaden noch mit Striegeln zu einem Scheitel zwingen ließen.

Kaspar röchelte. Mit vorwurfsvollen, trüben Augen sah er auf, als Adrian sich zu ihm niederbeugte, um ihn herauszuziehen. Er hatte keine Kraft mehr. Schlaff sank sein Arm zurück, als Adrian ihn aufgehoben hatte und ihm zurief: »Komm doch! Nimm dich doch zusammen!« – Kaspar hatte nichts mehr, was er zusammennehmen konnte, keine Kraft in seinen Armen und keine mehr im Kopf. Er lag auf seiner Kellertreppe wie ein unbeholfener Sack, mit dem Gesicht auf einer Stufe und die Nägel in das Holz verkrallt. Er war ergeben in sein Schicksal, mochte auch das Wasser allmählich bis zu seinem Nacken steigen. Dann würde er vielleicht um eine Stufe höher klimmen und wieder liegen bleiben. Er war müde, abgekämpft, zerbrochen und gebrochen.

»Hast du Schmerzen?« fragte Adrian.

Er gab keine Antwort.

»So sprich doch eine Silbe!«

Doch Kaspar raffte sich noch nicht einmal zu einem Seufzer auf.

Da stellte Adrian, als Bitten und Beschwörungen nichts fruchteten, die Lampe an den Rand der Luke und stieg selbst hinunter. Er legte seine Waffen, das umgeschlagene Bettuch und die Pantoffeln ab und tastete im Nachtgewand hinab, alsbald mit seinen nackten Füßen in das kalte Wasser tauchend. Er fröstelte und biß die Zähne aufeinander. Aber nichts hielt ihn davor zurück, den Weberkaspar heraufzuholen und ihn zu retten, sonst lag die Schuld an seinem Tod auf ihm!

Nun ging ihm selbst die Flut schon bis zum Knie. Er raffte seinen Hemdsaum auf, der schon ins Wasser hing und nun durchnäßt am Schenkel klebte.

Abstellen hätte man den Schieber sollen! durchfuhr es ihn. Da regte Kaspar sich zum zweitenmal.

Er blinzelte ins Licht und sah mit schrecklichstem Entsetzen die weiße Nachtgestalt dicht neben sich und über sich, als hätte sich ein Todesengel auf ihn herabgesenkt. Das war zuviel des Grauens!

Er fuhr vor ihm zurück und schlug verzweifelt um sich, schrie mit schriller Stimme: »Hilfe! Hilfe! Hilfe!«

»Ich will dich retten!« stieß Adrian hervor und griff nach ihm und wich doch selbst zurück, weil er das Gleichgewicht verlor. Denn Kaspar hatte rettungsuchend sein Nachtgewand gepackt und hielt sich daran fest. Jetzt schlug das Wasser über ihm zusammen, und während Adrian nach einer Stütze tappte und hinunterschrie: »Laß mich doch los!« verlor er selbst den Halt und glitt mit beiden Füßen aus. So stürzte er, von Kaspar hingerissen, gleichfalls in den dunklen Kellersee, in dem sie beide mit Händen und Füßen wüteten! Denn Schwimmen konnte man es nicht bezeichnen. Wie gefangene Fische in den Netzen zappeln, ähnlich kämpften Adrian und Kaspar. Sie griffen mit den Armen aus und traten mit den Füßen, daß der Schaum flog.

Der eine suchte an dem andern einen Halt; der andere wehrte sich und stieß nach ihm. Wer war bei Sinnen?

War es Kaspar, der verbissen nach der Treppe strebte und das Nachthemd Adrians nicht losließ? War es Adrian, der immer wieder Wasser schluckte und es ausspie, der komman=dieren wollte: »Auf den Rücken legen!« und Kaspar nach den Haaren langte, um ihn am Kopf herauszuziehen, und der bei jedem Wort von einem neuen Schwall des aufgepeitschten Wassers unterbrochen wurde?

Keiner schien vernünftig.

Jeder wollte sich selber und den andern retten. Dabei war es ein Ringkampf. Wenn Adrian den Kaspar vom Rücken her umhalste, drückte Kaspar ihm das Kinn zurück. Dann kam ihm wieder Wasser in die Kehle, und er mußte husten. Wenn Kaspar seinen Meister mit geschicktem Untergriff erfassen wollte, schlug ihm Adrian mit voller Hand und allem Nach=druck auf den Kopf und tauchte ihn so lange, bis Kaspar los=ließ!

Dieses Rettungswerk war fürchterlicher als die drohende Gefahr des Untergehens und Ertrinkens. Es kam hinzu, daß Kisten, Bretter, Körbe und was sonst schwimmbar war, um sie herumtrieb und die Verwirrung noch vermehrte. Dieses Treib=gut ergriffen sie, um zu verschnaufen. Ja, in der Hitze der Er=bitterung hatten sie mit Kistenbrettern aufeinander eingeschla=gen, bis sie ihrer Tollheit inne wurden. Kaspar hatte endlich eine Weingeistflasche, die wie eine Tonne auf dem bewegten

Wasser schwankte, am Hals ergriffen und sie unter sich gezwängt. Sie trug ihn, obgleich sie nur den Oberkörper trug und seine Beine, wie beim Wassertritt von Hunden, beständig treten mußten. Dennoch war es eine Pause der Erholung. Als die Flasche aber sich zu drehen anfing und Kaspar seinen Halt erneut verlor, begann der Schiffbruch wieder. Vornüber war er in die schwarze Flut getaucht, die Beine ragten zappelnd aus dem Wasser und schlugen Schaum. Nun fochten seine Beine ihren Todeskampf. Er schien mit Kopf und Armen nicht mehr hochzukommen. Wasservögel, die sich gründelnd in die Tiefe bohren, kehren ähnlich ihren Sterz hervor wie Kaspar, der, wenn er länger in dieser Lage tauchte, in die Hölle fahren mußte.

Da schloß Adrian die Augen und griff blindlings zu. Er ließ die aufgeregten Beine nicht mehr aus den Klammern seiner Arme und mußte gleich darauf erleben, daß Kaspar in der Tiefe nach seinen eigenen Beinen griff. Er schrie und wankte zu der Treppe.

Da kam Kaspars Kopf zum Vorschein, schnaubend, prustend, mit den Haaren im Gesicht. Er ließ ihn los.

Und jetzt gewahrten sie, indem sie beide hochverschnaufend beieinanderstanden, jeder einer Ohnmacht nahe, jeder bis zum letzten Lungenzipfel ausgepustet, daß das Kellerwasser nur bis zu ihren Brüsten reichte! Daß sie ohne Schaden hätten stehen können und daß der ganze Kampf umsonst gewesen war. –

Sie sprachen nichts, sie ließen nur den Atem sprechen, der hart und heftig ging. Sie schneuzten sich und steckten ihre Finger in die Ohren, strichen sich die Haare aus den Stirnen, froren, zitterten.

Noch rauschte es vom Schieber her. Noch murmelte die Strömung, plätscherte das Wasser vom Kanal herunter. Deshalb nahm Adrian das Windlicht in die hocherhobene Hand, wies Kaspar an: »Hier setz dich auf die Treppe, bis ich wieder da bin!« und stapfte dann quer durch den Keller, um den Schieber vorzustoßen. Wie ein Irrlicht schwebte seine Lampe auf dem Wasser.

Der Wasserfall verstummte. Als Adrian zurückkam, lud er Kaspar schweigend auf den Rücken und trug ihn keuchend seinem Zimmer zu. Das sei noch einmal gut gegangen, meinte er. Sein Haus sei eine Festung des Verderbens. Wenn aber Wasserburgen ihre Gräben vor den Mauern hätten, hier wären sie im Hause, und das sei viel gefährlicher. Es sei ein Unsinn, nachts in einer solchen Burg berauscht herumzutappen. Das hätte er sich sagen müssen. Ob er denn nicht wisse, daß die halbe Stadt nach seinem Reichtum trachte, den man ihm nicht gönne?

Kaspar schwieg. Er wollte fragen: Habt Ihr auch die Unglückskiste über Eurer Türe festgestellt? Kann sie nicht niederschmettern? Aber weil er über alle Maßen ermattet war und kaum die Lampe halten konnte, tat er das Maul nicht auf. Es war für ihn ein rührendes und seliges Empfinden, daß der große Adrian ihn huckepack durchs Haus trug, ihn, den armen Weber, der vom Abglanz seines reichen Gönners lebte, obwohl derselbe Mann nur über seinen Rücken aufgestiegen war. So war es doch gewesen? –

Das Bad im Keller hatte Kaspar die Ernüchterung gebracht, die sich nach plötzlichen Gewittern, nach Fiebern und nach großen Schrecken einstellt. Die Seele, die bereit war, in die Ewigkeit zu springen, und schon das Rosenrot der Himmelswolken oder die veilchenblauen Feuer der Verdammnis leuchten sah, die losgelöste, irrend aufgescheuchte Seele hat zurückgefunden in den schwachen Leib.

Wer in den Tod sah oder in Gefahren blickte, ist unerbittlich, unbestechlich; er entschleiert allen Zauber, der die Wirklichkeit verbergen möchte. Er ist nüchtern und muß doch nicht herzlos sein.

Kaspar fühlte keine Schmerzen mehr. Er hatte in der schrecklichen Bestürzung den Aufruhr seines Magens überwunden, weil er ihn vergessen hatte. Er spürte nur, daß ihm der Bauch noch immer wie eine straffgespannte Trommel unterm Brustkorb hing. Das machte müde.

Aber wenn auch die Ermattung wie ein schwerer Teppich auf ihm lastete, so fand sich dennoch ein Gedanke zu dem andern, eine Überlegung fügte sich der andern an. Das kam durch die Ernüchterung des Wassers.

Die Seemannskiste hängt noch ungesichert an der Decke, dachte Kaspar, und obwohl nun Adrian zu jener Türe strebte, wurde ihm nicht angst dabei. In seinem Seelenzustand und in seinem Denken fielen die Begebenheiten der letzten Wochen und die Befürchtungen für ihre Zukunft so haargenau zusammen, daß ihm diese Stunde zur Stunde der Entscheidung wurde. Er liebte Adrian, wie man die Großen liebt, vor denen man zu schwach ist, sie zu hassen oder zu vernichten. Er war sein Knecht, sein Diener, Hund, sein Hausgeselle, der sprungbereite zweite Geist, der alles opfert, der seine Hände ihm geschenkt hat und seine Beine und den Buckel auch. Er liebt, was er verehrt, und schilt, was er verwirft. Er ist kein Ich mehr, nur ein Zwerg des Großen, der unterwürfige, geplagte Schatten, der immer da sein muß und ist.

Und nun trägt Adrian den Schatten Kaspar durch das Haus. So hat er Torf getragen für Hendrik van der Maaßen, bis er den Weberkaspar in die Hand bekam, ein wirres Lichtlein, das ein Leuchtturm werden wollte und dem er alles Unschlitt räuberte und alles Öl. Er hat sein Haus genommen und sich sein Leben unterworfen. Kaspar ist nichts mehr; er ist ein Schatten, aber auch der Schatten wird vergehen, wenn Adrian gestürzt wird. Und stürzen wird man ihn. Das weiß er. Wenn Willem seine Pläne ausführt, ist es vorbei. Dann kann sich Kaspar an eine Ecke stellen und den Hut aufheben, vielleicht an seinem eigenen Haus, in das ein anderer einziehen wird, der nicht mehr Adrian van Snaar heißt. Auf Märkte kann er gehen, und wenn man Adrian aus Haft und Schuldturm läßt, kann es das Schicksal fügen, daß sie Hand in Hand das Weite suchen, und wiederum wird Kaspar nur der Schatten sein.

Das alles dachte Kaspar und wünschte sich mit einer Lust, die weh und dennoch wohl tat, die Seemannskiste möge über sie herunterstürzen und sie zerschmettern, ihn, Adrian, den reichen Herrn, und ihn, den armen Diener Kaspar!

Mit ungetrübtem Blick erkannte Kaspar, daß die Unglückskiste drinnen schwebte, denn der Hebel stand noch auf Gefahr. Nun würde sie herunterkrachen und sie erschlagen! Sein Wunsch ging in Erfüllung! . . .

Er fürchtete den Tod nicht, dem er vor wenigen Minuten bereits die Hand geboten hatte, indem er Wasser schluckte, bis er glaubte, bis zum Gaumenzäpfchen voll davon zu sein. Er sehnte sich nach ihm, weil ihm die Hoffnungslosigkeit, die Müdigkeit und klare Überlegung den Tod als besten Richter vor dem Tor des Kommenden erscheinen ließen. In seinen bitteren Wünschen wurde die Zimmertüre zur Pforte der Entscheidung, weil sich nun und hier ereignen mußte, ob die Seele nach oben flattern oder in das Grauen der Höllenschmiede sinken würde!

Mit dem Fuß stieß Adrian die Türe auf. Er dachte nicht daran, den Hebel umzulegen. Er vergaß die Kiste; denn Kaspar war ihm schwer geworden, und noch schwerer wog die Last, die sein Gewissen niederdrückte. »In mein eigenes Bett will ich dich legen«, hatte er versprochen, »und dir heiße Wickel machen, damit du mir nicht krank wirst.« – Nun hätte man ihm selber heiße Wickel machen müssen, weil auch er durchnäßt war.

Er verhielt, als er die Schwelle überschreiten wollte. Kaspar zog den Kopf ein und neigte ihn auf das geschrägte Schulterblatt von Adrian. Kam nun die Kiste? Es knarrte in dem Flaschenzug, die Seile glitten, es schnurrte wie bei einer großen Kirchturmuhr, wenn sich die Ketten mit den Gewichten senken und der Klöppel zum Schlage ausholt ...

Kaspar betete ...

Im flüchtigen Sekundenraum der Todesspannung und der fiebrigen Erwartung dieses ungeheuerlichen Richtbeils flog sein Leben wie ein Gaukelspiel vorüber, eine Schau, die ihm das Haus mit seinen Zimmern rasch vor Augen führte, seinen Vater mit dem brillenlosen Blick des Weitsichtigen, die Mutter und einen Bruder, der als Kind schon in den Sarg gebettet werden mußte. Wie eine Himmelswiese tat sich dann ein Tulpenfeld vor seinen Augen auf, von düsteren Schwaden überhüllt, in denen man ein Kreuz gleich einem dunkelroten Sternbild leuchten sah. Dort ging ein Mann durchs Feld, ein Riese, ein Christophorus, der eine Last trug, einen Sack mit Zwiebeln, vielleicht auch einen Menschen. War das Adrian? – Er stapfte wie im Moor und warf auf einmal seine Last herunter, um befreit und weit ausschreitend in die Helligkeit der fernen Sonnenröte einzugehen! Warf er Kaspar in die Düsterkeit der Schatten?! Oder ließ er seine Zwiebeln im Moor versinken, um sich zu retten und in das Heil zu eilen? Verriet er ihn? Verriet er seine Tulpen um sich selbst?

Die Räder an der Decke knirschten noch.

Ganz finster war die Stube, und die Fenster nach der Straße hoben sich wie grau bemaltes Milchglas von dem Dunkel ab.

Ich will doch sterben, dachte Kaspar, dem die Kleider genauso patschnaß auf dem Leibe lagen wie Adrian das Nachthemd. Er fror und schlotterte und wußte, daß er blaue Lippen hatte und ein wächsernes Gesicht. Was fehlte noch, um richtig tot zu sein?

Er war es längst, weil alle seine Hoffnung tot war, weil er betteln gehen konnte. Auch Adrian wird tot sein, arm sein, ausgestoßen. Kam denn die mörderische Kiste nicht herunter, um alles auszulöschen, alles Schwanken, alle Furcht und alle Qualen?

Knecht und Schildherr stürzen in das Schlachtgetümmel, wenn die Burg verbrannt ist, wenn der Feind das Feld zerstampfte, um ein ehrenvolles Ende zu erstreiten. Sein Haus ist nicht verbrannt.

In seinem Hause wird das Wasser die Fundamente fressen. Moder wird es füllen, und die Pilze werden bis zum Dachfirst wuchern, bis Stein und Holz in allen Fugen verschimmelt und versport sind!

Ach, die Kiste senkte sich!

Er spürte, wie das Unheil über seinem Kopfe näher kam! Er sah die Stricke sich bewegen!

In das Genick von beiden muß sie stürzen! Sie ist so fürchterlich wie Maste, die der Sturm herunterschmettert! Sie hat die Kräfte eines Rammbocks in sich, der in die schwersten Tore seine Beulen schlägt! Und dann wird alles rasch vorbei sein ...

Jetzt! ...

... noch einen Kreisgang macht das Rad um seine Achse! ...

... und schon schnurrt das Seil ...

... es schnellt, vom Schwergewicht der Kiste hochgerissen, durch den Führungsring ...!

Spürt Adrian sie auch, die tückische Gefahr?

Er scheint zu lauern, wie im Schreck erstarrt.

Er hat gezuckt.

Er hufte rückwärts.

Nun keucht er, daß man es am ganzen Körper spürt.

Und zittert!

Aber seine Kiste kommt!

Es sind Sekunden und dennoch Ewigkeiten.

Sie schabt ein wenig an der Wand.

Sie fällt! . . .

Sein Reichtum, seine Gulden, die Kanten der massiven Kiste, ihre eisernen Beschläge sind sein Ende!

Sein Reichtum schlägt ihn tot.

Ratsch – macht es – ratsch . . .

. . . und ächzt wie Holz, das sich im Warmen dehnt . . .

»Mein Gott, die Kiste!! –«

Das ist Adrian, der wie ein Mensch, der einen Flintenlauf auf sich gerichtet sieht, sein Lebenslicht verloren weiß. Der sich zu Boden werfen will, der sich zusammenkrümmt!

In jeder Muskel spannt sich seine Energie!

Es ist fast übermenschlich, was er will . . .

Er schleudert Kaspar nicht herunter!

Nein!

Er federt in den Beinen! . . .

. . . und als wolle er den Schwung der Last, die ihn fast niederdrückt, mit seinem eigenen Schwung vereinen, wirft er sich aus vollem Stand längs vorwärts in die Stube! . . .

Beide liegen . . .

Kaspar ist die flackernde Laterne aus der Hand geflogen. Sie zerschepperte. Verlöschte!

Und hinter ihnen polterte die Seemannskiste mit einer Macht zu Boden, als sei ein Donnerkeil steil durch das ganze Haus gefahren, als stürzten Decken und Gemäuer mit Sturmgeheul zusammen.

Dann war es plötzlich still. –

Von einem Kirchturm tropfte ein dunkler Stundenschlag. Ein Uhr. –

War es ein Zufall? War alles ein Gespensterspuk gewesen? –

»Wo bist du, Kaspar?« fragte Adrian im Dunkeln und griff nach ihm, erfaßte aber den erhitzten Lampenschirm, der ihm die Hand versengte. Er verheimlichte den Schmerz.

»Gerettet«, hauchte Kaspar.

»Ja, gerettet«, stimmte Adrian ihm bei. Dann schwiegen sie.

Allmählich traten die Formen der Gegenstände deutlicher hervor. Die Türe war halb offen. An ihren schlaffen und geplatzten Seilen hängend lag die Seemannskiste dort, schief auf dem Kopfe stehend, wie von einer Geisterhand gehalten. Adrian kroch zu ihr hin und machte unter tiefem Schauder die Entdeckung, daß nur die Türe den verhängnisvollen Absturz der Seemannskiste aufgehalten hatte. Die Stricke und die Räder hatten, wie berechnet, ihren Dienst getan. Sie war herabgesunken, blieb aber auf der Türe hängen, die halb offen stand und so den weiteren Sturz verhinderte. Dann war an einem Ende der Strick geplatzt. Kopfüber war sie nun herabgepoltert; Adrian und Kaspar waren dem Verderben schon entronnen. –

Adrian beschloß, von dem Versagen seiner fürchterlichen Menschenfalle Kaspar nichts zu sagen, und lahmte langsam an sein Bett zurück. Er fühlte Kaspars Blick auf sich gerichtet und hieß ihn, an seiner Stelle in das Bett zu steigen. Er wolle bei ihm wachen. Er wickle sich in Decken ein und werde in dem alten Vaterstuhl die Nacht so angenehm verbringen wie auf den Daunen seines Bettes. Kaspar folgte.

Er solle beten, bat ihn Adrian, und Kaspar, der es still bereits erledigt hatte, faltete die Hände. Lautlos blieben seine Lippen. – Ob er auch ein Wörtlein für die Seele des Adrian van Snaar gefunden habe, fragte Adrian. Das habe er gewiß, gab Kaspar mit gesenktem Kopf zur Antwort. Dann sei es gut, sprach Adrian ihm seinen Dank aus.

Nein, nichts sei gut, fiel Kaspar eifernd ein, weil er an seine lästerlichen Wünsche denken mußte, die ihn bewegten, als er Adrian noch auf dem Buckel hing. Nichts sei gewonnen als derselbe alte Rock mit seinen alten Löchern! – Dann werde er ihm einen neuen kaufen, versetzte Adrian, weil er sein Gleichnis mißverstanden hatte.

Kaspar nickte wehmutsvoll. Er glaubte an das Wunder, das der Himmel an ihm vollzogen hatte und das sich nur durch einen Fehler in Adrians Berechnung vollziehen hatte können. Ihm graute aber doppelt vor den Prüfungen, die ihm die Zukunft bringen mußte.

»Alles ist vorbei«, ergänzte Kaspar die kurze Gegenrede und ließ sich in die Kissen fallen, schwer atmend und beklommen, als habe sich ein Weltgewicht auf ihn gesenkt.

»Was soll vorbei sein?« fragte Adrian.

»Nichts«, lehnte er sein Drängen ab.

»Du sollst mir sagen, was vorbei ist?!« drohte Adrian, der

andere Dinge witterte, und wiederholte seine Frage: »In drei Teufels Namen sage mir, was soll vorbei sein?«

Da wußte Kaspar keinen Ausweg mehr.

»Mein Leibweh«, sagte er.

Das war nicht wahr und trotzdem richtig; denn in der Tat war es vorbei. Es war nur eine falsche Antwort; aber sie genügte Adrian. –

Dann schliefen sie.

SIEBZEHNTES KAPITEL

Die Verschwörung auf dem Eis
Aber der Tulpenkönig erringt trotzdem einen Sieg

Es ging viel Zeit vorbei.

Am nächsten Morgen jagten sie die Enten aus dem Keller, die durch eine Luke hineingewatschelt waren und den wunderlichen Höhlensee mit ihrem fröhlichen Geschnatter füllten. Wie aus einem Bauernhof war das Geschrei durch die noch immer offene Kellertüre in das Haus gedrungen, und Kaspar mußte hohe Wasserstiefel holen, um sie aus allen Winkeln zu vertreiben. Dann fing die Mühsal an, den Keller auszuschöpfen.

Sie brauchten eine Woche, bis der festgestampfte Boden, der einem Sumpfbad glich, zu trocknen anfing.

Frost war eingefallen.

Sie verstopften alle Löcher mit Stroh und Säcken. Sie zündeten ein Feuer an, um auch auf diese Weise die Trocknung zu beschleunigen, bevor die Winterkälte einbrach, die zu erwarten war. Hellblank, von einem lichten Kreis umgeben, stand der Mond am Himmel. Das Feuer qualmte. Aus allen Löchern quoll der schwere Rauch, als habe sich ein Alchimist im Grundgeschoß des Hauses eingenistet. Fast selbst erstickend in dem beizend scharfen Rauch erdrückte Adrian das Feuer.

Der große Schachzug Willems war noch nicht erfolgt. Daß er nicht aufgehoben und nicht aufgeschoben war, trug ihm der Lampenputzer zu. Bemerkungen und das Verhalten seiner Tulpenbrüder bestärkten ihn. Fast jede Woche tagten im Rathaus Kommissionen. Von auswärts kamen Leute. Und als der Maler Willem eines Tages in einem neuen pelzbesetzten Mantel gesehen wurde, war es unumstößliche Gewißheit, daß er schon jetzt im festen Dienste jener Männer stand, die allen Tulpenfreunden den Untergang geschworen hatten.

»Geld kann langsam denken«, sagte Adrian, als Kaspar ihm die Nachricht brachte, daß man den Winter noch verstreichen lassen wolle.

Dieser Winter kam mit aller Inbrunst seiner Kälte. Er schenkte Schnee in einem Maße, daß auf den Straßen durch das Feld die Wagen steckenblieben, daß mitten in der Stadt ein Fuchs gefangen werden konnte, der sich vor Hunger eingeschli=chen hatte. Rabenschwärme kreisten um die Giebel, und ein Bauer sprach sogar davon, er habe einen Wolf gesehen.

Um diese Zeit hat niemand mehr gewagt, mit Tulpenzwie=beln in ein Komparitium zu gehen, weil sie unterwegs erfroren wären. So fand der Zettelhandel immer mehr Verbreitung. Statt Tulpenzwiebeln gab es Schuldverschreibungen. Sie wur=den ausgestellt und angenommen, ob einer Tulpen hatte oder nicht. Sie hatten ihren Geldwert und – wenn der Schuldschein zutraf – auch ihren Zwiebelwert. Wer forschte nach? Die Zet=tel wanderten von Hand zu Hand. Sie wurden ausgeboten, wie man Zwiebeln ausgeboten hatte: »Eine Admiral=van=Redern!« Und was zeigte der Verkäufer? – Einen oft gefalteten, zer=knautschten Zettel, der keine Wurzel schlagen und keine Blüte treiben konnte.

Adrian vermied es, bei diesem Handel laut hervorzutreten, weil jene Nacht der Prüfungen ihn schwer geschunden hatte und weil er anfing, alle Dinge doppelbödig anzusehen.

Er wußte, daß sich Hendrik van der Maaßen in Tulpen=händel eingelassen hatte und oft nach Haarlem fuhr. Auch in Antwerpen und Rotterdam sei er gewesen, um mit Ausfuhr=händlern nach England Geschäfte anzubahnen. Hendrik van der Maaßen brauchte Zwiebeln; ihm konnten Schuldverschrei=bungen nichts nützen. Das war auch Adrians Begründung, wenn er handeln wollte, obwohl er selber Scheine gab, obwohl er nicht nach England lieferte.

Hendrik van der Maaßen war hinter der Augustustulpe her. Soviel erkannte er aus den verdrucksten Worten des Bauern Vinckboons, der in die Mühle seines Sohnes umgezogen war und dort gleich einem irren Alb im Mahlgestänge hockte. Er sagte nicht, wo er die Tulpenzwiebel hatte, und beteuerte, er könne sie nicht zeigen. Sie sei versteckt. Und ob man nicht die Nordlandgänse höre, die Schnee und wieder Schnee aus ihren Flügeln schüttelten? – Im Frühjahr sei sie da, die herrliche Augustus, und er habe sie. Gewiß, *er* habe sie, *er*, Vinckboons! Er! Ob man das glaube!? Oder nicht!? Er, Er! . . .

»Semper augustus«, höhnte er mit einem Glucksen, das wie Rührung war. Er glich, wenn er mit schlaffen Armen auf seinen breiten Schenkeln dasaß, beinahe selber einer Tulpenzwiebel, aus der sich ohne Stengel, ohne Hals der feuerrote Kopf heraushebt, ein hektisch glühendes Gesicht, das keine Wangen, Augenhöhlen und keine Nase hat, nur rot ist, über und über rot. Er kicherte und tat den Mund nicht auf dabei. Er war zum Zwerg geworden, der auf seiner Zwiebel kauerte, der aus dem Fensterloch der Mühle auf seinen Hof hinunterblickte, der ihm nicht mehr gehörte und den er nicht mit beiden Händen umklammern konnte wie die Zwiebel. Er war glücklich, weil er seinen Wahn nicht kannte.

Würde Hendrik van der Maaßen mit diesem Irren fertig werden? Wer war sein Mittelsmann? War es so weit gekommen, daß Hendrik van der Maaßen, der in keinem Komparitium zu sehen war, ihn überlisten konnte, ihn, Adrian van Snaar?

Und wußte Willem nichts vom Treiben jenes Mannes, der sein Schwiegervater werden sollte? Wußte Hendrik van der Maaßen nichts von Willem? Wie ging das auf?

Der stille Winter, den die Jugend mit Schlittenfahrten feierte und den die Alten mit einem Gang aufs Eis vergnügt begingen, schien ohne große Taten zu verstreichen. Aber unterirdisch glühte es. Erdfeuer können Jahre brauchen, bis sich Rauch aus einer Öffnung kräuselt und bis die Flammen aus dem Boden schlagen.

Hier ging es schneller. Das wußte Adrian. Das spiegelglatte Lächeln, das ihm Willem eines Tages zuwarf, ein gefrorenes, bösartig überstrahltes Lächeln, bestätigte, was ihn nicht losließ, was ihn immer wieder bis ins Innerste erregte.

Auf dem Stadtteich, wo sich Schlittschuhläufer tummelten, war es gewesen. Auch Adrian und Kaspar wollten sich vergnügen. Sie *wollten* es und täuschten, während sie die glatten, schmalen Läufe an die Schuhe schnallten, eine Laune vor, die sie seit langem nicht mehr kannten. Sie liefen los, nicht besser und nicht schlechter als alle anderen Läufer; aber hinter ihnen lachte man.

Ein Zelt war auf dem Eis. Bier wurde ausgeschenkt. Es roch nach Bratereien. Musik war da. Und um die Kessel mit den dampfenden Getränken stauten sich die Menschen dermaßen dicht, daß bald das Eis zu knacken anfing. Dort war Kaspar seinem Blick entschwunden.

Dort war es auch, wo Adrian auf einmal Willem sah, der Schlittschuh laufend einen Schlitten vor sich herschob. Der gleiche Schlitten war es, den er selber oft geschoben hatte, er, Adrian; dasselbe Kind saß in dem Schlitten, das er mit jungenhaften Späßen durch das Gewimmel auf dem Stadtsee hin und her geschoben hatte, bis dieses Kind den Schlitten nicht mehr wollte und ohne seine Hilfe Schlittschuh lief. – Bis an den Hals war Truus in Decken und Mänteln eingehüllt, und vom Gesicht war kaum die Nase zu erblicken. Aber Adrian erkannte sie. Er mußte voller Rührung denken: Ach, nun ist das Kind zur jungen Frau geworden. Sie darf nicht schlittern. Aber sehen will sie doch den Winter, und dabeisein will sie ...

Grüßend hoffte er, sie möchte ihn erkennen. Dann stand er, seine Hände reibend, da und wußte nicht, was er beginnen sollte. Sah sie ihn denn nicht? Erkannte sie ihn doch und wollte ihn nicht sehen? –

Willem rief ihr etwas zu. Ganz nahe war der Schlitten schon. Kopfnickend und mit seinem rechten Schlittschuh stakend, gab Adrian sich einen Anstoß, um zu ihr hinzuschlittern. Aber kurz bevor er sie erreichte, bog Willem ab und fuhr zu einer Menschengruppe hin, wo er verschnaufte. Das war Absicht!

Blutrot vor Beschämung wollte Adrian entfliehen. Er spürte nicht mehr jene Schmerzen in den Knöcheln, die nach lange nicht gewohntem Eislauf immer wiederkommen, weil das Gewicht des ganzen Körpers in der Schwebe auf den schmalen Kufen ruht. Er war auch nicht betroffen über Willem, von dem er jede Kränkung mit der Fassung hingenommen hätte, mit der er die Erregung niederkämpfte, die seine dunklen Pläne gegen ihn erzeugten.

Er war zutiefst verletzt, weil Truus es war, die ihn ihre

bittere Verachtung spüren ließ und die es fertigbrachte, über ihn zu lachen.

Denn jetzt erkannte er, daß Willem das Gelächter entfacht und angestachelt hatte, das ihn verfolgte, seitdem er auf dem Eis war. Er merkte, daß man zu ihm hersah, mit den Fingern auf ihn deutete und von ihm redete. Ganz deutlich hörte er nun seinen Namen nennen. Wer weiß, was man erzählte und warum sie lachten? –

Sie durften lachen, ja! Was tat es ihm? Was macht es aus, wenn Willem in den reichen Bürgerhäusern hetzt, wenn seine eitlen Jugendfreunde und ihre aufgeputzten Schwestern ihr sinnlos dummes Lachen hören lassen?

Nur Truus darf nicht dabeisein! Truus darf den ersten Freund der Kindheit nicht mit Schimpf bedecken, nicht mit Spott belohnen! Sie darf das Herz, das immer noch mit aller Rührung an ihr hängt, nicht unbedacht verletzen! – Aber ist es nicht gerade Truus, die wie ein Mädchen von vierzehn Jahren ihre kindische Belustigung nicht unterdrücken will und kann?« –

Truus ist es! Leider ist es Truus. –

Vor solchem Lachen werden die Bilder der Vergangenheit zerrissen, wie Wolkenbilder plötzlich aufgespaltet werden, wenn ein Blitz hindurchfährt.

»*Unser* Torfknecht!« lacht sie. »*Unser* Adrian! . . .« Und schüttelt sich und biegt sich und denkt sich nichts dabei! –

Kann Truus vergessen, an wessen Hand sie ging, vertrauensvoll, wie Kinder selten, aber desto tiefer Kameradschaft schließen? Kann sie vergessen haben, wie sie Boot gefahren sind und wie es schwankte, wie sie Angst bekam und weinte und wie sie in die Arme jenes Mannes flüchtete, den sie auf einmal wie eine Spottfigur verhöhnen kann? –

Das ist die Saat von Willem! Er hat Hendrik van der Maaßen übertrumpft. Er hat das Bild des Vaters mit dem Anspruch seiner Liebe ausgelöscht. Er leitet sie. Er wird ihr seinen Namen geben, bald, in vierzehn Tagen, sagt man. Dann wird sie seine Frau sein und mit ihm lachen, über wen er will. Sie glaubt an ihn, wie alle jungen Mädchen dem ersten Mann mit Blindheit glauben und vertrauen, selbst wenn er sie vergiftet. Er hat Truus vergiftet! Er hat sie ihm entfremdet, ihm, Adrian, wie er die Tochter aus dem Arm des Vaters riß! – Er hat ihr eingeträufelt, wie ihr Weg sein muß, wie ihr Gesicht, ihr Lachen, ihre Tränen sich verändern müssen! Und *sie* glaubt ihm. – Die kleine Truus, sein Truuslein, das so zart war wie ein Engel, das so schüchtern wurde, als es heranwuchs, daß er sich nicht getraute, ihre Hand zu drücken. – Wie ein Gassenjunge war sie ein paar Jahre, und man mußte sich der Sünden fürchten, ihre Streiche väterlich zu dulden und sie mitzumachen, weil die Versuchung immer mächtiger geworden war, sie zu umarmen und maßlos abzuküssen.

Das ist alles vorbei. Der Maler Willem, der Notarius werden will und Adrian verfolgen wird, bis er gleich einem angeschweißten Wild zu Boden stürzt, hat sie in seinen Kreis gezogen. Sie macht das Kesseltreiben mit; sie muß es. Die Verschwörung des Gelächters, die Haus um Haus ergreifen wird, nimmt ihren Anfang. Alle jene Burschen, alle jene Töchter und die Väter und gezierten Mütter sind im Bund mit Willem! Sie spotten heute schon im Zeichen ihres Sieges! Sie haben Orgelmänner auf das Eis bestellt und Moritatensänger, die Tulpenlieder singen! Und das Gassenvolk der Kinder fällt im Chorus ein. Was singen sie?

»Der Zwiebelkönig Adrian
Ist König der Tulpisten;
Er schmiert die Leute alle an!
Ach, wenn sie es nur wüßten!«

Nun starrten alle, die um das Fischzelt standen, zu ihm herüber, zumal jetzt eine Kette von Gassenbuben, die sich an den Händen führten, übers Eis geschlittert kam. Sie schlossen einen Kreis um ihn herum und quäkten. Auf klumpenhaften Füßen, die mit Filz umwickelt waren, tanzte ein Bauernorgelspieler näher, der die Melodie aus seinem Kasten leierte. Nicht nur die Kinder fielen krähend ein; sie dachten sich so wenig wie die Alten: was in der Nähe stand, sang plötzlich das neuerfundene Tulpenlied, das Adrian erzittern ließ.

Er wollte fort, den Kreis durchbrechen, fliehen. Er suchte Truus mit seinen Augen, Willem, Kaspar. Half ihm niemand? War er denn dem Hohngesang der Menge ausgeliefert? Begann der Krieg? Gab es denn keine Rettung? Knarrte nicht das Eis? ...

Der See war tief. Noch war das Eis nicht stark genug, die Menschenmasse auszuhalten, die sich plötzlich im dichten Kreis um ihn zusammenrottete. Sah keiner die verräterischen Linien, die wie zarte Rillen waren und die zum Bruch des Eises führen mußten? – Immer stärker wurden sie, und wo sie sich verloren hatten, traten sie auf einmal deutlicher hervor! Je dichter das Gewimmel wurde, desto dumpfer war das Dröhnen unterm Eis, das niemand hörte! Mit knatternd hellen Schlägen fraßen sich die Sprünge in die weiße Fläche und teilten sie in unsichtbare Stücke!

Wie kabbalistische Figuren sah Adrian den weiten Teich vor seinen fieberhaft erhitzten Augen. Er sah das Meer der Schollen, das mit einem donnerhaften Schlag aus dieser spiegelglatten Fläche werden mußte.

Das war seine Rettung!

Bersten mußte dieser Eisplatz und das närrische Gezüchte in die Tiefe reißen!

Wie ein Karussell bewegte sich der Reigen der Gassenbuben, und wie ein Kirmeslied begann der Vers von vorn, sobald er abgesungen war.

Das Eis erzitterte! Es bog sich, bebte, krümmte sich und schwankte.

Fühlte niemand, daß der Boden sich bewegte, daß die dünne Kruste wie die Ackerkrume nachgab, die den Sumpf verbirgt?

Und immer neue Menschen vermehrten das Gewimmel, das Gewicht. Sie grölten mit. Sie schwankten höhnisch immer näher. Man zeigte ihm die Zunge, drehte Nasen, drohte, brüllte. Lachte Truus noch? Er sah sich um.

Sie soll sich retten, dachte er mit einem letzten Rest von schmerzlicher Beherrschung und brach sich eine Gasse, indem er alle, die ihm den Weg verstellten, zur Seite stieß.

»Ihr müßt nach Hause«, keuchte er und merkte nicht, wie ratlos und verwundert ihn Truus nun ansah. »Das Eis wird brechen«, setzte er hinzu, ganz nahe ihrem Ohr. Sie schreckte auf. Der Menschenknäuel umdrängte ihren Schlitten.

»Ein schöner Spaß«, warf Willem hin, der etwas sagen wollte und nicht wußte, was Adrian so aufgeregt hervor=

gestoßen hatte. Mit einem bubenhaften Lachen und vor Verlegenheit war Willem rot geworden.

»Heim«, sagte Truus, »rasch heim.« Entsetzlich war das Lied. »Was ist denn?« fragte Willem, der noch immer lachte.

»Ihr habt mir diesen Unsinn eingebrockt. Es gibt ein Unglück«, stöhnte Adrian, der mit verzerrter Stimme in den Lärm der Leute schrie: »Geht doch zurück! Ihr sollt zurück hier!« Niemand ging zurück.

Da packte er den Schlitten an den langen Hörnern; Willem fuhr ihn an: »Laßt doch das dumme Zeug!« und wandte sich den Burschen wieder zu, die unaufhörlich schunkelten und immer noch den Spottvers sangen. Truus hielt die Hände vor die Ohren. Das konnte Adrian nicht sehen, der gebückt und hastig atmend den Schlitten mit sich fortriß. Die Meute folgte ihm! Wie Wölfe waren sie. Weit hinter ihnen rührte sich der See. Er sprang mit Schlägen auf, als hätte man Raketen abgeschossen. Sie überhörten es. Ein Donner zitterte im Eis. Die Fläche bog sich, schwankte, knarrte, splitterte. Entsetzt schrie Adrian: »Ihr sollt euch retten! Um Gottes willen, rettet euch!« und wurde überschrien vom Toben ihres Liedes, durch das Höhnen, durch die Orgeldudelei! . . .

In jener Bucht des Teiches war eine Insel, ein kleines Eiland, wo die Fischer im Sommer ihre Netze trockneten, wo ihre Stangen steckten, wo sie bisweilen in einer Hütte von Schilf die Nacht verbrachten. Dorthin strebte Adrian. Es war der nächste Weg, weil ihm der Rückweg abgeschnitten war. Dort standen Trauerweiden, kahl und schwarz, wie dunkle Striche, von ungeübter Hand ins Weiß der Winterlandschaft eingegraben. Von dieser Insel aus war es nicht weit zur Stadt.

Er rannte um sein Leben und für Truus, blind, ohne aufzusehen. Es war nicht weit und schien doch meilenweit zu sein. In wenigen Sekunden war ein flinker Schlittschuhläufer dort. Nun war es ihm, obwohl er krampfhaft stakte und verzweifelt ausgriff, als stapfe er durch tiefen Schnee, durch Sumpf, durch klebrigen Morast. Die Schreier überholten ihn. Brach dort nicht einer ein? Und schrie und zappelte?

Er hatte durch die Kälte Tränen in den Augen. Er hörte Willem zetern: »Was fällt Euch ein?« und spürte, wie sich jemand an die Rückenlehne des Schlittens hängte, um ihn zu bremsen. Adrian riß mit verbissenen Kräften, scharrte mit den Schlittschuhkufen, stemmte sich verzweifelt in die Holmen. Schon neigten sich die dürren und verfrorenen Zweige der Trauerweide über ihn! – Dann zerrte er den Schlitten hochaufatmend auf das Land. –

Ach Gott, sie war gerettet. Sie lächelte. Sie reichte ihm die Hand hin. Alles war vergessen: ihr Gelächter und ihr Übermut und daß sie es mit Willem hielt. Ach, alles! Truus, die kleine Truus, in ihrer Zartheit eingemummt und schon die Seligkeit der Mutter in den Zügen, lächelte ihn an. Sie fühlte, was er dachte, und sie löschte mit ihrem Lächeln alle Häßlichkeiten aus, die ihn gemartert hatten.

Johlend kam das Volk und an der Spitze Willem, der gestürzt war. Schnee hing an seinen Kleidern. Er rieb sein Handgelenk. Was schrie er denn? Was schrien denn die Leute? »Gebt Stangen her!«

Sie mühten sich, die Fischerpfähle dem frostig harten Boden zu entreißen. Eine Leiter, die an der Hütte lag, ward übers Eis geschleppt. Sie brüllten durcheinander, jammerten. Aus den Verfolgern waren Fliehende geworden, ein verstörter Menschenhaufen, dem der Schrecken und das Grauen im Gesicht saß.

Jetzt war das Eis geborsten!

Eine dunkelschwarze Lache gähnte auf dem weißen Teich, die sich in kleinen Bächen weiterfraß. Dort brachen Schollen ab, wo eine Gruppe sich enggedrängt zu retten suchte, anstatt zerstreut zu flüchten.

»Auseinander!« kommandierte Adrian, der Willem festhielt und ihn nötigte, bei Truus zu bleiben. »Hier ist Eure Frau!« bestimmte er. »Kraft habt Ihr keine, und vom Wasser wißt Ihr sowieso nichts!« Dann stürzte er davon.

Es war ihm eingefallen, wo die Fischer ihre Ruderstangen bargen, unter ihren Booten oder in der Hütte. Er holte sie hervor und rannte übers Eis, dem Wasserloch entgegen. Schon neigte sich das Zelt vornüber und drohte zu versinken. Es war nicht mehr zu retten. Aber jene Menschen, die bis zur Brust im Wasser hingen und sich an die Schollen klammerten, um plötzlich wieder mit einem Aufschrei abzugleiten, waren noch herauszuholen! –

Er dachte nicht daran, daß sie vor wenigen Minuten noch

ihren Spott mit ihm getrieben hatten. Er warf sich auf den Boden und kroch mit seinen Stangen weiter, immer näher an die unheilvolle Kante, wo das eisigkalte Wasser anfing.

Jetzt brach der Ofen der Braterei zusammen! Das Zelt fing Feuer. Seine Flammengarbe verstärkte die Gespenstik der abendlichen Szene. Rauch quoll auf.

»Hierher!« schrie eine Stimme.

War das nicht einer von den frechen Bürgersöhnen?

»Ich komme schon!« stieß Adrian hervor. Er spürte, wie die Nässe durch seine Kleider drang. Er hatte seinen Mantel abgeworfen. Wo lag er denn?

»Hierher! Um Gottes willen, rettet mich!« –

Jetzt brach das Eisstück, auf das sich jener, der gerufen, retten wollte. Lichterloh stand nun das Zelt in Flammen. Mit einem lauten Zischen stürzte der Kohlenofen wie ein Komet ins Wasser. Die Schollen wogten.

»Hilfe! Hilfe!«

»Ja, ich bin doch da!«

Es war auf einmal Nacht geworden. Dunkel war sie um den Teich gewandert, schon gespickt mit Lichtern aus den Häusern. Nun brach sie herein. – Wer schrie noch? – Einen, zwei, drei Menschen hatte Adrian herausgehoben; an den Ruderstangen zog er sie heran und flüsterte: »Kriech weiter. Schrei nicht mehr.«

Noch loderte das Zelt, noch rangen Menschen in der dunklen Eisflut mit dem Tod, mit klammen Händen sich an die glatten Flächen krallend und schon erschöpft. Sie konnten vor Entkräftung nicht mehr um Hilfe rufen.

An den Ufern schrie man. Dort lief der Jammer weiter, fragten Mütter, Väter nach den Kindern, fragten Kinder nach den Eltern. Wie zum Hohn stieg aus dem See ein neuer dumpfer Donner auf, schlug das Geklirr der aufgestauten Schollen in die Ohren, und die Risse knallten, als wollten sie den ganzen Eisteich sprengen. Die rote Flamme aus dem Zelt sank in sich selbst zusammen, schwelte, zuckte manchmal auf, schien zu vergehen. Lag dort jemand? Wimmerte nicht eine Stimme? War das Kaspar?

Adrian kroch um das offene Eisloch. Das Wasser gluckste. Wie eine wellenhafte Strömung ging ein Atem durch das Eis, ein unbegreifliches, tierhaftes Beben. Das war die Kraft der Welt, die Unbezähmbarkeit der kämpfenden Natur, die sich befreit, die triumphiert. Er fieberte. Er hatte kein Empfinden mehr in seinen Händen. Ohne Finger schienen sie zu sein, so taub, erfroren, starr. Wie Stümpfe waren sie.

»Bist du es Kaspar?« fragte er, als er den Umriß eines Menschenbündels im letzten Brandschein des zerstörten und halbversunkenen Zeltes liegen sah. »Bist du es? Gib doch Antwort!«

»Nein, ich bin es nicht. Bleib fort.«

Sie waren durch ein breites Wasserband getrennt. Denn hier verlief die Stelle, wo der Stadtbach in den Teich floß. Dieser Strömung, die unterm Eis nicht stillstand, war der Bruch gefolgt. Im Sommer sah man deutlich, wie das schmutziggraue Wasser tief in den See hineindrang, bevor es in dem grünen Schimmer aufging. Hier war das Eis geöffnet.

Adrian schob seine Stangen über diesen Bach.

»Faß zu!« rief er hinüber. Er sah erst jetzt, daß jener Zeltplatz wie eine große Insel aus dem See geschnitten war, auf der noch Fässer standen, daß verbogene Latten mit Fetzen Tuch herunterhingen, die schon im Wasser schleiften. Im letzten Augenblick des Eisgangs, als die Leute sich an dem Zelt gerettet glaubten, hatten sie die roh aus Brettern aufgeführte Bude in ihrer Angst gestürmt und eingerissen. Denn dicht zu ihren Füßen klaffte die Fläche plötzlich auseinander. Hier war es, wo der erste Schreckensruf erklungen war, als plötzlich Wasser um die Füße flutete. Und jetzt lag Kaspar dort.

»Laß mich doch liegen«, hörte Adrian die Stimme Kaspars, eine plötzlich hohl gewordene, fremde, mürbe Stimme. Und viel leiser fuhr sie fort, fast klang sie weinend: »Adrian, es lohnt sich nicht für dich. Ich bin ein Schuft. Laß mich krepieren.«

»Du sollst die Stange halten!«

»Nein. Ich bin es doch nicht wert. Es hat so kommen müssen.«

Es war jetzt nicht die Zeit, mit zorniger Geschwätzigkeit zu fragen, was es gebe und was in ihn hineingefahren sei.

»Du hältst dich fest!« befahl ihm Adrian. »Und keine Widerrede!«

Anstatt die Stange zu ergreifen, die ihn retten konnte, rutschte Kaspar weiter. Auf der Insel und am Ufer wurden Lichter hin und her geschwenkt, und eine Stimme, die durch einen Trichter dröhnte, fragte: »Hö! ... Hö! ... Ist noch jemand da? Wo ist der Bürger Adrian van Snaar? Hö ...! Hö? ...«

Ach, lauter konnte er es nicht verlangen, daß man seinen Namen allen in die Ohren schrie. Befreiender war nichts als dieser Ruf! Er, Adrian van Snaar, mit dem man Spott getrieben hatte, kniete auf dem Eis! Er hatte wohl ein halbes Dutzend Menschen aus dem See gerettet!

»Hörst du«, rief er Kaspar zu. »Sie rufen mich. Es wird doch alles wieder gut.«

»Für mich nicht«, stöhnte Kaspar, »nein, für mich nicht, weil ich ein Schuft bin, ein Verräter ...«

»Adrian van Snaar ...« begehrte die Trichterstimme noch einmal zu wissen. Er schrie zur Antwort: »Ja, hier bin ich!« und beugte sich noch tiefer über den tückisch dunklen Bach, der wie ein Graben zwischen ihm und Kaspar war, ein Grab, wenn nun die Scholle nachgab, auf der er lag.

»Ihr könnt mir nicht verzeihen«, klagte Kaspar und richtete sich auf. »Ihr könnt es nicht, selbst wenn Ihr wolltet.«

»Wir sprechen später weiter«, drängte Adrian. »Die Stange sollst du packen!«

Endlich faßte Kaspar zu. Dann kam die Scholle ganz langsam in Bewegung, neigte sich und bäumte sich mit nassen, dunklen Rändern wieder auf. Sie schwamm. Sie folgte, wie von einem Schlepper fortgezogen, der Berechnung Adrians, der sie zu sich heranzog. Der Graben wurde schmaler. Fast unbemerkbar kam sie näher, immer näher, rieb sich an der Kante.

Die Kante gab nicht nach. Nun stieß sie leise zitternd an. Das Eis hielt stand. Nun war kein Graben mehr zu sehen. Ganz nahe voreinander lagen Adrian und Kaspar.

»Du winterlicher Seehund«, scherzte Adrian verärgert. »Willst du nun herüberrollen?«

Ächzend, widerstrebend und ganz langsam kam Kaspar auf allen vieren zu Adrian herüber, der ihm keine Zeit ließ, lange Reden vorzutragen. Er stieß ihm, als er sich mühsam auf die

Füße richtete, mißmutig in die Seite und polterte: »Du meinst wohl, daß ich deinetwegen zu einem Klumpen Eis erfrieren will? Jetzt aber heim!« –

Sie schwankten hölzern übers Eis, als wären Teile ihres Kör= pers steif gefroren. Es war auch so. Als ihnen hilfsbereite Leute Mäntel um die Schulter legten und ihnen Glühwein in die Münder gossen, tauten sie allmählich auf, sowohl von innen her als äußerlich.

Das Unglück lastete auf allen. Niemand wagte mehr, die trügerische Fläche zu betreten. Es war ganz still geworden.

Da stapften Adrian und Kaspar wortlos heimwärts. Sie wärmten Ziegelsteine an und legten sie ins Bett.

»Wir müssen uns betrinken«, sagte Adrian, der heißes Was= ser machte.

Beklommen hockte aber Kaspar auf dem Stuhl und tat den Mund nicht auf. Er stierte vor sich hin und wagte nicht, den Blick zu heben, wenn Adrian an ihm vorbeiging.

»Du sollst dich an den Ofen setzen.«

»Nein«, lispelte der Weberkasper, »mir ist's in dieser dunk= len Ecke gerade recht. Und außerdem bin ich nicht naß ge= worden.«

Er saß geduckt wie ein verhärmter Sünder da; die Hände lagen zwischen seinen Knien, als bete er. Unhörbar gingen seine Lippen, und rastlos irrten seine Augen durch den Raum. Nur wenn sie Adrian begegneten, schlug er die Lider nieder.

Adrian stieg in sein Bett, indem er sagte: »Ich bin mir eine Schwitzkur schuldig. Aber du kannst ruhig reden. Ich höre trotz der Zipfelmütze gut.«

Er warf sich wohlig unter seiner Decke hin und her, bis er die kleine Mulde im Unterbett geschaffen hatte, die zur Be= haglichkeit gehört.

Nun lag er richtig, bis zum Kinn verhüllt, halb auf der Seite, dem Lampenschirm nicht ausgesetzt; er brauchte sich nur einen Ruck zu geben, um auf dem Bauch in aller Wohligkeit den Schlaf zu finden.

»Nun sprich schon«, gähnte er.

»Und steht Ihr auch nicht auf, wenn es entsetzlich ist, was ich erzähle?«

Kaspar rückte an den Kachelofen und lehnte seine Hände und den Kopf an, als berge er sich an der Wange seiner Mutter. So sah er vor sich hin, an Adrian vorbei. Die Seemannskiste, die seit der unheilvollen Nacht nur noch mit Ketten an die Wand geschlossen war, stand vor ihm.

»Seht«, begann er, »Ihr seid reich geworden, Adrian, und habt mich arm gemacht.«

»Du möchtest also deinen Lebenslauf erzählen«, kam es belustigt aus dem Bett.

»Nein, mehr, viel mehr.«

»Du wirst mich wecken, wenn ich eingeschlafen bin?«

Nun blickte Kaspar streng zum Bett hinüber, wo er die gestreifte Zipfelmütze sah. Er war von einem Ernst beseelt, den Adrian zerpflücken wollte. Das fühlte er. Hier gab es aber keinen Scherz mehr! – Nein! – Er sagte es mit einem Würgen in der Kehle. Und betroffen meinte Adrian, er wolle freilich seine innersten Gefühle nicht verletzen, denn er wisse, was es heiße und wie man unter solchen Dingen leide. Ja. Das wisse er genau. Er solle weiterfahren.

Stockend brachte Kaspar vor, was er zu beichten hatte. Er spielte auf die Unterhaltung damals in der Mondnacht an; er habe oft an sie gedacht.

»Denn eine Teufelei ist es gewesen«, brach es plötzlich laut und weh und aufgewühlt aus ihm heraus, »was Ihr von Anfang an mit mir getrieben habt! Ja, eine Teufelei! –« Es kam kein Widerspruch.

Verbissen kämpfte Kaspar seine schmerzliche Empörung nieder und sprach mit leiser und zerbrochener Stimme weiter: »Mit Schlichen und mit Kniffen, die ich nun allmählich kenne, habt Ihr mich an den Bettelstab gebracht und mir noch eingeredet, Ihr meint es gut mit mir! Ja Pfeifendeckel! ...« Jetzt hatten seine Augen wieder ihren Fieberglanz und seine Stimme gellte: »Zum Küchenburschen habt Ihr mich gemacht, zum letzten dummen Trottel, der Euch nachläuft wie ein kranker Hund!« –

Mit qualverzerrten Mienen war Kaspar aufgestanden und schüttelte die Fäuste. Adrian saß plötzlich aufrecht da und starrte mit entgeistert weiten Augen auf den erregten Kaspar, der Worte suchte, der sich verhedderte und steckenblieb und nun auf einmal in die eigene Faust biß und wieder auf den Stuhl sank.

»Ach«, seufzte er, »nun sind mir doch die Worte durchgegangen ...«

»Du sollst dich nicht behindert fühlen«, fand sich Adrian gefaßt in diese neue Lage und sagte tröstlich: »Sprich nur weiter, Kaspar. Alles muß heraus. Wenn man sich übergessen hat, ist es genauso.«

»Gut«, nickte Kaspar und versuchte, die Raserei, die ihn ergriffen hatte, durch Würde auszugleichen. Bedächtig und verhalten formte er die Sätze nacheinander. Er habe alles mitgemacht, jedweden Unsinn, jede Laune, jeden Schlich und Winkelzug; es habe sich in seinem Innern aber mit der Zeit ein Sturm erhoben, der endlich durchgebrochen sei. »Von jenem Tage an«, beschloß er sein Geständnis, »als mir mein Vater die Neuigkeiten aus dem Rathaus brachte, habe ich Euch auf den Tod gehaßt ...«

»Und hast mich also morden wollen?«

Kaspar nickte nicht und lehnte die Vermutung auch nicht ab. Er stierte vor sich hin. In seinen Mienen zuckte es.

»Ah«, fuhr nun Adrian erleuchtet fort, »du hast mich also, als wir im Keller waren, nicht erretten ...?«

»Nein! Ich hätte Euch ersäufen mögen!«

Es war Kaspar schwer geworden und machte trotzdem leichter. Bockig setzte er hinzu: »Ich habe auch gewünscht, daß Eure Seemannskiste uns erschlagen möge.«

»Oh, du Misthund«, stöhnte Adrian, um gleich darauf zu fragen: »Warum *uns beide?*«

»Weil wir beide keine Zukunft haben.« –

Nun schwiegen sie, und jeder war bemüht, sein lautes Atmen zu verbergen.

Endlich löste Adrian das Schweigen.

»Das mit der Zukunft«, überlegte er, »ist keinesfalls so sicher wie deine Angst. Denn gute Zeiten sind für den Handel oft nicht so vorteilhaft wie schlechte Zeiten, und da nach deiner Meinung schlechte Zeiten kommen, müßten sie nach meiner Meinung gute sein.«

Doch Kaspar schüttelte den Kopf und sagte, er wisse wohl, mit welchen Redekünsten er die Leute überliste. Bei ihm ver=

fange das nicht mehr. Es käme ihm auf eine Beichte an und nicht auf kluge Worte! Mit klugen Worten könne man viel mehr verdummen als mit der schlichten Wahrheit!

»Aufdecken will ich«, rief er aus, »wie es in meinem Herzen aussieht und wie es drinnen aussah!« Und im Vollgefühl der unbedingten Wahrheitstreue schlug er an die Brust, wo er die Hand im Latz verkrallte. »Ich sprach mit Willem«, fuhr er leise fort, »ich wollte zu ihm überlaufen, ja! *Ich* war es, der den Orgelmann bewogen hat, das Lied zu singen! . . .«

Adrian erhob sich wieder und warf betroffen hin: »Du bist mir doch ein Satan, wie ich nie vermutet hätte.«

Aber Kaspar, nun im Fluß der Beichte und der Selbstanklage, überbrückte jeden Einwurf. Er habe nicht so lange warten können, sagte er, wie Willem sich gedulden wollte. Er habe ehemals verschmerzt, daß Adrian sein Haus genommen habe! Jetzt aber sei es ihm genug gewesen, ja! Er wolle wieder weben, und er wolle nicht mehr in die Tulpenbuden laufen! Er wolle Frieden haben und seine stille Arbeit! Und helfen wolle er, die Schwindler aus dem Land zu jagen! *Das* hätte er gedacht! . . .

Und nun sei es gekommen, wie es gekommen sei.

»Gerettet habt Ihr mich –«, bekannte er zuletzt mit mürber Stimme. »Meinen Undank, meinen schreienden Verrat habt Ihr belohnt mit einer Freundschaft, die ich nie von Euch erwartet hätte. Das hat mich umgeworfen, und das zwingt mich, Euch meine schwarzen Wünsche und meine feige Tat zu offenbaren. Und deshalb bitte ich Euch auf den Knien: Verzeiht mir, Adrian, Mynheer . . .«

Er schien zu weinen, während er gebrochen an der Kante des Bettes niedersank und seine Bitte drängend und verzweifelt wiederholte. Adrian sah an die Decke.

»Ich wußte nicht, daß du ein Dichter bist . . .«, war seine erste Antwort, und Kaspar jammerte: »Ihr habt ein Recht zu spotten; aber tut es nicht mehr. Ich bin genug gestraft.«

Dann fragte Adrian: »Demnach will Willem noch eine Weile warten?« Kaspar nickte. Er wisse nicht sehr viel. Er wisse freilich ganz bestimmt, daß Willem alles von langer Hand betreiben lasse. »Aber«, rief er dann mit einem heißen Schimmer in den Augen aus, »ich will auf Eurer Seite sein, Mynheer, und wenn es Ziegelsteine regnen sollte! Ja, das will ich! Nur ver=

zeiht mir, damit ich wieder Mensch bin! Gerettet habt Ihr mich aus Eis= und Wassersnot! Mein Haus ist Euer, und es schmerzt mich nicht mehr; nehmt auch mein Leben als das Eure an!«

»Tja«, meinte Adrian, »das sagt sich leicht. Und wenn ich ehrlich bin, so muß ich eingestehen: Ich habe nichts dabei ge= dacht, als ich dich von dem Eis herunterholte. Denn hätte ich mir denken können, was du eben sagtest, so hätten dich von mir aus die Fische fressen können!«

Er wandte sich zur Seite; aber Kaspar flehte: »Verzeiht mir doch!«

»Gut!« knurrte Adrian. »Es ist schon gut. Ich bitte nur darum, daß du mir zeitig sagst, wenn du auf meine Gnade hin allmählich wieder Schulden machen willst . . .«

»Nie mehr, Mynheer!«

Doch Adrian, der Unterhaltung sichtlich überdrüssig, blies die herabgebrannte Kerze aus. Er horchte, bis Kaspar aus dem Zimmer tappte. Dann legte er für alle Fälle den Türkensäbel neben sich ins Bett. –

ACHTZEHNTES KAPITEL

Adrian und Willem versöhnen sich und bleiben dennoch Gegner

Er brauchte seinen Türkensäbel nicht.

Ganz andere Dinge drängten zur Entscheidung.

Die Nacht war ohne Zwischenfall vorbeigegangen, erfüllt von jener Stille kalter Winternächte, in die nur manchmal ein Hund hineinheult. So hätte Kaspar jammern können, der wie umgekrempelt war und kein Hehl aus seinem Schuldbewußtsein machte, wenn er Adrian begegnete. Er wich ihm aus, und eines Tages klapperte sogar der Webstuhl in der Werkstatt. Adrian trat ein und schaute zu, um schließlich mitleidsvoll zu fragen: »Und was soll die Weberei dir nützen?«

Kaspar sagte: »Ich will mein eigenes Brot verdienen. Eines Tages kann ich Euch vielleicht vergelten, daß Ihr mich gerettet habt.«

»An deiner Stelle würde ich die Tulpen gerade jetzt nicht fahrenlassen«, meinte Adrian.

Er hatte Grund, nun wieder zuversichtlich aufzutreten.

Denn schon am frühen Morgen nach dem Unglück waren viele Menschen in sein Haus gekommen, die er mit Bewußtsein nie gesehen hatte, die ihm aber dafür dankten, daß er sie aus Todesangst gerettet habe.

Reiche Bürger, von denen er bisher kaum ihre Namen kannte, dankten ihm für die Errettung ihrer Kinder. Eine dicke Dame mit schweren Schmuckbehängen sank ihm an die Brust und küßte ihn wie einen besten Freund. »Ihr habt mich aus dem Wasserloch gezogen!« weinte sie ergriffen. Mit umflorten Blicken und mit hundert Händedrücken schied sie.

Adrian besann sich. Er kannte diese Dame nicht. Er kannte

auch die jungen Mädchen, die Blumen brachten, und die Männer nicht, die starren Auges ihre Rührung unterdrücken wollten und ihm stumm die Hände schüttelten.

Er war der Retter, und wer gestern auf der Eisbahn naß geworden, eingebrochen und irgendwie gerettet worden war, der kam zu Adrian, um ihm die Hand zu schütteln und ihm zu danken. Kaspar, der die Türe öffnen mußte, sagte dann: »Ja, mich – *mich* hat er auch gerettet.« –

Fast als letzter tauchte Willem auf, und Adrian, der seine Gäste jeweils zu einem Korn genötigt hatte, bot auch ihm zunächst ein Gläslein an. Er lehnte ab und lehnte auch den Stuhl ab, anscheinend, weil er sehr betroffen war und sich in Förmlichkeiten retten wollte. Adrian lag still in seinem Ohrenstuhl.

Er hatte, als die ersten dankenden Besucher kamen, diesen Platz gewählt und tat so, als sei er tief erschöpft von gestern abend. Er hatte sich in eine Decke gehüllt und saß beim Kachelofen, ein Kranker, Leidender, dem seine gute Tat recht schlecht bekommen war, der jetzt noch fror, bisweilen von leichten Frösten überrieselt wurde und mit einem leisen Ächzen oder Hüsteln die Drohung einer Krankheit offenbarte. Auch jetzt fing er zu schlottern an, als Willem ihn mit halbverdeckten Augen maß. Und trotzdem zwang er sich zu einem Lächeln, als nähme er das alles nebensächlich hin. Dabei war er darauf bedacht, um keinen Preis das erste Wort zu sagen. Er überließ es Willem.

»Ich soll Euch Grüße überbringen von Fräulein Truus ...«

Ein väterliches Nicken war die Antwort.

»... und sie entschuldigt sich und dankt Euch, und dem schließe ich mich an.«

So können nur Notare sprechen, dachte Adrian und zupfte an der Decke.

»Auch Hendrik van der Maaßen dankt Euch.«

Adrian nahm einen Korn. Er wartete noch immer, bis Willem andere Töne finden würde, denn das mußte er.

»Wir hoffen, daß Ihr keinen Schaden leidet«, fuhr Willem schließlich fort und gab bereits das Stichwort; aber Adrian verzichtete auf dieses Mitleid durch eine Handbewegung, die bedeuten sollte: Ach, was tut das schon! Was hilft es schon? Das hat man sich für seine Nebenmenschen aufgeladen, die nichts von meinen üblen Folgen wissen. Drauf geht man schließlich bei der Nächstenliebe, und die glücklichen Geretteten erscheinen nicht einmal beim letzten Gang.

Er brauchte nicht zu sprechen. Seine Abwehr war so deutlich, daß Willem schwankend fragte: »Habt Ihr Fieber? Steht es schlimm?«

Unruhig rückte Adrian in seinem Stuhl, um schließlich mit verstellter Stimme zu entgegnen: »Einen Schaden, den ich kriege, das Reißen und das Zipperlein, vielleicht das Lungenpfeifen von Gevatter Tod, ja, solcher Schaden kann doch Euch nur freuen? *Ihr* tut doch alles, was mir schaden könnte? *Warum* kommt Ihr nun und heuchelt Mitleid?« –

Stockend hatte Adrian gesprochen. Er war rot geworden und legte einen Beutel mit Eis auf seinen Kopf. Er schnaufte schwer.

In Willem zuckte es.

Mit ungehemmten Schritten ging er durch die Stube, um schließlich einen Stuhl zu nehmen, sich darauf zu setzen – auch goß er sich auf einmal von dem Schnaps ein – und plötzlich unverhofft zu sagen: »Ihr habt recht.«

Nun war die Reihe, betroffen aufzuhorchen, an Adrian gekommen.

Aber Willem, der unverwandt auf seine Hände blickte, schien es nicht zu merken. Er müsse dankbar sein, gestand er, und das sei er, obgleich er es als Mißgeschick betrachte, daß sein Gläubiger nun ausgerechnet Herr Adrian van Snaar sei. Man müsse aber trennen können! Es sei wohl jetzt der Zeitpunkt nicht, davon zu sprechen.

»Doch«, beharrte Adrian darauf, »und wenn ich mit dem einen Fuße auch im Grabe stehe, Klarheit will ich!«

Er griff nach einem angewärmten Ziegelstein und schob ihn auf den Schemel.

»Klarheit! Wohlgemerkt! – Ihr habt die Malkunst aufgegeben und Euch der Kunst verschrieben«, er machte Pausen, »die Menschen auf das Eis zu führen. Das ist mitunter eine undankbare Sache, wenn man selber einbricht. Ich glaube, Ihr versteht mich?«

Willem hatte strenge Falten um den Mund.

»Ich habe Euch darauf zu sagen«, fing er an, »daß ich der Kunst nicht weniger verpflichtet bin als bisher. Und wenn ich

Eure Tulpenhändel je und stets verwerflich fand, so rührt es daher, daß ich die Schönheit einer Tulpe wohl bewundere, aber nicht begreifen kann, daß man mit ihr Geschäfte macht!«

»Wohl«, nickte Adrian und war doch voller Spannung, »das hat so mancher nicht begriffen.«

»Ihr wollt mich nicht verstehen«, setzte Willem wieder an. »Der Tulpenhandel ist nach meiner Meinung ein Verbrechen, weil er sinnlos ist!«

»Das Geld«, warf Adrian erheitert ein, »ist aber seinen Kurs wert, ob man es für Zwiebeln oder Steuern einzieht, nicht wahr?«

Es war ihm trotzdem nicht gemütlich.

»Der Tulpenhandel hat das Volk verdorben!«

»Mich zum Beispiel hat er reich gemacht.«

»So kommen wir nicht weiter . . .«

»Nein«, stimmte Adrian ihm bei und machte bei gewundenen Worten die Bemerkung, er habe da von einem Plan gehört, den er betreibe. Man käme, wenn er wolle, vielleicht auf diese Weise weiter. – »Ich kenne viele Leute«, wich Adrian der Frage aus, wer ihm den Plan verraten habe. »Auch im Rathaus gehen Männer aus und ein, die mir Vertrauen schenken. Sagt es nur, bevor ich es durch andere hören muß: man will uns also durch die Gosse schleifen?«

»Abschrecken müssen wir die Leute.«

Willem blieb verschlossen. Eine dunkle Röte war ihm ins Gesicht gestiegen, als Adrian von seinem Plan gesprochen hatte. Zum erstenmal verlor er seine Sicherheit. Dann raffte er sich auf, um jenen Satz hervorzuschleudern: »Abschrecken müssen wir die Leute«, und hastig fortzufahren: »Es tut mir leid, wenn ich Euch kränken muß. Es gibt hier aber kein Zurück! . . .«

»Warum nicht?« wandte Adrian ihm unbefangen das Gesicht zu. Er sah so harmlos aus wie in den Tulpenbörsen, wenn die Angebote heikel waren. Gab es wirklich kein Zurück? War dieser Willem so fanatisch, jegliche Versöhnung auszuschlagen, selbst wenn sie ihm zustatten käme?

»Ich begreife«, nickte Adrian ein wenig müde und fast nebensächlich, um im gleichen Tonfall beißend zu versetzen: »Ich begreife alles. Mit Euren Pinselkünsten ist kein Geschäft zu machen. Nun drängt die Heirat, und Ihr müßt verdienen. Mit den Händen habt Ihr nichts gelernt. Da muß der Kopf es tun. O ja, ich weiß den bitteren Entschluß zu würdigen, die Kunst zu opfern und ein Paragraphenknecht zu werden.«

Willem wurde blaß.

»Das ist wohl meine Sache«, bebte er.

»Gewiß«, ließ Adrian sich kühl vernehmen, »wenn aber so ein Paragraphenreiter nun die Absicht hat, mich selbst und meine Handelsfreunde zu bekämpfen, wenn nicht gar auszurotten – oh, muß ich dann fragen, was habe ich mit einem solchen Kerl zu tun?« – Mit einem Ruck nahm Adrian den Beutel mit dem Eis vom Kopf und warf ihn angewidert auf den Boden, daß er klirrte. – »Wenn Ihr glaubt«, schrie er, »daß *ich* das Brot für Euren Hausstand zahle, dann habt Ihr Euch verrechnet, Mynheer, aber sehr!« –

Es war vergeblich, Adrian ins Wort zu fallen, weil höchster Zorn in ihn gefahren war. Er hatte sich in diesen Zorn hineingeredet und gab sich, weil er seine eigene, laute Stimme hörte, der argen Täuschung hin, im Recht zu sein. Er stürzte auch den angewärmten Ziegelstein vom Schemel, sprang plötzlich auf und warf die Decken und die Tücher ab, in die er sich verkrochen hatte. Mit heißem Atem stand er nun vor Willem, feuerrot bis an die Haare und mit verkrampften Fäusten. Wie ein Komödiant war er, der seine große Szene spielt, der sich im Taumel seiner Stimme bis zum Wahnsinn steigert, um zu siegen oder fürchterlich zu enden. Jetzt war der große Augenblick gekommen, der die Entscheidung bringen mußte! Jetzt konnte er die Spukgestalten seiner Träume entweder ein für allemal verscheuchen – oder aber: sie waren nicht mehr zu vernichten.

»Eine Bitte«, fragte er, schwerwiegend in der Art, wie er die Frage stellte, »eine Bitte, die nicht allein zu *meinem* Vorteil wäre, würde doch nichts fruchten . . .«

»Nein«, gab Willem zu. »Mir kommt es, wenn ich etwas gegen die Tulpisten unternehme, auf das böse Beispiel an. Und *das* – das seid Ihr leider.«

Adrian sah höhnisch auf.

»Gut«, grinste er. »Dann bin ich halt das böse Beispiel, weil ich Geld verdiene. Aber dennoch mahne ich: Laßt Eure Finger weg! Ihr könnt Euch klemmen!«

»Ich gebe zu bedenken«, wandte Willem höflich ein, »daß ich sehr viel erfahren habe. Mich wird auch keine Drohung zwingen, von meiner Absicht abzuweichen, kein Geschrei und nicht die Dankbarkeit, zu der ich mich verpflichtet fühle.«

»Das habe ich erwartet«, nickte Adrian.

Hier stand ein Gegner, dem nicht beizukommen war. Der Maler Willem war nicht zu überrumpeln und nicht zu überzeugen. Adrian umschlich ihn, während er die Hände in die Taschen grub. Am Fenster stehend, stieß er einen Seufzer aus und sagte absichtsvoll: »Die Kunst – die Kunst – ist ein fanatisch Ding. Ihr hättet Maler bleiben sollen, die Natur belauschen, ihre Farben fangen, porträtieren. Ihr habt es nicht gewollt. Ich möchte mich mit Euch versöhnen, Willem.«

Wie ein Vater sprach er, wie ein alter, einsichtsreicher Mann, der jeden Zank des Lebens abtut, weil er die Nichtigkeit der kleinen Ärgernisse schon erkannt hat.

»Ich schätze Euch«, ergänzte er und klopfte Willem auf die Schulter. »Ihr habt soeben Eure Unerbittlichkeit bewiesen. Welch einen Mann wird Truus bekommen! Welch einen Mann ... Nur eines, Mynheer Willem: glaubt mir, daß ich jedem Angriff sowieso gewachsen bin. In diesem Spiel fällt aber eine Karte, die Ihr nicht bedenkt! Und wenn Ihr meint, den besten Stich zu machen – erinnert Euch an diese Stunde –: der beste Stich geht wiederum in *meine* Tasche, und *Euch* tut er weh. Nun trinkt noch einen Korn.«

Willem sagte nun: »Was ich beginne, ist eine Sache meiner Überzeugung. Der Tulpenhandel ruiniert das Land. Das Volk wird faul. Das Geld hat keinen Wert mehr.«

Adrian erkannte ganz genau, was Willem dachte. Und wenn er auch mit hundert Witzeleien und Beweisen hätte widersprechen können, so schwieg er trotzdem.

Die Schelle war gegangen.

Er hätte sagen können: Wertester Phantast, so sieht das nun in Eurem Hirn aus; aber meine Praxis läßt mir keine Zeit zum Faulsein. Im Gegenteil. Tut aber meinetwegen, was Ihr wollt. Ich bin gerüstet.

Er zog es vor, zu schweigen, obwohl er nicht zu Ende war mit Willem.

Da klopfte Kaspar an der Türe.

Es war vielleicht ein Zufall, daß es Hendrik van der Maaßen war, den Kaspar meldete und der nun mit gesenktem Blick ins Zimmer trat, unangenehm berührt, als er den Blick erhob, hier Willem vorzufinden. Aber Adrian half über die Betretenheit hinweg.

»Wie geht es Truus? Kein Fieber?« fragte er besorgt und lenkte bald, als seine Wißbegier befriedigt war, zu Willem über, wobei er Hendrik van der Maaßen gespannt betrachtete.

»Denkt Euch«, begann er, »wir zwei haben uns versöhnt und wollen trotzdem Feinde bleiben. Denn Willem hat die felsenfeste Absicht, uns Tulpisten auszurotten. Ein toller Bursche, nicht wahr, Euer Schwiegersohn?«

Wie eine köstliche Befreiung war es, Hendrik van der Maaßen gegen Willem aufzuhetzen und Willem seinem Schwiegervater auszuliefern, der wiederum nicht wußte, wie er sich vor Überraschung geben sollte.

»Stimmt das?« hatte er gefragt und sein Gesicht in Zucht gehalten, obgleich er seine Blässe nicht verbergen konnte.

Hier sprangen Funken, hier schwelten Feuer, die noch nicht zertreten waren. Denn Hendrik van der Maaßen kann nicht vergessen haben, daß er die eigene Tochter gegen seinen Willen zum Altar begleiten muß. Er wird die Bitternis und die Beschämung nie verwinden, die ihm bereitet wurde; der Mann, der seine Tochter heimführt, wird ein Fremder bleiben, ein Dieb in seinem Haus, ein Räuber.

»Ja, es stimmt«, gab Willem mit einer Art von Trotz und doch befangen zu.

»Das also ist die spezielle Mission, die Ihr im Rathaus durchzuführen habt?«

»Gewiß.«

»Und wann soll diese Treibjagd sein?«

»Sobald es Zeit ist.«

». . . Dann – halali . . .«

Sie schienen beide keine andere Art zu kennen, sich zu unterhalten.

So sprechen Menschen miteinander, die sich des guten Anscheins wegen zwingen, sich überhaupt zu kennen. Wie mag der Kampf um Truus gewesen sein? Wie groß ist ihre Liebe und wie groß der Schmerz, den Hendrik van der Maaßen tragen muß und ihr zuliebe trägt? Sie weiß es nicht. — Auch Hendrik van der Maaßen muß man als strohgestopfte Puppe durch die Straßen zerren! Auch ihn! Ist das Triumph für ihn, für Adrian, den Torfknecht? Ist hier nicht eine Höllenhand im Spiel. Wer wirft die Karte? Wer hat sie ausgegeben? – Auch den Namen Hendrik van der Maaßen wird man durch die Gassen schreien, einen großen, guten, ehrenhaften Bürgernamen, und der ihn schreien läßt, hat seine Tochter!

Das ist nun Menschenwerk und Fügung.

Schon sprießen graue Haare an den Schläfen Hendrik van der Maaßens, Sorgenhaare. Sie waren letztes Jahr noch dunkel wie sein Scheitel. Die »Zuiderland« hat ihre Spitzen angebleicht. Dann kam die Sorge um die Tochter; und bald sind sie weiß.

Er zittert in den Händen und spürt und weiß es nicht.

Er zwingt die Augen, ihr Geflirre zu verbergen. Seine Kiefer mahlen, aber sprechen will er nicht. Die Glut in seinem Innern ist heraufgeflackert, sie verzehrt ihn, sie höhlt ihn aus; er wird zusammenbrechen, in sich zusammenfallen, dann wird die Wehmut um den Mund mit ihrem Lächeln stehenbleiben.

Er winkt. Nur eine kleine Handbewegung ist es, die er immer machte. Geh nur, heißt sie. Er macht sie deutlicher, erregter, fast gequält.

Mit einer grüßenden Verbeugung ist Willem fortgegangen.

»Ein toller Bursche«, wiederholte Adrian.

Dann wandte er sich seinem schweigenden Besuch zu. –

NEUNZEHNTES KAPITEL

Auch van der Maaßen entpuppt sich anders als erwartet

»Er hätte Maler bleiben sollen«, sagte Adrian für sich und fühlte doch, daß Hendrik van der Maaßen ihm mit den Augen folgte. »Oder«, überlegte er, »man müßte einen kräftigen Prozeß erfinden, damit der Kerl etwas zu tun hat. Er ist imstande und hetzt uns alle Tulpenbrüder auf den Hals. Ich bin doch meines Lebens nicht mehr sicher!«

Unruhig lief er hin und her, die Hände auf dem Rücken.

Hendrik van der Maaßen nestelte an seinen Knöpfen. Er ging auf Adrians Befürchtungen nicht ein, weil er noch immer der Überlegene war, der große Kaufmann, der zwar den gleichen Weg beschreitet, wie ihn sein Torfknecht geht, der aber diesen Torfknecht nicht eines Wortes würdigt, wenn es nicht nötig ist. Das war der Abstand, der scheinbar niemals ausgeglichen werden konnte; hier gab es keinen Handschlag, keine Freundschaft oder Kameradschaft.

»Habt Ihr zu dieser Sache nichts zu sagen?« fragte Adrian verständnislos.

»Nein«, lehnte Hendrik van der Maaßen mit einem dünnen Lächeln ab. »Gar nichts.« – Ganz schmale Hände hatte er bekommen, als hätte er sich kürzlich erst vom Krankenbett erhoben. – »Ich kam in einer anderen Sache«, setzte er hinzu und regte sich mit einem Unbehagen, als schüttle er ein leichtes Frösteln von sich ab. Dann hatten seine Augen wieder ihre undurchdringlich klare Farbe.

»Was Willem vorhat«, stellte Adrian mit drohend lauter Stimme fest, »gilt nicht nur mir! Es kann uns allen Kopf und Kragen kosten. Wir müssen uns doch wehren!«

Hendrik van der Maaßen winkte ab.

»Und wenn man Ernst macht gegen die Tulpisten? Wenn man uns, wie mir berichtet wurde, in Acht und Bann tut? In Verruf bringt? Uns als Lumpenhunde hinstellt? Als Betrüger? Abschaum? He, was dann, Mynheer? – Zum Donnerwetter, seid Ihr denn ein Steinblock? Habt Ihr keine Antwort?«

So hatte Adrian sich nie getraut, mit seinem Herrn von ehemals zu sprechen. Und die Röte, die Hendrik van der Maaßen ins Gesicht trat, schien ihn selbst zu überfluten.

Er schneuzte sich die Nase und murrte vor sich hin. »Man muß doch deutlich sehen, was im Gange ist. Verhindern muß man diesen Bubenstreich!«

Er sah genau, wie unerbittlich das Zerwürfnis war, das Hendrik van der Maaßen von Willem trennte, und dennoch fragte er den Reeder mit letzter Hoffnung, ihn als Beistand oder zur Vermittlung zu gewinnen: »Kann der eigene Schwiegersohn es wollen, daß sein Vater Spießruten läuft? Kann Truus das? Wie?«

»Ich habe nichts mit ihm zu tun«, kam eisig die Entgegnung.

Er hatte schmalgepreßte Lippen. Jetzt noch ein Funken, dachte Adrian erbittert, und er wird zerspringen und seinen Groll entladen; in seinen Mienen zuckt es.

Jetzt war Hendrik van der Maaßen so weit, wie Adrian ihn haben wollte! So muß ein Kapitän sein, dessen Schiff vom Sturm zerschlagen wurde und das nun hilflos treibt. Da fährt ein Rettungsschiff vorbei, das helfen könnte und das mit höhnischem Gelächter weitersegelt. Willem könnte helfen, aber Hendrik van der Maaßen zieht es vor, zu stranden. Er ruft das fremde Schiff nicht an. Er brütet vor sich hin. Es gärt in seiner Seele. Bis zum Gaumen quillt die Galle. Er ruft nicht! Nein, er schweigt! Er trotzt! Er ist der große Hendrik van der Maaßen, der seine Tochter einem anderen geben wollte, um sich an seinen Rettungstauen anzuhängen. Auch Adrian van Snaar ist keine Hilfe. Warum kommt er also? Verdient er Mitleid, wenn er nicht von seiner Not getrieben kommt? Wenn er, maskiert wie immer, den großen, unnahbaren van der Maaßen spielt? Der trotzdem nicht verbergen kann, wie sehr ihn alles mitnimmt? –

Er warf den Funken. Er, Adrian van Snaar, der seinen

Schädel nächtelang zermartert hatte, wie man den Anschlag Willems unterbinden könnte, ging unerschüttert seinem Ziel entgegen, sich vollste Klarheit zu verschaffen.

»Darf ich auf Euren Beistand rechnen?« fragte er gelassen, »wenn dieser Tulpenkrieg entfesselt wird?«

»Nein.«

»Nein?« –

Bestürzt sah Adrian an sich hinunter und wiederholte: »Also nein?« Um langsam, wie erwachend und ins Leere fragend, zu bemerken: »Demnach sollen wir armen Sünder an den Galgen, die ihre Haut zu Markte tragen? Weil man von Euch nichts weiß ... Wie denkt Ihr Euch das eigentlich? Wie wollt Ihr Euch verhalten, wenn die Operation beginnt?«

Er zitterte und überlegte: Hat sich in meinem Hirn etwas verworfen? Bin ich dumm geworden? *Er* nimmt den Kopf aus allen Schlingen und sträubt sich noch, es zu begründen. Ist er besser als wir alle? Und handelt doch mit Tulpen? Wie reimt sich das? –

»Man hat mich nie in einer Tulpanei gesehen«, sagte Hendrik van der Maaßen nebenhin. »Ich bin, wenn selbst ich Tulpen kaufe, Kaufmann. Ich führe einen Auftrag meines Kunden aus.«

Es wäre leicht gewesen, ihm ins Gesicht zu schreien: Es ist nicht wahr! Ihr seid auf Grund geraten! Flott werden wollt Ihr wieder! Deshalb handelt Ihr mit Tulpen!

Aber van der Maaßen, der auf seine Fingernägel blickte, fuhr im gleichen Tonfall fort: »Ich habe meine Mittelsmänner stets beauftragt, nur beste Tulpen anzukaufen, weil meine Kunden keine Wertpapiere kaufen, die nichts wert sind, sondern Zwiebeln wünschen, die sie wiederum nur ihrer Schönheit wegen besitzen wollen. Das ist der Unterschied!«

Das war genau gezielt und klug erdacht. Wenn Adrian von seinen Nöten nicht zerfressen worden wäre, hätte er ihn fassungslos bewundern müssen. So aber sah er sich erneut vereinsamt. Es war ein Sturz in grauenhafte Tiefen, ein Todeskampf auf einem leck gewordenen Schiff, weil ihm bewußt war, daß ihn die Mannschaft überrumpeln würde, binden und zerhacken, verlästern, an den Mastbaum nageln, in die Wellen schmeißen!

Ach, wie folgsam ist die Mannschaft, wenn es reichlich Brot

und Wein und Fisch und Fleisch und Bier und andere Dinge gibt! Dann heulen sie vor Wonne und schlagen sich den Bauch voll, singen, tanzen, kugeln sich vor Freude. Seeräuber sind es! Geldpiraten! Tulpenbrüder! –

Ach, wenn man Hendrik van der Maaßen glaubt, ist Willem nicht im Unrecht.

»Der Plan von Willem kann mich nicht berühren. Das muß ich Euch wohl sagen, Adrian.«

Ihr seid im Irrtum! wollte Adrian erwidern und zerbiß die Worte. Er stand am Fenster. Wie mit Watte war der Himmel ausgepolstert und von einem grauen Licht durchschimmert. Die Sonne drang nicht durch. So eng war alles, so drückend wie im dichten Nebel, der die Giebel der Nachbarhäuser kaum erkennen ließ.

»Und wenn nun also –«, Hendrik van der Maaßen ergänzte die Erklärung, die Adrian erwartete. »Wenn also gegen die Tulpisten eingeschritten wird, bin ich der erste, der die Aktion begrüßt. Man wird mich auf der Seite der wahren Tulpenfreunde finden! Das seid nicht Ihr und Eure Tulpenbrüder . . .«

Adrian war aufgefahren. Er keuchte: »Was? *Ihr* seid gegen uns?« Die Worte blieben ihm im Halse stecken. »*Ihr* auch . . .?«

»Ich bin nicht gegen Euch – ich bin nur gegen einen Zustand, der nicht gesund ist.«

Hendrik van der Maaßen, der eben noch mit aller Bitterkeit den Abstand zugegeben hatte, der zwischen ihm und Willem klaffte, wurde fast zum Fürsprech seines Eidams, indem er sagte: »Man muß die Blüte einer Tulpe als ein Ding betrachten, das unbezahlbar ist. Man muß an Leute denken, die viel Geld besitzen, Wälder, Äcker, Seen, Wild- und Wasserrechte, die Steuern heben können, in Schlössern wohnen, die teure Kleider kaufen, Musikanten unterhalten oder Komödiantentruppen. Solche Leute, die sorgenlos mit großen Dingen rechnen, sind meine Kunden.«

Adrian stand immer noch am Fenster. Er sah den Winternebel nicht. Er sah auf einmal Madame du Fresne mit ihrer Tulpe vor sich, wie sie mit zarten, alabasterschönen Händen die rote Tulpenblüte wie in eine Muschel hüllte, wie ein Herz. Dann ruhten ihre sanften Augen zärtlich auf dem Bild.

Denn Hendrik van der Maaßen war fortgefahren: »Solche

Leute, Adrian, erstehen meine Tulpenzwiebeln, wie sie anderweitig Edelsteine kaufen. Was macht es ihnen aus, zehn Pferde zu verschenken, wenn ihnen eine Tragzeit hundert Fohlen einbringt? ...«

Das war wohl so: in England soll es Weiden geben, wo Hunderte von Pferden in freier Wildbahn laufen? Kann ihr Besitzer sie auch nur mit Namen kennen? Ein Besitzer, dem alles Land gehört, so weit das Auge reicht? Mit Berg und Forst und Dörfern, Schloß und Mühlen?

»Freilich«, stimmte Adrian ihm langsam und mit halber Stimme bei, »für solche Leute ist eine Tulpe nur zur Freude da, zur Zierde, zum Betrachten. Das geht mir ein. Das weiß ich auch.«

»Was habt *Ihr* aber draus gemacht? ...«

Hier gab es keine Antwort.

»Einen Handel mit Papieren!« trumpfte Hendrik van der Maaßen hohnvoll auf. »Wie eine wilde Hundemeute ist das ganze Volk rebellisch und berauscht sich an Beträgen, die es nie kassieren wird, an einer Sintflut von Schuldverträgen, Pfandverschreibungen ...!« Er unterbrach sich: »Einen Spuk hat man daraus gemacht! *Ich* werde glücklich sein, wenn er vorbei ist.«

»Aber dann?«

Mit weiten Augen hatte Adrian sich umgewendet und fragte hastig: »Und was dann? Was dann?«

Sein ganzer Jammer lag in dieser Frage.

Van der Maaßen drückte ihn auf einen Stuhl.

»Dann, Adrian« – er sprach nun, wie ein Vater seinen Sohn belehrt –, »dann werde ich noch immer Tulpenzwiebeln kaufen, wenn meine Kundschaft es verlangt.« –

Das war der Unterschied. Das war die Überlegenheit, die Hendrik van der Maaßen hatte, die im Blut lag, die vererbt war, die man nicht erlernen und nicht erzwingen konnte. Vor solcher Kaufmannsgröße muß ein Torfknecht seinen Kahn vom Ufer binden und ins leere Torfland fahren, wo keine Komödiantentruppen spielen, wo die abgezehrte Mutterstute eines Kätners grast und wo am Deich die großen Mühlenräder alle Zeit vermahlen und die Hoffnung auch. Nie wird der Kahn vor reichen Schlössern landen; und immer wird das Tulpenfenster einer schönen Frau wie eine narrenhafte Spiegelung im Wasser sein.

»Nun gut«, rang Adrian sich durch, »nun gut. Man muß erwarten können, wie es kommt.«

Was half das Beileid, und warum sprach es Hendrik van der Maaßen aus, der Zugeknöpfte, der Immerstolze, der Nie-Erkannte? Er war entschlossen, ihm die Hand zu bieten und zu sagen: Gehabt Euch wohl, Mynheer. Ich weiß, was mich erwartet. Ich werde aber auch die Mittel finden, mich zu wehren, auch ganz allein. Ich *muß* mich wehren. Denn ich weiß, daß Willem zwei Fronten auf mich hetzen wird. Und *ich* bin ganz allein. Was tut's? Mit seinem Geld, mit seiner Seele und mit Gott ist jeder allezeit allein. Es war sehr dankenswert von Euch, mir mitzuteilen, daß ich auf Euch nicht rechnen kann.

Er wußte, daß ihm Tränen in die Augen treten, daß er stottern würde, daß ganz andere Worte in seine Sätze fallen müßten. Er war trostlos, abgekämpft und müde und verzweifelt.

Aber es kam anders.

»Seht«, schlug Hendrik van der Maaßen plötzlich einen anderen Ton an, »seht, Adrian, ich bin der Meinung, daß Ihr im Grunde einseht, wie die Dinge liegen. Da ist zum Beispiel nun in England ein reicher Mann, ein Wissenschaftler, ein Botaniker, der mir geschrieben hat. Er ist mein bester Auftraggeber, ein hoher Lord, der an zweihundert Tulpensorten kennt, der seiner Tulpen wegen schon im Orient war, in Stambul und in Mazedonien, sogar im Kaukasus . . .«

Warum erzählte Hendrik van der Maaßen diese Dinge? Was wollte er?

»Wenn ich ein Schiff besäße«, warf Adrian gedehnt hin, obwohl er vor Erregung zitterte, »dann wäre ich schon lange bei den Türken.«

»Er schrieb mir also«, griff er den Bericht auf, »ihm alle Tulpen zu beschaffen, die er noch nicht habe, zum Beispiel eine Hoogh Orangie.«

»Die gibt es nicht!« fiel Adrian mit einem halben Lachen ein. Nun war ihm deutlich, wie das Steuer und die Segel standen. »Nein, das ist Geschwätz, ein Unsinn, der von Köln heraufkommt. Die Hoogh Orangie existiert nur in der Phantasie! Die gibt es nicht! Das könnt Ihr Eurem Lord nach England schreiben. Die ist genauso erstunken und erlogen wie die blaue Tulpe!«

»Schön«, nahm Hendrik van der Maaßen die Erklärung auf. »Nun aber –«, jetzt begann die große Pause, die nur Adrian empfand, weil sie die Wendung bringen mußte, die Offenbarung. »Nun aber«, setzte van der Maaßen mit gesenkten Blicken wieder an, »ist doch vor kurzem eine Zwiebel in unsere Stadt gekommen, die meinen Auftraggeber gleichfalls interessiert, die sogenannte Augustustulpe.«

»Semper augustus heißt sie«, sagte Adrian mit tiefem Atemholen und flüsterte den Namen voller Andacht noch einmal: »Semper augustus ...« In seinen Augen trat ein Licht auf, das wie Verklärung war, wie eine köstliche Ergriffenheit. »Sie ist die größte aller Tulpen«, sprach er weiter, »die edelste, die schönste. Auf den weißen Blütenblättern züngeln rote Flämmchen; bauchig wölben sich die Blättchen aus dem Blütenstand und hüllen ihre Samenfäden mit den dunkelgrauen Köpfen ein. Semper augustus, die Sehnsucht aller Tulpenfreunde ...«

»Ja«, bestätigte ihm Hendrik van der Maaßen, »so wird sie wohl geschildert, und Ihr könnt Euch denken, daß mein Lord die Tulpe um jeden Preis in seiner Sammlung haben möchte.«

Er sprach so nüchtern, als hätte er gesagt: Mein Lord will einen Flügel von unserem Stadttor kaufen.

Aber Adrian fiel ein: »Der Bauer Vinckboons hat seinen Hof dafür gegeben! Seinen Hof mit Kühen und mit Schweinen ...!«

»Richtig«, nickte van der Maaßen, »daran seht Ihr, wie verrückt der Tulpenwahn den Menschen machen kann. Nun sitzt er drauf gleich einem Tulpenkönig und gibt sie nicht mehr her, selbst wenn er noch ein Tagewerk Land dazu bekäme.«

»Das will der Lord bezahlen?«

»Ich würde es nicht bieten, wenn ich nicht ermächtigt wäre.«

Also war es doch kein Strohmann? Ein Lord in England, ein Botaniker, das war der Freund, den Hendrik van der Maaßen hatte? Ein Lord! Ein Wissenschaftler, der eine Tulpe nicht ins Fenster stellt, der Tulpen sammelt, wie andere Pfeifenköpfe sammeln?

»Er legt ein zweites Tagewerk zu«, trieb Hendrik van der Maaßen die Erzählung weiter, die Adrian zu einem Flammenbündel der Erregung machte. »Aber haben muß ich sie! Der

Bauer Vinckboons stirbt mit ihr! Er ist ein Narr. Er gibt sie nicht heraus!«

»Das weiß ich.«

War nicht der Blick von Hendrik van der Maaßen plötzlich wie verwandelt? Oder war es düsterer geworden? War das Nebelmeer bis an das Haus geschwemmt, daß nun auf einmal eine geisterhafte, gespenstische Beleuchtung den ganzen Raum durchsickern konnte? Daß van der Maaßen plötzlich Krallen an seinen krankhaft schmalen Händen hatte, mit denen er den Unterarm von Adrian erfaßte? Wie mit Fängen eines Riesenvogels? Wie ein Raubtier, das fauchend einen heißen Atem ausstößt?

»Ich muß sie haben!« sagte Hendrik van der Maaßen laut. »Versteht Ihr mich? Ich *will* sie, und ich *muß* sie haben!!« –

Nun hat auch ihn der Wahn gepackt!

»Ihr helft mir doch!?« –

»Gewiß, Gewiß ...«

Die Mühle soll verbrennen. Und wenn er nackt durch Fackeln flieht, dann ist die Zwiebel frei. Wer spricht von Brand? –

»Ihr müßt sie mir besorgen!«

»Vinckboons ist ein Hartkopf.«

»Seinen Gutshof soll er wiederhaben und zwei Tagewerke Land dazu!«

Sie maßen sich, um gleich darauf einander auszuweichen.

»Ich kann mich nicht verbürgen.«

Adrian hob einen Korn.

»Mein Kunde drängt mich.«

»Vinckboons ist wie eine Qualle.«

»Ihr habt die rechten Worte ...«

»... vergeblich angewendet, ja.«

»Der Sohn ist da, der einverstanden wäre ...«

»... und den der irre Vater aus dem Dach der Mühle stürzt, wenn er ihm nahe kommt.«

– – – – – – – –

»Ihr wollt vielleicht den Anteil wissen, den Ihr abbekommt?«

»Um *den* ist mir nicht angst. Ich kriege ihn.«

»Dann holt Ihr auch die Tulpe. – Eingeschlagen?« –

»– Ich will's versuchen. – Eingeschlagen.« –

– – – – – – – –

Den Mantel eng geschlossen, ging Hendrik van der Maaßen aus dem Haus, von Adrian begleitet bis zur Türe. Beide schwiegen.

Kaspar stapfte frierend auf dem Gang und sagte: »Es sind noch ein paar Leute dagewesen, die Euch danken wollten, weil Ihr sie gerettet habt. Ich schickte sie nach Hause: es sei schon gut. Ich würde es bestellen. Man hat das Eisloch abgefischt und niemand mehr gefunden. Auch wird niemand mehr vermißt.«

Er schwatzte, um zu schwatzen und bewies durch seine Blicke, daß ihm die Unterhaltung in der Stube nicht entgangen war. Besorgt sah er in Adrians Gesicht und hatte doch den Mut nicht, ihn zu fragen, weil er finster und verschlossen dreinsah.

Endlich zupfte er: »Ihr habt Euch eine schwere Sache aufgeladen.«

Adrian sah über ihn hinweg.

»Gewiß«, gab er zur Antwort und sandte einen Seufzer aus, »gewiß. Es geht hier aber um die Wissenschaft, um einen Lord in England. Und dafür lohnt es sich.« –

ZWANZIGSTES KAPITEL

Adrian begibt sich auf die Hochzeit und kehrt mit neuen Plänen heim

Die Weihnachtstage kamen. Das Eis brach auf. Die warmen Lüfte, die den Rhein herunterwehten, schmolzen allen Schnee, und auch das dickste Eis rieb sich in grauen Schollen langsam auf. Sturmhaft fiel dieser Wind ins Land, als wollte er den Frühling melden, für den noch lange Zeit war. Vor seinem Brausen und vor dem Schmutz, der alle Straßen deckte, kuschte man in allen Häusern enger an den Ofen. Nur wer nicht anders konnte, querte eilig Gassen oder Plätze, weil Ziegel von den Dächern stoben, weil es nicht Tag noch Nacht war.

In diesen Wochen saß Adrian daheim und brütete.

Als Christintje eines Sonntags Kuchen schickte, erfuhr er von dem Boten, daß Truus und Willem Hochzeit machten. Da zog er seinen besten Rock an und denselben Mantel, den er auf dem Eis getragen hatte, und ging zur Kirche.

Er stand im Rücken von Madame du Fresne, die blaß und schöner war als je. Sie nickte, als sie ihn gewahrte, und erstarrte wieder. Keine Miene hatte sie verändert. Wie ein schönes Steinbild war sie und es war ihm recht, gerade heute, weil ihn der Gesang bedrückte, weil die Worte, die der Pfarrer sagte, ihm zu schaffen machten. Er sprach vom wahren Frieden. Ja, wo war er? Von den deutschen Ländern sprach er, wo in Böhmen, Sachsen, Schwaben immer wieder Schlachten waren. Ach, der wahre Frieden – war er in den Niederlanden?

Als sie gingen, und Adrian war fast der letzte, stand Hendrik van der Maaßen wartend auf der Treppe und sah ihn an. Das hieß: Ich warte auf die Tulpe.

Mit Regen fuhr der Wind in die Gesellschaft, die in die Kutschen flüchtete. Schlamm spritzte von den Rädern, wenn sie durch Pfützen kreisten. Mit feierlichen, ernsten Mienen zerstreuten sich die Kirchengäste und konnten nicht verhindern, daß ein Windstoß ihre Röcke hochriß und daß die Frauen plötzlich schamhaft kreischten. Trotz des Ernstes, der über dieser Feier wie ein Bann gelegen hatte, war es ein Bild zum Lachen. Aber niemand lachte. Auch Adrian stand kalt durchnäßt und fröstelnd da, versunken in Gedanken. Der Kirchendiener, der die Türe abschloß, sagte: »Hundewetter« und hastete nach Hause.

Da tappte Adrian als letzter fort, ein Mensch, der in sich selbst hinein versunken ist und dem der Wind mit seinen Regenstößen nichts mehr antun kann, der aber trotzdem, wie einem inneren Kompaß folgend, seinen Weg nimmt.

Er kam am »Grünen Frosch« vorbei und überlegte, ob er in die Stube treten solle, wo ein Hausierer saß und noch ein Wanderbursche, der Wirt, der einen Fensterflügel öffnete und staunend fragte: »Hö, wollt Ihr Euch durchweichen lassen?«

Adrian ging weiter.

Daheim sitzt Kaspar in der warmen Werkstatt, dachte er, und webt und webt. Und ich – ich fresse aus der Kiste, immer aus der Kiste, bis man den Boden sieht. Das will der Winter so, die schlechte Zeit: der Bauer greift in seinen Rauchfang und der Fischer auch. Der Dachs hat seinen Fraß. Nur meine Tulpenbrüder rascheln mit Papieren wie die Mäuse, die zuletzt am allerstärksten Balken knabbern, wenn kein Speck mehr da ist.

Er dachte nicht an Truus und an die Heirat, die wie ein taubes Fest an ihm vorbeigegangen war, ein Tanz, dem die Musik fehlt, ein Fratzenstück. Auch der Gedanke an Christintje war nur flüchtig. Sie wird mit glühendem Gesicht die Mägde durch die Küche jagen, um den Hochzeitsschmaus zu richten, und Madame du Fresne wird schön und still und lieblos höflich an der geschmückten Tafel sitzen.

Wichtiger als alles war ihm der Blick von Hendrik van der Maaßen, der ihn erinnerte und mahnte, der an seine Ehre ging. Er hat die innere Glut erneut entfacht. Der Lord in England will die Semper augustus haben und einen Gutshof und zwei Tagewerke dafür geben. Wer weiß, was abfällt? Er wird sich steigern lassen. Aber Vinckboons sitzt auf ihr wie eine Riesenspinne.

Der Regen peitschte. Aus überschwemmten Kellern floß das Wasser in weiten Lachen über ganze Gassen. Er stapfte durch.

An Vinckboons Mühle, die aus dem Regenvorhang immer deutlicher heraustrat, hingen aufgeklinkte und zerbrochene Sparren wie Fetzen von den Flügeln nieder. Sie klapperten bei jedem Windstoß, nahmen das Gezisch und Pfeifen der Böen auf, die über die Gehöfte wirbelten und brausend in die starren Bäume fielen. Morsche Äste lagen auf der Straße. Wurzelstrünke krallten sich im schwarzen Erdreich fest, das schlammig fest und vollgesogen war von Regengüssen wie der Weg, indem die Schuhe beinahe steckenblieben. Er rang sich weiter, schwitzte, fluchte, kniff die Lippen und die Augen vor Verbissenheit zusammen.

Ach, bei solchem Wetter, das die Wilde Jagd bei Nacht durchs Land führt, werden Mensch und Tier rebellisch. Die vom Frost erstarrten Wälder knarren wie von Flintenschüssen, und die eingespannten Teiche brechen dröhnend auf. Die fade Süßlichkeit der Wärme, die in den Lüften liegt, läßt alles gären, wühlt, bedrückt. Die freien Nächte künden ihr Erscheinen an. Ihr Orgelchor schwebt grölend übers Land und ächzt und heult, schlägt Riesenpeitschen um die Häuser, wenn der Wind knallt, und läßt in allem Spuk das fiebrige Geschrei der wilden Gänse, die wieder nordwärts fliehen, wie schrille Klarinetten aus dem Himmel hören.

Da steht die Mühle Vinckboons', gespenstisch wie ein Schuldturm, die Burg der Zwiebel. Sie lastete auf ihm. Das Kreisen ihrer nun erschlafften Flügel hat seine Träume martervoll durchschnitten. Nun rufen sie. Nun ist die Mühle seine Zuflucht.

»Vinckboons!« rief er, pochte, trat zuletzt mit seinen Nagelschuhen an die bohlenstarke Türe, bis der Sohn kam: »Och? Besuch?«

»Gib einen Korn. – Sauwetter. – Durchgeregnet.«

Dreck klitschte von den Stiefeln und zeichnete bei jedem Schritt braunschwarze Spuren. Der Mantel troff nicht mehr. Er war ein Schwamm, der schwer von seinen Schultern glitt.

Noch ging der Sturm. Kracks–bläck–ricks–häch!..., so knatterte die Südluft wie eine donnerlaute Fastnachtsklapper durch die Mühlenflügel. Wie wohlig warm es war, von Küchen=brodem voll.

»Nur einen Korn.«

Am Fenster saß er auf einer klobig großen Bank. Aus jäh gehobenen Schleusen schien der Regen auf die Stadt zu stürzen. Zitterte die Mühle?

Er schwieg, weil auch der Sohn nichts sagte, der Wolle kratzte.

»Gute Wolle ...« nickte er nach längerem Verweilen und prüfte eine Fingerspreize voll. Nun fühlte er die Wärme, dehnte sich. Der Sohn mit seinem Schweigen gab ihm die Ruhe, die er brauchte.

»Zahlt sich nicht mehr aus«, kam seine Antwort.

Der Wollekratzer, wie ein Pferdestriegel anzusehen, scharrte. Der eine Korb war voll, der andere leer.

»Ihr kommt doch wegen der verdammten Zwiebel?«

Der Sohn, der Wolleflocken vom Boden aufgesammelt und den Korb hinausgetragen hatte, goß jetzt sich selber einen Branntwein ein.

»Des Wetters wegen ...« Adrian beeilte sich, geflissentlich die Frage abzubiegen ... »nur des Wetters wegen suche ich in Eurer Mühle Unterschlupf. Zu meiner Tante wollte ich, ihr eine Christtagsfreude machen. Übermorgen ist doch Christ=tag? – Nein, die Zwiebel interessiert mich nicht.« –

Er sprach mit langen Pausen, wie es der Langeweile eines Wintertags entspricht, wie man mit Menschen reden muß, die selten Menschen sehen. »Aber –«, meinte er, »ich muß es wohl aufgeben, weiterzumarschieren. Man schreitet wie im Watt. Fast haut es einen um. – Die Mühle hat es auch gerissen ...«

»Ja.«

»Das kostet wieder ...«

»Man hat es ja! ...«

Das klang erbittert. Damit war das Gut gemeint, das Vater Vinckboons in den »Hechten« verschachert hatte. Aber Adrian erwiderte, als hätte er den Beiklang nicht verstanden: »Gut, wenn man's hat. Gut, Piet. Ich sagte immer schon: Piet Vinck=boons ist ein Mann, der weiter schaut, als er aus seinem Mühlenfenster schauen kann. Er sieht aufs Meer. Er weiß, daß es nicht aufhört. Daß dort England liegen muß und daß weit hinter England noch die Fischerboote von Frankreich an der Islandinsel mit den unserigen zusammentreffen. Daran muß man denken, wenn man nicht sinnlos seine Zeit verleben will ...«

Piet Vinckboons sah nicht auf.

An seinen Wangen konnte man erkennen, daß seine Kiefermuskeln zuckten.

»Wie geht's dem Vater?« fragte Adrian.

»Er liegt.«

Aha, er liegt. Er wird die Zwiebel hüten. Wird er sterben? Ob er krank ist?

Nun läßt das Brausen nach. Die Schauer werden heller. Die Stadt löst sich aus ihren Schleiern, noch fahl verhangen, regnerisch verglast. Die altersgrauen Backsteinhäuser haben durch den Regen neuen Glanz bekommen. Dort bricht der Rauch aus einer Esse sich bereits fast senkrecht in die Höhe. Wie ein Sonnenzeichen ist es.

»Liegt er schwer?«

»Ihr wollt die Zwiebel? Sagt es doch!«

»Nein«, lehnte Adrian die Frage nochmals ab und setzte gleisnerisch hinzu: »Mit kranken Leuten soll man keinen Handel machen.«

»Er ist nicht krank!« –

»Kann sein, daß er's dem Körper nach nicht ist. Im Kopf ist er's bestimmt ...«

Piet Vinckboons hatte sich erhoben. Mit versteckt gehaltenen Fäusten stand er da und starrte auf die Dielen, breitbeinig, plump, ein Riese, stark wie sein Vater, mit weiten Müllerschultern.

»Ich habe sie ihm nehmen wollen«, sagte er und öffnete die Zähne kaum. An seinem Hals schwoll eine dunkle Röte. Die Sehnen standen steil zum Kinn. Sie zuckten, weil er sprechen wollte und es doch nicht konnte. Er war es müde, überdrüssig, und sprach auch so: »Im Kopf – gewiß, im Kopf sitzt seine Krankheit. Aber Kraft genug hat er noch immer. – Die Mühle geht zuschanden. – Seine Krankheit ist die Angst.«

»Die kenne ich.«

Begütigend war Adrian zu ihm getreten, berührte seinen Arm.

»Man schläft nicht, sieht Gespenster, nicht wahr? Ach, das kenne ich. Wer Geld hat, ist kein Mensch mehr. Also Angst ... Vor wem? Vor Dieben? Hat er sich eingeschlossen? – Ihr habt gerauft? Nein, nein, mein lieber Piet. Das war verfehlt. Ein Irrer, und das darf ich sagen, ohne dich zu kränken, wird bärenstark, wenn er sich angegriffen sieht. Er wird ein Untier. Finger weg. Das war mein erster Eindruck: aus. Hier hilft nichts mehr. Kein Handel, keine Menschlichkeit, und wenn man ihm sein Gut und außerdem zwei Tagewerke Acker böte, wie ich einen wüßte ...«

»Das bietet einer? Zwei Tagewerke und das Gut zurück?«

»Dein Vater tut es nicht. Er hat die Zwiebel und wird sie lieber verschrumpeln und verfaulen lassen ...«

Piet Vinckboons stieß die Türe zur Nebenstube auf und schrie hinein: »Das Gut zurück und noch zwei Tagewerke Land dazu! Ist das genug?«

Dort saß der Alte aufgerichtet in dem zerwühlten Bett, ein Faun, von Stoppelhaaren im Gesicht verwuchert wie ein Waldschratt, unkenntlich mißgestaltet, eine Fratze aus Haar und Bart, ein böses Ungeheuer, dessen Augen wie dunkle Funken leuchteten – und lachte! Lachte! Schlug die muskulösen Arme an den Leib und trommelte mit seinen Fäusten auf der Brust. »Es langt nicht! Nein! *Ich* habe sie! *Ich! Ich!* ...« und lachte weiter, hohl, aus tiefstem Zwerchfell, daß die Hüften bebten und sein Bauch zu zittern anfing, zog sein Lachen in den Hals herauf, bis es mit Ächzen und mit Husten aus dem Kehlkopf kam und gellend in der Fistelstimme endigte.

»Ich! Ich!«

Das war die Antwort. Der Sohn fuhr auf ihn zu:

»Die Mühle geht kaputt!«

»Geh! Geh! ...«

Der Müller Vinckboons hatte sich herumgeworfen. Er geiferte, lag sprungbereit, er glühte. »Geh!« – Er krallte seine Hände in den Brustkorb, als halte er sein Herz: »Und schließ die Türe ab. Niemand soll kommen! Niemand mehr! *Ich* habe sie! *Ich* bin der reichste Mann der ganzen Stadt! *Ich! Ich!*« –

Er kroch zurück und zog die Decke an das Kinn. Er wimmerte: »Du bist mein Sohn, du sollst mich schützen. Mach die Türen zu, die Riegel vor. Die wilden Nächte kommen, die

Nächte vor Neujahr, die Freinacht. Paß gut auf. Ich wache schon. Niemand soll kommen. Laß keinen Spalt geöffnet, die Geister witschen durch. Tu das! Geh! – Geh!«

Er krächzte wieder, weil Piet noch dastand.

»Zwei Tagewerke sollst du kriegen und das Gut zurück.«

»Geh! Geh! ...«

Schon wieder saß er aufgerichtet da, ein Haargesicht mit einem roten Schlitz, dem Mund, aus dem die Worte krächzten. »Geh!«

Sein höhnisches Gelächter scholl aus der Stube, als Piet die Türe schloß und an den Tisch trat.

»Zwei Tagewerke sollst du kriegen und das Gut zurück.«

Er warf das Schnapsglas auf den Boden, wo es zersprang, und keuchte vor sich hin: »Die Zwiebel muß mir aus dem Haus, und wenn er mit muß, wenn sie umsonst zum Teufel geht, woher sie stammt! Das ist kein Leben, nein, das ist kein Leben! ...«

Drinnen lachte Vater Vinckboons weiter.

»Nein, das kann nicht, geht nicht, darf nicht weiter so ... nein, Adrian ...«

Ging nicht die Türe? Stand nicht Vater Vinckboons dort? Und kicherte? Und hechelte sein Lachen, zurrte sich den Bart?

»Ich! ... Ich! ... Ich habe sie! ...«

Die Türe schnappte wieder langsam ein. Piet hatte Tränen in den Augen, ein Mann, groß wie ein Riese, mit Müllerschultern, ein Niederländer.

»Kopf hoch«, sagte Adrian und nagte an den Lippen. »Kopf hoch«, und dachte: Donnerwetzstein, hier liegt ein Blitz im Haus, und wehe, wenn er zündet ... aber Kopf hoch ... oh ... »Nur Kopf hoch, Piet. Ich muß mir überlegen, welche Mittel hier am besten helfen. Und ich glaube fast: ich habe sie gefunden.«

»Umsonst sollt Ihr sie haben! Nur befreit mich! Ich kann nicht mehr ...«

Es war ein Stöhnen, das aus wunder Seele drang, ein Jammer, der erschüttern mußte und selbst Adrian ergriff. Er sagte: »Tröste dich. – Und wenn ich dir durch einen Boten etwas sagen lasse, dann befolge meine Weisung. Was herauskommt, weiß ich freilich nicht.«

Sein Anerbieten kam aus reinstem Herzen. Piet griff voller Dankbarkeit nach seiner Hand, und Adrian gab den Druck beruhigend und stark zurück. Er wußte, was er wollte. Er kannte Weg und Ziel.

Was tat es, wenn der Wind mit neuen Regenböen um den Hügel stürmte? Wenn die Stiefel bis zum Knöchel im Straßenschlamm versanken? Jeder Sturm vergeht. Die Mühle ist kein Bollwerk mehr. Es ist verdammte Pflicht, Piet Vinckboons beizustehen. Er verkommt, verzweifelt, hängt sich auf, jagt, wenn das Elend ihn erfaßt, den roten Hahn aufs Mühlendach! – Man muß ihm helfen. Doppelt hilft, wer sich und anderen hilft. Hier ist es so.

»Umsonst sollt Ihr sie haben!« hat Piet gesagt. Das ist ein Wort, das nachklingt, das man schriftlich haben sollte und das man doch nicht als bare Münze nehmen darf. Man muß das alles gründlich überlegen, und die Feiertage bringen Zeit dazu . . .

»Ach, dachte Adrian zuletzt, als er die Stadt erreichte, wie sollen auch die Leute zu Geschäften kommen, wenn sie das Wetter fürchten? Wenn sie in ihren dumpfen Häusern hockenbleiben?

Er war, obwohl beschmutzt und naß, so aufgeräumt, wie er seit langem nicht gewesen war, weshalb ihn Kaspar fragte: »Anscheinend ging es munter zu auf Eurer Hochzeit?«

Ei verflixt – man war ja ausgegangen, um einer Hochzeit beizuwohnen, und wie wichtig war das doch gewesen.

»Sehr munter«, lachte er und setzte dann hinzu: »Das heißt: es hatte jeder seine eigenen Gedanken — und ich natürlich auch . . .«

»Und in Gedanken seid Ihr durch den tiefsten Dreck gewatet, der sich finden läßt?«

»Ja, in Gedanken . . .«

Kaspar lebte wieder auf, weil er den Widerglanz der Zuversicht erkannte, der Adrian beseelte. Er brauchte nicht zu fragen, was es gab. Er wußte nur, daß Adrian sein Schicksal meistern würde, weil er laut durchs Haus ging und vor sich hin pfiff, trällerte, in Schränken und Gelassen stöberte und listig aus den Augen lachte. Die Spannung war gebrochen, die wie eine Lähmung jeden freien Atemzug behindert hatte.

»Es stürmt noch«, wandte Kaspar ein, als Adrian das Fenster öffnete.

»Dann ist es gut«, gab Adrian Bescheid, »es soll nur mächtig stürmen. Blasen soll der Wind, als ob der Himmel seine Legionen durch die Nächte schicke.«

Und befriedigt machte er das Fenster wieder zu.

In der Windmühle Vinckboons' geschehen spukhafte Dinge, die verheimlicht werden müssen und trotzdem manche Folgen haben

Der Plan, den Adrian vollbringen wollte, war verwegen in der Kühnheit, mit der er ausgeklügelt war. Der Sturmtag und die entmenschte, widerliche Szene, die er nach dem Kirchgang in der Mühle miterleben mußte, hatten ihm den Vorsatz eingegeben.

Hier war es Menschenpflicht, den Dämon auszutreiben, und weil Gewalt nicht half, so mußten Mittel nützen, auf die kein Mensch gekommen wäre. Eitelkeit und Geiz und Stolz und wer weiß welche anderen Instinkte hatten Vinckboons zu jenem tierhaft ekligen, verzückten Haargeschöpf gemacht, das auf dem Bett saß, schrie und krämpfig wurde, das keine anderen Gefühle und Gedanken mehr bewegen konnte als die Angst um seine Tulpenzwiebel.

Es war vielleicht die Gier, dem Sohn noch in den letzten Stunden die Erbschaft zu entreißen und zu triumphieren. Es war vielleicht der Wahn, dem alte Leute oft erliegen, ihr Gut zu retten, es zu raffen, zu verstecken, aufzusparen. Angst vor dem Alter spricht ein Wort dabei, Furcht vor Hunger und Verlassensein, Mißtrauen vor den Kindern. War Piet Vinckboons so? War nicht vielmehr der Alte nur vom Tulpenwahn besessen, ein vor Gier Vergehender, ein irrer Spekulant, der sich in aller Munde bringen wollte und nun verzweifelnd um seinen Reichtum zitterte? Weil man ihn rauben konnte! Ein großer Narr, der in der Narrheit scheitert und zur Weisheit, die sich in allem Narrentum beweist, nicht mehr zurückfand? Wo konnte man ihn fassen?

Er war mit Worten und Geld nicht zu bezwingen und mit

Liebe oder Güte nicht zu bändigen. Nur *Narrheit* war ihm ebenbürtig, und eine Narrheit war es, die Adrian ersonnen hatte, eine lächerliche Posse, ein abenteuerlicher Unsinn, aber eine Tollheit, die Erfolg versprach!

Es kam auch nicht der mindeste Verdacht auf, als Adrian vor Christtag ein paar sonderbare Dinge kaufte.

Er fragte in dem einen Laden nach Sternen aus Goldpapier und ließ sich eine Messingkrone geben. Der Kaufmann dachte: Nun hat der reiche Kauz sein Kinderherz entdeckt! Er kaufte einen Wattebart, Stoffreste aller Gattungen und Farben, Halsketten, grüne Stiefel, grüne Handschuhe mit Stulpen, Schmuck aus blitzenden Metallen, der sehr billig war, und Sporen, eine fürchterliche Nase aus Pappendeckel und schließlich eine Keule, wie man sie bei Fastnachtstreiben trug.

Mit diesem Plunder zog sich Adrian zurück in seine Stube, nähte, schnitt, probierte. Er klebte sich den Bart mit Mehlpapp ins Gesicht, zerraufte ihn, weil es ein flaumigweicher Bart war, ein Sankt-Niklas-Bart; er zog ihn durch die Asche und ruhte nicht, bis er verstruppt und schmutzig war, ein Bart, wie ihn ein Wegelagerer tragen konnte. Dann setzte er die Nase auf, ein rotes, gurkenhaftes Unding, und striegelte das Kopfhaar, das blond und starr nach allen Seiten ragte. Über die Perücke streifte er den Messingring der Krone, die wie ein Diadem die Stirne überhöhte und durch das Zierwerk roter, blauer, grüner Sterne noch fürstlicher erschien.

Zu diesem Kopfputz zog er ein Gewand an, das in einer grünen Krause, die um den Hals lief, mündete. Es sollte einer Tulpenzwiebel gleichen; durch luftgefüllte Schweineblasen, die unterm Kleid befestigt wurden, war die Zwiebelrundung noch viel deutlicher erkennbar.

In dieser Kostümierung, die kein Fastnachtsschneider besser machen konnte, holte er zu jenem Schlage gegen Vinckboons aus, den er beschlossen hatte. –

Die Weihnachtstage waren so still vorbeigegangen, wie sie in einem Haushalt, wo nur zwei Männer sind, vorbeizugehen pflegen.

Christintje hatte Nüsse und Gebäck und andere Weihnachtsgrüße überbringen lassen, und beschämt erkannte Adrian, daß er sie wiederum vergessen hatte. Im nächsten Jahr, beschloß er, will ich mich um sie bekümmern. Sie verdient es. Aber soll man eine Ehe wagen, wenn man nicht weiß, wie alles enden wird? Und überdies: was bringt sie mit? Wieviel? – Ist nicht, wenn dieser Streich mit Vinckboons vom Glück begünstigt ausgeht, erneut ein goldenes Tor zur Welt geöffnet? Ein Tor wie eine Riesenschleuse, deren Strömung einen in das Meer der Welt hinausreißt? Und an unbekannten Ufern niedersetzt? –

In allen Häusern sang man Christtagslieder, und selbst Kaspar schlich sich in die Kirche, um auch dadurch das andere Leben zu beweisen, das zu beginnen er gewillt war. Nur Adrian, der keine Andacht finden konnte, saß allein daheim. An seine Mutter dachte er, die ihm erregende Geschichten von Alben, Waldkönigen und Höhlengeistern vorgeplaudert hatte. War nicht Vinckboons einer jener Spökenkieker, die zwei Wirbel haben? Ein Mann, der alle Dinge mit Augen sah, die durch die Dinge blicken, fast ein Geist, der Geister sah, der in die Zukunft schauen konnte?

Ach, die Feiertage gingen zäh vorüber; aber immer wieder flatterte der Sturm auf schwarzen Wolken dem Meere zu, und täglich flogen die Gerüchte durch die Stadt, daß da ein Dach vom Sturmwind abgehoben und dort ein Schornstein fortgeschleudert worden wäre.

An jenem Abend, als Adrian zur Mühle fahren wollte, sagte er zu Kaspar: »Du kommst um elf Uhr an meine Türe. Ich will dir einen Auftrag geben.«

Kaspar bebte, weil das geheimnisvolle Wesen Adrians ihm sehr zu schaffen machte. Er hockte schon vom Abendläuten an im Flur und wartete und lauschte; er hörte aber nur, wie Adrian durchs Zimmer schlurfte, murmelte, wie er bisweilen seufzte und wie die Kleider rauschten.

Vorsorglich hatte Adrian das Schlüsselloch verstopft.

Er konnte nichts gewahren; aber mit dem Elf-Uhr-Glockenschlag gab Adrian den Auftrag, dem Kaspar mit Angstschweiß und zerknirscht entgegenharrte.

Adrian sprach durch die Türe, ohne sie zu öffnen. Seine Stimme schien viel tiefer als sonst zu sein, rauh, hohl und krächzend.

»Spann nun den Wagen für mich an«, rief er hinaus. »Und laufe dann zu Vinckboons' Mühle.«

»Ach, an Vinckboons' Mühle? ... Und bei diesem Wetter?«

»Sage dort dem jungen Vinckboons, er solle auf der Stelle in den Gasthof ›Zu den Hechten‹ kommen. Ich erwarte ihn. Ich hätte ihm ganz wichtig etwas mitzuteilen.«

»Und wenn er nicht kommt?«

»Er wird kommen!«

»Und wenn er schläft?«

»Er wird nicht schlafen.«

»Wenn er aber doch schläft?«

»Wirst du ihn wecken.«

»Ach, zu Vinckboons' Mühle«, seufzte Kaspar, der hinter das Geheimnis dringen wollte und nur deshalb hartnäckig seine Fragen stellte. Aber Adrian gab keinen Aufschluß.

Da zerrte Kaspar die Pferde aus dem Stall, den Wagen aus dem Schuppen, schirrte an, zog seinen Mantel über und wankte durch die regendunkle, sturmdurchtobte Nacht. Bei jedem Schritt sah er sich um, bei jedem Windstoß fuhr ihm ein kalter Schauer durch die Seele. Wo der Wind sich in den schmalen Gassen verfangen hatte, schien er wimmernd zu vergehen; wo die Straße breit war, fegte er in Wirbeln um die Bäume, packte sie und schien sie wie ein Armgelenk beim Ringen umzudrehen. Dazu kam das Gestöhne der Stämme und der Äste; im Kanal, wo sich die Wellen an der Mauer brachen, vollführten Boote einen Höllentanz, und auf den Häusern klapperten die Ziegel, als schlüge man mit einem Riesenklöppel einen wilden Takt auf ihnen.

Vor der Stadt war es noch schlimmer. Der Sturm fand keinen Widerstand und jagte durch die kahlen Gründe. Mühselig hinkte Kaspar auf die Mühle zu, obwohl der Wind ihn oft mit einer Macht erfaßte, als müsse er ihn auf den Boden werfen. Kaspar keuchte, von Todesangst gepeinigt und noch stärker von der Furcht, den Auftrag Adrians nicht richtig auszuführen, auf Vinckboons' Mühle zu. Mit seiner Stallaterne, die er an sich preßte, schwankte er gleich einem Irrlicht durch die gespenstisch schwarze Nacht.

Was plante Adrian? Seit Tagen hatte er die Stube abgeschlossen, seit Tagen war die Laune Adrians von heller Fröhlichkeit zu düsterer Untergründigkeit gewechselt. Wenn man ihn verriet? Was aber konnte man verraten, wenn man nichts und gar nichts wußte? Wenn nur das Klopfen in der Brust war? Die Angst, die jedes Wort erwürgte?

Der Abend nach dem Eisfest fiel ihm ein, die Nachtgespräche, die Versprechungen, die sie sich gegenseitig abgegeben hatten, die er sich selbst geschworen hatte! Ein zweites Mal Verrat? War mit dem alten Jahr, das seinen letzten Tag mit Sturm erfüllte, das alte Leben noch nicht abgeschlossen?

Erschöpft war Kaspar auf die Schwelle der Mühle hingesunken. Mit dem Ellenbogen klopfte er und rief: »Macht auf! Ein guter Christ will eingelassen werden!«

Er mußte lange warten und polterte zuletzt den schweren Eisenring mit aller Kraft aufs Holz, bis endlich Piet Vinckboons mit einer Lampe in der Türe stand, wortlos und nur mit einer Kopfbewegung fragend: Was ist? Was willst du?

Jetzt war es entschieden.

Vor dem jungen Vinckboon schwanden alle Zweifel; jetzt war Kaspar wieder die zweite Seele Adrians geworden, der alte, kleine Kaspar, der die Tat nicht kannte, die er vorbereitete, und der sie auch nicht kennen wollte, weil er wußte, daß er sie nicht verstehen würde.

Piet Vinckboons' Blick, der unter buschig dunklen Augenbrauen schwer hervorkam, veränderte sich nicht. Fast widerwillig schien er Kaspar zuzuhören; aber dennoch lag eine dumpfe Spannung über ihm. Dann griff er plötzlich nach der Kappe, nach der Joppe.

Wortlos gingen sie der Stadt entgegen.

Der Regen hatte nachgelassen. Die Wolken waren offen, schwarz mit grau erhellten Rändern. Sie wälzten sich bedrückend über ihnen hin.

Der junge Vinckboons hatte noch kein Wort gesprochen, bis er Kaspar am Arm erfaßte und auf die Seite drängte. Das war ganz nahe vor der Stadt.

»Wer ist das?« fragte Piet. – »Ich weiß nicht«, starrte Kaspar, und das Herz stand ihm fast still, weil es sein eigener Wagen war, der rasselnd näherkam! Er kannte ihn! Das war kein anderer Wagen, der mit höllischem Geschepper, wie eine furchterregende Erscheinung, ganz hart an ihnen vorüberfuhr! –

Piet Vinckboons sah ihm nach.

»Vielleicht der Bauer Gruyter«, sagte Kaspar. »Der fährt so

einen Wagen. Vielleicht der Dewet, der Hirsemüller Dewet, der auch zwei Pferde hat, ganz neuerdings.«

Nein – Adrian war es gewesen! Er hätte es mit einem Eid erhärten können, daß Adrian auf diesem Wagen saß! Und niemand anders! Adrian, in eine mächtige Kapuze eingehüllt! Kein anderer! – Aber klang es nicht, als lägen Sensen auf dem Wagen oder Sicheln, die ein schauerliches Glockenspiel vollführten? Und hatte nicht der Kutscher mit seiner Peitsche herabgefitzt und laut ein kurzes, höllisches, unseliges Gelächter angeschlagen? Waren nicht die Hufe der Pferde mit Stroh umwickelt und die Räder auch? –

»Der Dewet ist es nicht ... und auch der Gruyter nicht. Die kenne ich.«

»Wer soll es dann gewesen sein?«

Noch immer blickte Piet dem Wagen nach, der in der Nacht verschwunden war. Trug nicht der Wind ein leises, helles Klingen her?

»Wir müssen in die ›Hechte‹«, drängte Kaspar. »Es ist gleich zwölf.«

Schon schlug es.

»Das war der Dewet nicht ...«

»Wer soll es dann gewesen sein? ...«

Ein Spuk.

Man muß ihm sagen, daß es ein Spuk gewesen ist.

»Ein Fremder kann es auch gewesen sein!« –

Wie gut, daß durch den Sturm die Worte fortgetragen wurden, daß man schreien mußte! –

Umkehren, dachte Kaspar, umkehren müßte man und in der Mühle sehen, was nun wahr ist und was sich dort ereignet. Nur Piet darf nicht zurück. Piet Vinckboons muß zum Gasthof »Zu den Hechten«. Der ist weit am Hafen drunten, und wenn kein später Säufer mehr zurückblieb, wird der Gastraum leer sein. Aber Adrian wird da sein, obwohl er mit dem Wagen durch die Nacht braust wie ein Teufel. Er ist doch ein Teufel und zugleich ein guter Mensch. Er kennt sich selber nicht.

Nur widerstrebend ging Piet Vinckboons weiter und nur weil Kaspar, der die Laterne trug, ihn durch sein Beispiel überlistet hatte. –

Unterdessen war Adrian bei Vinckboons' Mühle angelangt. Er wußte, wie die Türe aufzumachen ging, und hätte selbst mit zugebundenen Augen den Weg zur Stube des alten Vinckboons unbeirrt gefunden. Er ließ sich Zeit, obwohl das Herz ihm bis zum Halse schlug, obwohl er sich beeilte. Aber jede Handbewegung, jede Vorbereitung war so genau bemessen, daß sein Anschlag glücken mußte, wenn nichts Unerwartetes dazwischenkam.

Er hatte, als er vorfuhr, noch auf dem Wagen stehend seinen Spuk begonnen, indem er einen Wasserkessel, der mit Flintenkugeln, Eisenstücken und Steinen angefüllt war, dicht vor dem Fenster schüttelte. Das war ein Lärm, ein Schürfen und ein Rasseln wie ein Trommelwirbel aus Metall; dann ließ er plötzlich wieder den Deckel scheppernd auf den Kessel knallen.

Dasselbe Rasseln war es auch gewesen, das Kaspar unterwegs vernommen hatte. Es klirrte wie von Ketten und klang doch heller; es war die höllische Musik, die Adrian dem alten Vinckboons als ersten Schrecken in die Seele jagte. Sturm heulte, und die Mühlenflügel ächzten. Es blieb still im Haus.

Ganz langsam tappte Adrian im Hausflur, rasselte mit seinem Geistertopf, bediente eine Klapper, die dazwischenscharrte, stöhnte und lockte Wimmertöne aus einem Fastnachtsbläschen.

Bestimmt lag Vinckboons nun starr in seinem Bett. Da paukte Adrian mit seiner Keule an die Türe.

Es blieb noch immer still.

Er redete in Worten, die keine Worte waren. In seinem Topfe, den er an goldenen Schnüren trug und nun zu schwenken anfing, brachte er ein stinkendes Gemisch von Harz und Myrrhen zum Verschwelen. Es wallte ihm voraus, als er die Türe aufstieß und einen Spalt geöffnet ließ, um diesen Dampf vorauszuschicken. Es qualmte aus dem Kessel und füllte rasch die ganze Stube an.

Noch rührte sich der alte Vinckboons nicht.

War er vor Schreck gestorben?

Warum schrie er nicht?

Da stampfte Adrian hinein, sah Vinckboons vor sich kauern, sah, wie er zurückwich, wie er die Zähne fletschte, die Lider schloß, um sie im gleichen Augenblick krampfhaft geöffnet wieder aufzureißen, wie er zusammenzuckte, zu grinsen schien, zu weinen, zu erschlaffen, wie er die Hände in die Kissen krallte.

Adrian warf ihm durch einen rasch bedachten Schwung des Topfes eine Wolke der Verzauberung ins Gesicht. Da nieste er.

Kam ihm durch dieses Niesen die Vernunft zurück?

Mit Zittern und mit Beben stand Adrian in dem phantastischen Kostüm vor Vinckboons, die Krone auf dem wirren Kopfhaar und eingehüllt in jenes Kleid, das einer Tulpenzwiebel gleichen sollte, das oben grüne Lappen hatte und von unten her aus grünen Stiefeln aufstieg. Er war besät von stilisierten Blütenkelchen, die er aus Buntpapier geschnitten hatte, mit Gold behängt, mit Orden, Schnüren und mit Tulpenblüten aller Farben; ja, aus dem Diadem der Messingkrone war ein Tulpenblütenkelch geworden, dessen Stiel im Nasensattel auslief wie bei einem Streithelm. Auch auf dem Topf und auf der Keule waren Tulpen aufgeklebt. In dieser märchenhaften Kostümierung paradierte er beschwörend um das Bett, in seine Myrrhenwolken eingehüllt und rasselnd, singend, fauchend, mit einem unverständlichen Gemurmel wie ein Kabbalist.

Der alte Vinckboons, der vor Schreck starr gewesen war, fing an zu winseln. Er triefte aus den Augen. Er krümmte sich, und dennoch brachten seine Lippen die zerfetzte, fast tonlos hingehauchte Frage auf: »Wer – bist du –? Und – was – willst du?«

Der Ton versagte ihm. Sein Mund blieb offen. Man sah die kurzen, braunen, abgenagten stumpfen Zähne und die Zunge, die zuckend hechelte. Er kroch noch mehr zurück in seine Laken, bis an die Wand.

Ein Murmeln war es, das Adrian hervorstieß, ein dumpfes Grollen, das zum Singsang wurde, während er den Topf an seinen goldenen Schnüren schwanken ließ und sich ein wenig mit dem Körper hin und her bewegte. Wie sich ein Gaukler in den Hüften wiegt, begann er sich zu schaukeln.

Es ratterte im Kessel. Neuer Qualm stieg beizend und benebelnd auf.

Er ließ die Keule kreisen, die er an einer Schnur befestigt um den Hals trug. Er ging ums Bett herum und fragte plötzlich mit dröhnend tiefer Stimme: »Du kennst mich nicht, du armer

Wicht?« und fuhr ihn an mit einem Laut, der wie ein Bellen war: »Bräckäcks! . . .«

Da heulte Vinckboons auf. Er hatte nicht gewußt, ob er sein Bettzeug an sich pressen oder ob er seine Hände dazu gebrauchen sollte, den unheimlichen Eindringling abzuwehren. Im kreischenden Diskant schlug eine Bö ans Fenster. Vinckboons zitterte. Die Augen traten ihm hervor, rot unterlaufen, wie weiße Kugeln mit einem schwarzen Loch. Schon sanken seine Arme, seine Schultern nieder. Er war bereit zu fliehen, sich zu verkriechen, aus dem Bett zu springen; er faltete zuletzt die Hände, als versuche er zu beten, aber Adrian kam ihm zuvor und donnerte: »Du bist kein Christ! *Mir* bist du untertan!« – »Ja«, hauchte Vinckboons, »ja . . . was willst du . . .?«

»Ach, du fragst noch?« höhnte Adrian mit Krächzen, »ach, du weißt es nicht, du Wicht, du Narr? Du weißt es nicht?«

Er tanzte um das Bett, ging in die Hocke, daß die grünen Zipfel seiner Krause wie Blütenblätter über seine Haare ragten, und fragte düster dröhnend: »Erkennst du nicht die Zwiebel aller Zwiebeln? Die Tulpe aller Tulpen? Und mich, der ich der Herrscher aller Zwiebeln bin? Der semperste Augustus?!« –

Ach, es war eine Tollheit, wie sie närrischer nicht auszudenken war, ein Mummenschanz, wie kein gerechter Mensch es glauben kann. Hier war es ernst! In dem verwucherten Gesicht des alten Vinckboons traten alle Schrecken auf, die Fegefeuer, hochnotpeinliche Verhöre, Stock und Folter in ein Antlitz graben mögen. Hier war die Narretei zur Fruchtbarkeit geworden, der Scherz zum grauenvollen Ernst. Und wäre Vinckboons tot ins Bett gesunken, es hätte Adrian nicht überrascht.

Ihm selber stieg der Qualm der Harze in die Augen. Die angestrengt verstellte Stimme begann zu kratzen. Eine Übelkeit trat in Gehirn und Magen auf, die nicht mehr zu ertragen war.

Da sprang er plötzlich aus dem Tanz heraus mit beiden Füßen auf die Bettstatt, setzte Vinckboons seinen grünen Stiefel auf die Brust und ließ den Qualmtopf um seinen Schädel kreisen.

Toller war es nicht zu treiben.

»Gnade«, stöhnte Vinckboons, »habt Erbarmen… Gnade…«

»Hattest *du* Erbarmen mit der Zwiebel?!« keuchte Adrian

und steuerte beschwörend auf sein eigentliches Ziel zu. »Weißt du nicht, du jämmerlicher Tropf, daß eine Zwiebel Erde braucht, um zu gedeihen! Und daß sie blühen will? Ja? Weißt du das?«

»Ich weiß es ...«

Wie unerschüttert und gefaßt der alte Vinckboons jetzt noch war, erkannte Adrian daran, daß er noch Antwort gab, obwohl sein Atem flog.

»Wie lange soll sie schmachten? Hä? Bis sie verdorrt ist? Hä? Bis dich der Tod aus deiner Bettstatt holt? – Gib Antwort!«

»Ich – ich ... mir gehört sie! ... Mir!«

»Und wenn *ich* sie verlange? Bin ich umsonst gekommen?« –

Wenn bis dahin alles als Beschwörung gelten konnte, was Adrian betrieb, so fiel in seine Stimme jetzt ein Klang von zwingender Bedrohung ein. Es ging um alles, um die Zwiebel, die er haben mußte, um den Lord in England, um den Trumpf und den Triumph, den er für seine Zukunft brauchte. Um Vinckboons ging es, um den Alten und den Jungen, um die Teufelskur an einem armen und verwirrten Geist, um die Erlösung einer Seele. Das waren Gründe, die er nie erwogen hätte, wenn sie die inneren Stimmen nicht beschwichtigt hätten.

Es fiel ihm ein, daß Kaspar und Piet Vinckboons nun in den Gasthof »Zu den Hechten« treten mußten, daß es dort vielleicht schon dunkel, daß kein Mensch mehr da war, daß sie, ihn suchend, zurück zur Mühle eilen und ihn entdecken konnten.

»Beeil dich!« schrie er. »Das hat sie nicht verdient! Du handelst wie ein Hamster, der seinen Vorrat in der Burg verfaulen läßt!«

Er merkte plötzlich, daß aller Zauber weniger verfing als seine dröhnend vorgebrachten Forderungen und Verweise.

»Deinen Sohn hast du enterbt! Hast ihm den Hof genommen, um eine Zwiebel zu besitzen, die nichts mehr taugt, die du zugrunde richtest, weil sie nicht mehr wachsen kann! Du hast kein Recht dazu, sie weiter zu behalten! Gib sie heraus!«

Jetzt lief ein Ausdruck tiefster Fassungslosigkeit durch Vinckboons' Züge. In seine Augen traten Tränen. Er war zerbrochen, mürbe, überwältigt von der nächtlichen Erscheinung, von den beizend scharfen Wolken, die auf alle Sinne schlugen. Und dennoch fragte er noch jetzt: »Wer bist du?« Aber grollend kam die Antwort: »Frage nicht. Ich bin der Geist, dem alle

Blumen unterstehen und den du kennen solltest! Ich bin der Tulpen König! Gib mir die Zwiebel wieder! Denn in *deinen* Händen wird sie verfaulen, und nichts wird bleiben, wie von dir nichts bleiben wird ...« So sprechen Scharlatane, Quacksalber, Komödianten, die auf unverdorbene Gemüter rechnen.

»Und wem willst du sie geben?« kam Vinckboons' Frage. War er fähig, noch zu einer List zu greifen? Mißtraute er noch jetzt? »Wem? Sag es! Wem?«

»Sie wird in einen Garten eingesetzt, wohin kein niederländischer Tulpist gelangt.«

»Dann – dann – dann glaube ich, daß du sie holen sollst. Kein Niederländer wird sie haben ...?« spannte er.

»Kein Niederländer. Kein Tulpist. Weit weg von hier wird sie in einen fetten Boden eingesetzt ...«

»Kein Niederländer ...«, wiederholte Vinckboons, und Wasser tropfte ihm vom Mund herunter, »... kein niederländischer Tulpist wird sie bekommen ...«

Nun grub er einen kleinen Kasten unter seinem Kissen aus und nahm ihn auf den Schoß. Er schlug den Deckel auf und nahm die Zwiebel, eine gelblichbraune, von dicken Häuten eingehüllte Tulpenzwiebel, in die hohle Hand und blickte mit Tränen in den Augen auf sie nieder.

Das also war sie, die Augustus, eine unscheinbare Tulpenzwiebel wie tausend andere und dennoch die begehrteste.

»Semper augustus ...«

Er nannte ihren Namen mit einer Zärtlichkeit, wie ein Verliebter die schlafende Geliebte anspricht und sie doch nicht wecken kann. Er hob sie an die Wange, an den struppig ausgefransten Bart, er roch an ihr, er streichelte mit Fingerspitzen über jenen kleinen Keim, der aus der Hülle lugte und noch nicht grün war.

Auch Adrian empfand in ähnlicher Ergriffenheit das Wunder dieser Zwiebel, die Vinckboons wehmutsvoll betrachtete, betastete, beroch, von der er Abschied nahm.

»Niemand hat sie haben sollen«, sagte er. »Das war mein Vorsatz. Ich habe meinen Hof dafür gegeben, weil ich sie keinem andern gönne. Ja, weil ich mehr bin! Ich ... ich ...! Man kann sie nirgends in den Boden graben, weil Diebe kommen, weil man auf allen Märkten nach ihr fragt, weil man auf allen Märkten sagen wird: Der alte Vinckboons hat sie ... Der alte Vinckboons hat sie für sein Alter aufgehoben!«

Er sah ergriffen an Adrian hinauf und klappte langsam den kleinen Kasten zu, in dem die Zwiebel nun wieder eingebettet war. »Alle«, fuhr er leise und mit ruhelosen Blicken fort, »alle, die auf einmal kamen, haben mich bestehlen wollen, alle ... der eigene Sohn ...«

Nun stand er auf und reichte Adrian das Kästchen. Einen Gutshof und zwei Tagewerke gab der Lord dafür! –

»Nimm sie zurück«, sprach Vinckboons mit verklärten Augen, in denen Rührung stand. »Ich armer Bauer war der Meinung, ein reicher Mann zu sein und einen Trost zu haben für mein Alter – nur eine Tulpe. Das ist viel und nichts und alles. Sie wird verfaulen. Das soll sie nicht, und wenn ich selber ihre Blüte nie erblicke – es ist genug, daß ich es weiß ...«

Er war ganz ruhig und gefaßt geworden und hatte einen Ausdruck im Gesicht, wie ihn nur Kinder im Schlaf, vor Puppenbühnen oder sonst bei großer Freude friedlich strahlend haben.

»Nur die Tulpenbrüder müssen ausgerottet werden«, setzte er mit finsterem Blick hinzu, »weil sie den Tulpenhandel zu einem Laster machen. Eine Blume kann man nicht mit Geld bezahlen. Die Schöpfung ist für alle da, und niemand darf sich ungestraft an ihr vergreifen. Tu sie in einen guten Boden ...«

Er drängte Adrian wie einen lieben Gast zur Türe und trat gerührt zurück, beglückt und lächelnd, verklärt, ein wenig linkisch, und was er sagte, war nicht mehr an Adrian gerichtet. Aber Adrian, der tief betreten zögerte, so grußlos aus dem Haus zu gehen, hörte, was er vor sich hin sprach.

»Sie ist erlöst«, fiel es befreit von seinen Lippen, »und *ich* bin es durch sie. Semper augustus, die Königin der Tulpen ...«

Er kniete vor dem Bett und blickte in die Höhe. Die Wirrheit seiner Haare und des Bartes war vergessen.

Wie ein Apostel, dachte Adrian, sieht er nun aus, ein sonderbarer, seltsamer Apostel, und schämte sich. –

Betroffen wie ein Faschings-Hanswurst, der zur Unzeit auf die Straße tritt und einem Trauerzug begegnet, tappte Adrian zu seinem Wagen.

Er spürte wohl das Kästchen, das er wie einen Schrein mit Edelsteinen an sich preßte; aber war die Scham zu überbieten, die ihn betroffen hatte?

War dieser Mummenschanz ein Mummenschanz gewesen?

Aus der Narrheit des Bauern Vinckboons schimmerte die Weisheit, brach ein Seelenheil, sprach eine Gläubigkeit, die nicht von dieser Welt war. Und darin lag das Rührende, das Packende, das Niederdrückende, die Scham, die Adrian erfüllte.

Trotzdem trieb er die Pferde an.

Er mußte rechnen, daß die beiden Wanderer nun allein im Gasthof saßen oder ihn zu Hause suchten. Er hätte jubeln können, weil er nun die Tulpenzwiebel hatte, aber dennoch packte ihn ein heißer Zorn, weil ihm auf einmal die Komödie unwürdig und verworfen vorkam.

Er raufte sich den angeklebten Bart in Büscheln aus und warf den Myrrhenkessel von der ersten Brücke, die der Wagen rumpelnd überfuhr, in den Kanal. Auch seine Krone und die Ketten schleuderte er angewidert in die Tiefe, auch die Keule.

Mit einem Messer stach er durch den Stoff des Narrenkleides auf die luftgefüllten Schweineblasen ein, die knallend barsten. Dann riß er das Gestell heraus und schmiß es hinterdrein.

Lang starrte er hinunter von der Brückenmauer. Die Rosse rüttelten vor Ungeduld in ihren Sielen und wieherten verängstigt. Empfanden sie die Furcht, die viele Menschen überfällt, wenn sie ein Brückenjoch betreten? Weil dort der Teufel kauern soll, der sie erfaßt und ihre abgebrannten Lebenslichter im Wasser auslöscht? –

Adrian, der selbst vom Qualm des Myrrhenkessels benommen und verstört gewesen war, empfand erleichtert, wie ihm der Druck aus dem Gehirn wich. Nun war der Spuk vergangen, der ihn fast selbst in seinen Bann gezogen hatte. Und dennoch blieb der Widerstreit der Stimmen in der Brust zurück. Ihn konnten auch die aufgewühlten Wasser, die klagend lauten Bäume und der wilde Geisterchor der Lüfte nicht zum Schweigen bringen.

Er mußte heim. Wenn Kaspar und Piet Vinckboons das Haus betraten, bevor er selber da war, konnte alles umgestoßen werden. Was war umzustoßen?

Er saß auf. Die Pferde zogen an.

Er hörte immer wieder den alten Vinckboons sprechen, den scheinbar Irren, und zerlegte seine Worte, die ihn mehr erschüttert hatten als die Drohungen von Willem und die Erklärungen des Hendrik van der Maaßen. Wer war im Recht von allen? War der Bauer Vinckboons nicht der Weiseste gewesen, der eine Narrheit auf sich nahm, die wilde Feindschaft, die Schmähungen und Flüche seines Sohnes? Der sich wie ein Aussatzkranker in sein Bett zurückzog und mit seinem Wahnsinnslachen alle in die Flucht trieb? Darf der Sohn es wissen, wer der Räuber war? – Hat nicht Piet Vinckboons laut gesagt: »Umsonst sollt Ihr sie haben?« Und hatte er sie nicht umsonst aus ihm herausgelistet? –

Es blieb das letzte Wort von Vinckboons: »Nur die Tulpenbrüder müssen ausgerottet werden.«

Es blieb die Angst vor Piet, der nichts erfahren durfte.

Es blieb im eigenen Gewissen ein Bodensatz des Unrechts und die immer stärkere Erkenntnis, daß aller Wert der Welt nichts ist, wenn man das Gleichgewicht der Seele nicht erlangen kann.

Genug, es blieb genug zurück: Die Unrast, heimzukommen, die Entschlossenheit, dem Sohn zu trotzen, der Vorsatz, neue Lügen an die alten anzuheften, um die Szene dieser Nacht mit ihren Zweifeln zu verheimlichen, und nicht zuletzt die Hoffnung, eines Tages so erlöst zu sein wie Vinckboons. –

Kaspar und Piet Vinckboons fanden Adrian in seiner Stube am Kachelofen sitzend vor.

Er starrte in das Feuer, das Kinn gedankenvoll in seine Hand gestützt, und sah nicht auf bei ihrem Eintritt. Sie waren durchweicht und schüttelten die Nässe mit unterdrücktem Schimpfen aus den Kleidern.

»Wollt Ihr mich für Narren halten?« fragte Piet, der mit verhaltenem Zorn ganz nahe vor ihn hintrat und – weil ihn Adrian mit keinem Blick beachtete – wutbebend fortfuhr: »Mich aus dem Haus zu locken bei diesem Sturm?«

Es war ein Blick von vorwurfsvoller Trauer, den Adrian ihm zuwarf. Er sagte: »Ach, dann geh nur wieder. Wenn du schimpfen willst, das kannst du bei deinem armen Vater.«

Piet schüttelte die Mütze aus, von der die Tropfen flogen.

»Was soll das heißen?«

»Wärme dich zuerst«, gab er zur Antwort und sagte dann begütigend, er habe nicht bedacht, als Kaspar fortgegangen sei, wie übel doch das Wetter wüte. Er hätte noch versucht, dem Kaspar eine andere Weisung mitzugeben, er sei ihm nachgelaufen; aber Kaspar habe einen Schritt wie ein Kurierpferd. Drum habe er gedacht, sie kämen sicher, wenn sie ihn im Gasthof »Zu den Hechten« nicht entdeckten, von selbst in seine Wohnung, und daß er sich nicht täuschte, beweise ihr Erscheinen. –

Piet nagte an den Lippen. Mißtrauisch blickte er sich um.

Weinkrüge standen auf dem Tisch. Brot lag bereit, Wurst, Butter, Schinken, Räucherfische. In den verschiedenen Näpfen mochten Leckerbissen sein. Schon steckte Kaspar die Kerzen auf den Leuchtern an.

»Ich habe nämlich«, ergänzte Adrian mit müder Stimme, »über alles nachgedacht.«

Er nötigte zum Essen und zum Trinken, stieß, häufiger als ihn gelüstete, mit Piet den Becher an und trank nur kleine Schlucke, während Piet den schweren Wein in sich hinuntergoß. Auch Kaspar taute auf und labte sich, zumal ihn Adrian ermunterte.

So kam die Stimmung auf, die Adrian erwünscht war, eine lockere Tafelfreude, mit Schmatzen untermischt, gewürzt mit manchem Lobspruch für den Wein und mit dem Lächeln der Zufriedenheit. Der Ärger war verschwunden, und ruhig konnte Adrian vom Leder ziehen: »Ja, meine lieber Piet, was ich noch sagen wollte: Siehst du, eigentlich bist du im Unrecht. Dein Vater hat dich Müller lernen lassen. Er hat dir eine der schönsten Mühlen angeschafft. Vinckboons' Windmühle, ich glaube: keine ist so stattlich in der ganzen Gegend! – Hinwiederum: Dein Vater, der ja nicht entmündigt ist, hat seinen eigenen Willen, und ich möchte meinen: Wer in seinem Eigensinn so stark ist wie dein Vater, der hat Gründe, es zu sein. Was wissen wir? – Nun aber hättest du als guter Sohn die Pflicht, ihm seinen Lebensabend so schön als möglich zu bereiten, nachdem er sich sein ganzes Leben lang für dich geschunden und abgerackert hat. Bedenke doch: Er hat dir deine Mühle hingesetzt, du brauchtest nur den Mahlgang anzustellen. Er selber ist auf seinem Hof geblieben. Daß er für diesen Hof die schönste

Tulpenzwiebel tauschte, hat er mit sich selber abzumachen. Und dich geht es nichts an, wenn er darin sein Heil sieht!«

»Wohl geht es mich was an«, begehrte Piet verwundert auf. Er fuchtelte, weil ihm der Wein bereits zu schaffen machte, und schwankte, als er sich erhob. Beschwichtigend zog Adrian ihn auf den Stuhl zurück.

Piet fügte sich, obwohl er einen Ausfall nach dem anderen versuchte, wenn Adrian ihm Dinge sagte, mit denen er nicht einverstanden war. Ja, er gelobte schließlich, und Kaspar mußte feierlich den Zeugen spielen, seinen armen Vater mit aller Liebe zu behandeln, die er ihm schuldig sei. Er wolle sich aus seinen Launen nichts mehr machen und ihn gut versorgen. Er wolle ihm die besten Sachen zu essen und zu trinken geben und sich in jeder Hinsicht bessern. Abbitten wolle er durch Taten, was er in seiner gierigen Verblendung verbrochen habe.

Wie ein armer Sünder, der seine Schuld erkennt, griff Piet zuletzt an seine Brust und stammelte: »Was für ein Dreckskerl bin ich doch gewesen! Nicht genug, daß dieser Mann mich mühsam aufgezogen hat und mir zur Hand gab, was ich für mein Leben brauchte, nicht genug: ich habe ihm sein eigenes Eigentum mißgönnt und ihm entreißen wollen! Welch ein jämmerlicher Tropf bin ich gewesen, wahrscheinlich ein ungeratener Sohn!«

Er stöhnte auf und lehnte schmerzgebeugt den Kopf an Adrian, der ihm die Haare strich und tröstete: »Ja, Piet, weil ich diese Überzeugung hatte, habe ich dich rufen lassen. Jedes Zögern wäre sträflicher Verlust gewesen. Es mußte gleich sein. Und nun geh schlafen.«

Piet wehrte sich nicht mehr. Er sagte noch, und tiefste Rührung lag in seiner Stimme: »Ich bin Euch herzlich dankbar, Adrian.« Dann ließ er sich entlastet und wie losgesprochen in die Werkstatt führen, weil er einsah, daß ihm der Heimweg nun beschwerlich werden würde und daß er sich verirren könnte. Auf einem Lager aus Leinenzeug und Wolle schlief er ein. –

Nun war erreicht, was Adrian sich vorgenommen hatte: Piet kam nicht nach Hause. Er roch den Myrrhenduft nicht mehr. Der alte Vinckboons hatte Zeit, sich abzufinden mit der nächtlichen Erscheinung und dem Verlust der Tulpe. Er konnte sich am nächsten Morgen gebärden, wie er wollte, er würde in dem Sohn, der ihm bis jetzt verhaßt war, vollstes Einverständnis finden, ob er tobte oder mit dem Leuchten der eingebildeten Erlösung in anderer Weise unbegreiflich schien. Hartnäckig in dem Willen, das Versäumte gutzumachen, wird Piet Vinckboons jedem Wandel seiner Launen zu begegnen wissen. Das war gewiß.

»Und?« fragte Kaspar mit einem langen Blick, als er die Werkstatt abschloß, weil ihn die Neugier piekte und weil er wußte, daß die Pferde, als er kam, noch warm im Stalle standen und der Wagen nicht in den Schuppen eingefahren war. »Und . . .«

»Und auch uns wird es nun guttun«, sagte Adrian, »die müden Knochen endlich auszustrecken.«

Mit offenem Munde sah ihm Kaspar nach. –

Dann hörte er, wie Adrian mit lautem Pusten die Kerzen ausblies, und mürrisch ging er seiner Kammer zu.

Erst dann zog Adrian die Seemannskiste seit langem wieder in die Höhe, nicht weil er sie zum Totschlag eines Diebes brauchte, sondern weil er die Augustuszwiebel in ihr verborgen hatte. –

ZWEIUNDZWANZIGSTES KAPITEL

Die Zwiebel im Haus bringt Adrian und Hendrik van der Maaßen an den Scheideweg

Was künftighin geschah, war eine Folge kleiner Zwischenspiele, bevor das schicksalhafte, große Spiel begann, das alle Überlegungen, Begriffe, Hoffnungen und allen Glauben durcheinanderwerfen und zerschlagen sollte.

Der Seemann, der im klaren Himmel eine kleine Wolke sich erdichten sieht, erkennt an ihrer Form und Farbe, daß in der nächsten Stunde oder erst am nächsten Tag ein Sturm losbrechen wird. Er gibt Befehl, die Segel einzuholen und – wenn es not tut – auch den Kurs zu ändern, um vorzusorgen.

Auch Adrian erkannte seine Wolke. Er war gerüstet, wie ein guter Kapitän sich rüstet, der mit Gottesfurcht dem Ausbruch des Gewitters entgegensieht und weiß, daß nur ein ruhevoller Kopf und eine starke Hand am Steuer sein Schiff dem Untergang entreißen kann. Will es das Schicksal anders, so war es nicht zu ändern, so wird er bis zum letzten Augenblick ausharren auf den Planken, bis der Rachen des Ozeans ihn unerbittlich fordert.

Vorläufig ist die Welt von Sonne voll. Die See strahlt blau und liegt so glatt, daß man mit allen Segeln hart am Winde liegen könnte, wenn die Drohung nicht am Himmel stände.

Mit dem Neujahrstag legten sich die Stürme, die ihre Wolken nordwärts weiter trugen und einen seidig blauen Himmel über der geplagten Welt entrollten, als wäre Frühlingszeit. Es schien, als ob das Grün sich regen möchte, als ob die Knospen aus den Weiden springen wollten, und wer durchs Feld ging, der horchte oft verwundert auf, weil er das Trillern früher Lerchen zu vernehmen glaubte.

Es war so mild geworden, daß die dicksten Schollen Eis vergangen waren, daß die Spitzenklöpplerinnen schon im Freien saßen, daß die Imker meinten, es rumore schon in ihren Bienenstöcken.

Hendrik van der Maaßen hatte es gesagt, der bald im neuen Jahr gekommen war und auf den Busch zu klopfen schien: »Ein Mittelsmann, den ich zur Mühle schickte, hat den alten Vinckboons dabei angetroffen, wie er auf einer Leiter stand und einen Mühlenflügel flickte ...«

Adrian sah schief herüber und versetzte: »Demnach scheint der alte Vinckboons wieder auf dem Damm zu sein ...?«

Sie waren sich im Hof begegnet, als Adrian mit einem Wassereimer aus dem Stall kam. Nun warf er vorwurfsvoll die Frage hin: »Ihr habt Euch also einen anderen Mittelsmann besorgt?« und schloß gekränkt: »Dann hätten, glaube ich, wir beide einander nichts mehr vorzumachen.«

»*Ihr* macht mir etwas vor«, fiel ihm Hendrik van der Maaßen in die Rede.

»Ach, meint Ihr?« lachte Adrian. »Was Eurem guten Mittelsmann versagt ist, das soll wohl mir gelingen? Hat er die Zwiebel nicht gebracht?« –

Herr van der Maaßen überging den Einwand. Während er mit scharfem Blick das Mienenspiel von Adrian verfolgte, sagte er mit leiser Stimme: »Er kann die Zwiebel nicht mehr bringen, weil sie ein anderer schon geholt hat.«

»Ach?«

Nun war die Reihe, erneutes Staunen vorzuheucheln, wiederum bei Adrian.

Er stellte seinen Eimer hin und wischte sich die Hände an einem Lappen ab, der an der Brunnenröhre hing, um dann zu fragen: »Er hat sie also doch herausgerückt, der alte Zottelhund? – Wißt, Hendrik van der Maaßen, in Haarlem ist mir einmal ein Hund begegnet, der so haarig war wie Vinckboons. Ich hatte große Angst vor ihm, wahrhaftig, und auch vor Vinckboons, der mich an diesen Hund erinnerte, bekam ich diese Angst nicht los. Wer also hat sie nun? Wer ist der Glückliche? Ich hatte nämlich in der eigenen Wirtschaft dermaßen viel zu tun, daß ich ihn nicht besuchen konnte. Aber diesen Himmelhund, der mir zuvorkam, soll doch der Satan holen!«

Er tat so ehrlich überrascht und spielte seinen Neid so glaubhaft, daß Hendrik van der Maaßen zweifelte, ob er noch weiter in ihn dringen könne. Schließlich meinte er: »Mein Mittelsmann hat Vinckboons ausgehorcht. Er hat ihm nichts genau gesagt. Soviel ist aber – meint er – sicher: Vinckboons scheint die Zwiebel nicht mehr zu besitzen.«

»Scheint – ja, scheint, wenn Ihr vom Scheinen redet ...«

Er griff zum Pumpenschwengel und begann zu pumpen. »Und solche Mittelsmänner schickt Ihr Vinckboons in die Mühle? Und bedenkt nicht, daß der Alte ein ganz ausgefeimter Kopf ist?«

»Ich bedachte alles. – Er hätte seine Zwiebel, sagte Vinckboons, in einen fernen Garten fortgegeben ...«

»Ach, daß ich nicht lache. Und wo ist der Garten?«

»Wo kein Niederländer hinkommt.«

»So erwehrt man sich der dreisten Frager.«

»Nein!«

»Dann wißt Ihr's also doch genauer?«

Pumpen, pumpen, dachte Adrian, damit er nicht die Röte im Gesicht sieht. Bald läuft der Eimer über. Man muß gelassen sein, gefaßt, ganz ruhig. Jetzt war der Eimer voll. Er schnaufte auf und wischte sich den Schweiß ab.

»Das ist seltsam.«

»Sehr seltsam«, nickte Hendrik van der Maaßen und blickte Adrian mit schmalen Lidern prüfend an. – »Ihr tut so unbeteiligt?« fragte er auf einmal.

»Ach«, suchte Adrian die Frage abzutun, »weil es für mich schon lange eine abgemachte Sache war, daß nichts zu holen ist. Ein Krebs, der seine Scheren irgendwo verkrallt, ist ähnlich unerbittlich wie der alte Vinckboons. Er läßt nichts mehr los.«

»Und wenn man ihn beschwindelt?«

»*Den* Schwindler möcht' ich sehen ...«, lachte Adrian belustigt auf.

»Ich glaube fast«, versetzte Hendrik van der Maaßen, »ich sehe ihn ...«

»Wie denn? Was seht Ihr mich so komisch an? *Ich,* glaubt Ihr etwa, *ich* hätte Vinckboons ...? Aber nein. Nein, nein, Mynheer, das ist ein Holzweg. Also – ach, Ihr haltet mich für einen Hexenmeister ...?«

»Ja, für einen Hexenmeister«, stellte van der Maaßen ruhig fest.

Vor seiner Ruhe und vor seinem Blick blieb Adrian das Lachen weg. Er runzelte die Stirne und kratzte sich am Ohr. Mit einem Grinsen wollte er das peinliche Gespräch beenden, indem er sagte: »Vor dieser Überzeugung bin ich hilflos. Antworte ich mit ›Nein‹, so glaubt ihr's nicht und sag' ich ›Ja‹, dann ist es wiederum gelogen. Denn ein Hexenmeister bin ich nicht.«

Er hatte diesen Satz genau bedacht. Und weil es ihm zu früh war, den Besitz der Zwiebel zuzugeben, griff er zu einer Ausflucht, die glaubhaft klang: »Seht, ich habe mir den Vinckboons aus dem Kopf geschlagen, und wenn ich wissen möchte, was Euer Mittelsmann erfahren hat, so will ich es nur darum hören, weil man vielleicht den Käufer ausfindig machen könnte.«

Das war eine List, die Hendrik van der Maaßen glaubte. Er gab an, nicht mehr zu wissen, als er schon berichtet habe. Aber Vinckboons sei im Grunde seines Wesens ein anderer geworden.

»Hat er den Bart geschnitten?«

»Auch das.«

Und auch der Sohn sei ganz verändert. Er wisse freilich nichts von jenem Handel, den der Alte vorgenommen habe, und der Alte lächle nur, um ein paar Sätze hinzuwerfen, die fast sinnlos wären.

»Hat die Mühle nun genug zu tun?«

Das könne man wohl sagen.

»Von einem fremden Garten sprach der Alte?«

Ja. Es klinge seltsam: In den kein Niederländer kommt ...

»Und mehr war nicht aus ihm herauszukriegen? Mehr nicht?«

»Mehr nicht.«

Adrian zog seine Folgerung: »Seht also, Hendrik van der Maaßen, dann dürfte jener Schelm, der ihm die Zwiebel abgelistet hat, auf keinen Fall ein Niederländer sein.«

Das sei auch wieder richtig.

»Und kann der Sohn nicht sagen, wer bei seinem Vater war?«

Piet lache nur und rede sich heraus: »Das geht mich einen Dreck an. Mein Alter ist gesund. Der Hof ist futsch. Da kann die Zwiebel auch beim Teufel sein. Wir haben viel zu mahlen.«

So habe er den Mittelsmann behandelt und sei geschäftig im Oberstock verschwunden.

Adrian sah überlegend vor sich hin, um schließlich langsam und ahnungsvoll zu äußern:

»Mir scheint, mir dämmert etwas.«

»Wer der Fremde sein kann?«

»Nein, nein ... Mich hat da aber ein Geschäftsfreund aus Haarlem wissen lassen, er hätte eine allererste Tulpe an die Hand bekommen. Es hat mich gleich gewundert, daß in Haarlem plötzlich eine Semper augustus auftaucht ...«

»Und was habt Ihr geschrieben?«

»Geschrieben? – Drei Gulden extra hat der Kurier bekommen, daß er die Zwiebel so flugs als möglich herbringt!«

»Das ist recht.«

»Ja –«, lachte Adrian gedehnt. »Das sollte sich verstehen.« Dann sagte er mit Argwohn: »Ob hinter dieser Zwiebel nicht der Fremde steckt? Ob wir das Rätsel vielleicht mit dieser Zwiebel in die Hand bekommen?«

Das könne sein, gab van der Maaßen zu. Es gäbe seines Wissens nur wenige Augustustulpen! Ja, man habe ihm berichtet: zwei einzige!

Das sei zuwenig, kam die Gegenrede.

Van der Maaßen fragte, was der Freund in Haarlem denn verlange? –

Oh, es schwindle ihm, es auszusprechen, wand sich Adrian. Er wisse nichts Genaues und er bitte händeringend, niemand einen Ton darüber anzudeuten. Sonst sei er seines Lebens nicht mehr sicher, sobald die Zwiebel angekommen sei.

Das wurde ihm versprochen.

»Ich muß die Zwiebel haben!«

»Und Ihr sollt sie haben«, unterbrach ihn Adrian. »Beruhigt Euch. Ich habe mein Gebot so dehnbar hingestellt, daß er nicht anderweitig losschlägt, bevor er mich gefragt hat. Und nicht wahr, Hendrik van der Maßen: auf Adrian van Snaar kann man vertrauen, wie man auf einen guten Kaufmann vertrauen kann? Stimmt's oder nicht?«

»Ihr seid ein Hexenmeister«, wiederholte Hendrik van der Maaßen und erteilte Adrian das Lob, nach dem er gierte: »Ja, es stimmt.« –

Zum erstenmal erlebte Adrian das Hochgefühl, den großen Kaufmann Hendrik van der Maaßen übertrumpft zu haben. –

Das war ein Sieg, der blenden konnte. Er täuschte aber nicht darüber hin, daß anderer Zündstoff immer noch zutage lag, der sich im nächsten Augenblick entladen konnte.

Es paßte ganz zu diesen dumpfen Ahnungen, daß ihm Christintje eines Tages durch Kaspar sagen ließ, sie wisse zwar schon lange, was sie von ihm zu halten habe, sie glaube aber immer noch, daß er bisweilen besser als sein Ruf sei. Und wenn ihm etwa sein Gedächtnis fehle, hätte sie ihm Dinge zu erzählen, daß ihm die Augen überlaufen. Denn ihr Gedächtnis sei besser, als er ahne.

Er ging hin und rannte Willem in die Arme, der vor dem Hause Hendrik van der Maaßens auf und ab lief, als ob er irre wäre.

»Oh«, sprach ihn Adrian verwundert an und war bemüht, gelassen zu erscheinen, »ich kenne Euch nicht wieder, Herr Notarius? Was tut sich denn so Tolles?«

»Nichts tut sich, alles tut sich! Das Kind kommt an! Herausgeworfen hat mich das Weibervolk!«

»Das Kind –« Er tat ihm plötzlich leid und wollte trösten: »Aber liebster Willem . . .«

Da stutzte Willem und lachte höhnisch auf: »Seit wann bin ich denn Euer liebster Willem . . .?« Er schüttelte die so vertraulich aufgelegte Hand von seiner Schulter, als hätte sich ein widerlicher Käfer dort befunden, und wiederholte hämisch: »Liebster Willem . . . Euer liebster Willem wird den Augiasstall ausmisten, daß keine Zwiebelhaut mehr übrigbleibt! Das laßt Euch nur gesagt sein! – Liebster Willem . . .?« äffte er noch einmal und wollte sich dem aufgenötigten Gespräch entziehen.

Aber Adrian beschwor ihn und schloß sich seiner ruhelosen Wanderung vor dem Hause an.

»Wenn ich nicht Truus ins Herz geschlossen hätte«, sagte er und rang die Hände, »wäre ich beleidigt über Eure Unart. Glaubt es mir. Es ist nicht schön von Euch, mich anzubellen, wirklich nicht; und was Ihr gegen mich im Schilde führt, soll heute keine Rolle spielen. Ich bin erschrocken, ehrlich, bis ins Herz. Das Kind, habt Ihr gesagt, und mich durchfuhr es: Truus ist selber noch ein Kind. Mein Truuslein –« Er blieb stehen. »Mein kleines Truuslein, nun wird es selber Mutter sein . . .«

Mit häßlicher Grimasse stand Willem neben ihm. Er glaubte diese Rührung nicht. Ja, sie verletzte ihn. Zornrot war er geworden, und seine Augen funkelten.

»Kerl«, fuhr er auf, »was geht Euch meine Frau an?«

Adrian wich ihm nicht aus. Er lächelte, wie Menschen lächeln, die über einer Sache stehen, wenn der andere hitzig um sich schlägt.

Er wollte die Erregung schlichten, indem er ruhig sagte: »Gegen *mich* könnt Ihr verfahren, wie Ihr wollt. Und wenn das Weibervolk Euch aus dem Haus geworfen hat, dann hat es recht getan. Wahrhaftig. Rennt wie ein Verrückter die Gasse aus und geht die Menschen wie ein Geißbock an, die eine Silbe über seine Frau verlieren. Ei, der Donner. Meint Ihr denn, vor Euch sei nichts gewesen in der Welt? Und Eure Truus sei plötzlich dagewesen, wie sie ist, bis Ihr gekommen seid und sie entdeckt habt? Hä?«

Es tat ihm wohl, den Unmut loszuwerden. Er hatte sich ereifert; aber Willem, der am ganzen Körper zitterte, fiel ihm mit aller Schärfe in die Rede: »Macht mir kein Theater vor! Ein Scharlatan seid Ihr! . . .«

»Was?« stöhnte Adrian bestürzt und drohend und wurde dunkel vor zerknirschter Wut. Die Hände fuhren ihm zusammen. Mit geballten Fäusten stand er da und bebte.

»Willem«, keuchte er und lehnte sich erschüttert an die Mauer des Kanals, »ich habe dich gekannt«, er duzte ihn und sprach ganz leise, »als du ein Lausebengel gewesen bist. Ich habe dich gekannt in späteren Jahren, als deine Welt bei deinem Künstlervolk mit ihren Mädchen war! In dieser Zeit ist Truus ein Kind gewesen, und *ich* war Torfknecht! Und in dieser Zeit ist Truus in *meinem* Schutz gewesen, während du ein Lotterleben ausgekostet hast! Nun merk dir eines: du kannst alles gegen mich und meinen Tulpenhandel unternehmen; aber merk dir *eines:* du sollst noch einmal wagen, mich einen Scharlatan zu heißen, dann haue ich dir auf der offenen Straße eine 'runter, daß du nicht mehr aufstehst! Das merke dir!! –«

Nach diesen Worten wandte er sich ab, um in das Haus zu gehen. Jetzt war der Alp herunter von der Seele. Jetzt war gesagt, was immer schon nach Worten drängte. Ach, wie erfrischend war das! Wie strömte nun der Atem und trieb die Lungen auf. Heran, ihr Widersacher! Wenn Worte Wunden schlagen, ist keiner mehr gefeit!

Mag er nun schüren, aufwiegeln, hetzen und verschwören! Truus muß über allem stehen! Truus, das Kind, das einem Kind ins Leben hilft! – Truus ist ein Bild im Herzen wie das Lächeln stiller Mütter, das als letztes ewig bleibt und selbst die Todesstunde noch verschönt. Ach, Truus ... Wenn man doch bei ihr sitzen könnte wie ehedem – mit Blumen – und nach Schmetterlingen haschend. – Rief Willem etwas? Kam er nachgelaufen?

Christintje öffnete die Türe.

Wie hübsch sie war in ihrer weißen Schürze und mit der steifen weißen Haube. Nun stand schon Willem vor ihr, dicht neben Adrian, und fragte mit verkrampft verschränkten Händen: »Kann ich noch nicht hinauf?«

»Heim sollt Ihr«, rügte sie mit einem Schmollen, das mit fraulich weichem Ernst gepaart war, und fügte wie zum Trost hinzu: »Vor heute abend braucht Ihr nicht mehr dazusein.«

»Ich halte es nicht aus!«

»Das glaube ich«, warf sie mit einem Lachen hin und wurde schamhaft rot. »Truus hat es aber auszuhalten und nicht Ihr.« — Sie redete ihm zu: »Es hat noch Zeit bis heute abend, wenn die Flut zurückkommt.«

Er verstand nicht. Ein irres Lächeln, das Angst und Schmerz und Sorge war, flog über sein Gesicht. Nun mischte Adrian sich ein, weil er trotz allem auf einmal Mitleid hatte. Er sagte: »Nichts für ungut, Willem, wegen vorhin. An solchen Tagen muß man den Weibern schon das Regiment vertrauen. Das mit der Flut hat seine Richtigkeit. Das weiß ich noch von meiner Tante, die immer im Gezeitenbuch studiert hat, wenn ein solcher Tag war. Bei Ebbe hat sie sich unbesorgt ins Bett gelegt. ›Bei Niedrigwasser‹, sagte sie gewöhnlich, ›kommen keine Kinder. Aber wenn die Priele wieder steigen, dann ist's Zeit, und wenn die Flut heranrückt, dann wird's pressant. Wir Frauen‹, pflegte sie zu sagen, ›hängen mit dem Mond zusammen.‹ Aber wie man sieht, ist auch Christintje mit dem Mond gut bekannt.«

Er wollte ihr die Wange tätscheln, aber unwillkürlich hielt er ein.

»Du kannst in meine Küche gehen«, bestimmte sie und speiste Willem, der Adrian zwar nicht beachten wollte, aber seinen Worten doch mit aller Inbrunst lauschte, kurzweg ab. Er stehe nur im Wege und er störe nur. Er solle trinken gehen oder spielen oder treiben, was er wolle. Nur im Hause sei er überflüssig und darum hinderlich und deshalb nicht erwünscht. »Marsch, ab!« Sie machte ihm die Türe vor der Nase zu.

Potz Donner, dachte Adrian, der noch im Gang stand, Christintje scheint mir gut im Zug zu sein. Wenn es in gleicher Tonart weitergeht, gibt's nichts zu lachen. So hat sie Willem nie behandelt. Aber freilich: das Ereignis dieses Tages gibt ihr das Recht dazu.

Sie trat nicht leise auf, als sie den Gang entlangkam.

»Gut, daß ich dich habe«, sagte sie. Das klang schon drohend. »Setz dich.«

Sie schob ihm keinen Hocker hin; er griff sich einen und versuchte, mit der Frage vorzubeugen: »Ich wäre besser wohl zu einer anderen Zeit gekommen? Du hast viel zu tun?«

»Nein«, kam es unverändert vom Rinnstein her, wo sie die Hände wusch, »denn jetzt ist Niedrigwasser.«

»Mir sieht es aber ganz nach Sturm aus ...«, lachte er gezwungen.

Da hatte sie die Hände abgetrocknet.

»So?« meinte sie. »Dann kann ich mir wohl sparen, dein Gedächtnis aufzufrischen.«

Eine scharfe Falte zog sich von der Stirne zwischen ihre Augenbrauen. Mit einem Gleichmut, der nur vorgetäuscht war, versuchte sie zu schweigen, um ihn endlich aufzufordern: »Nun sprich doch etwas.«

Er drehte seine Daumen.

»Ich freue mich«, begann er, »dich so friedlich vorzufinden«, und heftete den Blick noch immer auf die Hände. Er bezweifle aber, fuhr er fort, daß dies die rechte Stunde sei, ihr darzulegen, was er sagen müsse, damit sie ihn begreife.

»Sprich nur.«

Spitz und ungeduldig war sie. Gallig klang es. Ein Schein

von Selbstzufriedenheit und höhnischer Erwartung lag in ihren Zügen.

»Ach«, wollte er die Unterhaltung schließen, als sei es überflüssig, noch etwas zu reden, und als sei er überdrüssig, den Beklagten hier zu spielen, wo man offen miteinander sprechen sollte, »ach, Christintje, ich verstehe ja, wo dich und mich der Schuh drückt. Aber schau doch, wie bei mir das Leben geht . . .«

Nun war die heitere Überlegenheit gewichen, die bis jetzt in ihren Mienen stand. Stieg nicht in ihren zornig harten Blicken ein Schimmer auf, der wie nach Tränen aussah? – Sie beherrschte sich, obwohl ihr rascher Atem im Senken und im Heben ihrer Brüste sichtbar wurde.

»Weißt du«, seufzte sie, »ich habe mir nun vorgenommen, gar nichts mehr zu sagen.« – Das war schlimmer, als wenn sie einen Wortschwall über ihn ergossen hätte. Er zog den Kopf ein und sah verlegen auf sein Wams, als zähle er die Knöpfe. – »Denn wenn ich sprechen würde«, hängte sie noch einen Satz an, »fände ich kein Ende.«

»Gut, Christintje«, gab er anerkennend zu, »das glaube ich, und wenn *auch du* mir etwas glauben willst, dann glaube mir: bei mir ist es genauso. – Ich brauche nicht zu sagen, wie ich zu dir stehe und daß ich weiß, um was ich dich gebeten und was ich dir versprochen habe . . . Aber schau: ich fürchte mich beinahe, meinen Vorsatz wahrzumachen.«

Der Vergleich mit Kaspar stieg ihm auf, die glühende Erinnerung an jene Stunde, als Kaspar betete und Adrian ihn fragte, ob er auch ein Wörtlein für die Seele des Adrian van Snaar gefunden habe, und an jene andere, als Kaspar seinen Haß und seinen gräßlichen Vernichtungswillen eingestanden hatte. Kaspar und Christintje haben ihm ins Herz gesehen. Hier gilt kein Flunkern mehr. Nur zwei, drei Menschen bleiben übrig, wenn man die hundertfache Freundschaft durch ein Sieb wirft. Und der erste ist Christintje.

»Ich müßte bis zum Frühjahr warten«, rang er sich durch eine lange Pause und verzagte schon im gleichen Atemzug, strich durch, was er versprochen hatte, indem er sagte: »Denn man weiß doch nicht, wie alles kommen wird.«

Das war die Ausflucht, die Christintje voll erfaßte. Sie zuckte nicht. Vielleicht verspürte sie die Qual, die Adrian empfand, der plötzlich aufstand und erregt umherging. Er wagte nicht, sie anzusehen. Eine Folter war es; Satz für Satz war eine Beichte: »Du wirst meinen, ich hätte dich vergessen. Das ist nicht so!« ...

Er dankte ihr noch jetzt für die Geschenke zum Weihnachtsfest und für die Wünsche zum Neujahrstag. Und nebenbei: er habe die Beschimpfungen vom letztenmal verwunden, ja, das sei gewiß. Weil er sie kenne und weil er wisse, daß *sie ihn* kenne und daß alles doch nicht so gemeint sei, ja. Man rede doch, wie einem von Natur aus der Schnabel gehe, nicht wahr, ja. Man habe sich nichts vorzumachen, und wenn er sage, daß es nicht so bei ihm stände, wie man glaube, dann wisse er, warum. Und das sei auch der Grund, weshalb er warten wolle, möchte, müßte, ja, gezwungen sei!

»Dann werde ich bei Truus das Haus besorgen, wenn sie zusammenziehen. Hendrik van der Maaßen kann mich nicht mehr brauchen.«

So schlicht und still ergeben in ihr Schicksal kann nur Christintje sich entscheiden. Wie ein Dolch durchfuhr es ihn. Er hastete: »Hat Hendrik van der Maaßen das gesagt? Er braucht dich nicht mehr?«

Ein Nicken war die Antwort.

Sie bog den Kopf, damit er nicht in ihre Augen sehen konnte.

»Er braucht dich nicht mehr ...?«

In seinem Herzen kehrte diese Frage wieder, immer lauter, zwingender, erschreckender und unheilvoller. Sie durchraste ihn und lähmte ihn. Wie denn? Aus dieser Küche soll Christintje fort? Das ist undenkbar! Fort aus diesem Haus mit seinem Garten, mit den Bienenstöcken, mit dem Kanal? Wohin? Hat Willem eine Bleibe? Ein Amt? Und Geld? – Ach Gott, er wird verdienen mit dem Unternehmen gegen die Tulpisten, und es wird zugleich sein Amt sein. Aber ist es möglich, daß Hendrik van der Maaßen Christintje gehen läßt? So mir nichts, dir nichts? Reicht es nicht mehr? –

»Hendrik van der Maaßen kann mich nicht mehr brauchen ...«

Ganz leise hatte sie gesprochen, beinahe tonlos und doch mit einer Festigkeit, die zur Bewunderung nötigte und maßlos rührte.

Heiraten, dachte er; man müßte auf der Stelle zu Hendrik van der Maaßen gehen und ihm sagen: Schluß jetzt, Mynheer. Mit Christintje lasse ich nicht Fangball spielen, nein, ich nicht!

Da lehnt sie nun am Fenster, als sei sie sich zu schwer geworden, als möchte sie vor Wehmut und Verzweiflung in die Erde sinken. Nur einen Namen haucht sie: »Josias ...« Ja, Josias! Das war der erste Keulenschlag gewesen, die jammernde Zermürbung, und nun ist es Hendrik van der Maaßen und dann Adrian! –

»Du darfst mir nicht verzweifeln, nein, Christintje! Nein. Nur Kopf hoch. *Ich* bin doch da, ich, Adrian ...«

Wenn es nur ginge. Nein, es geht nicht! Und niemand kann man anvertrauen, selbst Christintje nicht, warum der allerbeste Vorsatz scheitern mußte!

Da sagt sie plötzlich: »Ich verstehe alles, Adrian. Der größte Fehler ist, daß du zu reich geworden bist. Das ist vielleicht mein Glück ... Es muß vielleicht so sein ...«

»Was muß so sein?«

»Daß ich nicht warten soll.«

»Du sollst ganz offen mit mir sprechen ...«

»Und deine Angst noch größer machen?«

Angst, sagte sie, und Adrian schoß eine Welle heißester Beschämung durch die Adern. Er wollte lachen: Ach, welch eine Schwachheit. Ich habe die Augustustulpe und eine Seemannskiste voller Gulden, das Haus von Kaspar. Ach, was kann man mir? Den Buckel kann man mir herunterrutschen, ja, und dreimal ja! Und wenn mir diese Ehrabschneider den Garaus machen wollen, wandere ich aus! Verstanden? Ja? Dann gehst du mit! – Ja, wollte er das sagen? ...

Mit verzerrten Zügen stand er da, verbissen und verkrampft. Was wußte sie? Was ist zu ihr gedrungen? Was hat man ihr erzählt?

Und wenn sie etwas wußte, nur ein Staubkorn seiner Seele fand und kannte, war es dann nicht höchste Zeit, die Last der ewigen Bedrückungen, Verfolgungen und Ängste endlich abzuwerfen wie einen schweren Sack, den man gebeugt und lang genug im Nacken schleppte. War es nicht Zeit, das Pendel in der Brust mit einem Schrei um Hilfe und nach Barmherzigkeit endgültig anzuhalten? Diesen Hammer der Verdammnis, den das Gewissen schlagen ließ und der nicht zum Verstummen kam!? War es nicht Zeit? – Schuld kommt zu Schuld. Das Geld zieht Lügen nach sich wie tausend Spinnenweben und wird zum Dickicht, aus dem es keinen Ausweg, kein Entrinnen gibt.

Was weiß Christintje? –

Noch immer blickte sie durchs Fenster. In ihrer gleichen Stellung und unverändert, wie sie vorher gesprochen hatte, sprach sie auch jetzt: »Wenn es noch etwas werden sollte mit uns beiden«, und ihre Blicke suchten seine Augen, in denen sie mit aller ihrer Rührung und mit aller Strenge ruhten, »dann, Adrian, kann es nur sein, wenn du den Tulpenhandel aufgibst.«

Er hatte ihren Blicken standgehalten, und sie hatte ihm ganz flüchtig noch die Hand gereicht, um rasch hinauszugehen. Truus könne nun erwacht sein, meinte sie. Die Flut sei wohl im Kommen, es sei bald Zeit.

»Ja«, stimmte Adrian ihr zu. Es möchte Flutzeit sein, gewiß. Und seinen Glückwunsch solle sie der jungen Mutter sagen, wenn es dasei, das Kind, das neue Wesen ...

Er war allein. Allein in ihrer Küche, die sie verlassen sollte. Durfte das geschehen? – Wie blank die Tellerborde waren, das Zinn. Kein Topf, der ohne Sinn auf seinem Platz stand. Ihr Reich, in dem sie lebte — nie war es anders als blitzend, stets gescheuert, mit blinkend sauberen Kannen, in denen man sich spiegeln konnte. Durfte Hendrik van der Maaßen ihr den Schmerz antun, Christintje aus dieser Küche zu vertreiben, die ihre Welt, ihr Stolz, ihr Alles, ihr Ruhepunkt im Leben war?

Er hätte Hendrik van der Maaßen selber fragen können.

Denn unvermutet hörte Adrian sich angesprochen.

»Christintje sagte mir, daß Ihr gekommen seid.«

Mehr sprach er nicht von ihr. Er wich den Fragen aus, die Adrian beharrlich stellte, und versuchte abzulenken: »Was mit Christintje wird, ist unbedeutend, wenn der Handel mit der Augustustulpe endlich abgeschlossen ist.«

»Nein«, wandte Adrian bedächtig ein, »Christintje ist ein Mensch, und meine Tulpe ist nur eine Tulpe. Christintje geht mir vor.«

Er bohrte sich in dem Gedanken fest, Herrn van der Maaßen zu erproben, wie weit er's treiben würde. Nun geht er über

Leichen, dachte Adrian und kam zu dem Entschluß, den Kampf mit gleicher Herzenskälte auszutragen wie Hendrik van der Maaßen. Ja, er sagte sich: Wenn er bereit ist, Christintje einem Schicksal auszuliefern, das Willem in den Händen haben soll, dann nehme ich ihr Schicksal auch ohne Hochzeit in die Hand! Dann werde ich um ihre Küche kämpfen, als ob es meine wäre!

Mit einer Ruhe, die sehr im Gegensatz zu seiner Kühnheit stand, fing er den Vorstoß an, der nach den ersten Sätzen wie eine Abwehr aussah.

»Seht«, begann er, »täglich fragt Ihr mich, wie es mit der Augustustulpe stände. Gut, muß ich sagen, sehr gut; es steht sogar vorzüglich; aber mit der Zwiebel hat es einen Haken, und *der* scheint – so scheint es mir – bei Euch zu liegen. Die Expertise, die ich habe, bezeichnet die Zwiebel als die vollendetste, die jemals auf den Markt kam. Achtzehn Asse wiegt sie, ist normal und formschön, jung und gut behautet. Sie verspricht, jungfräulich wie sie ist, sich mit der Zeit zu einer Mutterzwiebel auszuwachsen. Sie ist gut durchblutet und von einem Saft erfüllt, der es erlaubt, darauf zu schließen, daß ihr etliche Jahrzehnte der Blüte, zur Samenbildung und zum Trieb von Nebenzwiebeln sicher sind . . .«

Begierig hörte Hendrik van der Maaßen zu und drängte ungeduldig: »Die Expertise muß ich sehen! Habt Ihr sie? Dann zeigt sie doch!«

Besänftigend wies Adrian mit aller Würde darauf hin, daß man ein solches Schriftstück gründlich untersuchen müsse, ob es echt sei, und das verspreche es zu sein. Man müsse auch beachten, ob die Zwiebel aus sauberen Händen stamme, also nicht gestohlen sei. Man sei doch Kaufmann. Anscheinend aber entspräche sie nicht nur den höchsten Forderungen, die ein Züchter stellen müsse; auch ihr Lebenslauf sei dank der guten Mittelsmänner, die er habe, vollkommen einwandfrei! Nun trat ein Ausdruck von Begeisterung in sein Gesicht, und strahlend rief er aus: »Wenn alles zutrifft, Hendrik van der Maaßen, was in der Expertise steht, so stammt die ungewöhnliche *Semper augustus* von einem jener Samenkörner, die der Gesandte Busbeck aus der Türkei nach Deutschland brachte! Dann hat sie auch die Pflege des Vaters aller Tulpenzüchter hinter sich, des großen Clusius.«

Er leuchtete, um ganz betreten fortzufahren: »Und seht, Mynheer, das alles macht nun ihren Wert aus, den ich nicht nennen kann, wenn ich nicht will, daß Euch, Mynheer, auf dieser Stelle und augenblicklich der Schlagfluß rührt.«

»Ich biete jede Summe . . .«

»Wo ist die Summe?«

Die Gegenfrage kam: »Wo ist die Zwiebel?«

»Die Expertise ist doch da! Die Summe muß man sehen!«

»Ich biete jedes Pfand!«

»Wo ist das Pfand . . .?«

»Das Pfand . . .?« Herr van der Maaßen sah sich um und brachte ein gepreßtes Lächeln auf die Lippen. »Hört, Adrian, bin ich nicht Pfand genug? Wie, Adrian? Ich, Hendrik van der Maaßen? Bin ich nicht sicher? Ich biete einen Bürgschein.«

Adrian strich sich das Kinn und blickte abseits.

»Seht«, meinte er, »natürlich seid Ihr sicher. Aber schließlich ist man Kaufmann. Ich habe das beherzigt. Und als Kaufmann, der mit Tulpen handelt, so habt Ihr mich gelehrt, soll man sich hüten, einen Schuldschein anzunehmen . . .«

Hendrik van der Maaßen knirschte.

Hatte ihn der Tulpendämon nun selber in den Krallen? Hatte er vergessen, daß er vor kurzem noch den Schuldschein, den Adrian Madame du Fresne gegeben, zurückgefordert hatte? Durchschaute er, daß Adrian den Holzwurm im Gebälke seines Hauses sah, die Angst in seiner Seele, die Verzweiflung, die ihn hetzte, den Untergang, dem er entgegentrieb?

»Hat Euch der Lord kein Geld geschickt?« frug Adrian.

»Er wird es schicken.«

»Und worin bestände Euer Pfand? Ich kann nicht endlos bitten, mir die Zwiebel zur Hand zu lassen. Der Lord ist nicht der einzige, der sie erstehen möchte. Auch die Expertise muß zurück nach Haarlem.«

Maßlos erregt ging Hendrik van der Maaßen auf und ab. Nur auf die Spitzen seiner Schuhe blickte Adrian, auf ihre Silberschnallen, von denen sich die eine gelockert hatte und bei jedem Schritt ein wenig hüpfte. Bis auf die Schuhe – ging es Adrian betroffen durch den Kopf – erstreckt sich der Zerfall. Und nur Christintje hält noch Ordnung, hält das Haus zusammen und bewahrt den Schein, der längst verblichen ist, erblindet wie der Silberglanz auf diesen Schnallen. Und Christintje jagt er fort!

Hier muß man unbarmherzig bleiben bis auf des Messers Schneide! Bekennen muß er, daß er gestürzt, verarmt und winzig ist! Was gilt das Haus? Das Haus mit Garten, Schuppen, Lagerhallen, Wasserplatz und Booten? Mit Möbeln, Lagergut? Wieviel?

Der Bauer Vinckboons hat sein Gut dafür gegeben, und Hendrik van der Maaßen bot zwei Tagewerke Land dazu! Wiegt das Vermögen Hendrik van der Maaßens diesen tollsten Preis, der jemals für eine Tulpenzwiebel angeboten wurde, auf? Ist es nicht Sünde, solche Güter hinzuwerfen für die Geringheit einer Zwiebel? Aber ist es nicht die herrlichste der Zwiebeln? *Semper augustus?* Die Krone aller Tulpen? Und ist es nicht ein Lord, der Pferdeherden, vielleicht Provinzen Landes hat? Der nicht verblendet ist? Der nur studieren will? Ist Hendrik van der Maaßen der Geschädigte, wenn er verdienen konnte? –

Ach, es war nur der Gedankenblitz, daß Adrian, der Torfknecht, seinem Herrn von ehemals wie zur Vergeltung sagen konnte: Siehst du, wenn das Glück es will, ist alles Unsinn und alles rasch verkehrt. Ich fuhr im Schlammkanal und habe mich gesehnt, ein Leben anzufangen, das dem deinigen entspricht. Es ist soweit. Du hast es nicht verstanden, das Leben so zu meistern, wie es das verlangt. Nun bist du schon am Abgrund. Und wenn ich will, dann mache ich den Abschluß ohne dich! Dann kannst *du* meinetwegen auf dem Schlammkanal zum Torfland fahren, und Christintje wird in *meiner* Küche sitzen, die deine war, und meine Schnallenschuhe werden blank sein, und von meinen Schnallen wird keine klunkern. So wendet sich das Blatt. –

Er schwieg und kämpfte seine Freude nieder. Er ließ Hendrik van der Maaßen rechnen, denn er wußte, daß er keinen Schritt umsonst tat, daß er mit jedem Schritt zu neuen Zahlen kam. Nun blieb er stehen.

»Mein Pfand bin ich!«

»Das ist ein Wort«, fiel Adrian aufatmend ein – und setzte nach einer Pause verzagt hinzu: »Jedoch, Mynheer, nicht mehr, als eben nur ein Wort ... Man wird sagen: ›Wer ist Hendrik van der Maaßen?‹ «

Das traf ins Herz.

»Soll denn mein Name nicht genügen?« keuchte der große Kaufmann mit verzerrten Mienen.

Adrian zog seine Schultern hoch und zögerte, um hilflos zu erwidern: »Es tut mir leid, Mynheer, ich weißt nicht … Gerüchte laufen um …«

»Ich setze mein Vermögen ein als Pfand!« –

Das war das höchste, schauerlichste Zugeständnis, das ein Mann wie Hendrik van der Maaßen geben konnte, und mit Wehmut dachte Adrian an jene kleine Zwiebel, die zu Hause in der Seemannskiste lag. Er nickte nur, ergriffen, weil das Grausen, die erbärmlichste Sekunde im Leben Hendrik van der Maaßens zu erleben, wie mit kalter Hand an seinen Hals griff.

Sein eigenes Leben fiel ihm ein, sein unterwürfiger, bescheidener Blick, wenn er vom Kahn herunter in den Garten getreten war und seinen Herrn gesehen hatte. War das sein Herr? Ein Mensch, der das Ererbte seiner Väter und die Arbeit vieler Jahre in das Spiel schmiß? War *das* das Leben? Gab *das* den Sinn im Leben? Wo war der Sinn? War Vinckboons weise oder wer? Ist Hendrik van der Maaßen besser als der Weberkaspar, besser als er selber, nur weil der Einsatz größer ist? –

Mehr vielleicht, als Hendrik van der Maaßen mit sich rang und kämpfte, rang Adrian mit sich, um dieses ungeheuerliche Angebot in seiner vollen Tiefe zu begreifen und es ruhig hinzunehmen. Er hatte es gewünscht. Er hatte dieses Angebot wie eine teuflische Versuchung hin und her bedacht und es herausgenötigt, ohne es zu fordern. Es mußte kommen, weil es kein anderes gab.

»Habt Ihr verstanden?« fragte Hendrik van der Maaßen und war bestrebt, die Festigkeit zu wahren, die er nicht mehr hatte.

»Freilich«, nickte Adrian, »gewiß doch.« Und zählte auf, indem er scheu in sein Gesicht sah: »Also Euer Haus mit allem, was drum und dran ist?«

»Warum denn nicht?« Die Stimme glitt ihm aus. Statt überlegen, klang es überreizt, verzweifelt, höhnisch.

»Weil ich das Angebot beschlafen muß und glaube, Ihr sollt es auch beschlafen, Hendrik van der Maaßen.«

»Das ist meine Sache.«

»Ja.«

– – – – – – – – –

Christintje kam, die Augen voller Freudentränen.

»Es ist ein Bub, Mynheer, ein Bub!«

»Dann«, sagte Adrian ganz leise, daß Hendrik van der Maaßen es nicht hören konnte, der mit umwölkter Stirn in die Ferne blickte, »dann, Christintje, sorge nur dafür, daß er nicht Hendrik heißen wird – nicht Hendrik, wie sein Großpapa.«

Und ging. –

DREIUNDZWANZIGSTES KAPITEL

Unerbittlichkeit auf beiden Seiten führt jeden seiner eigenen Einsicht zu

Es wäre leicht gewesen, für die Augustustulpe eine Expertise herzustellen oder zu beschaffen, und Adrian erwog, ob er zu solchen Mitteln greifen solle. Es widerstrebte ihm, weil die Begegnung mit Hendrik van der Maaßen ihn im Grunde seiner Seele erschüttert hatte, weil er im Geiste immer noch sein Torfknecht war und seine innere Gebundenheit ihn hinderte, ihm, Hendrik van der Maaßen, »die Krause eng zu ziehen«. Er sagte sich: Selbst alte Männer, und wenn sie noch so klug geworden sind, vermögen ihre staunende Verehrung für die Meister ihrer Kindheit niemals zu vergessen, und wenn sie ihre Meister zehnfach überflügelt haben.

Er konnte es nicht fassen, obwohl er Dutzende von Fällen der gleichen Art erlebte, daß Haus und Kaufhof van der Maaßen den Besitzer wechseln sollten. Noch war es nicht soweit. Wer bürgte aber dafür, daß Hendrik van der Maaßen nicht an der Tulpenzwiebel hängenblieb, wenn ihm der Lord die Übernahme abschlug? Wenn der Lord die Summe nicht erlegen wollte und von seinem Kauf zurücktrat? Saß dann nicht Hendrik van der Maaßen auf der Zwiebel wie der gebannte Teufel auf dem Baum und kam nicht mehr herunter? War dann nicht alles hin, der alte Kaufhof, der ein niederländischer Begriff war, der Name eines Hauses, das ehemals im Urwald von Brasilien Kontore hatte und dessen Schiffe um das Kap der Guten Hoffnung zu den Inseln mit den Feuerbergen fuhren?

Schon am Nachmittag kam Hendrik van der Maaßen, und Adrian, der Wein und Brot auftrug, bemühte sich, die Unterhaltung ungezwungen zu gestalten.

»Habt Ihr den Buben schon gesehen?« fragte er und streckte ihm die Hand zum Glückwunsch hin. – Es sei ein strammer Kerl, gab Hendrik van der Maaßen Antwort. Er strample tüchtig und habe eine Stimme, die man im ganzen Hause höre. Ja, Truus sei gesund und glücklich. Und Christintje? Ja, Christintje sei so aufgeregt und stolz, als ob sie selber die Kindesmutter wäre. Sie wache wie ein Schießhund an der Wiege und jage jeden fort, sogar den eigenen Vater. Ja, so sei sie, meinte Adrian. Und wem er ähnlich sähe? – Christintje glaube, die Augen hätte er von Truus. Das wären wiederum die Augen seiner eigenen Frau. Der Kopf – und das behauptete auch Christintje – sei ein echter van-der-Maaßen-Kopf. Und ob sich Willem nicht verewigt habe? Nein, Willem nicht. Wenn er die quäksend laute Stimme nicht von Willem habe, hätte er bis jetzt von seinem Vater keine äußerliche Erbschaft. »Das mag innen sitzen«, lachte Adrian und hob das Glas: »Prost also, Großvater Hendrik van der Maaßen! Auf daß es wieder aufwärtsgehe!«

»Ja, das soll es.«

In der kurzen Stille, die nun eintrat, hörten sie den Webstuhl Kaspars aus der Werkstatt rasseln.

Adrian erklärte, weil Hendrik van der Maaßen fragend lauschte:

»Kaspar wurstelt wieder in seiner Weberei herum, weil er den Tulpenhandel aufgegeben hat. Da staunt Ihr, ja? Ich denke aber selbst daran, wenn mich der Handel nicht mehr freuen sollte – und das tut er –, mich an seiner Werkstatt zu beteiligen.«

Er seufzte auf und schloß die Augen, weil er den Gedanken rasch zu Ende denken mußte, der ihm eben aufgestiegen war. Dann fuhr er fort, weil ihm der Einfall gut schien und so zugleich als gute Überleitung dienen konnte: »Ja, Hendrik van der Maaßen, Ihr hört mich seufzen, aber glaubt mir: es ist ein schwerer Handel, und man setzt uns zu, daß man bald nicht mehr ein noch aus weiß. Blutegel sind barmherziger. Sie fallen ab, wenn sie sich vollgesogen haben.«

Seltsam berührt und unverständig sah ihn Hendrik van der Maaßen an.

»Zu unserer Sache«, Adrian zog einen letzten Seufzer aus

der Brust, »muß ich nun sagen, daß mir kein Handel so schwergefallen ist wie dieser.«

Er sprach von seiner Zeit in Hendrik van der Maaßen Diensten und von Truus und Willem, von Christintje und von Madame du Fresne . . .

Nach diesem Namen schob er eine Pause ein und blickte erwartungsvoll auf seinen Gast.

»Sie wird doch bleiben wollen?« half er nach.

»Ja«, kam die Antwort, die sich nicht vermeiden ließ und die den Aufschluß brachte, den Adrian erwartete, »wenn es nun aufwärtsgehen sollte, wird sie bleiben und . . .«

». . . und Frau van der Maaßen werden«, ergänzte Adrian.

»Ja«, nickte Hendrik.

»Gut«, sagte Adrian, »nun gut«, und war bemüht, beifällig die Bedrückung zu verscheuchen, die plötzlich da war. »Das ist ein ehrenwerter Vorsatz. Oft hilft eine Frau hinauf.«

»Ich bin nicht hergekommen, um mich über diese Dinge auszulassen.« Hendrik van der Maaßen rückte förmlich auf seinem Platz zurück, die Arme vor der Brust verschränkend.

»Aber wichtig sind sie auch für mich«, versetzte Adrian, dem es bewußt war, daß sein Besucher in die Verschlossenheit verfallen wollte, die immer seine Art war. Jetzt verfing sie nicht.

»Gut, sprechen wir von der Augustustulpe«, ging er auf sein Benehmen ein. »Wieviel hat Euer Lord geboten? Und wann ist diese Summe greifbar?«

»Das ist so eine Sache . . .«

Langsam löste Hendrik van der Maaßen die verschränkten Arme wieder, rückte näher, faßte nach dem Becher, um zu trinken, wog ihn in der Hand und ließ ihn wieder sinken. Er stockte schon beim ersten Satz: »Ich habe Nachricht —« und verfiel in Eifer: »Der Kammerherr hat mir geschrieben, daß der Lord verreist ist. Zur Jagd. Nach Schottland. In sein Revier. Das Angebot bleibt aber aufrecht.«

»Wohl auf die Saujagd?«

»Der Kammerherr hat meine Briefe nachgeschickt.«

»Es ist sehr weit nach Schottland.«

»Der Kammerherr hat mir versprochen, die schnellsten Reiter einzusetzen. Der Lord legt Wert darauf. Er hat es hinterlassen.«

»Und wenn er ihn nicht findet?«

»Ach, Unsinn.« –

Hendrik van der Maaßen hielt plötzlich ein und kniff den Mund zusammen, als bereue er, so viel gesagt zu haben. Er sprach es aus:

»Das ist doch unbedeutend.«

»Nein«, schnitt Adrian die Rede ab.

»Ich habe mein Vermögen angeboten!«

»Das ist es eben.«

»Ihr wollt Vertrag?«

»Nein, Hendrik van der Maaßen, ich will verhindern, daß Ihr Euch ins Unglück stürzt.«

Mit einem aufgeregten, heiseren Lachen, das gemacht klang, stand sein Gegenüber auf und stieß verletzt, belustigt und empört hervor: »Ich habe Euch ein Angebot gemacht und keinen Rat erbeten! Wollt Ihr den Handel machen, ist es gut, wenn nicht, dann sagt es!«

Hendrik van der Maaßen schnaubte; aber unbeirrbar, auch durch die Schärfe seines Hohnes nicht, gab Adrian zur Antwort:

»Ich will ihn machen, und *Ihr* sollt ihn machen. Ich möchte aber nicht, daß Ihr der Dumme seid. Zum Beispiel, wenn der Lord von einem Keiler angefallen wird und auf der Strecke bleibt.«

»Großherzigkeit von Adrian!?« kam höhnisch die Erwiderung.

»Nein, Dankbarkeit!«

Und Adrian schlug auf den Tisch. Die roten Adern sprangen ihm am Hals hervor.

»Verdammte Dankbarkeit und Christenpflicht! Da setzt Euch hin!«

So aufgebracht war Adrian, daß Hendrik van der Maaßen betroffen folgte und sich setzte. Seine Augen flirrten. Was ging hier vor? Der Torfknecht Adrian, ein Protz, ein Tulpenbruder, dem er sein ganzes Eigentum für eine Tulpenzwiebel hinwarf, schrie ihn an? Ihn, Hendrik van der Maaßen!? – Er begehrte auf und fühlte, wie er benommen war, wie seine Stimme würgte, wie er dem Eindruck unterlag, den Adrians Benehmen auf ihn machte.

»Ihr sollt nicht schreien!« verlangte er und lag doch in dem hohen Ohrenstuhl und konnte sich nicht rühren, weil dieser ungeschlachte Torfknecht mit allen Zeichen der Erregung und des inneren Aufruhrs unablässig vor ihm durch die Stube stapfte.

»Wie ein verrückter Tulpenbruder habt Ihr Euch benommen!

Haus und Kaufhof schmeißt Ihr hin! –

Und Euren Namen! –

Und nachher sitzt Ihr auf der Zwiebel, die keinen Rotz mehr wert ist! –

Und könnt betteln gehen! –«

... Wenn er doch stehenbliebe! –

Vom Kachelofen marschierte er bis zu der Seemannskiste und sah nicht auf. Wie Striche sind die Augenbrauen, dicke Wülste, die im Nasensattel in tiefen Furchen münden.

Wenn er doch stehenbliebe! ...

»Willem hat nichts, und Truus hat nichts! ...

... Christintje jagt ihr fort ...

... Soll *ich* mich in den Kaufhof setzen? Und erleben, wie Hendrik van der Maaßen vor seiner eigenen Türe steht und nicht hereinkann? Eine Zwiebel in der Hand, die nichts mehr wert ist? Einen Kaiserapfel ohne Reich?«

Jetzt blieb er stehen. Die Hände auf dem Rücken, Zorn im Gesicht, der einem wehmutsvollen Lächeln wich und Hendrik van der Maaßen tief beschämte.

»Ach«, keuchte Adrian erleichtert auf und zog sich einen Hocker vor den Ohrenstuhl, »Ihr müßt einmal vergessen, daß ich Euer Torfknecht war und daß ich besser weiß, was los ist, als Ihr es wissen könnt. Großherzigkeit, habt Ihr gesagt. Ach, Unsinn. Obwohl ich Euch davongelaufen bin – nun hört mich an und stellt Euch vor, ich sei ein guter Nachbar schon von Jugendzeiten her –, obwohl ich einen Batzen Geld gescheffelt habe, ist Euer Haus für mich so etwas wie ein Vaterhaus gewesen. Ja, mit Euch und Truus, Christintje und Madame du Fresne und jetzt auch mit dem Buben, der noch keinen Namen hat. Glaubt mir, Mynheer, die ganze Stadt kann mit den Fingern auf mich weisen; aber daß *Ihr* mich verachtet habt, daß Truus mich nicht mehr kennen wollte, das hat am meisten weh getan ...«

»Na – na ...«

Herr van der Maaßen, dem die Betroffenheit vergangen war, versuchte, die Verlegenheit zu meistern, in die ihn Adrian hineintrieb.

»Nicht unterbrechen«, bat ihn Adrian, der mit gesenktem Kopf auf seinem Hocker saß und vor sich nieder starrte. »Es wäre mir ein leichtes«, fuhr er weiter, »Euch auf den Leim zu locken; aber – es wäre mir das Schwerste. Es wäre ein Betrug und dennoch keiner, weil mich kein Gericht belangen könnte, weil ich den Schein des Rechtes für mich hätte. Ja, wenn ich dächte, wie *Ihr* denkt, Mynheer, wenn ich genauso unerbittlich den Adrian van Snaar markieren wollte, wie Ihr den alten Hendrik van der Maaßen spielt, den es mit dem Verlust der ›Zuiderland‹ herunterriß von seiner Höhe, dann – wahrhaftig –, dann würde ich das Angebot mit beiden Händen fassen! Ich kann es nicht! Ich nehme Euer Pfand nicht an! Ich gebe Euch die Zwiebel nicht, bevor nicht Euer Geld von England eingetroffen ist!«

Nun hatte Hendrik van der Maaßen sich erhoben, unschlüssig und verbissen.

»Ihr seid wohl toll geworden?« fauchte er gepreßt.

»Nein, Hendrik van der Maaßen! Ich will es gut mit Euch!« –

»Gut? Gut?«

»Ja, gut!«

Auch Adrian sprang auf. Sie standen sich mit blitzend harten Augen gegenüber, mit geballten Fäusten, mit Speichel in den Lippenwinkeln, jeder keuchend, jeder zitternd.

»Setzt Euch doch«, riet Adrian beschwörend, »hört mich doch zu Ende.« Und legte ihm begütigend die Hand auf. Und lächelte verzerrt, indem er sagte: »Es ist doch eine Beichte, nicht wahr? Ein Herunterreden von der Seele und nichts für einen Pfarrer, nur für Euch und mich. Bedenkt doch, Hendrik van der Maaßen, daß es morgen Schluß sein kann mit unseren Tulpen!«

»Was?!« – Er faßte sich: »Dann wird mein Lord denselben Preis bezahlen wie heute oder gestern.«

»Und gerade *das* bezweifle ich.« –

Begann es denn von vorne, dieses quälende Gespräch? War Hendrik van der Maaßen wirklich so verrannt, daß er in allem nur die Zwiebel sah und keine Warnung hören wollte? War dieses Fieber seiner Augen das gleiche Fieber, wie es in den Tulpaneien aus allen Blicken sprang? War er besessen? Brach bei ihm derselbe Wahnsinn aus, der alle Tulpenhändler zu eitlen Narren machte, zu kranken Abenteurern?

»Ich weiß doch aus genauer Quelle«, beschwor ihn Adrian mit heißem Flüstern, »daß die Regierung von allen Seiten angegangen wird, den Tulpenhandel zu verbieten und die Preise mit einem Schlag herabzusetzen . . . und die Regierung willigt ein!«

»Das heißt? . . .«

»Daß die Augustustulpe morgen nur noch die Hälfte ihres Wertes gelten kann! –«

Mißtrauisch blickte Hendrik van der Maaßen auf und fragte heiser: »Ist das wahr?«

»Auf einen Eid kann ich es nehmen.«

Van der Maaßen grübelte. Von unten her kam seine Frage, aber wie ein Pfeil von einem Bogen abgeschnellt: »Und trotzdem schlagt Ihr sie nicht los? Wenn ich doch mein Vermögen biete?«

»Eben deshalb.«

– – – – – – – –

Adrian stand an dem Kachelofen, die Hände vors Gesicht geschlagen.

»Eben deshalb«, wiederholte er und suchte zu verbergen, was in seinen Zügen vorging. Es glitzerte in seinen Augen. Weinte er?

Ganz still war es im Zimmer. Nur das Knarren von Kaspars Webstuhl aus der Werkstatt war zu hören, nur das Knistern aus dem Kachelofen, wenn die Flammen ein Scheit Holz zerbrachen, nur das leise Säuseln des Kaminwinds, der um das Feuer spielte, es niederdrückte und lohend in die Höhe führte.

Hendrik van der Maaßen trat langsam zu ihm hin, stand neben ihm und starrte in die Esse. Lang überlegend hob er seinen Blick, sah Adrians Gesicht, das wie gealtert aussah, und nun auf einmal schien er die Rührung zu verstehen, die Adrian durchzitterte und die ihn selbst gefangennahm. Dann faßte er nach seiner Hand und sagte: »Ich verstehe endlich, wie aller Widerspruch gemeint war. Es ist schön von Euch. Ich danke auch dafür.«

Unfähig, noch ein Wort zu sagen, wehrte Adrian den Dank ab.

»Aber gleichwohl wiederhole ich mein Angebot. Ich muß die Zwiebel haben!«

So kühl und nüchtern, beherrscht und überlegen konnte nur Hendrik van der Maaßen sein.

»Und wenn ich mich zugrunde richte«, setzte er hinzu.

Er bebte vor Entschlossenheit. Ganz dunkel waren seine Mienen, ganz verkrampft.

Mit schreckensweiten Augen sah Adrian ihm auf den Mund und quälte sich die Worte ab, die seinen unbeugsamen Widerstand bewiesen:

»Aber, Hendrik van der Maaßen, ich werde Euch die Zwiebel nicht beschaffen, bevor das Geld von England nicht gekommen ist!«

Jetzt war die Schwankung überwunden, die Hendrik van der Maaßen mit ihrer Rührung ans Herz gegriffen hatte. Er schnickte widerwillig den Kopf zurück und sagte schneidend: »Ich bestehe auf dem Angebot, und ich verlange, daß Ihr die Augustus so rasch als möglich beibringt! Habt Ihr mich verstanden, Adrian?«

Wie unter einem pfeifend scharfen Gertenschlag fuhr Adrian zusammen. Ein Schmerz war über ihn gekommen, vor dem er sich verkrümmte. Er suchte einen Halt. Gebeugt, als ob ihm übel wäre, stand er minutenlang mit schwerem Keuchen da.

Dann raffte er sich auf. Er schien zu wachen, und in straffer, aufgereckter Haltung wie ins Leere sprechend, vorbei an Hendrik van der Maaßen und völlig frei von den Gefühlen, die ihn bis jetzt gefesselt hatten, stieß er zermürbt hervor: »Dann muß ich leider zu meiner letzten Waffe greifen: Euer Pfand genügt mir nicht für die Augustus!« –

Er schlotterte. Die Farbe war ihm aus dem Gesicht gewichen. Auch Hendrik van der Maaßen war leichenblaß geworden.

»Mein Pfand genügt nicht? . . .« fragte er mit ächzend schwerer Stimme und schlug sich an die Stirn. »Mein Pfand genügt nicht? . . .« Ein irres Lachen flog über seine Züge, und erstickend heiser bellte er, indem er seine Fäuste in den Schultern Adrians verkrallte: »Mein Pfand genügt nicht?! Was? Mein Pfand genügt dir nicht?« –

Mit einem Schwung riß Adrian sich los und schüttelte ihn ab.

»Ihr sollt mich nicht mehr quälen«, flehte er, »verschont mich, Herr. Ich kann mich nicht erweichen lassen! – Ihr sollt die Tulpe haben. Ja! – Nur nicht, bevor das Geld gekommen ist! Nur nicht zu Eurem Unglück! Versteht mich doch! . . .«

Er wankte an die Türe und bat: »Nun geht schon, Hendrik van der Maaßen. Geht schon.«

Er riß die Türe auf und sah sich Kaspar gegenüber, der den Gang heraufkam.

»Also Euer letztes Wort?«

»Ja«, gab Adrian gepreßt zurück und wandte sich an Kaspar: »Schau, Hendrik van der Maaßen ist es schlecht geworden. Ich wäre dankbar, wenn du ihn heimbegleiten wolltest.« Und zu Hendrik van der Maaßen sagte er: »Die Luft wird Euch erfrischen. Was mich betrifft, Mynheer: Ich weiß, daß ich zu Eurem Besten handle. Das ist mein ehrliches Bemühen. Glaubt mir das. Dann könnt Ihr mich begreifen.« –

Ohne ihn noch einmal anzusehen, ging er zurück in seine Stube, sah vom Feuer aus, wie Kaspar neben Hendrik van der Maaßen durch die Straße tappte, setzte sich ans Feuer und hockte dort in unbeweglich müder Haltung, bis Kaspar wieder eintrat.

»Hat er dir nichts mehr aufgetragen?«

»Aufgetragen nichts«, gab Kaspar mit eigenartiger Betonung und gedehnt zurück. »Es war nur seltsam. — Denn bis vor seiner Türe hat er nichts gesprochen. Aber auf der Staffel blieb er plötzlich stehen, sah über den Kanal hin und blickte dann an seinem Haus hinauf, als wolle er die Fenster zählen. Wie gesagt: er hat bislang kein Wort gesagt. Und dann auf einmal, wie er, sich besinnend, dasteht und nicht weiß, ob er ein Trinkgeld geben soll, schnauft er erleichtert, tief und gründlich, reicht mir die Hand und flüstert: ›Respekt vor Adrian . . .‹ «

Ungläubig hatte Adrian ihm zugehört, die ausgestreckten Arme auf den Lehnen seines Stuhles knickten ein. Ein Zittern rieselte durch seinen Körper.

Seine Augen füllten sich.

»Hat Hendrik van der Maaßen«, fragte er, »das wirklich und wortwörtlich so gesagt?«

»Wortwörtlich!«

Kaspar hatte sich ein Brot gestrichen und mampfte schon. Er führte, weil ihn Adrian nicht sehen konnte, den Weinkrug mit beiden Händen an den Mund und schnalzte, als er in langen Zügen getrunken hatte: »Ja. Wortwörtlich: ›Respekt vor Adrian.‹ «

Er aß und trank und merkte nicht, daß Adrian in seinem hohen Lehnstuhl die Hände vors Gesicht geschlagen hatte und lautlos weinte. –

VIERUNDZWANZIGSTES KAPITEL

Sturmsignale! Von den Umtrieben im Gildehaus und von einer wilden Versammlung beim »Grünen Frosch«

Es ging der Fastnacht zu.

Noch wohnte Truus im Hause ihres Vaters. Kaspar hatte einen Silberlöffel hingetragen; aber Willem schickte ihn zurück: er suche seine Paten selber aus. Das schmerzte.

Willem hatte nun im Rathaus eine Stube, wo es zuging wie in einem Taubenschlag. Denn eines Tages war eine Kutsche mit jungen Leuten angekommen; es waren Maler und anderes Künstlervolk, Freundschaften aus der Zeit, als er noch selber den Drang verspürte, sich der Kunst zu widmen, und mit Barett, mit Sammetweste und langen Schlipsen durch die Stadt lief. Was wollten sie? Was trieben sie im Gildehaus?

Man räumte ganze Säle, um Platz zu machen für die langen Tische, die sie brauchten. Als erstes wurden Köche eingestellt.

»Das paßt so für die Hungerleider«, sagte Adrian, der sich am ersten Abend schon Bericht erstatten ließ und den Besuch der Künstlermeute, wie er sie hieß, als Sturmsignal erkannte.

Handwerksleute wurden angeworben, Perückenmacher, Schneider, Sattler, Polsterer, Anstreicher, Gipser. In allen Läden kauften sie Papier und Tuche auf, Draht, Netze, Stricke, ganze Wagenplanen, Latten, Bretter. Ja, den Bauern holten sie die Wagen aus den Schuppen, Kaleschen, Kutschen, alles, was nur Räder hatte, und fuhren sie ins Gildehaus, in dessen Hof allmählich eine Wagenburg zusammenkam, als hätte sich ein ganzer Landkreis vor einem räuberischen Feind in diesen Hof geflüchtet. Sie fuhren eines Abends einen regelrechten Fischkutter, den sie auf Rollen vorwärts zogen, durch die Stadt. Auch er verschwand im Hof.

Was wurde dort geplant?

Man hörte nur, daß fieberhaft gesägt, gehämmert und genagelt wurde.

»Abwarten«, hieß es, wenn man fragte.

Bis zur späten Nacht verlöschten die Lichter nicht im Gildehaus. Manchmal hörte man Gitarrenlieder oder einen schallend lauten Chorus, und die Bürger, die vor dem Gildehaus zusammenliefen, schüttelten mit komischem Entsetzen ihre Köpfe. War das Haus der steifen Reeder zum Narrenstall geworden?« –

Man lachte schließlich, obwohl man nicht bedachte, worüber man sich lustig machte, und man kam zu dem Ergebnis, das man von Anfang an schon wußte: »Sie wollen etwas für die Fastnacht vorbereiten.«

Man dachte nach und sagte: »Vielleicht hat einer unserer großen Männer einen Festtag?«

Vermutungen, die jedes Sinns entbehrten, wurden laut. Von einer Kolonie, die einer von der Gilde erworben habe, sprach man, vom Seesieg über einen Kaper wie zur Zeit der Silberflotte, von einem Orden, der in die Stadt verliehen worden sei. Nur Adrian war anderer Meinung.

Er spähte vom Erker eines Nachbarhauses aus, in dem ein Tulpenbruder wohnte, in den Hof hinüber. Aber kohlschwarz hing die Nacht herunter, als wolle sie verhängen, was dort vorging.

»Das gilt uns«, erklärte er bedenklich. »Das Fest der Herren wird auf unserem Buckel ausgetragen.«

Sie sangen wieder.

Adrian ging durch die Menge und flüsterte, wenn er Bekannte traf: »Kommt morgen zeitig in den ›Grünen Frosch‹. Es ist sehr wichtig.«

»Habt Ihr Tulpen?« kam bisweilen eine Frage. –

»Angst«, hätte er zur Antwort geben müssen. Für Adrian war der Gesang wie eine Höllenmelodie. Für ihn stand fest, was drüben vorbereitet wurde.

Es wurde Ernst! Indem man scheinbar einen Schabernack begann, nahm die Vernichtung ihren Anfang! Nie hätte sich die Gilde auch nur für einen Tag bereit gefunden, ihr Haus den tobenden Gesellen einer Künstlerschule auszuliefern, wenn nicht die Gilde Nutzen davon hatte! –

Er saß bis über Mitternacht vor seiner Seemannskiste, die offen vor ihm stand. Ganz obenauf lag die Kassette mit der Augustuszwiebel. In dicken Beuteln aus Leder und aus Leinen war sein Vermögen aufgeschichtet, ein Reichtum, der es ihm ermöglicht hätte, einen stillen Lebensabend zu begehen. War er so alt?

Er schüttelte den Einfall ab, untätig irgendwo auf einer Bank zu sitzen und in die Welt zu schauen, verzehrend, was nicht nachwuchs, absterbend, während er gesund war und an Heirat dachte.

Christintje hielt ihn aufrecht und Hendrik van der Maaßen, Kaspar und sogar sein Gegner Willem. Seine Feigheit davor, in der Welt allein zu sein, bewahrte ihn, die Feigheit zu begehen, heimlich abzureisen und zu flüchten. Er mußte bleiben und sich verteidigen!

»Gib mir den dicksten Knüppel«, sagte er zu Kaspar, als er am nächsten Morgen in den »Grünen Frosch« ging, und stockte schwer dahin.

Er läutete bei Hendrik van der Maaßen, traf Madame du Fresne in einem rosaroten Kleid, das sie probierte und mit dem sie tänzelnd durch das Zimmer huschte, ein Maskenkleid.

»Gefällt es Euch?«

»Oh – sehr . . .«

Sie hatte goldene Schuhe an und große Ringe an den Händen, eine üppig fallende, weißseidene Perücke mit Hängelocken, die ihre Wangen streiften. Verlegen drehte er den Hut in seinen Händen, zwang sich ein Lächeln ins Gesicht und wußte, daß er rot war.

Sie legte eine Kette um den Hals, der schneeig aus der weitgeschnittenen Bluse strebte. Wie schön sie wieder war! Sie zwitscherte, sie zupfte an der Schärpe, wo das Mieder sich unwahrscheinlich schlank verengte, das ihre Brüste hob und ihren Ansatz bis an den Ausschnitt ihrer Bluse drängte.

»Ist es nicht prächtig?« lachte sie mit übermütig heißen Augen, die unter dunkel nachgefärbten Lidern blitzten.

»Sehr –«, nickte er befangen und wollte sich befreien, indem er fragte: »Das ist wohl für das Fest im Gildehaus?«

»Wieso?« Sie staunte schmollend und versuchte, ihren Nacken in einem Spiegel aufzufinden, den sie gegen einen zweiten Spiegel hielt. So reizvoll ungehalten, wie nur eine schöne Frau es sein kann, seufzte sie, bis Adrian begriff, daß er den Spiegel halten durfte. Er hätte seinen Mund auf ihren Nacken drücken können. So nahe war er ihr. Er schauerte zusammen.

»Man hat mir nichts von einem Fest im Gildehaus gesagt.«

»Es wurde nur davon gesprochen.«

»Nach rechts den Spiegel.«

Sie wickelte die falsche Locke um den Finger.

»Ich bin Fortuna«, sagte sie und fragte: »Als was geht Ihr beim Umzug mit?«

»Beim Umzug –? Beim Umzug spielt Ihr die Fortuna?«

Der Spiegel glitt ihm aus der Hand und fiel zerklirrend auf den Boden.

Er schrak zusammen.

»Als Fortuna –?«

Ein ungeheuerlicher Schrecken lähmte ihn: Da macht man einen Umzug, und sie weiß nichts! Die Fortuna stellt sie dar und ist sich nicht bewußt, wen sie damit verspottet, wie sie mißbraucht wird! Hunderte wird man mißbrauchen! Wie sie! – Sie freut sich wie ein junges Mädchen, bis es im Wagen sitzen und sich bewundern lassen kann. O Eitelkeit!. O Falschheit! O List und Mißgeburt!

Mit schlaffen Armen stand er da, den Blick gesenkt. Madame du Fresne, die eine Unmutsfalte auf der Stirne hatte, fragte schroff: »Was habt Ihr denn?« Und setzte gleich darauf hinzu: »Ist das denn so schrecklich?«

Er sah die Scherben liegen.

»Nein«, gab er gepreßt zurück, »wenn nur die Scherben Euch nicht ärgern. Wenn Ihr nur nicht abergläubisch seid ...« Er bückte sich, die Scherben aufzusammeln. »Und wenn es Euch nur Freude macht ...«, sprach er, am Boden kauernd, weiter, obwohl ihm seine Worte fast den Schlund abdrückten, obwohl ihm Lichter vor den Augen tanzten. Umfallen, wünschte er, und liegenbleiben müßte man.

Er ächzte und erstickte seinen Schmerz. Er biß sich auf die Zunge. Einen Umzug machen sie! Dazu die Wagen und das Fischerboot. Und wir? Und wir Tulpisten? *Uns* gilt es doch! Nur *ich* bin doch gemeint! ...

Nie hat es einen Fastnachtsumzug in der Stadt gegeben, wie er in anderen Städten der Niederlande, am Rhein, in Frankreich und in anderen Ländern üblich war. Nur Kinder banden Larven vor und krähten auf Trompetchen, pritschten sich und zogen rottenweise auf die Plätze. Narrenläufer, von denen man nicht wußte, woher sie kamen, lärmten durch die Straßen, um beim Dunkelwerden in die Wirtshaussäle zu verschwinden. Dann stahlen sich die Bürger und ihre Eheweiber heimlich aus den Häusern, um in das laute bunte Treiben einzustimmen, vermummt und närrisch, *einmal* im Jahr so ausgelassen, wie sie wirklich waren, einmal entfesselt. Fiedeln quietschten. Bälge knarrten, Dudelsäcke und Trompeten fuhren drein. Man tanzte, hopste dröhnend seinen Reigen, riß ein Frauenzimmer an sich, jubelte und lachte. Fastnacht war's! Die Röcke flogen. Frisch vom Sud kam Bier, und heiß vom offenen Feuer trug man an glühendroten Spießen glänzend fette Hühnchen an die Tische. Und man fraß, daß sich die Bänke bogen!

Dieses Mal wird man die Narren auf die Straße locken. Und Madame du Fresne wird auch dabeisein! Als Fortuna . . .

Und sie wird nicht wissen, daß hinter ihrem Rücken eine ausgestopfte Spottgestalt gezeigt wird, dieselbe Spottgestalt, die jetzt vor dem zerbrochenen Spiegel am Stubenboden hockt und sich vor Scham nicht mehr erheben möchte: Adrian van Snaar! –

»Wenn es nur schön wird . . .«, hauchte er und stand schweratmend auf, um überrascht zu sehen, daß sie hinausgegangen und Hendrik van der Maaßen eingetreten war.

Die Spiegelsplitter in den Händen, ging ihm Adrian entgegen und verlangte dumpf und zitternd:

»Der Fastnachtsumzug muß verboten werden, Hendrik van der Maaßen!«

Er kam nicht weiter.

»Unsinn«, unterbrach ihn van der Maaßen. »Es macht doch Euch nichts aus. Das Geld trifft übermorgen ein. Besorgt mir die Augustuszwiebel. Das ist viel wichtiger.«

»Für mich nicht!«

»Kann ich der Narrenfreiheit steuern?«

»Und meine Ehre? – Um meine Ehre geht es!«

»Unsinn . . .«

»Ihr sollt mir helfen!«

»Wie denn?«

Hendrik van der Maaßen zerstreute jeden Einwand, weil er an die Tulpe dachte.

»Wer Geld hat, findet immer Mißvergnügte.« Das war der Übergang zu seiner Frage: »Wann bekomme ich die Zwiebel?«

»Es geht um meine Ehre!« wiederholte Adrian und schleuderte die Spiegelscherben zornig auf den Tisch. »Man will mich dem Gespött der Stadt ausliefern!«

»Aber wenn Ihr doch verdient . . .?«

»Was hilft mir alles Geld?«

Er hörte widerstrebend zu, als Hendrik van der Maaßen ihn beschwor, an sein Geschäft zu denken, an sein Versprechen; denn *das* sei seine Ehre: sein Handel, seine Zuverlässigkeit und nicht zuletzt das reinliche Gewissen. *Das* sei wichtig, nicht der Faschingsunfug, den er nicht verhindern könne, wenngleich er es von Herzen möchte. Willem sei bemüht, sich nützlich zu erweisen – auf eigene Art. Es sei doch schließlich der Zustand eingerissen, daß man keinen Ladeknecht mehr finden könne, weil die Kerle in den Tulpenbörsen hockten. Ob das gut sei?

»Was kann *ich* dafür? Ich soll den Kopf hinhalten! . . .«

Hendrik van der Maaßen wußte keinen Ausweg und suchte keinen. Das sei so, und das habe man erwarten müssen. Daß Madame du Fresne sich kostümiere, läge nicht in seinem Willen. Es sei nun einmal Fastnacht, und wenn er Geist genug besäße, solle er doch selbst als Narr auftreten und den Spott mit Spott vergelten. Wie das wäre?

Hendrik van der Maaßen gab sich Mühe, Adrian bei guter Laune zu erhalten, weil er um die Zwiebel fürchtete, die er nach jedem Satz erwähnte. Er brachte ihn zur Türe, besorgt, beschwichtigend und dennoch nebensächlich: »Am Dienstag zahle ich die Zwiebel aus! – Das müßte doch ein Trost sein, Adrian! Der Lord ist glücklich. Durch Stafettenreiter will er die Zwiebel nach Calais befördern. Stellt Euch vor: Dort liegt ein Segler schon bereit, um gleich in See zu gehen, und jenseits vom Kanal soll sie mit eigenen Kurieren weiter. So versessen ist der Lord auf die Augustus.«

Verbittert knöpfte Adrian den Mantel zu. Er nahm den Händedruck des Reeders noch entgegen, der von der Zwiebel schwatzte und nicht in seine Seele sah. »Ja«, schloß er ab, »von mir aus kann es dabei bleiben: am Dienstag zahlen wir die Zwiebel aus – vorausgesetzt, daß mich die Bande nicht in den Kanal geschmissen hat.«

Nur seine Schultern zuckten wie vor Verlegenheit. Dann ging er auf den »Grünen Frosch« zu, lange an sich haltend, bevor er seine Augen durch den Wirtsraum gehen ließ und endlich seine Rede anfing.

Er schilderte, was seiner Meinung nach bevorstand, und malte den erbarmungslosen Untergang des Tulpenhandels mit allen Schrecken an die Wand. Erschrocken hatten die Tulpisten aufgehorcht. Wie alle Spieler und Spekulanten, die sich Gefahren gegenübersehen, verloren sie zuerst den Kopf und diskutierten durcheinander, bis der erste Zweifel aufkam, bis alle sich in diesen Zweifel retteten und die Gefahr ins Lächerliche zogen. Und als er sagte, daß man besonders *ihn* verleumden werde, krakeelte einer:

»Dann wird auch etwas dran sein! Was er *uns* zur Angst aufbinden will, ist seine eigene Feigheit!«

Dem Krakeeler wandte sich geteilter Beifall zu.

»Es geht doch um die Sache!« mahnte Adrian. »Um Euren Handel abzuwürgen, stellt man den Tulpensegen als eine Seuche hin!«

Er schrie sich heiser. Aber das Entsetzen, das er entfesselt hatte, griff beklemmend um sich. Das Getuschel war zum Sturm geworden, jeder bellte gegen jeden, fuchtelte und eiferte und geiferte und schrie! – So ähnlich war ein Tag gewesen, als ein Komet vom Deich herüberkam, ein Blutgeschwür am Himmel, das eine rote Fackel durch die Nacht zog und in allen Häusern Schrecken stiftete. »Die Welt geht unter!« hieß es, und wer noch etwas zu besorgen hatte, etwas zu gestehen, eine Feindschaft einzurenken oder eine Liebschaft zu besiegeln, der tat es angesichts der Himmelsrute, die in das Weltall drohte. Und hernach war nichts!

Die Fässer und die Räucherboden waren leer. Die alten Feinde blieben unversöhnlich, und die neue Liebe ließ nochmals auf sich warten, vielleicht noch länger als vorher.

Von diesem Narrenspiel des Aberglaubens sprachen sie, um ihre Ängste zu zerreden. Diese Nacht des Schreckens beschwo=

ren sie als Beispiel, um der Gefahr zu lachen, die Adrian beschrieben hatte. Ja, ein krummer Häusler, der am Stock ging, hustete die Worte in die Luft: »Das ist doch Narretei, was da gesagt wird. Meine eigenen Kinder lasse ich im Fastnachtsumzug laufen, weil sie Kuchen kriegen. Wann kann sich unsereiner bei allem Tulpensegen einen Kuchen leisten?«

Der Widerstand versteifte sich. Ja, sie beschimpften Adrian, der unbeweglich mit geballten Fäusten hinter seinem Tisch stand.

Nur *er* sei groß und reich geworden! Nur Adrian van Snaar! Es war ein Lärm und Aufruhr, der rasend machen konnte. Aber starr und steinern stand Adrian auf dem erhöhten Platz, bis das Geschrei versickerte, bis es so still war, daß auch der letzte ihn verstehen konnte, selbst wenn er flüsterte. Die Ruhe war sein Sieg.

Er sagte: »Aus Geschrei wird nichts geboren als Unverstand. – Wer Handel treibt und den Gewinn vertut, der soll nicht neidisch werden auf den, der nicht so handelt. Das sage ich zur eigenen Rechnung. *Euch* alle aber geht es an, was übermorgen zur Volksbelustigung gemacht wird! Zieht nur die Köpfe ein! Verkriecht euch nur. – Ihr denkt euch: Adrian kann man bespucken! Schandgeigen kann man ihn! Mit Pflock und Ring kann man den Adrian durch jede Gosse zerren! Denkt aber keiner *daran:* daß *er selbst* bespuckt wird, wenn man *mich* bespuckt? Daß aller Unflat, gegen mich geworfen, auch an eurem Kittel hängenbleibt? Was ist geholfen, wenn ihr glaubt, euch träfe niemand? – Oh, du arme Einfalt!«

Er wußte, wie sie darum bebten, mit ihren abgeschafften Zitterfingern auch morgen wieder einen Zettel an den Mann zu bringen, und er wußte, daß gerade jene ihn am meisten haßten, deren Zettel er nicht abgenommen hatte. *Sie* waren es, die jeder Hetzerei erlagen, weshalb er von den Zetteln sprach und sich verteidigte. Dann fuhr er weiter.

»Vor dem ›Grünen Frosch‹ hat Crispin van den Valckert seinen letzten Handel abgemacht, durch uns gezwungen. Jene Leute, die ihre Narrenfreiheit dazu mißbrauchen, sich hinter Masken zu verbergen, werden mich in jeder Art beschuldigen! Und ihr – das hat mir die Versammlung heute klar bewiesen –, ihr glaubt es!«

Ein Zucken ging durch ihre Reihen.

»Höh?« kam eine Stimme, gutmütig=grob und scherzend. »Backpfeifen lassen wir uns aber nicht!«

Das war der Metzger. Erlösend war sein Ausruf.

»Backpfeifen . . .«, hakte Adrian in die Bemerkung ein, »wird euch das Narrenvolk von übermorgen!«

Das zündete!

Die Brust war frei. Jetzt war die Last gewichen und in den eigenen Reihen vorgebaut. Jetzt ging es leichter.

»Seht doch«, rief er aus und streckte ihnen wie ein Bittender die Hände hin, »soll unser Tulpenhandel denn verboten wer=den? Wenn man ihn als finsteres Gewerbe brandmarkt? Wenn man behauptet, daß nur das Gesindel sich damit befasse? Seid ihr Gesindel? Bin ich arbeitsscheu? Bin *ich* ein Gauner? Wollt ihr Gauner sein? Wer schickt noch seine eigenen Kinder mit dem Narrenzug?!«

Bei diesen Fragen, die er mit kurzen Pausen würzte, sprang eine siedende Erregung auf. Sie stießen abgehackte Rufe der Empörung und der Abwehr aus, um zu verstummen, wenn er einen neuen Satz mit großer Geste in ihre Reihen schleuderte. Nun johlten sie. Was war jedoch gewonnen, wenn es keinen Weg gab, den Narrenumzug aufzuhalten oder zu verhindern?

Sie waren zahlreich genug, um die paar Maler und Hand=werksleute im Gildehaus zu überrumpeln und alles kurz und klein zu schlagen. Es wäre leicht gewesen, den Sturm zu wagen und den Aufputz der Fastnachtskarren zu vernichten, zu ver=brennen, den Tand und Flitter in den Kanal zu werfen. Aber hätte dann nicht jener Vorwurf, daß die Tulpisten nur Ge=sindel seien, erst seine wirkliche Bestätigung erhalten?

So ging es nicht. Das alles hatte Adrian erwogen, bevor er seinen ersten Laut im »Grünen Frosch« gesprochen hatte. Sein Plan war anders.

»Wir Tulpisten«, ließ er sich vernehmen, als neue Spannung eingetreten war und alle wie verzückt an seinen Lippen hingen, »müssen *einen eigenen Umzug machen!* Auch *für uns* ist Fast=nacht! Und mit der Schellenkappe sind wir alle gleich! Hie Tulpenfreund – dort Tulpenfeind!«

Sie stiegen auf die Stühle, auf die Tische, vor Begeisterung. Ja, Adrian, der große Adrian! Das war er, wie er leibt und lebt!

Sie wären, wenn ein Rattenfänger sich erboten hätte, jetzt schon wie vernarrte Kinder durch die Stadt gezogen, um ihren Fastnachtswillen zu beweisen und den Tulpenfeinden vor der Nase herumzutanzen.

Da dämpfte Adrian die Freude, indem er nur vier Worte in den Tumult hineinrief: »Wir brauchen aber Geld!« –

Der Trubel stockte und verlegen traten sie vom Tisch herunter wieder in die Wirklichkeit. »Geld? . . . Geld . . .?« Sie sahen sich mit lang gewordenen Gesichtern als, an stände einer im Verdacht, versehentlich den Mond im Sack zu haben.

Geld hatte keiner, und wer wirklich ein paar Gulden im Strumpf beiseite hatte, der dachte nicht daran, sie auf der Fastnacht auszugeben. Denn jeder schleppte seine Sorgen, wie er sich und seine Hungermäuler durch den Winter brachte. Keiner hätte je bedacht, daß man das Recht, Tulpist zu sein, einmal erkämpfen und erkaufen müßte.

So fand jeder andere Gründe, aufzuseufzen und sein Unvermögen darzulegen. Schuldscheine konnte jeder eine Handvoll bieten, aber keiner bare Münze, keinen »Opfergroschen«, wie Adrian es nannte.

»Was bleibt mir übrig«, schloß er seine scharfgesetzte Rede und kam zu dem Entschluß, zu dem er sich schon lange durchgerungen hatte, »was bleibt mir übrig, als für euch nicht nur den Schädel hinzuhalten, sondern auch die Guldenkiste aufzumachen!«

Ungläubig starrten sie ihn an.

»Das will ich und das werde ich!« bekräftigte er laut den Vorsatz, der wie ein Wunder überraschte.

Sie sperrten vor Erstaunen die Mäuler auf, weil es für sie unfaßbar war, daß *einer* für sie alle eintrat, daß *einer* auch nur *einen* Gulden für eine Sache ausgab, die ihm nicht selber nützte. Als sie begriffen, daß Adrian es wirklich ehrlich meinte, brachen sie in ein Gemurmel der Bewunderung und schließlich in ein tobendes Geheul der Freude aus.

Das kam, als er die Frage stellte: »Wer ist Schneider?« und dann sagte: »Mein Freund, der Weberkaspar, hat ein paar Ballen Leinewand gewebt! Die kaufe ich, damit sich jeder von euch sein Teil herunterschneiden kann!«

Vier der Tulpisten waren Schneider, und auch Kaspar meinte

unsagbar gerührt und eifrig, er könne schneidern helfen, und schließlich hätte jeder doch ein Weib zu Hause.

»Es müssen Kutten werden«, bestimmte Adrian. Einheitlich graue Kutten, hatte er sich ausgedacht, und jeder solle zur Verzierung entweder Gartenzwiebel oder Quasten aus Werg an seine Kutte hängen. Sehen solle man, daß sie Tulpisten seien! Wer Instrumente habe, der solle spielen, blasen, trommeln, querpfeifen oder was er könne. Es sei einerlei. Nur Lärm verlange er! Man müsse, und wenn man eine Krachmusik aus leeren Töpfen mache, die Kapellen der Gildehäusler übertönen!

Gildehäusler hießen sie auf einmal, Willems Bürgergarde, die Tulpenfeinde. Ach, nun strotzte jeder von Ideen und hielt schon jetzt den Bauch vor Lachen, wenn er beschrieb, wie er sich kostümieren wolle. Sie quirlten durcheinander. Die Verzagtheit war gewichen, der Groll vergessen, das Zünglein an der Waage, das in der letzten Stunde bedenklich nach links und rechts geschwankt war, neigte sich entscheidend auf die Seite Adrians.

Er war der Feldmarschall, der sich in ihre Reihen stellte und doch an ihrer Spitze stand! Der krumme Häusler, der seine Kinder zu Willem schicken wollte, trat auf ihn zu und reichte ihm die Hand. Er sagte nur: »Respekt, Mynheer. Natürlich kommen meine Kinder nun zu *unserem* Umzug – auch ohne Kuchen ...«

Kaspar ging mit seinen Schneidern heim.

»Ihr anderen wartet«, verlangte Adrian und zog sich mit dem Metzgermeister und drei anderen Tulpisten in eine Hinterstube vom »Grünen Frosch« zurück. Dort wurden Pläne durchgesprochen, die er im Geiste schon fertig bei sich trug und die nach seiner Meinung geeignet waren, die Demonstration der Tulpenfeinde am tödlichsten zu treffen.

Als sie wieder bei den Versammelten erschienen, strahlten sie vor Siegeszuversicht.

Sie hatten eingewendet: »Das kostet aber eine Menge Geld. Wer zahlt es?«

»Ich!« –

Was tat es, wenn er die Seemannskiste bis zum Grund erschöpfte? Übermorgen wird Hendrik van der Maaßen die Augustus holen, dann kann die Kiste das Geld des Lords aus

England schlucken. Es ist alles wieder gut, vor allem eines: Adrian hat seine Ehre wieder, vor seinen Tulpenbrüdern, vor Hendrik van der Maaßen, vor Christintje, vor Truus und Willem und vor Kaspar und vor sich selbst, wo sie am meisten gilt. Um solchen Preis ist keine Seemannskiste groß und voll genug.

»Ich«, wiederholte er, »ich zahle es«, und hörte lächelnd zu, als von dem Metzgermeister ihr Beschluß verkündet und mit Stürmen der Begeisterung aufgenommen wurde.

Wie es den Tulpisten an den Kragen geht . .

Punkt elf Uhr am Faschingsdienstag erschien der Herold der »Gildehäusler« vor dem Hause Adrians, flankiert von narrenmäßig aufgeputzten Fanfarenbläsern und gefolgt von einem Schwarm von Narren, der immer größer wurde. Halbwüchsige und Knirpse waren es, die vor das Hoftor zogen und mit ihren Kinderstimmen die Forderung des Herolds wiederholten: »Adrian, das Fenster auf! Wir haben dir etwas zu sagen!«

Aber niemand rührte sich im Haus. Die Fensterläden waren zugezogen.

Es hieß bald: »Adrian ist ausgerückt«, und ratlos sah der Herold von einem der Fanfarenbläser auf den anderen. Die Bürger schmunzelten; weil aber keiner auf den Spaß verzichten wollte, schrien sie im Chorus mit.

Da wurde endlich der eine Laden aufgezogen, und am Fenster erschien ein Fastnachtskerl, der eine riesengroße grüne Gurke im Gesicht trug und darüber eine Zipfelmütze hatte, die mit Gold behängt war und einer Tulpenzwiebel ähnlich sah. Ein Goldreif hielt sie um die Stirne fest, und dort, wo andere Zipfelmützen ihre Troddel oder ihre Quaste haben, ragte eine goldene Tulpenblüte in die Höhe.

Wie Brunnenröhren, denen plötzlich das Wasser ausgeht, brachen die Fanfarenrufe ab. Die Kinder und die Alten stießen ein lachendes Geschrei der Überraschung aus, zumal der Fastnachtskerl auf einmal einen Trichter an den Mund hob, wie man ihn zum Ölabfüllen braucht, und mit verstärkter donnerhafter Stimme durch diesen Trichter rief: »Willkommen, ihr Verrückten! Welcher Narr hat euch geschickt?«

Der Herold hatte, als der Laden aufging, seine Rolle aus Papier entfaltet. Kein Zweifel: diese spottende Gestalt am Fenster war Adrian. Sie lachte, daß die Gurke aus grünem Pappendeckel auf und nieder wippte wie der Schnabel eines Pfeffervogels. Dieser Anblick brachte auch das Volk zum Lachen und nicht zuletzt den Herold, dessen Rolle von selbst zusammenschnurrte und der vergeblich auf eine Pause im Gelächter wartete, um seine Botschaft zu verlesen.

Der Narr am Fenster gluckste, warf den Bauch vor, als stieße ihn der Bock, und beugte sich herunter zu einem der Fanfarenbläser, ihm die Larve vom Gesicht zu heben. Alles, was er tat und machte, löste platzendes Gelächter aus. Er brauchte nicht zu sprechen.

Da hatte überdies ein Übermütiger dem Gaul des Herolds die Narrenpritsche über das Gesäß gezogen, und schon ging der weiße Zelter mit den Hinterbacken in die Höhe, wieherte, schlug aus, stieg vorne auf und drehte sich, daß die Funken von den Hufen stoben. Dann stand er plötzlich lammfromm wieder da. Dem Schrecken folgte Stille.

Nun aber war der Herold ausgekeucht. Und weil die Rolle ihm aus der Hand gefallen war, die unterdessen von einem Nachbarn aufgehoben wurde, kam es, daß Adrian hinunterrief: »Gebt *mir* das Schriftstück. *Ich* werde es verlesen!«

Unter diebischem Gelächter reichte ihm der Nachbar die Rolle zu. Was stand da? –

Adrian las vor.

»Wir guten Bürger unserer Stadt . . .«

Und mit dem Trichter tönte er dazwischen: »Ja, das sind wir!« Seine Gurke nickte. Natürlich lachte man.

«. . . sind echte Tulpenfreunde!«

Er trompetete: »Das sind wir ohne Zweifel!«

Neues Lachen.

»Gebt mir die Rolle wieder!« schrie der Herold.

»Ich lese doch!« kam dumpf der Trichterruf, und seine Faxen machend, las Adrian den nächsten Satz: »Wir fordern alle ehrenwerten Bürger auf, sich heute mittag vor dem Gildehaus zu sammeln!«

»Das tun wir!« dankte Adrian mit einer übertriebenen Verbeugung. »Ich sammle mich als erster!«

Ach, es war ein Schauspiel, wie es vor dem Gildehaus nicht witziger und spöttischer gegeben werden konnte. Denn in der Schrift versprachen die gerechten Tulpenfreunde nicht nur einen sehenswerten Festzug, sondern ein Schauspiel, in dem verschiedene Bürger eine Rolle spielen sollten. Jeder werde sie erkennen, hieß es, und Adrian ergänzte: »Damit Ihr's wißt: die Hauptperson bin ich!«

Man jubelte, weil er die Gurke abnahm und sich zu erkennen gab.

»Im Narrenkleide«, las er weiter, »halten wir Gericht!« und sagte trocken: »Denn, nicht wahr, wenn sie richten wollen, müssen sie wahrhaftig Narren sein!«

Er brauchte seinen Trichter nicht mehr, weil nach jedem Satz Gelächter ausbrach, bis er Zeichen machte, daß er noch etwas zu sagen habe. Dann verstummte das Gejohle, um auf das nächste Wort zu lauschen. Und weil er es verstand, jedweden Satz des närrisch feierlichen Aufrufs mit einem klugen Gegenstoß zu übertrumpfen, die These mit der Antithese zu verspotten und alles, was mit tiefem Doppelsinn auf dem Papier stand, ins Lächerliche zu verzerren, weil er schließlich als Narr zu Narren sprach und keiner etwas ernst nahm, schien er den ersten Sieg davonzutragen.

Die Reiter wandten verdrossen ihre Pferde, und der Herold drohte: »Wartet nur, Mynheer, das sollt Ihr teuer büßen! Noch ist nicht aller Tage Abend!« Den Leuten rief er zu: »Euch werden heute noch die Augen überlaufen, wenn ihr am Gildehaus erscheint!« Dann stoben sie davon. –

Es hätte dieses Umzuges nicht bedurft, weil das Gerede, daß am Gildehaus etwas geplant sei, schon seit Tagen von Mund zu Mund getragen wurde; aber wer den Vorsatz, hinzugehen, noch nicht hatte, der faßte ihn, ermuntert durch den Heroldsruf und durch die Szene vor dem Fenster Adrians.

Das Volk verlief sich, und die Kinder rannten hinter den drei Reitern drein. Der Tag der Narren hatte kurios genug begonnen.

Nur Adrian, allein am Fenster stehend, empfand das alles nicht so närrisch, wie er sich gegeben hatte. Sein Gesicht war einer müden Fratze ähnlicher als einem Possenreißer. Er stieß auf Kaspar, der geduckt in einer Ecke saß und der den Tisch gerichtet hatte, während Adrian am Fenster den klugen Hans=wurst spielte.

»Ich will nichts essen«, dankte der Geplagte und winkte Kaspar ab, dem die Erregung der kommenden Ereignisse den Hunger scheint's verschlagen hatte. Betreten schlich sich Kaspar aus der Stube, seine Fastnachtskutte eingewickelt wie ein Wäschebündel unterm Arm, und sagte: »Es ist bald Zeit, daß wir zu unseren Leuten kommen.«

»Ja«, nickte Adrian und schritt zu seiner Seemannskiste, hockte vor ihr nieder, schlug den Deckel auf und starrte ihren kahlen Boden an. Jetzt war sie leer, wie ausgefegt. Der kleine Kasten mit der Augustustulpe stand in der großen leeren Kiste einsam auf dem Boden, ein Juwelenschrein, der alles aufwog und das Vermögen wiederbringen sollte, das er für die Tul=pisten hinausgeworfen hatte.

Er hatte alle ausgezahlt, ein Säcklein nach dem anderen aus der Kiste hebend, aber ohne Wimperzucken. Er machte gut. Er glaubte, die Gewissensbisse zu ersticken, indem er aus der vollen Hand verschenkte, was er mit krallenhafter Gier ge=scheffelt hatte. Das war das Opfer seiner Ehrenrettung, und wenn man will: die Rache, die er an seinen Feinden nahm. Er setzte auf die Tulpenzwiebel, die Hendrik van der Maaßen heute holen und bezahlen würde. Da mochte ruhig die ausge=raubte Truhe übrigbleiben. Noch blieb die Zwiebel für den Lord! War es ein Wagnis? War der Wohlstand für immer auf=gegeben? Wenn heute noch die Guldensäcke wie von Zauber=hand geworfen in die Truhe sanken?

Und dennoch quälten ihn die Schauer der Entscheidung.

Jetzt nicht versagen, sprach er mit sich selber, während sich ein Lächeln in seine Züge stahl, um neuen Zweifeln Platz zu machen.

Immer näher rückte der schicksalsschwere Augenblick.

Um diese Stunde, während die Fanfarenbläser wie die Po=saunisten des Jüngsten Tages seinen Untergang ankündigten, begann sein Gegenangriff.

»Unsere Leute warten«, mahnte Kaspar, der Adrian aus sei=nen düsteren Gedanken scheuchte. Auch Kaspar hatte eine Leinenkutte an. Mit seinen weißen Ärmeln glich er einem Kellermeister; aber wenn man sein Gesicht sah, konnte man vermuten, er hätte Essigbier getrunken oder sauren Wein gezapft. Er hatte seine Bäcklein rot bemalt und nestelte die falsche Nase vors Gesicht; auch Adrian zog seine grüne Gurke vor.

»'s ist recht.«

Er schloß die Seemannskiste mit einem Knall und drehte hastig den Schlüssel um, als hätte er die Mucken, Flausen und Bedenken darin eingefangen.

Sie wollten gehen, ein lachhaft aufgemachtes Narrenpaar mit trauervollen Mienen, der eine groß und männlich und fast würdig, der andere rundlich und ein wenig schlotternd, beide halb so lustig wie die Nasen und Kostüme, die sie trugen. Arm in Arm verhielten sie, als hätte jeder noch ein Wörtlein in sich selbst hineinzusagen.

»Marsch!« kommandierte endlich Adrian und knuffte Kaspar mit dem Ellenbogen in die Seite.

In diesem Augenblick vernahmen sie ein Hufgetrappel vor dem Haus. Sie standen starr. Das Hoftor wurde aufgestoßen. Die Schelle schrillte, und der Klopfring wurde heftig an die Türe hingehauen.

»Wer ist draußen?« beugte Adrian sich mit der Fastnachtsnase fragend aus dem Fenster und fuhr zurück: »Um Gottes willen, Crispin van den Valckert . . .«

»Wer?«

Auch Kaspar schrak zusammen. Trotzdem ging er, um zu öffnen.

Crispin polterte herein, verstaubt, mit Dreck bespritzt und unrasiert, mit einem glutigen, entsetzensvollen Ausdruck in den Augen.

»Ja, seid ihr denn von Gott und allen Heiligen verlassen?« rief er aus und starrte die beiden Kostümierten entgeistert an. Dann knallte er den Stulpenhandschuh auf den Tisch und zeterte: »*Mir* brennt es unter dem Hintern, und *ihr* lauft hier als Hanswurst 'rum?«

»Nicht ohne Grund«, wies Adrian den Vorwurf barsch zurück, und weil er an den eigenen Heimritt von Haarlem dachte, fügte er hinzu: »Wer hat Euch denn geheißen, Euch einen Wolf zu reiten? Und überhaupt: die größte Narrheit ist auf Eurer Seite . . .«

»Laßt mich reden . . .«, fiel Crispin ein.

»Wir haben keine Zeit mehr«, drängte Kaspar.

»Ganz richtig«, stimmte Adrian ihm bei.

Herr van den Valckert schlug die Hände überm Kopf zusammen und jammerte: »Ja, meint ihr denn, ich sei umsonst gekommen? Den Tulpisten geht es an den Kragen!«

»Richtig«, sagte Adrian, »das wissen wir. Und deshalb sind wir alle närrisch. Ihr seid gerade noch zurechtgekommen, damit man Euch mit uns zusammen an einen Baum hängt. Denn *Ihr* habt es genauso gut verdient wie wir.«

»Nicht spotten«, barmte Kaspar, und Crispin van den Valckert sah verstört vom einen auf den anderen.

»Ist denn der Irrsinn über euch gekommen?«

»Nein, eine köstliche Erleuchtung«, gab Adrian zur Antwort. –

Es half kein Widerstreben: der dicke Crispin van den Valckert mußte sich in eine Kostümierung stecken lassen, die aus einem umgedrehten Rock bestand. Dazu bekam er einen steifen Hut auf, den sie mit einer Hahnenfeder schmückten. Er wehrte sich. Indessen hatte aber Kaspar einen Farbtopf beigeschleppt und schmierte dem Widerstrebenden die rote Farbe ins Gesicht. Als Adrian ihm noch den Türkensäbel an den Gürtel hängte, sah er wie ein schrecklicher Pirat aus.

»Was habt ihr denn um Gottes willen vor?«

»Das wird sich zeigen –«

Im Gänsemarsch verließen sie das Haus und schlichen, nachdem sie noch das Pferd verborgen hatten, durch die Gärten hinterm Haus und durch die stillen mittäglichen Nebengassen aus der Stadt hinaus. Ein großes Gut, das seiner Mauer wegen »Die Festung« hieß und nicht weit abseits von der Stadt lag, war ihr Ziel. Dort herrschte emsiges Getue.

»Die Festung« war das Feldquartier der Tulpenfreunde. Dort hatte sich die komische Armee in ihren Leinenkutten versammelt, ein lärmendes Gewimmel.

Posten standen vor dem Hoftor und verlangten die Parole. Aus dem Hof drangen Trommelklang und gellender Trompetenschall, und aus den großen Ställen des Gehöftes hörte man die Kühe und die Ochsen brüllen.

Der Metzgermeister führte das Kommando. Es war ein kriegerischer Anblick, denn der Metzgermeister hatte seine Schlächter mit ihren Äxten aufmarschieren lassen, und als Adrian hereinkam, gab er wie ein Feldobrist die Meldung ab: »Die Tulpenfreunde sind geschlossen angetreten! Ich habe außerdem die halbe Zunft für unsere Sache aufgeboten. Der Ausmarsch kann beginnen.«

»Gut«, dankte Adrian und ging mit Crispin van den Valckert und Kaspar durch den Hof zur Musterung des Aufgebots. –

Inzwischen war das »Gildehaus«, wo sich die halbe Stadt versammelt hatte, auch äußerlich zur Narrenburg geworden. Wo sich ein Erker, eine Zinne, ein Türmchen oder eine Giebelbrücke bot, schwang sich ein buntbemalter Fetzen in die Luft, ein Tuch aus einem Dutzend bunter Lappen, als hätten alle Damenschneider der Niederlande ihre Reste dazu beigesteuert. Die Fahnentücher, die von den Simsen hingen, glichen Gobelins, auf denen die groteskesten Gestalten in grellen Farben abgebildet waren.

Es versteht sich, daß man die Tulpenhändler meinte, die man mit Schweineköpfen, mit Widderhörnern, mit Hahnenkämmen oder Eselsohren zu Spott und Schande präsentierte. Bocksfüße hatten sie anstatt der Beine, und wenn die Nase kein Vogelschnabel war, so hatten sie die Maler als warzenreichen roten Knorpel dargestellt, auf dem ein Blümlein sproß – natürlich eine Tulpe.

In einem Ochsenkopf, um dessen Hörner ein Geranke bunter Blumen hing, erkannte man den Metzgermeister wieder. Sein Name wurde lachend laut hinausgebrüllt. Für jeden der bekanntesten Tulpisten hing eine Fahne da und also auch für Adrian van Snaar.

Ihn hatte man als Teufel mit Engelsflügeln abgebildet. Er hockte auf einem Torfkahn, der wie ein runder Korb war, und wischte sich die Tränen. Das eine Auge war aus seiner Höhle herausgekrochen; es saß auf einem Stiel und schaute rückwärts, wo eine Zwiebel wie ein Schmetterling aus einer Wolke schwebte. Das sollte seine Gier bezeichnen, diesen Blick nach allen Seiten, während er das sanfte Wesen eines braven Mannes durch seine Engelsfittiche zur Schau trug. Indessen stopfte er mit einem Elefantenrüssel die rings um ihn erblühten Tulpen bündelweise in das Maul.

Trotz dieser scheußlichen Verzerrung war es dem Maler noch

gelungen, der widerlichen Tiergestalt den Ausdruck eines Teufels zu verleihen. Während eine Krone auf seinem Fratzenschädel strahlte, spießte er mit einem Dreizack einen zwerghaften Bauern mitten durch den Bauch.

Bei diesem Anblick blieb dem Narrenvolk das üppige Gelächter im Halse stecken. Kein Zweifel, dieses Ungeheuer sollte Adrian van Snaar sein, der König der Tulpisten!

Denn in großen Druckbuchstaben war der Name »Adrian« wie unter einer ketzerischen Kirchenfahne weithin sichtbar eingestickt.

Im gleichen Augenblick, in dem die Fahne wie ein flott gesetztes Segel am Gildehaus herniederrollte, bog eine dröhnende Kapelle um die Ecke. Als sie geendet hatte, trat auf der Galerie ein Lautensänger auf, dem eine hexenhaft vermummte Jungfrau beim Moritatensingen half. Sie deutete mit ihrem gertenhaften Stock auf die Tulpistenbilder, denen jeweils der Vers des Lautensängers galt. Für jeden stadtbekannten Tulpenhändler war ein Vers gemacht, und jeden traf die beißende Moral, die mehr entlarvte, als eine flammend heiße Rede je vernichten konnte.

Hier wurde ausgesprochen, mit Ernst gewürzt, mit trauervollem Spott gepaart, wie es daheim im argen lag und wie es immer ärger wurde, wenn die Männer in die Tulpenbörse liefen: daß die Weiber keine Kleider und die Kinder keine Schuhe, die Männer aber täglich ihre Räusche hätten.

»Das alte Lied, das alte Lied,
Wir singen es von vorn:
Der Mann, den es zur Zwiebel zieht,
Ersäuft dabei im Korn.«

So klang der Schluß nach jedem Bild.

Man sang ihn rührungsvoll. Man schunkelte. Man wollte lachen, und man tat es auch, um zwischendurch zu sagen: »Wißt, Mynheer, das mit dem Schneider Trepp ist wahr berichtet. Die Frau war einmal schön. Jetzt ist sie eine Schlampe. Und warum? Der Mann hat's mit den Tulpen.« –

In jeden Haushalt leuchtete der Lautensänger keck hinein. Er nannte keine Namen; aber wenn er sagte: »Ein Pechdraht wohnt am Buttereck«, so wußte jeder, daß der Schuster von der Molkerei gemeint war, der nun durchgehechelt wurde.

Dieser Schuster tappte plötzlich täuschend ähnlich aus dem Gildehaus, mit einem Tisch beladen, den Knieriemen und die Schusterkugel um den Hals. Er schrie: »Laß mich doch aus, du Drachen!«, denn hinter ihm kam seine Frau mit einer Seemannspeitsche und drosch erbost und keifend auf den Tisch ein.

»Alter, bleib doch«, schrillte sie. »So bleib doch, Alter. Wo willst du denn hin mit meinem Küchentisch?« –

»Ach so.«

Er setzte ab, und nun entspann sich ein Gespräch, in dem die Schusterin von vierundzwanzig Schuhen redete, die noch zu machen seien.

Darauf der Schuster: »Dann wird mir's immer noch zu keinem eigenen reichen.«

Die Schusterin: »Und wovon soll ich etwas kochen?«

Der Schuster: »Nimm das übrige von gestern.«

Die Schusterin: »Gestern hast du in der Tulpanei gegessen.«

Der Schuster: »Siehst du, und wenn heute wieder so ein Händelchen gelingt, dann brauchst du wieder nichts zu kochen.«

Die Schusterin: »Und ich?«

Der Schuster: »Ja, wenn du auch die Tulpanei verdammst –«

Die Schusterin: »Weil du mein Sonntagskleid verschachert hast!«

Der Schuster: »Sei vernünftig. Dein Sonntagskleid hat mir zwei Samenkörner eingetragen.«

Die Schusterin: »Davon kann ich nicht herunterbeißen!«

Der Schuster: »Dummheit. Aber einen Handel kann ich damit machen. Und wenn ich nun den Tisch vertausche, gibt es drei.«

Die Schusterin: »Du räuberst mir das Haus aus! Hier bleibt der Tisch!«

Sie fingen wieder an zu pritschen, sich an den Hals zu fahren, sich zu würgen, sich zu balgen, sich zu wälzen. Zwei Männer waren es, die sich verkleidet hatten. Ja, man klatschte Beifall, und als sie nun den Tisch an beiden Seiten packten und so erbittert um ihn rangen, daß sie die Füße aus der Platte rissen und alle beide rückwärts Purzelbäume schlugen, war das lehrhaft narrenhafte Spiel mit viel Geschrei zu Ende. Ein Tusch fiel ein. Der Lautensänger schloß den alten Vers an. Dann deutete der Zeigestock auf Adrian van Snaar. –

Es war nicht aufgefallen, daß ein Trupp von Kuttenmännern in einem Haus verschwunden war, das kühne Erker auf den Platz herausschob. Auch hatte niemand die Vermutung, daß der Narr, der aus der höchsten Luke dieses Hauses heruntergrinste und anscheinend jemand Zeichen gab, mit einer anderen Absicht dort oben saß als der, das Schauspiel zu verfolgen.

Jetzt knöpfte sich der Lautensänger Adrian van Snaar vor. Er war es, der mit Kaspar, mit Crispin van den Valckert und mit anderen Tulpisten in das Haus geschlichen war, vom Klopfen seines Herzens bis zu den Adern an der Stirn gequält, benommen, fiebrig, fast krank. Und trotzdem nahm er sich zusammen, als er Frau und Kinder des Tulpenfreundes weinend in der Küche sitzen sah: das schaudervolle Abbild des eigenen Gemahls und Vaters hing drüben aus dem Gildehaus heraus.

Er tröstete: »Noch ist der Kopf nicht ab. Noch sind sie nicht am Ende auf der Balustrade, und wir erst recht nicht!« –

Es tat ihm wohl, den Blick der Dankbarkeit aus unschuldsvollen Kinderaugen wie ein Leuchten der Vergebung zu erblicken. Um so mehr schrak er zusammen, als er hören mußte, wie der Lautensänger sein eigenes Leben im Spottgesang zerhackte, ihn bewitzelte, mit Unrat nach ihm schmiß, ihn einen Tulpenkönig der Verruchtheit, der Tücke und der Falschheit, einen Wolf im Schafspelz und den größten Lügner der Niederlande nannte!

Nichts, was ehrlos, nichts, was gemein, verlogen, Spitzbüberei und Schwindel war, vergaß der Lautensänger zu erwähnen.

War das noch Fastnachtsscherz? War das nicht Haß, blindwütend ausgeschüttet? War das noch Narretei? –

In vielen Städten zieht der Narr an Fastnacht sein Register und sagt sein grobes Sprüchlein auf. War diese Pritsche, die im Gildehaus geschwungen wurde, nicht eine Rute wie eine Seemannskatze mit neun Schwänzen?

Adrian stand an der Erkerbrüstung, die Hände in das Fenstersims verkrallt, und starrte knirschend auf den Platz hinunter, auf dem die Menschenmassen wie Meereswellen wogten und erstarrt wie Mauern standen, wenn der Lautensänger einen neuen Satz heruntersang. Es war ein fürchterlicher Massenspuk, ein buntes und verwirrendes Gewimmel, ein Narrensabbat, vor dem die Augen schmerzten und die Ohren dröhnten.

Dieser Lärm, in den bisweilen ein Trompetentusch hineinbrach, glich eher einem Aufstand, zumal Verwünschungen, Schmährufe und Schreie der Entrüstung ausgestoßen wurden.

»Wenn man die Kerle doch erkennen könnte«, keuchte Adrian.

Trotz aller Farben, die ihm Kaspar ins Gesicht gerieben hatte, sah man, daß er leichenblaß war.

Crispin van den Valckert machte Kaspar Zeichen, ihn zu beschwichtigen, und Kaspar setzte an: »Regt Euch nicht auf, Mynheer ...« Da nahm der Lautensänger den Weberkaspar vor, von dem er sang:

»... den Adrian mit seinem Tulpenwurm belog
und den er dann um Haus und Hof betrog! ...«

»Ich muß hinüber«, schluchzte Adrian, »ich muß ihn von der Brüstung schleudern!« –

»Nein, bleiben müßt Ihr«, flehte Kaspar.

Drüben ging es weiter:

»Doch nicht genug mit dieser Missetat,
Wir wissen mehr, was er verbrochen hat:
Den Tulpenkö–ö–nig hat er verbannt
Und ihn zugleich zu seinem Freund ernannt!« –

Man tobte.

Erschüttert wandte Adrian sich um und fragte Kaspar: »Hast du das gewußt? Das mit dem Tulpenwurm?«

»Ja, freilich«, nickte Kaspar mit Tränen in den Augen.

»Und hast es mir verziehen?«

»Ja.«

»Und wirst auch weiter an mich glauben?«

»Ja.«

Sie schwiegen alle drei, auch Crispin van den Valckert; und

Adrian erfaßte Kaspars Hände, drückte, preßte sie, als wären sie ein Halt. Dann sagte er: »Ich will kein Dieb sein. Nein. Ich fange jetzt ein ehrliches Geschäft an. Das ist mein fester Vorsatz. Ja. Hier unter Zeugen, Kaspar (Crispin van den Valckert schlägt unsere Hände durch, es gilt!), hier unter Zeugen verspreche ich dir, Kaspar: wenn die Augustustulpe ihren Preis macht ... ach, nun sage keiner, daß ich irr sei, wenn ich ehrlich bin ... ja, wenn ich sie verkaufe, dann schenke ich dir, Kaspar, paß gut auf; ich bin mir klar darüber, was ich tue – ja, dann schenke ich dir, Kaspar, dein ehrenwertes Elternhaus zurück! Das gilt!« –

Nur widerstrebend schlug Crispin van den Valckert die Hände durch, als ginge es um eine Wette. Aber tief erleichtert sah Adrian mit einem wehen Lächeln auf. Er wehrte ab, als Kaspar ihn umhalsen wollte: »Die Vergangenheit wird gutgemacht« – und wurde doch zerfressen von der Vorstellung, auf einer schmalen, schwankenden und mürben Brücke dahinzuschreiten.

»Euch habe ich noch nie begriffen«, stöhnte Crispin van den Valckert und schlug sich an den Kopf. »Ein Haus verschenken ...? Ein ganzes Haus? Wenn alles durcheinandergeht? Wenn niemand weiß, was kommt?«

»Das weiß man nie.«

Mit Jubellauten wie ein Verzückter und mit bittenden Gebärden an den Himmel tanzte Kaspar durch das Zimmer: »Mein Haus gehört mir wieder! Lieber Gott, laß uns die Zwiebel gut verkaufen! ...«

Er sang und lobte. –

... und wie sich Adrian mit seinen Tulpenbrüdern geschickt zu wehren weiß!

Es war mehr als Gönnertum, es war die Rührung, die Adrian mit aller Schwere übermannte. Er klopfte Kaspar auf die Schulter und war auf einmal gefaßt und viel entschlossener. Mit harten, starken, blanken Augen stand er da und sagte, während er die Narrenjacke straffzog: »So! – Jetzt gehe ich hinüber und werde Willem stellen. Ich bin für Scherz zu haben, aber nicht für Jauche, für jeden Spaß empfänglich, aber nicht für Ehrabschneidung! Das werde ich ihm stecken!« –

Sie wollten ihn noch halten. Aber seines Zieles sicher entzog er sich den Überredungen, um aufrecht das Gewühle zu durchbrechen, das johlend, schreiend, krähend, bläkend und trompetend um ihn brandete.

War keiner da, der ihn erkannte, ihn, den Fastnachtskerl mit seiner goldenen Tulpenblüte auf dem Kopf und mit der langen, grünen Gurkennase? –

Er wurde angerempelt und bestaunt, wie Narren immer von anderen Narren mit Bewunderung gepufft und angeflegelt werden.

»He, sieh da«, rief man, »ist der Bauch erfressen oder nur gepolstert?«

»Angefressen«, sagte Adrian, der wie ein Mann im dichten Unterholz dahinging, mit den Armen rudernd und die närrischen Gesellen, die ihn umhüpften, achtlos auf die Seite schiebend.

Als er auf der Treppe des Gildehauses stand, sah er verschnaufend hinunter auf den Trubel. Wer war es denn, der hier sein Wesen trieb? Der Holzschuhmacher und der Ruder=

knecht, der Mann vom Torfstich, der sich *einmal* in den Wahn versetzte, in einer anderen Welt zu leben. Das Volk vom Fischmarkt buhlte hier in Masken, die oft nur aus den umgedrehten Kleidern und einem Hut bestanden, dessen Krempe tief herabgezogen und mit eingeschnittenen Schlitzen versehen war. Männer liefen in Weiberzeug herum, in grellgefärbten Unterröcken und in üppig ausgestopften Miedern. Das war das dankbar laute Volk, das Beifall schrie, das derbe Späße machte. Mit allem Hunger nach Vergnügen, Lustbarkeit und Freuden gleich welcher Art beging es seine Fastnacht, ohne viel zu denken. Sobald ein Dudelsack begann, fing das Getanze an, und wenn der Lautensänger wieder einen Vers herabschrie, spitzte man die Ohren.

Jetzt trat Willem auf die Treppe, hellgrün angezogen wie ein Edelmann, mit knappen Hosen, die wie Strümpfe waren, und als Fastnachtszeichen eine Blume im Barett, die auf dem langen Stiel wie eine Pfauenfeder schwankte.

Er ließ die Musikanten einen Dreitakt blasen und rief dann aus: »Prost Fasenacht!«, um zu verkünden, daß das eigentliche Treiben jetzt erst seinen Anfang nähme. Denn: Abschiednehmen hieße es vom Fleisch, vom Bauch, wenn man das Carne vale wörtlich nähme! Und das müßte man und täte man, zumal es nützlich und moralisch sei!

Man wolle die gemeine Blähung der Tulpenkrankheit wie ein Doktor Eisenbart mit einer Doktornadel dort erstechen, wo man es am besten könne, nämlich vor den Häusern der Tulpisten!

Wenn dann freilich Unrat aus den Schwären spritze, so sei das nicht verwunderlich! Das sei das Wesen dieser Krankheit, ja, und wenn die Fasenacht sie heile, dann sei der Aschermittwoch ein wahrhaft schöner Tag der Narrenwäsche!

»Prost Fasenacht!«

Nach jedem Satz, den er beredt von einer Rolle ablas, stob Beifall los. Bis plötzlich, als er schon befohlen hatte, das Hoftor aufzumachen, Adrian die Hand auf seine Schulter legte.

»Nicht schlecht gesprochen, Willem«, sprach er höhnisch seine Anerkennung aus, und laut rief er ins Volk hinunter: »Aufgepaßt, ihr Narren! Hier macht euch einer Wippchen vor, indem er klug schwätzt!«

Entsetzt erkannte Willem, daß Adrian es war, der ihn an seiner Krause festhielt, und zornrot fuhr er auf: »Loslassen sollt Ihr mich!« Er sträubte sich, schlug um sich. Im guten Glauben, diese Szene gehöre auch dazu, scholl prustendes Gelächter auf. Man wurde aber von diesem Auftritt durch ein anderes Ereignis abgelenkt.

Denn jetzt begann der Umzug!

Schon bog der erste Wagen aus dem Hof des Gildehauses, ein Leiterwagen, der rundum mit Leinewand bespannt war und einer Kinderwiege glich. In ihren Kissen lag eine mächtig große, aus Tuch gemachte Zwiebel, um die sich eine ganze Anzahl Ammen in bauschigen Gewändern mit »Ach« und »Weh« bemühte. Auf einer Tafel, die von einem schwarzen Storch geschultert wurde, stand zu lesen: »Diesen Wechselbalg hat uns der Doktor Clusius ins Nest gelegt!«

Vor diesem Wagen ritt der Herold; ihm folgte die Musikkapelle. Auch vom Balkon ertönte blechernes Geschmetter. Nun schwamm der Platz von Tönen, Schreien und Gelächter, zumal bereits das nächste Fahrzeug, ein Bauernkarren mit zwei Rädern, aus der Torfahrt rollte. Auf diesem Kastenwagen war ein nachgemachter Scheiterhaufen, um den die Flammen züngeln sollten. Auf dem Feuerstoß war die Gestalt des Doktor Clusius mit Brille, mit Gelehrtenbart und Käpplein an einen Pfahl gebunden. Er schrie mit rauher Kehle: »Ich, Doktor Clusius, der Vater aller Tulpen, erwarte in der Hölle meine Freunde! Weh mir!« Dazwischen brüllte er dem Burschen zu, der unter ihm im Scheiterhaufen saß und einen Blasebalg bedienen sollte: »Bist du eingeschlafen, Lümmel? Du sollst das Feuer schüren!« Vor dem Luftstoß aus dem Blasebalg erhoben sich die vorgetäuschten Flammen und flatterten. Es war wie Feuer anzusehen, und wieder schrie der Mann am Schandpfahl: »Weh mir!«

Die Wagen rollten weiter. –

Die Begegnung zwischen Adrian und Willem, die fast in einen Zweikampf ausgeartet war, schien unbemerkt vorbeizugehen; aber Adrian wich keine Handbreit von seinem Ziel zurück.

Er hatte Willem mit heiserer Stimme ins Ohr gerufen: »Entweder gebt Ihr laut bekannt, daß alles nur ein Spaß ist, oder ich bin fähig, Euch am ausgestreckten Arm das Zappeln beizubringen! . . .«

Bei diesen Worten zog er ihm vom Nacken her, wo seine Hand sich in den Kragen krallte, die Krause zu, daß Willem kaum noch schnaufen konnte. Aber Willem trotzte auch in dieser Lage noch.

Er stammelte: »Loslassen!« und schüttelte den Kopf: »Nichts widerrufe ich!«

Wie eine Eisenklammer, die ihren Druck verringerte, war Adrians Gewaltgriff. Er sagte unterdrückt: »Ihr wollt mich metzgern, wie man eine Sau absticht! Das wird Euch später leid tun.«

»Nichts tut mir leid.«

»Das ist kein Witz mehr!« keuchte Adrian. »Das ist kein Scherz! Böswillige Verhetzung ist es! Aufwiegelung!«

»Heut ist doch Narrenfreiheit!«

Eine Frechheit war das, eine höchste Ausgeburt des Trotzes. Gab es keine Waffe gegen diesen Starrsinn? – An Hendrik van der Maaßen dachte er, an seinen Handel, der im Gang war, und fühlte sich versucht, ihm ins Gesicht zu schreien, welchen Unfug er mit Dingen treibe, deren Hintergründe er nicht kenne. Dann fiel sein Blick auf jenen Wächter am hohen Dachfirst, der Zeichen geben wollte und auf Zeichen wartete.

»Ach«, seufzte Adrian und ließ ihn los, »Ihr seid vernarrt in Eure Narretei.« Er konnte plötzlich ganz verächtlich lächeln. »Ihr seid der Meinung, das Volk durch Eure dummen Witzeleien gegen mich zu stimmen . . .«

Willem tat, als höre er nicht zu. Er grüßte die Bereiter vor den Wagen wie ein General, der die Parade seiner Truppen abnimmt, und dankte durch Verbeugungen, wenn Beifall aufklang.

Aber Adrian sprach weiter. Er schnalzte mit den Fingern, als sei ihm eben etwas eingefallen, und erklärte die Verwandlung, die ihn nunmehr überkam, mit spitz verdrehten Worten. »Mir scheint, wenn ich die Sache überdenke, Willem, dann seid Ihr nachher aufgeschmissen . . .«

Er unterschob ihm seinen Arm wie einem guten Freund und wies hinauf zum Giebelfenster, wo der Bursche, der dort saß, auf einmal sonderbare Zeichen machte.

Der Wächter unterm Dachfirst hatte nämlich plötzlich ein großes weißes Laken an der Fahnenstange aufgezogen und bewirkte durch Ziehen an der Schnur, daß sie in kurzem Abstand auf und nieder ging.

»Was soll das heißen?« fragte Willem heftig.

»Oh, das ist ein Narr«, gab Adrian zur Antwort, »nur mit dem Unterschied, daß er nicht *Euer* Narr ist, sondern einer von den meinen . . .«

Dahinter steckte mehr. Das mußte Willem merken.

»Wem gibt er Zeichen?«

Ein neuer Wagen quietschte knarrend auf den Platz, ein breiter Pritschenwagen, in dessen Mitte eine Tulpenblüte stand, die vor den Häusern bis zum ersten Stockwerk reichte. Um diese Blume drehte sich ein toller Reigen von höllischen Gestalten, deren jede einen Bratspieß trug. Zu ihrem Singsang spielte ein Knirps in Teufelsmaske, wie ein gehörnter Kater anzusehen, eine schauerliche Weise.

»Das goldene Kalb des Moses,
Blybloemen sind's und Roses.
Das goldene Kalb, das goldene Kalb,
Es liegt auf allen wie ein Alp,
Als wie die Faust des Bösen.
Wer möchte uns erlösen?« –

»Ich!« schrie dann der knirpsenhafte Teufel und nahm die Fiedel nicht vom Kinn dabei.

»Sehr schön erdacht«, sprach Adrian. »Ihr zeigt jedoch mit böser Absicht nur die schlechten Seiten.«

Willem äugte an den Giebel.

»Warum winkt er?«

»Narrenfreiheit! . . .«

Unruhig sah sich Willem um.

Querpfeifer schrillten ihre Weise. Ihnen folgte ein Bub mit einer Tafel, die wie eine Wegetafel war und nur die Inschrift trug: »Zum grünen Frosch«. Ein großer, auswattierter Laubfrosch hupfte hinter ihm, der sich bemühte, naturgetreu zu quaken.

»Auch ein guter Einfall.«

Willem stampfte wütend auf und mußte trotzdem freundliche Gesichter schneiden.

»Was das bedeutet, will ich wissen?«

»Oh«, lenkte Adrian behutsam ein, dem scheinbar alle guten Geister wieder zu Hilfe eilten, »oh, nichts Besonderes, Willem. Ich glaube nur, daß Eure Witze, Euer Bannfluch und Euer lächerlicher Aufwand wie ein verfehlter Büchsenschuß in Rauch aufgehen, wenn meine Tulpenbrüder kommen.«

Das weiße Laken am Giebelfenster flatterte schon wieder.

»Wem gibt er die Signale, und was bedeuten sie?«

Mit stechend schwarzen Augen stellte Willem seine Frage, um wie Rettung suchend auf den Balkon zu blicken, wo der Bürgermeister und die Herren vom Rat bei jedem Wagen belustigt in die Hände klatschten.

»Wir werden nicht erlauben«, fuhr er höhnisch, aber mit geklemmter Stimme fort, »daß dieser Zug gestört wird!«

»Keinesfalls«, beschwichtigte ihn Adrian. »Das ist nicht unsere Absicht. Aber wenn Ihr meint, mit Geist und Witz und Spott sei alles zu erreichen, dann fahren Eure schönen Wagen auf dem Holzweg. Denn sogar die Narren denken selten mit dem Kopf.«

»Was haben Eure Tulpenbrüder vor?«

»Nur ihre Narrenfreiheit wollen sie verwerten«, sagte Adrian und lachte dann aus vollem Halse; denn nun folgte dem Laubfrosch eine Horde zerlumpter Kerle, die auf den Armen, auf dem Buckel, in Kinderwagen und an Stricken den Hausrat einer ganzen Wohnung schleppten, als ob sie auf dem Weg zur Tulpenbörse wären. Von der Bettstatt bis zum Vogelbauer, von der Ofenbank bis zu der Stallaterne, die noch brannte, vom Spinnstock bis zum Fischernetz war alles da. Sie stapften langsam ihres Weges, als zögen sie am Treidelpfad ein schwerbeladenes Boot.

Vor ihnen tänzelte ein spindeldürrer Kerl aufs Podium und rief mit gellend hoher Stimme: »Eine Knoblauchzwiebel wird hier feilgeboten! Wer gibt ein Gebot? Wer bietet? Niemand bietet? Einmal nicht? Niemand bietet? Zweimal nicht? . . .«

»So« – sollte diese Szene zeigen – »geht es bei den Tulpisten zu!« – Einzeln zogen die bepackten Tulpenbrüder Willems an dem Podium vorbei und riefen, was sie hatten. Aller Hausrat wurde bei dieser höhnischen Versteigerung dem Auktionator vorgeführt und angeboten. Jeder lobte seine Sache in grotesker Weise: »Mit diesem Spinnstock hat mein Vater mich selber durchgeprügelt. Es nutzte nichts! Ich wurde doch Tulpist!« Ein anderer kicherte: »In meinem Schweinekoben habe ich als Wickelkind gelegen. Da stand er schön gescheuert in der Stube. Als Tulpenbruder habe ich im Rausch geglaubt, er wäre wieder meine Wiege und habe mich im Schlaf hineingelegt! Da stand er allerdings im Schweinestall.« –

Unmutig sagte Adrian zu Willem, der aufgeregt die Hände faltete und wieder öffnete: »Hört, lieber Freund, Ihr treibt das Ding zu bunt. Ich will mich nicht in Eure Sachen mischen. Aber wartet nur!« Er kochte. »Wartet nur, mein Lieber! Wir sind keine Schweine! Nein. Ich nicht! Ich wollte mich versöhnen und vergleichen. Jetzt wird es Ernst!«

Er wollte fort. Nun hielt ihn Willem fest.

»Ich lasse Euch verhaften!« drohte er.

»Das wird nichts helfen«, gab Adrian zurück, »und letzten Endes ist es wider jedes Narrenrecht!«

Die falschen Tulpenbrüder packten sich davon.

Es kamen neue Wagen.

Der nächste, den vier Pferde zogen, machte einen schauerlichen Eindruck. Denn auf den Gäulen hockten rote Reiter in den schreiend saftigen Kostümen von Henkersknechten, deren eng anliegende Kapuzen nur die Augen offenließen. Auf dem Wagen hatte man ein Freigericht gezimmert, einen Galgen aus drei Pfosten, die oben quer verbunden waren, und an jeder dieser Galgenstangen baumelte ein Hanswurst, eine mit Stroh gestopfte Puppe, die wie ein Hampelmann für Kinder die Arme und die Beine scherenhaft bewegte. Auf und nieder tanzten diese Puppen, weil in der Mitte des widerlichen Karrens ein roter Henker hockte, der sie an ihren Seilen dirigierte.

»Pfui!« schrie Adrian. »Pfui über diese Schmach!«

Da fielen ihm zwei Narren aus dem Gefolge Willems in die Arme und hielten ihm den Mund zu. Er strauchelte und brüllte: »Laßt die Hände von mir!« und erlahmte doch, weil sich Unglaubliches begab: Das Volk fing vor Begeisterung zu rasen an! . . .

Er fragte sich, ob das noch Wirklichkeit und keine Täuschung seiner Sinne war? Er hörte die entmenschten Jubelrufe in tauben Ohren wie das Rauschen einer lauten Muschel, und vor seinen fieberstarren Augen stand groß die Schrift, die immer stärker wurde: »So wird das Ende sein!« –

»Das Ende –? Nein, es ist nicht das Ende!« –

Er rang verbissen mit den Kerlen, die ihn umklammert hielten und niederzwangen. Die grüne Gurkennase klatschte hin und her.

»Wollt Ihr nun Ruhe geben?« fragte Willem.

»Wenn Ihr mich loslaßt, ja.«

Man ließ ihn los.

Die Wagen rollten.

Nun waren sie vielleicht vor seinem Haus. Dann schrie der Herold. An allen Fenstern hingen Leute. Seine Schande schrie man aus! Den Fluch der Tulpenbörsen!

»Man muß dem Volk die Dinge deutlich machen« höhnte Willem.

»Das ist auch meine Meinung.«

Keine Miene spielte mehr in Adrians Gesicht.

Er sah den nächsten Wagen ruhig kommen.

Es war sein eigener: der Karren, der den Tulpenkönig zeigte, einen aufgeblasenen, ausgestopften Fettbauch, der auf einem Thron aus alten Weidenkörben saß. Torfkörbe waren es!

Er nickte nur, er, Adrian, der auf der Treppe stand, der sein verzerrtes, karikiertes Abbild vor sich sah und auf der Sündentafel, die an einer langen Stange hing, die Klagen las, die über ihn erhoben wurden: Falschheit, Treubruch, Lügerei, Betrug ..., die Augen schwammen ihm.

Der Speichel stieg ihm in der Kehle hoch, als wäre ihm der Kehlsack mit Tränen vollgelaufen.

Er nickte trotzdem.

Mädchen liefen vor dem Wagen, die flache Körbe trugen, in denen Kugeln lagen, Torfkugeln, handgerechte Wurfgeschosse, die sie verteilten. Mit diesen Kugeln schmiß man nach der Spottfigur des Adrian van Snaar! ...

Wie nun, durchfuhr es ihn, wenn er, der Wirkliche, Leibhaftige, der unter einer Narrengruppe auf der Treppe stand, die Nase von der Nase reißen und sich offenbaren würde? Wenn er auf diesen Wagen spränge und rufen würde: Einen

Strohmann könnt ihr steinigen! Mich aber nicht!? Was dann? –

Ein Lauern hämischer Befriedigung glomm in den Augen Willems; aber Adrian wies mit dem Daumen auf den Giebel. Die Fahne, die dort wehte, das weiße Laken, war wichtiger als alles, was hier vorging.

»Ich lasse Euren Lappen niederholen!« fauchte Willem, dem die Einfalt dieser Fahne mehr zu schaffen machte, als er zugab.

»Es wäre doch zu spät.«

Mit einer Inbrunst, die bubenhaft und kindisch war, so sinnlos wie gehässig, warfen die Leute, soweit man in die Straße blicken konnte, einen Torfklotz nach dem andern auf die Puppe.

»Macht nichts«, sagte Adrian, weil der Triumph aus Willems Augen leuchtete, »man wird mich heute noch hochleben lassen und auf den Schultern tragen!«

Ach, er war sich selber rätselhaft. In wilder Reihenfolge hatten die schmerzlichsten und freudigsten Empfindungen ihn durchgeschüttelt. Die Schuld war abgewälzt, die ihm zum Sprungbrett seines ersten Aufstiegs geworden war; das Opfer Kaspars, ein Tribut der Freundschaft bis zum Seelenjammer, war entsühnt. Was konnte alle Schmach bedeuten, die man ihm vor seinen eigenen Augen antat? – Ach, es war doch leicht, zu lächeln, wenn man wußte, daß ein Heer von Helfern vor den Toren stand und fieberhaft das Winken der weißen Fahne am Giebeldach erwartete, um loszubrechen wie ein Sturmbock! –

Dreimal – das war das Zeichen – dreimal sprang das weiße Laken auf und ab am Flaggenpfahl des Giebels!

Die Tulpenbrüder kommen! –

Niemand wußte es, daß dieses Flaggenzeichen für die Tulpenbrüder in der »Festung« als Befehl galt, sich auf den Weg zu machen.

Adrians Armee marschierte! –

Noch jubelte die Menge den Wagen und den Gruppen der Tulpenspötter zu. Die Schuldscheinmühle wurde unter tosendem Gelächter vorbeigefahren: eine Flügelmühle, in deren Mahlgang leere Körbe hineingeschüttet wurden und aus der ein drängendes Gemenge von Schuldverschreibungen hervorquoll.

Dann aber bog ein Wagen aus dem Hof, der eigentlich ein Schiff auf Rädern war, ein schmuckes, grünes Schiff mit rosaroten Segeln, das Fischerboot, das man vor Tagen durch die Stadt gefahren hatte. Es neigte sich bei jedem Ruck der Pferde, als kämpfte es mit einer schweren Dünung, und ein goldenes großes Füllhorn, das auf dem Deck lag, schüttete bei jeder Schwankung gleichfalls Zettel aus. »Fortuna«, hieß die Barke, und Fortuna war es, die auf einem goldbronzierten Sessel vor dem Füllhorn saß: Madame du Fresne! . . .

Bei diesem Anblick zuckte Adrian zusammen, als träfe ihn der schlimmste Schlag, der ihm das Herz zerfetzen konnte.

Ja, das war Madame du Fresne! Das war das Kleid, bei dessen Probe er sie angetroffen hatte. Das war ihr Lächeln und das Blitzen ihrer Augen, der Schmelz der blendendweißen, perlenhaften Zähne und die wonnevolle Zeichnung ihrer roten, vollen Lippen! Ja, man erkannte sie, obwohl sie eine halbe Larve trug! –

Das war die Frau, um die er selbst beinahe ein Narr geworden war, weil er dem Klopfen seines Herzens keinen Einhalt bot! Das war die Königin, die Edeldame, die wie ein Zauberbild der Lockung und Verlockung an seiner Seite durch die Stadt gefahren war!

Die Menge brach bei diesem Wagen in rasendste Bewunderung aus, weil seine Segel scheinbar aus Seide waren, weil große Tulpenblüten auf den Spitzen der Maste saßen und weil dort droben und im Mastkorb, in den Wanten und an Bug und Heck des Schiffes eine Rotte von echten Affen ihr Wesen trieb! – Die Affen, die in bunten Jacken steckten, zerrten an den Ketten, knurrten, bleckten ihre Zähne, schnitten drollige Grimassen, waren aufgeregt, gereizt und doch possierlich anzusehen; sie trieben, was Affen immer treiben und was Kinder und Erwachsene in Begeisterung versetzt. Ein Mann von hagerem Wuchs, nicht minder farbig angezogen und vermutlich der Besitzer, hastete in großen Sprüngen hin und her, um die Verstörtheit seiner Tiere zu beschwichtigen, weil das Getöse der aber hundert Stimmen auf sie losbrach, das sie im ersten Augenblick erschreckte. Die Affen wollten flüchten, duckten sich, erkletterten die Seile, glitten ab und konnten ihrer Ketten wegen nicht mehr weiter. Sie zappelten und quiekten voller Angst; sie hampelten nach einem Halt und baumelten an Füßen und an Schwänzen.

Mitleiderregend war es, das panische Entsetzen der Kreaturen anzusehen. Aber für das Volk am Gildehaus war dieser Wagen mit seiner Affenhorde, mit der geschmückten schönen Frau und mit dem goldenen Füllhorn aus Pappendeckel von allerstärkstem Eindruck. In ihrer Schaubegierde drängte sich die Masse ganz nahe an das Schiff. Die Pferde scheuten, die Affen kreischten auf, und selbst Madame du Fresne stieß einen kleinen Schrei aus.

»Zurück!« – Der hagere Affenmensch, der seine Tiere im höchsten Schrecken sah, rang fassungslos die Hände. Madame du Fresne war aufgesprungen und drohte in einer Ohnmacht umzusinken. Die Pferde rissen in den Sielen, und das Schiff nahm eine bedrohlich schiefe Neigung an.

»Um Gottes willen«, stöhnte Willem. Aus dem Portal des Gildehauses stürzte Hendrik van der Maaßen; aber niemand traute sich, die Pferde aufzuhalten.

Da war es Adrian, der blindlings zusprang und wie ein übermenschlich starker Rossebändiger das schlagende Gespann zum Stehen brachte!

Atemlose Stille folgte dieser Tat. Ein Raunen der Bewunderung rang sich allmählich aus der erstarrten Menge, und Hendrik van der Maaßen, der ihm ergriffen dankte, fragte: »Wer seid Ihr, Mynheer? . . .«

Erkannte er ihn nicht? –

Das war die Wendung. –

Mit einem krampfhaft schönen Lächeln hatte sich Madame du Fresne an ihrem Thronstuhl festgehalten. Sogar die Affen waren wie geprügelt ruhiger geworden. Nun stand sie dort in ihrem rosafarbenen Kleid und tupfte sich die Stirne und sah den Narren in der braunen Kutte an, der sich verlegen auf die Seite schlagen wollte, der mit einer ärgerlichen Handbewegung die große, grüne Gurkennase, die sich verschoben hatte, herunterriß und sie im gleichen Augenblick erschrocken in der Hand hielt, weil ihm nun einfiel, daß man ihn erkennen mußte.

Ja, man erkannte ihn! Die aber hundert Menschen, die sein Bild bespien und mit Torf beworfen, die gejubelt hatten, als die Strohfiguren der Tulpenbrüder wie Gehängte vorbeigefahren wurden, diese gleichen Narren, die den Rossebändiger bewunderten, schlug die Betroffenheit, die Scham, der Widerspruch, nun nicht mehr aus und ein zu wissen.

Sie mußten sehen, wie Adrian van Snaar das Schiff bestieg, wie er Madame Fortuna hilfreich und gefällig stützte, weil ihr Lächeln sich verzerrte, weil sie taumelte und mit den Händen in die leere Luft griff. Seufzend sank sie in den Stuhl zurück und schloß die Augen. Nur Andrian vernahm ihr Flüstern: »Mon Dieu ... Mon Dieu ...«

Er rief nach Wasser.

Durch Wecken und durch Brezeln, die Willem in die Menge werfen ließ, versuchte man, den Zwischenfall zu überbrücken und die Leute abzulenken.

Der Besitzer der Affen gab seinen Tieren Zwiebeln.

Die Pferde vor dem Schiff »Fortuna« wurden ausgeschirrt.

Man schickte andere Wagen vor. Die letzten waren es.

»Ihr sollt doch mitmarschieren«, schrie man, und weil die Musikanten sich in Bewegung setzten, lief auch ein großer Teil der Leute mit. Nur eine Gruppe wilder Kerle umdrängte Frau Fortuna und ihren Schützer.

»Ist das nicht Adrian?! ...«

Das war die Frage, die immer dringlicher erhoben wurde.

»Der Dame ist doch übel ...«, wehrte Hendrik van der Maaßen die Frager ab.

»Ob *das* der Tulpenkönig ist?«

»Marschieren sollt ihr!«

Es waren die Kerle, die sich nicht zufriedengaben, in denen noch die Sprüchlein klingen mochten. Noch kniete Adrian mit einer Büchse Riechsalz, die er einem Beutel entnommen hatte, vor Madame du Fresne. Sie fragten Willem, und er nickte.

»Herunter mit dem Kerl!«

Es hätte in Willems Macht gelegen, sie zurückzuhalten. Er tat es nicht. Auch Hendrik van der Maaßen sprach ihm zu, es zu verhindern.

»Erkennt doch an, daß *er* durch sein Dazwischenspringen ein Unglück unterbunden hat!«

»Verprügeln muß man ihn! Man muß den Gauner durch die Straßen zerren!«

Nun schlug Madame du Fresne die Lider auf. Ein Kind war sie, aus einem Traum entrückend und mit der Anmut einer schönen Schläferin die Augen reibend. Sie sah verwirrt die drohenden Gestalten, scheu und arglos und mit einer Süßigkeit des Lächelns, daß sogar die Kerle stockten.

»Der Bursche soll herunterkommen!« verlangten sie verächtlich.

»Wo bin ich denn?« –

Noch hatte sie sich nicht zurückgefunden.

Verlassen war der Platz, leer gähnten die Balkone. Flitter lag am Boden, und die Fahnen hingen wie nach einer Festnacht an der Mauer. Nur die Gruppe der Zurückgebliebenen umringte wie ein Haufen Wegelagerer das Schiff »Fortuna«. Abseits stand Willem. Fressend hatten sich die Affen von ihrem Schock beruhigt. Sie spielten wieder.

»Ich kann niemand schützen, den ich verachten muß.«

Das war die Stimme Willems.

»Ich kann mich selber schützen!«

Adrian war aufgestanden. Er tappte bis zum Bug des Schiffes, wo eine Gruppe von drei Affen saß, die ängstlich auf die Seite wichen, als er sich näherte.

Er sagte: »Ich habe nichts, womit ich mich der Haut erwehren könnte, die ihr haben möchtet. Mir brummt nur augenblicklich das Trommelfell ein wenig, und der Kopf singt auch die gleiche Melodie. Die lautet: Ich werde wohl mein Bündel schnüren und aus dieser Stadt verschwinden müssen.« Und schmerzvoll rief er wie belustigt aus: »Ja, Willem, das habt Ihr nun geschafft! Mit Witz und Geist und Menschenkenntnis! Oh – das habt Ihr fein gemacht!«

»Die Brut muß weg!«

Jetzt erst erkannte Adrian, daß die Gesellen die Garde Willems waren, ein gedungenes Gesindel, das sich gebärdete wie Schifferknechte und Willems Worte schrie: »Ausrotten muß man die Tulpisten! Vertreiben muß man sie!«

»Dann packt mich doch!« schrie Adrian und krempelte die Ärmel auf. »Kommt doch heran, wenn's euch gelüstet!«

Hendrik van der Maaßen trat dazwischen. Einer neuen Ohn=

macht nahe, versuchte sich Madame du Fresne entsetzt aus ihrem Sessel zu erheben. Denn die Kerle waren im Begriff, den Wagen zu erklettern, während Willem mit unterdrückter Stimme zu Adrian hinaufrief: »Laßt Euch doch gefangenneh= men. Es geschieht Euch nichts!«

»Was?« kam die Frage. »Durch die Straßen zerren wollt ihr mich?« Und drohend: »Gefangennehmen wollt ihr mich? Noch einen Schritt, dann schmeiße ich euch einen Affen ins Gesicht!«

Er hatte unversehens die Ketten ausgeklinkt und ungeachtet der Gefahr, gekratzt zu werden, die verdutzten Affen auf den Arm genommen. Drei waren es. Er packte sie behende im Ge= nick und ließ sie gut gezielt auf Willem und seine Spießgesellen hinunterplatzen.

Wie wilde Katzen schrien die Affen auf, die sich in ihrer Angst verkrallten. Schon stürzte Willem, drehte sich im Fallen, rollte, wälzte sich, verzweifelt um sich schlagend, und kugelte die Stufen abwärts auf den Platz. Der Affe ließ ihn los und floh mit heiserem Gebelfer.

Den Kerlen ging es ähnlich. Die zwei Affen waren in ihre Rotte wie Wurfgeschosse hineingeplumpst, und als die Horde durcheinanderschreiend in alle Winde stob, sah man, wie einer der beiden Affen vom Kopf des größten Schreiers auf den Buckel des nächsten Flüchtlings hüpfte. Wie in den Bäumen seiner Wälder sprang er vom einen auf den andern, bis er schließlich, abgeschüttelt, auf den Boden hüpfte. Dort glich er einem Hund, der einen Feind verbellt und sich befriedigt mit bösem Knurren zurück zur Hütte schleicht, um immer noch ein= mal zu bellen und sich argwöhnisch umzudrehen.

Da war Willem aufgestanden, beschmutzt, beschämt und zitternd. Er hob die Faust und drohte: »Jetzt beginnt es erst! Gebt acht!«

»Ja! Dreht Euch um!« rief Adrian mit überquellendem Triumph. »Jetzt kann der Tanz beginnen, und dann sollt Ihr sehen, daß Euer Geist sich in ein Mauseloch verkriechen kann, sobald die Sache handfest wird! Seht Euch doch um! *Die Tul= penbrüder kommen!*« –

Eine Wurst, die aus dem Darm quillt, eine Maus, die man am Schwanz aus ihrem Loch zieht, kann am kleinen Beispiel das

Bild verdeutlichen, das sich nun bot. Der Festzug Willems, der sich mit Wagen, mit Musik, mit allem Volk des Platzes in die Stadt begeben hatte, strömte rückwärts wieder vor das Gildehaus, als sei die Vorhut auf einen Feind gestoßen, der den ganzen Heerwurm zum regellosen Rückzug zwang.

Er wälzte sich mit seinen Fahnen, mit den Wagen, mit den zersprengten Musikkapellen schreiend näher, wie auf der Flucht begriffen. Reiter ragten aus dem johlenden Gewimmel. Die Wagen wurden sichtbar, um die Gedränge, Kampf und Streit entstand, weil sie den Weg versperrten. Immer lauter wurde das Geschrei, und immer deutlicher verstand man, was sie schrien: »Die Tulpenbrüder kommen!«

Ja, es schien, als man das helle Blech von näher kommenden Trompeten und Trommelschläge hörte, als jage diese Streitmacht die Wellen des aufgewühlten Volkes vor sich her, als sei die nahende Musik der Besen, mit dem die Tulpenbrüder ihre Widersacher aus den Straßen fegten!

Die Menge teilte sich zu einer Gasse. Willems Tulpenwagen fuhren auf die Seite, und wenn man bis zu diesem Augenblick den Eindruck hatte, einem Straßenaufruhr beizuwohnen oder einer Schlacht, die plötzlich in den Wirbel einer unheilvollen, überstürzten Flucht ausartete, so zeigte schon der nächste Augenblick das Gegenteil. Der überraschte Schreckensschrei »Die Tulpenbrüder kommen!« wurde fast zum Jubelruf, den aber hundert Kehlen wie befreit vom Spuk des Narrenaufzugs begeistert hören ließen. Kappen, Hüte warf man in die Luft, und Adrian, der wie ein Admiral am Steven des Fischerbootes »Fortuna« stand, empfand mit tiefer Rührung, daß sein Opfer nicht zu groß gewesen war.

Nun hielt er Heerschau ab!

Der Mann des Volkes, Adrian, den man den Tulpenkönig nannte und der seine Seemannskiste ausgeräubert hatte, um dem Anschlag gegen seine Ehre mit einem Gegenschlag zu trotzen, fühlte tief ergriffen, daß er recht und gut gehandelt hatte und unbesiegbar war.

Er las es von den Mienen Willems ab, der zum Portal des Gildehauses schlich, gekrümmt, geschlagen, wie ein Mann, dem man den Rücken vollgetrommelt und der die Hosen voller Angst hat. Er las es Hendrik van der Maaßen vom Gesicht und aus dem Lächeln von Madame du Fresne, die seinem Aufzug der sich auf den Platz ergoß, wie einem großen bäuerlichen Schauspiel zusah.

Ja, er hörte es aus dem Geschrei, das ihn umbrandete! Er merkte es an der Bestürzung, die auf den Galerien des Gildehauses eintrat, wo der Bürgermeister mit seinen Räten erschien und händeringend, aber doch erheitert auf das Aufgebot der Tulpenbrüder herunterblickte.

Denn es war ein Festzug, der mit dem phantasiebegabten, malerischen Fastnachtstreiben Willems nichts gemeinsam hatte! Eher glich der Aufmarsch einem kriegerischen Troß, wie ihn Armeen bei einem Feldzug nach sich ziehen. Der Nachtrab der Verpflegung, die Marketenderei! –

Das war der Einfall Adrians gewesen: wenn Willem sich erdreiste, das Volk mit Witzen abzuspeisen, so mußte einer kommen, der es wirklich fütterte! – Was halfen die paar Wecken und Fastnachtsbrezeln, die man voller Großmut unters Volk warf? Nichts! Mit Hohn und Haß kann sich der Kopf befassen und nicht der Magen. Dem Volk ist immer der Magen mahnender und größer in den Leib gebettet, als der Kopf mit seinem unbeholfenen Verstand den Körper krönt. Das war die Rechnung, die ewig gleiche Gleichung, die selten aufgeht.

Hier ging sie auf! Hier wurde diese Lösung zu einem triumphalen Sieg, den Willem nicht mehr zu seinen Gunsten wenden konnte!

Denn nach den Gliedern der Trompeter, Pfeifer und der Trommler, nach dem Schild mit seiner großen Aufschrift »Die gerechten Tulpenbrüder kommen!«, nach diesem Auftakt kam kein Mummenschanz, wie Willem und der Magistrat ihn boten!

Ein Ochse kam!

Kein aufgemalter wie das Metzgerbildnis auf dem Fahnentuch! Ein wirklicher, leibhaftiger braunweißgescheckter Ochse in voller Mast, dem man die Stärke seines Fettes, die Kraft der Knochen und die Güte seines Fleisches beim ersten Blick schon ansah! Ein Riesenochse, der fast ein Bulle war, ein Farren, wie ihn die Gemeinden unbeschnitten zum Bespringen brauchen!

Dieser Ochse wurde von zwei Metzgern mit strahlenden Gesichtern an Stricken langsam hinter der Kapelle hergeführt. Er tappte störrisch seines Weges, als ahne er die Schlachtbank, der es entgegenging. Denn weithin sichtbar leuchtete die Schilderschrift: »Ich Ochse werde heute kostenlos gegessen! Wer Hunger hat, ist herzlich eingeladen von den ehrenwerten Tulpenbrüdern!«

Fünf andere Ochsen folgten ihm mit gleichen Schildern! –

»Kommt mit! Der Tulpenkönig hält euch frei!«

Dicht hinter ihnen marschierten in ihren weißen Schürzen die Metzger mit Beilen und mit Äxten, mit ihren Zunftgeräten auf einem Wagen.

Dann kamen wieder Tulpenbrüder in ihren braunen Kutten, die mit Hütehunden und Schäferschippen eine Hammelherde trieben.

»Wir Hammel«, schrie das Schild aus, das vorausgetragen wurde, »stammen von der besten Weide! Probiert und kommt!«

Auf einem Wagen hockten Bauernmusikanten mit Dudelsäcken, mit Schalmeien, Flöten, Geigen.

Paarweise trugen je zwei Tulpenbrüder schwere Stangen, die voller Räucherfische hingen, voller Aale, Lachse, Flundern.

Auf kleinen Karren fuhr man Heringsfässer hintendrein.

Ein frischgefangener Wels, an dem allein vier Mann zu schleppen hatten, folgte.

Bei jeder Gruppe ging ein Tafelträger mit einem Aufruf: »Eßt euch toll und voll! Es ist ja Fastnacht! Und es kostet nichts!«

Dann schwankten ächzend schwere Wagen näher, auf denen Fässer lagen. Trinkgeschirr hing an den Stangen.

»Bier und Wein! Was soll es sein?« – »Wer ißt, hat Durst!« – »Wer will die Wurst?«

Als hätte man den Rauchfang von drei Metzgereien ratzekahl geplündert, sah es aus. Die dicksten Schinken baumelten von dem Gestänge, das wie eine sonderbare Laube der Schlemmerei auf einem Wagen aufgerichtet war.

Dann quietschten Schweine, die vor den Stricken, an denen man sie an den Hinterbeinen festhielt, flüchten wollten.

In einem Lattenkäfig war das Geflügel eines ganzen Hühnerhofs auf einem anderen Gefährt versammelt, vom scheuen Zwerghuhn bis zum tückischen Kapaun, vom Hahn, der in die Menge krähte, bis zum Goldfasan.

Es verstand sich, daß eine Anzahl Körbe mit blinkendweißen

Eiern bei diesem Aufgebot nicht fehlen durfte, daß Milch in großen Eimern mitgetragen wurde, daß ein halbes Dutzend Käsemänner an ihren Gurten ganze Pyramiden von Käse brachten, daß ein besonderer Wagen mit Broten von dem Kuhhorn eines Bäckermeisters angekündigt wurde, daß es Kuchen gab und andere Süßigkeiten, daß große Kessel vorbeigefahren wurden, von denen man nicht wußte, was sie enthielten. Küche, Keller, Räucherboden und gefüllte Winterspeicher hatten ihren Reichtum ausgeschüttet, um ein Fest des Essens und Trinkens zu begehen, ein paar Stunden tollster Gaumenfreuden und der Schlemmerei!

Die Rechnung Adrians, bar in die Hand gezählt, ging auf! –

So hat man keinen Seehelden, keinen Kaufmann, der neue Kolonien machte, keinen Fürsten, keinen Magistrat gefeiert, wie diesen Festmarsch der Tulpenbrüder, der nicht nur lockend und verheißend, der nahrhaft war! Und der ein Fest versprach wie keine Kirmes je zum Volksfest werden konnte, weil man den Beutel nicht aufzumachen brauchte, weil man umsonst bekam, was man begehrte!

Die Lumpenhunde, vor wenigen Minuten noch bespien, angeprangert und der Verachtung ausgeliefert, haben sich nicht lumpen lassen. Sie hocken nicht auf ihrem Geldsack! Nein, sie treten etwas ab! Sie wollen nicht, daß andere darben! Das ist die Demaskierung!

Es gab kein Halten, als der letzte Wagen mit Tulpenbrüdern vorbeigerattert war. Kein Reden half, kein Geifern. »Fraß und Suff umsonst!« Das war die Losung, der man folgte, mochte Willem vom Balkon herunter mit würgend heiserer Stimme sich die Seele aus dem Leibe schreien!

Der Geruch der frischen Brote, das Schweinegrunzen und das Blöken der Hammel, das Krähen aus dem Lattenstall des köstlichen Geflügels, der Duft von Wein und Bier, der in die Luft und in die Säufernasen stieg – die Wirklichkeit des Lebens trug ihren Sieg davon!

Da mochte keiner bleiben. Ja, man stürmte Willems kunstvoll aufgebaute Wagen und schnitt die Hampelmänner von den Pfählen. Man zertrümmerte die Schuldscheinmühle, zerschlug die Bilder und Figuren, denen man das Stroh und Seegras aus den aufgeschlitzten Bäuchen riß.

Als diese Wagen mit ihren Trümmerhaufen sich dem Zug anschlossen und Willem kreideweiß herunterschrie: »Seid ihr von Sinnen?« prallte ihm die Antwort der lachenden Besatzung zu: »Das gibt das Freudenfeuer!«

Sogar die Musikanten, die sich vor Schreck verlaufen hatten, fanden sich zusammen, weil sie den Braten rochen. Abtrünnig stellten sie sich auf und gingen blasend mit.

Sie alle grüßten Adrian, der auf der Barke »Fortuna« stand! Es wurde wahr: hochleben ließ man ihn! Und als das Ende des langen Zuges sich allmählich zeigte, packten sie vereint die Wagendeichsel, zogen sich die Stränge über, griffen in die Speichen und zerrten das Schiff »Fortuna« ohne Pferde durch die Stadt!

So groß war die erregende Begeisterung, daß sich der Bürgermeister nicht mehr halten ließ und sagte: »Da muß man doch dabeisein!«

»Verbieten soll man es! Die Bande auseinandertreiben muß man!«

»Dann kann ich auch die Stadt anzünden lassen.«

Erschöpft blieb Willem auf der Treppe stehen, als das Ratsgefolge wie eine feierliche Gruppe ganz zuletzt den Schwanz des Zuges bildete. Aus hohlen Augenhöhlen irrten seine Blicke über den menschenlosen Platz.

War *das* Gerechtigkeit? War *das* gewollt vom Schicksal?

Er hatte rote Punkte im Gesicht wie Blattern eines Fieberanfalls. Seine Backenknochen überwölbten scharf die eingefallenen Wangen.

Er wollte schreien: Herr Bürgermeister, bleibt um Gottes willen hier! und spürte, daß die Stimme ihm versagte. Eine jener Fahnen, die vom Balkon hingen, streifte ihn. Er knautschte ihren Zipfel in der Faust zusammen und riß in blinder Wut daran. Sie flatterte herunter und bedeckte ihn. Wie eine Falle war sie. Ihre Stange, die sich losgerissen hatte, streifte beim Niederstürzen seinen Kopf.

Es wurde Nacht vor seinen Augen. Er taumelte. Es war so wohlig, unter diesem Fahnentuch ermattet umzusinken, fern von allem Lärm, wie unter einer sanften Decke, die das Schicksal gütig ausgebreitet hatte, indem es Ruhe schenkt und Schlaf.

Er schlief und wußte, daß er schlief, daß niemand kommen

konnte, weil alles mit den Tulpenbrüdern aus der Stadt hinausgelaufen war. Er wußte auch, daß dieser Kampf noch nicht vorbei sein konnte.

Er wußte nur nicht, was er später mit bitterer Überraschung wahrnahm, daß es die Fahne Adrians gewesen war, in die er sich gewickelt hatte, um ein paar stille Stunden vor dem Gildehaus erschöpft zu schlafen. –

Triumph der Fastnacht und ihr sonderbarer Ausklang

Unterdessen hatte der Zug der Tulpenbrüder sein Ziel erreicht.

Es war der Festplatz zwischen Stadt und Meer, wo sich die Küste zu einem letzten Hügel warf, wo man von einer niederen Wiesenkuppe aus die Einfahrt und den Hafen, die Inseln vor der Küste und zugleich im weiten Rundblick die Stadt, den Stadtteich und das weite Marschland mit seinen Windmühlen, Kanälen, Straßen und Gehöften sehen konnte.

Dort war ein Wirtshaus; ein weiter und geschützter Anger dehnte sich bis zu den letzten Häusern. Er bot genügend Platz, die Tulpenfreunde und ihre Feinde aus der ganzen Stadt zu fassen.

Schon während vor dem Gildehaus der Umzug vor sich ging, war hier ein Zelt entstanden, wurden Bänke aus rohen Brettern gezimmert und Gruben ausgehoben. Als der Zug sich nahte, brannten schon die Buchenscheite an den Feuerstellen, kochte heißes Wasser. Hinter dem Gebüsch der Wirtschaft walteten die Metzger. Laut spielte die Musik, als man die Ochsen durch die Hecken führte. Man zapfte bald!

Dann wölkte sich der Rauch der Feuer, und von den Spießen stieg würzig und verlockend der Schmorgeruch empor. Im Handumdrehen war der erste Wagen mit Broten ausgerauft. Man brauchte keine Teller. Wer ein Stück Fleisch, ein Hühnchen, einen Fisch erschnappen konnte, der nahm den Leckerbissen in die Hand, daß ihm das Fett am Kinn heruntertropfte.

Fast erschreckend war der erste Ansturm. Um jede Feuerstelle hatte sich ein Kreis gebildet, der mit gieriger Erwartung zusah, wie das rohe Fleisch allmählich schwitzte, sich verkrustete und bräunte, wie das Fett, das von den Spießgesellen nachgeträufelt wurde, niederrann, wie sich der Braten drehte, wie das Feuer nach ihm züngelte und wie die Brater einen Fetzen nach dem anderen heruntersäbelten.

Indessen wurde Bier in großen Kannen von Hand zu Hand gereicht. Gesang flog auf. Zur Unterhaltung streiften Fiedelmänner durch das Lager. Ein Puppenspieler führte seine derben Späße vor. Man hörte Moritaten. Sänger, Sängerinnen, wie sie das Land durchzogen, ernteten Gegröle und kleine Münzen. Die ihren Happen schon verschlungen und sich einen Becher Bier erobert hatten, hockten sich abseits und spielten Puff, ein Brettspiel. Für alles war gesorgt. Auch Kegelwerfer sah man. Nicht nur auf dem Tanzplatz vor dem Wirtshaus spielte man zum Tanz auf. Der ganze sanfte Abhang, so weit man schauen konnte, war von einem dröhnenden Gewimmel überflutet, in dem sich Wirbel bildeten. Dazwischen qualmte es. Landeinwärts zog der Rauch. Feuersäulen stiegen auf. Das waren Willems Wagen, die man mit Begeisterung verbrannte. Mit Forken warfen junge Burschen die flammenden Figuren in die Luft, ein Feuerspiel wie an der Sonnenwende und besonders schauerlich zu sehen, als die Nacht hereinbrach.

Aber vorher noch ging Adrian durch das Gewühle, nicht, weil er sich feiern lassen wollte, sondern weil er sehen mußte, ob alles wohl geriet, ob jeder genug zu essen und zu trinken hatte. Er gestand sich selber und Madame du Fresne zu, daß er die innere Bestätigung erleben mußte, *der* Mann zu sein, der dieses Fest gab, der für die ganze Stadt Gastgeber war und dennoch keinen Lobspruch wollte.

Nur sehen wollte er die schmatzenden Gesichter, die trinkfroh süffelnden Gestalten; erleben mußte er, daß nichts zurückblieb von Ächtung und Verruf. Dann war das Opfer nicht umsonst gewesen.

Er wehrte jeden Trinkspruch ab und jeden Tusch.

»So eßt nur, trinkt nur«, sagte er und war beglückt, wenn einer rief: »Der Tulpenkönig lebe hoch!«

»Nein, nein.«

Er dankte und schritt ergriffen durch die Menge weiter, unruhig-ruhig, verklärt und doch gedrückt.

Er traf auf Kaspar und auf Crispin van den Valckert, die sich im Schutze einer Hecke gütlich taten.

»Nun schlagt nur Eure Augustustulpe endlich los«, riet Crispin, der an einem Hühnchen nagte. »Das müßt Ihr tun, solange Ihr der große Mann seid. Denn morgen seid Ihr ausgemistet, wie mir Kaspar sagte.«

»Ja«, stimmte der mit kleiner Stimme bei und stellte seinen Weinkrug sicher, »damit ich bald mein Haus bekomme.«

»Habt Ihr Willem nicht gesehen?« fragte Adrian.

Da lachte Crispin van den Valckert: »Ihr wollt Ihm wohl vergnügte Mahlzeit wünschen? – Nein, Mynheer. Ich kann Euch aber mit dem Bürgermeister und mit dem Ratskollegium dienen. Es steht dahinten und traut sich nicht, nach Eurer Wurst zu greifen oder einen Schluck zu nehmen, obwohl die Herren gierig sind wie Fische, wenn es regnet.«

Adrian ging weiter.

Er überlegte: Hendrik van der Maaßen hatte gesagt: »Das Geld ist da. Ich komme dieser Tage, um die Zwiebel abzuholen.«

Warum nicht gleich?

Warum erst dieser Tage?

So hatte er gefragt.

Und Hendrik van der Maaßen bog mit einem Lächeln aus: »Weil Ihr wahrscheinlich heute keinen Sinn für diesen Handel habt und auch am Aschermittwoch nicht.«

War etwas vorgefallen?

Hat Crispin van den Valckert ihm die Gerüchte zugetragen, die er aus Haarlem brachte?

Unsinn! –

Hendrik van der Maaßen rechnet wie ein Kaufmann, der ein Fest als Fest nimmt und einen Handelstag als Handelstag.

Die Tulpenbrüder feiern, und er feiert mit!

Madame du Fresne hat ein gebratenes Täubchen nicht verweigert und seine Knöchlein mit zarten Fingern wie verschämt zum Mund geführt. Herr van der Maaßen hat den Römer mit gutem Moselwein nicht abgeschlagen ...

Droben steht das Schiff »Fortuna«, gähnt das Füllhorn; Hendrik van der Maaßen lehnt daran und lächelt mit Madame du Fresne. Sie tun wie glückliche Verliebte, die auf einer echten, derben Bauernhochzeit sind und sich daran ergötzen. – Befreit, beschwingt, verzückt war alles, berauscht von diesem frühlingshaften Wetter, das eine Abendröte wie zarte Tusche in den Himmel zauberte, der ohne Wolken war. Wo endigte der Himmel auf dem Meer?

An solchen Tagen scheint das Glück von jedem Sonnenflirren auszustrahlen. Der Ton von Weidenflöten vermählt sich mit dem schweren Atemzug der Brandung, und die Trommelschläge sind wie kullerndes Gestein, das müde in den Gischt am Deich hinabrollt.

Stimmungen und Stimmen der Natur vermögen das Herz zu füllen und dem Ohr zu schmeicheln, als sei kein anderes Dach im Dasein nötig als das Dach des Horizontes, das eine Kuppel ist und allen Kreislauf in sich selber münden läßt. An solchen Tagen ist der Mensch in die Gemeinschaft der Natur hineingehoben, er lebt mit ihr in seinem Atem; auch Adrian empfand die Abendsonne dieses Tages in tief befreiender Beglückung. Seitab vom Anger, durch ein dorniges Gebüsch getrennt von allem Lärm, ging er im Sand der Küste zu. Wie angeschwemmte Riesenfische lagen bleich die mageren Dünen, die sich zwischen Stadt und Hügel weiterfraßen.

Willem trat ihm in den Weg, selbst wie ein Träumender. Sie maßen sich mit halben Blicken. Wollte Willem fliehen? Gab er sich geschlagen?

»Hört, Willem –«, überlegte Adrian, »es tut mir leid, daß Euer Anschlag schiefgegangen ist . . .«

So lacht ein Irrer, wie Willem eine Lache anschlug.

»Aber hört doch«, wandte Adrian mit mürber Stimme ein, »ich will nun Ruhe« und schloß sich Willem an, der hastig zu den Hecken strebte.

Er wollte ihn nicht hören.

»Ruhe will ich!« wiederholte Adrian. »Ich bin es satt, wie ein Gehetzter durch die Welt zu laufen. Mehr als alles hat mich mein Geld geprüft. Ich bin es los.«

»Und morgen gibt es neues!«

»Ja, für ein neues Leben! – Glaubt mir, Willem, es ist mir ernst damit. Wir müssen Frieden schließen.«

Er streckte ihm die Hand hin, der Sieger dem Besiegten, ein Bittender, der hin und her geworfen sich durchgerungen hat, der mit dem Herzen auf den Lippen um Freundschaft wirbt, weil ihn die Sehnsucht nach Ruhe und nach Frieden übermannt hat. Willem stockte.

»Ihr könnt es ja nicht wissen –«, sagte er und blickte an Adrian vorbei, »daß die Regierung mich zum Tulpenkommissar ernannt hat. Ich erfülle nichts als meine Pflicht. Auch weiterhin. Hier gibt es keinen Frieden.«

Und doch nahm er die Hand, vielleicht aus Höflichkeit, vielleicht mit der Empfindung eines Gegners, der seinem Widersacher sich gewachsen weiß.

»Nein, einen Frieden gibt es nicht.«

Das hielt er fest, indem er es ins Leere wiederholte, mit Scheu davor, die Augen Adrians zu sehen.

»Es soll mich nicht behindern, ihn doch zu suchen.«

Sie trennten sich, als hätte jeder etwas zu verbergen.

Nur den Trubel nicht mehr sehen, dachte Adrian. Nur das Gedudel nicht mehr hören. Heuschrecken haben nach der Bibel das Land der Pharaonen ausgefressen. Und was nachher? Was haben diese grünen glasartig sirrenden Libellen hernach gefressen? – Wie ist es dann mit meinen Freunden, denen kein Zimmermann die Seemannskiste groß genug erschaffen kann? Schrie nicht schon einer: »Es ist kein Bier mehr da?«

Obwohl der Boden kühl war, setzte er sich in den Sand, erschöpft von allem Wirrwarr dieses Tages. Wie ein schwerer Fisch kam er sich vor, der endlich sein Netz durchstoßen hat, um mit dem Kopf die Freiheit schon zu haben und dennoch mit den Kiemen festzuhängen.

Der Blick zum Meer, das war die Freiheit. Der Blick nach innen, das Starren in die leere Kiste, das schauende Betasten einer Zwiebel, der ewig gleiche Kurzblick in die nahe Welt, die jeder Phantasie Beschränkung auferlegt – das alles schwand vor dieser Weite, kam zur Läuterung, erhob und machte ruhig. Er zählte seine Atemstöße und den Herzschlag. Er pflückte, ohne es zu wissen, den Narrenschmuck von seiner Mütze, die er abgezogen hatte, und lächelte, als seine Füße sich allmählich in den Sand eingruben und der Sand in seine Schuhe rieselte. – Was nun, wenn er versänke, sanft vom Sand verschluckt? War dann sein Leben nicht an seinem größten Tag vollendet?

War dieser Tag zu überbieten? –

Ja, die Augustustulpe überbietet ihn! Ein neuer Aufstieg wartet nur auf seinen Anstoß. Sternschnuppen fallen so, die alles taghell machen. Einmal noch wird dieses Zwischenlicht der Zweifel sich entzünden; dann mag es Nacht sein oder Tag, und Willem mag als Tulpenkommissar die Stadt durchschnüffeln – dann wird der Tulpenkönig Adrian van Snaar vielleicht zur Sage werden. –

Das war das Ziel: die Flucht! –

Madame du Fresne ist in die Stadt gekommen, um einen Segler zu besteigen, und hat es schön in dieser Stadt gefunden, weil sie ihr Herz vergeben konnte. Den Torfknecht Adrian hat eine längst vergessene Mutter in diese Stadt hineingeboren, und alle Wege, die er nahm, sind alt gewesen, waren ausgetreten, die immer gleichen Wege der Kindheit. Irrwege wurden sie, weil sie zu Menschen führten. Denn wer durch Menschen geht, indem er sie durchschaut, dem ist die Welt nicht klein und groß genug, sich tief in sie hinein und weit aus ihr hinaus zu flüchten. Er trägt sein Herz wie eine Fackel weiter. Die Hoffnung Fackel ist es, und ihr Träger läuft darum, sie einem anderen Menschen heiß ins Herz zu brennen. Wem es versagt ist, an solchem Ziel die Erdenruhe zu erlangen, der mag nach seinem Tod als Irrlicht wandern und verdammt sein. – So ähnlich hatte seine Mutter ehemals gesprochen, diese Mutter, die in Christintje scheinbar wiederkommen mußte, die er in sie hineinsah.

Ach, er wußte, daß Christintje in der Nähe war.

Wie Frauen stets ein wenig ängstlich sind, wenn sie allein durch menschenleere Landschaft gehen, war sie mit trippelnd kurzen Schritten aus den Hecken herausgetreten. Sie suchte ihn.

»Du willst dich wohl erkälten?«

Er gab zur Antwort: »Nein, Christintje, es ist nicht kalt am Boden. Ich freue mich, daß du gekommen bist, gerade du. – Du solltest dich auf meinen Mantel setzen. Nimm ihn. Ich hätte viel mit dir zu sprechen. – Ich will fort von hier.«

Sie nahm den Mantel nicht und widersprach nicht.

Halb aufgerichtet saß er da.

Wie Mitleid war ihr Blick.

»Es wäre gut . . .«

»Was wäre gut? . . .«

». . . daß du dich nicht mehr blicken läßt bei uns.«

Da sprang er auf.

Betäubte ihn das Abendrot der Sonne? War es das Licht? Ihr Blick? Der Satz, den sie ganz leise vor sich hin sprach, während sie mit ihrem Schuh im Sande stocherte?

»Was wäre gut?«

Er zitterte und fühlte, wie eine ungeheuerliche Angst ihn ansprang, wie ihn Zorn, Entsetzen schüttelten, wie seine Finger sich zu Krallen bogen.

»Was wäre gut!!?«

Ganz laut – nun stand er neben ihr, sie wich zurück –, ganz laut, daß es die Brust zersprengte, glaubte er zu brüllen und hörte selber, daß es nur ein Ächzen war: ». . . Was – wäre – gut –?«

Und wußte nun, daß er die Hände von ihren Armen und den Blick aus ihren Augen nehmen mußte. Daß Christintje mit aller ihrer Güte und Besorgnis, mit ihrem Denken und mit ihrer Seele aussprach, was er befürchtet hatte. Das war das Urteil, das niemand mitleidsvoller, aber auch nicht mitleidsloser fällen konnte. So würden alle denken, wenn der Tag verrauscht war. Das war das Ende – und er wiederholte es: ». . . daß ich mich nicht mehr blicken lasse . . .«

Immer tiefer sank die Sonne auf das Meer, als würde nach dem Sturm die rote Warnungskugel am Hafen eingeholt. Der Sturm war nicht vorbei. Am Abend scheint der Schlag der Brandung sich brausend zu verstärken. Kam dort nicht ein Schiff? Weit draußen? Ein Schiff, das wie ein Rindenstück dicht unterm Sonnenball vorbeitrieb und mit seinen Masten den Feuerrand zu ritzen schien? Das, wenn es gleichen Kurs hielt, wie der Mann im Mond ein Schiff der Sonne bilden mußte, eine Brigg, die aus der Sonne kam?

»Ich habe mit dem nächsten Schiff«, sprach er ins Leere, »die Stadt verlassen wollen. Ja, du hast recht, Christintje. Nur die Augustus muß ich noch verkaufen. Dann wird Kaspar wieder Herr in seinem Hause sein, und *ich* muß trachten, in einem anderen Land, vielleicht in einem andern Erdteil, von vorne anzufangen. Willst du mit? –«

Sie schwieg, noch immer auf die Spitzen ihrer Schuhe blickend, die nicht mehr stocherten.

»Die Niederlande sind so groß«, rief er mit würgend heiserer Stimme aus, in der die Bitterkeit, der Schmerz und die Enttäuschung schwangen, »in Brasilien kann man Männer brauchen, wie ich einer bin. Ich werde Geld besitzen, und meine Frau braucht nicht zu schuften. Zucker kann ich kaufen und verkaufen, eine Mühle bauen! Bei den Braunen auf den Inseln von Ostindien – wer weiß, wohin es geht – kann ich mit Perlen viel reicher werden als in den Niederlanden mit den verfluchten Tulpen, die nur Schande bringen! – Willst du mit? ...«

Und weil sie immer noch verstummt war, setzte er mit einer jähen Angst hinzu: »Christintje, fällt es dir so schwer? Ach, Dummes, freilich gingen wir vorher zum Pfarrer. Das versteht sich, ja! Schau mich doch an. Wer kennt mich draußen, wer? Schön könnten wir es haben. Denk doch: weit hinweg von allen, in fremde Länder, wo die Schmetterlinge so groß wie Vögel sind, wo immer Sonne ist. Du könntest Dienerinnen haben, einen Garten mit Blumen, wie in ganz Holland keine wachsen; wo keine stinkenden Kanäle sind und keine alten Häuser. Wo *du* die Herrin bist! Ja, willst du mit? ...«

»Ach, Adrian ...«

»Und stell dir vor: dort haben wir ein Haus mit Palmen, und das Wasser schimmert wie Perlmutter. Schildkröten schlurren durch den Sand. Wie Kinder sind die Wilden, harmlos, unschuldig, wie die Kinder. Sie haben Blumenketten an sich hängen. Du liebst doch Blumen. Stell dir vor: wir beide – und das ganze eklige Gezücht der Nachbarschaft ist nicht mehr da – wir beide leben dort und essen fremde Früchte. Es muß sein, als wären wir im Paradies ... Christintje, dummes, trauriges Christintje, fällt es so schwer? ... Ach, komm doch mit ...«

Sie schüttelte den Kopf. Ganz langsam fing sie an, unmerkbar fast. Er sah es nicht, weil er gebannt von seiner eigenen Rede war und von den Bildern, die er schilderte. War nicht so mancher, den es im Lagerhaus nicht mehr hielt, mit seiner Habe im Taschentuch hinausgezogen und behäbig heimgekehrt? – Es hatte schon so mancher »drüben« abgemustert, der seinen Namen auf Warenballen und auf Kisten heimwärts schickte, einen Ruhm, der sein Gewicht bewies! –

An solche Männer dachte er, die man als Kämpfer für die Heimat feierte. Das war die Lockung, die jedem jungen Bur=

schen im Blut rumorte, weil sie gleichbedeutend mit Abenteuer, Reichtum und mit Ehre war. In solchem Zukunftsglauben schmilzt die Vergangenheit und Gegenwart; der Strom der Sehnsucht, allem zu entrinnen, lenkt das Auge auf ungeschaute Bilder und läßt vergessen, was in der Nähe vorgeht. »Ja, Christintje, willst du mit!?«

»Ach, Adrian –.« Nun kam ihr Seufzer wieder, und nun sah er, wie sie mit tränenschweren Augen an ihm hing und doch nur immerwährend verneinen konnte. »Nein ...« So hat seine Mutter, als er klein war, über ihn den Kopf geschüttelt, als er aus dem Kanal gezogen wurde, in dem er fast ertrunken war. So sorgenschwer und mitleidsvoll und doch mit einer Seligkeit in ihren Zügen, daß er lebendig, ihr zurückgegeben und gesund war.

»Geh nur«, sagte sie mit diesem wehmutsvollen Lächeln, »geh nur, Adrian. Du meinst es gut. Ich glaube aber, daß ich bleiben soll.«

War das Christintje oder seine Mutter, die er hörte? Tat es weh?

Er bat nicht mehr.

Der große Adrian, dem sich der Blick umflorte und dem die Ohren dröhnten von seinem Fest, dem er entlaufen war, der Tulpenkönig Adrian, die Narrenmütze in der Hand, angezogen wie ein lächerlicher Popanz, tat einen Schritt dem Abhang zu und blieb doch stehen. Das Meer war nie ein Ende. Er starrte in die Sonne; seine Augen liefen durch ihr blendendes Geleuchte voller Wasser, und er wischte es nicht ab, als es auf seine Wangen niederträufelte.

»Gut«, nickte er, »gut, gut«, und sagte es ganz rauh. »Gut!« schrie er auf und fing die Lautheit seiner Worte ab, indem er an den Kehlkopf griff. »Christintje – du hast recht! Ich darf mich nicht mehr blicken lassen! Ja. – Ganz übel ist es mir auf einmal, ach, ganz übel ...« Und es fiel ihm ein, daß drüben hinterm Hügel fast die ganze Stadt auf seine Kosten fraß und soff und er vergessen hatte, selbst etwas zu essen.

»Ach«, zwang er sich zu einer scheinbar heiteren Miene, »du hast immer recht. Ich weiß auch, daß es für mich selber furchtbar sein wird, in diesem Paradies zu leben, und ich weiß nicht, ob ich es ertragen werde – aber versuchen muß ich es ...«

Er schleuderte die Narrenmütze fort: »Sag mir ganz ruhig, ich sei ein Narr, ein Abenteurer, ein Phantast. Ich war es nie im Herzen, nur im Kopf; das Herz war aber schuld daran. Und siehst du nun: man ist mit Herz und Hirn allein, wenn keine Mutter da ist, keine Frau und wenn man keine Kinder hat; man ist sogar zu einsam, um bei solcher Armut den Mut zum Sterben aufzubringen. Was soll ich tun? Ich muß mir neue Abenteuer suchen.«

Er wollte gehen und kam doch nicht von der Stelle. Wie angewurzelt stand er vor Christintje, die nichts zu sagen wußte, die seinen Blicken auswich und seine Worte, die sich selber Antwort gaben, vorüberklingen ließ. Aufs Meer sah sie hinunter, wo der Glanz der Sonne einen Strich von tausend Wellen wie einen breiten Strahl vergoldete und wo der Schatten die Inseln doppelt groß erscheinen ließ.

»Was ist das für ein Schiff?«

Mit einem Bangen, das nur Adrian zu deuten wußte, hatte sie auf einmal diese Frage angstvoll ausgestoßen, mit den Händen an die Schläfen fassend und wie genarrt von einer fürchterlichen Täuschung die Frage wiederholend.

Jetzt war es näher. Unbemerkt, verdeckt vom Vorland, das wie eine Sichel um den Hafen ragte, war es auf die Einfahrt zugekommen. Voll saßen alle Segel. Mit allen Rahen war es deutlich sichtbar. Weithin flatterten die Wimpel.

»Die ›Zuiderland‹ –!?«

War das die »Zuiderland«, das Schiff der Totgesagten, das verschollene, das aufgegebene Unglücksschiff des Hendrik van der Maaßen? War es das? Das Schiff des Josias, auf den Christintje wartete?! . . .

»Es wird ein fremdes sein . . .«

Er wußte, daß er log, weil er Christintje schwanken sah. Er fing sie auf. Sie lehnte ihren Kopf an seine Schulter, und ihre Augen irrten fiebernd über sein Gesicht.

»Ist es die ›Zuiderland‹?« . . .

Sie sah nicht hin.

»Sag mir's doch, Adrian. Du kennst sie doch. In jedem Schiff erkenne ich die ›Zuiderland‹, in jedem. Ich kann kein Schiff mehr sehen. Sag mir's doch . . .«

»Ich weiß nicht . . .«

Er fühlte, wie ihr Herz schlug, wie sie zitterte. Er wischte sich die Augen und die Stirne, wo ihm kalter Schweiß stand.

»Vier Masten kann ich zählen ...«

»... und eine kleine Fock ...«

»... ja, eine kleine Fock ...«

»... und an der zweiten Stange am Großmast muß eine blaue Flagge hängen mit einem schiefen gelben Strich ...«

»... das kann wohl sein ... dort hängt etwas ...«

»... blau, eine blaue Flagge ...?«

»Die Sonne blendet so, Christintje ...«

Sie fragte nicht mehr. Obwohl sie fast die Kraft verließ, obwohl die Freude sie fast umriß, die plötzlich unumstößliche Gewißheit war und Jubel — lief sie querfeldein dem Hafen zu, dem Strand, lief ihrem Schiff entgegen, ihrer »Zuiderland« und ihrem Josias, ins Abendrot des Jubels!

Es war die »Zuiderland«!! –

Als sollte dieser Tag der Überraschungen nicht enden, als sollte sich ein neuer Narrenspuk erheben, der sich als wunderbare Fügung offenbarte, erschien die »Zuiderland«!

Am Hafen wurden Böller losgelassen, die paukend durch den Abend dröhnten. Sie schossen eine Pause des Erstaunens in den Lärm des Festes, der sich gleich darauf mit doppelter Gewalt erhob, um wie in freudiger Betrunkenheit den Berg hinabzubrausen.

»Die ›Zuiderland‹ ist da!« –

Wer weiß, wer sie gesichtet hatte. In tollend wilden Gruppen wälzte sich die Masse dem Hafen zu. Weit drunten lief Christintje, und zerrissen von den widerstrebendsten Gefühlen sah Adrian, wie sie im weichen Boden schwankte, wie sie hastete und stolperte, wie sie den Rocksaum raffte und weitertrippelte. Hinter ihr ergoß sich der Strom der aufgewühlten Menge wie eine Hundemeute, die unübersehbar dem Verfolgten näher kommt. Sie muß die erste sein! Schon wird sie überholt!

Nun schossen auch die Leute von der »Zuiderland« mit ihrem Stückgeschütz. Rot fuhr das Feuer aus dem Heck. Die Uferbatterie gab Antwort, und zerflatternd sank der Rauch im Wasser.

Hendrik van der Maaßen eilte an Adrian vorüber.

»Die ›Zuiderland‹! Die ›Zuiderland‹! Habt Ihr sie gesehen?«

»Jaja ... Ich gratuliere, Hendrik van der Maaßen ... ja ...«

Noch immer stand er auf dem gleichen Fleck. Ein Fastnachtskerl, der hart an ihm vorüberrannte, hatte seine weggeworfene Mütze mit dem Schuh ergriffen und sie fortgeschleudert, um sie freudig zu zerstampfen. Es wimmelte am Hafen. War nicht auch Kaspar an ihm vorbeigetaumelt? –

Adrian ging langsam auf den Platz zurück, wo noch die Metzgerfeuer brannten. Immer stärker fiel die Nacht herein, und fast gespenstisch leuchteten die Ochsenspieße mit den entfleischten Rippen. Gestank lag in der Luft und Rauch. Stand keiner mehr am Spieß? Soll denn das teure Fleisch verbrennen?

Nicht wissend, daß es sinnlos war, begann er einen Ochsenspieß zu wenden, trat Scheitholz mit dem Fuß ins Feuer und starrte weit ins Dunkle, während er gedankenlos den Hebel drehte. Ein Hund sprang an dem Klumpen Fleisch empor, verbiß sich, wurde bei der Drehung mitgerissen, überschlug sich, stürzte in die Flammen und heulte auf, um winselnd fortzutrotten.

Ach, er sah das alles und glaubte, nichts zu sehen als die schwarze Nacht, die immer dunkler wurde und nur vom Flammenschein des Feuers durchgeistert war. Dann zeigte sich der Umriß eines Wagens, eines Menschen, der torkelnd in der Dunkelheit verging, der Schattenriß von Paaren, die nicht wußten, wohin sie sinken sollten. Hunde kamen, die um die Feuer kläfften, und vom Hafen hörte man den Jubel um die »Zuiderland«. Er lauschte.

War keiner treu geblieben? Der ganze Platz verwaist?

Er ließ den Hebel am Bratspieß fahren und tappte übers dunkle Feld.

War keine Stimme da, die ihn mit einem Wort beglückte? Gab es keinen Dank? Nur Undank über Undank, wie ein Scheiterhaufen aufgerichtet, der im eigenen Herzen brennt? Der allen Glauben in die Luft reißt, wie Stroh bei Feuersbrünsten?

Er klopfte an die Fässer und hörte, daß sie leer geworden waren. Er leuchtete mit einem flackernd roten Holzscheit, das er wie eine Fackel trug, die Wagen aus, die voller Brot gewesen waren. Er fand nichts mehr. Nicht für *ihn* selber war die Suche, obgleich sein Hunger sich immer drängender bemerkbar machte. Nur die Gewißheit war es, die er haben wollte, daß alles leer, daß alles aufgezehrt, vertilgt und ausgeplündert und daß die »Zuiderland« zur rechten Zeit gekommen war! –

Es tat nicht weh, weil es ein Schmerz war, der nicht mehr weh tun kann. Nur Hunde liefen mit ihm über dieses Schlachtfeld, ein Rudel Hunde, das in den Wagen schnupperte und das begehrlich zu ihm aufsah, Hunde, die das Gerippe eines Hühnchens mit einem Biß zerbrachen, die immer wieder ihre Nasen nach den Ochsenspießen hoben und um die Bratereien schwärmten.

Er verstand sie, und als er auf die nächste Feuerstelle zuschritt, drängten sie mit freudigem Gejaule um seine Beine. Irgendwo lag eine Axt, die blinkend von den Flammen überrötet wurde. Ach, es war befreiend, die Axt am Stiel zu wiegen und das scharfe Eisen schmetternd in den Pfahl zu hacken. Es tat wohl, mit eigenen Händen etwas zu zerstören, und wenn es nur ein Pfosten, ein vom Feuer eingeräucherter, steinharter Pfahl war. Der Spieß fiel aus der Gabel, schlug ins Feuer nieder. Funken stoben. Unförmig war der Klumpen starrer Knochen, an dem noch Fleisch hing. Adrian zog ihn heraus und wälzte ihn den Hunden hin, die kläffend um ihn kreisten. Ja, es war noch gutes Fleisch daran, brandheißes, mürbes Fleisch. Er riß an einem Knochen, einer Rippe, drehte sie aus ihrem Knorpel, und während sich die Hunde auf den gebratenen Kadaver stürzten, in seine Rippenhöhlung krochen, fletschten, schlangen und nacheinander schnappten, saß Adrian nur ein paar Schritte abseits und stillte seinen Hunger an einem Rippenstück, das er, der große Spender, vor dem Rudel wilder Hunde mit Not gerettet hatte.

Das war der Ausklang, eine Mahlzeit, wie der verlorene Sohn der Bibel sie mit den Trebern seiner Schweine hielt, für Adrian, den Tulpenkönig, nur ein Zufall und doch bedeutungsvoll in aller Tiefe. Er empfand es so und streichelte die Hunde, die gesättigt um ihn kreisten. Er mußte an den Hund von Haarlem denken, der wie ein Alp auf ihm gelegen und den er morgens doch im Arm gehalten hatte. Hunde letzte Kameraden einer unbewußten Treue – war das der Ausklang? Die letzte

Weggeselligkeit? Und herrlich weit gespannt der Himmel – feierlich besternt mit stillen Lichterfunken? Dazu den fernen Freudenlärm der Welt? –

Er hätte auch zum Hafen laufen müssen, weil ein totgeglaub=tes Schiff, das wiederkehrt, die ganze Stadt angeht, weil es das Schiff von Hendrik van der Maaßen war.

Und trotzdem blieb er in der Mulde liegen, umringt von seinen Hunden, die noch an Knochen nagten oder still ver=hielten. Wie ein Hirte war er, ein sonderbarer Schäfer, der Hunde hütete und sich von ihnen gehütet wußte. Er war be=glückt von ihrer Nähe, und als ein Kläffer an der nächsten Feuerstelle wühlte, riß er auch dort den Bratenrest herunter. Ja, er legte einen Bratspieß nach dem andern um. Das war ein Rundgang, der sein Grübeln unterbrach, der ihm das Schlacht=feld der Verwüstung zwar vor Augen führte und der ihn doch nicht tiefer erschüttern konnte, als er es jetzt schon war. –

Er blieb auf seinem Festplatz, bis der Himmel voller Sterne glänzte.

Ein Hund lief mit ihm, als er langsam der Stadt entgegen=ging, wo noch in vielen Häusern Lichter brannten, weil dort und in den Kneipen die Heimkehr der Totgeglaubten laut ge=feiert wurde.

Da waren auf dem Festplatz die meisten Feuer schon er=loschen. –

ACHTUNDZWANZIGSTES KAPITEL

Kaspar rettet Adrian vor dem Verderben
Er verhindert eine feige Tat und macht es dadurch möglich, daß Adrian nach seiner neuen Zukunft streben kann

Kaspar machte ihm die Türe auf, fahl wie ein Geist, und schauderte zusammen: »Daß Ihr doch noch kommt . . .?«

»Warum nicht? – Mach dem Hund ein weiches Lager.«

»Er hat die Räude.«

»Dann erst recht.«

Er legte selber Decken in die Kiste, um den Hund zu betten. Von innerem Frost geschüttelt, stand Kaspar neben ihm, als jage ihm noch jetzt ein fürchterlicher Schrecken einen Schauer nach dem andern durch die Seele. Aber Adrian, befangen von der eigenen Wehmut und Zerrissenheit, vermied es, zu ihm aufzublicken.

»Siehst du«, sagte er, »der einzige, der bei mir blieb, ist dieser Hund. Die ganze Festgesellschaft ist davongelaufen, als die ›Zuiderland‹ hereinkam. Was für ein Trost, o weh. Vielleicht bleibt er der Räude wegen bei mir, weil ihn jeder fortjagt, welch ein Trost . . . War Josias an Bord?«

»Gewiß.«

»Man soll sich für Christintje freuen . . .«, überwand sich Adrian, »man kann sich freuen für Josias, gewiß. Schlaf gut, mein Hund.«

Nun ging er in die Stube, und Kaspar, der beklommen folgte, half ihm aus der Fastnachtskutte.

Nur weil Adrian es wollte, sprach er von der »Zuiderland«. Sie sei wohl übel mitgenommen durch die letzten Stürme und habe irgendwo bei Schottland festgelegen. Der eigentliche Grund, weshalb sie ausblieb, sei aber eine Zwischenfracht nach Afrika gewesen, weit hinunter an die Küste. Das habe Geld gebracht. Sie hätten Nachricht abgeschickt mit einem Schiff, das aber scheinbar nicht nach Hause fand. Nun sei die »Zuiderland« zerschlagen, überall geflickt. Der Portugieser Norder, der sie zwang, den Kurs um Schottland aufzunehmen, habe ihr zuletzt noch mächtig zugesetzt. Und trotzdem bringe sie an Fracht und Geld fast so viel mit, daß Hendrik van der Maaßen ein neues Schiff dafür erstehen könne, zu schweigen von dem Sack, den jeder einzelne der Schiffsbesatzung von Bord getragen habe, zu schweigen von den Papageien, Schildkröten, Affen; einen jungen Löwen hätten sie! Natürlich hatte jeder Elfenbein erstanden, Gold und nie geschauten Schmuck, schwer goldene Ringe, Ketten, Waffen, Speere, Lanzen, Säbel, Schilde. Auch ein Mohr sei mitgekommen, der zu Hause nackig laufe und der nun friere, aber lachend seine weißen Zähne zeige und ein guter Bootsmann sei. Und Früchte hätten sie: steinharte Nüsse, so groß wie Kinderköpfe und mit Bärten, rote Pfefferschoten, so lang wie Würste. Ach, es sei nicht zu beschreiben, welches Bild die Einfahrt der »Zuiderland« geboten habe, die alle Lichter, alle Flaggen setzte, während sie die halbe Stadt mit Fackel- und mit Lampenschwenken jubelnd in Empfang nahm. Ja, und der größte Augenblick sei es gewesen, als Truus kam.

»Truus?«

»Ja, Truus! Kaum aus dem Wochenbett gekrochen, hat sie ihr Kind ergriffen, in Tücher eingewickelt und lief zum Hafen, um dem Kind mit Tränen in den Augen die ›Zuiderland‹ zu zeigen! . . . Es sei zum Schluchzen, und Hendrik van der Maaßen habe sie gerührt umhalst. Nun sei sie wohl versöhnt mit ihm und er mit ihr und auch mit Willem. Das könne man wohl sagen.« –

»Und Christintje . . .?«

». . . hat natürlich auch geweint vor Freude.« –

»Was meinst du, Kaspar«, gab Adrian sich einen Ruck und sah noch immer schweigend in die Nacht hinaus, »wenn ich einmal so weit wie Josias nach Afrika, vielleicht noch weiter fahren würde? – Oder hält mich jemand?« –

»Halten tut Euch niemand.«

Kaspar nagte an der Unterlippe.

»Ich habe noch die Zwiebel . . .«

»Ja, Ihr habt sie noch . . .«

Er quälte seine Finger in einem stummen Spiel.

»Was ist denn, Kaspar?«

Fiel ihm jetzt erst auf, wie blaß er war und daß sich eine rote Strieme an seiner Schläfe hinzog, daß seine Augen hilflos durch die Stube irrten und daß er seine Sätze fast tonlos aneinanderhängte?

Jetzt gewahrte Adrian die Spuren jenes grauenvollen Schreckens, der in Kaspars Augen stand. Er sah, wie Kaspar schlotterte, wie seine Hand sich in der Lehne eines Stuhls verkrallte, wie er umzufallen drohte.

»Ach, ich muß mich setzen.«

»Ja, setz dich, Kaspar. Soll ich Wasser bringen? Was war denn noch? Was ist denn?«

Er winkte ab und strich mit fahrigem Gezitter seiner Fingerspitzen an der Schläfe hin. Verstört versuchte Adrian ihm beizustehen.

»Nichts«, dankte Kaspar. »Nichts will ich, Mynheer . . . Aber wenn Ihr mir das Haus zurückschenkt, ja, dann . . . Ach, und wenn Ihr es behaltet, es hat so kommen müssen . . .«

Dann zwang er seine Lippen, mit ihrem Zucken aufzuhören, hielt seine Hände ineinander fest und brannte seinen Blick auf einen Punkt, den er mit starren Augen ansah, als käme ihm von dort die Ruhe, als stiegen aus dem Schattendunkel, in das er schaute, die Bilder wieder, die er beschreiben mußte.

»Denkt Euch«, fing er den Bericht an, dem Adrian mit einer keuchenden Erregung folgte, »als ich vom Hafen kam, sah ich ein Licht in Eurer Stube, in dieser Stube, ja, in der wir sitzen, und weil ich vermuten konnte, daß Ihr schon daheim seid, habe ich es nicht beachtet. Aber dennoch hat es mich verleitet, an Eure Tür zu gehen. Eine stumme Angst ist es gewesen, ein Unbehagen, wie eine böse Ahnung. Ich lauschte an der Türe und ich hörte, daß drinnen jemand mit Messern umzugehen schien, mit einer Feile, daß jemand klopfte, dann wieder einhielt, horchte, murmelte und fluchte, um wie besessen wieder loszuhämmern. Ach, das Blut ist mir erstarrt. Das kann nicht Adrian van Snaar sein, dachte ich und klinkte, so lautlos es geschehen konnte, die Türe auf und mußte durch den Spalt erkennen, daß ein Mann vor Eurer Seemannskiste am Boden kniete und sich bemühte, die Schlösser aufzubrechen! – Ich war von Sinnen. Was ich dachte, weiß ich nicht mehr. Ich hatte nichts zur Hand, um mich zu wehren; ich bin viel kleiner und viel schwächer als der Mann war. Wie gelähmt war ich. Und trotzdem: Als der Mann auf einmal aufsah und ich wußte, wer es war – ich habe nur noch Blut gesehen, nur noch Blut, und wenn mir auch die Worte in der Kehle steckenblieben –, ich bin mit allem meinem Schrecken auf ihn zugewankt. ›Das ist doch ein Verbrechen! . . .‹ habe ich noch würgend stottern können. Da ist er aufgesprungen, ist verzerrt und lachend groß über mich hinausgewachsen und hat mich umgerannt. – Ich stolperte, er schlug mir auf den Arm; dann warf er mich mit einem fürchterlichen Griff, bei dem ich glaubte, der Arm zerbreche mir, zu Boden. Ich streifte mit dem Kopf die Kiste und schrie auf. Wir wälzten uns. Es glückte mir, mich seinen Bärenkräften zu entwinden und ihn abzuschütteln. ›Ich bring dich um, wenn du noch einen Mucks tust!‹ drohte er und stopfte mir ein Tuch ins Maul. ›Ach, Jesus‹, flehte ich, ›das ist die letzte Stunde, mach es gnädig.‹ Wir stöhnten beide vor Ermattung. Da fühlte ich bei meiner rechten Hand, die er nicht sehen konnte, einen Hammer. ›Laßt mich‹, bat ich, ›Ihr zerdrückt mir ja den Brustkorb. Ich verrecke ja.‹ Da rückte er zur Seite. ›Ich will nicht schreien‹, versprach ich weiter und hatte schon den Hammerstiel umklammert, und wie er rutschend sich erheben will und ich mich gleichfalls anschicken darf, mich aufzusetzen, hole ich mit meinen Hammer aus und schlage ihm mit allen Kräften der Verzweiflung auf den Kopf! Er taumelte! Ich riß ihn hoch. Am Kragen habe ich ihn hochgerissen, er brach in die Knie. Ich hatte ihn am Hinterkopf getroffen. Er blutete und röchelte und tobte doch, als könne er sich wieder auf mich stürzen. Da schlug ich weiter, besinnungslos vor Angst, vor Blutrausch, vor Erschrecken, er wäre wieder stark, er reiße mich noch einmal um beim Sterben. Ach, ich habe mehr gelitten, als er Schmerzen hatte. ›Aufhören!‹ Wie erstickend war sein weinendes Gestammel, während er versuchte, von den Knien aufzukommen. Und ich schrie nur: ›Raus, du Lump!‹ Da kroch er aus der Stube, hielt die Hände schützend an den Hinterkopf, wo Blut war, und sackte draußen auf der Straße nieder, um sich wieder aufzurichten und davonzuschleichen. – Ja, so war es, Adrian. – Ich weiß, ich bin ein schlechter Kerl, weil ich ihn hinterrücks fast totgeschlagen hätte ... Aber Eure Tulpenzwiebel, die Augustuszwiebel, die Augustustulpe, ist noch da ...«

– – – – – – – – –

»Sie ist doch da, durch *deine* Hilfe, Kaspar ...«

– – – – – – – – –

»Ja, nur durch *deine* Hilfe, Kaspar.«

Ihm gegenüber saß Adrian, der schon bei seinen ersten Worten aufgesprungen und mit *einem* Satz bei seiner Seemannskiste war, sie fiebernd aufschloß und die Augustustulpe schluchzend in die Hände nahm. Sie war noch da!

Er weinte wie ein Kind und kauerte vor Kaspar nieder, der das dramatische Geschehen bebend an sich vorüberziehen ließ und der nur zwischendurch ein wenig schmerzvoll lächelte, weil Adrian ihm tief ergriffen die Hand gab und sie wortlos drückte.

Dann schwiegen sie.

»Nur eines noch« – nach langer Pause stellte Adrian die Frage: »Wer war es? – War es Crispin van den Valckert?«

Kaspar nickte. –

– – – – – – – – –

– – – – – – – – –

Genauso stumm und seine Tulpenzwiebel in der Hand verbergend, saß Adrian am Morgen da. Der Aschermittwoch ließ ein trübes Frühlicht durch die Fensterscheiben sickern. Schlaflos war die Nacht vorbeigegangen, eine Nacht der Träume und Gesichte, des Halbschlafs und der Fieberphantasien, die ihn mit Kälte und mit Hitze überfluteten. Er hockte grau und übermüdet in seiner Ecke, die Zwiebel in der Hand verkrampft, und stierte auf sie nieder. Dieses Bündel dünner Schalen war nach allem Auf und Nieder die letzte Hoffnung, die Planke nach dem Schiffbruch, das Saatkorn eines neuen Lebens, das heute grau und niederdrückend anfing. Es konnte in den Tod hinüberdämmern oder sich in lichter Helligkeit erschließen. Diese Zwiebel der Augustustulpe war der Rest des alten Lebens und der Inbegriff des neuen, für das er in der Morgendämmerung kaum Mut und Kraft verspürte.

Denn Scham und Ekel über die Begebenheiten des vergangenen Tages waren nicht zu überwinden. Was galt der Sieg, durch eine Völlerei errungen, wenn Ruf und Ehre ausgeschlachtet waren wie ein gespießter Ochse? – Ein paar Stunden braucht der Mensch, um eine Mahlzeit zu verdauen, und ein paar Stunden mehr, um einen Rausch zu lüften; aber ein verlorener Name ist in einem ganzen Leben nicht mehr blankzuputzen. Wie Rost ist ein Gerücht, wie eine Säure brennt die Wahrheit, die nicht widerlegt wird. Man denkt daran.

Das war die Folgerung, die Adrian gezogen hatte, als noch die vollen Wagen auf den Festplatz rollten. Der Narr, der sich zum Narren hergab, war ein Narr geworden, über den man lachen wird, solang er atmet. Hat ein Narr noch Ehre? Steht er nicht außerhalb der Ordnung unter eigenen Gesetzen? Muß er nicht weise sein? –

Er hatte diese ganze Nacht im Kreis gedacht und schreckte auf, als rauhe Stimmen durch die Gasse kamen, als man kleine Steine an sein Fenster warf und seinen Namen rief.

»He, Adrian! Wir haben Durst! Gib uns zu trinken!«

Er konnte sich vor Bitterkeit nicht rühren. Das war der Dank! Das war die Welt, die einen Crispin van den Valckert duldete, der in der Maske eines Freundes einbrach und keinen Totschlag scheute! Das war die Räude, die in jedem ausbricht, der einem Laster oder Wahn verfallen ist: »He, gib uns Geld! Du hast es ja!«

Ich muß zu Hendrik van der Maaßen gehen, dachte Adrian. Noch heute soll er mich bezahlen! Aber hat er nicht gezögert? Übermorgen, sagte er. War ihm der Kauf verleidet? Warum hat Hendrik van der Maaßen plötzlich Zeit, zu warten: Wollte er die Zwiebel nicht mehr?

»Wir haben Durst!«

Wie in der Kneipe, fing die Rotte einen schreienden Gesang an.

Zum Hafen muß ich laufen und Umschau halten, wann ein Segler ausläuft.

»Bier her, Geld her, Adrian, du hast es ja!«

Er hielt die Ohren zu und wollte doch ans Fenster, um bleich hinauszuschreien: Es ist Aschermittwoch! Ich habe jetzt kein Geld mehr!

Ach, sie lachten. Betrunken waren sie. In Reihen eingehakt und torkelnd, noch in den zerfetzten, grellfarbigen Kostümen standen sie mit plärrendem Gesang vor seinem Haus, halb weinerlich und dennoch mit der Sturheit drohend, die Betrunkenen eigen ist.

»Hähähä, wir brechen dir den Keller auf!«

»Ich habe nichts im Keller!«

»Lügenbeutel!«

»Ich beschwöre euch!«

»Wir wissen doch, daß du uns ausgeplündert hast!«

Hier gab es keine Antwort. Das war der Fluch der Saat, die Willem ausgeworfen hatte und für die es keine Sichel, keine Sense gab, sie jemals abzumähen. Nur die Flucht blieb übrig.

»*Mir* sagt ihr das?« rief er hinunter und war so sterbenselend, daß er Mühe hatte, sich am Sims zu halten. »*Mir*, der ich euch gestern gemästet und bewirtet habe? Pfui! *Mir* sagt ihr das?«

Nur die Erregung war es, die ihm diese Worte eingab, die nicht erleichterte und nicht besänftigte, die nur das Blut noch stärker in den Ohren brausen ließ.

Spie denn die ganze Menschheit ihre Galgenvögel aus? War er der Galgen, der Gehängte, um den sie keifen mußten? – Er lief nach einem Wasserschaff und schüttete es zitternd vor Empörung auf sie hinab. Er warf es ihnen vor die Füße! – Stand dort nicht die Flinte? – In den Keller, überlegte er, man soll sie in den Keller stürzen lassen, einen nach dem andern. Ersäufen soll man sie. Totschlagen mit dem Hammer, wie Crispin van den Valckert von Kaspar fast erschlagen wurde. Da hatte er die Flinte an den Fenstersims gezerrt. »Wenn ihr nicht weggeht, schieße ich euch tot!« Sie johlten. »Hähähä! Nun will er schießen!« – und schunkelten und krähten: »Gib uns Geld!«

Er schoß!

Es war nur Qualm, nur Rauch . . .

Ganz still war es geworden nach dem Aufschrei, den sie ausgestoßen hatten, einen brüllend lauten Schrei des Schreckens vieler Stimmen!

Warum wich der Dampf nicht schneller? Warum schrie denn keiner?

Ach, es waren nur Sekunden der Betäubung, bis einer heulte: »Mörder!« Bis Gewinsel aufbrach, bis er hören konnte, wie sie flüchteten und schimpften, bis er sah, daß zwei, drei Kerle sich am Boden wälzten. Er taumelte hinaus, unheimlich wach auf einmal. Er befühlte sie und half sie auf die Beine stellen. Tief entschuldet, weil sie lebten, blickte er zum Himmel, fragte: »Tut euch etwas weh?« und sagte sich, von Dank erfüllt: Die Toten können nicht entfliehen, folglich leben sie.

Mit diesem Knall begann sein neues Leben. Er fühlte es, weil es die Säufer vor Schrecken umgeworfen hatte und weil er selbst dadurch erwacht war. Der Büchsenknall war der Salut des neuen Lebens, ein Böllerschuß, der schreckte und erweckte und ihm selbst am meisten aus seinem Grübeln half. Jetzt war auch schon die Sonne wieder da.

»So laut muß man euch wecken, ihr versoffenen Schläuche«, fuhr er die verdutzten Sünder versöhnlich und erleichtert an. »Ich habe doch nichts mehr, und wenn ein Adrian van Snaar etwas behauptet, dann ist es wahr! Das könnt ihr euren flüchtigen Kumpanen sagen!« Damit trat er ihnen zum Abschied gutmütig in den Hintern und schlug den Weg zum Hafen ein, die Zwiebel der Augustustulpe in der Tasche und genau bemerkend, daß Kaspar angstvoll aus dem Fenster guckte und ihm nachrief:

»Wo geht Ihr hin, Mynheer?«

Er drehte sich nicht um, weil er sich vor Rührung fürchtete, an die ihn Kaspar durch seinen Ruf erinnerte.

Am Hafen standen Ladeknechte und Matrosen in langer Reihe und entluden die »Zuiderland«, die tief im Wasser hing. Zu Bergen türmten sich die Kisten und die Ballen. Schubkarren knarrten in die dunklen Speicher, die ihre großen Hallentore hungrig aufgerissen hatten, an allen Giebelluken ratterten die Krane mit schwerer Last.

Es war ein Bild der Emsigkeit und Arbeit, das fast dazu verlockte, selbst beizuspringen und zu helfen oder mitzuschreien, was alles ausgeladen wurde.

Hendrik van der Maaßen stand mit Josias bei dem Lademeister, der die Liste führte.

»Meinen Glückwunsch«, sagte Adrian zu Hendrik van der Maaßen, und zu Josias gewendet: »Willkommen, Kapitän.« – Er schaute wie ein reicher Müßiggänger dem Treiben zu und griff sich um den Bart. »Arg mitgenommen und zerschunden sieht sie aber aus, die ›Zuiderland‹.« Josias fragte: »Ist das nicht der Torfknecht Adrian?« – Er war verbrannt und braun wie Leder und wirkte fremd durch den gestutzten Backenbart, fast wie ein Edelmann aus Spanien. – »Gewesen bin ich das, gewesen, Kapitän«, gab Adrian zurück. »Man will nicht immer über Gründelfischen fahren. Jeden zieht es mal zur See, um Haie und Delphine zu erleben.« – »Die hatten wir in Massen.«

Adrian gab sich den Anschein, wenig Zeit zu haben. Er tat, als zähle er die Masten, die im Hafen ragten, als suche er ein Schiff, und sagte schließlich doch zu Hendrik van der Maaßen:

»Mir scheint, wir hätten etwas zu besprechen . . .?«

Nebensächlich klang es, nur von einem absichtsvollen Seitenblick begleitet, der bedeuten sollte: Es ist mir zwar nicht wichtig, nur in Eurem eigenen Interesse mahne ich daran. Dabei erregte ihn die Ungeduld dermaßen, daß er das Zwiebelkästchen in der Tasche mit der Faust zusammenpreßte.

»Gut, ich komme mit«, entschloß sich Hendrik van der Maaßen und sagte zu Josias zum Abschied: »Euer Frühstück nehmt Ihr dann in meiner Wohnung. Christintje wartet. Ihr dürft sie nicht enttäuschen . . .«

Da lachte Josias verstehend auf. Ein Leuchten trat in seine Augen wie eine Zärtlichkeit, die ernst und männlich aus einem starken Herzen bricht. »Zuerst die Fracht«, gab er zur Antwort und betrat den Laufsteg.

»Wenn Ihr sagen wollt, daß ich so gut wie keinen Hunger habe, wird sie doch den Tisch beladen, bis er bricht. Trotzdem: Ich käme bald, Mynheer.«

Er winkte noch, ein Glücklicher, der sich des Glückes sicher weiß, ein Mann, dem Wind und Wetter das Gesicht gemeißelt haben und dessen Strenge überspielt wird von dem Lächeln der Gewißheit, geliebt zu werden.

Es ist müßig zu vergleichen, dachte Adrian, weil Josias verdient hat, daß Christintje zu ihm hält, und weil Christintje es verdient, daß sie ihn kriegt . . . Verdienst ist freilich in der Liebe nie ein Grund; Verdienst der Liebe ist eine Festigkeit der Herzen, und die haben beide: über Länder, über Zeiten hin . . .

Er sah, wie stark der Bug der »Zuiderland« verkrustet war, wie Schwämme, Muscheln, Algen sich an seinen Planken verfilzt und angesiedelt hatten. Eine dicke, braune Schicht von Meerestieren und Gewächsen wird den ganzen Rumpf bis um den Kiel bedecken ... Wie lange war sie doch verschollen, totgesagt, gestrichen ... Und trotzdem hielt die Liebe noch! ...

»Zu unserer Sache«, schreckte Hendrik van der Maaßen ihn aus seiner Düsterkeit.

»Zu unserer Sache, ja.«

Sie schlenderten am Ufer hin.

»Mir wurde nämlich«, ging der Reeder mit knappen Worten auf sein Ziel zu, »ein Angebot gemacht, das Eurem, Adrian, genau entspricht.«

»Von wem?«

»Das ist nicht wichtig. Der Preis ist wichtig.«

»Für eine wirkliche Augustus?«

»Ja.«

Es war begreiflich, daß Hendrik van der Maaßen nach der Wiederkehr der »Zuiderland« verwandelt war, daß er die großen Gesten und Gebärden wieder hatte, daß er beinahe überheblich und von oben her von der Augustuszwiebel sprach, die vor zwei Tagen noch sein Sinnen und sein Trachten und der Kampfpreis seiner Leidenschaft gewesen war. Mit Wundern soll der Mensch nicht rechnen; aber die Rückkehr seines aufgegebenen Schiffes war ein Wunder. Mit stiller Rührung blieb Hendrik van der Maaßen immer wieder stehen und blickte auf die »Zuiderland« zurück.

»Seht«, meinte er, »wenn ich ein Kaufmann wäre, der nur die Order seines Kunden ausführt, könnte ich es nie begreifen, daß ein Mann für eine Tulpenzwiebel eine Summe hinlegt, für die man einen Viermastsegler kaufen kann.«

»Auch *ich* bin Kaufmann«, warf Adrian verhalten ein. Abschätzig überflog ihn Hendrik van der Maaßen und versetzte: »Der andere Kaufmann, der mir die Augustuszwiebel anbot, ist ein besserer Händler, er feilscht viel besser. Er hat Euch unterboten, Adrian.«

Nur jetzt nichts merken lassen, hielt sich Adrian zurück, dem sich die Augen füllten, den ein Zittern überfiel, der alle seine Pläne zusammenbrechen sah. Er zwang sich, unbeteiligt dreinzuschauen und ruhig zu erwidern: »Sagt mir unverblümt, ob Ihr die andere Zwiebel nehmen wollt. Dann werde ich die meinige in Haarlem unterbringen.«

Ach, die Häuser kreisten, und die Masten schaukelten. Das Lächeln Hendrik van der Maaßens war fratzenhaft geworden, teuflisch.

»Wer hat die andere Augustus?« Er stieß es rauh hervor.

»Ein Mann aus Haarlem. Ich neige sehr dazu, den Kauf mit ihm zu machen, obwohl ich mich an Euch gebunden fühle. Aber er ist billiger.«

Er hätte fragen müssen: Um wieviel? Er hätte sagen sollen: Ist das der Lohn, Mynheer? Jetzt neigt Ihr zu dem andern, weil er mich unterbietet? Ins Elend hätte ich Euch treiben können. Haus und Hof habt Ihr geboten, und ich nahm es nicht, weil ich nicht wissen konnte, daß die »Zuiderland« zurückkommt!

Wie habt Ihr Glück gehabt durch diese Fügung, ein Krämerglück! Ach, wißt: Mir ist der Glauben an die Menschen mit jeder Stunde zermahlen worden, zerstoßen und zerstampft. Tragt nur das Eure bei, die letzte Achtung zu vernichten. Es ist gut so, weil ich selbst ein Täuscher war! Ich will es aber nicht mehr sein! Versteht Ihr? –

Adrian, am Rande des Hafenbeckens stehend, wo es tief war, hätte sich vor Überdruß und Bitterkeit hinunterstürzen mögen. *Hier* war es gewesen, wo Kaspar seine letzte Zwiebel ins Wasser schmeißen wollte, angewidert und verzweifelt, ein Saulus, der zum Paulus wurde! Jetzt stand er selber, die Zwiebel in der Hosentasche, am Kreuzweg seiner Zukunft. Nur dieser *eine* Handel mußte noch gelingen, und diese Hoffnung war es, die ihm den Trotz verlieh, die ihm die Ruhe schenkte, gleichgültig zu bemerken:

»Ihr sollt Euch nicht an mich gebunden fühlen, Hendrik van der Maaßen, wenn Ihr mir sagt, wer Euch die andere Augustuszwiebel angeboten hat.«

»Ein Freund von Euch –«

»Ein Freund –?«

Und plötzlich stand ein Bild vor seinen Augen, das ihm das Blut erstarren ließ: das grauenvolle Bild von Kaspars nächtlicher Erzählung! – Hier verlief der blutigrote Faden! Das war der Sinn, der fürchterliche Aufschluß, die Enthüllung! – Das war der Freund, die Rache, die Vergeltung! Welch ein Abgrund! Himmel, welch ein Abgrund!

»Nein!« schrie er auf, als könne seine Stimme die Erscheinung bannen, die Erkenntnis hindern und alles ungeschehen machen! »Nein, Hendrik van der Maaßen!«

Er schlug die Hände vor die Augen und ächzte mühsam, weil sich alles um ihn drehte: »Um Gottes willen, haltet mich, Mynheer. Es ist das Schlimmste, was ich je erleben mußte. Ihr tut mir einen Blick auf in die tiefsten Tiefen der Verworfenheit. Es ist nicht wahr! Sagt mir bei Gott, daß es nicht wahr ist, daß es nicht – nein! Nein! – Kein Freund von mir! – Daß es nicht Crispin van den Valckert war!?« –

Bestürzt von solcher Inbrunst der Verzweiflung hatte Hendrik van der Maaßen seinen Arm erfaßt. Nun sprach er auf ihn ein:

»Beruhigt Euch. Es geht im Handel oft so . . .«

Unbewegt sah Adrian geradeaus. Die Zähne klappten ihm im Mund. Er nickte nur. Er sah die »Zuiderland«, rundbäuchig, mit verblaßter Galionsfigur, mit eingezogenen, zerrauften Segeln. Auf einem Boot saß er, das auf der Uferböschung lag, halb umgestülpt. Die Morgenluft trieb kleine Wellen an den Kai. Seevögel kreischten. Durch den ganzen Hafen ging sein Blick, vom Häuserblock der Speicher und Kontore bis zum Bollwerk, bis zur Bastion, wo sich die See hereinschob, wo sich die Strömung des Flusses ihr entgegenstemmte. Den Gasthof »Zu den Hechten« sah er und die bucklig-kleinen Fischerhäuser um die weite Bucht.

Trotz Wellenspiel und Möwenschrei lag eine frühlingshafte, grüne Stille über diesem Bild, in dem die »Zuiderland« zum Mittelpunkt geworden war . . .

Sie war es doppelt für Adrian, der wie nach einer Ohnmacht über Stirn und Wangen strich. Gleichmäßig ging sein Atem wieder. Die Angst war überwunden.

Er wischte sich das panische Erschrecken aus den Zügen und versuchte, wie um Vergebung bittend, ein Lächeln anzubringen.

»Es geht so nicht mehr weiter«, sagte er, »nein, Hendrik van der Maaßen . . . es nimmt mich mit, tagtäglich Seelenabenteuer zu erleiden ... ich will Ehrlichkeit und Wahrheit! Das ist die Lehre aus all der Unbeständigkeit in meinem Leben ...«

Wie atmend lag die »Zuiderland« im Wiegen der kleinen Plätscherwellen, wie ein friedlich-schönes, abgehetztes, riesenhaftes Tier. Ein Engel war am Bug, ein nackter Frauenleib, der mit den Flügeln an den Seiten des Bugs verwachsen war. Dort stand der Name »Zuiderland«. Mit feinen Händen schien der Engel die Fahrt zu segnen.

»Ich will fort, Mynheer ... es ist mir gleich, wohin ... nur fort ... heraus aus allem Unrat ... Frieden will ich ...«

Hendrik van der Maaßen zeichnete mit seinem Stock im Sand. Er sah nicht mehr zur »Zuiderland« hinüber.

»Ihr wollt erreichen, daß ich Eure Zwiebel kaufe?« sagte er nach langem Überlegen, und Adrian ergänzte: »Ja, Mynheer, weil Crispin van den Valckert Euch *meine* Zwiebel anbot, weil er sie stehlen wollte! – Ach, fragt den Webermeister Kaspar, wie es zuging. Es ekelt mich, davon zu sprechen. Es wirbelt mir den Magen durcheinander, daß ich mich erbrechen könnte. So scheußlich ist es mir, daran zu denken!« –

Dort lag die »Zuiderland«, umgeben vom Gewimmel der Fahrensleute und der Speicherknechte. Mit leisem Knallen flatterten vergnügt die Wimpel.

»Adrian, und das ist wahr?«

»Er hat sie nicht bekommen, weil ihn Kaspar überraschte.«

»Also stehlen –?«

Er nickte nur.

»Und seht, Mynheer, das ist der Abscheu, der in mir rumort, weil ich am eigenen Leib erlebte, wohin es führt, wenn man mit allen Mitteln nach Reichtum scharrt. – Ausspuckend fügte er hinzu: »Erwürgen wollte er den Weberkaspar.«

»Ein Mord um eine Zwiebel –!«

»Ja –«

»Gut, Adrian, dann muß ich *Eure* Zwiebel kaufen, weil der Lord sie haben will. Es widerstrebt mir fast. – Wie hoch wird sie bewertet, und wo kann ich sie bekommen?«

»Hier, Mynheer.«

Er zeigte sie, das braune Etwas, in einer Hand zu bergen. Eingebettet in das Polsterkästchen wie ein Juwel, hielt er die Zwiebel vor sich hin.

»Das ist sie, Hendrik van der Maaßen, ein Festgeschenk des Himmels, kaum zu unterscheiden von einer Gartenzwiebel, und – es macht mich frei – es auszusprechen: eine Frucht des Teufels.«

Lange blickte Hendrik van der Maaßen auf sie nieder, wog sie in der Hand, ungläubig und beeindruckt, wie jeder Tulpenfreund es wäre, roch an ihr, betastete die Prallheit ihrer Form, besah den kleinen Wurzelballen, wo mooshaft dünne Fäden sich wie das Flechtwerk einer blühenden Rosette verschlungen hielten, und prüfte, scheu die Spitzen der Häute lösend, den Schaft, in dem der Keim mit zartem, grünem Ansatz schlummerte.

»Semper augustus«, versuchte er zu höhnen und wurde rot dabei, weil ihn das Wunder dieser Zwiebel tief innerlich berührte, weil er das gleiche kindhaft große Erstaunen in den Augen hatte, das jeden Niederländer beim Anblick einer solchen Zwiebel überkommen mußte.

»Der Preis ist gleichgeblieben«, erklärte Adrian und schloß das Kästchen wieder. »Es soll für mich der letzte Tulpenhandel sein. Loskaufen will ich mich und frei sein. Versteht Ihr mich, Mynheer?«

»Wieviel?«

Er suchte wieder den Hafen ab, sah Möwen niederstoßen, sah die Seile der Kranen mit ihren Lasten steigen, sah, wie Fischer ihre Barke zu Wasser brachten, und sah den Engel am Bug der »Zuiderland« . . .

Wo lag ein Schiff, mit dem er fahren konnte? Wo stand der »blaue Peter«, der die Ausfahrt anzeigt?

Nur Kutter hißten ihre Segel, um auf Fang zu kreuzen. Steinschiffe trödeln an der Küste zu den Deichen. Tot ist der Hafen. Käsekähne rüsten.

Auf weite Fahrt geht niemand.

»Ich muß auf große Fahrt, Mynheer . . .«

»Nennt mir die Summe!«

»Ihr habt sie schon genannt –«

Der Engel neigt sich tief am Bug, als segne er den flirrend aufgestiegenen Gedanken, als bejahe er, was Adrian mit fahrig hingesagten Worten vorbringt, die er selbst nicht glaubt, die Hendrik van der Maaßen wie Rutenschläge treffen müssen.

»Seht«, hatte Adrian begründet, was noch nicht ausgesprochen war, »die Niederlande sind in einen Wahn verfallen, wie keine Krankheit ihn erregen kann. Um *kleine Tulpen* hat man sich gerauft, bespien und belogen – um *kleine Tulpen* hat mich Willem gestern lächerlich gemacht. Vor der Augustustulpe muß alles schweigen ... Und nur um *diese* ging es, um *diese eine* ist aller Kampf gekommen! – Seht, Hendrik van der Maaßen«, fand er den Übergang, »das ist der Preis: die Sehnsucht aller, sie einmal zu besitzen, und die traurige Erkenntnis aller, sie niemals zu bekommen. – Ihr habt gesagt, daß Euer Lord in England eine Summe bietet, für die man einen Segler wie die ›Zuiderland‹ erstehen kann: nach dem Gesicht zu schließen, das Ihr dabei geschnitten habt, seht Ihr genausogut den Wahnsinn ein wie ich, der darin liegt. Nun überlegt: Ich habe diese Zwiebel wie bei einem Glücksspiel in die Hand bekommen und keinen anderen Wunsch, als meine Seelenruhe dafür zu erkaufen. Ich meine nicht das Glück; ich meine die Zufriedenheit. Ich wünsche keinen Reichtum, den man greifen kann; ich sehne mich nach einem Reichtum, den ich fühle, der nicht in irgendeiner Münze ausgegeben wird, der nicht vertauschbar ist. Den inneren Reichtum habe ich im Auge, eine Art von Freiheit. Also gut: Auswandern, habe ich gesagt, ist meine Absicht.«

Er blickte in die Ferne, weil jetzt das Ungeheuerliche ausgesprochen werden mußte. Hendrik van der Maaßen hatte ruhig zugehört. Er folgte seinem Blick und sagte, weil ihn Adrian mit brennend-heißen Augen plötzlich ansah: »Ich glaube, daß Ihr in den Kolonien sicher gute Dienste leisten könnt.«

»Das ist auch meine Überzeugung«, nahm Adrian mit Dankbarkeit den Einwurf auf, um heiser zu ergänzen: »Nun aber, Hendrik van der Maaßen« – und seine Kehle schien sich wieder einzuschmieren –, »nun aber geht kein Schiff nach Übersee – und deshalb dachte ich –«, er stockte, um hastig und mit überstürzten Worten fortzufahren: »Ihr habt das nur so hingeworfen mit dem Lord und mit der ›Zuiderland‹. Die ›Zuiderland‹ ist alt, ein guter Kasten, ein zähes Schiff. Und was ein Pferd für einen Reiter ist, ist ein Schiff für einen Kaufmann. Er liebt es wie ein eigenes Kind: es ist ein Teil von seinem Herzen. Fort muß ich, habe ich gesagt ...«

Mit seinen stark umbuschten Augenbrauen hatte Hendrik van der Maaßen aufgeschaut, blitzhaft verstehend, was ihm Adrian begreiflich machen wollte. An allen Gliedern fliegend vor Erregung, hatte Adrian den kleinen Zwiebelkasten erneut geöffnet und ihm wortlos die Zwiebel hingehalten. Seine Augen schwammen.

Wie eine Ohnmacht lag es über ihm. Hier war der Kreuzweg; hier wuchs der Torfknecht Adrian in einer atemlosen Spannung kopfhoch über Hendrik van der Maaßen, der den Anblick der Augustustulpe nicht vor sich haben wollte und dennoch nicht vermochte, sich ihrem Anblick, ihrer Wirkung, ihrer Lockung zu entziehen, der höllischen Verzauberung, die von ihr ausging.

»Kommt«, sagte Hendrik van der Maaßen und prallte den Spazierstock mit der Spitze klirrend auf das Pflaster. Zorn oder Schmerz – wer konnte wissen, was es war. Er zog den Atem langsam schnaubend durch die Nase, während er mit harten Schritten neben Adrian dahinging.

»Ihr wollt die ›Zuiderland‹ für Eure Zwiebel tauschen ...«, brachte er gepreßt nach langer Zeit hervor.

»... weil Ihr gesagt habt, daß die Summe Eures Lords dem Preis entspricht ... nur deshalb stieg mir der Gedanke auf ... die ›Zuiderland‹ ist alt ...«

Sie nahmen einen Weg, der durch die Außenviertel der Stadt zum Hause Hendrik van der Maaßens führte, über einen Dünenhügel, unter dem der Hafen lag. Dort an der letzten Krümmung stehend, blickten sie hinunter.

»Ich könnte die Augustustulpe«, nahm Adrian das Wort, um weiter vorzustoßen, »Eurem Lord nach England bringen. Ich kann und will nicht Kapitän sein. Ich könnte Fracht für Euch befördern. Niemand braucht zu wissen, daß Euch die ›Zuiderland‹ nicht mehr gehört. Ihr habt sie streichen lassen, aufgegeben, und es ist ein Gotteswunder, daß sie wiederkam. Ihr habt das Geld von Eurem Lord und könnt ein neues Schiff erwerben. Ihr verliert fast nichts. Ihr habt die Zwiebel fast umsonst. Ich könnte irgendwo in Indien bleiben und Waren kaufen. Alljährlich käme dann wie bisher die ›Zuiderland‹ zurück. Wir rechnen ab. Bedenkt doch, Hendrik van der Maaßen: nur meine Freiheit will ich und etwas tun.«

Hendrik van der Maaßen ließ ihn reden.

Auf jener Höhe, wo sie verhielten und zum Hafen blickten, stand der Galgen, halb verdeckt vom kahlen, breit ausschwingenden Geäst der Bäume.

Wie ein armer Sünder, der sich vermessen hat, zuviel vom Leben zu ertrotzen, und der nun auf dem Weg zum Freigericht sein Schicksal noch zum Guten wenden möchte, kam Adrian sich vor.

Auch Hendrik van der Maaßen schien an ähnliches zu denken.

»Gestern«, sagte er, »hat Willem die Tulpisten symbolisch aufgehängt – und heute trachtet Ihr danach, als Mitglied in die Reedergilde einzutreten.«

»Nein!« wehrte Adrian die Unterstellung ab und biß die Backenzähne knirschend aufeinander, weil die Scham, verkannt zu werden, ihn glühend überströmte.

»Teilhaber wollt Ihr werden, also Reeder, also Kaufmann, also Mitglied in der Gilde!«

»Nein, Mynheer! Zum Schweigen bringen will ich die Schande, die mich nicht leben lassen will!«

»Und warum wollt Ihr das bare Geld nicht?«

»Weil ich so bald als möglich reisen will!«

»Und wenn ich Euch die ›Zuiderland‹ nicht gebe?«

»Dann fahre ich nach Haarlem und verkaufe dort die Zwiebel.«

»Ist das Euer Ernst?«

»Ja, Hendrik van der Maaßen.«

». . . Ich habe Euch beleidigt, weil ich glaubte, daß mir Crispin van den Valckert eine gleiche Zwiebel bringen würde . . .«

». . . Ihr habt mich stets mißachtet, stets verachtet, Hendrik van der Maaßen, weil ich Euer Torfknecht war . . .«

»Deshalb besteht Ihr auf der ›Zuiderland‹?«

»Wenn Ihr die Zwiebel wollt – gewiß. – Ich glaube, daß mein Vorschlag Euren Beifall finden kann. Und wenn Ihr meinen Vorschlag annehmt, Hendrik van der Maaßen, bin ich glücklich, daß ich Euch gezwungen habe, mir künftig mit Vertrauen zu begegnen! Das ist mein Ziel.«

»Gut.«

»Nichts ist mir wichtig, Spott und Hohn und auch der Pran=

ger nicht; nur vor sich selber soll der Mensch nicht an den Pranger kommen. Darum kämpfe ich.«

Sie gingen wortlos weiter. Adrian umkrallte das Kästchen mit der Augustustulpe. Er sah sich nicht mehr um; der Hafen und der Galgen lagen hinter ihm. Sie schritten jener weiten Ebene zu, die sich bis an die Mauern der Stadt mit Straßen und Kanälen unüberschaubar flach heranschob und auf die sich nun das zarte Flimmern des Sonnenscheins ergoß. –

Der größte Tulpenhandel in den Niederlanden wird von Adrian getätigt, zu groß, um keine Feinde auf den Plan zu rufen

Es war ein Fußmarsch durch den ersten Frühling, der sich nicht mehr halten ließ, mit Vogelstimmen, Veilchen an den Hecken, mit dem Geruch der Felder und dem befreiten Strömen in Bach und Torfkanal sein Dasein zu bezeugen. Aus den Häusern an der Mauer hingen Betten, und am Graben spielten Kinder. Gänse schnatterten, durch schmale Pforten ins Freie wackelnd, herdenweise auf die Wiesen.

Aschermittwoch war es und doch schon Frühlingszeit.

Sie kamen an dem Wasserlauf entlang, der an den Garten stieß.

»Josias wird bald kommen!« rief Hendrik van der Maaßen in die Küche, als sie den Hof betraten. Mit freudig roten Wangen zog Christintje einen neuen Vorhang am Küchenfenster auf. Sie hatte glückvoll aufgejubelt. »Ja, ich muß mich eilen. Ach, ich werde ja nicht fertig.« Nur förmlich grüßend war Adrian vorbeigegangen, ungelenk und schlaksig, weil er nicht wußte, wie er ihr begegnen sollte, wenn sie unvermutet vor ihn träte.

Hendrik van der Maaßen führte Adrian ins Haus, in jene große Stube, wo die Stiche von Segelschiffen an den Wänden hingen und Familienbilder derer van der Maaßen. Gerade diese Bilder waren es, die Adrian mit einem tiefen Zwang berührten, weil der große Kaufmann gedankenvoll vor ihnen stehenblieb, als habe er noch jetzt mit dem Entschluß zu ringen. Vor dem Bildnis seines Vaters stand er, das einen breitgebauten Mann mit einer Kette zeigte, mit einem Schriftstück in der Hand. Von diesem Manne hatte er die »Zuiderland« geerbt.

Haus, Hof und Speicher. Vor ihm trug Hendrik van der Maaßen seinen Kampf aus, den Kampf des Sohnes, der die Größe seines Vaters nicht erreichen konnte und selber schon der Schwelle des Greisenalters immer näherschritt. Ein Fünfziger beinahe, noch gesegnet von der Unversiegbarkeit der Kräfte, aber fast entwurzelt. Ein Baum am Abhang, der mit einem Dutzend starker Wurzeln im festen Grund verankert ist, streckt wie verzweifelt das andere freigelegte Büschel in die Leere. Der nächste Sturm kann seinen Stamm hinunterfegen, weil die Luft kein Halt ist.

War es die Rettung, daß die »Zuiderland« gefüllt mit Waren wiederkam, ein Schiff des Vaters, das gebrechlich wurde, das zwar noch manche Fahrt getreulich überstehen mag, das aber schon beim nächsten Sturm zerschellen kann? – Es ist ein guter Schritt voran, ein neues Schiff hinauszuschicken, und Hendrik van der Maaßen kann es, wenn er will!

Er hatte einen Stich herabgenommen von der Wand: die »Zuiderland«, ein Bild, das noch vom Vater stammte, ein Geburtstagsbild des Schiffes in leuchtendbunten Farben.

Hendrik van der Maaßen suchte wie ein Maler einen Platz, um es vom Schreibtisch aus im vollen Licht des Sonnenscheins zu sehen, und lehnte es am weißen Kachelofen auf den Sims.

»Nun gebt mir noch einmal die Zwiebel«, sagte er zu Adrian, der ihm das Kästchen schweigend reichte. Lange wog sie Hendrik van der Maaßen in der Hand. Dann legte er sie auf den gleichen Sims des Kachelofens, nur ein paar Spannen weit entfernt vom Bild der »Zuiderland«, und gab sich einen Ruck: »Gut, machen wir Vertrag. Ich kaufe sie.«

Und während er dem Schubfach einen Bogen Schreibpapier entnahm, die Feder spitzte und sie in die Tinte tunkte, als er das erste Wort »Vertrag« geschrieben hatte, und wenn er von den Zeilen aufsah, die starr und klar den Bogen füllten, glitten seine Augen vom Bild zur Zwiebel und von der Zwiebel zurück zum Bild.

Er sprach kein Wort und schien auch Adrians Ergriffenheit nicht zu beachten, der die Füße wechselte, sich in die Faust biß und vor Erschütterung nicht wußte, wie er sich gebärden sollte. Dort lag die Zwiebel wie auf einem weißen schimmernden

Altar. Die großen van der Maaßen mochten unbesorgt mit rätselvollen Augen von der Wand herunterblicken – das Rätsel der Zwiebel war gewaltiger als jede Fracht, die eines ihrer Schiffe heimgetragen hatte! Hier vollzog sich eine Wende, wie keine Zeit sie bringen konnte.

Nun unterschrieb der Reeder den Vertrag und sagte: »Dieses Schriftstück gilt auch ohne Stempel.«

»Es soll mir recht sein«, dankte Adrian.

Schon griff er nach der Feder.

»Ihr versprecht nach diesem Passus«, und Hendrik van der Maaßen, der nach dem Streusand langte, zeigte ihn, »daß Ihr im Laufe von zehn Jahren nicht in die Niederlande heimkommt.«

»Das soll ich unterschreiben?« ...

»Gras muß wachsen«, und er streute Sand zum Löschen auf das Papier.

»Zehn Jahre nicht zurück?«

»Ich muß mich schützen, mit Euch in einem Atemzug genannt zu werden.«

»Ich bin kein Sträfling.«

»Man sagte mir, daß die Betrügereien wahr sind –«

Mit brüchig mürber Stimme beschwor ihn Adrian: »So glaubt mir doch! Was ich verdiente, habe ich mit vollen Händen ausgegeben und zurückgezahlt! Ihr habt es doch erlebt? Ein neues Leben will ich, habe ich gesagt! Die anderen Dinge sind vorbei.«

»Sie werden in zehn Jahren sogar vergessen sein«, schloß Hendrik van der Maaßen ab und gab ihm den Vertrag, »nur deshalb mache ich den Passus zur Bedingung. Ihr könnt jetzt unterschreiben. Mir gehört die Zwiebel und Euch die ›Zuiderland‹.«

»Ach, unterschreiben –«

Er war am Ziel und brauchte nur die Feder aufzusetzen, und trotzdem war etwas zersprungen, schnitt der Mißton in den Worten Hendrik van der Maaßens mit Messerschärfe die Schwären aller Zweifel wieder auf. – War es geschafft, wenn er nun seinen Namen unter dieses Schriftstück setzte? War es möglich, daß es ruhig ausging, daß keine neuen Zwischenfälle kamen, die alle menschliche Berechnung durcheinanderwarfen? –

Er glaubte zu fühlen, daß alles Täuschung war und daß das Unglück dennoch seinen Lauf nahm. Den Federkiel in klammen Fingern haltend, stand er unschlüssig da. Die Tinte trocknete. »Ach, unterschreiben –«, wiederholte er. Wie war dies Ziel erreicht? Mit einem Stich im Herzen, an dem man sich verbluten wird. Mit einer Wunde, noch beim Sieg geschlagen, die ewig brennt!

»Es kommt wer«, drängte Hendrik van der Maaßen.

»Ja, ich unterschreibe –«

Mit dem Ärmel wischte er den Schweiß von der Stirne, während Hendrik van der Maaßen ungeduldig die Feder wieder in die Tinte tauchte. Man hörte Stimmen auf der Treppe.

»So unterschreibt doch endlich!«

»Ja. – Ich muß das alles lesen, Wort für Wort.«

Er nahm das Schriftstück vor die Augen, die verschleiert waren. Er rieb sie mit der Hand aus.

»So beeilt Euch doch!«

Da wurde schon die Türe aufgestoßen, und Josias trat herein, begleitet von Christintje, die mit hellen Augen an ihm hing und sich in seinen Arm gehenkelt hatte, stolz und glücklich wie ein junges Mädchen.

»Da bin ich also«, lachte er behäbig.

»Kommt ins Nebenzimmer«, sagte Hendrik van der Maaßen zu Adrian und zog ihn fort, noch in der Türe Josias erklärend: »Wir haben etwas zu besprechen. Macht es Euch bequem und laßt Euch gut bewirten, mein lieber Josias!«

Dann waren Hendrik van der Maaßen und Adrian allein im Nebenzimmer, um Satz für Satz des Schriftstücks durchzukämpfen, während sich Christintje und Josias zum ersten Male allein begegneten, seitdem die »Zuiderland« zurückgekommen war. –

In diesem Augenblick begann ein seltsames Verhängnis seinen Lauf zu nehmen, ein Zufall, der in seiner abenteuerlichen Art nicht zu erfinden wäre, wenn ihn nicht das Schicksal selber so gestaltet hätte.

Es war ein Streit um Worte, um ihren Sinn und die Gesinnung, den Adrian mit Hendrik van der Maaßen führte, ein letztes Aufbegehren Adrians, den Torfknecht abzuschütteln und sich in einen Menschen zu verwandeln, den Vertrauen auf die Reise schickt.

»Mir selber habe ich gebeichtet«, rief er aus, »mir selber habe ich geschworen, daß ich den Weg nicht weitergehen will, den ich gegangen bin, weil es ein Leben fürchterlichster Marter, der Qual und Leiden war! Vertrauen will ich! *Ihr* müßt mir Vertrauen schenken, Hendrik van der Maaßen! Glauben müßt Ihr mir, daß ich es ehrlich meine und wieder ehrlich bin! – Ja, die Tulpisten haben mich gefragt, ob ich bei Sinnen sei, weil ich den Plunder gestern besinnungslos verschleudert habe. Nein, Hendrik van der Maaßen: bevor ich fahre, will ich Willem sagen, daß er recht hat, wenn er sein Amt als Tulpenkommissar mit aller Unbarmherzigkeit versieht, weil er die armen Teufel davor bewahren muß, im Geld das Glück zu sehen! Denn *ich* bin gegen dieses schnellverdiente Glück, weil es den Menschen aus der Bahn schmeißt . . .«

»Gute Worte«, lenkte Hendrik van der Maaßen ab und reichte ihm die Feder wieder. Und wieder beugte Adrian sich auf das Schriftstück nieder, überdachte einen Satz und fragte und rang so lange mit Hendrik van der Maaßen, bis auch die kleinste Wendung in seinem Sinne war.

Sie brauchten lange, bis Adrian mit einem Schnörkel seinen Namen hinschrieb, bis er Besitzer der »Zuiderland« und Hendrik van der Maaßen Eigentümer der Tulpenzwiebel »Semper augustus« war, der höchstbezahlten Tulpenzwiebel, die es jemals gab.

Sie reichten sich die Hände und tranken einen Branntwein; sie schwiegen miteinander, weil jeder seine eigenen Gedanken hatte, und sie hielten sich absichtlich ein wenig länger im Nebenzimmer auf, weil Hendrik van der Maaßen mit einem feinen Lächeln meinte: »Ich glaube, daß Christintje heute wenig Wert auf unsere Gesellschaft legt und Josias auch.« –

»Komm«, hatte Josias gesagt und mit der sicheren Gewißheit eines Mannes, der sich geliebt weiß, Christintje in den Arm genommen. Sie wurde rot und wehrte sich und lachte.

»Hier nicht«, warnte sie, »und jetzt nicht«, lachte sie und konnte doch die strahlende Beglücktheit, in der sie lebte, nicht verbergen. Sie umhalste ihn, bevor er sich's versah, und wich zurück und blickte angstvoll auf die Türe. Wie ein Kind, ein Mädchen war sie, das im Zauber des Verliebtseins tändelt, sich verschenkt und doch auf einmal innewird, wie stark das Herz pocht, wie nahe ihm das Weinen ist vor Glück.

Sie sagte, wenn sie seinem Arm nicht mehr entgehen konnte: »Wie ein Bär bist du«, und fand die ungewohntesten Vergleiche und sinnlos=schönen Worte, die Verliebte immer von einem guten Geist empfangen, um sie betörend vor sich hin zu hauchen und sie beseligt wieder einzuatmen.

Aber plötzlich machte sie sich frei, mit großen ernsten, ver=liebt=erschreckten Augen sagend: »Hunger hast du!«

»Nein, ich habe keinen Hunger.«

»Widersprich nicht, großen Hunger hast du, wie ein Wolf!«

»Ich schwöre . . .«

Ach, sie nagelte das Wort fest und ließ sich schwören, was Verliebte immer schwören.

»Und trotzdem hast du einen Riesenhunger!« rang sie sich aus seinen Armen, um besorgt und wie ernüchtert festzustellen: »Nein, nun mußt du essen. Sicher hast du selten gute Kost ge=habt. Was kann schon Euer Koch! Was willst du essen?«

»Nichts.«

Sie zählte auf: »Ein schönes Huhn, zwei Tauben, Fisch, Kapaun? Sag ja. Ich habe nie so viel gehabt wie heute. Oder Sauerbraten? Das ißt du gerne! Ich hab' ihn noch gestern abend eingelegt.«

»Dann wird er morgen gut sein.«

Sie breitete die weiße Decke auf den Tisch. Er nahm sie fort.

»Wenn ich schon etwas essen muß . . .«

». . . das mußt du!«

». . . dann auf dem blanken Holz. Ich habe wirklich keinen Hunger. Aber was ich lange nicht gegessen habe, zumal von dir nicht, und was dir keine Arbeit macht, mir aber schmeckt, und was in deiner Speisekammer rechts hinten in der Ecke steht . . .«

»Du willst doch nicht . . .?«

»Natürlich will ich!«

». . . einen Hering . . .?«

»Ja, Christintje, einen sauren Hering und einen Krug ganz frisches Bier dazu! Das wäre so mein Gusto.«

Ach, sie lachte schallend auf und rannte schon davon, laut gluckernd und immer wieder sagend: »Einen Hering will der Mann, sonst nichts als einen Hering ...«

»Aber schnell!« rief er ihr nach. »Damit du nicht zu lange fortbleibst!«

Ja, sie kam bald wieder, und natürlich war es nicht nur einer. Fünf lagen in der Schale.

»Es sind noch mehr da«, knickste sie und stellte auch den Bierkrug hin und sagte mit dem lieblichsten Gekränktsein: »Nur einen Hering, mehr Freude darf ich dir nicht machen?«

»Doch«, griente er behaglich und zeigte spöttisch auf die Heringe, die fett und lecker in der Schale lagen. »Du könntest mir noch ein paar Zwiebelschnitten geben, wenn du möchtest.«

Christintje schlug in komischer Verzweiflung die Hände überm Kopf zusammen: »Meiner Treu! Ich wußte doch, daß ich etwas vergessen habe!« und wollte schon der Türe zu und jammerte, weil er sie hindern wollte, schon wieder fortzueilen: »Natürlich, Zwiebeln! Nein, deine Zwiebeln mußt du haben! Ach, wo steht mir nur der Sinn? Weil keine Zwiebeln in der Küche sind. Ich hätte sie schon längst vom Speicher holen sollen.«

Josias hielt sie fest.

»Ich esse sie auch ohne Zwiebeln, dir zuliebe.«

Aber Christintje riß sich los und trippelte zur Türe und die Stiege aufwärts. Er hörte dem Poltern ihrer Schuhe zu wie einer lieblichen Musik und trat ins Zimmer.

Ach, Christintje, dachte er, sie rennt sich noch das Hirn ein, um mich zu mästen. Eine gute Hausfrau, eine Seele ...«

Da fiel sein Blick auf die Augustuszwiebel, die auf dem Sims des Kachelofens lag, die herrliche Semper augustus ...

»Halt!« rief er noch. »Hier ist doch eine Zwiebel!« –

Christintje hörte ihn nicht mehr ...

Sie war im Speicher angekommen, in eben jenem Bodenraum, wo Adrian damals nach den Tauben sah, um seinen ersten Handel zu verschleiern. Sie schalt sich aus, weil sie wie jede Hausfrau ein Versäumnis wie einen Makel brennen fühlte. Deshalb wählte sie mit aller Sorgfalt die zartesten und schönsten Zwiebeln aus dem Vorrat, der bereits zur Neige ging. Es war entsetzlich: sogar an diesem Vorrat, der immer kleiner wurde, der schon hundertmal durchsucht war und fast keine Zwiebel mehr enthielt, wie sie Christintje ihrem Josias bringen wollte – sogar an dieser Nebensächlichkeit erkannte man den Niedergang des Hauses van der Maaßen.

Mit Tränen in den Augen suchte sie, nur immer denkend: Was wird er glauben? Ach, man muß doch wissen, daß er dicke Zwiebelscheiben auf dem sauren Hering über alles liebt. Ach, daß ich das vergessen konnte ... Und verzweifelt warf sie eine angefaulte Zwiebel nach der anderen weg. Verschrumpelte, vertrocknete und angestoßene Zwiebeln lagen da, ein Zeug, das nicht einmal für einen Zwiebelkuchen nützlich war. Trotz ihrer frisch gestärkten weißen Schürze kniete sie sich auf den Boden, trotz der weißen Stulpen wühlte sie in aller Hast und hatte endlich eine Handvoll ausgesondert, die sie aufgeregt zusammenraffte.

Josias war unterdessen nicht minder aufgeräumt als vorher an den Tisch zurückgetreten. Er dachte, als er die Augustuszwiebel liegen sah, die sich fast kaum von einer Gartenzwiebel unterschied: Bestimmt hat sie die Zwiebel auf den Sims gelegt und, weil sie ja verdreht ist, was man begreifen kann, vergessen, daß sie da liegt.

Nur einen kurzen Blick warf er auf jenes farbenfrohe Bild der »Zuiderland«, das Hendrik van der Maaßen symbolisch neben die Augustustulpe stellte.

Und ganz nebenbei ergriff er die Augustuszwiebel, ohne sie genauer zu betrachten ...

Er fingerte ein Messer aus der hinteren Hosentasche ...

Und während er das Bild der »Zuiderland« ein wenig schärfer und genauer ansah, klappte er den Knicker auf ...

Es war ein Seemannsmesser mit einem Griff aus Bein ...

Schön war die »Zuiderland« noch immer. Schön war das Bild, und jede Ecke stimmte genau ...

Ich werde Hendrik van der Maaßen bitten, überlegte er, mir dieses Bild zu schenken, wenn ich einmal alt bin und nicht mehr fahren kann ...

Dann riß er mit dem Messer die erste Tulpenschale ab! – Er legte sie bedächtig auf den Tisch ...

O Wonne, da lagen fünf der schönsten Heringe in feinster Lauge. Gute Soßen bei Gebratenem und leckere Laugen beim sauren Hering waren immer schon Christintjes große Kunst.

Er roch und schnupperte.

Er legte die Augustustulpe, über deren Schicksal gerade Adrian im Nebenzimmer mit letzter sieghaft starker Ehrlichkeit verhandelte, der Länge nach und sauber abgeschält auf den gescheuert blanken Holztisch.

Dann drang das Messer scharf und leise knirschend durch die grünlichweißen, saftig schönen Häute. Die erste Scheibe neigte sich und fiel in appetitlich runden Ringen auf den Tisch. Er streute sie garnierend über seinen Hering.

»Viel Zwiebeln«, war sein Wahlspruch, »denn es reinigt und erhält gesund.«

Sorgfältig wie ein liebevoller Koch, der weiß, daß Kleinig=keiten die eigentlichen Künste seiner Kunst sind, trennte er in haarscharf abgegrenztem Abstand eine Scheibe nach der ande=ren von dem Rumpf der Zwiebel und häufte ihre Teile auf den Hering, bis die Zwiebel aufgeschnitten und der Hering über=reich von ihr bedeckt war.

Dann erfaßte er den delikaten Fisch an Kopf und Schwanz, biß zu und schmatzte und hielt das Ende so lange vor den Mund, bis er den ersten Bissen zerkleinert hatte. Dann schob er den Rest des Fisches nach, um ihn mit einem langen, wohlig kühlen Schluck hinabzuschwemmen.

Er schnalzte vor Behagen und ließ im Nachgeschmack die scharfe Zwiebelbeize in der Kehle wirken. Ein saurer Hering, von Christintje eingelegt und zubereitet – *das* erst war die Krönung seiner Heimkehr, die Häuslichkeit, die ihm vor Märchenschlössern in der Fremde in den Sinn kam. *Das* erst war die Heimat, die lang entbehrte, die den Matrosen abends ihre wehmutsvollen Lieder eingibt und die durch keine Lockung aufgewogen werden konnte: ein saurer Hering am heimat=lichen Tisch und eine Kanne Bier mit weißem Schaum – das war die oft erträumte Einfachheit, die jedes Festmahl über=trumpfte.

Josias, der Kapitän der »Zuiderland«, standhaft und zuver=lässig, war einer von den Männern, die bis zum letzten Atem=zug die Brücke nicht verlassen, die mit hinuntergehen in den Strudel, der das Schiff hinabreißt, wenn die letzte Stunde schlägt. Was konnte er, kaum heimgekehrt, vom Fieber der Tulpisten wissen, vom Wahnwitz der Blumisten?

Er wollte fragen, was Adrian so plötzlich zum reichen Mann erhoben hatte. Es war nicht wichtig. Er war verwundert, Adrian bei Hendrik van der Maaßen anzutreffen und zu erleben, wie er sich mit seinem Reeder zu scheinbar tief geschäftlichen Ent=schließungen zurückzog. – Er, Josias, konnte nicht vermuten, was in den Niederlanden vorgegangen war, seitdem er abfuhr, wie er nie vermuten konnte, daß es eine Zwiebel gab, für die ein Mann wie Hendrik van der Maaßen die »Zuiderland« ver=schenkte!

Ein schicksalhafter Zufall, der in die Geschichte einging, hatte Josias die teuerste Augustustulpe in die Hand gespielt. Ein Streich des Teufels war es, eine Fügung, die Vernunft und Widersinn zusammenspannte! Der Kapitän, sein Schiff mit schwerster Not nach Hause bringend, hat dieses Schiff symbo=lisch seinem Reeder vor der Nase weggefressen, indem er ahnungslos die Zwiebel auf den sauren Hering schnitt, für die sein Reeder das ganze Schiff verschacherte! –

Fürs erste hochbefriedigt, saß Josias am Tisch und wartete, die Zunge um die Zähne führend, als koste er noch einmal den salzig herben, köstlichen Genuß, nahm einen zweiten langen Zug und sah Christintje mit kleinlicher Bedrücktheit in die Stube treten. Verschüchtert und beklommen durch das schein=bar nicht mehr einzurenkende Versäumnis, sagte sie mit bitte=rer Stimme: »Nur noch diese mageren Zwiebeln habe ich ge=funden. Es geht dem Frühling zu, wir haben keine guten Zwie=beln mehr, gerade jetzt nicht. Auch nicht eine. Es ist furchtbar.« Sie stellte ihm das Körbchen hin, das sie in aller Hast ergriffen hatte, und sie meinte, mit einem kindhaft bittenden Gesicht: »Ich will sie aber ganz besonders fein zerschneiden.«

»Oh«, tröstete sie Josias, »damit du noch zu weinen an=fängst? Nein, das mache ich schon selber. Und überdies: die Zwiebel, die du auf dem Kachelofen vergessen hast, war nicht so schlecht, wie du sie machen willst.«

Ungläubig sah sie auf und fragte: »Welche Zwiebel –? Auf dem Kachelofen lag doch keine Zwiebel?«

»Aber wenn ich sie gegessen habe, muß doch eine dort ge=wesen sein.«

»Du irrst dich.«

Er polterte gemütlich und schälte schon an einer Zwiebel aus dem Körbchen: »Daß du schon wieder anfängst, mich mit deinem Starrsinn zu verbessern!«

»Weil dort keine Zwiebel lag!«

Sie lachte wieder, und ihre Augen blitzten.

»Freilich muß ich dich verbessern; ich habe doch vor einer Stunde noch den Kachelofen abgestaubt.«

»Und doch lag eine Zwiebel dort!«

»Nein, es lag keine dort!«

Es war ein Streit im Scherz, wie nur Verliebte ihn verbissen führen können, um plötzlich, wenn ein falscher Ton des Trotzes fällt, mit ehrlicher Betroffenheit in Bitterkeiten auszuarten. Sie stritten sich mit Blicken und Gebärden, die versteckte Schmeichelei und Werbung, Hänselei und liebestoller Unsinn waren, um schließlich nur zwei Worte in allen Arten der Betonung hin und her zu werfen: »Nein!« – »Doch.« – »Nein.« – »Doch!« – »Nein!« – »Doch.« – »Nein!« – »Doch!« . . .

Es nahm kein Ende.

Und als sich Josias gerade von seinem Stuhl erhob, weil er Christintje den Mund auf andere Weise als mit Worten schließen wollte, ging die Türe auf, und Hendrik van der Maaßen trat aus dem Nebenzimmer. Hinter ihm kam Adrian, der eben ein Papier in seinen Wams versenkte.

Unsicher schlug der Reeder vor seinem Kapitän die Augen nieder und sagte: »Setzt Euch nur, mein lieber Josias.«

Begütigend und seltsam sorgenvoll ließ er die Hand auf seiner Schulter liegen.

Jeder hatte seine Gründe, rot zu werden. Adrian bewegte seine Mütze wie ein Rad um seine Hände und nickte: »Guten Tag auch . . .« Christintje wich ihm aus.

Als wolle er mit seiner Röte die Sorgen von der Stirne wischen, saß Hendrik van der Maaßen verschlossen auf dem Stuhl, sah vor sich hin, verkrampft in allen Zügen, und fragte endlich leichthin, um etwas zu sagen: »Nun, hat es geschmeckt, mein lieber Josias?«

»Gewiß, Mynheer, sehr gut. Es geht doch nichts im Leben über gute Hausmannskost!«

»Das will ich meinen. Ja.«

Er hätte sagen müssen: »Josias, bis heute war ich Euer Reeder. Ich habe – nehmt es ruhig auf – in diesem Augenblick die ›Zuiderland‹ verkauft! Und glaubt mir, Josias, es schmerzt mich sicherlich genauso tief wie Euch, der Ihr die ›Zuiderland‹ gefahren habt . . .«

Er schwieg und sah Christintje mit ihren glühendroten Wangen, sah Adrian, der vor Befangenheit auf seine Mütze starrte, und Josias, dem Wasser in die Augen trat, weil er beim Zwiebelschneiden war.

Dem Reeder Hendrik van der Maaßen, der kein Schiff mehr hatte, lag es auf der Zunge, mit anderen Worten anzufangen: Hört, lieber Josias, ich möchte Euch anläßlich Eurer guten Heimkehr eine große Freude machen . . . Ich habe mich entschlossen, anstatt der »Zuiderland« ein neues Schiff zu kaufen . . .

Aber plötzlich, als sein Blick durchs Zimmer schweifte und auf dem Sims des Kachelofens bei dem Bild der »Zuiderland« verhielt, als er die Zwiebel der Augustustulpe dort vermißte und sich bestürzt die Augen rieb, als narre ihn ein Spuk – in diesem Augenblick der ersten Überraschung wich der letzte Rest von Farbe aus seinen Zügen, und immer noch gewaltsam an sich haltend fragte er: »Dort lag doch eine Zwiebel?«

»Siehst du«, lachte Josias Christintje zu, »nun bist du überführt! Natürlich lag dort eine Zwiebel.«

Mit schweren Schritten stampfte Hendrik van der Maaßen hocherregt zum Kachelofen; auch Adrian stand nun auf einmal neben ihm.

»Wo ist sie denn? Wer hat sie fortgenommen?«

Verwundert über diese Wichtigkeit, gab Josias erheitert zu: »*Ich* habe sie dort fortgenommen, wenn Ihr nichts dagegen habt, Mynheer.«

Er hatte seinen zweiten sauren Hering dekoriert und schob ihn in den Mund.

»Wo ist sie?!«

Weil die Heringsbrühe ihm aus den Lippenwinkeln tropfte, bat Joasias mit der Hand um Aufschub für die Frage.

»Wo sie ist!?« –

Ganz nahe vor ihm und mit Augen, wie sie Josias an seinem Reeder nie gesehen hatte, stand Hendrik van der Maaßen, zitterte, verkrallte ihm die Fäuste in den Schultern: »Nun sagt mir doch bei Gott: wo habt Ihr denn die Zwiebel hin=getan?! –

Josias schluckte den Heringsbissen gewaltsam rasch hinunter und hatte keine Zeit mehr, nach dem Bier zu greifen, obwohl die Zwiebel und die Lauge in der Kehle brannten.

»Wo Ihr die Zwiebel habt!?« schrie Hendrik van der Maa=ßen, und beinahe ungehalten gab Josias zur Antwort: »Aber, Hendrik van der Maaßen – nun regt Euch nur nicht auf –: Gegessen – habe ich die Zwiebel.«

»Was –? Gegessen? ...«

Es riß ihn um. Die Füße trugen ihn nicht mehr. Er brüllte auf, wie Menschen oder Tiere in höchster Todesnot ersterbend ihre letzte Lebenskraft in einen Schrei zusammenballen, um gewürgt und zuckend in einen Krampf zu sinken, der die Knie brechen und den ganzen Körper wie verbrennend fiebern läßt. Schaum quoll ihm aus dem Mund, und seine Augen schienen starrzustehen. Hendrik van der Maaßen krümmte sich, als reiße ein ungeheuerlicher Schmerz den Leib zusammen. Nach dem Herzen griff die gespreizte, krallig eingekniffene Hand.

»Das ist nicht möglich! Nein, das ist nicht wahr!«...

Christintje lief nach Wasser. Er ließ den Kopf vornüberfallen auf den Tisch und schluchzte. Adrian versuchte, ihn an den Schultern festzuhalten. Er schüttelte ihn ab.

»Weg!« ächzte er. »Fort, alle fort! – Geht mir aus den Augen ...«

Madame du Fresne war in einer duftig hellen Robe bestürzt hereingekommen und umhalste ihn: »Was ist denn, Hendrik? *Mon Dieu,* was ist denn?«

Er keuchte nur und trommelte zuletzt mit seinen Fäusten auf den Tisch: »Allein sollt ihr mich lassen!! Allein!! Allein!! ...«

Da war es Josias, der besonnen und mit aller Ruhe sagte: »Ich bin der Sünder, Hendrik van der Maaßen. Was die Zwie=bel kostet, will ich gern ersetzen. Es kann die Welt nicht sein.«

Starr blickte Hendrik van der Maaßen auf. Blutunterlaufen waren seine Augen, die ein irres Licht durchflackerte, und wie ein Wahnsinnsanfall war es, als er den Mund auftat und in ein röhrendes, entsetzliches Gelächter ausbrach. Er versuchte, sich an der Kante des Tisches aufzurichten.

»Der da«, höhnte er, von tiefster Peinigung zerrissen, und wies auf Adrian, »der da ist jetzt der Eigentümer Eurer ›Zuiderland‹! Ja, der da . . .!« Und brach erneut zusammen, gefällt von einem Krampf, dem eine tödlich fahle Blässe im Gesicht und eine Lähmung folgte, die wie eine Ohnmacht war. –

Stille war entstanden, als sei der Tod ins Zimmer eingetreten und warte noch. Die schweren Atemzüge lasteten im Raum. Madame du Fresne stand lautlos weinend an die Wand gelehnt, und nur Christintje mühte sich mit Wassern und Essenzen um Hendrik van der Maaßen, der sich nicht mehr wehrte. –

Bald kam der Arzt, den sie gerufen hatte. –

Willem stürzte in die Stube, der schnell begriff, was vorgefallen war, und Adrian hinausbat. Blaß und verbissen warf er seine knappen Worte wie Befehle hin. Wie Säbelhiebe prallten ihre Sätze aufeinander:

»Daß Ihr nicht reisen könnt, versteht sich!«

»Es versteht sich nicht, obwohl ich voller Mitleid für Euren Schwiegervater bin. Die ›Zuiderland‹ ist mir vertraglich überschrieben.«

»Ihr bleibt!«

»Ich überlege nur, wie Hendrik van der Maaßen sich verhalten würde, wenn er *meine* Rolle spielen müßte.«

»*Eure* Rolle ist seit heute ausgespielt! – Laßt's Euch gesagt sein.« –

Adrian, noch jetzt im Banne des entsetzensreichen Eindrucks und des Zwiespalts stehend, in den die letzte Stunde ihn geschleudert hatte, sah Willem schmerzlich an. Er wollte keinen Widerstand; er wäre still zu Kaspar hingegangen, um qualvoll auszudenken, wie er sich entschließen müsse. – Hendrik van der Maaßen hat nicht allein die »Zuiderland« verloren; auch der Verdienst ist hin, den er von dem Geschäft mit seinem Lord erhoffte. – Das dachte er, und deshalb trat der wehe Ausdruck in sein Gesicht, der einem Mitleid glich.

»Ich werde«, widersprach er mit dem Gleichmut, der ihm noch verblieben war, »mein Leben führen, wie es mir behagt und einfällt. Das ist *meine* Antwort, Herr Tulpenkommissar.«

»Ich lasse Euch die Ausfahrt sperren!«

Hat Willem solche Vollmacht?

»Das könnt Ihr nicht!« –

Er bebte; aber Willem sah mit einem Lächeln der Verachtung über ihn hinweg. –

Truus kam, das Kind im Arm, in Decken eingewickelt.

»Was ist mit meinem Vater?« –

Er sah das Kind zum erstenmal, ein rosiges Gesichtlein mit geschlossenen Augen und trotzig aufgeworfenen Lippen.

Wie ein Engel, dachte er, liegt es in seinem Bündel, der jüngste van der Maaßen ... Ob Hendrik van der Maaßen aus der letzten Fracht so viel erlösen kann, daß es zu einem neuen Segler reicht?

Er wollte Truus begrüßen, linkisch, unbeholfen, wie er immer war in ihrer Gegenwart. Da hatte Willem sie am Arm erfaßt und wandte sich mit ihr der Türe zu.

»Ein Wort noch«, hielt ihn Adrian zurück. »Ihr könnt mir nicht die Ausfahrt sperren ...!«

»Dann versucht es eben! – Aber laßt Euch nur gesagt sein: ich kann sogar bewirken, daß man Euch im Schuldturm an die Kette legt ...«

Verkrampft schlug Adrian ein hustendes Gelächter an.

»Das täte Euch so passen! ...«

Aber Willem überbrückte diesen Spott durch eisige Verschlossenheit.

»Ich werde Euch schon rufen lassen«, schloß er förmlich ab und ließ ihn ratlos stehen. –

Der Ausgang dieses Handels und der Ausklang des Berichts von Adrian, dem Tulpendieb

Als Adrian das Haus verließ, saß Kaspar auf der Treppe und wartete auf ihn.

»Wie ist es ausgegangen?«

»Ich muß dich bitten, Kaspar, weil ich Versprechen halte, die ich gebe, mich ein paar Tage noch als Gast in deinem Haus zu dulden.«

Wie eine Trauerbotschaft klang es. Ungläubig suchte Kaspar in seinen Mienen den wahren Inhalt seiner Worte zu entziffern, bis er fragte: »Ja, gehört mir nun mein Haus?«

»Ja, es gehört dir wieder.«

Da schossen Kaspar die Tränen aus den Augen. Er wollte einen Hopser, einen Luftsprung machen, einen Sprung der Freude! Aber er mißlang ihm.

»Mein Haus ...« Er war erschüttert. »... mein Haus gehört mir wieder ...!«

Er rannte ihm voraus. Er torkelte in seiner Hast und boxte einen Mann um, den er anschrie: »Denkt Euch, Adrian hat mir mein Haus geschenkt!« Wie eine schmetternde Trompete schallte seine Stimme durch die Gassen: »Adrian hat mir mein Haus geschenkt!« Und wie ein abgekämpfter Kriegsheld, den der Bote meldet, folgte Adrian in immer größerem Abstand.

Dann riß Kaspar weit die Türe auf, als Adrian den Klopfer zog, und rief mit überströmender Begeisterung: »Willkommen! Hochwillkommen, Mynheer! Ich armer Hausherr wurde, was ich bin, durch Eure Gnade!« Er machte einen Kratzfuß und sagte voller Rührung: »Laßt Euch die Hände küssen, Mynheer!«

Vor lauter Glück bemerkte er den Mißmut nicht, der Adrian bedrückte.

Lobchoräle sang er, während er die Tafel deckte und durch die Stuben eilte; er flocht Bauernlieder in den lauten Singsang ein, ging mitten unter einer Melodie in eine andere über und hielt Freudenreden an sich selbst und Adrian.

Der hatte sich ans Fenster hingesetzt, das Kinn gedankenvoll in seine Hand gestützt.

»Ja, Mynheer«, meinte Kaspar breit, »ich glaube wohl, daß eine solche Wandlung schweres Kopfzerbrechen macht. Denn großes Glück ist selten leicht zu tragen; ich merke es an mir ...« Er lachte schallend und befreit und schlug sich an die Brust: »Wie glücklich bin ich, Adrian, wie glücklich, daß Ihr den Tulpenhandel aufgegeben habt und Reeder seid! Denn wie mir scheint, zieht das Gewitter jetzt erst recht heran!«

... Was er denn meine?

»Habt Ihr den Anschlag am Rathaus nicht gelesen, um den das ganze Volk herumsteht?« ...

Er wisse nichts von einem Anschlag.

»Daß Willem Tulpenkommissar geworden ist« ...

Das wisse er.

»Und daß er jede Vollmacht hat, Tulpisten festzunehmen und vor Gericht zu bringen?« ...

Das könne ihn nicht mehr bekümmern.

Ja, und deshalb sei er glücklich und erleichtert! – »Ach«, knüpfte Kaspar ein mitleidvolles Jammern an, »wie mag es nun den armen Tulpenbrüdern gehen? – Willem war bereits im ›Grünen Frosch‹, und als er kam, hat alles eingepackt. Dann hat er ein paar Händler mitgenommen und verhört. Auch unser Schlächtermeister war dabei.«

»Was heißt es in der Vollmacht? *Welche* Vollmacht hat er?«

»Jede. Wenn er Verdacht schöpft, kann er jeden, den er will, verhaften lassen.«

Mit einem Ruck erhob sich Adrian und preßte unterdrückt ein Wort hervor, das wie ein Fluch klang.

»Aber, aber ...«, sprach ihm Kaspar zu, »das kann doch *Euch* nicht mehr betreffen! Euch gehört die ›Zuiderland‹. Das ist in Ordnung. Und Tulpen habt Ihr keine mehr. Jetzt seid Ihr Reeder, Schiffsbesitzer, Kaufmann! Hut ab!«

Er wollte ihn zum Essen bitten, aber Adrian lief aufgeregt hinaus ... Dem Rathaus zu ...

Erregte Gruppen standen in den Straßen.

Vor dem Aushang, den zwei Posten davor schützten, zer=fetzt zu werden, drängten sich die Tulpenbrüder, untermischt mit Bürgern, die vernehmlich sagten: »Endlich hat sich der Provinzialrat aufgerafft!« – Andere riefen schon von weitem: »Ihr müßt uns helfen, Adrian.« Das waren seine Freunde, die mit Fäusten in den Taschen diskutierten und auf den Boden spuckten: »Pfui über eine solche Knebelei! Wovon soll man denn leben?«

Stumm drängte er sich durch die Menge, um selbst zu sehen, was ihm Kaspar bereits berichtet hatte. Ja, hier stand es: der Provinzialrat in Den Haag hat seinen Tulpenkommissar er=mächtigt, jedweden Tulpenhandel, sei es mit Zwiebeln oder Schuldverschreibungen, zu untersuchen und dafür alle Mittel des Staates einzusetzen, um Betrügereien auf den Grund zu kommen, »weil denn dieser Handel schon ohnehin betrüge=rischen Grund hat«. – Kam hier das Ende?

»Wir protestieren!« schrien die Kumpane.

Er las weiter: »Auch bereits getätigte Geschäfte können durch den Tulpenkommissar behandelt werden, um sie vor Gericht zu bringen.«

»Protestieren müssen wir!«

Da stand es schwarz auf weiß, wie zur Bekräftigung von zwei Soldaten mit maskenhaft erstarrten Mienen eingerahmt.

»Das lassen wir uns nicht gefallen!!«

Er hörte, was hinter ihm gerufen wurde, aber wie gebannt las er den Anschlag und kam doch nicht weiter, weil die schwar=zen Zeilen auf dem weißen Grund zu einem Schwarm von Fliegen wurden, der durcheinanderwimmelte, sich aufhob und sich niederließ, um reglos dazusitzen und sich erneut in einen Brei von schwarzen Punkten zu verwandeln.

Das war das Riff, auf dem der kaum zum Reeder aufgestie=gene Adrian van Snaar der Willkür ausgeliefert war, die Wil=lem über ihn verhängte; das war die Drohung, die zwischen seinen Worten wetterleuchtete.

»Abwürgen will man uns! Wir müssen protestieren, Adrian!«

Von allen Seiten wurde er von ihrer kochenden Empörung überschüttet. Sie rissen ihm den Rock vom Leibe, als er sich Luft verschaffen wollte.

»Hier hilft kein Protestieren!« hatte er gesagt.

Sie überbrüllten ihn. In Fetzen stand er da.

Er mußte denken: Mein letzter Rock! und schrie sie an: »*Mir* ist es recht, wenn man euch endlich auf die Finger klopft! Was wollt ihr denn? Was will denn die Regierung? Ehrlichkeit und Wahrheit! Ist das zuviel verlangt? Ist das ein Unrecht? – Macht Platz! Ich habe mit Tulpisten, die von Betrügereien leben, nichts zu tun!«

»Und Crispin van den Valckert?« bellten sie. »Und Kaspar? Hä? Und alle anderen?« –

Mit der Faust schlug er ohnmächtig auf einen der Gesellen ein, die ihn umdrängten, und brach sich, wütend um sich schlagend, einen Weg. Dann hetzte er davon. Der Atem schien ihm zu versagen.

Erst vor der Stadt – er wußte nicht, in welche Richtung er gelaufen war – fiel er erschöpft zu Boden. Der Fliegenschwarm der Worte, der vor seinen Augen tanzte, verfinsterte die ganze Welt, umsummte dröhnend seine Ohren. Ein Gebrüll war es, ein Kreisen vor den Augen, das nicht enden wollte, das ihn hineinzog in den wilden Taumel.

Man müßte weiterlaufen, stieg sein Wunschgedanke auf. Entrinnen müßte man. Was mag noch kommen . . .?

Lang lag er an dem Feldstein, zerfetzt, beschmutzt und mutlos. Er wußte nicht, als er die Augen wieder aufschlug, ob er geschlafen hatte und wieviel Zeit vergangen war, ob ihn ein Fieber überwältigt hatte, das nun verflog und ihn ganz langsam wieder zu sich kommen ließ. Schon fiel die Sonne.

Er spürte, nach dem Herzen greifend, das Knistern des Vertrags in seinem Wams und nahm ihn zitternd aus der Tasche. Unverrückbar stand hier Satz für Satz! Die »Zuiderland« gehörte ihm, das war nicht umzustoßen! Wer will den Handel streitig machen?! –

Aber zwischen diesen Zeilen tauchten die Paragraphen der Verfügung auf, durchwucherten die Sätze Hendrik van der Maaßens, ließen sie verblassen und vergehen. Wie in einem Traumbild waren die Worte des Vertrages ausgewechselt gegen jenen Satz, der ihn am Rathaus wie ein Keulenschlag getroffen hatte: »Auch bereits getätigte Geschäfte können durch den Tulpenkommissar behandelt werden, um sie vor Gericht zu bringen!« –

Das war das niemals schweigende Gewissen, das sich aufbäumt und alle alten Schulden wie ein Schleppnetz, das man nicht kappen kann, hervorholt unterm Meeresspiegel und es aufheißt! Was war denn noch zu tilgen?! Welche Schuld stand aus?!

Erbittert hob er sich vom Boden und tappte weiter. Er kreiste um die Stadt, als fürchte er den Tag, und fand sich in der Dämmerung auf jenem Feldweg wieder, wo er mit Hendrik van der Maaßen um die Mittagsstunde heimgegangen war. Er sah das Licht der »Zuiderland« im Hafen leuchten und gewahrte schaudernd das Schattenbild des Galgens, das scharf umrissen vor der Abendröte stand. Beim Nahen fremder Stimmen floh er quer übers Feld, um wieder auf den Weg zurückzukehren, wenn sie vorüber waren. Dort das Schiff und hier der Galgen – das waren die zwei Pole, zwischen denen seine Hoffnungen und Ängste gingen, das Ende und ein neuer Anfang, in *einem* Blick zu fassen. Wie ein Weberschifflein hin- und herschnellt, irrten seine Blicke; er rechnete sein Leben durch, wie er schon häufig sein Leben qualvoll durchgerechnet hatte, angefangen von den ersten Zauberknollen, die er Truus genommen hatte, bis zu dem Unrecht an den Ödlandbauern, bis zu Vinckboons. War das auszuwetzen? Oder gutzumachen? War es vergeben? Und wenn das eingeschläferte Gewissen wirklich schwieg, von Gott im Himmel gütig eingesegnet, blieb dann nicht das Gericht, das alle Narben wieder aufriß, wenn man die Narben kannte? Blieb nicht der Strick als letzter Ausweg? –

Aber immer wieder umkrallte er das Schriftstück in der Tasche, und als der Mond herauskam und den Hafen überglitzerte, schritt er gefaßt den Berg hinunter.

Immer mächtiger erstand die »Zuiderland« vor ihm, schwarz, ruhig schlafend und mit den Spitzen ihrer Masten leicht wippend. Eine Lampe pendelte am Bug der »Zuiderland«, ein friedevoller, rötlich strahlender, ganz neuer Stern. Stand dort die Wache?

Das Schiff schien menschenleer zu sein, verlassen. Unheimlich wirkte es. Und doch ging ein Geruch von seinen Planken aus, den alle Segelschiffe haben, ein Geruch von Pech und Holz und Leinewand, der an die ferne Welt gemahnt. Nun ruhte es, ein Lasttier, das seine Pflicht getan hat, umplätschert von dem spielenden Gekräusel zarter Wellen, ein stolzes, stilles Schiff, das ihm gehörte, ihm, Adrian van Snaar! –

Entschlossen trat er auf den Laufsteg und tastete an Bord. Es war ein schmales Brett, das unter seinen Füßen schwankte. Ein Schwindel drohte ihm. Jetzt war das Ziel erreicht! Er, Adrian van Snaar, stand auf den Planken, die Hendrik van der Maaßen die Sicherheit im Leben gaben! *Ihm* gehörte nun die »Zuiderland«! –

Er wischte sich die Augen und sah sich um. Voll stand der Mond am Himmel und ließ sein Licht herunterfließen. Wie eingelegt mit Silber waren Masten und Gestänge und die Taue. *Sein* Schiff, ein Märchenschiff der Nacht, ein Traumschiff, das wohlig wiegend wie verzaubert dalag und das er, Adrian van Snaar, mit rasch gesetzten Segeln in die Mitternacht und gegen Morgen steuern konnte . . .!

Adrian van Snaar, der Torfknecht, hat Besitz ergriffen von der »Zuiderland«! Er ist ihr Eigner, Kapitän und Herr geworden! Er tritt in seine Rechte ein! –

Das wollte er der Wache sagen, jenem Bootsmann, der mit den Händen in den Taschen näher kam, verschlafen, lauernd, mit verstrupptem Vollbart, böse murrend: »Hier ist kein Spazierweg, Mynheer, und zumal zur Nacht nicht. Schert Euch 'runter.«

Er hatte, weil er ihn hinunterschieben wollte, in die Fetzen seines Rocks gegriffen und drohte ihm: »Landstreicher wohl? Ich breche dir den Hals.«

»Von Hendrik van der Maaßen komme ich! Laßt mich doch reden . . .!«

Nur widerstrebend ließ ihm der Bootsmann Zeit, der buchstabierend den Vertrag las, die Mütze abnahm, noch immer Adrian mißtrauisch musternd, und sich zerknirscht durchs Haar fuhr: »Ja, das ist die Unterschrift von Hendrik van der Maaßen. Welch ein Unglück! Teufel, welch ein Unglück . . .«

»Ist der Steuermann an Bord?«

»Nein, niemand, Mynheer.«

»Ausfahren will ich.«

»Das wird nicht gehen, Mynheer. Die Fracht ist nicht gelöscht. Vor Morgengrauen kommt die Mannschaft nicht zurück.«

Dicht neben Adrian ging er dem Bug zu, längs an der Reling bis zur Schanze und hinauf zur Brücke. Keiner sprach.

Der Bootsmann hatte leichte Schuhe an. Unheimlich lautlos stapfte er dahin.

»Ein schönes Schiff«, brach Adrian das Schweigen, als er auf der Brücke stand und in die Wirrnis der Taue und auf das Wasser blickte. Er fühlte, daß, wie immer, wenn die Nacht nach den erregenden Geschehnissen des Tages über ihn hereinbrach, auch jetzt die quälende Berauschung der Traum= und Spukgesichter wieder anfing. Die Gewalt der Nacht, die den Verstand zermürbt in ihren Schutz nimmt, wird zur Pein, weil, wie das Volk sagt, der Magen seine Gärung in die unsichtbaren Sinne schickt, mit denen wir die Traumgeschehen fieberhaft erschauen.

In solchem Fieber formen sich die Dinge um, wie sich der Anschlag am Rathaus zu einem Fliegenschwarm verwandelt hatte. Er sah die Schiffsbesatzung aus den Gängen kommen. Auf den Rahen saßen sie, im Mastkorb, klunkerten mit ihren Beinen und sangen leise die Melodie der Wellen mit. Sie hatten alle den Kopf des Bootsmanns, seinen schwarzen, strähnenlosen, wirren Bart und seine buschig überwölbten, mißtrauisch kühlen Augen.

Ihnen rief er zu und hörte doch, daß nur ein tonlos abgewürgtes Bellen aus seinem Munde drang: »Ich, Adrian van Snaar, ja, seht mich an, *ich* bin von jetzt ab euer Reeder, nicht mehr Hendrik van der Maaßen! Merkt euch das! – Wir fahren aus!«

Dann brach ein trommelhaftes Lachen aus seinem Brustkorb, ein dumpfes, irres, dröhnendes Gelächter, das ihn schmerzte.

Er sah sich um.

Wo war der Bootsmann? War er fortgegangen?

Er setzte wieder an: »Ich, Adrian van Snaar . . .«

Nun stand der Bootsmann wieder im prallen Mondschein, einen Enterhaken in der Faust . . . Ein Mörder, dachte Adrian und wich zurück, schlug schreckhaft durch die Luft, als könne er das Bild verscheuchen. Aber unbeweglich stand der Bootsmann, wie herausgewachsen aus dem Schatten, einen Lichtpunkt in den Augen, der ihn, Adrian, durchbohrte, und einen Zug von hämischer Verachtung um den Mund, in dem die Zähne sichtbar wurden. Grinste ihn der Tod an? Kam er näher? Schlug er zu?

»Ihr seid betrunken.«

Hämisch klang die rohe Stimme.

»Auf der Brücke ist kein Posten für Betrunkene.«

Der Bootsmann schob ihn fort.

»Es ist *mein* Schiff . . .«

»Ja – Euer Schiff, Gott sei's geklagt.«

»Ich habe nichts getrunken. Versteht Ihr nicht, daß man ein Schiff, das man gekauft hat, sehen will? Noch in der gleichen Nacht? – Besitzen will man es, ausfahren . . . Und das ist mein Recht!! . . .«

Der Bootsmann brauchte keinen Enterhaken mehr, weil ihm die Rührung nicht verborgen blieb, die Adrian allmählich überkam.

»Laßt mich allein«, bat er, als sie die Lampe am Bug erreichten. »Ich will die erste Nacht auf meinem Schiff verbringen. – Es ist gut, daß niemand mehr an Bord ist.« –

Dort war der Engel, die Galionsfigur, die segnend ihre Hände übers Wasser hielt, bevor der Bug es teilte. Er konnte sie nicht sehen. Aber daß sie da war, in seiner Nähe, und daß er hinter sich das fächerhafte Takelwerk der »Zuiderland« in festlich schöner Stille sehen konnte, das alles gab ihm die Beruhigung, die seinen Atem mit dem Auf und Ab des Schiffes eins werden ließ.

Da hatte ihn der Bootsmann schon in Decken eingehüllt.

»Den Tod kann man sich holen in solcher Nacht«, war seine Warnung. Aber Adrian lag auf dem Kringel eingerollter Taue und blickte auf den Großmast, der riesenhaft zum Himmel ragte und vom Mondschein wie vom St.-Elms-Licht übersprüht war.

So schlief er ein, durch seine »Zuiderland« in einen guten Traum gewiegt, um früh am Morgen durch die Stimme Willems zu erwachen. –

Er folgte ohne Widerspruch den gleichen Weg hinauf zum Hause Hendrik van der Maaßens, den er in der Nacht zur »Zuiderland« herab genommen hatte. Noch war kein Mensch am Hafen. Er hätte keinen Blick gefürchtet, keine Schmähung, weil kein Hohn noch tiefer dringen konnte als die Verachtung, die ihn bis jetzt getroffen hatte. Kämpfen würde er, das war sein Vorsatz! Und ringen würde er um den Vertrag, das war gewiß! Hie Recht und Lauterkeit! Wer zählt die Löcher einer Straße, wenn er gut ans Ziel kam?

Übernächtig und mit grauen Falten im Gesicht trat Hendrik van der Maaßen in die Stube. Auch Josias war da und ihm zur Seite saß Christintje vor dem Kachelofen, auf dem das Bild der »Zuiderland« noch stand. Sie starrten auf den Boden, bis Willem ihre Spannung brach und mit dem Tonfall eines jungen Anwalts sagte: »Wir wollen das Gericht noch nicht bemühen, weil Hendrik van der Maaßen es nicht wünscht.« Es möge jeder, sprach er in die Richtung Adrians, vor allen Dingen guten Willen zeigen und Vertrauen fassen.

Ja, das wolle er, gab Adrian kopfnickend zu und rang sich einen Satz ab: »Mit Hendrik van der Maaßen bin ich immer gut gefahren; aber sprecht Ihr hier als Schwiegersohn und nicht als Tulpenkommissar?«

»Als beides.«

»Das ist es eben.« –

Er bemerkte, wie Christintjes Blicke über die Fetzen seines Rockes glitten, und schob die Unterlippe trotzig hoch.

Unmutig, aber doch verhalten, erklärte Willem: »Es geht um Josias, der Hendrik van der Maaßen um ein Vermögensstück geschädigt hat, das nie mehr zu ersetzen ist!«

Nun furchte Josias die Stirne, einem Ausbruch nahe. Man sah am Zittern seiner Wangenmuskeln, daß er die Kiefer gewaltsam aufeinanderpreßte. Angstvoll saß Christintje neben ihm, die Hand in seinen Arm verkrallend.

»Ja« – nahm Adrian sich Zeit und sah zur Decke, »was Josias betrifft, so meine ich: er soll von mir aus auch weiterhin die ›Zuiderland‹ als Kapitän behalten. Das ist ganz mein Wille.«

»Ihr wollt mich nicht verstehen«, warf Willem ein. »Es geht um die Augustuszwiebel.«

»Dann frage ich: was habe ich damit zu tun? Ich habe sie verkauft. Sie ist gegessen. Der Lord in England ist um eine Hoffnung ärmer.«

Nun hatte sich Christintje rasch erhoben, und obwohl Josias sie hindern wollte, zu Adrian zu gehen, stand sie auf einmal vor ihm und beschwor ihn: »Adrian, bedenk doch: Ins Gefängnis werfen kann man Josias! Er ist doch schuldig an dem ganzen Unglück!«

Adrian wich ihren Augen aus.

»Was kann ich ändern?« fragte er und zwang sich, unbefangen zu erscheinen. »Ich weiß, daß du ihn liebst, Christintje, und ich gönne euch das Glück. Wenn aber Josias brummen muß und wenn mein guter Stern mich nicht verläßt, dann habe ich, bis Josias herauskommt, die größte Flotte, die es in den Niederlanden gibt. Dann mag er meinetwegen Admiral bei meiner Flotte werden!«

Ach, das war ein Satz, der ihm die Sicherheit, nach der er sich verzehrte, wiedergab, ein leuchtender Gedanke, den er selbst nicht glaubte, der aber durch die Vorstellung bereits und durch den Mut, daß er ihn ausgesprochen hatte, eine neue Kraft gab. Er brauchte sie. Er hatte sich, seitdem die Schläge des Schicksals wie Hagel auf ihn niedertrommelten, nach jener Unbefangenheit gesehnt, die ihm in guten Stunden das Glück gespendet hatte, als er der Triumphator aller Tulpenbörsen war. Jetzt kam ihm dieser Gleichmut wieder.

Willem riß die Rede an sich: »Mit Phantastereien kommen wir nicht weiter.« Er faßte Adrian ins Auge und fragte unvermittelt: »Wer hat Euch die Augustustulpe eigentlich besorgt? Auf welche Weise habt Ihr sie erworben?«

War das eine Falle? Alle schauten auf.

»Ach«, meinte Adrian gelangweilt, »das ist ein langer Weg. Ein Handel gibt den andern. Allmählich speichert sich ein Reichtum an, wenn man sein Geld nicht, wie es kommt, hinauswirft. Und das liegt mir nicht. Ich habe sie gespart.«

»Und womit habt Ihr angefangen?«

»Mit drei Zwiebeln.«

»Welcher Art?«

»Sie hießen Herzogstulpen, eine Sorte, die sehr selten vorkommt und deshalb gute Preise machte.«

»Und woher stammten diese Herzogstulpen?« –

Warum sah Christintje so starr, gespannt und blaß herüber?

»Von meiner Tante«, sagte Adrian.

»Ich kenne die Geschichte«, nickte Willem und beschrieb dann, wie Adrian zu seinem Geld gekommen war. Fast über jeden Handel, den Adrian getätigt hatte, wußte er Bescheid. Er sagte: »Ich gebe diesen Überblick, um Euch die Möglichkeit zu lassen, mich zu korrigieren, wenn etwas nicht stimmt.«

»Es stimmt schon«, gab Adrian mit einem breiten Spott zur Antwort. »Aber glaubt Ihr nicht, daß Eure Mühe, diese Dinge auszuforschen, so gut wie nutzlos war?«

»Das wird sich zeigen«, meinte Willem und zählte die Ergebnisse von anderen Handelstagen auf, um, wie er sagte, das Bild zu runden.

Es war für Adrian beklemmend, dieses Schuldbuch des eigenen Lebens anzuhören, in dem auch nicht die kleinste Zwiebel fehlte, die er je einmal erstanden hatte. Denn ein Schuldbuch war es, eine Sündenliste, wie sie nur ein Advokat mit seinem Spürsinn zusammenstellen konnte. Wie eine Schlinge zog Willem die Kette der Beweise um seinen Hals zusammen; aber scheinbar unbefangen hörte Adrian ihm zu. Mit welcher Absicht zählte Willem diese Dinge auf? Was wollte, was bezweckte er damit? Auch durch die schlauesten Beweise war die gefressene Augustuszwiebel nicht mehr ganz zu machen! – Waren es Beweise und wofür? Doch nur für seinen Aufstieg, seine Klugheit, sein Geschick! Und sollte ihn am Ende diese Überlegenheit im Stiche lassen? Er lächelte und sagte: »Ihr stellt mir einen Meisterbrief als Tulpenhändler aus, der mir beinahe schmeichelt. Gewiß, als Zwiebelhändler darf man nicht auf den Mund gefallen sein; das sage ich, weil Ihr mir unterstellen wollt, ich hätte Bauernfängerei getrieben. Nein, Mynheer, insofern hat der Tulpenhandel doch etwas gemeinsam mit der Juristerei: die Kunst der rechten Worte. Und die beherrschte ich zuweilen. Mit Euren schönen Worten aber, Willem, kommen wir, wenn Ihr so weiterreden wollt, zu nichts.«

»Abwarten« – hielt ihn Willem auf und hatte plötzlich einen Tonfall, der nach einer Drohung klang. Dann faßte er zusammen: »Genau gesehen habt Ihr also die Augustuszwiebel gekauft aus dem Erlös der sogenannten Herzogstulpen, indem

Ihr den Erlös der Herzogstulpen immer wieder zum Ankauf anderer Zwiebelsorten verwendet habt, bis eines Tages die Summe reichte, um die *Semper augustus* dafür zu kaufen ...?«

Eine Spannung eigener Art war aufgekommen.

Das stimmt nicht, wollte Adrian dazwischenfallen. Da sah er alle Augen wie gebannt auf sich gerichtet. Er wollte sagen: Nein, so kinderleicht kann man die Dinge nicht entwirren. Sie liegen anders. – Laut sagte er: »Die Herzogstulpen waren wohl der Anfang. Das ist richtig.« Und mußte denken: Wenn ich nun bejahe, kommt der ganze Fall mit Vinckboons nicht zur Sprache. Von Vinckboons weiß er nichts. – Nichts hat sie mich gekostet, die Augustustulpe! Das hätte er ihm triumphierend in die Ohren schreien können. »Was mir die Herzogstulpen brachten, habe ich verschenkt! Was ich gerafft, gescharrt, erschachert habe, ist nicht mehr da!« – Nur nicht an Vinckboons rühren! – Zermalmend wälzten sich die Bilder der Erinnerung in seinem Hirn. Er preßte schmal die blassen Lippen aufeinander und versuchte, sein inneres Keuchen mit abgestemmtem Atem zu verbergen.

»Also«, griff nun Willem wieder zu, »demnach entspricht das Bild, das ich entworfen habe, der Wirklichkeit? ...«

Ein Lauern lag in seinen Blicken. Aber dennoch schien ein Zug von Freundlichkeit und menschlicher Versöhnung sein Gesicht zu überfliegen. Damit zwang er ihn, zumal er ihm begütigend erklärte: »Wir wollen nicht von Kleinigkeiten sprechen, nicht wahr. Nur den großen Umriß möchten wir erkennen.« – Und zusammenfassend fuhr er fort: »Aus den drei Herzogstulpen wurden andere Zwiebeln – wie viele, braucht man nicht zu zählen –, aus den anderen Zwiebeln wurde die Augustuszwiebel, und die Augustuszwiebel habt Ihr endlich mit Hendrik van der Maaßen für die ›Zuiderland‹ getauscht? So war es doch?«

»Im großen Umriß«, lachte Adrian gehemmt, »gewiß, im großen Umriß ist es so gewesen ...«

Noch war ihm nicht bewußt, was Willem wollte. Nur an Vinckboons dachte er, an jene Szene in der Nacht, die ein Betrug gewesen war, wie er nicht lächerlicher und gemeiner ersonnen werden konnte. Das war die Last, die ihm verblieben war, die niemand aus der Seele reden konnte. Oder durfte es ein Trost sein, einen Menschen von einem Wahn befreit zu haben? –

Es war sein Trost gewesen, an den er sich geklammert hatte, genau so, wie er bei den Ödlandbauern glaubte, sie vor einem Unglück, vor dem Tulpenwahn bewahrt zu haben. – Warum schrieb sich Willem seine Worte auf? War hier ein Dickicht, das er nicht durchschaute? Stand hier eine Falle?

»Gut«, dankte Willem und schaute wie aus Zufall zu Josias hinüber, um schmerzvoll auszubrechen: »Ja, lieber Adrian, da sitzt nun also unser Josias und weiß nicht aus noch ein. Denn Hendrik van der Maaßen muß sich schadlos halten ...«

Christintje weinte lautlos vor sich hin.

»Er hat sich zwar erboten«, sprach Willem mit einem langen Schulterheben wieder, »die Zwiebel zu ersetzen; aber kann er das? – In seinem ganzen Leben wird er die Summe nicht verdienen, um die er Hendrik van der Maaßen geschädigt hat ... Soll er durch dieses Unglück ins Gefängnis kommen? ... Wollt Ihr das?«

Verschlossen blickte Adrian an sich hinunter und sagte unbehaglich, als möchte er die Fragen von sich schütteln: »Ich habe doch mit Josias nichts zu tun ... Ich kann ihn nur bedauern. Ich – ich habe den Vertrag mit Hendrik van der Maaßen, und der ist gültig. Ich will fort ...«

Die Stimme glitt ihm aus. Mit offenem Mund, daß man seine innere Erregung am Zucken seiner Lippen sah, stand er am Fenster und krallte seine Hände in den Sims.

Was wollte Willem noch? Was gingen ihn die Dinge an, die hier noch auszutragen waren?

»Fort will ich!« stieß er rauh hervor und wandte sein Gesicht verzerrt der Straße zu. »Versteht mich doch! Ich will heraus aus diesem Leben! Schluß machen will ich mit der Sündenliste, die Ihr ausgeschnüffelt habt! Schluß machen! –«

Draußen leuchtete die Morgensonne. Aus den dürren Zweigen waren die ersten Blütenknospen rostbraun ausgeschlagen, sie zitterten im leichten Frühlingswind.

Da war Willem hinter ihn getreten und legte ihm die Fingerspitzen auf die Schulter.

»Ich wußte«, lenkte er mit aller Vorsicht ein, »daß Ihr auf dem Vertrag besteht und unerbittlich seid.«

Als Adrian sich wieder in die Stube wandte, sah er die Augen Hendrik van der Maaßens gramvoll auf sich gerichtet. Aus diesen Augen kam die Frage Willems. Er floh vor diesem Blick.

»Ich bin nicht unerbittlich; aber jeder denkt zuerst an sich! Es jammert mich, das Unglück anzusehen. Kann ich es ändern?«

»Man *muß* es ändern, und man *kann* es ändern!« sagte Willem und schob ihm einen Stuhl hin. Fast wie ein Freund begann er, auf ihn einzureden. Schliche waren es und Kniffe! Das fühlte Adrian. Er zog das Netz zusammen, das er mit seinen Fragen arglos hingebreitet hatte, ein Netz der Argumente und Beweise, die unumstößlich waren. Er, Adrian, erstickte in dem Netz, an dem er selbst geflochten hatte.

»Nur etwas möchten wir noch wissen«, waren Willems erste Worte: »Woher stammen eigentlich die Herzogstulpen? Eure ersten Zwiebeln?«

»Von meiner Tante. Das habe ich doch angegeben.«

»Angegeben? Ja, ich entsinne mich. Die Tante kann sich aber nicht entsinnen.«

»Weil sie taub ist.«

»Auch Taube haben ein Gedächtnis.«

»Mit meiner Tante kann man doch nicht reden.«

Sie hatten sich verstrickt und schwiegen wie Kämpfende, die Atem schöpfen müssen.

Da stieß Willem plötzlich mit vibrierend scharfer Stimme auf sein Ziel vor: »Wir brauchten Eure Tante nicht zu fragen, weil wir wissen, woher die sogenannten Herzogstulpen kamen!« –

Jetzt war der Ring geschlossen!

Wie einen Fausthieb hatte Willem diesen Schlag geführt, um heiß und heftig zu ergänzen: »Adrian, wir wissen, daß Ihr lügt! Wir wissen, daß die Zwiebeln aus dem Garten von Hendrik van der Maaßen stammen! Gestohlen habt Ihr sie!«

Er schleuderte ihm diese Sätze wie Feuerbrände ins Gesicht.

Maßlos hingerissen von Zorn und glühender Erregung war er aufgesprungen, wie in einer Raserei der heiligsten Entrüstung und des Abscheus, um plötzlich einzuhalten.

»Könnt Ihr das widerlegen?« brüllte er.

Ein Zucken hatte Adrian befallen, ein Rieseln, das sich wie mit tausend feinen Wasserstrählchen über seinen Körper schlängelte, ganz rasch, als sei die Haut ein glühendes Gespinst aus kleinsten Maschen. Bis in sein Herz, das plötzlich stillstand und um so heftiger begann, mit lautem Pochen und hinkend loszuhämmern, als ob etwas zerbrochen wäre, bis zu den Sinnen, die dem Menschen erst in Augenblicken der Gefahr begreifbar werden, hatten Willems Worte Adrian getroffen.

Der Kopf fiel ihm vornüber, von einer unsichtbaren Hand herabgeschlagen, und die Stimme blieb ihm aus. Er nickte nicht, und dennoch schlug sein Kinn ihm nickend immer wieder auf die Brust.

Das war das Ende, gekrönt durch eine List, die jeder Ausflucht einen Riegel vorschob. Willem hatte Adrian gefangen. Er stöhnte.

»Wer hat das nachgewiesen mit den drei Zwiebeln?« fragte er zerbrochen. »Irgend jemand muß mich doch gesehen haben?«

»Ich.« –

Das war die Stimme von Christintje.

»Adrian« – sie hatte ihre kleinen Fäuste vor Schmerz geballt und würgte an den Worten, die sie sagen wollte. Bis zu den Schläfen war sie in Glut getaucht. »Adrian – um Josias zu retten – habe ich es sagen müssen!«. . .

Dann sank sie auf den Stuhl zurück und schluchzte.

Jetzt nickte er.

»Um Josias zu retten – ja – um Josias . . .«

. . . und stierte vor sich hin, erschlafft, erschlagen von dem Zufall eines Schicksals, das sich nicht meistern lassen wollte. –

Hier half nichts mehr. Hier hatte ein besserer Rechenkünstler, als er es war, den Schlußstrich schon gezogen.

Ohne Leidenschaft, ganz nüchtern und sich zu ihm setzend, mit der öligen Gewandtheit, die Advokaten menschlich werden läßt, griff Willem alle Fäden noch einmal zusammen.

»Wir werden diesen Diebstahl nicht verfolgen«, fing er an. »Wir wollen Euch auch laufen lassen. Ich sage das als Tulpenkommissar. Nur *eines* ist noch zu bedenken, und das vernichtet alle Eure Träume –: Ihr habt selbst bestätigt, daß die drei ersten Zwiebeln zum Grundstock Eures Reichtums wurden.« – Immer schneidender und schärfer und mit genau bemessener Betonung sprach er weiter: »Diese sogenannten Herzogstulpen waren aber das Eigentum von Hendrik van der Maaßen! *Ihr* habt sie gestohlen! – Mit *seinem* Eigentum habt Ihr verstanden, die ›Zuiderland‹ in Eure Hand zu bringen! Erhebt Ihr jetzt noch einen Anspruch auf die ›Zuiderland‹?« –

Das war die Überlegung, die Adrian zerschmettert hatte, als sein Diebstahl der drei Zwiebeln offenbar geworden war. Er widersprach nicht mehr, weil seine Welt in jenem Augenblick zertrümmert in ihm selbst zusammenbrach, weil er im Schleier seiner tränenüberströmten Augen die Stube und die Menschen nicht mehr sehen konnte. Wie ein Rauschen, wie ein Strudel war das Kreisen der Stimmen und Gesichter, die vor ihm flackerten und tanzten, sich verwischten und wie eine Töpferscheibe rasten.

Jemand stützte ihn.

Nun flutete die Sonne in das Zimmer.

»Luft«, bat Adrian.

Man öffnete das Fenster.

So rasch war alles über ihn hereingebrochen und so klar lag alles, daß er nicht folgen konnte, daß er lautlos vor sich hin die Worte Willems wiederholte. Er rechnete und zog dabei an seinen Fingergliedern, als ob er sie zerbrechen wollte.

»Sonst« – flocht Willem mit einer künstlich hingehaltenen Spannung ein – »muß ich den Diebstahl untersuchen lassen. Das Ergebnis wird jedoch nicht anders lauten.«

Er machte eine Pause und fuhr versöhnlich fort: »Ihr habt mir allezeit von Ehrlichkeit gesprochen, von Eurem Vorsatz, ein anderes Leben anzufangen. Dazu müssen, meine ich, die Trümmer dieses Tulpenabenteuers, denn das war es, beseitigt werden ...«

Er sagte tonlos: »Ja« – und sah durchs Fenster. »Ein anderes Leben. Ja ...« Und sah die »Zuiderland« versinken und Kaspars Haus, die Seemannskiste und die Mühle Vinckboons'. Die letzte Lüge, die er verschwiegen, die Lüge um die Zwiebel Vinckboons', die Josias gegessen hatte, war zu seinem Fallstrick und zum Untergang geworden. War es besser, sie offen zuzugeben und das Gebäude der Beweise, das Willem aufgerichtet hatte, umzuwerfen? Konnte es die Rettung bringen? Oder wußte Willem auch von diesem Abenteuer und verschwieg es nur, weil er die Rechnung brauchte, wie er sie erfunden hatte? Was kam heraus? – Ein neues Labyrinth, ein neues Netz, ein neuer Fallstrick, ein neuer Hinterhalt! Angstträume, Fieber, Furcht und ewige Erregung! Lohnte es, den Kampf von vorne aufzunehmen? –

»Seht«, sagte Willem, »es ist höchste Zeit, ein neues Leben anzufangen ...« und zeigte auf die Straße, wo man Trommellärm vernahm, wo eine gellende Trompete in die Gassen schrie. Am Ufer des Kanals entlang schob sich der Aufzug, dem ein Schwarm von Menschen folgte, auf das Haus von Hendrik van der Maaßen zu. »Nun paßt gut auf«, riet Willem.

In allen Häusern wurden die Fenster aufgestoßen. Umringt von einer aufgeregten Menge kam die Gruppe von Stadtgardisten näher, voraus ein Rathausdiener, der scheinbar nur auf eine Weisung Willems wartete.

Die Trommeln dröhnten wieder. Dann fiel die Trompete ein. Als sie verstummte, lag eine atemlose Stille in der Gasse. –

Wie ein Peitschenschlag die Luft durchschneidet, sprang nun die Stimme auf: »Der Provinzialrat in Den Haag hat gestern ein Gesetz beschlossen, das lange schon erwogen wurde und das im Sinne einer guten Kaufmannschaft den Übelständen nachdrücklich steuern soll, die mit der Plage des Tulpenhandels in den Niederlanden aufgekommen sind. Der Tulpenhandel wird von heute ab und kraft Gesetzes verboten!!« –

Was er noch weiterlas, ging im Gebrülle, im Gejohle, im Jammern, Klagen, in den Schmähungen und Schimpfereien unter, die immer lauter wurden, die im Handumdrehen eine Massenschlägerei entstehen ließen. Mit Knütteln und mit Steinen, mit den Fäusten, mit dem Holzschuh in den Händen ging man aufeinander los. Pfuirufe wurden rottenweise ausgestoßen. »Nieder!« schrie man. Die Stadtgardisten zogen blank und hieben blindlings in die Menge.

Aber unbeirrt verkündete der Rathausdiener seinen Text: »Die Tulpenpreise werden auf den Normalpreis festgesetzt, den sie vor Ausbruch der üblen Spekulantensitten hatten. Den Schuldnern oder Gläubigern kann nur empfohlen werden, sich gütlich zu vergleichen! Denn die Gerichtsbarkeit der Niederlande lehnt es ab, sich mit Prozessen aleatorischer Geschäfte oder Glücksverträgen zu befassen!«

Die Menge überwältigte den Sprecher, warf ihn zu Boden, schlug auf ihn ein. »Zertrampelt ihn!« schrie einer. »Zerreißt den Wisch! Wir lassen uns das Leben nicht verbieten!« Man zerriß den Aufruf und schmiß mit Freudenschreien die Fetzen in die Luft. Der Rathausdiener ging in dem Gewühle unter. Nur seine Hände flatterten. Nur seine Stimme hörte man wie einen Todesschrei: »Zu Hilfe! Laßt mich leben!«

»Zurück!« rief Willem.

Da hatte Adrian die Türe aufgerissen. Auf der Treppe stand er, zerfetzt, mit schweißig=nassen Haaren, die an seiner Stirne klebten, und alle Qual, die er erduldet, verzerrt, mit tiefen Falten ins Gesicht gezeichnet. Mit einem Satz warf er sich in den Haufen, brach sich eine Gasse. Man erkannte ihn und wich bestürzt vor ihm zurück. Mit Armen und mit Füßen schlug er um sich, packte einen nach dem andern von den Kerlen und stieß sie auf die Seite, wohin sie fielen. Blutend lag der Rat=hausdiener vor ihm. Er half ihm auf und führte ihn zur Ufer=mauer, verlangte Wasser, reines Tuch, verband ihn. Wohl wogte noch die Menge, wohl wurden unterdrückte Rufe laut. Der Anblick Adrians, den das Gesetz am tiefsten treffen mußte, ließ sie verstummen.

Er brauchte nichts zu sprechen. Er wußte, daß Hendrik van der Maaßen und Christintje, Josias und Willem und auch Madame du Fresne ihn sahen ...

Ach, was war es schon? Nur einem armen Menschen ist man beigestanden.

»Nichts zu danken«, sagte er dem Rathausdiener und ging gesenkten Kopfes in das Haus zurück. Gedämpft fing hinter ihm die Trommel wieder an. Gedämpft klang wieder der Lärm des Volkes auf.

Sie sind beschwichtigt, dachte er, nur *ich* muß noch ein wenig Ordnung schaffen, und trat auf Hendrik van der Maaßen zu, der ihn verlegen und doch gerührt empfangen wollte. Auch Madame du Fresne war nun im Zimmer, die nicht wußte, was hier vorgegangen war, und Adrian mit herzenswarmen Worten überschüttete. Sie sprach für alle, und man ließ sie reden. Nur Adrian war es gegeben, sie zu unterbrechen, und er tat es.

»Hört, Mynheer«, begann er stockend und legte ihm den gestern unterschriebenen Vertrag hin, »wir haben unseren letz=ten Handel abzumachen. Hier ist der Vertrag zurück. Ich habe zugegeben, daß die drei Tulpenzwiebeln aus Eurem Garten stammen ...« Er brauchte nicht mehr um die Festigkeit zu ringen, die ihn vor wenigen Minuten noch verlassen hatte. Wie ein Kaufmann sprach er, der eine alte Schuld begleicht. »Es ist mir ernst mit meinem Vorsatz, ein neues Leben anzufangen, und Ihr sollt nicht sagen, daß ich alte Schulden weiterlaufen lasse: – die drei Zwiebeln hatten einen Wert von sechzig Kreuzern. – So teuer hat sie Truus gekauft. – Das weiß ich noch. – Hier sind die sechzig Kreuzer.« –

Er griff sie mit den Fingerspitzen aus der Tasche, drei Zwanzigkreuzerstücke, sein letztes Geld, und legte sie in einer Reihe auf den Tisch ...

Dann ging er. –

Nur noch durch den Garten gehen, war sein ungesprochener Wunsch. Dann weiterwandern, immer weiter, übers Feld, bis eine Bleibe kommt ...

Er dachte nicht mehr an die See, nicht mehr an Palmenwälder, weil es ein Traum war, den er mit Christintje hatte ... und weil die »Zuiderland« verloren war wie alles.

Nur durch den Garten gehen ...

Aus dem Busch lief eine Amsel quer über seinen Weg.

Und auf der Bank saß Truus, ihr Kind im weißen Kissen in der Frühlingssonne wiegend. Es schlief. Ach, immer schlief es. Immer lagen seine zarten Lider geschlossen vor den Augen.

»Wie heißt es eigentlich?«

»Wie soll es heißen? Hendrik.«

»Also trotzdem Hendrik. – Es ist gut, natürlich ist es gut ...«

Hat es die Männerstimme aus dem Schlaf geschreckt?

Es schlug die Augen auf und lachte. Mit sonnig hellen Augen, mit den Augen, die Truus gehörten, blickte es in sein Gesicht und strampelte mit seinen wurstig-plumpen Ärmchen ...

»Ach, es lacht ... wie schön es lacht ...«

Er nahm das Lachen mit im Ohr. Am Bienenstand ging er vorbei. Es hingen wieder Töpfe auf dem Gartenzaun, Christintjes Töpfe. Nur das Schloß am Gartentor war eingerostet. Es war mühevoll, es aufzukriegen.

Dann sah er den Kanal, sah seinen Torfkahn wieder, bekam den etwas dumpfen Geruch des Wassers und des Torfes in die Nase. Das war seine Welt gewesen. Und wo war sie jetzt? Mit nichts als Fetzen auf dem Leibe? –

Er wußte nicht, wie lange er vor dem Kanal gestanden hatte, tief den Atem ziehend und ohne mehr zu denken als immer nur den einen Satz: Was war doch alles, als ich bei Kaspar wohnte, gegen meinen Frieden auf dem Torfkahn . . .

Hendrik van der Maaßen stand auf einmal neben ihm.

»Was wirst du nun beginnen?« fragte er nach einer Weile.

Er hatte »du« gesagt.

»Ich weiß nicht.«

Und sie schwiegen beide wieder.

»Hast du noch Zwiebeln oder Geld?«

»Nein, nichts mehr, Hendrik van der Maaßen.«

Eine Lerche stieg im Acker jenseits vom Kanal mit steilem Flug und hellem Trillern in den Himmel . . .

»Es war ein Abenteuer, Adrian.«

»Ein Abenteuer, ja.«

»Der Winter ist dabei verstrichen, wir wollen es vergessen.«

»Das ist schön, Mynheer.«

Nun war es Freude, quellend laute Freude, die ihm Tränen in die Augen und in die Kehle schickte, daß er kaum sprechen und kaum sehen konnte.

»Der Winter ist dabei verstrichen«, wiederholte er und bebte und verschluckte seine Rührung, um so sachlich wie ehemals zu sagen: »Wir haben lange keinen Torf mehr heimgefahren . . .«

»Ja. Er ist allmählich knapp geworden . . .«

Sie sahen jeder in eine andere Richtung . . .

Und nur *ein* Wort nach dem anderen aus der Kehle zwängend meinte Adrian: »Mynheer – ich will es – gerne – unternehmen, eine Ladung heimzuholen –«

»Tu das.« –

»Und dann kann ich wieder – als Torfknecht bei Euch bleiben?! . . .«

Er hatte seine Hand ergriffen und sah mit einem Lächeln der Beseligung und Angst wie Hilfe heischend zu ihm auf . . .

»Nun fahr schon los!« gab Hendrik van der Maaßen ihm einen Schubs! . . .

Mit einem Sprung war Adrian auf seinem Torfkahn, nestelte die Taue los und ließ die Segel fallen! Prall stieß der Frühlingswind hinein! Schon fing es vor dem Bug zu gluckern an! . . .

Dort standen Hendrik van der Maaßen und Madame du

Fresne am Gartenzaun und winkten, Frau van der Maaßen, die mit der »Zuiderland« nach Kopenhagen fahren wird, und Hendrik van der Maaßen wird dabeisein. Und beide winkten! Nun kam auch Truus. »Aufpassen!« schrie ihm jemand zu. Das war doch Willem? »Aufpassen!« wiederholte er. Auch Josias und auch Christintje waren da! –

»Aufpassen, Adrian!«

Ach, in der unermeßlichen Verwirrung wäre Adrian mit seinem guten, alten, klapprig-schweren Torfkahn fast am Ufer angestoßen. Aber es gelang ihm noch, das Ruder und das Segel herumzuwerfen, und nun glitt er schnurgerade in die Frühlingswelt hinein, die sich im Torfkanal mit ihrer Himmelsbläue spiegelte. –

Deutschsprachige Erzähler im Muschel-Verlag ...

Gudrun Pausewang
Aufstieg und Untergang der Insel Delfina
Roman

Ein Ausnahmebuch! Was immer Sie suchen, in diesem Roman finden Sie es: Piraten, Sklaven, Freudenmädchen, Präsidenten, Priester, Gespenster und Nonnen, Admiräle und spanische Landedelmänner, professionelle Urinspender und einen Faun. Erzählt wird die 600-jährige Geschichte der Karibikinsel Delfina, auf der das Leben Purzelbäume schlägt.

ISBN 978-3-936819-01-4
440 Seiten, kartoniert

Sven Totenkopf
Roman auf eigene Gefahr

Das Ruhrgebiet in den 70er Jahren: Tom Wanninger wächst harmonisch im Schutze seiner proletarischen Familie heran. Nichts deutet darauf hin, dass er als Erwachsener einmal alle ethisch-moralischen Werte in Frage stellen und aus reiner Willkür einen Mord begehen wird.

ISBN 978-3-936819-27-4
132 Seiten, kartoniert

Carlo Stasni
Der Maler, der Mörder und der Narziss
Roman

Die zwanziger Jahre des vorigen Jahrhunderts: Der junge deutsche Maler Bogumil Stern, um dessen Herkunft sich ein Geheimnis rankt, reist nach Paris. Bald schon hat er neue Freunde gefunden: zwei kirgisische Filmenthusiasten, die schöne Hure Cèsine und Serdio de Noreine, den Geschichtenerzähler. Doch plötzlich erscheint der Mörder Gilbert. Das Geheimnis um seine Herkunft rettet dem Maler das Leben – vorerst.

ISBN 978-3-936819-34-2
152 Seiten, kartoniert

Weitere Titel aus unserem Programm

Antje Herden
Männer. Frauen. Tage. Nächte.
Erzählungen

Geschichten von Liebe und Sehnsucht, niedergeschrieben in einer Sprache, die in Erinnerung bleibt. Wo sonst beginnen Briefe mit den Worten: »Lieber Weihnachtsmann, Du darfst nicht böse sein, dass dieser Brief ausnahmsweise einmal nicht an Dich gerichtet ist«? Mit ihrem sowohl weichen als auch klaren Stil bettet Antje Herden die Seelen ihrer Leser in Daunen.

ISBN 978-3-936819-25-0
152 Seiten, gebundene Ausgabe

Christian Bartel
Seit ich Tier bin
Satirische Erzählungen

Bartel interessiert sich für Komik und Verzweiflung, angelt Forellen mit der bloßen Hand und wirft sie an den Himmel, wo man sie nachts als Sterne funkeln sehen kann. Manchmal setzt er sich hin und schreibt traurig-komische Geschichten, wie sie in diesem Buch versammelt sind: Geschichten über Männer, die vom Kirchturm fallen, von mysteriösen Gemüsehändlern und bösen Kartoffeln. Ein unglaubliches und zudem extrem witziges Buch.

ISBN 978-3-936819-30-4
177 Seiten, kartoniert

Dagmar Schönleber
Nur weil du in der Garage schläfst, bist du noch lange kein Porsche
Satirische Großstadtgeschichten

Dagmar Schönleber, Jahrgang 1973, macht auch in ihrem zweiten Buch keine Kompromisse: erfrischend humorvolle Geschichten über das Älterwerden als Randgruppenbraut und von den Mühen, auch mit über dreißig immer noch auf der Konzertbühne des Lebens zu stehen und cool sein zu wollen.

ISBN 978-3-936819-44-1
200 Seiten, gebundene Ausgabe